내 나비는 날아가 버렸다

내 나비는 날아가 버렸다

초판 1쇄 찍은 날 | 2015년 12월 30일
초판 1쇄 펴낸 날 | 2016년 1월 11일

지은이 | 손신희
펴낸이 | 서경석

편집책임 | 조윤희
편 집 | 이은주
주은영
일러스트 | 박지운
디 자 인 | 신현아

펴 낸 곳 | 도서출판 청어람
등록번호 | 제387-1999-000006호
등록일자 | 1999. 5. 31
어람번호 | 제5-434호

주소 | 경기도 부천시 원미구 부일로 483번길 40 서경B/D 3F
(우) 14640
전화 | 032-656-4452 팩스 | 032-656-4453
http://www.chungeoram.com
E-mail | chungeorambook@daum.net

ISBN 979-11-04-90579-7 03810

내 나비는 날아가 버렸다

손신희 장편소설

Chungeoram romance novel

도서출판 청어람

목차

서장

세상 사람 모두가 고개를 끄덕일 만한 대국인 금오국에서 황제가 바뀐 것은 그것만으로도 제법 큰 이야깃거리였지만, 그게 정말로 '큰' 이야깃거리가 된 것은 황제의 이후 행보 때문이었다. 둘째 황자로 태어나 첫째 황자와의 오랜 제위 다툼 끝에 황제에 오른 그는 자신의 즉위에 반대 의사를 표시했던 가문들을 향해 가차 없는 피바람을 불러일으켰던 것이다. 명목상으로야 자신의 치세를 위해 신하들의 물갈이를 하는 것이라고 했지만 그 칼날이 어디를 향하고 있는지는 명약관화했다.

금오국 황제 조영. 선대의 충신을 죄다 내치는 황제라는 비아냥거림과 혁신적인 정책을 펴는 황제라는 찬사를 동시에 받고 있는 그는, 영명하지만 성격이 급하고 독선적인 군주였다. 자신이 원하는 방향에 걸림돌이 생기면 돌아가기보다는 뿌리째 뽑아 치우기를 선호하는 사람이었던 것이다. 게다가 그런 이가 원하는 것이 신권을 억누르고 왕권을 강화하는 것이었으니, 피바람이 일지 않는다면 그게 더 이상한 일이었다.

황제의 정책에 반대 의사를 표시한 재상의 목이 가장 먼저 잘려 나갔고, 수없이 많은 조정 중신들이 귀양길에 올랐다. 그들 대부분은 귀양길에 오르면서도 차분하였지만, 남은 가족들에게까지 화가 미치는 걸 보았을 때는 차마 그리하지 못하여 금오국 곳곳에서 탄식이 흘러나왔다.

그중에서도 황제의 정책에 비관적인 입장을 취한 대가를 유독 가혹하게 치른 집안이 있었으니, 금오국 최고의 무가로 꼽히며 대대로 뛰어난 장군을 배출해낸 정릉 이씨 가문이다. 황제에게 정릉 이씨 집안은 눈엣가시나 다름없었다. 쌓아놓은 공과 명성이 대단한 데다 주변 지역의 인심도 모조리 가지고 있는 집안인데, 트집 잡을 거리가 없고 다들 고집불통이라 자신을 따라오려 들지를 않았던 것이다.

우연인지 필연인지 때마침 극심해진 오랑캐의 침입을 막다 하나둘 집안을 이을 후손을 잃어 간신히 본가의 명맥만을 잇고 있던 그 가문은 황제의 명령대로 계속해서 전쟁터로, 전쟁터로 내몰렸다.

존경하던 인물들이 시신이 되어 돌아오는 꼴을 몇 번이나 보게 된 정릉의 백성들은 마지막 하나 남은 도련님마저 전장에 밀어 넣는 황제를 크게 원망하였지만은, 그 도련님은 언제나 승전보를 가지고 살아서 돌아와 그들을 기쁘게 한 동시에 황제의 노여움을 샀다.

"……축하연을 열어야겠군."

승전보를 가져온 장수에게 하는 말이라기엔 지나치게 차갑고 건조한 말투였지만, 장수는 이미 익숙한 일인 듯 축하연을 바라지 않는다는 말을 전했다. 황제가 열어주는 축하연을 거절한다면 그에 걸맞은 불이익이 있겠지만, 혹 참석한다 해도 온갖 꼬투리를 잡혀 시달릴 것이 뻔했기 때문이다.

한데 평소라면 '그래, 이 장군의 의사를 존중하마' 하고 넘어갔을 황제가 그날은 다르게 말하는 것이다.

"서쪽의 오랑캐를 일소하고 금오의 국경을 든든히 한 장군에게 그럴 수야 없지. 이번에야말로 짐의 성의를 무시하지 말라 전하도록 하라."

장수는 뜻밖의 말에 놀라 무례도 잊고 고개를 들었다가 급히 다시 머리를 조아렸다. 젊은 황제의 단정한 얼굴에 어린 차가운 미소가 장수의 어깨를 짓눌렀다.

금오국과 동맹을 맺은 연해에 외적이 쳐들어와 그 형세가 매우 위급하니, 이 장군은 병사를 이끌고 출전하여 동맹을 구하라는 명령이 내려온 것은 승전보가 가져온 기쁨이 채 가시기도 전이었고, 이 장군이 정릉에 있는 자신의 집으로 돌아오기도 전의 일이었다.

1장

이산 - 나비를 잃다

나는 따스한 바람에 코를 벌름거리다 벌떡 일어났다. 주변을 둘러보니 그곳은 노란 민들레가 가득 피어난 드넓은 들판. 그리운 고향의 봄 풍경이었다.

꿈…… 이로구나. 내가 꿈에서라도 고향을 찾을 만치 지쳐 있었나 싶어 웃음이 나온다.

"산 오라버니!"

"……여희야."

"오늘은 웬일로 이름을 부르세요? 항상 나비라고 부르시면서."

"설마 내가 네 이름을 몰라서 그리 불렀을까……. 나비처럼 예뻐서 그리 불렀지."

민들레 못지않은 노랑 옷을 맵시 내어 차려입고 까맣게 반짝이는 머리에는 민들레를 꽂은 작은 소녀가 나를 불렀다. 여희,

내 사랑스러운 나비. 온통 풀물이 들어 초록빛이 도는 치맛단을 펄럭이면서, 여희가 팔랑팔랑 춤을 추었다.

"오라버니! 예쁘지요! 어제 새로 배웠어요!"

"그래, 예쁘다."

"그렇지요? 그런데 운제 오라버니는 막 놀리기만 해요. 하나도 안 예쁘대요."

"어허, 그럴 리가. 내 눈에는 황후마마보다 네가 더 예쁜걸. 운제 그 친구가 눈병이 났나보다."

뽀얀 뺨에 보조개가 팼다. 여희는 까르륵 웃으며 다시 팔랑팔랑 춤을 추기 시작했다. 팔락이는 옷깃과 흔들리는 손짓이 눈부시다. 이때가…… 언제였더라. 여희가 처음 춤을 배웠을 무렵이니 열서너 살 때쯤 되었을 때인 것 같다. 내 손을 확인해 보니 여린 손 여기저기에 짓물러 터진 자국이 있었다. 이때가 막 검을 잡기 시작한 무렵이라 매일 밤이 되면 아픈 손과 쑤시는 몸뚱이를 붙들고 끙끙 앓았던 것 같다.

아무리 아팠어도, 이때가 좋았었는데. 부모님이 계시고, 유모가 있고, 집을 들락거리는 수많은 사람들과 친척들이 있었는데. 지금은…….

나비처럼 팔랑팔랑 춤을 추는 여희를 보며 생각했다. 여희야, 너 그거 아느냐. 내 부끄러워 한 번도 소리 내어 말한 일은 없지만은, 지금 내게 남은 건 오로지 너뿐이란다. 내 나비, 내…… 사랑스러운 여인.

더럽고 추하고 세상에 존재하는 모든 지옥을 모조리 뭉뚱그려 놓은 것만 같은 전쟁터에서, 날 붙들어주는 단 한 사람. 반드시 살아서 돌아가야 하는 이유가 되어주는…… 나의 나비.

갑자기 눈앞의 풍경이 일변하였다. 민들레 가득하던 들판은 웅성대는 사람들로 가득 찬 공터가 되었고, 여희가 있던 자리엔 갑옷을 차려입고 중무장한 아버지가 서 계셨다. 번쩍이는 금빛 갑옷과 묵직한 망토, 태산보다 드높게 느껴지던 등. 나는 아버지를 확인한 순간 벌떡 일어섰다. 꿈에서라도 보고 싶었던, 하지만 무정하게도 내 꿈속에 한 번도 찾아오지 않으시던 분이 이렇게 오시다니.

"아버지!"

"오, 산아."

두툼한 손이 머리를 쓸고 등을 두드린다. 하고 싶은 말이 많았는데…… 막상 아버지의 얼굴을 앞에 두니 아무런 말도 나오지 않았다. 내가 바보처럼 입만 벙긋대고 있는 동안, 아버지는 수염이 숭숭 난 얼굴로 부드러운 미소를 지으셨다. 아, 저 얼굴. 저 얼굴로 한 말이 마지막 유언이 될 거라는 걸, 나는 안다. 말려야 하는데, 목소리가 나오질 않는다.

"산아, 내 아들아. 너는, 살도록 해라. 이 아비처럼…… 충성하다 죽지 말고."

예? 아버지, 그 말씀이 아니잖아요. 반드시 돌아오겠다, 약속해 주셔야지요. 기억 속의 아버지와 다른 말씀에 놀라 그게 무슨 말이냐, 손을 휘저었지만 아무것도 잡히지 않았다. 게다가 주변은 어느새 까맣고 웅성대던 사람들도 사라지고 없어 오로지 나 홀로 남은 기분에 서러워 어찌할 바를 모르고 있는데, 노오란 나비 한 마리가 어둠 속에서 하느작하느작 날갯짓을 했다. 팔랑팔랑 춤추는 날개에서 하얀 빛무리가 후드득후드득 떨어진다.

저 나비를 잡아야겠다, 손을 뻗었지만 요리조리 움직이며 내 손을 피하는 것에 오기가 나 멀어지는 나비를 쫓아 달음박질을 시작했다. 어둠 속을 뛰고, 또 뛰고. 그러다 숨이 턱까지 차올라 그만 멈추고 말았는데, 아뿔싸. 그 순간 바닥이 허물어져 그 아래로 떨어지고 말았다. 몸의 균형이 순식간에 무너지고 세찬 바람이 아래에서부터 나를 밀어낸다. 절로 비명이 터졌다.

"으아아악!"

"어이쿠, 깜짝이야."

"헉, 헉, 헉……."

"꼭 생각에 잠긴 것처럼 앉아 계시더니, 주무셨던 게로군요? 어쩐지, 제가 이리 가까이 왔는데도 말 한마디 없으시다 했습니다. 험한 꿈이라도 꾸셨습니까?"

간신히 숨을 진정하고 고개를 들었다. 익살맞은 얼굴에 항상 장난꾸러기 같은 웃음을 달고 사는 장 무관이 나를 어이없어하며 보고 있었다. 그의 등 뒤로 이미 익숙해질 대로 익숙해진 막사의 내부가 보였다. 아, 그래. 나는 지금 또 한 번의 전투를 마치고 돌아가는 길이었다. 백 무관에게 승전보를 전하라 보낸 것이 바로 사흘 전이었다.

"꿈자리가 조금 사나웠을 뿐일세. 왜 들어왔나? 무슨 문제가 생긴 거지? 보급이 모자라나? 탈영병이 생겼나? 아니면, 또 창부들이 찾아와 같이 가게 해달라며 매달리나? 설마 오랑캐의 잔당들이 또 들러붙은 건 아니겠지? 그건 이제 지긋지긋한데."

"하하……. 원 말씀도. 누가 들으면 제가 그런 일 하나 해결 못해서 쪼르르 장군님께 달려오는 놈이라고 하겠습니다. 그게 아니라, 노루가 나타났답니다."

"노루?"

"예. 부하 놈들이 다들 신이 나서 잡아먹자 하는데 괜찮겠습니까?"

나도 모르게 웃음이 났다. 전쟁에 이겼고, 나는 지금 승리한 장군으로 돌아가는 중이라는 게 이제야 실감이 난다. 이 얼마나 평화롭고 별거 아닌 볼일이냔 말이다. 나는 고개를 끄덕여 장 무관을 내보내고 딱딱한 침상에 털썩 주저앉았다. 신나는 사냥에 상관이 나가면 좋아할 병사는 없겠지만, 그 상관이 베푸는 술은 좋아할 것이니 이따 밤이 되면 술이라도 몇 동이 풀라 해야겠다.

그보다……. 꿈자리가 사납다는 말로는 부족할 정도로 이상한 꿈이 마음에 걸렸다. 못 본 지 오래된 여희를 꿈에서 본 거야 즐겁고 좋은 일이었지만…… 아버지. 그분께서 북쪽 지방의 얄타족을 토벌하다 목숨을 잃으신 지 벌써 8년이 다 되어 간다. 생의 마지막까지 나라에 대한 충성을 다하고 가신 분께서 왜 새삼 내 꿈에 나와 그런 이상한 말씀을 하셨을까.

"너는 살도록 해라. 이 아비처럼…… 충성하다 죽지 말고."

입맛이 쓰다. 애써 생각하지 않으려 했던 불충한 생각들이 마구 떠올라 머리를 어지럽힌다. 왜 황제께서는 우리 가문을 그토록 미워하시나. 그저 나라에 충성하고 황실에 충성하고 백성을 위협하는 오랑캐를 몰아내는 것 외에는 한 것이 없는데. ……차마 폐하의 정책에 진심으로 동의하지 못하는 이 어리석은 무인의 옹고집이 그리도 마음에 안 드시는 겐가.

자꾸 생각을 이어나가다가는 폐하를 원망하게 될 것 같아 머리를 흔들어 생각을 털어냈다. 황제께서는 그리 마음 좁은 분이 아니시고, 한때 우리 가문이 폐하의 정책에 반대 의사를 표시하였다 해도 이렇게 납작 엎드려 있은 지가 벌써 10여 년이 다 되어가는데 설마 그럴 리가 있으랴. 쓸데없는 꿈 탓에 이상한 생각만 드는구나.

문밖이 소란하여 슬쩍 밖을 내다보니 어느새 해가 졌는지 하늘이 시커멓다. 별이 총총히 박힌 하늘 아래에서 병졸들이 신이 나서 고기를 굽고 있었다. 싱글벙글 웃는 얼굴이 참으로 기껍다.

"장 무관에게 술 스무 동이를 풀어 병사들에게 나누어주라 전하여라."

"예, 장군님."

막사를 지키던 병졸을 심부름 보내고 다시 침상에 드러누웠다가 막사에 쳐들어온 장 무관에게 손목을 잡혔다. 나가서 병졸들과 술 한잔하자는 것이다.

"어허, 술은 안 마신대도."

"장군, 서쪽의 사비족을 완전히 소탕하고 돌아가는 이 기쁜 여정에도 술을 아니 드시면 장군께서는 대체 언제 술을 드시렵니까? 음복을 할 때에나 드시렵니까? 장군, 제가 장군이 열다섯 홍안의 소년일 때부터 붙어서 전장을 누볐지만 장군께서 그 입에 술 한 잔 대는 것을 못 보았습니다. 아니, 술만 그렇습니까? 좋은 음식도, 아리따운 계집도, 비단금침과 금은보화도 거절하시니 청렴하신 모습이야 존경스럽지만은 아랫것들은 숨이 막혀서 못 살겠습니다. 한번쯤은 장군께서도 좀 풀어진 모습을 보여주셔야지요."

세상에. 이 사람이 이리 말을 잘 하였는가. 그보다…… 병사들에게 선을 긋고 다가서려 하지 않았던 내 모습이 그리 보였나 싶어 쓴웃음이 나왔다. 언제 목이 달아날지 몰라서, 언제 또 먼 곳으로 가라 명령이 떨어질지 몰라 마음 주지 않으려 애쓴 것이 그리 보였는가. ……청렴하다니. 그저, 욕심이 나지 않았을 뿐이다. 나는 그가 생각하는 것보다 훨씬 욕심이 많은 사람이었다. 해가 갈수록 아리따워지고 지혜로워져 가는 여희를, 폐하께 미움 받는 내 처지를 알면서도 도저히 놓지 못하고 움켜쥐고 있으니 그 얼마나 대단한 욕심쟁이가 아니냔 말이다.

결국 장 무관의 채근에 못 이겨 주섬주섬 일어나 옷을 챙겨 입었다. 세심하게 챙겨주는 손길이 어지간한 여인네들보다 더 꼼꼼하다. 그러고 보면 장 무관이 나를 따라 전장을 뒹굴며 지낸 시간이 벌써 8년이었다. 처음 보았을 때는 늘 얼굴을 찌푸리고 있는 데다 말수도 없는 사람이었는데. 그러고 보면 이 사람은 참 아까운 사람이다. 어딜 가도 대접받고 크게 성공할 사람이거늘, 나 같은 어린 장군 아래에서 고생만 줄곧 하고 있다.

"……자네 말솜씨가 늘었군."

"흥, 열다섯 살 어린 장군이라 무시하는 것들을 쥐 쥐 잡듯 잡아 군기를 잡은 게 바로 이 장 모올시다. 장군께서 생각하시는 것보다 말을 잘한다, 이겁니다."

"그리 말을 잘하는 사람이 어찌 아직도 장가를 못 들었나?"

"에이, 고향에 정혼녀가 기다리는 사람이 어디 장군뿐인 줄 아십니까? 저도 있습니다. 이번에 돌아가면 혼인할 겁니다."

"……그런가."

놀랐다. 한 번도 그런 기색을 내비친 일 없던 사람이라, 고향에 기다리는 사람이 있을 거라고는 생각도 해본 일이 없었다. 내 무심함이, 살뜰하지 못한 내 성격이 못내 서운했겠구나 싶어 괜히 미안해졌다.

"혼례일을 잡거든 알려주게. 내 꼭 참석하지."

"어어, 그럼 안 오시려고 그러셨습니까? 오기 싫다 하셔도 오시라고 잡아 끌 테니 걱정 마십시오. 안 그래도 부모님께 제 혼례식에는 장군께서 오실 거라고 미리 자랑을 해두었습니다."

"넉살도 좋군."

장 무관의 손에 이끌려 진지를 한 바퀴 다 돌았다. 지나는 곳마다 내미는 잔을 받아 마시느라 속이 거북하다. 갑작스레 나타난 상관을 불편해할 법도 한데, 전장에 나서면 누구보다 용감한 용사가 되는 이들이 처녀처럼 부끄럼을 타며 내미는 술잔이라 도저히 거절할 수가 없었다.

젖는지도 모르고 젖는 가랑비처럼 쌓인 정이…… 두렵다.

진지에서 조금 떨어진 곳에 자라난 나무에 기대앉아 하늘을 보니, 쏟아질 듯 아름다운 별이 촘촘히도 박혀 있었다. 저 깊고 검은 색은 여희의 머리카락 같고, 반짝이는 별빛은 여희의 눈빛 같다. 언제든 잘려 나갈 것을 각오하면서도 여희를 도무지 놓지 못하는 나의 이율배반. 도무지 놓지도 못하고 포기하지도 못하는 나의 욕심.

여희야! 내 나비야. 내 돌아가면 너를 끌어안고 네 향기를 깊이 들이마시고 싶다. 네가 좋아하는 백단향, 깊이 배인 향기에 빠져 있으면 네가 날 떼어놓고 곱게 웃겠지. 그리고 새로 배운 춤이라며 멋진 춤을 보여줄 것이다. 나는 그걸 보고 또 넋을 놓고…….

여희의 눈썹처럼 곱게 휜 달을 보며 내 나비를 떠올리고 있는데, 장 무관이 슬그머니 날 찾아와 내 옆에 주저앉았다.

"또 여희 아씨 생각하십니까?"

"……티가 났나."

"그럼요. 언제든 미련 없이 다 버리고 떠날 것처럼 구는 장군님을 단단히 현실에 붙들어 매고 있는 분 아닙니까. 전투가 끝나면 꼭 하늘을 보면서 그분을 생각하신다는 걸 모르는 병사가 있는 줄 아십니까?"

주섬주섬 술병을 꺼내고 잔을 내미는 꼴을 보아하니 또 한잔하자는 것 같아 기가 막힌다. 전장에서는 술을 하지 않는다고 그리 말했거늘, 이 사람이.

"사랑하는 사람이 그리울 때는 술을 한잔하는 겁니다. 이 작은 잔에 담은 술에 달빛을 담아서, 그 사람의 입술이다 생각하고 홀짝 마셔야지요."

"……."

"돌아가는 길이 이렇게 즐거운 적이 또 있었을까 싶습니다. 사비족을 완전히 소탕하고 돌아가는 길이니, 화근을 남겨두고 돌아서며 불안했던 때랑은 전혀 다르지 않습니까. 돌아가면 제 혼례식도 올리고, 장군님의 혼례식도 보고, 부모님을 모시고 경치 좋은 곳에 구경도 좀 다니고……."

"취했나 보군. 말이 많아."

"예, 그런가 봅니다. 장군께서는 아십니까? 제 정혼녀가 얼마나 예쁜지? 세상 사람들이 강씨 집안의 여희 아씨가 천하의 절색이요, 재녀요, 아무리 말해도 제 눈에는 제 정혼녀가 최고입니다."

정말 많이 취했는지 제 정혼녀 자랑을 해대며 술을 권하는 장 무관이 그리 밉지가 않은 걸 보니, 나도 함께 취했음이 분명하리라. 그날 밤 나는 그와 함께 주거니 받거니 술을 마셨고, 돌아가는 길, 남은 여정 동안에도 종종 함께 술을 나누었다. 평온하고, 안온한 시간이었다. 나는 그 평온에 젖어 불길한 꿈 따위는 새카맣게 잊고 말았다.

그렇게, 정릉으로 돌아가 여희를 만날 생각에 두둥실 떠오른 나를 차가운 바닥으로 내리꽂은 것은 바로 황제폐하의 전령이었다. 까만 관복이 회색으로 보일 정도로 먼지를 뒤집어쓴 전령은 한없이 안쓰러운 얼굴로 나를 바라보았다. 그 불길함이란! 그가 건넨 교지를 받는 손이 덜덜 떨리는 것이 내 눈에도 보일 정도였다. 폐하의 명령은 언제나처럼 짧고 간결하였으며, 나를 절망케 하였다. 타국으로의 원정……. '올 것이 왔구나' 하는 느낌이 들었다.

"……장 무관."

"예, 장군."

"그대의 혼례식에 참석하는 건 아무래도 힘들 것 같군."

장 무관의 얼굴이 딱딱하게 굳었다. 나는 미소를 지었다. 입꼬리를 올리는 것이 정말, 힘들었다.

"나는 연해로 가야겠네. 아무래도 시간이 맞지 않을 듯해."

나는 장 무관이 그리 성질이 급한 사람인지 그때 처음 알았다. 그가 곧 무서운 표정으로 황제폐하를 향한 온갖 저주의 말을 쏟아내기 시작했기 때문에, 나는 황급히 그의 입을 막아야만 했다. 폐하의 사자가 아직도 우리 앞에 서 있었기 때문이었다.

"미안하네. 이 사람이 아직 전장의 흥분을 가라앉히질 못한 모양이야. 못 들은 걸로 해주게."

"……이 장군의 부탁이라 모른 척하겠소. 다음엔 입을 조심하시오."

수도가 코앞이라, 귀환의 기쁨에 들뜬 병졸들에게는 아예 입을 다물었고, 그저 장 무관을 비롯한 몇몇 무관들에게만 이야기를 전했다. 그들은 하나같이 몹시 화를 내었으나 어찌된 일인지 나는 그저 평온하기만 했다.

마침내 수도로 귀환하여 길고도 길었던 환영 연회를 참아 넘기고 병졸들을 귀가 조치시킨 뒤 정릉으로 돌아가려던 차에, 정식으로 내 휘하에 있던 부대들을 모두 해산하라는 명령이 내려왔다. 장 무관은 군말 없이 명령에 복종하는 나를 무척이나 비난하였지만은, 수많은 전투로 다져진 정예군을 타국의 전쟁터에 데려갈 수 없다는 것에는 동의하였다.

"왜 그렇게 초연하십니까?"

"……터무니없는 이유로 목이 잘리는 것보다는 낫지 않나."

"당장 황제폐하의 발치에 엎드려 충성을 맹세하면 물려주실지도 모릅니다."

"……글쎄. 그건 잘 모르겠군. 다시는 돌아오지 말라고 노골적으로 말하고 계신데 과연 통할까?"

장 무관의 얼굴이 어두워졌다. 그는 내 손 부근을 바라보았고, 나는 슬쩍 손에 들고 있던 것을 등 뒤로 숨겼다. 그래봤자 여희에게 주려고 산 노리개를 아주 감추지는 못했다. 장 무관이 쯧쯧 하고 혀를 찬다. 그는 이대로 고향으로 돌아가 혼례를 올리고 아예 그 고을에 정착해 살 거라고 했다. 이제 떠돌아다니는 것은 질렸다나. 그의 능력이 아깝기는 하지만 어쩌면 피바람 부는 전쟁터에 비하면 훨씬 좋은 선택일지도 모르겠다.

"……그거야 그렇습니다만. 하면, 강씨 아씨는 어쩌실 겁니까? 장군님의 정혼녀 말입니다. 이대로 떠나시면 다신 못 올지도 모르는 것 아닙니까."

"이야기가…… 그리 되는가."

마음이 복잡해졌다. 내 나이 이제 스물셋, 여희의 나이는 이제 열아홉. 여희가 스무 살이 되면 혼례를 올리기로 이미 약조가 되어 있었지만…… 누이를 아끼는 운제 그 친구가 과연 먼 길 떠나는 내게 여희를 쉬이 줄지 모르겠다. 일단 정릉으로 돌아가서, 여희의 얼굴을 보고, 운제 그 친구와 이야기도 좀 나눠보고…… 그러고 결정해야겠다.

2년 만에 간신히 돌아온 정릉, 나의 고향은 여전히 따스하고 평화로웠다. 별로 해준 것도 없는 우리 가문을 아껴주는 고마운 사람들이 나의 귀환을 크게 반겨주었다. 하지만 함박웃음을 짓는 얼굴에 묘하게 어린 동정을 알아채기란 어렵지 않았다. 아, 벌써 소식이 여기까지 퍼졌는가. 발 없는 말이 천리를 간다 하더니 옛말에 틀린 것이 하나 없다.

씁쓸한 마음을 애써 감추고 집에 들어갔는데, 종들의 표정이 하나같이 어둡기 그지없었다. 집안의 주인이 오랜만에 돌아왔는데도 그런 표정인 것이 괘씸하여 종을 모아놓고 야단을 치는데, 웬 여종 하나가 갑자기 엉엉 우는 것이다.

"네 잘못은 생각도 않고 그저 혼난다고 우는……."

"여희 아씨께서 오늘 혼례를 올리신답니다!"

쿵—

마음에 돌이 떨어졌다. 어쩌면 그녀를 잃을지도 모른다고, 영영 보지 못할 수도 있다고…… 그렇게, 충분히 각오하였다고 생각했는데. 사실은 그렇지 않았다는 것을 이렇게 깨닫게 될 줄이야.

정신을 차렸을 때, 나는 갑옷을 벗지도 않은 차림에 칼까지 찬 채로 여희의 집을 향해 가고 있었다.

나고 자라기를 한 고을에서 하였고 어린 시절에 이미 혼례를 약속하였다. 부모님이 모두 돌아가셨어도 그 약속이 변하리라 생각해 본 일은 없었다. 비록 내가 멀리 떠나게 되었어도, 널 놓을 생각은 감히 하지 못했다. 그런데 그 약속이, 이렇게 깨지는가. 이리도…… 쉽게!

여희야, 내 나비야. 네 집을 향해 갈수록 크게 들려오는 풍악 소리가 내 마음이 깨지는 소리 같다.

"제발, 제발 장군님……. 오늘은 저희 아씨 혼례일입니다……. 돌아가 주십시오……."

어린 시절부터 나를 잘 알던 늙은 종이 내 발치에 꿇어 엎드려 빌었다.

여희야, 내 나비야. 그 종은 어린 나를 돌보고 어린 너를 돌보고 연날리기며 팽이치기를 가르치던 정 많은 이였다. 네가 특히 좋아하여, 혼수 중에 하나로 꼭 챙길 테니 절대 구박하면 안 된다고 농담처럼 말하곤 하던 이였다. 한데 이 정신 나간 사내의 눈에는 그마저도 꼴 보기가 싫구나.

늙은 종의 몸에서 흘러나온 피가 내 발을 적셨다. 그 피로 발자국을 찍으면서 나는 네 집에 간다. 붉고 화려한 혼례복 곱게 차려입고 혼례 올릴 너를 봐야겠다. 봐야…… 봐야겠다.

갑작스레 튀어나온 손이 내 소매를 잡아챘다. 무심결에 칼을 휘두르려다 멈춘 것은, 그 손의 주인이 나비의 오라비이며 내 오랜 벗인 강운제이기 때문일 것이다. 항상 정갈한 차림을 하는 것을 좋아하던 그가 급히 뛰어나온 것을 티 내듯 숨을 몰아쉬고 있었다.

"이러지 말게. 이산, 자네! 눈 똑바로 뜨게. 내가 보이긴 하는가?"

"잘 보이네."

피가 싫어 책을 읽겠다 하였고, 지금은 꽤나 높은 자리에 올라앉은 이였다. 종종 고향에 돌아올 때마다 품계가 높아져 있어 내심 대단하다 생각한 일도 있었다. 그런 이가, 약속을 이리 쉬이 깰 줄은 몰랐다. 내가 전장에 다니기 시작하고 나서는 닿는 것조차 꺼려하던 이가 내 팔을 끌어당긴다.

"여희를 그냥 두게. 부모님들께서 약속을 하실 때와 지금은 사정이 다르지 않나. 자네는 어차피 곧 멀리 연해로 떠나갈 텐데, 여희를 데려갈 수도 없는 것 아닌가. 자네 좋을 대로 혼례를 올리면, 그 애는 어찌되나? 혼례를 올리자마자 지아비를 보내놓고 평생이 될지도 모르는 시간을 홀로 기다리라고?"

운제가 하는 말 한마디 한마디가 내 마음을 찢어놓는다. 그 날카로운 말에 틀린 것이 하나도 없어 내 발이 저절로 멈추고 말았다. 한데 운제의 눈에 어린 것은 원망이었다. 원망을 해야 할 사람이 누구인데.

"자네, 지금……."

"자네가 내 벗이라면!"

운제가 이를 악물었다. 허옇고 멀끔하던 서생의 얼굴이 야차와 같이 변하는 것에 나는 꺼내려던 말도 못 하고 그저 입을 다물었다.

"자네가 정말로 내 벗이고 여희를 생각했다면! 이렇게 가만히 있으면 안 되는 거였네. 자네, 이번에 황제폐하께서 열어주시는 축하연에서도 그저 가만히 자리만 지키다 나왔다고 들었네. 그게 마지막 기회였어. 마지막 기회였다고! 그놈의 자존심, 꺾일지언정 굽히질 못하는 대나무 같은 성정! 그게 자네 가문을 죽였다는 걸 왜 아직도 몰라!"

모를 리가 있나. 그저…… 내가 살겠다고 굽혀 버리면, 줄줄이 죽어나간 내 부모님과 형제들의 목숨이 너무 아까워 그러지 못했을 뿐이야. 나도, 가끔은 폐하의 어족 아래에 머리를 처박고 빌고 싶을 때가 있었어…….

"자네를 보고 있으면, 어떻게든 살아보려 발버둥치는 내가 다 우습네. 나는 자네처럼 허공에 붕 떠서 사는 사내에게는 내 누이를 도저히 줄 수 없으니, 그리 알게!"

아— 그런 거였나. 나는 누이를 맡기기에는 참으로 못 미더운 남자였군.

숨이 잘 쉬어지질 않는다. 아직도 가슴 안에 있는 불덩어리가 벌컥벌컥 입 밖으로 튀어나올 것만 같은데, 그래서 미칠 것만 같은데, 머리는 차가운 얼음처럼 싸늘하게 식어버렸다.

찬 기운이 어린 바람이 실어오는 풍악 소리는 여전히 내 마음을 찢어발기고, 피 묻은 신발은 하염없이 무거워 한 걸음 떼지도 못할 것처럼 느껴지는 이 순간에도, 나는 나비가 보고 싶다. 비록, 나 아닌 다른 이와 혼례를 올리는 나비라도. 보고 싶다…….

"……얼굴만 보고 가겠네."

"아니, 그냥 가게. 지금 자네 몰골이 어떤지는 아나? 피칠갑을 한 귀신이 따로 없어. 도저히 대문 안에 들여놓을 수가 없단 말일세. 어차피 떠나야 할 사람이 무슨 미련이 그리 커서 자꾸 미적대나? 가게, 그냥 가게."

소년병만도 못한 힘이지만은 내게는 태산같이 무거운 힘이라, 그가 미는 대로 등 떠밀려 도로 내 집으로 돌아왔다. 부모, 형제 모두 죽어 오로지 나 혼자만 남은 집. 이제 나조차 떠나고 나면 영영 주인을 잃을지도 모를 집. 곧 떠날 집의 대문을 넘는 발이 무겁다.

이것 참, 기가 막히기도 하지. 마당으로 들어서니 벌써부터 출정 준비랍시고 짐이 다 꾸려져 있는 게 아닌가. 위대하신 황제폐하의 충실한 개들이 내 잠시 자리를 비운 사이 집을 뒤져 짐을 다 싸놓은 것이다. 어차피 처음 있는 일도 아닌 터라 이제는 화도 나지 않지만, 마지막까지 이러셨어야 하는가 싶어 입맛이 썼다.

오래 일한 종이 내게 말고삐를 넘기면서도 죄스러운 표정을 감추질 못한다. 하룻밤 묵고 갈 시간도 아니 주시는가……. 제대로 쉬지도 못하고 다시 길을 떠날 것을 짐작이라도 했는지, 말의 표정이 영 좋지 않아 미안했다.

"……이산, 자네."

"왜 부르나."

"……미안하네."

생각지도 못한 말에 뒤를 돌아보니 운제의 얼굴에 어린 짙은 죄책감이 그제야 눈에 보였다.

그래. 이해한다. 운제의 아버지는 폐하의 정책에 대놓고 반대 의사를 표시하다가 귀양을 가서 그대로 작고하셨고, 어머니는 점점 기울어가는 가세를 일으켜 보겠다고 동분서주하다 병을 얻어 돌아가셨다. 운제 저 친구가 조정에 자리를 얻으면서 그나마 조금 나아진 살림이었다. 단둘뿐인 남매인데, 누이를 생과부로 만들 수는 없었겠지.

"나를 용서하지 않아도 좋네. 무정하고 못돼먹은 친구놈이라 욕해도 좋으니, 살아서 돌아오게나. ……꼭, 그래야 하네."

"글쎄……. 세상에 둘도 없이 질긴 것이 사람 목숨이니 노력이야 하겠지만, 굳이 돌아올 이유가 있을지는 모르겠네. 자네 말대로 나는 허공에 붕 떠서 사는 사내가 아닌가? 다시는 못 볼 수도 있으니, 하고 싶은 말이 있으면 마저 하게."

"아니. 자네는…… 꼭 돌아와야 해."

그렇게 말하는 운제의 얼굴은 낯이 익었다. 뭔가 중차대한 결심을 한 얼굴이다. 어머니의 유언을 깨고 조정에 출사하겠노라 말할 때와 같은 얼굴. 대체 갑자기 무슨 결심을 하였기에. 궁금하지 않은 건 아니지만, 캐물어 들을 마음은 나지 않아 나는 그저 고개를 돌렸다.

푸르륵. 히힝!

도리질을 치는 말의 목을 두드려 달래고 훌쩍 올라탔다. 그러자 저 멀리 보이는 풍경이 한달음에 달려갈 수도 있을 것처럼 느껴진다. 말을 탈 때마다 느끼는 기분 좋은 고양감이 '어서 박차를 가해 달려라' 하고 등을 떠밀었다.

아아, 여희야. 네가 말 타는 것을 몹시 좋아하였는데 좀 더 많이 태워줄 것을 그랬다. 여희야, 내 나비야. 내 어디로 간들, 그 하늘하늘한 날갯짓이 그리울 것이다.

원정군의 수준은…… 글쎄. 금오의 재력을 과시하듯 주어진 넉넉한 물자는 만족스러웠고 전투력도 나쁘지 않았다. 연해를 짓밟으며 신나게 돌아다니던 오랑캐들은 금오의 군대가 가는 곳마다 꼬리를 말고 도망치기 바빴으니까.

다만 내 마음에 거슬리는 건 그들의 행동거지였다. 하루가 멀다 하고 약탈을 한 병사를 처벌하고 있음에도 도저히 나아지지를 않는 것이다.

약탈과 방화도 전략의 하나라는 건 나도 잘 알고 있다. 하지만 그건 적국과의 전쟁에서나 쓸 법한 전략이지 않나. 연해는 동맹국이고 우리는 구원군의 입장인데. 군령으로 엄히 금하였음에도 약탈을 하다 끌려온 병사를 또 보고 있자니 그저 한숨이 나온다.

“네가 무얼 잘못했는지는 아느냐?”

“모릅니다.”

“내가 약탈을 하지 말라 엄히 금하였는데, 군령이 우습게 보였느냐.”

내가 호통을 치니 갑자기 졸아붙은 어깨를 한 병사가 흘끔흘끔 내 눈치를 본다. 이렇게까지 야단을 맞을 줄은 몰랐다는 얼굴이어서, 몹시 화가 난다. 그동안 처벌을 받은 병사가 양손으로 헤아릴 수 없이 많은데, 그들이 다 누구에게 벌을 받았다 여긴 겐가.

“……하, 하지만 장군님! 겨우 먹을 것 좀 얻어먹고 계집 몇 데려다 즐긴 것뿐인데, 그게 그리 죄가 됩니까? 늘 하던 일이라 소인은 뭐가 나쁜 건지도 잘 모르겠습니다.”

“먹을 것 좀 얻어먹고 계집을 데려다 즐겼다…….”

나는 기가 막힌 심정으로 주변을 둘러보았다가 다른 병사들 역시 그와 같은 얼굴을 하고 있는 것을 보고 할 말을 잃었다. 이들의 눈에는 연해의 사람들이 사람으로 보이지 않는가. 긴 전쟁에 굶주리는 아이가, 그 아이를 지키려 애쓰는 어미가 보이지 않는 겐가. 안 그래도 지옥도의 한 장면이나 다름없는 곳에 왜 또 덧칠을 하려 하나. ……그래, 동정을 베풀고 사람의 마음을 유지하기를 바라기엔 전쟁터라는 곳이 참 더럽고 끔찍하지.

칼을 뽑아 병사의 목에 겨누니 그의 안색이 창백해진다. 동정과 인간다움을 바랄 수 없다면 군인답기를 바라야겠다.

“네가 말한 그것이 바로 약탈이다. 전쟁이 끝나면 공과에 따라 당연히 내려질 포상을 네 멋대로 가져다 쓴 짓이고. 군령을 어기고도 당당히 입을 놀리는 꼬락서니를 보니, 그동안 먼 길 떠난 원정군이라고 무르게 대했던 내 태도에 문제가 있었던 듯싶다. 내 오늘 본보기를 보일 테니, 군령의 지엄함을 깊이 새기도록 하라."

뜨뜻한 피가 풍기는 비린내가 확 밀려들고 눈앞이 뻘겋게 물들었다. 때가 벌건 대낮이라 병사들의 얼굴에 어린 공포가 똑똑히 눈에 들어온다. ……입맛이 쓰긴 하지만 공포처럼 효율적인 도구도 없다. 나는 아직 이름도 모르는 부관에게 뒤처리할 것을 명령하고 자리를 떴다.

그러고 보니 이전에 이런 일들을 내가 겪지 않았던 것은 오로지 장 무관 덕분이었다. 죽으라 내보내진 전쟁터에서 살아남기도 바쁜 상관을 모시느라 고생했을 그의 노고가 새삼스럽다. 그가 자주 하던 농지거리를 떠올리고 있는데, 부관이 들어와 보고를 시작했다.

"장군님. 시신은 적당히 수습하여 부근에 묻으라 하였고, 약탈해 온 물자와 여자들은 죄다 돌려보냈습니다. 이번에야말로 엄히 단속하였으니 다음에는 절대 이런 일이 없을 것입니다."

"고생했군. 나가보게. ……음? 할 말이 있으면 하게."

축객령에도 나가지 않고 움찔대는 것이 뭔가 할 말이 있는 것 같다. 나는 자리를 권했지만 그는 거기에 앉는 대신 비장한 표정으로 입을 열었다.

"장군님, 저를 좀 더 신뢰하실 수는 없으십니까. 혹 그게 힘드시면 병사들 앞에서는 저를 신뢰하는 척이라도 좀 해주십시오. 장군께서 저를 믿지 않으시니, 제가 아무리 병사들을 타일러도 소용이 없습니다."

"……그리 느꼈다면 미안하네. 말이 적고 행동거지가 답답하다고 늘 잔소리를 들었지만 좀체 고쳐지지가 않아. 자네를 믿지 못하는 건 아닐세."

"아직 제 이름도 모르시지 않습니까."

"……."

"제 이름은 장율입니다. 장 무관이라 부르셔도 좋고, 장 부관이라고 부르셔도 좋고, 장율이라고 불러주시면 더 좋습니다."

말문이 막혀 입을 다문 나를 앞에 두고 그는 덤덤하게 자신을 소개했다. 그를 새삼 살펴보니 아직 주름이 잡히지 않은 팽팽한 얼굴 가죽과 훤칠한 장신을 가진 건장한 청년이었다.

"나는…… 장씨 집안의 남자들과 인연이 많은 모양이야. 이전에 쭉 같이 다녔던 부관의 성씨도 장씨였지. 장율이라 하겠네."

장율의 얼굴에 미소가 피어나니, 흰 이를 드러내며 웃는 얼굴이 제법 미남이다. 고향에 있을 때에는 여자가 줄줄이 따랐으렷다. 저 젊은 청년이 하필 내가 수장인 원정군에 따라 왔을 땐 영 좋지 않은 이유가 있었을 것이다. 높은 자리에 있는 누군가에게 미움을 받았다거나 하는 것 말이다.

그를 억지로 자리에 앉혀 놓고 얼마 안 되는 짐을 뒤져 술잔을 꺼냈다. 장 무관이 언젠가 꼭 필요할 거라며 주고 간 것이었다. 후후, 이걸 이리 쓰게 되다니. 얼결에 잔을 받은 장율의 얼굴에 당혹이 어렸다.

"장 무관이 준 술잔인데, 장율 자네와 처음으로 쓰게 되는군. 한잔하겠나?"

"저는 술을 잘 못합니다……."

심히 부끄러워하며 술을 거절하는 그의 귀 끝이 벌겋다. 남자답지 못하다, 타박을 많이도 들었으리라 짐작이 갔다. 나도 그랬으니까. 그저 나는 지위가 있고 가문의 이름이 있어 대놓고 면박을 당하지 않았을 뿐이다. 시간이 지나며 술맛을 알게 된 뒤로 주량으로는 누구에게도 지지 않게 되었지만 말이다. 하지만 안타깝게도 여기는 금오가 아니라 연해이고, 전쟁 통에 술은 사치스러운 음료다. 해서 술병 대신 물병을 탁자 위에 올렸다.

"이런 때에 술이 어디 있겠나. 그저 기분이나 내보자는 게지. 자, 받게. 향이 좋은 술일세."

"감사합니다."

"출신이 어떻게 되나? 원정길은 고된 데다 특히 내가 수장으로 있는 전쟁터는 보수도 짜다고 소문이 자자할 터인데 나를 따라오다니 자네도 참 운이 없군."

"정릉 옆에 있는 작은 고을 출신입니다. 저…… 장군님을 따라오는 것에 불만은 없습니다. 스스로 자원했거든요."

나도 모르게 손이 멈췄다. 장율은 물을 마시고도 술에 취한 것처럼 뺨을 발그레하게 물들이고 오랫동안 나를 동경해 왔노라, 내 가문의 업적을 칭송하였다. ……어깨가 묵직해지는 기분이다.

"대나무가 부끄럽도록 꼿꼿하신 기상이 참으로 군인의 귀감이라, 오랫동안 흠모해 왔습니다. 곧 황제폐하께서도 그 굳센 마음을 알아주시겠지요."

"……그런가."

문득 폐하와 나누었던 술잔을 생각했다. 환영연회를 파하고 가진 짧은 독대에서, 폐하께서는 내게 술을 내렸다.

"이 장군이 미운 게 아니야. 다만 그대가 이만 굽혀주기를 바랄 뿐일세. 이 장군이 생각하는 것보다 장군의 가문이 가진 영향력이 막대하다는 걸 아는가? 그 영향력으로 내게 도움이 되어줄 수 없다면, 차라리 멀리 떠나 있게나. 그게 장군이 내게 충성하는 길이야."

폐하가 말씀하시던 그 영향력은, 내게는 그야말로 허상과 같은 것이었다. 있다고는 하는데 도대체 경험해 본 일도 없고 확인해 본 일도 없는……. 하지만 장율을 보니 폐하의 말씀이 이해가 간다. ……내 가문을, 내 등을 바라보는 이들이 있었구나.

소녀처럼 수줍어하며 웃는 장율을 보고 있자니 어쩌면 돌아가도 좋을지도 모르겠다는 생각이 들지 뭐냐. 이제 나를 반기며 너울너울 춤춰줄 나비는 없지만 그래도 나를 기다리고 내 등을 바라보는 사람들이 있다 하니 힘이 나는 것만 같다. ……이렇게 불충한 신하는 또 황명을 어길 생각을 한다.

"돌아가면, 자네 부모님을 좀 뵙고 싶군."

"예, 매우 기뻐하실 겁니다."

술잔에 담긴 물이 정말 달콤한 술처럼 부드럽게 목을 넘어갔다. 금오를 떠난 이후로 가진 모처럼 즐거운 시간이었다.

시간이 흐르면서, 장율은 내게 좋은 벗이 되어주었다. 그는 힘든 상황에서도 웃음을 잃지 않는 사내였고, 강직하고 올바른 심성을 가진 사람이라 언제나 나를 단속하는 거울이 되어주는 사람이었다. 나의 통솔과 그의 지도 아래, 원정군의 군기는 갈수록 엄정해져 갔다. 장율은 이를 두고 '우리 군 전부가 장군님의 취향이 되어간다'며 농을 해대곤 했다.

그리고 이 년이라는 세월이 한순간처럼 흘렀고, 지긋지긋한 전쟁이 끝나가는 것이 느껴지기 시작했다. 생각했던 것보다 이르게 찾아올 귀환을 기대하며 마음이 부풀어가던 그 무렵, 내게 한 통의 편지가 날아들었다. 운제가 신뢰하여 부리는 종이 초췌해질 대로 초췌해진 모습으로 찾아와 건넨 것이다.

낯익은 글씨에 반가움이 든 것도 잠깐, 곧 온몸의 피가 싸늘하게 식어가는 기분에 손이 떨렸다. 역모. 혹여 바깥으로 새었다간 피바람이 불 내용이 정갈하게도 쓰여 있었다. 나는 서둘러 편지를 접어 넣고 종을 노려보았다. 그는 두 손을 앞에 모으고 충직하게 서 있었다.

"꼭 직접 전하라 하셨습니다요. 답장은 필요 없지만 대답은 듣고 오라 하셨습니다."

"편지의 내용이 무언지 아느냐."

"소인은 글을 모릅니다."

"내가 널 죽일 수도 있다고, 운제가 일러주지 않았느냐."

내 물음에도 태연하던 종의 안색은, 내가 부러 살기를 일으켜 위협을 가하자 그제야 창백해졌다. 모아 쥐고 있던 손이 달달 떨리고 주름진 눈가에 경련이 일었다. 덜덜 떨리는 몸이 눈으로 확인이 될 정도가 되었을 즈음, 살기를 거뒀다. 이 정도면 충분히 겁을 먹었으리라.

"너, 나를 만나러 온 것 전부를 없었던 일로 하여라. 누가 물으면 네 목숨이 끊어지는 한이 있더라도 말해서는 안 된다."

저 고집. 운제가 부리는 종들은 하나같이 제 목숨 귀한 줄 모르는 고집쟁이들이다. 왜 그래야 하는지 이유에는 관심이 없지만 대답을 듣기 전에는 절대 물러서지 않겠다는 고집이 그의 얼굴에서 엿보였다. 나는 기어이 한숨을 삼켰다.

"이유를 말해주지 않는 것은, 그가 아직 나의 벗이기 때문이다. 네 주인에게 전해줄 대답이 필요하다면……. 그래, 장율이라고 말하여라. 내 부관되는 사람인데, 운제가 찾는 조건에 아주 딱 들어맞는 이라고."

종은 그날 밤 어둠을 틈타 떠났고, 나는 막사를 밝히는 호롱불에 편지를 태웠다. 역모를 꾀하는 증거물을 섣불리 남겨둘 수는 없었으니. 불에 먹히는 얄팍한 종이를 보고 있자니 수많은 감상이 머리를 스쳤다.

역모, 역모라. 지금의 황제폐하께서는 그리 자비로우신 성정이 아니시긴 하여도 역모를 꾀하는 이가 나타날 만큼 실정을 하시는 것도 아닌데 대체 무슨 일일까. 운제, 이 친구는 대체 왜 그런 무서운 생각을 했을까, 과연 승산은 있는 일일까…….

"……어떻게든 하겠지."

나도 모르게 피식 웃음이 난다. 그래, 그 친구라면 어떻게든 해낼 것이 틀림없다. 마음먹은 대로 하지 못하는 일이 생기는 것이 더 이상한 친구가 아니었던가. 그러니, 나는 애써 그의 속을 짐작하려 안달내지 말고 운제가 원하는 대로 연해에 쭉 머물러 있기만 하면 되는 것이다. 운제가 무사히 일을 마칠 수 있도록, 이 충성심 없는 신하는 입을 다문다.

운제가 하는 일이 성공해야…… 내 나비가 무사할 것이 아닌가. 큭, 여희는 이제 내 나비가 아닌데 미련을 버리지 못하고 아직도 내 나비라고 중얼대는 이 미련한 마음이 우습다.

나는 그렇게 내 마음을 비웃고 비웃으며 남은 시간을 보냈다. 귀환하는 여정에 장율만 보낼 때에는 그가 워낙에 화를 내고 같이 돌아가자 애원을 하는 통에 몹시 곤란하였지만, 내가 돌아가지 않는 것이 바로 황제폐하께서 원하시는 일이라는 말에는 그도 입을 다물었다.

"그리고 연해의 일이 아주 마무리된 것도 아니지 않나. 나는 좀 더 뒷수습을 하다가 때를 보아 돌아가겠네."

"옆에서 잡아끄는 사람도 없는데 장군님께서 퍽이나 돌아오시겠습니다. 돌아갈 노력은 하실 겁니까? 아니, 금오로 돌아갈 마음은 있으십니까?"

"하하……."

입술을 앙다문 장율의 얼굴에 어린 불만과 깊이 갈무리된 분노를 보며, 나는 속으로 한숨을 삼켰다. 아, 운제는 이런 효과를 노렸을지도 모르겠다. 나는 잘 모르고 있던 내 가문의 영향력을 이렇게 쓰려고 나더러 돌아오지 말라 하였나.

이 년의 세월 동안, 노오란 병아리에서 그럭저럭 쓸 만한 남자가 된 장율의 어깨를 두드려주고 돌아섰다. 나를 바라보는 수천의 눈을 외면하고 돌아서서 바라본 석양은 너무 붉고 붉어서 해가 쏟은 핏물 같았다.

그렇게, 나는 낯설되 낯설지 않은 연해의 땅에 홀로 남았다.

2장

이산 - 목련을 만나다

좋은 부하이자 벗이 되어주었던 장율을 비롯해 이 년여를 동고동락한 병사들을 모두 떠나보내고, 나는 기이할 정도의 무기력감에 사로잡혔다. 정릉, 그리운 고향의 나비에게 죄다 내어주고 그나마 조금 남아 있던 마음마저도 그들과 함께 떠나보낸 것만 같았다.

좋은 음식을 먹어도 맛있는 줄을 모르겠고, 편안한 잠자리에서 잠을 자도 좋은 줄을 모르겠다. 그뿐이랴? 굶주린 아이를 보아도 불쌍한지 모르겠고 전쟁 통에 간살당한 여인네의 시신을 보아도 아무 감흥이 없다. 고통도 아픔도 모두 잊은 병신이 된 것 같아 기분이 아주 묘하다. ……하지만, 그게 그리 나쁘게만 느껴지지는 않으니 나도 참 어쩔 수 없는 사람이라.

치마를 뒤집어 쓴 채 죽은 처녀의 시신을 우물에서 끌어낸 날에는 하늘이 참 맑았다. 최근에 오랑캐의 잔당들이 이 지역을 한바탕 뒤집어엎고 갔다더니 이런 꼴을 볼 줄이야. 몇몇 비위 약한 병사들이 퉁퉁 불은 살점을 수습하며 헛구역질을 했다.

"이 처녀를 아는 사람이 있는지 확인해서 시신을 인계하고, 혹 신원을 못 찾으면 저어기 나무 아래에 묻어라. 이 우물은 파묻어 버리도록 하고."

"예에. 우욱!"

"쯧, 비위 하고는……."

"아니 그게…… 이 처녀 나이가 딱 제 누이만 한지라…… 우욱!"

연신 헛구역질을 하던 병사는 내 타박에 대꾸를 하다 토사물이 올라오는지 입을 틀어막았다. 나는 물에 젖어도 곱게 반짝이는 붉은 옷자락을 보며 이 처녀가 살아 있을 적에 얼마나 곱고 예뻤을지를 생각했다. 하지만 역시나 감흥이 없다. 이미 죽은 사람을 두고 하기에는 참 쓸데없는 생각이 아니냐.

절레절레 고개를 젓고 오랑캐의 잔당을 쫓을 경로를 생각했다. 산지가 많고 굴곡이 심한 지역이니 분명 산자락 어딘가에 숨어 있을 것이다. 멀리 도망치기에는 시간도 부족하고 갈 곳도 없으니, 빠른 시간 내에 찾아내는 것이 문제일 뿐 소탕은 그다지 어렵지 않을 거였다. 찾아내 모두 목매달아 죽이고 시장 바닥에 걸어둔다면 이 지역 사람들의 마음이 조금은 나아지겠지.

"저어, 장군님."

한참 생각에 잠겨 있는데 웬 멀끔한 청년이 나를 찾아와 이 고을의 수령이 나를 보자 한다고 말을 전했다. 나를 불러 무얼 할지 보지 않아도 보이고 듣지 않아도 들려 비웃음이 났다.

“마을이 쑥대밭이 되었는데도 나를 불러 대접할 여력이 남았나 보지?”

“그저 성의를 보이려는 것입니다.”

내 뒤통수를 찌르는 시선들이 느껴진다. 보나마나 병사들의 것이다. 설마하니 이 꼴을 보고도 가려는가 하는 의심이 섞인 시선들이다. 나는 늘 하던 대로 필요 없다, 거절하려다가 마음을 고쳐먹었다. 어차피 내 나라의 병사도 백성도 아닌데. 이제 내 옆에서 잔소리를 할 사람도 없고 많이 마신다고 화를 낼 사람도 없는데.

“기꺼이 가겠다고 전해라.”

어딜 가든 오랑캐의 잔당을 소탕하러 다닐 때마다 고을의 수령들이 나를 불러 대접하기를 서로 경쟁하듯 하기 시작한 것은 그때부터였다. 그들은 내가 귀신이라도 되는 양 내 눈빛만 받아도 벌벌 떨며 주절주절 입을 놀렸다. 도망치기 바쁘던 오랑캐조차 내 그림자를 보면 악을 쓰며 기어 나오는데. 이들은…… 아니, 되었다. 한심하고 미우면 무얼 하나. 내 나비는 이미 날아가 버렸고 나는 여기 묶인 개가 되어 짖고 싸우다 죽을 텐데.

쏟아지듯 들어오는 각종 보물과 재물을 보면서도 나는 그다지 욕심이 나지 않았다. 아름다운 목걸이를 걸어주고 가락지를 끼워줄 나비가 내 옆에 없는데 그게 다 무슨 소용이란 말인가.

주인이 관심을 두지 않으니 나를 수행하던 종자가, 잠자리를 챙겨주던 여종이 몰래몰래 하나씩 재물을 빼돌렸다. 나의 방치 아래 그들은 점차 대담해져, 나중에는 내게 들어오는 재물의 일부가 아닌 전부를 빼돌릴 것을 꾀하기도 했고, 실제로 성공하기도 했다.

나는 그들의 행각을 알면서도 그냥, 내버려 두었다. 어차피 처음부터 내 것이 아니었고 그리될 것도 아닌 거였다. 난 그저 향기 좋은 술과 빛깔 고운 달만 있으면 되었다.

흰 잔에 담긴 노란 술에 노란 달을 담아 홀짝 마시니 달콤한 꽃향기가 코끝을 맴돈다. 민숭민숭해진 마음은 시간이 지나도 멀쩡해질 기미가 보이지 않고, 술만 자꾸자꾸 들어간다.

본래 이렇게 달이 좋은 밤에는 나비와 함께 시를 지으며 놀았는데, 이곳 연해에는 나와 그리 놀아줄 사람이 없다. 있는 거라곤 빈 잔에 술을 채워주며 교태나 부릴 줄 아는 계집들과 내 눈치를 살살 보는 사내놈들뿐이니. 흐…….

"장군님."

내내 정자 밖을 내다보던 몸을 돌려 뒤를 돌아보았다. 얼굴에 약간 짙은 화장을 한 계집이 술병을 들고 있었다. 어쩐지 조용하다 했더니 이 정자에는 이 계집과 나 단둘뿐이었다. 나만 일찍 와서 술을 퍼마시고 있는 줄 알았는데 보아하니 그게 아니다.

요란한 연회 대신에 술과 계집을 준비한 건가. 정재화라는 사람, 눈치가 좀 있는 모양이다. 내가 연회에 가서 술만 퍼마신다는 걸 알아채다니. 하지만 그런 것치고는 여자가 조금 떨어진다. 미모야 나무랄 것이 없지만 이제껏 보아오던 연해의 다른 기생들보다는…… 요염함이나 교태가 부족하다고 해야 하나.

아니, 떨어지는 게 아니다. 다른 기생들과는 다른 매력이 있는 거다. 살포시 내리깐 눈, 달빛을 받아 희게 빛나는 고운 얼굴, 봄날의 목련인 양 한없이 단아한 자태. 볼수록 매력이 있는 계집이다.

"한 잔 받으시어요. 제 손이 부끄럽습니다."

바로 어제까지 오랑캐의 잔당들을 쓸어내고 왔던 나다. 아직도 내 몸에서는 피비린내가 가시지 않았을 터인데, 계집은 대담하게 웃으며 내게 술을 권했다. 홀린 듯 내민 술잔에 노란 술이 찰랑찰랑 차올랐다.

하하. 이 낯선 땅에서 보는 달이 고향의 것과 어찌나 닮았는지 이제는 눈앞의 계집이 내 나비로 보일 지경이라니, 내가 많이 취하긴 한 모양이다.

"누구냐."

"이 밤, 장군님을 뫼시러 왔사옵니다."

역시 닮았다. 여기저기 떠도는 전장살이에서 낯선 땅의 관리들이 내게 안겨주는 계집들은 귀찮은 날파리들이었는데 이 계집은 다르다. 마음에 든다. 내리깐 눈꺼풀도, 얌전히 모아둔 흰 손도, 목련처럼 단아한 자태도.

"……몹시 닮았구나."

저가 누구와 닮았는지 묻지 않는 점도 마음에 든다. 달만치 흰 얼굴을 감싸 안고 입을 맞추니 그 입술에서 달큼한 술내가 났다. 술상을 밀어 치우고 앞섶을 풀어헤쳤다. 뽀얀 앙가슴이 달빛에 드러나 하얗게 빛을 낸다. 급히 손을 올려 주무르니 듣기 좋은 소리가 났다.

치마 아래에 손을 넣어 여름날의 대나무처럼 매끈한 다리를 쓰다듬었다. 약간 차갑던 살갗은 내가 손을 대어 문지르자 따뜻하게 데워져 말랑말랑하게 손에 감겼다. 가느다란 발목에 입맞춤하고 종아리를 쓰다듬다 허벅지를 어루만지니, 계집이 부끄러워하며 몸을 비틀었다. 아, 술이 오르는가. 한순간에 몸이 뜨겁게 달아올랐다.

쓸데없이 크다고 생각했던 방석을 보료 삼아 계집을 눕히고 거추장스러운 옷자락을 죄 치워 버렸다. 가느다란 목덜미에, 고운 선을 그리는 허리에, 예쁜 배꼽에 코를 박고 개처럼 킁킁대자, 살갗에 배어 있는 백단향이 날 미치게 한다. 그립고 낯익은 향기.

살갗과 살갗이 거칠 것 없이 맞닿는 감촉이 왜 이리 좋은지, 선뜩한 밤공기에 조용한 정자에서 뜨겁게 느껴지는 건, 서로의 체온뿐이라. 내 목을 끌어안은 팔과 내 허리를 감은 다리가 날 짐승으로 만들었다.

"흐으……."

내가 품은 계집의 몸은 지나칠 정도로 뜨겁고 안락했다. 머릿속이 텅 빈 것처럼 생각을 할 수가 없다. 이제껏 나를 술독에 빠져 살도록 만들었던 많은 번뇌가 몽땅 거짓인 양, 나는 계집의 몸을 탐했다.

슬쩍 엉덩이를 뺐다가 다시 찔러 넣을 때마다 갓 잡은 생선처럼 퍼드득대는 몸이 재미있다. 젖가슴을 주무르고 유두를 빨아들이면 고양이처럼 가르릉대며 아래를 조이는 것이다. 그때마다 눈앞이 하얗게 번쩍이고 입에서는 절로 신음이 흘러나왔다. 아찔한 쾌락에 사로잡힌 밤이었다.

뾰로롱 뾰롱 뾰로로롱.

시끄러운 새소리에 눈을 뜨니 벌써 아침이었다. 눈에 보이는 건 정자의 천장에 그려진 화려한 용 그림이고, 몸에 덮여 있는 건 어디서 생겼는지 모를 도톰한 이불이다. 무심결에 옆자리를 더듬었지만 누워 있는 건 나 혼자.

새벽안개 자욱한 정자, 술상마저 깨끗하게 치워져 지나치게 넓게 느껴지는 이곳에 남은 건 오로지 나 혼자였다. 간밤에 품었던 계집은 연기처럼 사라지고 없어 빈 가슴에 바람이 불었다.

"하하……. 운제가 알면 노발대발하겠군."

나를 두고 무슨 내기를 했는지, 연해에 남아 있는 동안에는 절대 계집을 안지 말라고 하였는데. 평판이 떨어질 만한 짓을 골라 하면서도 나름 지키려 노력하였던 마지막 선이, 이렇게 깨어져 버렸다.

씁쓸하게 웃으며 머리맡에 놓인 자리끼를 들이켰다. 그리고 그날 이후로, 나는 모든 전장에서 제외되어 산골짝의 작은 집에 처박히게 되었다. 소처럼 부려지던 것이 빈둥대는 돼지가 되었던 것이다. 전쟁의 뒷마무리를 마저 끝내려면 아직 내가 필요할 것인데 어찌된 일인지 알 수 없지만 어차피 남의 나라 전쟁이니 내 알 바 아니라.

시원한 툇마루에 앉아 술을 홀짝이는 것이 하루의 일과가 되었다. 산자락을 휘감고 불어온 바람이 풍경을 흔들고 지나간다. 하루가 어찌 가는지 모르게 느리게 흐르는 것이, 산중에서 달음박질하는 계곡물처럼 살다가 갑자기 호수에 고인 물이라도 된 기분이다.

"으앗—차! 아이고, 힘들어라."

어린 계집이 작은 보퉁이를 하나 들고 마당에 들어왔다. 손바닥만 한 마당이라 헤진 신발이며 흙먼지로 범벅이 된 얼굴이 아주 잘 보인다. 저를 쳐다보는 나를 발견했는지 계집이 움찔 놀란다. 네 어찌 왔는지는 모르지만 여긴 올 곳이 못되니 얼른 가라.

"장군님! 안녕하셔요! 저는 소람이여요! 아씨께서 보내셨어요!"

안 도망가나. 작은 계집이 큰 눈을 반으로 접어 웃더니 척척 움직였다. 구석진 곳, 있는지도 몰랐던 하인방에 제 짐을 던져 넣고 바지런을 떨지 뭐냐.

"아유, 지저분해라. 마당은 깨끗해야 보기가 좋은 거여요. 낙엽이 이리 굴러다니면 정신 사나워서 어찌 산다요. 아차, 장군님. 술은 당분간 금지여요. 안색이 말이 아니셔요! 아씨께서 걱정 많이 하시니 한동안은 참아주셔요."

"……네 얼굴에 묻은 먼지나 좀 닦으려무나."

"아이코! 제가 조 아래 언덕배기에서 넘어지면서 정신머리도 거기 빼놓고 온 것 같으네요. 후딱 닦고 올게요."

제 얼굴을 쓸어보고 깜짝 놀란 계집이 후다닥 사라졌다. 그 와중에도 술병이며 술잔을 채가는 솜씨가 황조롱이 못지않다. 산중턱에 걸쳐진 작은 집에서 술이나 마시며 세월을 보내는 것이 참 좋았는데 계집이 부산스러워 다 그른 것 같다.

햇살이 따스해 깜빡 잠이 든 모양이었다. 야무지게 몸을 흔드는 손길에 부스스 일어나니 아까 그 계집이 부루퉁한 얼굴을 하고 있다. ……음식 냄새가 났다.

"장군님, 제가 안색이 말이 아니라고 했지요! 술만 자시고 밥은 아니 드시니 그렇지요. 주무실 땐 주무시더라도 한술 밥은 뜨고 주무셔요."

"……안 먹어도 된다."

"아이고~ 황달 걸린 어린애처럼 얼굴은 누렇게 뜨셔가지고 그런 말씀 하시면 누가 믿나요. 어여 좀 드셔요. 제가 옆에서 지키고 있을 거니 다 드셔야 해요."

귀찮은 계집인데 어린아이라 손을 대질 못하겠다. 늙은 것들이야 어차피 갈 때가 되었으려니 하고 손을 쓰는데 차마 피지도 못한 어린 싹을 꺾는 것은 못할 짓이라.

억지로 한술 떴으되 그 맛이 좋아 한 그릇을 다 비웠다.

"그렇지요, 잘하셨어요! 이제 제가 꼬박꼬박 상을 차려 올릴 테니 끼니 거르시면 안 되셔요. 아씨께서 제게 얼마나 단단히 이르셨는데요."

숟가락을 내려놓으니 왜인지 모르게 신바람이 난 계집이 쉼 없이 종알대며 상을 치웠다. 계집이 종알대는 소리가 산새 소리 같으니 내 귀가 이상해지기라도 한 건가. 멀리 보이는 산 너머로 해가 넘어가며 시뻘건 피로 하늘을 칠해놓는다. 매일 죽고 매일 태어나니 네 삶이 기구하구나.

소란스럽고 귀찮은 어린 계집이 산중 작은 집에 올라와 살기 시작한 지 달포가 지났을 무렵에, 목련 같은 계집이 찾아왔다. 멀리서도 한눈에 보이는 목련이라 기다리고 있으려니 살포시 웃는 것이 제법 곱다. 손에 들린 보퉁이에서 좋은 향내가 나는 것이 술을 챙겨온 모양이다.

"이화주를 조금 챙겼습니다. 고향의 술만은 못하여도 제법 마실 만하실 거외다."

"소람인지 솜인지 하는 어린 것이 술이라고는 구경도 못 하게 하여서 뭐든 좋을 것이다."

"이런……. 소람이에게 상을 줘야겠습니다. 호호."

"상은 무슨. 썩 데리고 내려가라."

"장군님 신색이 이리 좋아지셨으니 큰 상을 줘야지요. 그동안 죽어나간 종이 한둘이 아닌데 이만큼 잘 있으니 그도 대견하고요."

내가 그리 많이 죽였던가. 멍한 머리로 생각을 해봐도 그다지 세어지지가 않는다. 귀찮게 해서, 말이 많아서, 그림자 같이 조용한 것이 기분 나빠서……. 그래서 죽였던 것 같다.

작은 술상을 사이에 두고 맞은편에 앉은 목련이 술을 따랐다. 조용히 피어오르는 향기가 운치가 있는 좋은 술이다.

"맛이 어떠십니까? 제가 정성으로 빚은 것입니다."

"술 맛이야 다 그렇지. 향은 좋구나."

"제 눈은 못 속이십니다. 한 잔 더 드시어요."

목련이 주는 술을 한 잔, 두 잔. 그리고 나도 한 잔, 두 잔 따라주니 목련도 한 잔, 두 잔. 뽀얀 술에 바람을 담고 구름을 담고 달을 담아 마시니 다시 목련이 나비로 보인다. 이런 이런, 달빛을 받으면 목련이 나비가 되는 것이었구나. 하얀 꽃잎이 날개가 되어 나는 것이었구나.

"목련…… 목련이 나비가 되었구나."

"제가 목련이옵니까, 아니면 나비이옵니까?"

"해를 받으면 목련이요, 달을 받으면 나비지. 이리 오너라."

달을 받아 나비가 된 목련을 안았다. 구름처럼 올린 머리를 내리고 찬바람에 꽁꽁 싸맨 옷가지를 풀어헤치고, 그 안에 숨겨진 달콤한 향기에 흠뻑 취했다. 흰 달빛 아래 옅은 분홍빛으로 빛나는 몸은 보드랍고 따스하게 나를 덥혔다.

"여희…… 여희야."

"흐읏……."

"내…… 나비……."

내가 흔드는 대로 함께 흔들리는 몸이 나비가 되어 팔락팔락 날갯짓을 한다. 산중 작은 집, 달빛이 새어 들어오는 작은 방에 하얀 나비가 와르르— 와르르—. 아무리 손을 휘저으며 잡으려 애써도 손가락 사이로 죄 새어나가 버리는 매정한 나비.

달빛을 받아 나비가 된 목련은, 달빛이 사라지자 함께 자리를 떴다. 분명 어젯밤에 잠들 적에 고운 손을 꼭 붙들고 잠이 들었는데, 시끄러운 산새 소리에 깨어보니 방에 누워 있는 건 나 혼자인 것이다. 매정한…… 매정한 계집 같으니라고. 그런 건 닮지 않아도 되는데.

"장군님! 아침 드시어요!"

부산스러운 계집이 날 불러댄다. 방 안에까지는 들어오지 않고 밖에서 불러대기만 하는 걸 보니 지난밤에 뭔 일이 있었는지는 아는 모양이다. ……알면 좀 더 시간을 주면 안 되나. 보드라운 솜이불에서 몸을 빼내기가 참, 어렵다.

"어어? 장군님 얼굴이 왜 그러셔요?"

"뭐라도 묻었느냐."

"아니요, 그게 아니라……. 저는 환~하게 광채가 날 줄 알았거든요! 우리 아씨가 다녀가셨잖아요!"

"시끄럽다. 상이나 내오너라."

저 작은 계집이 말끝마다 종알대던 아씨가, 목련이었나. 그러고 보면 종을 계속 올려 보낸 것도, 술을 보낸 것도 모두 목련이 한 일이렷다. 기생 차림을 하고는 있지만 도무지 그렇게 보이지 않는 단정한 몸가짐도 그렇고, 사람을 편하게 부리는 것도 그렇고. 목련은 대체 정체가 뭐기에……. 아니, 되었다. 생각해서 무얼 하려고.

고개를 흔들어 잡생각을 털어내고 밥상을 받았다. 작은 손으로 야무지게 차려온 밥상은 분명 어제와 같은 찬인데 이상하게 맛이 없다. 내 먹는 모습을 빤히 보고 있던 계집이 입을 삐죽 내밀었다. 내가 제대로 먹지 않는 것이 불만스러운 모양이다.

"……네가 그리 보면 잘 먹던 것도 안 넘어가겠구나. 그만 좀 보아라."

"좀 맛있게 드시면 아니 되셔요? 제가 아침 일찍부터 열심히 만든 것인데!"

"……어제랑 같은 것 아니었느냐."

"아니어요!"

작은 계집이 뺨을 있는 대로 부풀리고 종알댔다. 이것도 새로 한 것이고, 저것도 새로 한 것이고……. 결국 다 귀찮아져서 오냐오냐 대충 대답해 주고 마저 먹었다.

이후에도 목련은 종종 술을 싸들고 찾아왔고, 나는 그녀가 찾아오는 보름날이 되면 종일 문가를 흘끔대기 바쁜 한심한 사내가 되었다.

"네가 빚는 술은 맛이 좋구나. 좀 많이 가져오는 게 어떻겠느냐?"

"소녀의 술이 아니어도 종일 술을 드시는 분께서 그런 말씀을 하시다니……. 양심도 없으십니다."

"너나 저 작은 계집이나 똑같은 소리를 하는구나. 주종이 쌍으로 잔소리쟁이들이다."

내 볼멘 투덜거림에 목련이 입을 가리고 웃었다. 갈수록 열어지는 화장이 목련의 얼굴과 꼭 어울려 보기 좋다. 그래도 앵두처럼 통통하고 빨간 입술은 여전하여, 가끔 그 입술에 콕콕 입맞춤을 하고 있으면 봄날의 앵두를 탐하는 새가 된 것 같은 기분이 들었다.

"입술 연지는 바르지 말아라."

"왜 그러십니까?"

"앵두에서 다른 맛이 나잖느냐."

"쿡! 왜 그러시나 했더니……. 하하."

들고 있던 잔마저 내려놓고 웃는 얼굴이 어여쁘다. 벌써, 달이 떴나. 달빛을 받아 나비가 된 목련의 손을 끌어당겨 안고 목덜미에 코를 박자, 은근한 백단향이 스며들었다. 이 향을 맡고 있으면, 나는 이곳이 연해라는 것, 내 품에 안긴 것이 나비가 아니라 목련이라는 것도 잊고 만다. 내 앞에 있는 건 그저 계집, 듣기 좋은 소리를 내고 뜨거운 쾌락을 주는 계집이다. 게다가 나비와 닮아 더 좋은, 그런 계집.

말캉한 젖가슴을 주물러 듣기 좋은 소리를 연주하고 흰 배에 붉은 꽃을 남기는 건 즐거운 일이었다. 아랫도리를 묻은 동굴이 축축하고 뜨겁게 나를 녹여간다. 은근한 백단향과 달콤한 신음 소리에 취해 허리를 흔들자 눈앞이 허옇게 번쩍였다. 신음이 흘러나온다.

"으……!"

"아! 아아! 아앗……!"

고양이처럼 간드러지게 콧소리를 내던 계집이 긴 다리로 내 허리를 꽉 끌어안고 바르르 몸을 떨었다. 절정에 다다른 아래가 움찔대며 나를 조인다. 아찔한 고양감이 솟아올랐다.

몸을 겹치는 횟수가 늘어나면서 서로의 몸에 익숙해지는 모양이다. 방사가 끝나고도 손에 착 감기는 보드라운 살갗을 좀처럼 놓지 못해 계속 끌어안고 지분대자 계집이 웃음소리를 냈다.

"……웃다니……. 아직 그럴 체력이 남아 있나?"

괘씸한 마음으로 시작한 입맞춤이지만, 계집이 적극적으로 안겨드니 다시 피가 몰렸다. 밤이 짧다 허리를 놀리며 서로를 탐하다, 나는 그대로 잠이 들었다. 품에 안긴 계집을 꽉 끌어안은 채로.

목련은 내가 아무리 꼭 끌어안고 잠들어도 아침이 오기 전에 연기처럼 내 품을 빠져나갔고, 그건 함께 보내는 밤이 아무리 쌓여도 변하지 않았다. 처음에는 그게 그리 밉고 화가 나더니, 나중에는 그저 덤덤해지더라. 그래도 가끔은 혼자 보는 해가, 소반에 담긴 작은 아침상이 미웠다.

시간은 똑같이 흘러갔다. 어린 계집이 주는 상을 받고, 술을 마시고, 그러다 성화에 못 이겨 주변을 좀 산책하고 집에 돌아와 잠을 잤다. 너무 평화로운 시간이 이어져 내가 무얼 하러 연해에 왔는지도 잊을 것 같은 시간들.

"장군님, 또, 또 주무십니까. 이리 낮에 주무시고 밤에 술을 드시려고 그러시지요!"

"소람아. 술은 달을 담아 마셔야 맛있는 것이다."

"달빛을 베고 자는 잠도 다디다니, 밤엔 좀 주무시어요."

"네가 많이 늘었구나."

"흥. 서당 개 삼 년이면 풍월을 읊는데, 저는 사람입니다."

입을 삐죽이며 베개를 빼앗아 가는 것이, 이리저리 포르르 날아다니며 한시도 쉬지 않는 산새 같아 제법 귀여운 아이다. 그러고 보면 소람이를 처음 만났을 때에도 산새 같다고 생각했었지.

"글쎄다, 사람은 아닌 것 같고. 다람쥐? 다람쥐도 아닌데. 그래, 산새가 좋겠구나. 쉬는 꼴을 볼 수가 있어야지."

"장군님!"

"하하, 그래. 목소리도 우렁차니 산새가 딱이다."

얼굴을 발갛게 물들이고 씨근덕대던 아이가 부러 발을 쿵쿵 구르며 도망을 친다. 그것이 또 우스워 웃으니 달음박질치는 소리가 더 빨라졌다. 평화로운 날들이었다. 평화로운. 산골의 작은 집을 스쳐가는 여름과 겨울이 그저 아름답기만 한 나날들.

그제와 어제와 오늘이 똑같고 내일도 똑같을 것 같은 어느 날, 목련이 새로운 물건을 가지고 찾아왔다. 항상 술을 들고 올라오던 손에 그날은 긴 장죽을 하나 챙겨온 것이다.

"제가 부러 챙겨온 것입니다. 받으시어요."

"담배는 태우지 않는데."

"한번 태워보면 아실 것입니다. 사람들이 왜 그리 담배를 찾는지."

나는 마음은 식었어도 가슴의 불은 여전하여 내가 내뱉는 숨이, 숨이 아니라 연기는 아닐까 매번 의심스러운데. 너는 왜 네 속에 불을 삼키느냐. 목련이 불을 삼키고 연기를 뱉는다. 가늘게 뜬 눈으로 웃는 모습이 왜 그리 애잔한지.

"너도 담배를 찾는 사람 중 하나인가 보구나."

"가지지 못할 걸 탐냈더니 가슴에 불이 생기더이다. 담뱃불로 그 불을 끄는 중이어요."

"불로 불을 끈다니, 재주도 좋지."

목련이 권하는 대로 장죽을 받아들고 숨을 들이쉬니, 내 것 아닌 불을 삼켜 그런지 가슴의 불이 좀 나아지는 것도 같다. 뱉는 숨에 연기가 섞여도 그것이 내 것이 아니란 생각에 기분이 좋다.

"……좋구나."

목련이 말갛게 웃었다. 그래, 목련은 그렇게 웃어야지. 자꾸 나비가 되면 쓰겠느냐. 나비는 날개가 있어 훨훨 날아가 버리니, 너는 나무에 붙어 꼼짝도 못하는 목련으로 있으려무나.

바람에 흐트러진 머리카락을 정리하는 긴 손가락, 그림처럼 앉은 단아한 자태, 긴 눈 아래 그림자를 드리우는 짙은 속눈썹……. 장죽을 물고 새삼 다시 본 목련은 내가 순간 넋을 잃을 정도로 고왔다. 흠흠, 그리 쳐다보지 말아라, 부끄러우니. 슬쩍 말을 돌려본다.

"산새는 언제 데려가느냐. 귀찮아 죽겠다."

"산새요?"

"소람이 말이다. 하루 종일 종알종알, 잔소리가 심하구나."

"호호, 장군님 곁에 산새가 한 마리 있어 외롭진 않으시겠습니다. 상을 줘야겠어요."

"그놈의 상……. 내가 목련을 기다리느라 목이 빠질 지경이었으니, 내게도 좀 주려무나."

술 대신 담배를 나누고 불을 나눈 밤, 목련을 안았다. 달빛이 쏟아져도 나비가 되지 않은 목련에게서 술 향기 대신 불내음이 났다. 그리고 다음 날 아침, 나는 또 혼자 눈을 떴다. 흔적만 남은 빈자리의 차가움이 내 속을 파고든다. 나비가 아니라 목련으로 있으래도……. 자꾸 나비가 되니 이를 어이 잡을꼬.

목련에게서 장죽을 받은 이후로, 내 낮 시간은 담배를 태우는 시간이 되었다. 그만큼 밤에 자는 시간이 늘어, 산새는 그것이 그리 기꺼웠던 모양이었다. 내가 장죽을 내려놓기 무섭게 구석구석 손질을 하고 반질반질 윤을 내니 목련이 가져올 때보다 더 좋아 보였다.

"산새 너는 내가 불을 삼키는 게 그리 좋으냐?"

"어차피 연기로 다 뱉지 않으십니까. 이것 덕분에 장군님이 밤에 좀 주무시니, 어찌 안 예쁘겠어요."

"너는 내가 자다가 아주 안 일어나면 더 좋겠구나."

"……말은 가려 하셔요."

이크, 산새가 화났다. 던지듯이 냅다 장죽을 내려놓은 산새가 눈썹을 곤두세운다. 그것이 목련의 버릇과 꼭 닮아서 그만 입을 벌렸다. 그런 나를 두고 팩 돌아선 산새가, 그날 저녁을 굶겼다. 제법 배가 고팠지만 지은 죄가 있어 참기로 했다. 술도 아니 마셨으니 빨리 마음을 풀어주면 좋으련만.

참 다행스럽게도 산새의 화는 오래가지 않았다. 저녁을 굶고 밤을 새운 다음 날 아침, 뒤뜰 우물가에서 빨래를 하는 산새를 살짝 불러 머리를 쓰다듬어 주었더니 금방 아침을 차려 내온 것이다. 이리 빨리 풀릴 것을 토라지기는 왜 토라져서.

빨갛게 무친 도라지나물이며 보들보들하게 찐 계란찜이 올라온 상이 푸짐하다. 시간을 잊고 사는 세월, 시간이 가는구나 계절이 바뀌는구나 느끼게 해주는 것은 그저 보름마다 다른 술을 들고 찾아오는 목련과 계절마다 다른 상을 차려주는 산새뿐이었다.

그러고 보니, 시간이 얼마나 지났지. 나는 아직도 나비를 잃은 그날에 머물러 있는 것 같은데 어느새 목련은 나비가 아니라 그냥 목련이 되었고 귀찮은 계집은 산새가 되었다.

"소람아."

"예에. 웬일로 산새 같은 것이 아니라 소람이라고 제대로 이름을 불러주셔요?"

"이름을 몰라서 안 부른 것이 아니다. 네가 올해 나이가 몇이냐?"

"올해 십육 세가 됩니다."

"시간이…… 무정하게도 흐르는구나."

"저희 할아버지 말씀이, 시간은 하늘에 붙박인 별처럼 꿈쩍도 하지 않는 것 같아도 눈을 깜빡이고 나면 어느새 사라지고 없는 것이라 하셨어요. 다음 밤에 보는 별은 어제와 같은 별이 아니니 좋은 구경을 하려거든 놓치지도 말라 하셨고요."

네 할아버지가 참 현명한 분이시구나. 그래, 나이든 노인의 말은 귀담아 들어 나쁠 것이 없지……. 새삼 산새의 동그랗던 얼굴이 갸름해지고 키도 훌쩍 커진 것이 보인다. 쪼그맣기만 하던 계집이 이제는 제법 여인네의 태가 난다. 시간이 이렇게나 흘렀구나. 내 나비는, 내 목련은 어찌 지낼까.

무정하게 흘러가 버린 세월을 새삼 되새겨 보니, 내 나이가 어느새 서른둘이었다. 스물 셋에 금오를 떠나 연해에 왔고, 스물다섯에 이 산골 집에 처박혔으니 벌써 7년이나 흐른 것이다.

뺨이 홀쭉해지도록 담배를 빨아들였다가 연기를 뱉어내자 새파란 하늘에 하얀 연기가 그림을 그렸다. 사방으로 퍼진 연기가 목련의 얼굴이 되었다가, 산새의 얼굴이 되었다가, 운제의 얼굴이 되었다가, 나비의 얼굴이 되었다가…… 사라졌다. 하루도 빼놓지 않고 떠올려 생생히 기억하고 있던 나비의 얼굴이 어느새 흐릿해져 가고 있다. 이게 바로 시간의 힘이런가.

"아직…… 멀었나."

"예? 벌써 다 드신 거여요? 숭늉을 내오려면 조금 시간이 걸리는데……. 차라도 한 잔 올릴까요? 그건 준비해 둔 것이 있는데."

"아니, 그 얘기가 아니다. 소람아, 숭늉은 되었고 술이나 한 병 내오너라. 지난 보름에 목련이 두고 간 것 있잖느냐."

소람이는 뭔가 할 말이 많은 얼굴을 하고 나를 바라보다 그저 한숨을 내쉬었다. 미안하구나, 내 네 말대로 술을 줄여야 하는데. 그런데 도저히 놓을 수가 없구나.

소람이가 입을 삐죽이면서도 차려 내온 술상을 받은 채로 운제를 생각했다. 그 위험천만한 편지 이후로 운제의 소식을 전혀 듣지 못했다. 내가 머무는 곳이 이 산골의 작은 집인 탓도 있겠지만, 종종 목련에게 넌지시 금오의 사정을 캐물어도 깊은 사정을 듣기는 어려웠다. 그래, 여긴 연해고 목련은 금오가 아닌 연해의 기생이니 어찌 쉬이 이야기를 들을 수 있겠느냐. 하물며 감추고 감췄을 역모를 어찌……. 이것 참 심란하구나.

보름날, 새로 담근 이화주를 들고 찾아온 목련은 내가 꼬치꼬치 금오의 사정을 캐묻자 무척 곤란한 표정을 지었다. 이 당돌한 것이, 알면서도 모른 척하고 있는지도 모르겠구나.

"장군님. 소녀는……."

"하면, 금오는 여전한 것이냐? 폐하께서도 건재하시고?"

"……장군님."

"다른 소식은 없느냐?"

내 거듭된 물음에도 목련은 그저 입술만 깨물 뿐, 대답이 없었다. 방해되는 술상을 밀어 치우고 작은 몸을 끌어당겨 안았다. 귓불을 가볍게 깨물어 자극하고 가슴을 지분대자 가느다란 몸이 바르르 떤다. 집요하게 어르고 괴롭히니 얼마 가지 않아 숨을 할딱대기 바쁘다. 하지만 그 와중에도 좀체 입을 열지를 않더니 갑자기 엉뚱한 소리를 하지 뭐냐.

"장군님……. 저를 부인으로 삼아주시면 아니 되어요?"

한숨이 나왔다. 곧게 뻗은 예쁜 코를 콱 꼬집으려다 그건 너무 아프겠구나 싶어 엉뚱한 소리를 하는 입술에 입을 맞췄다. 보드랍고 말캉한 입술에서 희미한 담배 냄새가 났다.

"이 나라의 온전한 백성이 되셔서, 저와 함께 사시면 아니 되어요?"

너는 이미 내 것이다. 내 목련이다. 내…… 꽃이다. 둘어서 잠들어놓고 아침이면 혼자 일어나는 것이 지긋지긋하게 싫어진 것이 이미 한참 되었는데, 너는 매번 연기처럼 내 품을 빠져나가면서 그런 소리를 하는구나.

"……아침까지 있다 가거라."

목련이 말갛게 웃고 내 목을 끌어안았다. 나는 품에 안겨드는 부드러운 몸에 취해, 목련에게서 풍기는 꽃향기에 취해 금오의 일과 운제에 대한 걱정은 머릿속 한구석으로 밀어 치웠다.

하지만 나의 부탁에도 불구하고, 목련은 여전히 아침까지 남아 있지 않았다. 빈 이부자리의 차가운 냉기가 가슴을 헤집었다. 시간이 지나 익숙해졌다고 생각했는데…… 혼자 맞는 아침이 갈수록 괴로운 건 무슨 이유인지. 이제는 싫은 것을 넘어 이리 아프기까지 하다.

"하하……."

마른 웃음이 작은 방을 채운다. 담배가, 담배가 절실한 순간이었다.

어느 날부터인가 목련의 출입이 잦아졌다. 기껏해야 달에 한 번 오던 이가 달에 두 번을 오기 시작하더니, 그게 세 번이 되고 네 번이 되고……. 이제는 하루가 멀다 하고 찾아오는 것이다.

기왕 이 산골 집에 매일 오는 것, 아예 눌러 앉거나 좀 자고 가면 좋을 텐데 저녁 내도록 품에 안겨 입술과 온기를 나누다가도 아침이 되기 전에는 휑하니 돌아가 버린다. 못된 계집 같으니. 한결같기도 하지.

아무튼 지난 십 년의 세월 동안 한 번도 그러지 않던 사람이 갑자기 그리하니 반갑기는 하거니와 대체 왜 이러는지 궁금하다. 일전에도 얼굴이 영 아닌 상태로 온 일이 있긴 했지만 이 정도는 아니었다. 슬쩍 운을 띄우자 답은 않고 마냥 웃기만 한다.

"장군님은 제가 오는 게 싫으신가 봅니다."

"자주 보니 반가워 그러지."

"이젠 나비라고 불러주지도 않으시고……. 서운합니다."

"이리 보고 저리 봐도 목련인데 나비는 무슨."

엉뚱한 소리를 해놓고 진심으로 서운하다는 얼굴을 한다. 괜히 초조해져서 그 가녀린 몸을 끌어안자 아무 저항 없이 폭 안겨 한참을 그냥 안겨 있었다. 단정하게 빗어 구름처럼 틀어 올린 머리칼에서 짙은 꽃향기가 났다. 우아하고 매혹적인 목련의 향기다.

"이리 안고 있으니 내가 꽃가지를 하나 꺾어 안고 있는 것 같구나."

대답은 없어도 몸이 잘게 떨리는 것이, 웃고 있는 것 같다. 나비를 잃고 고향을 떠나 그나마 벗이 되어주었던 장율마저 내 곁에서 떠나보낸 뒤로 민숭민숭해진 마음은 무엇 하나 깊게 새기고 사랑한 것이 없거늘 목련의 웃음이, 울음이, 그 향기가 이렇게 짙으니 이건 무슨 조화란 말인가.

"너는 목련이다. 나비는 될 수도 없고 될 생각일랑도 말아라."

"……예."

"이런, 웃는 줄 알았더니 우는 거였느냐."

품이 축축해진다. 무엇이 그리 서러웠는지 그날 밤 목련은 나를 놓아주지 않고 밤새 울었다. 뺨을 타고 흐르는 눈물이 안쓰럽게 느껴지지 않은 것은 아니었지만, 그보다 함께 보내는 밤이 그저 짧게만 느껴지는 건 왜 그런지 모르겠다. 분명 소금물일 눈물이 꿀처럼 달구나.

새벽닭이 울고 새빨갛게 물든 눈을 가지고 놀리니 심히 부끄러워하는 것이 또 좋은 구경이라 웃다가 소람이에게 타박을 들었다.

"아씨, 차가운 물수건이어여요. 장군님, 우리 아씨 놀리지 마셔요."

"소람아, 놀린 게 아니라 그저 웃은 거다."

"그것이 놀린 것이 아니고 뭐여요!"

발끈한 소람이가 내게 수건을 던지고 나가라 쫓아냈다. 제법 매서운 기세에 변명도 하지 못하고 밖으로 나오니 어슴푸레 날이 밝고 있었다. 매일 죽고 매일 태어나는 해가 산 너머에서 불쑥 머리를 내미는가 싶더니 어느새 사방이 다 환해진다. 아아…… 그래. 내가 밝게, 밝은 세상에서 밝게 사는 것이 다 네 덕이로구나.

한참을 마당에서 서성이고 있으니 소람이가 입을 한 뼘은 내밀고 아침을 내왔다. '아씨는 아니 드신대요' 하고 덧붙이는 것이 내가 목련을 달래서 먹였으면 하는 것이 눈에 보인다. 그렇지 않으면 왜 상에 밥그릇이 두 개고 수저도 두 벌이란 말인가.

직접 상을 들고 방으로 들어가자 돌아누워 꼼짝도 하지 않는 목련이 보였다. 눈이 부었으면 얼른 일어나 세수도 하고 찜질도 해서 붓기를 뺄 생각을 해야지, 그저 누워만 있다간 종일 내 얼굴을 볼 생각도 말아야 할 것이다.

"생각 없다 하지 않았니. 소람아, 얼른 나가거라."

"소람이가 아닌데."

"……장군님!"

목련이 화들짝 놀라 벌떡 일어나더니 내가 들고 있던 상을 빼앗듯 받아 내려놓는다. 통통 부어 있던 눈은 이제 제법 가라앉아서 목련의 고운 얼굴이 잘 보였다. 한데 상을 내려놓고 손이 자유로워지자마자 왜 그리 얼굴을 가리고 싶어 하는지, 내가 보기 싫은가 싶을 정도다.

"이젠 웃지 않을 테니 얼굴 좀 보여주게."

"아니, 아닙니다……. 제가 부끄러워 그러니 그냥 두시어요."

"부끄러울 것이 무어 있나. 새벽 목련에 이슬이 좀 맺힌 걸 가지고 웃은 내가 죄인일세."

얼굴을 가린 두 손 너머로 보이는 귀가 새빨갛다. 더 두었다간 백목련이 자목련이 될 것 같아 숟가락에 밥을 한 술 뜨고 젓갈을 조금 얹어 내밀었다.

"내 손이 무겁네."

"제, 제가 먹겠습니다."

"생각 없다고 하지 않았나. 내가 떠주면 없던 생각도 생길 것 같아 이러니 받게."

작은 입을 벌려 받아먹는 것이 오물오물하니 귀엽다. 주는 대로 받아먹으니 흥이 나서 한 숟갈 떠주고 말려던 것을 한 공기를 모두 비웠다. 목련은 그다지 많이 먹는 편은 아니었던 것 같은데, 술상 외엔 겸상을 해본 일이 없으니 알 길이 있나.

"장군님도 좀 드시어요……."

"자네가 떠먹여주면 내 먹지."

목련이 고운 손가락으로 숟가락을 쥐어 밥을 뜨고 그 위에 반찬을 소담하게 올렸다. 그리고 내게 내미는데 먹기도 힘들 정도로 숟가락이 달달 떨린다. 첫 만남에서 피비린내를 풍기는 내게 대담하게 술을 따르던 그 목련이 맞는가 싶어 웃음이 났다.

"이리 손을 떨어서 어디 기생 노릇 잘하겠는가. 대담하고 배짱 두둑한 목련은 어디 가고 잘 익은 복숭아만 하나 있네그려."

"밥이나 드셔요."

소람이가 해주는 밥이야 항상 맛있었지만은, 목련이 떠먹여주는 밥은 그 맛이 각별해서 꿀맛이었다. 그렇게 아침을 먹고 상을 물리니 갑자기 잠이 쏟아져서, 목련이 펴준 이부자리에서 한숨 잤다.

내가 잠에서 깨어 일어난 것은 해가 중천에 올라 마당이 노랗게 반짝일 때였다. 누가 준비했는지 모를 물수건이 머리맡에 있어서 그걸로 얼굴을 닦고 나가니, 밖에서 날 기다리던 목련이 소람이를 불렀다.

"소람아, 인사 드리거라."

"예에. 장군님, 소녀는 아씨를 따라 내려가야 해서 오늘이 마지막이 될 것 같습니다. 제가 없어도 끼니는 잘 챙겨 드시고 술은 적당히만 하셔요."

금방 이해하지 못해 눈만 끔뻑이고 있으니 목련이 소람이를 재촉해서 짐을 싸게 했다. 이곳에서 머문 시간이 짧지는 않았던지라 보따리가 어느새 한 짐이 되었다. 어린 계집이 제 머리통만 한 봇짐을 들고 올라온 것이 엊그제 같은데, 그 짐이 저리 많아졌구나.

"언제 오느냐."

"수발 들 종놈을 빨리 보낼 테니 불편함은 없으실 겝니다."

"너 말이다. 네 술이 익을 때가 되면 오느냐?"

"……송구합니다. 이년이 미욱하여 이럽니다. 송구합니다. 송구합니다……."

몇 번이고 고개를 조아리던 목련이 산새를 재촉하여 산을 내려가 버렸다. 조그맣던 집에 사람이 북적이던 며칠이 거짓인 양 텅 빈 마당이 그저 쓸쓸했다.

나비를 잃고 고향을 떠나 목련을 만났는데, 그 목련 가지엔 산새가 한 마리 앉아 지저귀는 것이 참 보기 좋고 듣기 좋은 풍경이더라. 한데 봄이 가고 여름이 오려 하는지 그 목련이 지고 말았다. 목련이 지니 산새도 미련 없이 날아가 버려서, 나무 아래 나 혼자만 멀거니 남았다.

3장

정초란 - 목련이 되다

그분을 처음 뵌 것은 내가 아직 어린 계집이라 얼굴은 꽃 같고 몸은 버들가지 같으며 마음은 여린 소녀일 때였다. 사내들이 가지고 다니는 향주머니에서 풍기는 온갖 향내가 뒤섞여 향이 아닌 악취가 된 잔칫상에서 홀로 꼿꼿하게 앉아 있는 분이 바로 그 소문의 장군님이라고 했다.

전쟁터에 서면 그처럼 무서운 사람이 없다 하였다. 피칠갑을 하고 칼을 휘두르면, 아군도 적군도 무서워 발을 빼는 용맹한 분이시라고. 덕분에 오랜 시간을 끌어오던 전쟁이 끝났어도 그분을 잡으려 다들 전전긍긍하고 있다고 했다.

하지만 어린 내 눈에 보이는 그분은 그저 외로운 분이셔서. 그분이 마시는 술잔에 술이라도 한잔 따르고 싶어서. 그분을 붙들 여자를 찾는다는 걸 알게 되자마자 두 번 생각지도 않고 아버님께 달려갔다. 아버님과 대화를 하고 있던 오라버니가 눈을 휘둥그렇게 뜨고 나를 본다.

"아버님, 제가 가고 싶습니다. 가게 해주세요."

"초란아! 너!"

"지운이는 가만히 있어라. ……초란아. 네 정녕 진심이더냐?"

"예, 아버님."

어찌 보면 우스운 얘기였다. 금오에서 연해로 구원군을 이끌고 온 이산 장군은 이 년이 넘어가는 지금까지 한 번도 연해의 여자를 안은 일이 없었다. 그를 두고 금오의 황제와 연해의 전하 사이에 내기가 있었다고 했다. 정해진 기한 내에 그분이 여자를 안으면 그분을 연해에 빌려주겠다고 하셨다나.

수많은 수령들이 교태 있고 아름다운 계집들을 들이밀었지만, 이제껏 어느 계집도 그분의 품에 안기지는 못했다. 게다가 받은 재물에 대해 아무런 욕심을 보이지 않으시는 모습에 그분의 명성만 높아지고 있었을 뿐. 그분의 수발을 들던 종들이 몰래, 때로는 대놓고 뿌리는 재물이 곳곳에 퍼지며 사람들의 칭송이 끊이질 않고 있었다. 이런 와중에 내가, 그분의 품에 안기고 그분의 여자가 된다면…… 아, 생각만 해도 가슴이 뛴다.

"제가…… 그분께 한눈에 반한 것 같습니다."

"……그래."

오라버니를 비롯해 여기저기에서 반발이 있었지만, 아버님은 모든 반대를 무릅쓰고 내가 하고 싶은 대로 하게 해주셨다. 나를 위해 한 일이 아니라는 것은 안다. 작게는 돌아가신 어머니를 지나치게 닮은 내 외모가 부담스러우셨던 것이고, 크게는 만에 하나라도 내가 성공했을 때 돌아올 이득을 계산하셨던 거겠지. 나는 그 속사정을 모두 짐작하면서도 좋았다. 그저, 좋았다.

오라버니는 나를 향해 온갖 걱정스런 잔소리를 쏟아부었지만, 내 귀에 들리는 것은 하나도 없었다. 그분은 그 용맹만큼이나 잔인한 분이시니 절대 입을 열지 말라, 함부로 교태를 부리던 계집 여럿이 죽어나갔다……. 하지만 이런 말들은 내 귀에 닿지 못하고 그대로 흩어져 사라졌다.

한동안 나는 그분이 좋아하신다는 백단향을 비롯해 무채색 계열의 비단으로 지어진 수많은 옷자락에 파묻혀 있었다. 이제껏 쓰던 꽃향이 지워지고 백단향이 몸에 배도록 매일같이 목욕을 했고, 그분께 가장 고운 자태를 보여드릴 생각에 머리를 올렸다가, 내렸다가, 비녀를 꽂았다가 뺐다가…….

그리고 마침내 그날이 왔다. 계집종들의 도움을 받아 목욕을 했다. 백단향을 듬뿍 넣은 따뜻한 목욕물에 몸을 담그고 향유를 발랐다. 아름답게 차려입고 그분을 모시러 온 기생이라도 된 듯이 구름처럼 머리를 올렸다. 오라버니가 아시면 기함을 할 일이지만 알 게 무언가. 아름다워 보인다면 뭐든 하고 싶었다.

아버님이 마련한 자리, 산중의 작은 정자에서 홀로 술을 마시는 그분을 보았을 때, 가슴이 터져 죽지 않은 것이 이상할 정도로 심장이 뛰었다. 술잔에 달을 담아 마시는 풍류가 있다는 걸 들었을 때엔 사내들의 우스운 말놀음이라, 비웃었지만 그분이 그리하시니 세상에 다시없는 그림 같았다.

전쟁터에 서시는 분께서 계집의 발걸음 소리를 못 들을 리 없으시건만, 내가 옆에 다가가 옆에 자리를 잡고 앉을 때까지도 그분은 나를 그냥 두셨다. 내가 따라드린 술에도 달을 담아 훌쩍 들이키신 분이 내 얼굴을 똑바로 바라봐 주셨다.

"누구냐."

"이 밤, 장군님을 뫼시러 왔사옵니다."

조금 떨려 나온 목소리에도 그저 바라만 봐주시는 눈길이 따뜻하여 달밤의 찬 공기가 추운지도 몰랐다. 내 눈을, 손을, 내 자태를 감상하듯 보시던 분이 손을 뻗어 내 얼굴을 감싸쥐셨을 땐 혼이 나가는 것 같은 기분이었다.

"……몹시 닮았구나."

대용품이라도 좋다. 장군님이 생각하시는 분이 누구인지는 모르지만 내가 그분을 닮아 참 다행이다. 속없고 철없는 어리석은 생각이었다.

입맞춤은 부드럽고 다정하였다. 옷을 벗겨주시는 손길은 다정하였고 내가 처음인 것을 아셨는지 모르셨는지 하염없이 부드럽게 안아주셨다. 찬 공기에 얼어붙은 살갗에 그분의 손길이 닿으니 속에서부터 올라오는 불길이 나를 따뜻하게 덥혔다. 살갗이 닿을 때의 뜨거움, 연모하는 이의 숨결, 부끄러움도 잊고 흘린 눈물을 닦아주는 입술…….

꿈처럼…… 꿈처럼 달콤한 밤이었다. 아침까지 머물러 있다간 이 꿈이 그대로 산산이 깨져 버릴 것 같아서 차마 남아 있지 못하고 자리를 떴다. 어차피 오랫동안 머물러 있지 말라던 아버님의 당부도 있었고…… 뜨거운 방사 뒤에 버려지듯 덩그러니 홀로 남아 느끼는 차가움은 상상 이상이었다. 대역이라도 좋고, 누군가의 그림자여도 좋다. 하지만 그것만은 싫었다.

아버님께서는 내가 그분께 안겼다는 것을 알자마자 내게 상을 내려주셨다. 고운 옷을 몇 벌이나 지어 입을 수 있는 비단, 색색의 보석이 잔뜩 박힌 화려한 비녀와 노리개들. 기쁘기보다는 오싹한 소름이 내 등을 타고 올라온다. 그분과의 하룻밤이, 이런 상을 받을 만한 일이었던가. 일국의 황제와 왕이 나눈 약속을 가벼이 생각했던 나의 이 어리석음!

"아버님……. 그분은…… 이제 어찌 되시는 것입니까?"

"……버티고 버텼어도 결국 이 땅의 계집을 안았으니' 그에 맞는 대가를 치르게 될 거다."

"대가…… 요?"

"그래. 산중턱에 작은 집을 마련해 두었다. 금오로 돌아가지 못하고 그곳에서 지내다 다시 전쟁이 나면 불려가겠지. 물론 그가 떠나지 않고 남아 있다는 것만으로도 전쟁 억지력이 상당할 테지만."

"아버님, 그럼 저는……."

철없는 딸을 안쓰럽게 보시던 아버님이 내게 약간의 돈을 쥐어 주시곤 거처를 마련해 두었으니 가서 지내라 하신다. 그분께 안겼으나 정식으로 혼례를 치를 수도 없고 그렇다고 이미 그분께 안겼음을 알 사람은 다 아는 상황에서 다른 이에게 가지도 못한다. 하나 이 어리석은 계집은 그분께 다가갈 수 있는 계집이 나뿐이라는 생각을 하자 그저 기분이 두둥실 떠오르는 게다.

그날로 짐을 싸서 종 몇 명만 데리고 거처를 옮겼다. 그분이 계시는 작은 집이 있는 언덕 바로 아래에 있는 작은 마을이었다. 때맞춰 종을 통해 먹을거리를 올려 보냈지만 들을 수 있는 소식은 항상 술을 드시더라는 말뿐이었다. 초조해져서 몇 번이고 종을 다그쳤지만 그럴 때마다 종이 죽어서 시신만 업고 내려오는 일이 생기니 그분을 모시려는 종이 없어지고 명령을 내리면 야반도주하는 일까지 생겼다.

"아씨, 또 없어졌습니다."

"……꾼들에게 연통 넣으세요. 데려올 필요는 없다 전하고요."

"아유, 살겠다고 도망갔다가 살지도 못하고 죽게 생겼네. 안쓰러워 어쩐대."

"유모! 그 종놈들을 도망시켜준 게 설마 유모는 아니겠죠? 내가 그런 의심을 하지 않도록 해줘요."

"내가 언제 그랬다고요. 그냥 그렇다는 거지."

은근히 도망친 종의 편을 들던 유모가 모른 척 시치미를 뗐다. 내가 이 집으로 옮겨와 살기 시작할 무렵, 오지 말라니까 억지로 따라와 방을 차지하고 앉은 유모다. 내가 걱정되어 그런다는 건 알지만, 유모의 잔소리는 이제 지긋지긋했다. 귀를 막는 시늉을 하며 고개를 흔들던 내 눈에 띈 것은…… 소람이. 그 작은 아이. 내가…… 미쳤나 보다.

소람이는 전쟁 통에 부모를 모두 잃고 거리를 떠돌다 유모 손에 붙들려 와 내 몸종이 된 아이로, 차마 손댈 수 없이 작고 연약하여도 태양처럼 밝고 따스해서 무척 예쁜 계집아이였다. 손도 야무져서 청소며 빨래, 요리도 곧잘 했다.

간만에 술을 빚어야겠으니 본가에 가서 누룩을 좀 얻어오라, 유모를 심부름 보내고 소람이를 불렀다. 제 몸뚱이만 한 빨랫감을 안고 종종걸음을 치던 아이가 내 손짓에 날듯이 달려온다. 이름만 몸종이지, 실상은 집안의 노비처럼 부려지고 있던 아이였다. 찬물에 빨래를 하느라 벌겋게 달아오른 손을 꼭 쥔 채로, 이 양심 없는 주인은 못돼먹은 부탁을 한다.

"지금 내가 많이 곤란하단다. 어려운 일이지만…… 소람아, 네가 좀 도와주었으면 좋겠구나."

"예에, 아씨. 뭐든 말씀만 하시어요. 저는 아씨가 아니었다면 벌써 예전에 죽어 길바닥에 나자빠졌을 것을요."

"……그래."

소람이는 내 명이 떨어지기가 무섭게 겨우 한 보따리가 될까 말까한 짐을 후딱 싸서 장군님이 계신 집으로 떠났다. 제 머리통만 한 작은 봇짐을 안은 아이가 멀어지는 뒷모습이 안타깝고 고마워서, 나는 한참동안 소람이를 보낸 길 아래에서 서성일 수밖에 없었다.

심부름을 다녀왔다가 소람이가 없어진 걸 안 유모는 내게 불같이 화를 냈다. 아씨는 정신이 있느냐, 없느냐, 지금 밖에서 아씨더러 종놈 죽이는 미친 여편네라는 소문이 도는 것은 아시냐……. 늙은이가 다 죽어 자빠지고 젊은 놈이 죽어나가는 것도 모자라 이제는 저런 어린애까지 죽여야 마음이 편안하시겠느냐!

"유모! 내가 소람이를 죽을 곳에 보낸 것처럼 말하지 말아요! 소람이가 떠난 지 벌써 열흘도 넘었어도 아무런 소식이 없는 걸 보면 무사한 게 틀림없어요. 게다가 종을 보내지 말라니, 그럼 장군님은 어찌 지내시라고!"

"그놈의 장군님, 장군님……. 이 멍청한 년의 입을 쪽 찢어놓고 싶습니다, 아씨. 아무리 보고 싶다, 궁금하다 조르셔도 절대 안

내해 드리는 게 아니었는데. 쇤네가 바보 같은 짓을 했어요. 예에, 누룩이 필요하시다고요? 금오에서 오신 이 장군께서는 술을 좋아하시지요! 아씨의 술 빚는 솜씨는 천하일품이고요! 쇤네가 애써 받아온 누룩이니 어디 한번 좋은 술을 빚어보시지요!"

다다다 말을 뱉은 유모가 품에 안고 있던 보퉁이를 홱 내던지고 방을 나가 버렸다. 유모의 얼굴에 어린 실망감과 그 등에서 부는 찬바람에 가슴이 철렁했던 것도 잠시, 나는 혹여 누룩이 흩어질까 염려하며 보따리를 주워 챙겼다. 한데, 그 보따리가 이상하게 무겁지 뭐냐.

풀어헤친 보따리 안에는 내가 이전에 빚어 본가에 보관하고 있던 이화주가 들어 있었다. 이제 받아온 누룩으로 새 술을 빚어봐야 제대로 맛을 내기까지는 한참이나 걸릴 것을 염려한 유모가 일부러 싸온 것이 틀림없었다. 이 어리석은 년, 멍청한 계집!

"맙소사……. 유모! 유모!"

다급히 방을 뛰어나온 내게, 부지런히 짐을 나르던 종이 유모는 벌써 가고 없다고, 본가로 돌아가겠다며 방을 치우라 일렀다고 알려왔다. 목이 턱 막히고 눈앞이 흐려졌다. 유모― 미안해요. 미안한데, 도저히 이 마음을 멈출 수가 없네요. 내가…… 내가 미쳤나 봐요.

유모가 그렇게 떠나고 한 나흘쯤 지난 뒤, 식량을 올려 보냈던 종이 소람이의 소식을 알려왔다. 소람이는 잘 있다고, 장군님은 소람이를 반가이 여기지도 않으시지만 그리 귀찮게 여기는 것도 아니신 것 같다고. 아, 다행이다. 정말 다행이다. 종들이 보는 앞에서야 주인 된 입장에서 채신머리없이 눈물을 흘릴 수 없어 꾹 참았지만, 홀로 방에 들어가서는 속이 후련해지도록 울었다.

한데 이 어리석은 계집은 소람이의 소식을 듣고 한숨 돌리자마자 그분을 뵙고 싶어 어쩔 줄을 모르겠더라. 어쩌면 좋을까, 어리석은 마음을 달래지 못하고 안절부절못하다 결국 유모가 챙겨준 이화주를 꺼내 안고 산을 올랐다. 소람이를 보내고 달포쯤 되었을 때의 일이었다.

동장군이 찾아드는 겨울산은 매서웠다. 나뭇잎을 모두 떨어뜨리고 헐벗은 나뭇가지는 옅은 햇살을 망토처럼 걸치고 바람에 손을 흔들었다. 식량을 조달하는 종들이 애써 길을 닦아두었지만, 역시 산길이라 곳곳에 튀어나온 나무뿌리며 돌멩이가 자꾸 내 발부리를 걷어찬다. 후우― 내쉬는 숨이 하얀 안개가 되어 허공으로 흩어졌다.

굽이굽이 굽은 길을 한참을 걷고서야 그분이 계신 집이 눈에 들어온다. 초라한 작은 집, 야트막한 돌담이 어설퍼 산짐승이라도 나타나면 어쩌나 걱정이 되었다. 아, 그런데 이게 웬일이냐. 문이라고 할 것도 없는 문을 여니 그분께서 마루에 앉아 기다리고 계시지 않나.

사실 기억이나 나실는지 의심스런 계집을 기다리고 있을 리 없지만 그냥 그렇게 생각하고 싶었다. 종일 술을 드신다더니, 그분의 시선이 대번에 손에 들린 보퉁이에 꽂힌다. 보따리를 풀자 단단히 막았음에도 새어나온 향기가 주변에 흩어졌다.

"이화주를 조금 챙겼습니다. 고향의 술만큼은 못하여도 제법 마실 만하실 거외다."

"소람인지 솜인지 하는 어린 것이 술이라고는 구경도 못 하게 하여서 뭐든 좋을 것이다."

세상에! 냉막한 얼굴에 표정이라는 것이 어린 것이 맞는가 싶어 가슴이 뛰었다. 소람이, 이 깜찍한 것이 내가 이른 것을 잘 지키고 있는 것이다.

"이런……. 소람이에게 상을 줘야겠습니다. 호호."

"상은 무슨. 썩 데리고 내려가라."

"장군님 신색이 이리 좋아지셨으니 큰 상을 줘야지요. 그동안 죽어나간 종이 한둘이 아닌데 이만큼 잘 있으니 그도 대견하고요."

그래. 소람이가 장군님을 잘 모셔준 덕분에 나도 이젠 종놈 죽이는 미친 여편네 소리를 듣지 않게 되었다. 사람들은 그럼 그렇지, 그분이 그럴 리 없지, 분명 그 종놈들이 장군님의 심사를 건드리는 못된 짓을 한 것이 분명하다고 수군거렸다. 그렇지 않고서야 여종과 수하가 창고의 재물을 죄 빼내어가도 그저 허허 웃기만 하시던 분이 칼까지 휘두를 리가 없다며.

나는 세간의 소문이 틀렸다는 걸 알지만, 그저 모른 척했다. 죽임 당한 종의 가족이 내 치맛자락을 붙들고 애원하여도 매정하게 뿌리쳤다. 대신 약간의 금전을 주는 것으로 보상을 마무리 지었다. 이 얼마나 매정하고 서늘한 주인이란 말이냐. 속에서부터 올라오는 쓴웃음을 막을 길이 없다. 한데 그분의 건강한 낯빛이 이리 기쁘고 좋은 소문이 이리 행복하니 나도 참 어쩔 수 없는 계집이다.

그 와중에 눈치 빠른 소람이가 얼른 술상을 차려 내왔다. 꼭

두새벽부터 일어나 준비를 한 것이 틀림없는 정갈한 찬이 애지중지 아껴 보관했을 놋그릇에 담겨 반지르르 윤기를 냈다. 본가로 돌아간 유모에게 자랑이라도 하고 싶은 기분이었다. 유모, 내가 보낸 소람이가 장군님을 이리 잘 모시고 있는데 이래도 내가 나쁜 거요?

"잘했다."

머리를 쓰다듬자 아이의 통통한 볼에 볼우물이 패였다. 소람이는 내가 눈길을 주고 머리를 쓰다듬어 주는 것만으로도 좋은지 어쩔 줄을 몰라 하며 발을 동동 구르다 깡충깡충 뛰어 사라졌다. 땋아 늘어뜨린 머리카락 끄트머리에 매달린 허연 헝겊조각이 마음에 걸렸다. 다음에 올 때엔, 고운 댕기를 사와야겠다.

"귀여운 아이지요?"

"귀찮은 계집이다."

후후, 퉁명스레 말씀하시는 모습도 좋으니 내가 정말 정신이 없긴 없구나. 술을 따르니 고운 향기가 그윽하게 내려앉았다. 술에 달을 담아 마실 만큼 운치를 좋아하시는 분이니 분명 좋아하시리라. 나는 술 빚는 일이라면 제법 자신이 있었다. 과연 가볍게 입을 축인 그분의 입가에 만족스런 미소가 번졌다 곧 사라졌다.

"맛이 어떠십니까? 제가 정성으로 빚은 것입니다."

"술 맛이야 다 그렇지. 향은 좋구나."

"제 눈은 못 속이십니다. 한 잔 더 드시어요."

내가 따라드리는 술을 한 잔, 두 잔 드시고 내게도 술을 한 잔, 두 잔 따라주신다. 뽀얀 술을 한 입, 두 입……. 어느새 싸늘하게 굳어 있던 분위기가 풀어지고 사내다운 얼굴에 웃음을 담으신 그분이 나를 부드럽게 바라보신다. 그분의 어깨에 달빛이 내려앉아 나비처럼 하느작거렸다.

"목련…… 목련이 나비가 되었구나."

"제가 목련이옵니까, 아니면 나비이옵니까?"

"해를 받으면 목련이요, 달을 받으면 나비지. 이리 오너라."

단단한 팔에 어깨를 기대었다. 구름처럼 올린 머리가 훅 떨어져 늘어지고 찬바람에 꽁꽁 싸맨 옷가지가 금세 풀어헤쳐졌다. 따뜻한 입술에 눈을 감고 그분의 입술에서 풍기는 술 향기에 함께 취했다. 살갗이 닿는 곳마다 열꽃이 피어났다. 연모하는 이의 숨결, 사모하는 이의 손길에 취해 몽롱하게 변해가던 내 정신에 시퍼런 대못이 박혔다.

"여희…… 내…… 나비……."

파과의 고통은 비교도 할 수 없는 충격이 나를 후려쳤다. 눈물로 흐려지는 시야가 고통 때문인지, 쾌감 때문인지 구분을 할 수가 없다. ……초란아, 괜찮아. 대역이어도 좋다 생각하지 않았니. 너 오늘이 겨우 두 번째로 안기는 거란다. 알지? 욕심은 부리지 말자. 욕심 부리지 말자. 본래 내 것이 아니었던 분이시다……. 그분의 마음이 어떻든, 안아주시는 손길만은 따스하지 않니. 이 멍청한 계집아, 어리석은 계집아. 아무리 욕을 하여도 그저 그 순간만은 행복하였다. 그래, 그 순간만은.

방사가 끝나고 잠이 든 그분의 곁에 알몸으로 누워 있다가 슬쩍 몸을 뺐다. 창호지를 넘어 방 안에 기어들어온 달빛이 그분의 얼굴에 빛을 드리우고 있었다. 이목구비가 뚜렷한 얼굴, 짙은 눈썹 아래에 계집만큼이나 긴 속눈썹이 가지런하다. 아, 이렇게 보고 있으면 숨도 제대로 쉬어지지 않는 이 심정을, 어떻게 말해야 할까. 말할 수나 있을까.

"……낭군님……."

"으음……."

조심스럽게 불러보았다가 작은 뒤척임에 깜짝 놀라 급히 입을 다물었다. 이러다 잠에서 깨기라도 하시면…… 그리고 혹 다시 한 번 나를 두고 나비라 부르시면, 여희라 부르시면 어이하나. 나비도 되지 못하는 목련이 되면 어이하나. 달이 부린 마술이 깨어지기 전에, 어서 도망을 가야겠다. 주섬주섬 옷을 주워 입고 문을 나서니, 휘영청 밝은 보름달이 사방을 환하게 밝히고 있었다. 다행이다, 내려가는데 그리 힘들 것 같지는 않아서.

"아씨!"

"……소람아?"

"이리 오셔요."

작은 손에 이끌려 따라간 작은 창고에는 뜨거운 김이 무럭무럭 올라오는 목욕통이 놓여 있었다. 몸이 노곤하고 땀에 젖어 씻고 싶긴 하였지만, 미처 생각지도 못한 곳에서 생각지도 못하게 준비된 목욕물에 나는 할 말을 잃었다.

"씻고 싶으시지요? 저번에 정자에서 돌아오시자마자 목욕물을 찾으셨잖아요. 자요, 물 식기 전에 얼른 들어가셔요. 향 좋은 꽃은 없지만 대신 제가 열심히 도와드릴게요."

"……고맙다."

한 치의 거짓 없는 진심이었다. 기껏해야 내 허리까지 오는 작은 아이가 이 많은 물을 길어 나르려면 하루 종일을 다 쏟아 부어야 했을 것이다. 그리고 내가 나올 때까지 물을 끓이고 붓고를 반복하며 온도를 맞추었겠지. 내가 아침에 나오면 어쩌려고. 어쩌려고…….

"힘들었지. 고생했겠구나."

"아니어요! 뒤뜰에 있는 우물에서 떠온 것을요."

내 칭찬, 내 감사 인사 한마디에 세상을 다 가진 것처럼 웃는 아이가 사랑스럽다. 익숙하지 않은 방사에 지친 몸을 따뜻하게 덥혀주는 뜨거운 물이 대못 박힌 가슴을 살금살금 녹였다. 아, 좋다.

"저어……. 아씨."

"응?"

"언제 또 오셔요?"

"왜, 내가 또 왔으면 좋겠느냐?"

머리가 떨어지도록 고개를 끄덕이는 아이가 귀여워 웃음이 터졌다. 나는 가만히 집에 남겨둔 이화주의 양을 가늠했다. 본가에서 가져온 누룩으로 새 술을 빚어 가져오려면 몇 달은 족히 걸릴 것이다. 빈손으로 올 수는 없으니 기껏해야 한 달에 한 번 오는 것이 전부가 될 것 같았다. ……차라리, 그게 좋다.

"다음 보름에 보자꾸나. 그땐 내 예쁜 댕기를 사다줄 테니, 기대해도 좋단다."

그래, 소람이에게는 무슨 색이 어울릴까. 어린 아이들이 많이 쓰는 빨간색이 좋을까? 아니면, 병아리처럼 귀여운 아이니 노란색이 좋을까.

소람이에게 줄 댕기를 사러 들른 장은 사람이 많아 북적북적하니 정신이 없었다. 이리저리 사람에 치이며 간신히 찾아낸 방물장수의 좌판에는 온갖 물품들이 어지러이 널려 있었다. 색 고운 연지, 용도에 따라 다양한 바늘, 온갖 장식이 달린 패물들……. 그 사이에 놓인 댕기는 색이 고왔다. 이것도 쥐어보고 저것도 쥐어보며 가늠하는데 방물장수의 시선이 내게서 떨어질 줄을 모른다.

"뭘 그리 쳐다보는가? 내 얼굴에 뭐라도 묻었는가?"

"아, 아니요, 아씨. 그저 너무 고우셔서 잠깐 넋을 잃은 겁니다요. 예."

불에 데기라도 한 듯 펄쩍 뛰는 모습이 하 수상하여도 곱다 말해주는 것이 싫지 않아 웃음이 났다. 밉지 않은 사람이다. 나는 그이에게서 노란 댕기와 빨간 댕기, 두 개를 같이 사고 내 치맛자락에 달 노리개도 하나 샀다.

그 다음에는 포목점에 들러 몇 필의 비단을 주문했다. 앞으로 매 보름마다 그분께 갈 거라면, 아버님이 선물해주신 화사한 색의 비단 대신 그분이 좋아하시는 무채색으로 옷을 해 입어야 할 테니까. 비록 노리개는 빨간 것으로 샀지만은…….

나는 주인의 외출을 따라다니던 종들의 얼굴에 지친 기색이 엿보일 때가 되어서야 집에 돌아왔다. 그리고 술을 담글 준비를 하며 쌀을 고르는데, 나를 돕던 여종이 슬그머니 내게 고자질을 하는 것이 아니냐.

"저어, 아씨."

"왜 그러느냐?"

"사람들이…… 아씨가 장군님과 동침…… 을 하셨다고 그러던데, 그게 사실이어요?"

속에서부터 웃음이 올라온다. 그래, 네가 그게 참 궁금하였던 모양이구나. 아는 사람은 다 안다 하여도 그게 아랫것들에게까지 쉬이 퍼지도록 두지는 않았으니. 그래서 네 주제도 모르고 감히 주인의 앞에서 입을 그리 함부로 놀리는 게로구나. 보아하니, 동침을 하였다 하면 처녀가 제 몸 귀한지도 모르고 기생이라도 된 양 함부로 굴렀다 수군거릴 계집이고, 동침을 하지 않았다 하면 내 뒤를 졸졸 따라다니며 제 호기심을 채울 계집이구나.

내 시선이 못내 서늘하였는지, 여종이 슬그머니 어깨를 움츠렸다. 쌀알을 줍는 손이 바들바들 떨리기 시작한다. 그러게 왜 뒷감당도 못 할 말을 그리 쉽게 하느냐. 네 목숨이 아깝거든 그 요망한 혓바닥을 잘 단속해야지 않겠느냐.

"너는 말 한마디로 천 냥 빚을 갚는다는 속담도 들어보지 못한 모양이구나. 잘 생각해야 할 거다. 말로 천 냥 빚을 갚는다면, 말로 천 냥 빚을 질 수도 있지 않겠느냐?"

"예, 예, 아씨. 예, 제가 잘못하였어요……."

"알고 있으니 참 다행이구나. 앞으로도 입단속에 힘을 기울여야 할 것이다."

엄히 꾸짖고 돌아섰으나 아프지 않은 건 아니었다. 혓바닥에 찔린 가슴에서 피가 흐르는 것만 같다. 그분의 품에 안긴 것은 나여도 그분의 가슴에 안긴 건 내가 아니라서…….

"내 나비야……."

아프다, 아프다 하면서도 다음 보름에 챙길 술을 위해 술병을 닦고 있는 내 모습이 우습다.

그리고 시간은 무정히 흘렀다. 때로는 장마철에 쏟아지는 장대비처럼, 때로는 고깃배의 돛을 찢어발기는 거센 바람처럼 나를 휩쓸면서. 계절이 바뀔 때마다 새 술을 담고 빚고, 그걸 그분과 나눠 마시는 짧은 시간만이 나를 위로해 주었다. 꿈이라면 꿈이고 깨라면 깨기 싫은 그런 시간들이었다. 넓은 어깨에 기대어 눈을 감고 있으면 세상의 그 무엇도 부러울 것이 없었다.

"이번 술도 향이 좋구나."

"향 좋은 술을 좋아하시지 않습니까."

"네 술은 맛도 좋은데 향까지 좋으니 더 좋아서 그런 것이다. 하하, 그래. 생각해 보니 목련 너를 닮은 술이로구나."

딱딱한 인형 같던 얼굴에 표정이 어리고, 그 얼굴에 담긴 미소가 나를 향할 때마다 가슴이 뛴다. 이름을 묻는 대신 '내 목련아—' 하고 불러주시는 음성은 한없이 달콤하여, 나는 그 부름을 들을 때마다 속이 썩어 들어가던 것도 잊고 저절로 풀어지는 입가를 단속하곤 했다.

점점 다정해지는 음성, 가끔은 내가 진실로 나비가 된 것은 아닐까 착각할 정도로 강하게 끌어안아 주시는 팔. 든든한 품에 안겨 눈을 감고 있으면 앵두를 탐하는 봄날의 새처럼 입술을 쪼아오는 입술에서는 언제나 달콤한 술 향기가 났다.

"제가 오기 전에도 술을 드셨습니까?"

"흠흠. 어찌 알았느냐? 아씨, 우리 아씨를 입에 달고 사는 조그만 것이 또 고자질을 했느냐? 하여간 주종이 쌍으로 잔소리쟁이들이구나."

그리고 이어지는 툴툴거림에 웃음이 터진다. 웃는 나를 붙들고 빰에, 목덜미에 입술을 문지르며 간지럼을 태우는 장난이 행복했다. 이름 대신 목련이라 불려도 좋고, 가끔은 나비 대신 안겨도 좋다고 생각할 만큼. 하지만 나비인 채로 그분의 손에 붙들려 아침까지 있을 자신은 없어서, 방사가 끝나면 재빨리 빠져나와 산 아래의 집으로 도망치는 나날들이 이어지고 있었다.

그렇게 한 해가 가고, 두 해가 가고……. 어느새 내가 나비인지, 목련인지도 헷갈릴 즈음이 되었을 때, 청천벽력 같은 소식이 나를 찾아왔다. 그렇게 떠나고 소식 한 번 주지 않던 유모가, 오늘 내일 한단다. 제대로 눈도 뜨지 못하면서 나를 찾는다고. 더 빨리 가자, 가마꾼들을 을러대며 급히 찾아간 유모는 엿가락처럼 마른 몸을 하고 애써 숨을 몰아쉬고 있었다.

"유모, 유모……."

옹이진 마른 손은 서늘하고 퍼석했다. 힘없이 감아오는 손가락의 무게가 가득 채운 술항아리처럼 무겁게 느껴져 숨이 턱 막혔다. 보지 못한 사이 깊어진 주름에 목이 멨다. 그리고 난데없는 원망이 치밀어 올랐다. 내게 몸을 잘 돌보라 매일같이 잔소리한 사람이 누군데, 자기는 왜 이런 꼴이 되어서 나를 찾나.

"……아씨."

"왜…… 왜 이런 꼴이에요. 왜 이래. 응? 왜, 왜……."

"행복하세요."

눈앞이 흐려졌다. 조금이라도 더 선명하게 보아야 하는데, 눈앞의 풍경이 엉망진창으로 일그러졌다. 내 손을 쥐고 있는 힘이 조금 더 강해졌다.

“누가 뭐라 하든……. 그걸로 아씨가 행복하다면, 쭉 그렇게 하세요.”

“나는 행복해요. 잘 지내고 있어요.”

“아씨를 두고 입방아를 찧던 계집종을 매질하여 쫓아내셨지요?”

“그야…….”

“앞으로는 사람들의 입놀림에 신경 쓰지 마세요. 일일이 신경 쓰다간 힘들어지실 테니까……. ……아씨의 혼례식을 꼭 보고 싶었는데.”

“그런 소리 하지 말고 빨리 일어나요.”

슬쩍 미소 짓는 것만으로도 바짝 마른 입술이 찢어져 피가 났다. 머리맡에 놓인 물수건으로 서둘러 입가를 닦아내는 내 손을, 유모는 말리지 않았다. 미안해요, 유모. 빈말이라도 좋으니 얼른 나아서 내 혼례를 보러 오라 말을 해야 하는데. 나는 그분께 여전히 나비가 되지 못해 그런 말을 할 수가 없네요.

유모에게 남겨진 시간은 그리 길지 않았다. 처음 보았을 때 나를 보며 또렷하게 말을 했던 것이 거짓말처럼 유모는 빠르게 기력을 잃었다. 하룻밤이 지날 때마다 빛이 꺼져가는 것이 눈에 보일 정도였다. 내가 유모의 집에 머문 지 사흘째 되던 날, 그녀는 세상을 떠났다.

지난 전쟁 통에 자식을 죄다 잃은 유모를 위해 본가에서 약식으로 치러준 장례에 참석했다가…… 오라버니를 만났고, 뭐라 이야기를 나누었던 것 같은데 기억이 안 난다. 뭔가에 홀려서 둥둥 떠 있는 것처럼 발이 땅에 닿아 있질 않았었다. 정신을 차렸을 때, 나는 내 집 내 방에 들어앉아 멍하니 앉아 있었다.

이때부터였을 것이다. 밖에 나가는 게 무서워진 것은. 소람이에게 가져다 줄 장신구를 사러, 술 빚을 재료를 사러, 무던히도 돌아다녔던 나는 어디로 갔는지 대문 밖을 나서는 것이 한없이 어렵게만 느껴지는 것이다. 우스운 것은, 그런 와중에도 그분을 뵈러 가는 것만은 멈추지 못하는 나. 어찌나 얼굴이 엉망이었는지 좀체 술 얘기 말고는 다른 말을 하지 않으시는 분께서 무슨 일이 있느냐 걱정스레 물어보기까지 하셨지만, 도무지 할 수 있는 말이 없어 그저 웃을 수밖에 없었다.

한데 어느 날, 내게 분이며 입술연지를 팔러왔던 보부상이 가져온 신기한 것이 눈에 들어왔다. 길쭉한 몸에 쇠로 마감한 끄트머리가 아무리 봐도 장죽인데 그 새겨진 무늬며 자태가 기가 막히게 아름다웠다.

“이게 뭔가?”

“아이고 아씨, 눈도 높으십니다요. 이건 저 멀리 남쪽지방에서 온 물건인데, 이름난 장인이 제 딸과 사위를 주려고 쌍으로 만든 것입니다. 보십시오, 여기 짝이 있습니다. 꼭 닮았지요? 다만 안타깝게도 이 담뱃대를 받기 전에 사고가 나서 담뱃대의 주인 될 사람이 사라져 이렇게 세상에 떠도는 것이랍니다. 아씨, 진짜입니다.”

아무리 정색을 하고 말을 해도 어차피 저 이야기의 절반은 거짓말일 것이다. 장사치의 말을 죄다 믿은 것은 아니었지만 두 개의 장죽이 꼭 닮은 모습으로 우아하게 놓인 모습이 참 마음에 들어서 담배도 태우지 않는 계집이 두 개를 다 사고 말았다.

“이를 어쩐다…….”

물건은 제 쓰임새를 다할 때 가치가 있는 법이라며 보부상이 주고 간 담뱃잎을 조금 넣고 불을 붙여 물어보았다. 쿨럭. 매운 연기가 속에 들어갔다 나오니 기침이 저절로 나온다. 이런 것을 왜 좋다고 피우는가 이상했지만 입에서 연기를 뿜는 기분은 제법 괜찮았다.

내가 가질 수 없는 사람의 얼굴이 환상처럼 떠오른다. 유모는 내게 행복하라고, 다른 사람들이 뭐라 하든 내가 원하는 대로 하라고 했지만……. 목련으로 사는 일은 충분히 행복한 것 같다가도 때로는 너무 고통스럽다.

차라리 아이라도 가져 이 품에 안을 수 있다면 조금 나을지도 모르겠지만, 설령 내가 이 배에 씨를 품어도 정식으로 혼례를 올려 내 것이라고 할 수가 없는 사람이 아니냐. 그분이 금오를 버리고 연해의 백성이 되어서 나와 혼례를 올리고, 그리고 한집에서 도란도란…… 킥. 아직도 종종 금오의 소식을 물으시는 분을 두고……. 상상만으로도 우스운 것을. 그래도 그분이 좋으니, 내가 미친년이다.

가질 수 없는 것을 탐하여 불구덩이에 뛰어든 것이 벌써 칠 년여. 처음에는 손발에 닿는 불이 그리 뜨겁더니 이젠 내 속에서 타는 불이 뜨거워 참을 수가 없을 지경이었다. 장죽을 입에 무니 뜨거운 연기가 가슴의 불을 끄고 나가는 것 같아 기분이 좋다.

그분도 가슴에 불을 품고 계시려나. 문득 든 생각에 기억을 더듬을 필요도 없었다. 나를 안을 때면 언제나 부르시던 이름이 있었으니 가슴에 품은 불이 당연히 있으시겠지. 장군님의 곁을 떠나 지금은 어느 왕의 정비가 되었다던 그분 말이다. 왕비가 되어서도 나비를 의미하는 이름을 받았다던 그분. 나는 미련하고 못돼 먹은 계집이라 가슴에 품으신 그분께 돌려보내 드릴 수는 없지만 불을 달랠 담배 정도는 드릴 수 있었다.

항상 술을 챙겨가던 보름날, 술 대신 장죽과 담뱃잎을 챙겨 산을 올랐다. 술이 없으니 서운해하는 기색이 역력히 보여 웃음이 난다.

“제가 부러 챙겨온 것입니다. 받으시어요.”

“담배는 태우지 않는데.”

“한번 태워보시면 아실 것입니다. 사람들이 왜 그리 담배를 찾는지.”

불을 삼켜 불을 끄니 뱉는 연기가 기껍다. 나를 보시는 그분의 눈길이 어찌나 다정하시던지, 하마터면 착각을 할 뻔했다. 나는 그분의 나비가 아닌데.

“너도 담배를 찾는 사람 중 하나인가 보구나.”

“가지지 못할 걸 탐냈더니 가슴에 불이 생기더이다. 담뱃불로 그 불을 끄는 중이어요.”

“불로 불을 끈다니, 재주도 좋지.”

저만 그러하나요. 장군님도 가슴의 불을 담뱃불로 끌 수 있으실 텐데요. 제가 나비가 될 순 없어도 불을 끌 담뱃대를 물려드릴 수는 있답니다.

“……좋구나.”

나도 모르게 좀 웃었나 보다. 같이 마주 웃어주시는 웃음이 좋아서 자꾸 웃음이 난다. 내게 너는 목련이니, 목련답게 있으라 하시는 말씀이 고맙고 또 미워서 내내 웃고 있으니 갑자기 엉뚱한 소리를 하신다.

"산새는 언제 데려가느냐. 귀찮아 죽겠다."

"산새요?"

"소람이 말이다. 하루 종일 종알종알, 잔소리가 심하구나."

소람이가 장군님의 곁에 있은 지가 벌써 칠 년이고, 내가 술을 빚어 나른 지가 벌써 칠 년인데 이제야 데려가라 하시니 갑자기 무슨 조화신지. 그나저나 제게는 목련이라 하시더니 소람이는 산새입니까. 장군님 가슴의 그분은 나비시고요. 하면, 장군님은 무엇이십니까?

"호호, 장군님 곁에 산새가 한 마리 있어 외롭진 않으시겠습니다. 상을 줘야겠어요."

"그놈의 상……. 내가 목련을 기다리느라 목이 빠질 지경이었으니, 내게도 좀 주려무나."

진정 목련을 기다리신 건가요, 목련이 담아올 술을 기다리신 건가요. 알 수는 없으나 그저 기다리셨다는 말 한마디에 가슴이 설레니 어쩔 수 없이 어리석은 계집이라.

산중의 작은 집, 소람이가 머무는 방 뒤쪽에 있는 작은 창고에 커다란 목욕통이 새로 생겼다. 평소 소람이가 몸을 씻는 데에 쓰고 내가 이곳에 올 때면 내가 목욕을 하는 데 쓰게 될 그 통은, 소람이의 조름을 견디다 못한 그분께서 보름이 넘도록 고생하여 만들어주신 것이란다.

새 목욕통을 보고 눈을 휘둥그렇게 뜬 나를 향해 의기양양하게 자랑하는 아이가 귀엽다. 마음 나눌 친구도 없고 정 붙일 소일거리도 없는 이 산중에서 잘 버티고 있는 아이가 어찌 예쁘지 않겠나. 보조개가 쏙 들어가는 뺨이 처음 보았을 때 그대로여서 더 사랑스럽다.

소매를 팔꿈치까지 걷어 올린 소람이가 조심스레 물의 온도를 맞춰주고 말린꽃이 잔뜩 들어 있는 베보자기를 물속에 넣었다. 화려한 꽃향기가 후끈한 김에 섞여 주변을 물들인다. 낯선 향기에 소람이가 코를 킁킁거렸다.

"아씨, 백단향이 아니네요?"

"그래. 백단향은 이제 그만 쓰기로 했단다."

"어어, 그래요? 저는 그 향기도 좋았는데……. 조금 아쉬워요."

"그러니. 난 이게 더 좋구나."

백단향은 그분이 좋아하시는 향이라 쭉 써왔지만, 도무지 정을 붙일 수 없는 향이었다. 은은한 나무향 속에 숨겨진 유혹적인 향기는 언제나 내 마음 한쪽을 불편하게 했다. 기생처럼 머리를 올리고 화려한 치장을 했어도 향기만큼은 그러고 싶지 않은 내 우울한 속마음이 결국 백단향을 놓고 이전에 쓰던 꽃향을 다시 쓰게 했다. 그분께서 싫어하셔도…… 어쩔 수 없지. 어차피 향이 바뀐 걸 알아채실 정도로 내게 관심이 있으신 분도 아니고…….

추워 솜털이 곤두선 어깨에 따뜻한 물을 부어주던 소람이가 종알종알 입을 놀린다. 늘 웃음이 가시지 않는 얼굴로 쉴 새 없이 수다를 떠니, 그분의 말씀대로 정말 산새 같은 아이다.

"그러고 보니 아씨 입으시는 옷도 바뀌셨지요? 늘 어두침침한 회색이나 미색만 입으시다 화사하게 빨강 치마 입으시니 어찌나 보기 좋던지! 아씨, 다음에 오실 때도 오늘처럼 빨강 치마 노랑 치마 입고 오셔요."

"그럴까?"

"그럼요! 한 송이 목련처럼 입으실 때도 어여쁘셨지만, 오늘 아씨는 빠알간 해당화처럼 고우셨는걸요. 듬직하고 남자다우신 장군님과 해당화처럼 고운 아씨가 함께 있으시니 어찌나 보기 좋던지……. 정말이지 눈이 호강하였어요!"

붉어진 뺨에 손을 올리고 하아, 한숨을 쉬는 모습이 귀엽다. 소람이의 칭찬에 내 기분도 두둥실 떠오른다. 그분이 좋아하시는 백단향과 무채색 비단옷에 휩싸여 지내지 않아도 나를 사랑해 주신다면 얼마나 좋을까 싶지만……. 하하. 나비의 흉내를 내어도 나비가 될 수 없다면, 그냥 목련으로 있어야겠다.

그렇게 나는 서서히 내 본 모습으로 돌아갈 준비를 하기 시작했다. 백단향을 놓고, 무채색 비단옷도 놓고, 구름처럼 틀어 올렸던 머리장식도 하나씩 줄이고……. 미리 생각했던 대로 그분께서는 내가 어떤 모습을 하고 있어도 관심이 없으셨다. 한결같이 똑같은 시선이 기쁘기도 하였지만 조금 서운하기도 하여서, 나는 도무지 내가 기쁜 건지 슬픈 건지 알 수가 없을 지경이었다.

그저 보름마다 마실 술을 빚고, 가슴이 답답할 땐 담배를 태우며 살 수 있으면 좋으련만 계집의 욕심은 끝이 없어서 자꾸만 더, 조금만 더 바라고 바라서 괴로워진다. 그럴 분이 아니라는 것을 알고 있으면서도 내가 빚은 술을 마시며 웃으실 때마다 마음에 품은 질문이 나를 괴롭혔다.

'장군님, 이 나라 백성이 되실 생각 없으셔요? 그래서, 저를 부인으로 맞아주시면 아니 되어요?'

그분의 마음에 이미 나비가 있다는 것을 알고도 이런 마음이라니. 날더러 목련이다, 목련이다 하시는 그분의 말이 진정 옳아서, 나는 잎도 내기 전에 꽃부터 피운 어리석은 목련이다. 그러니 이런 꼴을 하고도 벗어날 생각을 않지.

시간이 흐르고 가슴의 불이 뜨겁다 못해 나를 살라먹을 지경이 되면서, 나는 간절히 아이를 바라게 되었다. 문밖을 나설 때마다 보이는 아이들이 어찌나 눈에 밟히던지. 그분께 인정받지 못해도 좋다, 사람들에게 손가락질을 받아도 좋다, 그러니 나를 온전히 사랑하고 내가 온전히 사랑할 아이가 있었으면 좋겠다……. 하지만 나는 목련이어서. 제대로 열매 맺지 못하는 목련이어서.

술을 빚다 갑자기 찾아온 고통에 까무룩 쓰러졌다 눈을 뜨니 집 안이었다. 움직이려 하는데 몸이 너무 곤하여 움직여지질 않았다. 이 근처 마을에서 아이를 받는 산파 할멈이 땀이 흘러 끈적끈적한 몸을 닦아주었다. 쪼글쪼글하게 주름진 얼굴에 어린 동정에 숨이 막힌다.

"아이 가진 임부가 무슨 걱정근심이 그리 많소."

"……아이요?"

"됐소, 이젠 없으니. 쯧, 태어나지도 못하고 죽었으니 그 한이야 오죽할까 싶지만 얼굴도 못 보고 피 쏟은 어미만 하려나. 당분간 힘든 일은 하지 말고, 몸조리 잘하시오."

눈앞이 아찔해진다. 제아무리 고마우신 장군님이라지만 전쟁이 끝나고 시간이 지나며 잊혀져가는 이름, 빛바랜 명성이었고 내가 그분과 동침하는 건 이제 비밀이 되지 못했다. 한데 혼례도 올리지 않은 처자가 배가 부르면 마을 사람들의 눈길이 따갑기 그지없을 터이다.

나는 그래도 좋다고, 그분의 나비가 될 수 없어도 아이가 있으면 됐다고 그리 생각하게 되었는데…… 그런 생각을 한 지 얼마나 됐다고 들어섰는지도 몰랐던 아이가 죽어 핏덩이가 되었단다.

산파 할멈은 주름진 손으로 내 등을 쓸어주고 손을 주물러 주며 연신 혀를 차다 돌아갔고, 방에 홀로 남은 나는 숨죽은 울음을 토해냈다.

장군님, 저는 나비가 아니라 그저 목련이어서 이런 걸까요? 과실을 맺지 못하는 목련이어서?

유모를 보냈을 때와는 비교도 할 수 없는 상실감이 나를 짓눌렀다. 먹고 싶지도 않고 자고 싶지도 않고 아무것도 하기가 싫다. 무섭고 엄한 주인이라, 나를 경원시하던 종들이 슬금슬금 내게 다가와 장군님께 가보는 건 어떠냐 권하기까지 했다.

"……그럴까. 그럼 올라가 볼까."

가슴에 구멍이라도 난 것처럼 아파 찾아가기 시작한 것이건만, 물색 모르는 분이 나를 보고 반가워 좋아하시는 걸 보면 그나마 좀 나아지는 것도 같아 자꾸 그분을 찾는 걸음을 멈출 수가 없다. 한데 그렇게 하루가 멀다 하고 찾아가니 처음에는 어서 오라 좋아하시던 분이 종국에는 무슨 일이 있느냐 물으시더라.

"장군님은 제가 보기 싫으신가 봅니다."

"자주 보니 반가워 그러지."

술이 없으면 매번 실망한 얼굴을 하시면서 입에 침도 아니 바르고 거짓말을 하십니다. 얄미워 눈을 흘기고 못된 입을 찰싹 때리니 그저 하하 웃으신다. 훤히 빛나는 웃음에 이 어리석은 계집의 속이 타들어가는 걸 알고 계시려나.

"이젠 나비라고 불러주지도 않으시고……. 서운합니다."

"이리보고 저리 봐도 목련인데 나비는 무슨."

그러곤 나를 훅 끌어당겨 안아주시니 단단한 가슴팍에 얼굴을 묻고 말았다. 술도 없고 담배도 없이 그저 안아주신 일은 처음이라 어리석은 계집은 또 가슴이 뛴다.

"이리 안고 있으니 내가 꽃가지를 하나 꺾어 안고 있는 것 같구나."

백단향을 쓰는 걸 그만 둔 걸 알고 계셨나요. 조금, 희망을 가져도 될까요. 나비는 못 되어도 당신의 목련으로, 꽃이 되어 있을 수 있을까요. 십 년의 시간 만에 처음으로 맛본 희망이란 것이 시린 가슴을 헤집고 들어와 간사하게 똬리를 틀었다. 달을 받으면 나비가 되는 목련이 아니냐. 그래, 아무튼 나비가 되긴 하니 그냥 그렇게 옆에 있으면 아니 될까. 괴롭기야 하겠지만, 그래도…….

"너는 목련이다. 나비는 될 수도 없고 될 생각일랑도 말아라."

"……예."

"이런, 웃는 줄 알았더니 우는 거였느냐."

자꾸 눈물이 흘렀다. 밀쳐내지 않고 받아주시니 긴 시간 쌓여있던 것들이 한꺼번에 터져 나왔음이라. 새벽닭이 울 때까지 붙잡아 울고 흉한 꼴을 보이고 말았다. 그래도 예쁘다 하여 주시니 어제부터 희망으로 부푼 가슴이 터질 것만 같았다.

그런데 그분께서 소람이에게 해주시는 말씀이나 하시는 태도가 너무 격의가 없어서 어리석은 계집이 질투가 나더라. 죽을지도 모르는 자리란 걸 알면서 밀어 넣은 아이에게까지 못난 주인이 된 것 같아 미안하기 짝이 없다. 하지만 조심스레 눈가를 닦아주는 손길이 이리 마음에 걸리니.

"……얘, 소람아."

"예, 아씨. 말씀만 하셔요. 제가 할 수 있는 것일랑 다 해다 드릴게요."

"장군님께서 너를 뭐라 부르시니?"

뜬금없는 물음에 소람이가 눈을 동그랗게 떴다. 아이는 찬물에 수건을 적셔 야무지게 쥐어짜며 고개를 갸웃거렸다. 내가 왜 이런 물음을 하는지 전혀 알지 못하는 얼굴이다.

"그야, '소람아' 하고 부르시지요."

"……그러니?"

"예에. 한동안 '산새야' 하고 부르시다가 '소람아' 하고 부르신지 한…… 삼 년쯤 되었어요."

"그랬구나. 고맙다, 눈이 좀 나아졌네. 밥 생각은 없으니 내 것은 차리지 않아도 된단다. 이만 가보렴."

"예, 아씨."

"'소람아' 하고 부르신지 한…… 삼 년쯤 되었어요."

내 이름은 한 번도 불러주지 않으신 분이. 이름이 무언지 궁금해하신 일도 없으신 분이. 난 그저 목련인데 너는 소람이구나.

쓸데없는 질투가 확 피어올라 온몸이 홧홧하게 달아오르는 것 같다.

"삼 년 쯤 되었어요."

이런 못난 년, 네가 언제까지 꽃 같고 버들가지 같은 계집일 줄 알았니. 새삼 다시 살펴본 소람이는 열아홉 한창 물오른 나이답게 아름답고 어여뻐서 가슴에 쿵 돌이 떨어졌다. 내가, 열매도 맺지 못하는 내가, 저렇게 예쁘고 참한 아이를 그분의 곁에 두고 멀쩡히 있었다는 것이 놀랍다. 그리고 그걸 놀라워하는 내가 무서워 또 놀랍다.

"새벽 목련에 이슬이 좀 맺힌 걸 가지고 웃은 내가 죄인일세."

얼굴이 새빨갛게 물들었을 것이다. 한데 이것이 단지 그분의 말씀 때문인지, 아니면 무서운 내 마음 때문인지 알 수가 없었다. 내 진정 사랑받는 이처럼 그분이 떠먹여 주시는 밥을 먹고 그분께 밥을 떠먹여 드리면서도 가슴의 불이 화르륵 타올라 입으로 불길이 치솟지 않는 것이 용하였다.

"이리 손을 떨어서 어디 기생 노릇 잘하겠는가. 대담하고 배짱 두둑한 목련은 어디 가고 잘 익은 복숭아만 하나 있네그려."

"밥이나 드셔요."

나를 기생으로 아시는 거야 내가 아니라 말하지 않았으니 그러하시겠지만. 그렇겠지만. 차마 아니라 말하지도 못한 이 못난 계집이 자초한 일이지만은.

"저를 부인으로 삼아주시면 아니되어요?"

언제인가 이젠 기억도 나지 않는 보름에.

"이 나라의 온전한 백성이 되셔서, 저와 함께 사시면 아니되어요?"

술의 힘일는지 달빛에 취했음인지 내 생에 남은 용기를 모두 끌어모아 드렸던 물음. '그리하마' 하는 대답 대신 그저 입맞춤을 해주시던. '내 목련아' 하고 불러주시던 그 음성이 그저 행복했던 어리석은 계집.

"아씨, 정말 저까지 내려가 버리면 장군님은 어찌하나요?"

"걱정마라. 내 알아서 하겠느니. 네 나이가 열아홉인데 너 언제까지 산에서 이리 살 것이냐. 좋은 혼처를 알아봐 줄 테니 따라오너라."

"예에……."

그분 주무시는 사이 가기 싫어하는 소람이를 어르고 달래놓으니 어찌 아셨는가, 마지막 인사는 받으려 하시는가 툇마루에 나오신 그분과 눈이 딱 마주치고 말았다. 언제 오느냐 물으시는 음성이, 내 십 년의 세월동안 처음 들어보는 그 물음에 나는 또 쓸데없는 희망을 가지게 될까 봐 겁이 난다.

"너 말이다. 네 술이 익을 때가 되면 오느냐?"

술 빚는 일을 잊은 지 오래여서 드릴 만한 술이 없어 송구합니다. 산중에 적적하신데 산새까지 데리고 가버려서 송구합니다.

이년이 이리 미욱하여 이럽니다.

소람이를 재촉하여 산을 내려다가 뒤돌아보니, 그분께서 문가에 서서 아주 오래도록 나를 보고 계셨다. 언제부터 그리하셨는지 나는 알 수 없으나 장죽도 아니 무시고 그저 서 계시는 그분의 모습이 이제는 기억조차 흐릿한 어린 시절에 보았던, 홀로 외로우신 그분 같아 바삐 발을 놀리면서도 눈물이 흘렀다.

송구합니다, 장군님. 송구합니다, 낭군님. 이년은 열매도 맺지 못하는 목련이라. 필 때는 하얗게 예쁘게 피어도 떨어질 때는 미련이 덕지덕지 남아 누렇게 매달리는 목련이라. 이년이 이리 가면 다시는 찾지 않으실 것 알면서도 제가 미욱하여 이러니 보지 마시어요.

4장
장부라면 불사이군(不事二君)?

목련이 완전히 떠나갔다는 걸, 진실로 오지 않을 것이라는 걸 이산이 온전히 깨닫기까지는 약간의 시간이 필요했다. 자그마치 십 년의 세월이었다. 그동안 나눈 웃음과 술잔의 개수만큼 쌓인 정이 그의 눈을 멀게 했다.

다음 보름, 그리고 또 다음 보름……. 목련이 오지 않는 보름밤, 이산은 홀로 술상에 앉아 술잔을 기울였다. 이번에는 무언가 바쁜 일이 있었던 게지. 설마하니 다음 보름에도 오지 않으려고.

하지만 목련을 기다리며 기울이는 술잔에는 더 이상 달빛이 담기지 않았고, 새로 올라온 종이 차려주는 밥상은 돌이라도 들은 것처럼 껄끄러웠다. 어디 술과 밥만 그랬겠나. 아무리 장죽을 빨고 있어도 속에서 타는 불은 꺼질 생각을 하지 않았다. 불로 불을 끈다던 목련의 말은 이산에게만은 거짓말이었다.

그렇게 서너 달을 보내고 목련이 정말로 오지 않을 것이라는 걸 알고 나니, 이번에는 어째 화가 났다. 그는 갑작스레 떠나간 목련을 도무지 이해할 수 없어 그녀를 원망하였다. 원망할 거리는 많았다.

너는 내게 너무 맛좋은 술을 가르쳐 주었다. 해서 이젠 다른 술이 맛있지가 않다.

너는 나를 보름만 기다리는 한심한 사내로 만들었다.

너는 내게 왜 담배를 가르쳤느냐. 내뿜는 연기에서조차 네가 보인다.

너는 내게 왜…… 아무런 말도 하지 않았느냐.

그는 그렇게 목련을 원망하고 또 원망하다 문득 깨달았다. 그녀가 자신에게 아무런 말도 하지 않았던 만큼, 자신 역시 그녀에게 아무런 말도 하지 않았음을. 그녀가 자신에게 뭐라 말을 할 수 있을 만한 여지라고는 눈곱만큼도 주지 않았다는 것을. 그가 마침내 그 사실을 깨달았을 때, 목구멍까지 차올랐던 원망은 봄볕에 녹는 눈처럼 사라져 그저 슬픔이 되었다.

이산은 가끔 소람이의 재촉에 못 이겨 산책을 나설 때면 주변을 가볍게 돌아보는 것에서 끝내지 않고 온 산을 다 헤집으며 짐승을 잡다가 돌아오곤 했었다. 그건 멀쩡한 우물을 두고도 산 속의 샘에서 마실 물을 떠오는 소람이를 위한 것이기도 했고, 보름마다 산을 오르는 목련이 혹시 산짐승에게 해코지를 당할까 염려해서이기도 했다.

"하…… 이것 참."

지금도 그는 습관처럼 산책을 나섰다가 생각했던 곳과는 전혀 엉뚱한 곳에 있는 자신을 발견한 참이었다. 세찬 바람이 등을 떠미는 아슬아슬한 절벽, 그 끝에서 자라난 노송에 등을 기대고 앉았다가 흠칫 놀라 어깨를 떤다. 산 아랫마을이 훤히 내려다보이는 그곳에서는 목련이 머물렀던 집이 한눈에 보였다. 이제는 그녀가 그곳에 없음을 알면서도, 이산은 자꾸 그곳을 찾는 자신이 우스워 어깨를 떨며 웃었다.

"하하, 하, 하하……."

이제는 인정해야 할 때였다. 어느 순간부터, 나비는 그의 마음 속에 없었다. 이미 날아가 버린 나비를 어이 잡나. 대신 그의 일상을 온통 잡아먹은 것은 바로 목련이었다. 여름이 찾아오니 시들어 버린 목련처럼 떠나 버린 그의 꽃.

담배를 태우고 연기를 뿜을 때마다 미소 짓는 목련의 얼굴이 환상처럼 떠올랐다. 애써 노력해야 떠올릴 수 있는 나비와는 다르게, 목련의 얼굴은 지우려 애쓸수록 자꾸 선명해졌다. 이산은 입술을 짓씹다 결국 자리를 털고 일어섰다.

"나무에 철썩 붙어서 떨어지지 말라 하였더니, 나비가 되어 날아가 버렸군."

이산은 그날로 짐을 챙겼다. 나비가 되어 날아간 목련을 잡으러 가야 했다. 자그마치 십 년만의 외출이었다. 생각지 못한 외출에 종이 놀라 달려온다.

"장군님, 어디 가십니까? 제가 따라가오리까?"

"아니. 너는 이곳에 있거라. 내 혼자서도 충분하니."

정재화. 지금은 정 대감이라고 불린다고 했던가. 이산은 그의 집을 찾아가기로 했다. 십 년 전의 그날, 그를 정자로 초대했던 사람 말이다. 이제는 희미해져 다 없어져 버린 줄로만 알았던 기억이건만, 떠올리려 하자 바로 어제 일처럼 과거가 떠오른다. 그를 만나서, 자신에게 보낸 여자를 어디서 데려왔는지 물어야겠다.

그렇게 옛 기억을 뒤져 찾아간 마을은 그가 자신의 기억을 의심해야 할 정도로 변화해 있었다. 찾아간 날이 마침 장날이었는지 물건을 가득 쌓은 좌판이 여기저기에 널려 있고 봇짐을 멘 장수들이 주막에서 막걸리를 들이켠다. 색색의 천으로 꾸민 광대들이 시장의 작은 공터에서 재주를 부리는 걸 넋 놓고 보는 아이들의 손에는 다디단 엿가락이 쥐어져 있었다.

이산은 요란스레 가위를 짤깍이며 손님을 불러 모으는 엿장수에게 다가가 말을 걸었다. 엿장수는 귀찮은 물음에 코웃음을 치려다가, 낯선 장부의 헌앙한 모습에 급히 머리를 조아렸다. 언뜻 보아도 귀한 신분임이 틀림없었다.

"정 대감의 집이 어딘지 아는가?"

"아이고, 이 연해에 정씨 성을 가진 사람이 많기야 하지요. 아마도 저 냇가의 시냇물 속을 구르는 조약돌만큼이나 많을 겁니다. 하지만 그중에서 대감이라고 불릴 만한 사람, 그것도 이 해주에서 정 대감님이라면 딱 한 분뿐이시지요! 그렇고말고요!"

아이들을 상대로 엿가락처럼 늘어지는 말재간을 보이는 것이 버릇이 되어 있던 엿장수는, 제가 누굴 상대로 그리 말하는지도 잊고 즐겁게 혀를 놀렸다. 해주 지방에서 정 대감이 가지는 위치와 인심을 충분히 알아볼 수 있을 만한 일이었다. 물론 이산은 거기에 대해서는 전혀 관심이 없었기에, 그는 엿가락을 한 줄 사주고 얼른 집의 위치를 알아냈다.

"이를 어쩔까……."

엿장수의 입을 열려다 갑작스레 생긴 엿가락에 이산이 이마를 찌푸린 것도 잠시. 침이라도 흘릴 기세로 엿판을 보는 아이가 그의 눈에 들어온다. 아이는 그에게서 엿가락을 받아들고 어리둥절해하다 이내 환한 웃음을 짓고 날듯이 뛰어 그 자리를 벗어났다. 참 밝고 환한 풍경이었다.

정 대감의 집에서 일하던 종들은 갑자기 찾아온 낯선 손님의 등장에 어찌할 바를 모르고 허둥댔다. 떡 벌어진 어깨를 비롯해 그저 보기만 해도 범상치 않은 인물임이 틀림없다고 느껴지는 분위기를 가진 사내가 정 대감을 찾는데, 누구도 그의 정체를 몰랐던 것이다.

종들이 눈치를 보며 서로의 옆구리를 찔러대던 중 한 명이 주춤주춤 앞으로 나와 말을 붙인다. 금방이라도 도망갈 듯 엉덩이는 뒤로 쑥 뺀 채였다.

"저, 누구라고 전할까요?"

"금오의 이 장군이라 하지 않았느냐."

"금오에서 장군님이 오신다는 말은 들은 일이 없는뎁쇼……."

종의 얼굴에 혼란이 어렸다. 그래, 아무리 큰 전쟁이었다 해도 자그마치 십 년 전의 일이었고 이산의 이름은 이제 잊혀져가는 업적이었다. 당연한 일이었다. 하지만 초란을 보내고 이산의 인내심은 서서히 얄팍해져 봄날의 얼음장만큼 아슬아슬한 상태였다. 그의 큰 손이 긴 도포자락 안에 숨겨둔 칼자루를 무심결에 만지작거리기 시작했다.

"가서 전하면 그만인 것을, 왜 이리 시간을 끄느냐."

"대감마님을 찾는 어중이떠중이가 얼마나 많은 줄 아십니까? 당장 이틀 전만 해도 웬 땡중이 찾아와서는…… 헉, 대감마님!"

"거기까지 해라. 장군, 오랜만이외다. 들어오시오. 안에서 얘기합시다."

직접 마당에 나온 정 대감을 본 종들이 혼비백산하여 허리를 굽혔다. 이산의 손이 칼자루에서 떨어지는 것을 보며, 정 대감은 내심 안도의 한숨을 내쉬었다. 십 년의 시간 동안 산에서 도통 내려올 생각을 안 하기에 조금 나아졌나 싶었지만, 저놈의 급한 성질머리는 여전했다. 역시 자신이 조금이라도 늦게 나왔다면 피를 볼 뻔했다는 생각이 든 것이다.

정 대감의 집은 화려했다. 단정하게 정리된 조경수를 비롯해 곳곳에 섬세하게 장식된 장식품이 단정한 집안의 분위기에 화려함을 더하고 있었다. 사랑방에 놓인 가구는 물론이요, 여종이 내온 찻상조차 범상치 않은 것이 없다.

그것들은 초란이 이산을 붙드는 것에 성공한 이후로 정 대감이 얻어낸 권력의 결과물이었다. 딸을 팔아 권력을 샀다는 비아냥도 잠시, 초란이 이산과 가까이 지내는 시간이 길어질수록 사람들은 정 대감의 집 문턱이 닳도록 드나들며 아부를 하느라 허리가 굽을 지경이었다. 물론 그건 겨우 한때에 불과하였고 지금은 그저 정 대감 본인의 권력을 노리는 아부꾼들이 더 많지만 말이다.

그렇게 세상 사람들은 이산을 잊어갔어도 국경지대에서 분쟁이 일어나고 있다는 소식이 들릴 때마다 조정의 중신들은 아닌 척 모른 척을 하면서도 은근히 정 대감의 눈치를 보았다. 조언이라도 한마디 얻어 달라는 온갖 부탁을 꾸준히 무시했어도 이산의 존재 자체로 정 대감은 상당한 반사이익을 누리고 있었다.

사랑방에 들어와 앉은 이산이 아닌 척하는 기색도 없이 태연히 방 안 구석구석을 둘러본다. 정 대감은 그런 그를 앞에 두고 묵묵히 찻잔에 차를 따랐다. 십 년의 세월이 지났다 하나 그는 여전히 금오의 장수였고 자신은 연해의 신하였기에. 하지만 그는 속에서 타는 불을 아주 감추지는 못했다.

"무슨 일로 오셨소이까? 그 산에서 평생 내려오지 않을 것처럼 구시더니."

"날 산 속에 처박은 사람이 누구인데 말은 잘하는군."

"그야 본인이시지 않습니까."

이산의 눈썹이 꿈틀거렸다. 운제에게서 받은 편지에 계집을 안지 말라는 말을 보았을 때 짐작은 했었다. 분명 무언가가 있는 것이라고. 멀리서 자신을 멋대로 움직이려는 벗에 대한 반감과 잠시의 충동이 그를 휘둘러 목련을 안게 하였지만, 모든 걸 짐작하고서도 이렇게 확인받으니 과히 즐거운 기분은 아니었다. 입에 닿는 향긋한 차가 너무 써서 넘기기가 힘들었다.

"나를 두고 내기라도 있었나보군."

"그걸 이제 아셨습니까. 눈치가 영 없으십니다."

"확인을 해줄 사람이 없어서 말이야."

"그깟 확인을 하러 여기까지 오시다니, 거 참 이 정 모의 실수이외다. 미리 가르쳐 드렸어야 하는 건데."

태도는 극진하고 말투는 정중하지만, 그 말의 내용은 전혀 그렇지가 못하다. 아랫것들을 모두 물리고 단둘만 남은 뒤로 정 대감은 그야말로 가시를 뾰족하게 세운 고슴도치 같았다. 이산은 도무지 그 이유를 알 수 없어 어리둥절한 표정을 지었지만, 그건 정 대감에게 더한 화를 안겨줄 뿐이었다. 정 대감은 손에 쥐고 있던 찻잔을 탁 소리 나게 내려놓고 자세를 고쳤다.

"남들은 나더러 딸을 팔아 권력을 산 미친 노인네라고 욕을 하지만, 난 그렇게 생각하지 않았습니다."

"……딸?"

"그저 사정이 생겨 혼례를 생략했을 뿐, 시집을 보낸 것이라고 여겼지요. 이 노인네의 고집이라고 해도 좋소이다. 하지만, 사위의 인사를 받을 때까지 십 년의 세월이 걸릴 줄은 몰랐소."

흰 수염이 성성한 노인의 눈에 어린 원망이 이산을 후려쳤다. 한때 그녀가 정말로 기생일까, 의심한 일이 있었다. 하지만 그때 이산은 너무 지쳐 있었고, 힘들었고, 의욕이 없었다. 그리고 시간이 지나서도 그에게 그녀는 그냥 어여쁘고 향긋한 목련이었고 그랬기에 목련의 뒷이야기는 궁금해해 본 일이 없었다.

해서 정 대감의 이야기는 이산에게 큰 충격으로 다가왔다. 십 년의 세월 동안 기생이라고만 생각했던 그녀가 사실은 양갓집 규수였다는 사실도 놀라웠지만, 그걸 알아볼 생각도 않고, 분명 어딘가 티가 났을 것을 전혀 눈치채지 못한 자신이 더욱 놀라웠던 것이다.

할 말을 잃은 이산을 앞에 두고 정 대감의 목소리가 더욱 높아진다.

"제 어머니 기일에도 얼굴 하나 비추지 않는 못된 딸년이지만, 그래도 때마다 술을 빚어 보내고 베를 짜서 보내니 소식은 없어도 잘 지내나 보다 했습니다. 무소식이 희소식이려니 했지요……. 한데 얼마 전에 초란이 찾아와 멀리 떠나고 싶다 하더이다."

"멀리…… 떠나고 싶다?"

"십 년의 세월 동안 곁을 지켰는데 마음 한편 내주지 않는 분이라, 더는 괴로워 못 견디겠다고. 내가 어리석어 딸을 불구덩이에 던졌구나 생각한 게 바로 그때입니다, 장군."

정 대감은 주름진 눈을 꾹 감고 초란을 생각했다. 죽은 제 어미와 지나치게 닮아 언젠가부터 경원시하게 된 딸이었다. 그를 알았는지 슬금슬금 제 안으로 기어들어가 좀처럼 말도 없고 웃음도 없던 아이가 열망으로 반짝이는 눈을 하고 누군가를 원한다 하기에, 주변의 반대와 위험을 모두 무릅쓰고 추진한 일이었다.

좀처럼 찾아오지 않는 것이 괘씸하여도 어쩌다 한 번 몰래 가서 살펴볼 때면 집에서 있을 때보다 환히 웃고 있어서 안심했었다. 어쩌다 보니 얻게 된 권력도 좋고 재물도 좋고 다 좋았지만 딸이, 초란이 웃는다는 것이 더 좋았더란다. 자신이 끼어들었다가 혹여 좋은 사이를 망치기라도 할까 봐 걱정되어 멀리서 뒷짐만 지고 있었다.

한데 그런 귀한 딸이 마음 부서진 얼굴을 하고 찾아와 더는 못 견디겠다고 했을 때, 정 대감의 마음 한쪽도 함께 부서져 버렸다. 아비가 되어 딸의 웃는 얼굴 아래에 감춰져 있던 그늘을 알아보지 못했다는 죄책감과 미안함이 어찌나 크던지.

"하지만 이렇게 저를 찾아오신 걸 보니, 초란이가 장군의 마음 한 자락을 차지하고 있는 건 맞는 것 같습니다. 아니 그렇습니까? 한데 이를 어쩌지요. 저는 그 아이를 다시 장군께 드릴 생각이 없는데 말입니다."

정 대감은 있는 힘껏 한쪽 입술을 끌어올려 비웃었다. 자신의 말이 이어질수록 하얗게 질려가는 안색이 아주 기껍고 볼 만하였다. 초란이 보낸 십 년의 세월이 헛것은 아니었다는 생각이 그를 즐겁게 했다. 이대로 다시 산속에 처박혀 얌전히 지내주면 좋으련만.

"내가…… 어이하면 좋겠소."

"돌아가 주십시오."

"……."

"다시 그 산속으로 돌아가서, 다시는 내려오지 말아주십시오."

정 대감의 요구는 일견 합당하였으나, 이산은 이상하다는 생각을 지울 수 없었다. 정 대감은 왜 연해를 떠나라 하는 대신 다시 그 집에 처박히길 원하는가. 자신이 그 집에 있어야만 하는 이유가 있던가? 혹, 내가 거기 있음으로 하여 정 대감에게 이득이 되는 것이라도 있다는 말인가?

그런 이산의 생각은 거의 들어맞았으나, 이산은 입 밖에 내지 않았고 정 대감 역시 마찬가지였다. 말없이 시간만 흐르는 가운데 둘 사이에 놓인 찻잔에서 김만 모락모락 피어올랐다.

결국 이산은 고개를 저었다. 그는 홀로 그 산중의 작은 집으로 돌아가 빈 집을 하염없이 내려다보고 또 내려다보며 시간을 보낼 생각은 없었다. 홀로 소태를 삼킨 듯 쓴 술을 마실 생각도 없었다. 비록 사랑하는 이의 이름도 제대로 몰라 목련의 아비가 하는 말 속에서 그녀의 이름을 겨우 알아챈 못난 남자이지만, 반드시 잡아야 했다. 두 번 놓칠 수는 없었다.

그의 긴 속눈썹이 느릿하게 깜빡였다.

"……곧 금오에서 연락이 올 거요. 지금이 아니더라도…… 곧."

정 대감의 입이 꾹 다물렸다. 서쪽 지방의 오랑캐들을 모두 일소한 이후, 연해는 전쟁으로 망가진 나라를 복구하는 데 온 힘을 쏟고 있었다. 엉망이 된 농토를 복구하는 동시에 분실된 토지대장을 찾아 다시 정리하고, 불필요한 제도를 일소하며, 새로운 인재를 대거 발탁하고…….

그런데 이 중요한 시기, 연해에 큰 영향력을 미치는 대국, 금오에서 불온한 움직임이 포착되고 있었다. 연해와 국경을 마주하고 있는 지방을 향해 상당한 군사가 움직이고 있다는 탐보가 전해진 것이다. 거기까지 생각한 정 대감은 무심결에 수염을 쓰다듬었다. 산으로 올라가는 정보 대부분을 차단한 상태에서 이산이 하는 말이 그냥 떠보는 것인지, 아니면 정말로 그런 상황을 알고 하는 말인지 구분할 필요가 있었다.

이산은 씁쓸한 미소를 지었다. 그가 산에서 내려와 정 대감의 집으로 오는 짧은 시간 동안 알게 된 것은 정 대감이 생각하는 것 이상으로 많았다. 길거리의 거지와 장터의 장돌뱅이들, 연해 곳곳을 떠도는 광대들의 입소문은 연해의 조정에서 부리는 탐보꾼들 못지않았던 것이다.

그는 금오의 국경지대에서 군사들이 움직인다는 걸 듣자마자 운제를 떠올렸다. 십 년의 세월동안 뭘 어떻게 준비했는지는 모르나, 군사의 이동은 이제 그가 움직이기 시작했고 연해에게 자신을 내놓으라 압력을 넣고 있는 것과 같은 거였다. 이산은 확신했다. 곧, 금오의 황제가 바뀔 것이라고. 그를 위해, 운제가 자신을 부르고 있는 것이라고.

"금오에서 연락이 오자마자 내가 바로 떠나기를 원하지 않는다면, 초란의 거처를 알려주시오. 연해에는 내가 아직 필요할 텐데?"

"그를 빌미로 나를 겁박하지 마십시오. 장군께 내 딸을 다시 드릴 생각은 없다 하였습니다."

정 대감은 이산의 제안을 딱 잘라 거절했다. 십 년 전, 우습지도 않은 내기를 가지고 이 땅에 붙들어 매었던 사람이다. 대국인 금오가 자비롭게 그를 넘겨주었다 해도, 언제든 내기를 물러야겠으니 도로 내놓으라 하면 어찌할 수 없는 것이 소국인 연해의 입장이었다. 거기에 이산의 의사는 중요치 않았다. 우습지도 않은 광대놀음에 끼어 어울려 주는 건 한 번이면 족했다.

이산은 꼬장꼬장한 얼굴로 입을 다문 정 대감을 보며 희미한 미소를 지었다. 눈썹을 곤두세우고 화를 내는 정 대감에서 초란의 얼굴이 희미하게 비친 것이다. 어머니를 아주 빼다 박았다고 하더니, 표정만은 아버지를 그대로 닮았다.

"이 아비처럼…… 충성하다 죽지 말고."

그는 그때까지 손도 대지 않고 있던 찻잔을 들어 목을 축였다.

아버지, 저는 그 여자를 잡지 못하면 이대로 말라 죽을 것 같습니다. 그러니, 괜찮겠지요?

"장부는 불사이군(不事二君)이라 하지. 그런데 그거 아시오, 정 대감? 나는 이전에도 장부가 아니었고, 지금도 장부가 아니며, 앞으로도 장부가 될 생각이 없소."

"……지금 뭐라 하였습니까."

"내가 연해의 백성이 될 수도 있다는 말이외다."

정 대감의 얼굴이 딱딱하게 굳었다. 그가 생각했던 것보다 초란이 이산에게 차지하고 있는 비중이 컸던 것이다. 하면, 이를 어떻게 하면 잘 이용할 수 있을까. 십 년의 세월, 정 대감이 조정에서 굴러먹은 시간은 헛것이 아니었다.

"하면, 금오와 척을 지는 것도 감수하겠다는 말씀이시오?"

"나야 상관없소. 하지만 연해가 과연 그럴 만한 여력이 있는지는 의문이군. 그리고 초란의 아비인 당신도 나를 믿지 못하는데 다른 이들이 과연 나를 믿을까? 내가 연해의 군사를 이끌고 금오로 넘어가 버리면 어쩌려고."

"그런 말씀을 하시는 걸 보니, 넘어갈 생각은 없다고 믿어도 좋겠습니다."

"능구렁이 같기는."

"나이는 허투루 먹은 것이 아니지요."

이산의 핀잔에 정 대감이 능글맞게 웃는다. 그는 어느새 비어버린 찻잔에 차를 따르다가 갑자기 떠오른 사실에 이맛살을 찌푸렸다.

"아니, 장군. 생각해 보니 장군이 내게 이리 고압적으로 굴면 아니 되는 것 같은데. 공적으로야 장군은 금오의 장수고 난 연해의 신하이지만, 사적으로 따지면 나는 초란의 아비고 장군의 장인이 아니오?"

"내게 딸을 줄 생각은 없다면서 장인 대접은 받고 싶은가 보오."

이산의 비아냥거림은 정 대감에게 전혀 타격을 주지 못했다. 정 대감은 빳빳하게 허리를 펴고 턱을 추켜올렸다. 그러고는 느긋하게 무릎을 두드리며 짐짓 엄한 목소리를 내는 것이 아닌가.

"어허, 지난 십 년간 못 받아본 대접이니 이제라도 좀 받아보고 싶은 게 어때서 그러오."

"그냥 내가 참 쓸모가 있어 탐이 난다고 대놓고 말하시오."

하지만 정 대감이 이산에게서 장인 대접을 받게 되는 일은 나중에, 아주 나중에의 일이 된다. 두 사람이 그렇게 차를 나눠 마시며 소곤소곤 이야기를 나눈 지 며칠 되지 않아서, 금오와 연해의 국경에서 큰 싸움이 벌어졌다는 소식이 해주에 당도하였던 것이다.

급히 의관을 정제하여 소양(연해의 수도)으로 갈 채비를 하는 정 대감을 보면서, 이산은 자신에게 곧 선택의 순간이 도래할 것임을 예감했다.

'장부는 불사이군(不事二君)! 하지만 나는 장부가 아니다.'

그가 뱉은 이 말이 금오에서 연해로 자신의 나라를 바꾸겠다는 말이 될지, 아니면 금오에 들어설 새 황제를 위한 말이 될지는 오직 하늘만이 알 것이다.

◇◇

새파란 바다는 구름 한 점 없는 하늘을 그대로 비춰내는 거울처럼 근사했다. 흰 모래밭에 알알이 부서지는 파도가 눈부시고, 끼룩대며 날아다니는 갈매기를 실은 바람이 해송(海松)의 푸른 잎을 매섭게 흔들다 제풀에 지쳐 사그라졌다.

연해의 서쪽 지방, 작은 어촌 마을. 초란이 새로이 정착한 곳이었다. 종도 뭣도 다 필요 없다, 가뿐한 맨몸으로 떠나려던 그녀를 억지로 붙든 정 대감이 딸려 보낸 종 몇과 함께 그녀는 평온한 나날을 보내고 있었다.

그리고 그 일행에 악착같이 따라붙은 사람이 있었으니, 그건 바로 소람이였다. 오래전부터 어여쁘고 발랄한 소람이를 마음에 두고 있던 남종들이 대거 신랑 후보로 입후보하였으나 그를 죄다 걷어차고 초란을 따라온 것이다. 초란이 바다가 훤히 보이는 툇마루에 느긋하게 앉아 수를 놓다 말고 소람이를 부른다.

"얘, 소람아."

"예, 아씨."

"네 그렇게 입으니 아주 보기 좋구나. 자주 꺼내 입으렴."

소람이의 얼굴이 붉게 물들었다. 그동안 소람이가 초란이 무수히 사다 날랐던 온갖 비단옷과 노리개, 장신구를 궤짝에 보관만 하고 있었다는 사실을 알게 된 초란은, 기가 막혀 하며 이것도 입어보아라, 저것도 매어보아라 하고 이것저것 시키며 소람이를 상대로 인형놀이를 하는 중이었다.

잠시 질투에 눈이 멀어 소람이를 해할 생각을 했다지만, 초란은 역시 소람이가 어여뻤다. 사랑스러웠다. 혼인할 때 필요한 혼수품은 초란이 다 마련해 준다 하여도 극구 사양하며 아씨를 모시는 게 제일가는 기쁨이라고 하는 아이를, 도저히 미워할 수가 없는 것이다.

그리고 이렇게 고향에서도, 이산에게서도 멀리 떨어져 있어보니 텅 빈 구멍이 뚫린 것처럼 바람이 스며드는 초란의 가슴에 소람이는 좋은 치료제였다. 대답이 없어도 조잘조잘 잘도 수다를 떠는 아이를 옆에 두고 가만히 듣고 있으면 하 우스워 웃음이 났다. 지금도 소람이는 수를 놓는 초란의 앞에서 미주알고주알 수다를 떨고 있었다.

"그래, 그래서 어찌 되었다고?"

"아 글쎄, 주희가 그렇게 덕만이를 뻥 걷어차고 돌아섰는데, 그걸 혜화가 본 거여요! 혜화는 예전부터 덕만이를 좋아했는데, 주희가 그렇게 덕만이에게 무안을 준 걸 보았으니 기분이 어땠겠어요? 그래서……."

마을 처녀총각들의 소소한 연애담과 온 동네를 시끄럽게 하는 부부싸움의 뒷이야기, 신당을 모시고 풍어제를 올리는 무당 할매가 들려주는 온갖 무서운 이야기들, 동네 꼬마 아이들 사이의 패거리 싸움까지. 소람이의 이야깃거리는 끝이 없었다.

"……되었다니까요."

"결국 승자는 연주로구나?"

"그렇지요! 주희는 혜화랑 머리끄덩이를 잡고 싸우다가 마음 두고 있던 종환이에게 차였고, 덕만이는 연주가 차지했으니까요. 한데 앞으로도 어떻게 될지 몰라요, 아씨. 연주네 아버님은 덕만

이를 영 탐탁지 않아 하시거든요. 건장한 사내놈이 배를 타기만 하면 멀미를 한다며, 다음에 또 멀미를 하거든 바다 속에 처넣어 버릴 거라고 하셨대요."

"이런, 이런……. 연주의 앞날이 아주 어둡구나."

"그래서요, 덕만이가 멀미를 극복하겠답시고 뭔 짓을 했냐 하면……."

종알종알. 초란은 수 한 땀을 놓을 때마다 웃음이 터지는 통에 결국 그날도 수를 다 놓지 못했다. 겨우 해당화의 꽃술 부분을 수놓았을 뿐인데 이만큼 하는 데도 며칠이 걸리는 건지. 그녀는 앞으로도 한참이나 지나서야 간신히 완성할 수 있을 것 같은 수를 내려놓고 멀리 바다를 바라보았다.

이제 해가 질 때가 다 되어서, 바다는 완연한 황금빛으로 물들어 있었다. 빨갛게 타오르는 해가 수면 아래로 가라앉으며 내뿜는 빛은 그녀가 좋아하는 빨간 치마보다도 고왔다. 하늘도 붉고, 바다도 붉다. 가늘게 뜬 초란의 눈 사이로 햇살이 스며들었다.

"애, 소람아."

"예, 아씨."

"너, 글을 배워보지 않을래?"

"예?"

"금(琴)을 배우는 것도 좋겠구나."

"예에?"

"서예도 좋고, 그림도 좋겠지. 수예도 가르쳐 주마."

알 수 없는 말에 소람이의 얼굴이 멍해진다. 소람이는 혹 제 아씨가 열이 있나, 걱정하며 제 이마와 초란의 이마에 손을 올리고 열을 쟀다. 그런 소람이의 모습에 초란은 또 웃었다. 엄한 주인이라 종들이 무서워 도망 다니는 자신에게 스스럼없이 다가와주는 소람이가 이렇게 예쁘다. 영문을 모르는 소람이가 입을 삐죽 내밀고 툴툴댄다.

"갑자기 왜 이러셔요, 아씨. 저는 아씨께서 어디 아프신 줄 알았잖아요."

"아니, 나는 멀쩡하단다. 소람아, 배워보고 싶지 않니?"

"배워보고야 싶지만……."

소람이의 눈길이 만들어지다 만 해당화에 가 닿았다가 떨어졌다. 바늘과 실로 새 옷을 짓는 건 소람이 자신도 할 줄 아는 일이었다. 너덜너덜해진 옷을 기우거나 작은 천조각을 모아 보자기를 만드는 것은 제법 자신이 있기도 했다. 하지만 저렇게 바늘과 실로 고운 꽃을 피워내거나 예쁜 새를 만들어내는 건 보기만 해도 신기한 일이었다.

"저 같은 종년이 그런 걸 배워서 뭣에 쓰겠어요?"

소람이의 웃음에는 체념이 짙게 어려 있었다. 십 년의 시간, 산 속의 작은 집에서 어린아이 홀로 성인 남자의 시중을 드는 것이 어디 쉬웠겠는가. 매일 새로 해야 하는 밥과 반찬, 쌓이는 빨랫감과 아무리 해도 끝나지 않는 청소……. 아이 혼자 해내기에는 버거운 일이었다. 하루 해가 지고 고단한 몸을 끌고 잠자리에 머리를 뉘일 때면, 고사리처럼 작은 손이 터지고 갈라진 것을 붙들고 울다 잠이 든 일도 자주 있었다.

그래도 소람이에게 그 모든 걸 견디게 한 것은, 이것마저도 할 수 없게 되면 버려질지도 모른다는 두려움과 초란 아씨의 상냥한 웃음이었다. 게다가 평소 무뚝뚝하고 말이 없는 장군님이 때때로 머리를 쓰다듬으며 잘했다 칭찬하면 그게 그렇게 힘이 났다. 두 사람이 함께 어울려 있는 모습이 너무 보기 좋아 감히 끼어들 생각도 하지 못하고 마음을 접었지만, 소람이도 이산을 남몰래 흠모한 적도 있었다.

"그래……."

초란은 소람이의 손을 끌어다 꾹 쥐었다. 술을 빚느라 많이 거칠어진 손이지만, 그녀보다 더 어릴 소람이의 손은 훨씬 거칠고 딱딱했다. 초란은 이 손이 한 고생을 알고 있었다. 그럼에도 불구하고, 한때 죽이자 생각했었다. 옷을 벗기고, 매질하여, 소금 범벅을 만들어 내다 버리자고. 초란은 무서웠다. 그날의 그 강퍅하고 무서운 마음이 다시 생겨날까 봐.

"그럼 종년이 아니게 되면 되겠구나."

"예?"

"내 양녀가 되어주련. 아, 거부권은 없단다."

놀라 눈을 휘둥그렇게 뜬 소람이를 앞에 두고, 초란이 크게 웃었다. 그리 순수한 마음으로 한 제안은 아니었다. 혹 지금은 잠잠히 가라앉아 있는 자신의 질투심이 어느 날 다시 불처럼 타오를 때 소람이를 지킬 방패로 삼아줄 것이 필요해 한 제안이었다. 그래도 이 순간, 소람이가 더없이 어여뻐 보이는 것도 사실이었다.

"저를 양녀로 삼으시면, 아씨는 열 살에 저를 낳은 게 되시는데요……."

"그럼 그렇게 하지 뭐. 동생 삼기에는 아버님이 무서우니, 내 양녀로 삼아야겠다."

초란의 억지에 소람이는 그냥 웃을 수밖에 없었다. 억지든 뭐든 소람이는 초란을 좋아했던 것이다. 그렇게 얼렁뚱땅, 소람이는 초란의 양녀가 되었다.

그날 이후로 소람이의 일상은 많이 바뀌었다. 소람이는 자질구레한 잡일에서 해방된 후로 온 동네를 돌아다니며 사람들과 어울리는 것을 좋아했는데, 이제는 그렇게 보내던 자유시간의 대부분을 초란과 함께 보내고 있었다. 글을 배우고, 그림을 배우고, 서예를 배우고, 수를 배우고……. 배우고 익혀야 할 것이 어마어마하게 많았다. 엄히 가르치던 초란마저 해야 할 것이 너무 많아 소람이가 힘들지는 않을까, 가끔 소람이의 눈치를 볼 정도였다.

하지만 소람이는 꽤나 의욕적으로 배우고 있었다. 산에 있을 때에야 제가 아쉬운 게 무언지 몰라 순진하기만 한 아이였지만, 열아홉이나 되어 사람들과 어울리기 시작하니 욕심나는 것이 한두 가지가 아니었던 것이다.

이름도 쓸 줄 모른다고 놀려대던 연주에게 복수도 해야 했고, 새로 산 옷을 입고 팔랑팔랑 예쁜 춤을 추며 자랑하던 혜화에게 자신도 예쁜 춤을 출 수 있다, 보여주고 싶기도 했다. 새로 배운 수예로 고운 수를 놓은 주머니를 차고 나가면 다들 부러워할 것 같았다.

이런 생각을 하며 노력하니 자연히 진도가 쭉쭉 나간다. 하지만 글을 배우는 것만은 다른 것만큼 속도가 나지 않아 초란과 소람이 모두 갑갑한 상황이었다. 그림을 그려놓다시피 괴발개발 쓴 붓글씨를 가만히 들여다보던 초란이 조용히 한숨을 삼켰다. 소람이의 얼굴이 울상이 된다.

"소람아……. 넌 다른 건 빨리 배우는데 글과 서예에는 영 재주가 없나 보구나."

"……."

"손재주가 좋은 아이인데 참 이상하기도 하지."

초란은 소람이의 어깨가 움츠러드는 걸 도닥이며 쓴웃음을 지었다. 알다가도 모를 일이었다. 수예도, 그림도, 금도…… 가르치는 대로 쏙쏙 받아들이며 익히는 아이가 글과 서예에 있어서만은 답보 상태에 머물러 있다니. 속이 상하지 않는 건 아니지만 이럴 때 다그치면 역효과가 난다. 초란은 짐짓 목소리를 밝게 냈다.

"소람아, 요즘 네가 너무 집에만 박혀 있었던 것 같지 않니?"

"……예."

"그래, 내가 생각해도 그렇단다. 그러니 오늘은 같이 외출을 하지 않을래? 아까 향이가 와서 그러던데, 오늘이 마침 장날이라 하더구나. 장에 가서 맛있는 것도 사먹고, 예쁜 장신구도 좀 보고. 어떠니?"

사람이 많은 곳을 꺼려하는 초란으로서는 굉장한 용기를 내어 한 말이었다. 하나 과연 사람 구경, 장 구경을 좋아하는 소람이답게 초란의 제안을 듣자마자 얼굴에 환하게 화색이 돌았다. 꽃처럼 곱게 앉아 있던 자태가 속절없이 무너지고 엉덩이가 들썩거린다.

"예, 아씨!"

"누가 네 아씨니? 어머니라 해야지."

초란의 야단에 소람이의 얼굴이 붉게 물든다. 좀체 어머니라는 말을 입에 붙이지 못하는 소람이는 초란이 호칭 문제로 채근을 할 때마다 어쩔 줄을 모르고 부끄러워했다. 지금도 한참을 망설이다 간신히 모기 소리로 '네, 어머니' 하고 말을 뱉더니 인사도 않고 후다닥 방을 뛰쳐나가 버린다. 무례에 야단을 쳐야 하건만, 초란 역시 어머니라는 말을 들을 때마다 묘하게 이상한 기분이 드는 탓에 함께 얼굴을 물들이는 일이 다반사라 그리 도망가는 소람이를 차마 불러 세우지도 못했다.

작은 어촌마을에서 7일에 한 번 열리는 장은 그리 큰 것도 아니었고, 뭔가 구경거리가 많은 것도 아니었다. 하지만 세상구경이 좋은 소람이는 장에 나온 것만으로도 신이 났고, 초란은 평소에는 좀처럼 보기 힘들었던 갖가지 해물에 눈길이 갔다.

작은 장을 몇 바퀴나 돌며 구경을 하던 두 사람이 이제 그만 돌아가려 발길을 떼었을 때였다. 강을 따라 소금을 실어 나르며 파는 염상들이 나누는 이야기가 초란의 뒷덜미를 잡았다. 국경, 금오, 군사, 오랑캐……. 갑작스럽게 멈춘 걸음에 의아해하는 소람이를 두고, 초란은 급히 몸을 돌려 염상들에게 말을 걸었다.

"이보시오, 내 잠시 물을 게 있소."

수수하게 차렸다 하나 그 귀태만은 숨기지 못하는 초란을 앞에 두고 놀란 염상들이 급히 허리를 숙였다. 이런 시골 촌구석에 웬 귀한 아가씨가 있느냐며 수군수군 숨죽여 나누는 이야기가 초란의 귀에까지 들어왔지만, 그녀는 자신을 두고 쑥덕이는 소리보다 더 듣고 싶은 것이 따로 있었다.

"내 지나가다 들으니, 지금 금오와의 국경에서 난리가 난 것 같은데. 좀 자세히 말해보오."

"아, 예……. 지금 북쪽지방은 아주 난리가 났습니다. 어느 날 갑자기 말 탄 오랑캐들이 우르르 쳐들어와 그동안 농사지어 수확한 곡식이며, 조정에 보내려 거두었던 특산품이며 이런 것들 죄 빼앗아갔지 뭡니까. 그게 예전에 금오에게 토벌되어 아주 없어진 줄로만 알았던 얄타족이라는 소문이 나서 사람들 분위기가 아주 흉흉합니다요."

"그래요? 한데 내가 들은 말은 그보다 더 있었던 것 같은데."

"예, 아씨. 그래서 금오에서 얄타족을 잡으려고 군사를 보냈는데, 이상하게 그 군사들이 자꾸 연해 국경을 기웃거린답디다. 어쩌면 얄타족을 잡는다는 핑계를 대고 연해를 칠지도 모른다고 말들이 많습니다."

초란은 자기도 모르게 이마를 찌푸렸다. 금오는 연해의 든든한 동맹국이었다. 십 년 전의 전란에서 연해가 망하지 않고 버텼던 것도 금오의 도움이 있어서였다. 한데, 이제 와서. 왜. 갑자기 심각해진 그녀의 눈치를 보던 염상들은 연신 허리를 굽실거리며 뒷걸음질을 치다 우르르 도망을 가버렸다. 영문도 모르고 초란의 옆에 서 있던 소람이가 초란의 옷자락을 잡아당겼다.

"어머니, 무슨 생각을 그리 하셔요?"

"……아니, 아니다. 이만 들어가자꾸나."

무언가가 잡힐 듯 말 듯 아슬아슬하게 생각의 수면 위로 떠오르려다 자꾸 가라앉는다. 초란은 이상하게 발을 잡아당기는 불안을 무시하며 집을 향해 발걸음을 돌렸다.

"금오로 돌아가지 못하고 그곳에서 지내다 다시 전쟁이 나면 불려가겠지."

초란의 발걸음이 뚝 멎었다. 간신히 기억해 낸 정 대감의 말이 그녀를 오한에 떨게 했다. 온몸을 돌던 피가 싸늘하게 식어 호흡마저 힘들어질 지경이었다. 무인 가문에서 태어나 정해진 것처럼 무인이 되었고 뛰어난 장군으로 이름을 날렸지만 그만큼 전쟁을 혐오하는 사람이 바로 이산이었다. 그를 잘 알면서도 그가 다시 전장으로 불려가게 만든 사람이 자신일지도 모른다는 생각이 초란을 덮쳤다. 게다가 어쩌면 그는 그가 그토록 사랑하는 금오와 척을 지게 될지도 모른다는 것에까지 생각이 미치자, 초란의 안색은 핏기 하나 없이 새파랗게 변하고 말았다.

"내가 어리석어……. 죄를 지었구나."

"어머니?"

불안해진 소람이가 초란의 팔을 붙들고 매달렸다. 초란은 소람이를 끌어안고 애써 숨을 몰아쉬었다. 설마, 그럴 리 없다. 설마…… 모두가 내 탓일 리 없다. 초란은 질끈 눈을 감았다. 따뜻하게 안겨오는 체온이 그녀를 감싸안았다.

연해의 북쪽 끄트머리, 아라강이 흐르는 들판은 비옥하고 널찍하여 일찍부터 사람이 모여들었지만, 수시로 곡물을 약탈해

가는 이민족이 두려워 제대로 발전하지 못한 곳이었다. 그러나 금오의 군사가 이민족을 소탕하고 평온이 찾아온 지가 벌써 15년. 사람들은 이민족의 공포는 잊고 평화를 누리며 살고 있었다. 얄타족이 갑작스럽게 쳐들어오기 전, 바로 지난달까지는.

일제히 땅을 박차는 말발굽 소리가 천지를 울린다. 유난히 작은 키를 가진 연해의 말과는 비교도 되지 않는 덩치를 가진 얄타족의 말이 밀물처럼 들판을 가로지른다. 땅바닥에 붙어 자라던 풀이 땅속에 처박히고 자욱하게 일어나는 흙먼지가 구름 같았다.

[하이야— 호!]

말을 달리던 이들 중 선두에 나서 있던 이가 소리를 지르자 다들 박차를 가하고, 밀물의 속도는 더욱 빨라졌다. 말 등에 납작 엎드린 얄타족의 전사들은 제각기 편한 무기를 하나씩 꼬나 쥐고 앞을 가로막은 이들을 노려보았다.

꿀꺽.

커다란 파도처럼 짓쳐드는 얄타족을 보고 있던 연해의 병사들 중 누군가가 긴장에 못 이겨 침을 삼키는 소리가 천둥처럼 컸다. 방패를 쥐고 앞에 나서 기다리던 이들 중 하나였는지, 창을 쥐고 대기하던 창병이 저와 눈이 마주친 병사를 향해 눈을 부라렸다. 하긴 방패병 주제에 겁에 질려 고개를 돌렸으니 죽일 듯한 시선을 받는 것이 당연하리라.

간신히 고개를 돌린 방패병의 뒤에 선 창병은 방패 사이의 틈으로 앞을 노려보며 긴장으로 떨리는 손에 힘을 주었다. 지긋지긋한 얄타족, 저 빌어먹을 기마병들! 이렇게 맞부딪친 것이 몇 번이나 되었지만, 생사의 갈림길에 서서 어찌 될지 모를 순간을 기다리는 기분은 도무지 익숙해질 수 없을 정도로 끔찍했다.

창병이 방패 틈으로 보이는 말이 어느새 산처럼 커졌구나 하고 생각한 다음 순간, 어마어마한 압력이 연해군을 덮쳤다. 실컷 들판을 달려 속도를 붙인 거대한 말이 자그마한 인간을 짓밟은 것이다. 튼튼한 나무로 만든 뼈대에 물소 가죽을 입히고 기름을 먹인 방패 따위는 순식간에 작살이 났다. 갈고 갈아 날은 날카로워도 창대만은 어쩔 수 없이 나무였던 창은 창병이 애써 갈은 보람도 없이 부러졌다. 얄타족과 연해군이 맞부딪치는 순간, 연해군의 대열은 그대로 붕괴되고 말았다.

튼튼한 말굽이 인간을 짓밟는다. 뼈가 부서지는 소리는 비명에 가려 들리지 않았다. 얄타족의 전사들은 마음껏 무기를 휘두르고 인간의 머리를 밟아 터뜨리며 튀기는 핏방울에 입맛을 다셨다. 마침 들판을 휩쓰는 바람이 불어와 피보라를 실어 퍼뜨리니, 얄타족은 피안개 속에서 칼을 휘두르고 있는 것처럼 보였다.

얄타족의 전사들은 자신을 막는 방패를 우습게 짓밟고 애써 휘두르는 창을 쉬이 부러뜨렸다. 그들은 피보라를 뒤집어쓰며 악귀처럼 웃었다. 그들 중 선두에 서서 저승에서 온 사자처럼 날뛰던 자가 소리를 지르자, 수백 마리 말이 일제히 머리를 돌렸다. 연해군의 2진이 멍하니 제자리를 지킨 채 그들을 보고만 있는데 더 들어갈 생각은 눈곱만치도 없는 듯하다.

[오늘은 여기까지! 돌아간다!]

올 때는 흙먼지를 뿌렸지만 갈 때는 피보라를 뿌리며 돌아가는 이들 뒤에는 처참한 살육의 현장만이 남아 있었다.

십 년 전에 치른 전쟁의 여파에서 아직 완전히 회복하지 못한 연해에게 얄타족의 침입은 뼈아팠다. 게다가 얄타족이 마치 장난이라도 치는 것처럼 국경의 군사들을 농락하며 살육하다 돌아가는 일을 반복하고 있으니, 아라강 주변에서 사는 백성들은 물론이요 연해의 조정마저도 치를 떨며 분노하는 것은 당연한 일이었다.

하지만 그런 그들을 멀뚱히 바라보고 있는 이들이 있었으니, 그건 바로 금오의 군사였다. 갑작스런 이동으로 연해의 조정을 긴장시킨 그들은 막상 국경 부근에 도착하고는 훈련을 하는 것도 아니면서 엉덩이를 비비고 앉아버렸다. 그러면서 동맹국인 연해가 얄타족에게 유린당하는 것을 보면서도 꿈쩍도 하지 않는 것이다.

연해군을 이끄는 장군은 금오군을 보며 엉덩이가 너무 무거워 볼일 보다 그대로 뒤로 자빠질 놈들이라고 매일같이 욕을 달고 살았는데, 금오군은 그 욕설을 죄다 들으면서도 꿈쩍도 하지 않았다. 그도 그럴 것이, 금오군의 머리 역할을 하고 있는 이가 그 욕설을 들으면서 태연히 웃고 있으니 누구도 신경을 쓰지 않게 되었다.

일반병이 쓰는 막사와는 확연히 다르게 느껴지는 널찍한 막사에는 전장에 놓이기에는 사치스러운 탁자와 의자가 구비되어 있었다. 탁자에는 따뜻한 김이 오르는 물이 담긴 다기 세트가 놓여 있었는데, 그 만듦새나 모양이 전장에 있기에는 매우 고급스러운 물건이었다. 의자에 앉아 천천히 차를 우리던 운제의 얼굴에 차가운 미소가 번졌다. 이제 막 얄타족이 연해군의 초입을 휘저어놓고 물러갔다는 보고를 받은 참이었다.

"저놈들의 쓸모는 딱 저 정도지. 이번 족장은 말귀를 잘 알아들어서 좋군."

"토벌 대상이 되어 몰살당하고 싶진 않았을 테지요. 이미 선례가 있지 않습니까."

"하긴. 작고하신 이 장군께서 저들을 가엽게 여겨 일말의 자비를 베풀어주신 것만 아니었다면 이미 예전에 멸족했을 이들이지. 그런 주제에 이 장군님을 해하였으니……."

"그래서 이럴 때, 이런 곳에 쓰는 것이 아닙니까."

조르륵. 맑은 연둣빛 액체가 따뜻한 김을 피워내며 찻잔으로 떨어진다. 그 찻잔을 집은 사람은 바로 장율. 이산의 추천으로 운제를 만난 이후, 그는 운제의 충실한 동료가 되었다. 정확히는 운제가 모시는 주군이자, 여희의 남편이며 황제의 육촌 동생인 경원왕의 수족이 된 것이다. 장율과 운제는 서로를 돕고 때로는 견제하며 긴밀한 관계를 유지하고 있었다.

지금 연해의 국경을 돌아다니며 분탕질을 치고 있는 얄타족은 그들의 합작품이었다. 애초에 금오의 북쪽지방에서 살고 있던 얄타족이 연해에까지 내려오도록 뒤에서 충동질을 하고 가는 길이 편하도록 돌봐준 것이 바로 이 두 사람인 것이다. 하필이면 이 두 사람이 금오군의 수장이 되어 이곳까지 내려온 것은 경원왕의 작품이고 말이다. 연해군이 아무리 쌍욕을 한다 한들 태연하기만 한 것이 당연한 일이었다.

장율은 살짝 씁쓸하고 단내가 나는 차를 입안에 머금고 향을 즐기다 그대로 잔을 내려놓았다. 반쯤 남은 차를 가만히 바라보는 그의 안색이 어둡다.

"다만 걱정이 있다면, 이 장군께서 돌아오기를 원치 않으실까 저어됩니다."

"그 우습지도 않은 내기 때문에 그녀석이 이제껏 연해에 붙들려 있었던 세월이 10년이다. 폐하의 윤허를 얻어내기까지 했으니, 연해에게도 낯이라는 게 있다면 이제 그만 내놓을 때가 됐어. 이미 사신이 가지 않았나?"

한 치의 의심 없이 이산이 돌아올 것을 확신하는 운제와는 달리, 장율은 그저 걱정스럽기만 했다. 함께한 시간은 겨우 2년여에 불과하지만 생사를 오가는 전쟁터에서 나눈 우정은 그리 얕지 않았다.

'그분이…… 겨우 그런 우스운 약속 때문에 그리 잡혀 있으실 분이 아닌데.'

전쟁터에서 마시는 고급 차는 그가 아직도 익숙해지지 못한 술처럼 쓰기만 했다. 장율은 그저 연해의 조정이 그를 쉬이 놓아주기를 바랄 뿐이었다.

하지만 바람은 그저 바람일 뿐. 금오군이 보낸 사신을 맞은 연해의 조정은 난장판이 되어 있었다. 대뜸 10년의 세월이면 약속에 대한 성의를 지킨 것이니 이제 그만 이산을 돌려달라 하니, 금오의 수상한 움직임에 신경이 곤두서 있던 연해로서는 그 저의를 의심할 수밖에 없었다. 10년 동안 연해에 머물러 있던 무장을 데려다가 곧바로 연해를 침략하려는 것은 아닌가 하는 걱정 말이다.

"10년? 그 10년 동안 뭐 제대로 써먹기라도 했소? 말만 빌려

주는 것이지, 뭐 제대로 쓰려고만 하면 사사건건 간섭을 해댔으면서 무슨 성의를 지켰다고 저런 소리를 하는 건지!"

"그러게 말이오. 이것도 안 된다, 저것도 안 된다……. 되는 것보다 안 되는 것이 많아 고이 모시기만 하지 않았소."

잘 기른 수염을 쓰다듬으며 말을 나누는 중신들 사이에는 정 대감도 끼어 있었다. 그는 뒷짐을 진 채 느긋하게 물러나 있다가 다른 이들의 험담이 점점 심해지자 헛기침을 하며 주의를 끌어 모았다. 한참 금오의 욕을 하던 사람들의 시선이 온통 그에게로 쏠린다.

"그래, 정 대감은 무슨 좋은 생각이라도 있소?"

"어찌 보면 가장 큰 손해를 보신 분이 아니오. 그를 이대로 보낼 생각은 없겠지요?"

정 대감은 쓰게 입맛을 다셨다. 지독한 전쟁을 겪었고 그 후유증을 극복하느라 고생을 하면서도 연해 조정 신료들의 천성은 변한 것이 없었다. 미룰 수 있을 때까지 미루고, 떠넘길 수 있을 만큼 떠넘기기를 좋아하는 못된 버릇과, 제 살갗에 난 바늘만 한 상처는 아프게 여기면서 타인에게 칼을 휘두르는 건 아무렇지 않게 여기는 이기적인 성품은 시간이 흘러도 변치 않는 단단한 바윗돌 같았다.

정 대감은 정말 오랜만에 제 안의 진심을 쏟아냈다. 그의 주름진 눈가가 비웃듯 가늘어진다.

"그러게, 그를 연해의 백성으로 받아들이자고 했을 때 그리 반대를 하지 말지 그러셨소. 진즉에 그를 받아들였으면 이런 일도 없었을 것 아니오. 금오의 간섭과 반대가 시간이 갈수록 심해질 것이라고, 내가 이야기하지 않았소."

"그래서 어쩌자는 거요? 정 대감이 그를 핑계로 얻어간 것들이 좀 많소? 그것 전부가 연해를 위한 일은 아니었음을 여기 있는 사람들 모두가 아오. 하물며 그가 정 대감의 그늘 아래에서 연해의 백성이 되면 그때는 어찌 되었을까! 나는 단지 그를 받아들이지 않는 것이 연해를 위한 최선이라고 생각했을 뿐이외다. 시간이 흐른 지금, 이제와 사정이 바뀌었다고 새삼스레 그 잘잘못을 가려보자는 거요?"

"누가 그런 시간 낭비를 하자고 했소? 그저 조금 아쉬워 말을 해봤을 뿐이오. 하면 물읍시다. 내가 아예 벼슬에서 물러나 해주에 처박힌다는 조건을 달면, 이 장군을 받아주는 데에 동의하겠소?"

생각지도 못한 조건에 신료들이 앉은 탁자 여기저기에서 헛숨을 들이켜는 소리가 난다. 찬물을 끼얹은 듯 조용해진 방 안에서 가장 먼저 정신을 차린 사람은 조금 전까지 정 대감과 입씨름을 하던 이였다.

"그가 연해군을 통째로 데리고 금오에 넘어가지 않으리라는 보장이 있소?"

"이런, 이런. 연해의 장군들은 제 병사 관리도 못 하는 병신들인가 보오. 머리 하나 바뀌었다고 나라도 홀랑 바꿔 버릴 사내들을 군사로 데리고 있다간 금오가 아니라 저 바다 너머 오랑캐가 다시 쳐들어오는 일이 생기기라도 하면 연해는 그대로 쫄딱 망하겠소이다."

"말 돌리지 마시오!"

붉으락푸르락, 철사 같은 수염이 덥수룩한 얼굴에 가득한 화를 마주한 채, 정 대감은 의미심장한 미소를 지었다. 잘 다듬은 수염을 쓰다듬는 손길에 여유가 묻어난다.

"천하에 이름을 떨어 울리는 영웅호걸이라도, 그를 망치는 건 언제나 여자라오."

"설마……."

"내 딸이 흘려보낸 10년의 세월이 그리 헛된 것은 아니었다는 말이외다."

씩 미소 짓는 정 대감의 얼굴을 보던 연해의 신료들은 등을 타고 오르는 소름에 몸을 떨었다. 10년 전, 아쉬워하는 기색도 없이 제 딸의 장래를 내던진 그가 무슨 생각을 하고 있는지 눈에 보이는 것만 같아서. 귀애하는 딸을 위한 정 대감의 배려와 안배는, 타인에게는 그저 권력을 위한 탐욕으로밖에 보이지 않았던 것이다. 그리고 어쩌면…… 그건 정말일지도 몰랐다.

소양에서 길고 긴 회의를 마친 정 대감이 해주로 돌아왔을 때, 이산은 여느 때와 마찬가지로 술을 마시는 중이었다. 연해 특유의 널찍한 소매를 늘어뜨린 채 한 손에는 술잔, 한 손에는 장죽을 쥐고 한낮의 햇살을 즐기는 모습이 어찌나 어울리던지. 정 대감은 마치 그가 배부른 고양이처럼 보인다고 생각했다.

"……일은 잘 마치셨소?"

비록 눈빛이 좀 사나운 고양이지만 말이다. 정 대감은 손 댄 흔적이 전혀 없는 안주 접시를 물끄러미 바라보았다. 단내가 나는 술과 맞지 않는, 온통 단 것으로 가득 찬 안주 접시였다. 못마땅하게 일그러지는 미간을 알아챈 이산이 피식 웃으며 자리를 권한다.

"앉으시오. 내 입맛에 맞지 않아서 그렇지, 맛있기는 하더이다."

"술에 어울리는 안주를 고를 줄도 모르다니, 종들 교육을 다시 시켜야겠소."

"그냥 두시오. 일월영측이라, 해는 서쪽으로 기울고 차오른 달은 다시 야위는 것이 세상의 이치가 아닌가. 내 이름이 별처럼 빛나던 시간은 이미 지나갔으니, 이런 대접을 받는 것도 당연한 일이오. 하나 정 대감이 신경을 써주어 술만큼은 잘 마셨소."

정 대감은 앞에 놓인 술잔에 제 얼굴을 비춰보았다. 길게 길러 모양낸 수염을 단 꼬장꼬장한 노인네가 부루퉁한 표정을 짓고 술잔에 담겨 있었다. 그는 그 노인네를 홀쩍 들어 마시고 눈을 감았다.

매끄럽게 목구멍을 타고 넘어간 액체는 이내 확확한 불이 되어 속을 태웠지만 입안에 남는 것은 그저 달콤하고 부드러운 꽃향기였다. 이 향기만큼 좋은 말만 하고 살 수 있다면 얼마나 좋겠느냐마는, 세상사가 그리 마음처럼 돌아가는 것이 아니다. 작은 소반에 잔을 내려놓는 소리가 천둥처럼 크게 들렸다.

"이름이 쇠락하였다 하여 그 가치도 바랠까. 장군의 말대로 연락이 왔소."

"누구의 이름으로 왔소?"

"경원왕."

이산은 가만히 입안에서 경원, 경원왕…… 하고 이름을 곱씹다 피식 웃어버렸다. 낯익은 이름이었다. 그도 그럴 것이, 그가 놓친 나비를 잡은 사람이 아니던가. 잊을 수 있을 리가 없다. 그는 그리운 맛이 나는 술을 한 잔 더 삼켰다.

"금오의 다음 황제가 되실 분이 바로 그분이시군. 잘 보여야 할 텐데……. 대감의 표정으로 짐작컨대 연해에서는 날 붙잡기로 결정한 것 같은데, 괜찮겠소?"

"흥, 연해에 남을 수도 있다 말한 건 장군이외다. 먼저 운을 띄운 이상 알아서 하셔야지."

입으로야 태연히 대꾸하였지만, 이산이 태연하게 입에 올린 다음 황제라는 말에 정 대감의 가슴에서 쿵하고 돌이 떨어졌다. 연해의 중앙에 있는 자신조차 아직 제대로 파악하지 못한 역모를, 그는 대체 어떻게 알고 있는지 이해할 수가 없었다. 정 대감은 가만히 입술을 깨물었다. 역시 이산을 붙들기로 결정한 것은 옳은 선택이었다.

"얄타족이 연해의 북쪽 국경을 들쑤시고 있소이다. 작금의 소동은 그 때문이고. 금오에서는 장군을 내어주기만 하면 그들을 바로 쓸어낼 수 있다고 자신하고 있소."

"……얄타족이라. 그들의 생활 반경은 연해 부근이 아닌데……. 누군가 그들을 조종하고 있군."

"그 누군가는 바로 경원왕이실 것이고."

이산은 손에 쥐고 있던 장죽을 툭툭 털어 담뱃재를 털어냈다. 가느다란 연기만 피워 올리던 담배가 재가 되어 부스스 흩어졌다. 운제, 경원왕, 얄타족……. 작은 조각들을 끼워 맞춰 큰 그림을 그려내는 것은 그의 재주가 아니나, 이렇게까지 노골적이라면 알아채지 못하는 쪽이 더 이상하다.

"귀찮은 이야기는 집어치웁시다, 정 대감. 피차 이미 다 알고 있지 않소. 내가 그 전장으로 가서, 얄타족을 죄다 쓸어내기만 하면 되는 것 아니오? 그러다 여력이 남으면 겸사겸사 금오를 들쑤셔 전의를 꺾어놓으면 더 좋고. 그리하면 나는 금오의 배신자가 되어 연해 말고 남은 선택지 따위는 없는 신세가 되겠지."

"……나의 최선이었소."

"알고 있소. 이런, 잔이 비셨소."

정 대감은 이산이 권하는 잔을 받으며 눈을 감았다. 눈앞에 앉은 사내가 자신의 속내 어디까지 들여다보고 알고 있다고 하는지, 감히 짐작조차 할 수가 없어서.

생각지도 못한 소식을 들고 온 사자는 제 잘못이 아님에도 괜한 두려움에 머리를 들지 못하고 있었다. 시선이 닿는 살갗이 따가워 얼굴 거죽이 벗겨질 것만 같았다. 그의 고개가 자꾸 땅을 향해 처박힌다.

그런 사자를 구해준 것은 장율이었다. 대놓고 인상을 쓰고 있는 운제의 어깨를 툭툭 두드려 시선을 돌리고 사자를 내보낸 것이다. 사자가 꽁무니를 빼자마자 자신을 향해 죽일 듯한 시선을 보내오는 운제를 보면서, 장율은 희미한 미소를 지었다.

"기분이 좋은가 보오?"

"예, 좋습니다."

운제의 눈썹이 꿈틀거렸다. 이산이 제 스스로 금오에의 귀환을 거부했다는 전언을 듣고도 장율은 그저 태연하기만 했다. 자신은 이렇게나 어이가 없고 화가 나는데. 희미하기만 하던 장율의 미소는 장마철의 개울물처럼 번져 나가더니 결국 그의 얼굴을 가득 채우고야 말았다.

"그분의 마음을 움켜쥔 누군가가 나타났다는 것 아닙니까. 그분이 보낸 10년이 고통스럽기 만한 시간은 아니었으리란 생각이 듭니다."

"그 전언이 정말 이 장군의 진심일 거라 생각하는 거요?"

"설사 그게 협박에 굴한 결정이라 해도 환영합니다. 그분을 협박할 수 있을 법한 소중한 무언가가 생겼다는 얘기니까. 이제야 그분도 땅에 발을 딛고 사시겠군요."

운제는 시원하게 웃는 장율을 이해할 수 없었다. 그가 아는 이산은 금오와 정릉을 몹시 사랑하고, 보신을 위한 방법을 잘 알면서도 제 고집을 꺾지 못하는 대쪽 같은 사내였다. 어쩐지 가끔 발이 땅에 닿아 있지 않은 것 같다는 생각이 드는 때도 있었지만, 그럴 때는 극히 드물었다. 황제의 명에 따라 여희를 강제로 시집보내기는 하였지만, 누이를 맡겨도 안심할 수 있을 법한 사내였다.

하지만 장율이 본 이산은 운제가 아는 그와는 달랐다. 구원군을 이끄는 장수로 연해에 보내진 그는 정말 사람 같지 않은 사람이었다. 그 깔끔한 성정과 뛰어난 무력, 정교한 전략전술을 보고 있으면 존경심이 절로 일어나긴 했지만, 그와는 별도로 언젠가는 반드시 이대로 고꾸라져 다시는 일어나지 않을 것만 같은 아슬아슬함이 늘 느껴졌던 것이다.

그래서 장율은 이산이 연해에 소중한 무언가를 만들었다는 것이 참 좋았다. 무엇에도 미련이 없는 사람은 언젠가 스스로를 죽일 수도 있다는 것을 잘 알고 있기 때문에. 운제와 장율이 알고 있는 이산은 참 다른 사람이었다.

'이분은 잘 모르시겠지.'

장율의 시선이 운제에게 살짝 닿았다 떨어졌다. 운제는 미간을 잔뜩 찌푸린 채로 무언가를 골똘히 생각하고 있었다. 붓을 오래 잡아 생긴 굳은살이 보기 좋은 긴 손가락이 탁탁 소리를 내며 탁자를 두드린다. 한참 연주를 하던 손가락이 뚝 움직임을 멈췄다.

"나는 잘 모르겠소이다. 하지만 이건 알겠군. 그 '소중한 무언가'를 우리가 가지면 된다는 것."

혹은 없애거나. 뒷말은 깨끗하게 삼킨 채, 운제는 몸이 날래고 변장에 능한 병사 몇을 불러들였다. 그들은 하나같이 눈빛이 날카롭고 경원왕에 대한 충성심이 운제 못지않은 이들이었다. 장율은 그저 뒷짐을 진 채로 운제가 하는 양을 지켜보고 있었다.

"너희는 변장을 하고 연해로 들어가거라. 그리고 이 장군이 어디에서 머물렀으며, 가까이 지낸 이는 누구인지 알아보아라. 그는 자신을 숨길 줄 모르는 사람이니, 반드시 소문이 있을 것이다."

"예."

"예."

병사들을 내보내고 또 생각에 잠기려던 운제를, 장율이 어깨를 흔들어 깨웠다. 운제는 좀처럼 없었던 일에 어리둥절한 얼굴을 했다. 그런 그를 향해 장율은 해맑은 얼굴을 하고 ―정말 아이처럼 장난스럽고 해맑은 얼굴이었다― 청천벽력 같은 소식을 전했다.

"강 군사, 미안합니다. 내가 잊고 있었던 것이 갑자기 생각이 나서 말입니다."

"무슨……?"

"호접(蝴蝶)부인께서 오신다는 전갈을 받았습니다. 사실은 꽤 예전에 받은 전갈인데, 요새 들어 바쁜 일이 많아 까맣게 잊고 있었지 뭡니까. 아마 늦어도 오늘 저녁 즈음에는 당도하시지 않을까 싶습니다."

"그런! 그분이 왜! 이런 곳에!"

운제는 정말 제자리에서 펄쩍 뛰어올랐다. 단정한 얼굴이 삽시간에 허옇게 변하고, 움직임이 부산스러워진다. 그도 그럴 것이, 호접부인은 지금 경원왕의 정비였던 것이다. 정식으로 경원왕께서 이름을 받기 전에 사가에서 쓰던 이름은 '강여희'. 운제의 누이이며 그가 그 앞에서 꼼짝도 하지 못하는 몇 안 되는 사람 중의 하나였다.

곧 벌어질 일을 위해서라도 얌전히 경원왕의 궁에 들어앉아 있어야 할 사람이 왜 이런 곳에 오느냐며, 운제가 울컥 장율의 멱살을 잡으려던 참이었다. 막사 입구의 천이 소리도 없이 열리고 우아한 백단향으로 몸을 감싼 여인이 막사 안으로 태연히 발을 들였다.

"두 분은 여전하시군요."

전모에 드리웠던 얇은 면사를 걷어내는 손은 그저 희고 고왔다. 장율은 뱀 앞의 개구리처럼 얼어붙은 운제를 슬쩍 밀쳐내고 정갈한 인사를 올렸다.

"오랜만에 뵙습니다, 부인. 이런 곳에까지 귀한 발걸음을 해주시니 병사들의 사기가 많이 올랐겠습니다. 어서 가서 제 눈으로 확인해 보고 싶은데 자리를 비켜도 좋겠습니까?"

"그래요."

운제는 솜씨 좋게 불구덩이를 빠져나가는 장율의 뒷모습을 멍하니 바라보았다. 나쁜 자식. 이런 귀신과 나를 한 방에 두고 그냥 가다니.

넋을 놓은 것 같은 표정을 짓고 있는 운제를 앞에 두고도 여희는 그를 전혀 신경 쓰는 눈치가 아니었다. 탁자 위에 놓인 자질구레한 물품들을 제 손으로 다 밀어내더니 손수 의자를 빼어 앉는다. 그녀가 전모를 내려두고 경박하게 턱을 괴기까지는 그리 오랜 시간이 걸리지 않았다.

"오라버니."

정말 오랜만에 불리는 호칭이다. 허둥지둥 정신을 차린 운제는 새삼스러운 눈으로 여희를 바라보았다. 해를 본 일이 없는 듯 하얗게 빛나는 얼굴엔 초승달처럼 고운 아미가 그림처럼 그려져 있고, 눈 밑에 그늘을 드리우는 풍성한 속눈썹을 달고 있는 눈동자는 촉촉하니 고운 검은색이었다. 잔뜩 물이 오른 자두처럼 붉은 입술은 반들반들 윤기가 났다. 과연 정릉 최고의 미녀라고 불리던 미모다.

길 가던 사람 누구나 한 번쯤은 뒤돌아 볼 법한, 그리고 그 얼굴이 미소 짓고 하는 부탁은 뭐든 들어줘야 할 것만 같은 기분이 들 그런 미녀가 입을 뾰족하게 내밀고 탁자를 톡톡 두드렸다.

"오라버니, 앉으세요. 누가 보면 제가 오라버니를 세워두고 야단이라도 친다고 하겠어요."

"……그러려고 온 것이 아니십니까."

"어머나……. 정말 그럴 거였으면 오라버니라고 부르지 않고 '강 군사' 하고 체면 차려 불렀겠지요. 안 그래요?"

생글생글 웃는 낯이 아주 꺼림칙하다고 생각하면서도, 운제는 그녀가 권하는 대로 의자에 앉았다. 조금 전까지는 아주 편안했던 의자는 지금은 가시방석이라도 되는 양 불편하기 그지없었다. 하지만 그 불편함은 그가 그녀에게 지은 '죄'로부터 기인하는 것이라는 걸 잘 알고 있기에, 운제는 가시방석이 아니라 불방석이라도 참아야 했다.

"하면, 이 불초한 오라비에게 야단을 하실 일도 없으신 분께서 이런 변방에 무슨 일로 오셨습니까?"

"그야 당연히, 나의 꽃을 찾으러 왔지요."

붉은 입술이 아찔한 호선을 그린다. 운제는 치미는 어지럼증에 자기도 모르게 이마를 짚었다. 여희가 말하는 '꽃'은 바로 이산을 이르는 그녀만의 애칭이었다. 이산이 여희를 두고 언제나 나비라고 부르니, 여희는 자신이 나비라면 이산은 나비가 앉아 쉴 유일한 꽃이라면서.

"12년이나 흘렀습니다."

"군자의 기다림은 10년도 짧다고 하신 건 오라버니예요. 난 약속을 지켰으니, 이젠 오라버니의 차례죠."

여희는 느긋하고 우아한 손길로 새로이 차를 우려냈다. 희고 고운 손짓은 허공을 헤엄치는 물고기처럼 나긋나긋했다. 운제는 그녀의 등 뒤를 슬쩍 넘겨다보았다. 그러고 보니 항상 그림자처럼 달고 다니던 시녀와 호위무사들이 없었다. 설마하니 홀로 왔을 리는 없으니 분명 막사 밖에서 기다리고 있을 것이다.

'이런 이야기를 하려고…… 미리 떼어놓고 들어오신 겐가. 이번엔 빠져나가기가 어렵겠군.'

운제의 앞에 놓인 찻잔에서 향긋한 김이 올라왔다. 봄날의 새싹처럼 옅은 연둣빛의 차는 경원왕이 좋아하는 것이다. 그의 곁에서 보낸 12년의 시간 동안, 여희는 다도의 달인이 되어 있었다. 그런 변화만큼 누이의 마음도 변화하기를 그토록 바랐는데.

"경원왕께서는 이 외유를 알고 계십니까."

"나비가 꽃을 찾아간다는데, 그게 사람이 막을 수 있는 일이던가요?"

"허락하지 않으신 외출이군요. 하면 이만 돌아가십시오. 이곳은 전장이고, 여인이 있을 법한 곳이 아닙니다. 호접부인께서 있으실 곳은 이곳이 아니라 경원왕 전하의 궁이십니다."

여희가 짧은 웃음을 터뜨렸다. 그건 어딘지 날카롭고 서늘하여 잘 벼린 칼처럼 운제의 가슴을 베어냈다.

"전하의 곁은 다른 사람이 잘 지키고 있으니 오라버니께서는 걱정하지 않으셔도 됩니다."

"그러나……."

"사내들은 흔히 이렇게 말한다더군요. 결혼은 부인과 하고, 사랑은 첩과 나눈다. 오라버니……. 알고 계시잖아요? 저와 혼례를 올리신 그분께서 총애하는 사람은 따로 있다는 것."

"그건 호접부인께서 전하께 정을 주지 않으시니……."

"전하께서 내게 일말의 정이 있으셨다면, 내 이름을 호접이라고 짓진 않으셨겠지요."

여희의 고운 얼굴이 일그러진다. 그녀는 자신이 경원왕에게서 이름을 받던 그날을 아직도 잊을 수가 없었다. 호접(蝴蝶)이라니. 나비라니. 그녀가 이산의 정혼녀였음을, 그리고 그에게서 나비라고 불렸음을 모르는 사람은 정릉에 없었다. 여희는 그런 사정을 뻔히 알면서 나비라는 이름을 준 경원왕이 죽도록 미웠다.

"이산과의 정혼을 파기하고 경원왕과 혼인하라."

황제의 명이라는 것을 알면서도 여희는 도저히 그 사실을 받아들일 수가 없었다. 그래서 열흘에 가까운 시간을 굶어가며 끈질기게 버텼지만, 그런 반항 끝에 돌아온 것은 제발 명을 거두어 달라는 청을 들고 황성을 찾아갔던 종의 시체였다. 처참하게 난자된 시신은 차마 눈뜨고 봐줄 수도 없이 참혹하였다.

"다음에는 네 오라비가 그리될 것이다. 그 다음 차례는 네 정혼자가 될 것이고."

결국 여희는 너무 굶어 후들거리는 다리로 혼례를 올렸더란다. 언젠가는 이산과 혼인할 날을 꿈꾸며 어린 시절부터 하나하나 제 손으로 수를 놓아 지은 혼례복을 입고, 너무 울어 눈이 퉁퉁 부은 채로 여종이 씌워준 족두리를 쓰고. 경사 중의 경사라는 혼례를 구경 온 구경꾼들은 다들 하나같이 어두운 낯을 하고 있었다.

아끼던 늙은 종이 이산에게 죽어 시체가 되었다는 말을 듣고도 여희는 쫓아 나가기는커녕 가는 길 배웅도 해주지 못했다. 새

신부가 부정한 것을 보아선 안 된다는 속설 때문이었다. 그리고 부부가 함께하는 첫날밤, 경원왕은 여희에게 손가락 하나 대지 않았다.

목이 부러질 것처럼 무거운 비녀를 머리에 꽂은 채 밤을 새운 다음 날 아침, 경원왕은 부스스 일어나 아직도 신부 차림을 하고 앉아 있는 그녀에게 차가운 약속을 했다.

"형님께서 시키시는 대로 혼례를 올리기는 했지만, 언젠가는 재가시켜 주겠소."

혹여 여희가 황제의 간자가 되어 그를 감시하려는 것은 아닌가 하고 경계하여 그랬다는 사과를 받기까지는 꼬박 2년이 걸렸다. 그때까지 여희는 내내 이름도 받지 못한 정부인이었고, 개밥의 도토리처럼 따돌림 당하며 궁에 처박혀 있어야만 했다. 게다가 경원왕은 여희에게 사과를 해놓고도 역시 그녀에게 손을 대지 않고 대신 첩을 여럿 들이며 그녀들에게서 후손을 보았다.

여희는 입술을 깨물었다. 그녀는 자신이 12년의 세월 동안 참아내야 했던 수모와 비웃음을 생생히 기억하고 있었다. 그리고 그녀는 이제 자신이 그렇게 고통을 받았던 대가를 받을 때가 왔다고 생각했다. 그래서 이렇게 전장에 나와 있는 운제를 만나러 오는 위험을 기꺼이 감수했던 것이다.

"오라버니……. 내게 약속하셨죠. 내가 전하를 설득하는 데 성공하면, 반드시 나를 이혼시켜 주겠다고."

"……그랬습니다."

“첫날밤, 전하께서는 언젠가는 날 재가시켜 주신다고 말씀하셨죠. 그 말씀을 믿기는 하지만, 전하께서 만인지상의 자리에 오르신 뒤에는 늦어요. 조강지처를 버렸다는 소문이 두려워 나를 그냥 두시는 거라면, 내가 조강지처가 아니면 되는 거예요. 가장 중요한 순간에 자리를 비우고 외간남자와 함께 있었던 여자, 게다가 그 남자는 전 정혼자. 부인을 쫓아내기에 이것만큼 좋은 핑계가 또 있겠어요?”

여희의 고운 얼굴에 꽃이 피었다. 경원궁에 있을 때보다 백배는 더 환해 보이는 미소를 보며, 운제는 가슴이 타는 괴로움에 단숨에 차를 들이켰다. 그건 차라리 저잣거리에서 파는 싸구려 술이라고 해도 좋을 만치 썼다.

‘폐하의 명에 따르는 것이 아니었다.’

지난 세월 동안 골백번도 더 했던 후회를, 다시 할 수밖에 없다. 여희는 운제의 약속과 경원왕의 말을 굳게 믿고 있었지만, 굳이 따로 운제를 불러들여 여희의 유능함을 입에 침이 마르도록 칭찬했던 경원왕이 과연 누이를 놓아줄 것인가. 여희가 경원궁의 안주인으로 있는 동안 풍족해진 살림과 부인네들 사이의 시퍼런 기강에 그토록 만족하셨던 분이.

운제는 눈앞이 까맣게 물드는 것만 같았다. 그는 그저 벗이 원망스러울 따름이었다. 그토록 부탁하였거늘 왜 연해의 계집을 안아 저들에게 쓸데없는 핑계를 주었는지. 그때 그 부탁을 들어만 주었더라면…… 그랬다면, 누이가 저런 표정을 짓는 일은 없었을 텐데. 그는 안쓰러운 누이가 상처 입지 않도록 조심스럽게 말을 골랐다.

"……시일이 걸릴 것입니다."

"괜찮아요. 10년을 기다렸는데 겨우 몇 달을 더 못 참을까. 맛좋은 꿀을 따려면 기다릴 줄도 아는 것이 나비의 덕목인 걸요."

'산 오라버니를 다시 만나면, 그때는 무슨 이야기를 할까…….'

여희는 따뜻한 차를 한 모금 머금었다. 꿀도 설탕도 넣지 않았건만, 차는 달고 달아 꿀물 같았다. 어쩌면 지난 시간 동안 이산에게 자신이 아닌 소중한 사람이 생겼을지도 모른다는 생각은 그녀의 머릿속에 없었다. 그는 때때로 바보처럼 느껴질 정도로 그녀를 아껴주었던 것이다. 당연히 그는 자신의 남자라고, 여희는 한 치의 의심도 없이 믿고 있었다.

"이런, 이런……."

장율은 막사의 입구에서 기척을 숨긴 채 귀를 세우고 두 남매의 대화를 듣고 있었다. 입구를 지키는 병사를 모두 물리고 여희를 따라온 시녀와 호위무사마저 멀리 떼어놓은 채였다. 덕분에 그는 작은 틈으로 새어나온 두 남매의 동상이몽을 전부 들을 수 있었다.

그는 살짝 벌려두었던 틈을 본래대로 잘 수습하고 가볍게 발을 굴렀다. 운제가 제 몸의 보신과 누이의 행복 사이에서 누이의 행복을 골랐던 12년 전의 그날처럼, 자신에게도 선택의 순간이 찾아왔음을 그는 본능적으로 느끼고 있었다.

5장

어려울 난(難)

바다가 훤히 내려다보이는 작은 집의 마당에 사내 서넛이 서 있었다. 그들은 서로 눈치를 보며 옆 사람의 옆구리를 찔러댔다.

"자네가 말하게."

"아이쿠, 그걸 왜 나한테 미루나?"

"본래 자네가 전할 말이 아니었나."

"어허. 어제 얻어먹은 술값을 생각해서라도 자네가 해야지!"

"이럴 줄 알았으면 안 얻어먹었네!"

자신이 불쾌해할 소식을 듣고 와서는 할 말을 서로 미루는 것이 훤히 보여, 초란은 지끈거리는 이마를 짚었다. 안절부절못하고 있던 소람이가 한참 전에 떠다 둔 물을 내밀었지만 초란은 손을 내저어 거절했다.

"되었다. 그깟 물 한 잔으로 어찌 될 것이 아니란다. 이보게들!"

초란의 부름에 사내들은 놀란 고양이처럼 뛰어올랐다. 마당 한가운데에 서서 쑥덕거렸으면서도 초란이 설마 자신들을 부를 줄은 몰랐다는 얼굴들이다. 그야 일반적인 양가의 처녀라면 보고도 못 본 척해주었겠지만, 지금 짜증이 머리끝까지 오른 초란에게 그런 예의를 바라는 것은 무리였다.

초란은 눈썹을 있는 대로 곤두세운 채로 마루 끄트머리에 섰다. 어딜 어떻게 보아도 화가 잔뜩 났다는 게 티가 난다. 하긴 저치들이 이렇게 마당에 선 채로 미루기만 하고 있은 지가 벌써 한 나절이니 그녀로서는 참 많이 참았다.

"보아하니 아버님께서 보내신 사람들 같은데, 나에게 할 말이 있거든 얼른 하고 아니면 당장 나가도록 하게."

"아, 저…… 그게, 초란 아씨."

"내 이름이 초란인 것은 나도 잘 알고 있네. 얼른 말할 것 아니면 당장 나가래도!"

"아 글쎄……. 그것이."

"자양아! 자양아! 이리 와보거라!"

좀체 입을 떼지 못하는 사내들의 모습에 초란의 인내심이 끊어져 버렸다. 그녀가 계집종 자양이를 부른다. 마당 구석에서 숨도 못 쉬고 초란의 눈치를 보고 있던 자양이는 움켜쥐고 있던 치마의 주름을 두드려 펼 생각도 하지 못하고 급히 뛰어나와 머리를 조아렸다. 그녀의 머리 위로 서릿발 같은 호령이 우수수 쏟아진다.

"예, 아씨."

"손님 가신다니 당장 배웅해 드리도록 해라. 그리고 소금 한 됫박 꺼내 와서 가시는 길 뒤꽁무니마다 꼬박꼬박 뿌려 드리도록 하고!"

홱 돌아서는 남빛 치마에서 찬바람이 인다. 자양이는 두 번 생각지 않고 사내들을 밀어내기 시작했고, 소람이는 발을 동동 구르다 부엌으로 달려가 소금을 한 됫박 퍼서 자양이에게 내밀었다.

"아니, 초란 아씨! 우리는 정 대감께서 보낸 사람들이외다! 이, 이렇게 문전박대하는 법이 어디 있소!"

사내들의 반항이 제법 거세다. 자양이는 얼굴을 잔뜩 찌푸린 채로 소금바가지를 낚아챘다. 그리고 소금바가지를 위협적으로 휘두르며 사내들을 향해 사납게 을러댔다.

"마당에서 한나절을 서 있었던 주제에 무슨 문전박대예요, 지금 당장 나가지 않으면 소금을 확 뒤집어씌울 테니 당장 나가세요!"

"어허, 종년 주제에 못하는 말이 없네!"

"뚫린 입을 가지고 말도 못 하시는 분보다야 낫지요! 아 당장 나가세요! 우리 아씨는 성격이 급하셔서, 일을 못 하면 제가 경을 친단 말이어요!"

자양이와 사내들의 실랑이는 한참 동안이나 더 이어졌다. 애초에 초란은 종을 여럿 데리고 있지 않았고, 그마저도 대부분이 여종이어서 막무가내로 버티는 사내들의 힘을 당해내지 못하는 것이다.

초란은 방으로 돌아가 해당화의 이파리를 수놓다가, 그 소란을 견디지 못하고 결국 사내들을 위해 찻상을 차리라 명을 내릴 수밖에 없었다. 초란의 앞에서는 입도 제대로 못 떼고 눈치만 살피던 사내들이 종들의 앞에서는 목청이 어찌나 크고 우렁차던지, 장마철의 천둥소리 저리 가라 할 정도였다.

몇 번이나 초란과 종들 사이를 왔다 갔다 하던 소람이가 자양이에게 새로운 명을 전했다. 한데 늘 밝고 활달하던 아이가 어딘지 모르게 풀이 죽어 있다. 고운 비단 소매 끄트머리를 쉴 새 없이 만지작거리며 힐끔힐끔 자양이의 눈치를 본다.

"……그냥 찻상을 차리라 하셨어."

"그래? 진즉에 그러실 일이지. 괜히 힘만 뺐잖아. 아이고, 먼지를 하도 마셔서 목이 다 아프네. 카—악!"

자양이는 신경질을 감출 생각도 않고 땅바닥에 가래침을 뱉었다. 그리고 그걸 대충 발로 비벼 문지르고는 그때까지 손에 들고 있던 소금바가지를 소람이에게 도로 떠안겼다. 그 서슬에 흰 소금 알갱이가 튀어 올라 소람이의 얼굴에 들러붙었다.

"상은 네가 내갈 거지?"

"……응."

"그래, 고운 비단옷 입고 아궁이 앞에 쪼그리고 앉아 있을 수는 없으니 그거라도 해야지."

바닷가의 뜨거운 뙤약볕에 까맣게 그을린 얼굴이 삐뚜름한 미소를 짓는다. 자양이는 저 대신에 사내들과 씨름을 하고 있는 다른 종들에게 이야기를 전하러 가버렸고, 소람이는 우두커니 서서 소금바가지를 끌어안고 있다가 터벅터벅 부엌으로 걸음을 옮겼다.

"으—!"

아까는 정신이 없어서 무거운지도 몰랐던 항아리 뚜껑은 어쩜 이리 무거워서 이토록 힘이 드는지. 소람이는 방해가 되는 소맷자락을 팔꿈치까지 접어 올리고 온 힘을 다 들여서 뚜껑을 열었다. 그리고 혹여 소금 한 알갱이라도 남을세라 살뜰하게 소금바가지를 턴다.

홱 쏟아내며 한 번, 툭툭 두드리며 두 번, 손으로 안쪽을 살살 쓸어내며 세 번……. 소금바가지가 새것처럼 깨끗해질 때까지 소금을 털어냈건만, 그때까지도 부엌에 들어오는 여종은 없었다. 소람이는 제 손에 들린 바가지를 멍하니 바라보다 항아리 안에 던져 넣고 다시 뚜껑을 닫았다.

그리고 이것저것 부엌살림을 만지기 시작했다. 자그마한 찻상과 고운 다기를 꺼내고, 미리 만들어두었던 다과 몇 가지를 접시에 예쁘게 담았다. 자양이의 말대로 고운 비단옷을 입고 불티가 날리는 아궁이 앞에 있을 수는 없지만 이렇게 상을 차리는 것 정도는 할 수 있었다.

"야! 너 뭐하는 거야!"

하나 뒤늦게 부엌에 들어온 자양이는 찻상을 차리는 소람이를 보고 기겁을 했다. 찻물로 쓸 맑은 샘물을 담은 바가지를 다급하게 내려놓고 우다다 달려와서는 소람이가 둥둥 걷어 올린 소매를 죄 끌어내렸다.

"이러고 있으면 옷이 다 구겨지잖아. 어휴, 이제 보니 굼벵이인 것도 모자라서 아주 바보천치잖아? ……아니, 아니지. 이렇게 온통 구겨진 차림을 하고 아씨 앞에 가서 자양이년이 저를 괴롭혔어요~ 구박했어요~ 하고 티를 내려고 그랬던 거지? 하여간 영악한 년, 아닌 척하면서 뒤로 호박씨는 잘 까지!"

장마철에 쏟아지는 소낙비처럼 말을 쏟아내는 자양이에게 손을 잡힌 채, 소람이는 그저 가만히 입을 다물고 있었다. 초란의 앞에서는 방글방글 웃으며 종일 수다를 떠는 아이가. 자양이는 한바탕 말을 쏟아내곤 소람이의 옷자락 이곳저곳을 매만지며 짜증을 부렸다.

"어휴, 좋은 옷을 입었으면 조심을 하고 다녀야 될 거 아냐! 여기저기 구겨지고 때타고……."

"내가…… 아직 익숙하지가 않아서……."

"옷은 쌓아뒀다가 국 끓여먹을 거니? 자주자주 입으면 바로 익숙해질 걸 안 해놓고 변명은 무슨. 하여간 좋게 봐줄 수가 없어."

'아씨의 양녀가 되지 말걸. 죽어도 싫다하고 도망갈걸…….'

따스한 태양처럼 빛나던 아이의 얼굴에서 빛이 꺼져간다. 초란은 소람이를 아꼈고, 그건 다른 종들의 질투를 샀다. 처음에는 괜찮았다. 초란은 무섭고 엄한 주인이었고, 유독 예쁨을 받는 소람이는 그 예쁨으로 다른 종들을 도와주며 나름 잘 어울렸으니까. 여종들은 소람이를 질투하면서도 또 좋아했다.

하지만 소람이가 초란의 양녀가 되면서 소람이의 세계는 급변했다. 어제까지만 해도 친근하게 말을 섞고 깔깔 웃던 종들은 죄다 허리를 숙이고 작은 아씨, 작은 아씨 하고 부르며 거리를 두었다. 마을에서 종일 수다를 떨며 어울리던 처녀들은 소람이의 치맛자락이 시야에서 사라지면 소람이를 두고 입방아를 찧기에 바빴다.

결과적으로, 소람이의 세계는 점점 좁아지고 있었다. 솔직히 말하자면 소람이는 자양이처럼 자신에 대한 불만과 부러움을 면전에서 터뜨리는 쪽이 차라리 낫게 느껴졌다. 적어도 눈은 똑바로 봐주고 있으니까.

소람이는 자양이가 시키는 대로 가만히 인형처럼 서 있다가 그녀가 건네는 찻상을 받아들었다. 정갈하게 꾸며진 찻상은 소람이가 차려냈던 것보다 훨씬 보기 좋았다. 다과에 어울리는 접시를 따로 찾아 색과 모양까지 맞춰가며 예쁘게 올려둔 솜씨가 제법이었다.

바로 나갈 것처럼 접시를 받아들고 문간에까지 갔던 소람이가 뒤를 돌아보았다. 그리고 기어들어가는 목소리로 자양이를 불렀다. 꺼냈던 찻잎을 다시 정리하던 자양이가 고개도 들지 않고 답을 한다.

"저기, 자양아……."

"왜? 뭐 부족해? 아씨께서 뭐 따로 시키신 거라도 있어?"

"아니 그냥……. 고맙다고."

"……뭐?"

자양이는 어처구니가 없어 고개를 들었다가 소람이가 벌써 사라진 것을 보고 혀를 찼다. 종년들의 평생 꿈인 신분상승을 했으면 좀 콧대도 세우고 제 신분에 걸맞게 행동을 할 것이지, 소람이는 아직도 제가 종년인 것처럼, 다른 종들과 친하게 지내고 싶어 하는 것처럼 굴었다.

그래서 자양이는 소람이의 말간 얼굴을 보면 배알이 뒤틀렸다. 짜증이 났다. 소람이 고년이 친근하게 웃으며 다가올 때마다 그 뽀얀 뺨을 확 때려주고 싶었다. 종년답지 않게 귀하게 여김 받으며, 사랑받으며 자랐다는 게 티가 나는 해맑은 미소는 자양이의 심사를 자꾸 뒤틀리게 만들었다. 그게 바로 자양이가 소람이 주변에서 사람들을 자꾸 떼어내는 이유였다.

"에이, 쌍년. 기분 잡쳤네."

배알도 없이 멍청한 게. 자양이는 입술을 깨물고 재빨리 손을 놀려 찻잎을 정리했다. 초란 아씨는 입맛이 아주 민감해서, 조금이라도 실수하여 찻잎이 변하면 그걸 금세 알아챘다.

자양이는 초란이 자신의 손재주를 눈여겨보고 자신을 사왔다는 걸 잘 알고 있었다. 혹 실수를 했다가 이전에 차를 관리하던 여종처럼 팔려나가는 일은 사양이었다. 여기 오기 전에 있었던 약방에 도로 돌려보내져 바다 비린내 나는 사내들과 배 맞추는 일은 더더욱 사양이었고 말이다.

과연 자양이가 차려낸 찻상은 초란의 마음에 꼭 들었다. 소람이는 초란의 얼굴에 미미하게 스쳐가는 만족감을 읽어내곤 그게 마치 상을 들고 온 제가 칭찬받은 것 같은 기분이 들어 우쭐해지고 말았다. 순식간에 기분이 좋아진 소람이가 상을 내려놓고 나가려는데, 초란이 그런 소람이를 붙들어 앉힌다.

"소람아, 네 여기 앉아 있도록 해라."

"예."

어쩌다 다른 손님들이 오셨을 때엔 늘 나가 있으라 하시던 분이 왜 갑자기 이러실까, 불안하기도 했지만 소람이는 시키는 대로 얌전히 자리에 앉았다. 소람이가 초란에게 배운 대로 허리를 꼿꼿하게 세우고 두 손을 모아 단정하게 앉은 채로 슬쩍 고개를 드니, 아침나절부터 온 집안을 시끄럽게 했던 사내들의 면면이 코앞에 있었다.

가장 먼저 눈에 띈 것은 뙤약볕에 그을린 마을 사람들 못지않게 검게 탄 피부였다. 색 밝은 도포자락을 입어서 그런지 그 까만 살결이 유독 눈에 띈다. 한창때의 사내들답게 건장하고 우락부락한 몸집들과 울퉁불퉁한 손, 날카로운 눈빛을 보고 있자니, 소람이는 어째 초란이 자신을 내보내지 않은 이유를 알 것도 같았다. 이런 사내들을 여럿이나 홀로 마주하고 있으려면 제아무리 초란이라도 무척 어려울 것이다.

소람이가 그렇게 제멋대로 상상하고 고개를 끄덕이는 동안, 초란은 단아한 자태로 차를 우려내고 있었다. 고운 손이 몇 번 찻상 위를 오간다 싶더니 곧 부드러운 향기가 환하게 퍼져 나간다. 사내들은 어쩐지 엉거주춤한 손길로 초란이 권하는 차를 받아들었다.

"먼 길 오시느라 수고하셨습니다. 차 한 잔씩 하시고 제게 전할 말이 무언지 들어보도록 하지요."

"어흠……."

아직 화가 덜 풀린 것인지, 초란의 얼굴에서 냉기가 돈다. 그런 그녀의 눈치를 흘끔흘끔 살피던 사내 하나가 차를 마시는 둥 마는 둥 하고 잔을 내려놓았다. 그리고 큼큼, 목을 가다듬는다.

"아씨. 이런 외진 곳으로 피해 계시는 이유는 충분히 압니다만, 이제는 그만 돌아오시라는 대감님의 전언이 있으셨습니다."

"돌아오라고요?"

"예. 아씨께서 알고 계실지는 모르겠지만, 요즘 들어 국경 부근이 매우 소란스럽습니다. 이런 때에 아씨께서 이렇게 방비도 제대로 되어 있지 않은 작은 마을에 계시니 대감님께서 많이 불안하신 듯싶었습니다."

초란이 가만히 눈을 내리깔았다. 그녀는 손에 쥐고 있던 찻잔을 소리 없이 내려놓고 잠시 생각에 잠겼다. 사내들은 그런 그녀의 안색을 살피느라 말이 없어서, 작은 손님맞이 방에는 한동안 눈알 돌아가는 소리만 요란하였다.

"……다른 말씀은 없으셨습니까."

"예, 아씨. 그러니 빨리 저희를 따라 오시지요. 마을 바깥쪽에 아씨를 모실 가마꾼과 호위병들을 기다리게 해두었습니다."

"나는 내 몸 하나만 챙겨 가마에 오르기만 하면 된다?"

"아무리 세상이 험하다 해도 아씨 한 분 지키는 것쯤이야 문제없습니다. 하니 얼른 채비하시지요."

"고작…… 고작 그 이야기 하나 하자고 아침부터 그 소란을 떠신 겁니까?"

조금 전까지 따스한 차향으로 가득하던 방 안이 얼음장처럼 서늘해지고 불편한 공기가 살갗을 쿡쿡 찌른다. 갑작스럽게 차가워진 분위기에 사내들은 그만 입을 다물었다. 소람이는 지옥의 나찰처럼 무서워진 초란의 곁에서 오들오들 떨고 있었다.

"내가 어디에 있고는 내가 결정합니다. 난 여기서 한 발짝도 움직이지 않을 테니 그리 아세요. 이 먼 곳까지 찾아오느라 고생한 수고가 아깝겠지만 이만 돌아가세요. 아버님께는 내가 따로 소식을 넣을 테니 말 전할 필요도 없습니다. 나가세요."

물 흐르듯 매끄럽게 이어지는 언사에 사내들은 무척 당황한 모습이었다. 그들은 입이 세 개나 되면서도 초란의 입 하나를 당해내지 못하고 붕어처럼 입만 뻐끔거리다가 그대로 쫓겨나고 말았다.

좀체 발이 떨어지지 않는 듯 주춤대는 사내들의 뒷모습에 대고 자양이가 열심히 소금을 뿌려댄다. 초란은 그 모습을 마루에 서서 죄다 보고 있었다. 그러다 사내들의 모습이 멀리 사라져 보이지 않게 되자 발이 빨라 심부름꾼으로 잘 쓰고 있는 어린 남종을 부른다.

"오수야! 이 근방에서 네가 모르는 길은 없고 너보다 발이 더 빠른 아이도 없다는 게 참말이더냐?"

"그럼요, 아씨. 발 빠르기로는 저를 이길 녀석이 없습니다."

"오냐. 그럼 네 말을 믿고 네게 아주 중요한 일을 하나 맡기마. 잘할 수 있겠지?"

초란의 진지한 말에 소년의 귀가 쫑긋해진다. 오수는 흡사 장군의 명을 받드는 병사처럼 비장한 표정으로 초란의 말에 귀를 기울였다. 그리고 사명감으로 불타는 얼굴을 한 채 후다닥 달려나간다.

"……람아. ……소람아. 이 녀석, 소람아!"

"예……. 예? 예? 부르셨어요?"

"으이구……. 어디다 정신을 빼놓고 있었던 게냐. 보아하니 내가 한 말은 하나도 못 들었겠구나?"

오수의 뒷모습을 보며 멍하니 넋을 놓고 있던 소람이의 뺨이 붉게 물든다. 초란은 소람이의 이마에 '꽁' 하고 알밤을 먹여주고 아까 했던 말을 다시 반복했다. 시간이 없었다. 그녀의 얼굴에 초조함이 묻어나왔다. 소람이의 귓가에 속삭이는 목소리가 가늘게 떨리고 있었다.

"아무래도 이 집을 떠나야 할 성싶으니 어서 채비하여라. 짐을 직접 져야 하니 많이 가져갈 수는 없고, 꼭 필요한 것만 챙겨야 한다."

"예? ……왜요? 아깐 여기에 그냥 있겠다고 하셨잖아요?"

"아까 그 사내들은 가짜다. 해주의 아버님께서 보내신 치들이 아니야."

초란은 아직 제대로 이해한 것 같지 않은 소람이의 얼굴을 보고는 '쯧' 하고 혀를 찼다. 그리고 주변을 살피고 방 안으로 소람이를 데리고 들어가 작은 손을 꼭 붙들었다.

"내가 너를 양녀 삼았다는 말을 아버님께 하지 않았을 것 같니? 그래도 좋다 허락을 받은 게 벌써 한참 전이란다. 그런 분께서 보낸 사람들이 너는 말이 없고 나만 오라고 할 리가 없잖니."

"어……. 그럼……."

"내가 장군님 곁에 있었던 시간이 자그마치 10년이다. 국경 부근에서 전쟁이 났다지 않니. 분명 내 존재를 가지고 그분께 같잖은 협박이라도 하려는 치들이겠지. 하니 어서 이곳을 떠야겠구나."

전쟁이라는 말에 소람이의 얼굴에 공포가 어렸다. 15년 전, 소람이가 아직 조그마한 아이일 적에 벌어진 전쟁은 소람의 기억에 끔찍한 상흔으로 남아 있었다. 할아버지, 할머니, 아버지, 어머니, 언니, 동생……. 모든 가족을 그때 잃고 길거리를 떠도는 거지가 되어 구걸을 하며 살다가 굶어죽을 뻔했던 것이다.

소람이의 어깨가 달달 떨리기 시작했다. 그 어깨를 끌어안고 달래는 초란의 눈에서 싸늘한 안광이 흘렀다. 온전히 사랑을 위해 쏟아 부은 10년의 시간을 잊는 것이 너무도 힘들고 아파 지금도 가슴에 구멍이 뚫린 것처럼 고통스러운데, 그런 시간을 이용하려 하는 자들이 있다는 게 화가 난다.

'내가 그리 쉽게 당할 줄 알고?'

어림도 없는 소리지. 초란은 입술을 깨물었다. 그때 한동안 떨고만 있던 소람이가 간신히 몸을 진정시키고 입을 열었다.

"그, 그럼 아씨. 해주로 가시나요?"

"아씨가 아니라 어머니. 해주로는 못 간단다. 분명 중간에 잡힐 거야. 그래도 내게 다 생각이 있으니 너는 걱정하지 말렴."

초란의 명을 받아 마을에서 바깥으로 나가는 길목에 있는 길을 죄다 살펴보고 돌아온 오수가 가마꾼도 병사도 본 일이 없다, 그리고 그런 사람들이 왔었다는 목격담도 없다고 고했을 때, 초란은 자신의 생각이 맞았음을 확신했다.

"네가 발이 빠르다 자신하더니 과연 그 말이 맞구나. 일을 시킨 지 얼마 되지도 않은 것 같은데 벌써 그걸 다 보고 오다니."

칭찬을 받은 오수의 얼굴에서 반짝반짝 빛이 난다. 초란은 그 얼굴이 어쩐지 어린 시절의 소람이와 닮은 것 같아 자기도 모르게 소년의 머리를 쓰다듬었다. 훅 끼쳐오는 꽃향기에 오수의 뺨이 벌겋게 달아올랐다. 초란은 그런 소년의 뺨을 모른 척하며 계속 말을 이었다.

"오수야, 나는 한동안 집을 비울 것이란다. 예전에 신세를 진 적이 있던 스님이 계신 절에 불공을 드리러 갈 거야. 한데 내가 집을 비운 사이 혹여 날 찾는 손님이 있으실까 걱정이 되는구나."

"제가 지킬게요!"

자기도 모르게 튀어나간 말에 놀란 오수가 제 입을 틀어막는다. 초란은 눈을 가늘게 뜨며 웃고는 오수의 어깨를 꼭 붙들고 다정하게 시선을 맞췄다.

"네 말이 참으로 고맙구나. 부탁해도 되겠지?"

"그럼요!"

"그래. 그럼 혹여 날 찾는 이들이 있거들랑 내가 남쪽 바다가 보이는 절에 기도하러 갔다고 가르쳐 주려무나. 그리고 마을 사람들도 전부 그리 알고 날 찾으러 예까지 올라오는 수고를 하지 않았으면 좋겠는데, 그것도 맡길 수 있겠지?"

오수는 머리가 떨어지도록 고개를 끄덕였다. 초란은 오수의 등을 두드리고 돌아섰다. 거기엔 안절부절못하며 발을 구르고 있는 중년의 여종이 있었다. 부엌일을 담당하는 여종이면서 오수의 어미인 영산댁이다.

영산댁은 제 아들의 철없는 소리에 혼절이라도 하고 싶은 심정이었다. 위험한 일일 것이 뻔히 보이는 데 거기에 납죽 고개를 들이밀다니. 오늘 저녁에는 오랜만에 회초리질을 해야 할지도 모르겠다고 생각하고 있는데, 초란이 그녀에게 바짝 다가와 귓가에 속삭인다.

"오수가 쓸데없는 소리를 지껄이지 않도록 단속하는 건 네 일이다. 행여나 실수하면 죽는 건 네가 아니라 네 아들이 될 것이야. ……알겠지? 나는 남쪽 바다의 절에 가는 것이다."

정신없이 고개를 끄덕이는 영산댁을 뒤로 하고, 초란은 소람이가 챙겨 내미는 짐을 둘러맸다. 오수가 오기 전에 벌써 종들에게 전부 지시를 내렸기 때문에, 이제는 그냥 떠나기만 하면 되었던 것이다. 그러고 보니 초란과 소람, 두 사람 다 비단옷을 벗고 평범한 무명옷을 입고 있었다. 먼 길 가는데 고운 옷을 입어 화를 당하는 일을 막기 위해서였다.

"소람아, 이제 갈까? 갑작스런 방문에 스님께서 놀라지 않으셨으면 좋겠구나."

"오랜만에 뵙는 거라 하셨잖아요? 분명 기뻐하실 거여요."

모녀가 도란도란 말을 나누며 대문을 나서 마을 어귀에 다다랐을 때 즈음이었다. 여기저기에서 인사를 해오던 마을 사람들도 이제는 거의 보이지 않아 두 사람의 어깨에서 긴장이 조금씩 풀려 가는데, 저 멀리 낯익은 목소리가 초란을 불렀다.

"아씨! 초란 아씨!"

"……자양아?"

"아, 아씨. 헉, 헉. 저, 저도 데려가세요. 예?"

짐 보퉁이를 끌어안고 달려와 헉헉 숨을 몰아쉬는 자양이를 보고 초란은 어이가 없어 말을 잇지 못했다. 손재주가 좋고 일이 야무진 데다 눈치가 빨라 아끼던 아이였는데 이게 무슨 일인지. 못마땅한 기분에 그녀의 목소리가 뾰족해진다.

"내 너를 데려간다는 말은 하지 않았는데. 애초에 종 하나 달고 오지 않고 단둘이 떠난 길에 네가 왜 따라붙겠다는 말이냐."

"분명 제가 필요하실 거여요!"

질문에 대한 대답 대신 자신이 꼭 필요해질 거라며, 자신은 밥도 빨래도 잘하고 약초도 잘 안다고 장광설을 푼다. 자양이의 말이 길어질수록 점점 깊어져가는 초란의 미간 주름을 보고 있던 소람이가 슬쩍 자양이를 제 등 뒤로 감췄다.

"어머니, 같이 가요."

"소람아?"

"자양이는 재주가 많아요."

"저 아이가 할 줄 아는 것 중에 너와 내가 못 하는 게 몇 가지나 되느냐? 감싸지 말거라."

공방은 한동안 이어졌다. 소람이는 이것저것 이유를 대가며 자양이를 데려가자 했고, 그때마다 초란은 반론을 해가며 안 된다고 거절했다. 하지만 자식 이기는 부모 없다고, 결국 승리를 거둔 것은 소람이였다. 소람이가 눈에 눈물을 그렁그렁 달고 자신에게 동무가 필요하다고 했을 땐 초란은 아무 말도 하지 못했던 것이다.

"……그래. 네 마음을 내가 미처 헤아리지 못해 미안하구나. 네게도 동무가 있긴 해야겠지……. 자양이 너는 오로지 소람이 덕에 함께 가는 것임을 알고 입을 조심히 놀려야 할 것이다."

초란의 서늘한 눈길을 받은 자양이가 어깨를 움찔댄다. 그렇게 자양이는 초란의 일행으로 끼어들었다. 길을 가는 내내 초란의 눈이 곱지 않았지만, 자양이는 있던 눈치도 죄다 솥에 삶아먹기라도 한 양 내내 웃으며 따라붙었다. 그녀의 눈치는 오로지 식사를 챙기고 잠자리를 돌보는 일에만 발휘되는 것 같았다.

하지만 한 꺼풀 벗겨보면 그도 아닌 것이, 소람이에게 대거리를 하고 애써 그녀를 고립시키던 지난날은 다 거짓인 것처럼 자양이는 소람이에게 곰살궂게 굴었다. 다정하게 말을 붙이고 상냥하게 미소 지으며 좋은 동무의 역할을 충실히 해냈다. 자양이가 가진 눈치의 대부분은 거기에 다 쓰이고 있다고 봐도 좋으리라.

종일 고되게 걸어 작은 고개를 넘은 초란 일행의 눈앞에 작은 주막이 나타났다. 고개를 넘어 다니는 보부상들과 나그네들을 상대로 하는 곳이었다. 좁은 마당에 놓인 나무 탁자에서 막걸리 쉰내가 진동하고 빛바랜 초가지붕 처마 아래에는 시래기가 걸려 있다. 초란의 부름에 하품을 하며 나온 주막 주인은 밤늦게 찾아온 손님들이 그다지 반갑지 않은 모양이었다.

초란이 주인과 실랑이를 하며 셈을 치르는 동안, 자양이가 소람의 옆에 찰싹 붙어 옆구리를 쿡쿡 찔렀다. 주변을 살피느라 정신을 못 차리고 있던 소람이가 깜짝 놀라 몸을 움찔댄다. 덕분에 자양이의 입이 툭 튀어나왔다.

"얘, 왜 그리 놀라니? 내가 너 때렸니?"

"아니, 그게 아니라……. 그냥 좀 놀란 거야. 그런데 왜?"

슬쩍 초란의 눈치를 보던 자양이가 소람이의 팔을 끌고 마당 구석으로 데려갔다. 그래봤자 작은 마당이라 얼마 피하지도 못하였지만 말이다. 자양이가 소곤소곤 목소리를 낮춘다.

"남쪽으로 간다더니 왜 해가 왼쪽에서 지는 거야?"

"그야 길을 따라가다 보면 그럴 수도 있고……."

"내가 아무리 마을 밖에 나가 본 일 없는 병신이어도 알 건 알아. 아씨께서는 왜 북쪽으로 가시는 거지? 북쪽에서는 지금 난리가 났다는데!"

잔뜩 억누른 목소리에서 짙은 긴장과 초조함이 묻어난다. 그러고 보면 자양이는 소람이와 동년배인 계집아이였고, 더군다나 해안가 마을 출신이었다. 그 말은 15년 전 일어나 5년간 지속되었던 전쟁 한복판에 휩쓸려 있었다는 얘기였다. 전쟁과 피, 칼과 화살에 대한 공포는 자양이도 소람이 못지않았다.

자양이의 공포를 눈앞에서 보고 나니, 소람이는 어쩐지 차분해지는 기분이었다. 소람이가 자양이의 손을 꽉 모아 쥐고 생긋 웃는다.

"괜찮아. 우리는 아씨를 믿기만 하면 돼. 절대 생각 없이 움직이실 분은 아니시니까. 그런데 자양아……. 전부터 궁금했던 건데, 왜 따라 나올 생각을 한 거야?"

갑작스런 질문에 자양이가 놀란 토끼처럼 눈을 동그랗게 떴다. 언젠가는 받을 질문이라고 생각했지만 그게 설마 소람이의 입에서 나올 거라고는 생각하지 못했던 탓이다. 자양이는 손을 잡힌 채로 눈을 데굴데굴 구르다 어버버 입을 열었다. 평소의 빠릿빠릿한 모습과는 전혀 다른 태도였다.

"그게……. 그날 찾아왔던 사내들 있잖아."

"응."

"도포자락 안에 칼을 숨겨 가지고 있었어."

"그게 뭐 어때서? 먼 길 다니는 남정네들이 보신을 생각해서라도 칼 한 자루 차고 다닐 수도 있지. 뭘 새삼스럽게 그래?"

"장검이었어! 그건 절대 호신용 검이 아니었다고. 피냄새가…… 났어."

소람이는 섬뜩한 기운에 소름이 돋은 등골을 무시하고 애써 아무것도 아닌 것으로 치부하려다 그만 입을 다물었다. 그만큼 자양이의 얼굴에 어린 공포가 선연했던 것이다. 그러고 보면 둘 모두 어린 시절이라 하나 전쟁을 겪은 세대였다. 구분하지 못할 리가 없었다.

그런 걸 보았으니 그 집에 계속 있는 게 무서웠나 보구나 하고 생각하던 소람이는 갑자기 떠오른 다른 생각에 자기도 모르게 침을 꿀꺽 삼켰다. 소람이는 애써 말을 골라 조심스럽게 물었다.

“집에 있던 다른 사람들에게는…… 얘기하고 온 거야?”

“얘기하면, 뭐 달라져?”

“……뭐?”

“아씨께서는 종들더러 집을 지키라고 하셨어. 한데 아직 아무 일도 일어나지 않았는데 예감이 나쁘다는 이유로 그 명을 어기기라도 해봐. 당장이야 아씨가 안 계시니 쉬이 나온다 해도 양민의 신분패도 없이 어딜 갈 수 있겠어? 단박에 도망친 노비라는 게 들통나 쫓기다 죽을걸.”

거기까지 얘기한 자양이는 어쩐지 자랑스러워하는 기색으로 ‘그래서 나는 아씨를 쫓아온 거야’ 하고 태연하게 덧붙였다. 소람이는 자기도 모르게 자양이를 붙들고 있던 손을 놓아버렸다. 주춤 뒷걸음질 치는 소람이를 보며 자양이가 고개를 갸웃거렸다. 소람이는 처음으로 자신의 결정을 후회했다.

‘내가 잘못한 건 아닐까?’

마음 편히 이야기를 나눌 수 있는 동무가 있었으면 좋겠다는 생각에 쓴 떼가 어쩌면 큰 화로 돌아올지도 모른다는 생각이 든다. 소람이의 이마에 땀이 맺혔다. 자양이가 이상하다는 표정을 지으며 물러선 소람이에게 한 걸음 다가왔을 때였다. 간신히 실랑이를 끝낸 초란이 둘을 불렀다.

"애들아! 방을 잡았으니 짐을 풀자꾸나!"

"예에, 아씨!"

자양이는 초란과 소람이 내려놓았던 짐을 챙겨 후다닥 방으로 뛰어 들어가 부산을 떨기 시작했다. 초란은 혼자 남은 소람에게 다가갔다가 희게 질린 얼굴을 보고 고개를 갸웃거렸다. 주막 주인의 목소리가 어찌나 크던지, 두 사람이 나누는 대화는 초란의 귀에는 거의 들리지 않았던 것이다.

"네 안색이 왜 그 모양이냐? 자양이가 못된 소리라도 하였니?"

"아뇨……. 아니에요. 저기…… 어머니. 자양이가 그러는데, 집에 찾아왔었던 사내들이 피냄새 나는 장검을 차고 있었대요. 저는 집에 남은 사람들이 걱정이 되어서……."

소람이는 말을 채 끝맺지 못하고 어물어물 얼버무렸다. 초란의 얼굴이 얼음장처럼 차가워서였다.

"……소람아."

"예, 어머니."

"그래, 난 네 어미고 넌 내 딸이지. 집에 남은 종들을 네가 걱정할 필요는 없단다. 이제 너와 그것들은 신분이 달라. 그리고 그날 사내들이 정말 피를 봐서라도 날 데려가려 했다면 벌써 그렇게 하고도 남았단다. 괜찮을 거야."

초란은 소람이에게 너무 종들과 격의 없이 지내지 말라는 잔소리를 한참이나 하고 나서야 소람이를 방으로 들여보내 주었다. 소람이는 잔소리를 듣는 내내 고개를 끄덕끄덕 했으면서도 먼저 들어왔던 자양이가 제 옆자리를 툭툭 두드리자 냉큼 달려가 앉아버렸다.

미묘한 불안도, 산더미 같은 잔소리도 겨우 생긴 동무 앞에서는 햇살을 맞은 안개처럼 흩어져 버렸던 것이다. 그런 소람이의 모습에 초란 역시 쓴웃음을 짓는 것 이상의 잔소리는 하지 않았다.

"내일 날이 밝으면 바로 출발할 테니 일찍들 자거라."

"아씨, 어디로 가는 건가요?"

"이 근처에 숙부님께서 살고 계시니 그리 간다."

자양이는 그 말에 불안을 접고 고개를 끄덕였지만 소람이는 집에 남은 사람들에 대한 걱정을 아주 떨치지 못하여 정신이 내내 딴 곳에 가 있었다. 초란이 차근차근 설명해주는 계획을 듣는 둥 마는 둥 한 귀로 흘리고 잠자리에 들고 나서도 그건 마찬가지였다. 어쩐지 가슴이 소란하고 어쩐지 이상하게 불안하다.

'괜찮을 거야. 설마 별일이야 있겠어.'

소람이는 이리저리 뒤척이다가 이내 몰려오는 졸음에 곧 깊이 잠들고 말았다. 작은 방에 옹기종기 모여 머리를 뉘인 세 여자가 내쉬는 고른 숨이 평온하였다.

이제 막 추워지려 하는 날씨만큼이나 사람들의 마음이 싸늘해져가는 계절, 세 여자가 주막의 비좁은 방에서 잠든 그날 밤. 바닷바람이 휘감아 도는 산자락에 걸쳐진 초란의 집에 불이 났다.

벌건 불꽃이 혓바닥을 날름거리며 작은 집을 휘감아 태운다. 기름먹인 나무 바닥과 목재 가구는 순식간에 불에 휩싸여 벌건 불덩어리가 되었다. 그건 어둔 밤, 검은 그림자로 보이는 산자락 가운데에서 땅에 떨어진 해처럼 주변을 밝혔다.

"불이야! 불이야!"

"뭐, 뭐? 어디!"

"초란 아씨 댁에 불이 났어!"

"아이고, 불이 나도 하필 거기야?"

깊은 밤에 일어난 화재는 온 마을 사람들을 다 깨우고도 잡히지 않다가 아침이 되어 바다 안개가 몰려오고 나서야 간신히 잦아들었다. 마을 사람들은 밤을 꼴딱 새우며 물을 퍼 나르느라 다들 여기저기 검댕이 묻어 꼴이 말이 아니었지만, 혹시나 남아 있는 불씨가 있을까 걱정하며 다 타버린 잔해를 정리했다.

"아이고, 이 솜이불이 대체 얼마짜리래. 이렇게 홀랑 타버리다니 아까워라……. 악!"

"왜, 왜 그래?"

연신 투덜대던 아낙이 비명을 지르자 놀란 사람들이 와 하고 몰려든다. 아낙은 달달 떨리는 손으로 손가락질을 했다. 그 손끝이 가리키는 곳을 따라 시선을 돌린 사람들이 이내 미간을 찌푸렸다.

"어쩐지……. 사람이 안 나온다 했지."

"집주인이 집을 비웠는데 한밤중에 불이 난 것도 하 수상하고."

"누군지 몰라도 천벌을 받을 놈들일세. 이거, 이 집 종들인가?"

시커멓게 타서 누구인지 알아볼 수도 없는 시신이 바닥을 뒹군다. 마을 사람들은 시신의 주인이 누구인지는 알 수 없었지만 그들이 살해당한 뒤에 불에 탔다는 것만은 한눈에 알아보았다. 그도 그럴 것이, 시신들은 가슴이 갈라지고 목이 반쯤 잘려 있었던 것이다.

"초란 아씨가 집을 비워서 천만다행이구먼."

"절에 가신다고 했다면서? 부처님께서 도우신 게지."

"그러게. 평소에 마음씨도 곱고 베풀기도 잘 베푸셨던 분이니 화를 피해 가시는구먼. 아씨 덕분에 마을 둑도 수리하고, 저수지도 손 보고…… 참 좋았는데."

두런두런 이야기를 나누는 사람들 틈에서 마을 촌장은 주름진 이마를 찌푸렸다. 하늘이 도와 초란 아씨가 화를 피해간 거라고? 어림도 없는 소리.

촌장이 보기에 초란은 화가 닥칠 것을 미리 알고 도망을 간 거였다. 갑작스레 절에 간다고 했을 때는 무슨 심경의 변화인가 했는데 이런 일이 벌어지니 왜 그리 급하게 마을을 떠났는지 알 것 같았다. 보나마나 민초들은 모르는 뭔가 어려운 일이 얽혀 있는 것이겠지.

'염병, 높으신 나리들은 뭐가 그리 복잡한지…….'

촌장은 담뱃대를 짓씹으며 짜증스럽게 혀를 찼다. 그리고 옹기종기 모여 시신 구경을 하던 사람들을 휘둘러 다 탄 시신들을 적당히 묻어버렸다. 촌장의 명령에 따라 무덤을 만들고 투덕투덕 흙을 다지던 사내 하나가 슬쩍 촌장에게 다가와 귀엣말을 했다.

"촌장, 이렇게 우리 맘대로 시신에 손을 대놔도 되는 겁니까?"

"그럼, 겨우내 꽁꽁 얼렸다 녹였다 하며 다 탄 시신으로 황태라도 만들자는 게야?"

"아니 뭐, 그러자는 건 아니지만……. 혹여 나중에 초란 아씨를 누군가 찾아왔을 때 집터가 너무 깨끗하면 우리가 의심을 받을지도 모르고……."

"죽었다고 해."

"예?"

"한밤중에 갑작스럽게 불이 났고, 아씨는 미처 거기서 빠져나오지 못하고 죽었다고. 다들 그렇게 입을 맞추는 게 좋아."

사내의 얼굴에 황당함이 깃든다. 촌장은 이유를 설명하는 대신 대강 손을 휘둘러 그를 쫓아 보내고 조금 남은 담배를 마저 빨아들였다. 이왕 화를 피해 도망간 거라면, 확실히 피할 수 있게 도와주는 것이 남은 사람의 의리일 것이다. 그 아씨께는 도움받은 것도 좀 많이 있고 말이다. 촌장의 주름진 얼굴이 히죽 웃음을 그렸다.

끔찍한 화재는 아주 잠시 동안 사람들의 입에 오르내리다가 조용히 자취를 감췄다. 그 이유는 촌장의 입단속이 힘을 발휘해서도 아니었고, 사람들이 갑자기 할 일이 많아져서도 아니었다.

그건 아들 오수를 잃은 영산댁이 정신을 놓았기 때문이었다. 영산댁은 그날 장을 보러 나왔다가 너무 늦는 바람에 마을에 있는 주막에서 하룻밤을 보냈다가 화를 피했던 것이다. 주변 사람들은 영산댁 본인이라도 무사하니 그나마 다행이라고들 했지만, 자식을 잃은 그녀에게 그런 말이 통할 리가 있을까.

겨울답지 않게 따뜻한 날이 계속되다 비가 내리기 시작한 날, 영산댁은 마을 여자들과 함께 그물 손질을 하다말고 갑자기 밖으로 뛰쳐나갔다. 그러곤 이집 저집 대문을 마구 두드리고 다니며 빨리 불을 꺼야 하니 어서 나오라고 고래고래 소리를 쳤다.

처음에는 사람들도 동정심을 발휘해 말리기도 했고, 먹을 것과 잘 곳을 챙겨주며 배려했지만 열흘에 한 번 꼴이던 발작이 닷새, 사흘, 그리고 매일이 되었을 때는 결국 모두가 외면하고 말았다.

"빨리, 빨리 나오라고! 이 매정한 사람들아, 집이 타는데 왜 나와보지를 않아!"

희었을 앞치마는 흙탕물로 더럽혀져 너저분하고 곱게 쪽 찌었던 머리는 이미 산발이 된 지 오래. 영산댁은 맨발로 흙바닥을 뛰어다니며 울부짖고 있었다. 마을 주막에서 막걸리를 마시던 사내들이 흘끔흘끔 그녀를 바라보다 혀를 찬다.

"또, 또 시작이구먼……."

"그러게. 차라리 눈이 내리면 좀 나으려나, 이놈의 비만 내리면 저 난리니."

비라고 해봤자 부슬부슬 내리는 부슬비라 그냥 맞으며 술을 마시던 중이었지만 그래도 괜히 비 탓을 해본다. 안 그래도 시커먼 사내들뿐이라 우중충하던 탁자는 더 우울해지고 말았다.

"자주 저러나 봅니다?"

"외지인인가 보오? 보아하니 보부상들이신데, 이쪽은 처음 오시나보구먼?"

"예에. 요즘 영 먹고 살기 힘들어서 발품 파는 지역을 늘렸습죠."

옆자리에서 등짐을 쌓아놓고 국밥을 먹고 있던 사내들 중 하나가 슬그머니 마을 사내들 사이로 끼어들었다. 그러곤 눈치껏 주모를 불러 막걸리 한 병을 시키니, 곱지 않던 마을 사내들의 눈초리가 단숨에 누그러들었다.

"저 여자는 영산댁이라고, 저 산 위쪽에 있던 집의 종년이라오. 한데 얼마 전에 집에 불이 나면서 그 집에 있던 사람들이 죄다 타죽고 말았소이다. 그 가운데 저 여자 아들도 있었는데, 이후로는 저러고 다닌다오."

"저런……. 다른 자식이나 남편은 없었답니까?"

"있었으면 저러고 다니도록 내버려 뒀겠소? 쯔쯔, 하늘도 무심하시지."

"양민도 아니고 종이라면서 주인은 뭐 한답디까?"

마을 사내들이 서로 눈치를 본다. 한동안 막걸리 홀짝이는 소리만 듣고 있던 보부상이 주모를 불러 막걸리를 한 병 더 부탁했다. 사내들은 보부상이 산 막걸리를 앞에 두고 멈칫멈칫 망설이다가 무슨 큰 비밀이라도 말하는 양 목소리를 낮췄다.

"영산댁의 주인은 초란 아씨라는 분이셨는데……. 그 불이 어찌나 큰 불인지, 아씨도 집에서 빠져나오질 못하고 돌아가셨지 뭐요. 어디 아씨뿐이요? 그날 그 집에 있던 종 중에서도 살아나온 사람이 없다오. 그나마 저 영산댁이 산 것도 불이 난 밤에 집에 없어서 그런 거고."

"허허……. 사람이 빠져나오지 못했다니, 불이 엄청났나 봅니다?"

"엄청났지! 마을 사람들이 한밤중에 벌떡 일어날 정도였소!"

사내들은 입에서 침을 튀겨가며 그날의 불에 대해 떠들어댔다. 그들이 떠드는 말만 들으면 저 뒷산이 홀랑 타고도 남을 대화재나 다름없었다. 본래 소문의 구 할은 거짓말이라 하지 않던가. 보부상은 적당히 걸러 들으며 사내들에게 막걸리 한 병을 더

산 뒤에 동료들이 있는 자리로 돌아왔다. 자리를 지키던 이들이 목을 빼고 묻는다.

"뭐라던가?"

"큰불이 나서 빠져나오질 못했다는군."

"설마."

"집을 지키던 종들 하나 나오지 못하고 죽었다는데."

"하, 겨우 여기까지 찾아왔는데 허탕인가."

"끝을 알았으니 됐지. 이만 돌아갑세."

보부상들은 두런두런 대화를 나누다 다음 날 장이 열리기도 전에 마을을 떴다. 마을 사람들은 그들의 뒷모습을 보면서 소리 없이 가슴을 쓸어내렸다. 그러면서 촌장의 선견지명에 대해 꿀 발린 소리들을 하니, 촌장의 콧대는 하늘을 찌를 지경이었다.

"그럼 그 종들의 시신은 거기 그대로 있는 건가요? 아니면, 마음씨 좋게도 묻어주신 건가?"

순진한 이웃마을 청년의 물음에 마을 아낙이 깔깔 웃으며 종들은 다 함께 묻어주었다, 답을 한다. 잘 말린 시래기를 잔뜩 지고 와서 싼 값에 팔고 있는 청년은 생기기도 잘생긴 데다 서글서글하니 붙임성도 좋아서 벌써부터 마을 처녀들이 던지는 추파를 받고 있는 참이었다. 펼쳐둔 시래기를 괜히 뒤적이던 아낙이 슬쩍 말을 찔러 본다.

"표영 총각은 장가 안 가?"

"장가는 어디 혼자 가나요? 짝이 있어야 가지."

"아유, 엄살은. 총각 정도면 짝 하겠다고 여자들이 줄을 서겠구먼. 내가 소개시켜 줄까?"

"장가들어도 살 집이 없어서 안 됩니다~. 처자식을 길바닥에서 재울 수는 없잖아요? 그나저나 아주머니, 자꾸 뒤적이시는 걸 보니 좀 많이 필요하신 거 같은데 더 싸드릴까요?"

"으응? 아냐, 아냐. 난 가볼 테니까 많이 팔어. 응."

대뜸 한 뭉텅이 시래기를 싸줄 기색을 보이자 아낙은 깜짝 놀라 벌떡 일어나 자리를 떴다. 표영은 생글생글 웃는 낯으로 아낙을 배웅하고 남은 시래기를 서둘러 팔아치웠다. 해가 높게 떠올랐다가 살짝 기울어질 무렵이 되었을 때, 표영은 기분 좋게 짤랑이는 엽전 소리를 들을 수 있었다. 마을 사람들과 인사를 나누고 길을 걷는 걸음에 흥이 넘친다.

"흐흠~ 흐흠~. 이쯤인가~?"

옆 마을에서 왔다던 표영이 멈춰 선 곳은 마을 사람들이 종들의 시신을 묻은 장소였다. 헐벗은 나뭇가지가 손을 흔드는 작은 공터에는 제대로 봉분이 올려지지도 않은 무덤이 몇 개나 있었다. 하나, 둘, 셋……. 대강 개수를 헤아리던 표영이 히죽 웃음을 짓는다.

"내 이럴 줄 알았지. 초란 아씨, 인망이 있는데?"

그는 개중 작은 무덤 하나를 골라 슬슬 봉분을 파헤치기 시작했다. 하지만 제대로 된 도구가 있는 것도 아니고 주변에서 적당한 나뭇가지를 주워다 파는 거라 좀체 진도가 나가지를 않는다.

"이런."

구슬땀을 흘려가며 무덤을 파던 표영이 갑자기 동작을 멈추고 뒤를 돌아보았다. 자신을 바라보는 기척을 느낀 탓이다. 그가 가만히 한 곳을 바라보고 있자, 나무 기둥 뒤에 숨어 있던 영산댁이 주춤주춤 앞으로 나온다. 표영은 자기도 모르게 혀를 차고 말았다. 하필 내가 파던 무덤이 저 여자 아들 거면 어떡하지 하는 생각에. 한데 영산댁의 눈이 좀 전에 장에서 봤을 때만치 흐릿하지 않고 번들번들 빛이 난다.

"내 아들 죽인 놈, 네가 찾아줄 거야?"

여전히 산발한 머리에 더럽혀진 옷자락이지만, 풍기는 기백은 장난이 아니다. 표영은 아들을 잃고 미친 여자가 껄끄러워 괜히 시비를 걸었다.

"아줌마 아들은 불에 타서 죽었다며?"

"누가 그래! 누가! 누가! 누가! 칼 든 남자들이 죽인 거야! 그 놈들이야!"

"칼 든 남자들?"

"그래! 아씨더러 자기를 따라 오라고 했던 놈들! 그놈들이 가고 나서 아씨가 갑자기 남쪽 바다의 절로 간다며 짐을 쌌단 말이야. 그놈들이야, 그놈들이라고!"

표영은 자신의 멱살을 쥐고 소리를 질러대는 영산댁의 목덜미를 후려쳐 기절시키고 구겨진 옷자락을 폈다. 영산댁은 실 끊어진 인형처럼 찬 바닥에 널브러졌다. 표영은 그녀를 잠시 내려다보다 그만 한숨을 쉬고 말았다.

미친 사람이라기엔 너무나 정확한 말과 간절한 표정. 마을 사람들의 말이 정말인지 단순히 확인만 하고 말려던 것이 계획을 바꿔야 할 것만 같았다. 어쩌면…… 그 보부상으로 위장한 놈들 말고도 또 다른 놈들이 있을지 모른다.

표영은 잠시 망설이다 그녀를 들어 낙엽 위에 올려놓고 파던 무덤을 마저 팠다. 과연 그가 파던 무덤은 오수의 것이라, 둘둘 감은 천을 벗겨내자 작은 소년으로 보이는 시신이 새카맣게 탄 채로 데구루루 굴러 나왔다. 영산댁의 말대로 시신의 몸에는 칼에 맞은 것이 분명한 상처가 여럿 있었다.

"다리, 등, 목……."

시신에 남은 상처를 샅샅이 훑어보던 표영의 미간이 찌푸려졌다. 보지 않아도 상황이 짐작되는 탓이다. 다리를 베어 도망가지 못하게 해놓고, 아프고 두려워 흙바닥을 기는 아이의 등을 후려베고, 울부짖는 소리가 시끄럽다 목을 베었을 것이다.

추운 겨울이라 부패가 늦긴 했어도 새카맣게 타서 자세히 보기는 어려웠지만, 표영은 신중한 손길로 베인 자국 하나하나를 살펴보았다. 얼마 지나지 않아 그의 입에서 짙은 한숨이 흘러나왔다.

"……금오의 검술이군. 게다가 회유가 안 되면 바로 살해로 넘어가는 이 방식…… 지나치게 낯이 익어."

표영은 확신했다. 이건 호접부인의 짓이다. 전장에 오는 것치고는 호위병을 적게 데려왔기에 이상하다 생각했었는데, 과연 이런 곳에 제 병사를 쓰고 있었던 것이다. 표영은 소년의 시신을 다시 천으로 감싸 무덤 구멍에 던져 넣고 대충 봉분을 쌓았다. 사람이 아니라 짐승이 파헤쳤던 것처럼 감쪽같은 위장도 끝내놓고, 그는 바람처럼 날랜 걸음걸이로 길을 걷기 시작했다.

마을 사람들은 초란 아씨가 죽었다고 했고, 영산댁은 남쪽 바다의 절에 갔다 했다. 종의 무덤은 있어도 초란의 무덤은 없는 상황에서 누구의 말을 믿어야 할지는 불 보듯 뻔했다. 영산댁의 말을 믿기로 한 표영이 향하는 곳은 남쪽이 아니라 북쪽이었다.

'눈치 빠른 아씨라면 반대로 갔겠지.'

바닥에 수북이 쌓인 낙엽을 밟으면서도 발소리 하나 내지 않는 표영. 그는 장율에게 신뢰받는 수하였고 별처럼 빛나는 이산의 무용담을 들으며 자란 무가의 자제였다. 그리고 장율이 운제의 수하들이 혹여나 이산의 그분을 해칠까 걱정되어 붙인 사람인 것이다.

'군사가 보낸 병사들은 그대로 떠났으니 되었고……. 호접부인의 수하들이 문제군. 초란 아씨가 살아 있다는 걸 아니 이대로 끝나진 않을 것인데.'

표영의 발걸음이 급해진다. 그의 등 뒤로 이르게 찾아온 저녁 어스름이 살금살금 따라붙고 있었다.

6장
재회

이산이 연해의 국경 수비군에 합류한 이후, 연해 병사들의 사망률은 급격한 하향곡선을 그리고 있었다. 제대로 된 기마병을 상대해 본 일이 없던 연해군에게 이산의 존재는 그야말로 구세주와 같았던 것이다.

전투가 거듭될수록 서서히 줄어가는 사상자의 수를 체감한 연해군의 병사들은 군신의 강림이라도 보는 듯 이산을 떠받들었다. 정작 본인은 그를 매우 부담스러워하고 꺼려하여 좀처럼 나서려고 들지 않았지만 말이다. 그를 무신으로 모시는 신당이 나타났다는 사실을 알았다면 기함을 하지 않았을까.

이산은 낡은 막사에 준비된 삐걱대는 의자에 앉아 여기저기 흠집이 난 탁자에 턱을 괴고 있었다. 자신의 심사가 매우 불편하다고, 자세를 통해 웅변하고 있는 것이다. 소양의 조정에서 서신을 가지고 왔던 전령은 자신이 잘못한 것이 없음에도 괜히 주눅이 들어 좀체 고개를 들지 못했다.

"물리쳐 쫓아내지는 못할지언정 단순히 막아내기만 하라니. 이거 참, 들어드리기 힘든 명령이군."

"이 장군, 전하의 명이오. 그런 식으로 말하면 아니 된다오."

입으로야 전령의 편을 드는 척하지만 표정으로는 전령을 내내 윽박지르고 있던 장수가 입조심을 하라며 이산에게 주의를 준다. 그 역시 불만이 많은 명령이지만 지금 연해의 왕은 의심이 심하고 속이 좁은 소인배였으니, 행동거지를 조심히 해야 했다.

하지만 이산이 그런 것을 신경 쓰며 말하는 이였다면 애초에 금오의 황제에게서 미움을 살 일도 없었을 것이며, 가문이 멸문 직전에까지 이르러 쫓기듯 연해로 보내지지도 않았을 것이다. 그리하여 이산의 입에서 나오는 말은 잘 벼린 칼처럼 서늘하였다.

"본디 전장이라는 곳에서는 장수의 판단이 임금의 것보다 더 중한 법입니다. 장수는 가깝고 임금은 머니, 누구의 판단을 더 우선해야 할지는 명약관화한 것이지요. 물론 임금의 명령을 모른 척하는 것은 신하된 자로서 해서는 아니 될 일이나, 다들 알다시피 나는 연해의 장수가 아니라 그런 도리를 지킬 의무는 없으니 그리 알고 계십시오."

전령은 새파랗게 질린 채 돌아가 버렸고, 연해의 장수들은 고소해하면서도 이산의 안위에 대해 걱정을 감추지 못했다. 듣는 이가 없다고 기꺼이 자국의 임금에 대해 못할 말을 입에 담는 이들을 향해 이산은 그저 웃어보였을 뿐이다.

"겁이 많은 소인배일수록 상대의 뒤에 있는 그림자를 무서워

하는 법입니다. 설령 그게 종이호랑이에 불과한 것이라도."

"대담도 하시오, 장군."

"그리 추켜세우지 않으셔도 됩니다. 제가 만약 연해의 백성이었다면 하지 못할 말이었으니. 아, 그나저나 장군께서도 할 일이 다망하실 텐데 제가 너무 오래 붙들고 있었습니다. 이만 가서 군사를 살펴보셔야지요."

"아 그렇지. 내 정신 좀 보게. 다음 전투는 내가 준비할 차례였다는 걸 깜빡 하였소이다. 그럼 나는 이만 나가볼 테니, 이 장군께서는 편히 쉬시오."

이산은 적당히 포장한 말로 귀찮게 들러붙는 장수들을 죄 뿌리쳐 치우고 자신이 머무는 막사를 향해 홀로 걸었다. 주변에서 북적대던 사내들이 자리를 비우자 차가운 기운이 옷자락을 헤집고 들어와 그를 괴롭혔다. 그는 서늘한 기분에 옷자락을 여미다 말고 피식 웃었다.

자신이 언제부터 이런 날씨가 춥다 하여 옷을 여미고 살았었는지. 금오는 연해의 북서쪽에 있는 곳이라 연해보다 훨씬 날이 춥고 서늘하였다. 따뜻한 연해에서 오래 지낸 것이 이런 곳에서 티가 나는 것 같아 웃음이 난다.

이산의 눈길이 허공을 향했다. 그는 가까우나 멀리 있는, 그의 벗의 얼굴을 그려보았다. 마지막으로 헤어진 뒤 12년의 시간이 흘렀다. 돌아오라는 전갈을 거절한 자신의 의사를 어떻게 해석하였는지, 운제가 군사로 있는 금오의 군대는 여전히 그 자리에 똬리를 틀고 조용히 침묵하고 있었다.

"자네는 무얼 하고 있나."

허공을 향해 물음을 던져보았자 답이 돌아올 리가 있나. 이산은 고개를 절레절레 젓고 바삐 걸음을 재촉하였다. 오랜만에 돌아온 전장은 역시 괴롭고 고통스러워 조금이라도 빨리 돌아가 쉬고 싶었다.

그때 운제는 연해에 들여보냈던 병사들에게서 보고를 받고 있었다. 10년의 세월을 한결같이 이산의 곁을 지켰다는 초란이라는 여자와 그녀의 죽음에 대해서 말이다. 조용히 병사의 말이 끝나기를 기다리고 있던 그가 탁자를 두드린다.

탁. 타다닥.

“해서, 무덤은 확인하였느냐?”

“……예?”

“그 초란이라는 여자의 무덤 말이다. 집을 마련해 주고 종을 붙여 주었다는 걸 보면 아주 내쳐진 것이 아닌 모양인데, 그리 험하게 죽었다면 장례야 크게 못 치러주어도 번듯한 무덤은 하나 만들어주었을 것 아니냐.”

긴장한 병사의 목덜미에서 땀이 배어났다. 그러게, 아무리 거지같은 명령이고 빨리 복귀하고 싶었더라도 마지막까지 확인을 했어야 했다. 계급에서 밀려 좀 더 강하게 주장하지 못한 게 이 따위로 돌아올 줄이야. 정수리에 꽂히는 시선이 아팠다.

“확인했습니다.”

아뿔싸, 내 입. 병사는 몹시 후회스런 표정을 지었지만, 고개를 숙이고 있던 탓에 그 얼굴을 운제에게 들키지는 않았다. 대신 그의 목덜미뿐만 아니라 등허리까지도 땀이 흐르기 시작한 건 어쩔 수 없는 일이었다.

"……흠. 그래? 알겠다. 돌아가 봐라."

병사를 돌려보내고, 운제는 깊이 생각에 잠겼다. 이산이 연해의 국경 수비군에 합류하였다는 첩보는 이미 예전에 들어와 있었다. 당장 피해가 커지기 시작한 얄타족이 이만 돌아가게 해달라 성화를 부려대니 모를 수가 없다. 운제가 궁금한 것은, 이산을 그렇게 적극적으로 움직이게 하는 무언가가 대체 무엇이냐는 것이다.

10년의 시간을 죄다 들춰보아도 나오는 건 초란이라는 여자 하나라는데, 오로지 그 여자 하나 때문에 저러는 거라고는 도저히 믿고 싶지 않았다. 심지어 그 여자는 스스로 이산을 떠났다지 않나.

"오라버니."

여희의 목소리가 생각에 빠진 운제를 건져 올렸다. 운제는 자신이 생각에 잠긴 사이 태연히 자신의 막사에 들어와 다기를 늘어놓고 있는 여희를 보고 어이가 없어 입을 벌렸다. 그런 그를 보고 여희가 쿡쿡 웃는다. 나이를 먹었어도 미인은 미인이라, 그녀의 웃음은 그림처럼 예뻤다.

"무슨 생각을 그리 하시기에 제가 다기를 다 늘어놓도록 모르고 계셨나요?"

"……별것 아닙니다."

"저를 속일 생각은 하지 마세요. 임무를 주어 내보냈던 병사의 보고를 들은 뒤로 꼼짝도 않고 식사도 거른 채 생각에 잠겨 계시다는 애기를 듣고 왔는걸요."

"이런, 군사의 거동이 이리 쉽게 알려지다니. 기강을 다시 잡아야겠습니다."

운제의 일리 있는 투덜거림에 여희가 또 웃는다. 그녀는 식사 대용으로 먹을 만한 다식 몇 가지를 꺼내놓고 향긋한 차를 우려 내밀었다. 희고 고운 손이 하는 다례는 여전히 정확하고 군더더기 없이 아름다웠다.

천 한 장을 들추면 기름 냄새 피 냄새가 진동하는 군의 진영임에도, 여희를 보고 있으면 주변이 호사스런 경원왕의 궁으로 변한 것처럼 느껴진다. 그게 바로 여희의 힘일 것이다. 상대가 누구든, 자신의 흐름 안으로 끌어들이는 것. 여희는 운제가 차를 모두 마시고 다식을 전부 먹을 때까지 참을성 있게 기다렸다가 입을 열었다.

"산 오라버니에게 여자가 있었다면서요?"

"콜록!"

"12년이나 되는 시간이죠. 이해 못 할 바는 아니에요. 하지만 그 여자는 이미 죽었다는데."

여희의 입가에 어린 미소를 본 운제의 등에 소름이 돋았다. 설마.

"산 오라버니는 그 여자가 죽었다는 걸 알고 계실까요?"

운제는 스스로를 책망했다. 여희가 경원왕의 첩들을 하나씩 살해할 때 말렸어야 하는데 그러지 못한 자신이 잘못했다고. 동시에 그는 경원왕을 원망했다. 여희가 첩들을 죽이는 걸 알면서도 그는 어째서 여희를 제지하지 않은 것일까.

표영은 나름의 확신을 가지고 길을 가고 있었다. 호접부인이 보낸 사람들을 단숨에 알아채고 그날로 집을 떠날 정도로 눈치와 행동력이 있는 여자라면 반드시 북쪽으로 갔을 것이라고. 게다가 그 마을에서 북쪽으로 조금만 더 가면 그녀의 숙부가 사는 고을이 나오는 것이다. 분명 그곳에 몸을 의탁하러 간 것이 틀림없었다.

하지만 그는 곧 난관에 부닥쳤다. 틀림없이 이 길이다, 싶은 길을 따라가며 흔적을 쫓는데 여자 둘로 이뤄진 일행의 흔적은 없었던 것이다. 설마 초란 아씨 혼자 떠난 건 아닐까, 고민하다가도 양녀로 삼은 아이와 초란 아씨가 함께 떠났다는 증언이 여럿 있어 망설이게 된다.

표영은 종일 걷느라 지친 몸을 이끌고 작은 주막에 들어섰다. 우물가에 버티고 선 버드나무가 이파리 하나 없이 앙상한 가지를 슬렁슬렁 흔드는 집이었다. 그는 그 집 마당에 놓인 평상에 엉덩이를 걸치고 앉아 국밥 한 그릇을 시켰다.

“아으, 내가 진짜 추적술이라면 자신이 있는데.”

도무지 찾을 수가 없네. 그렇게 투덜대며 뻐근한 다리를 주무르는데, 작은 계집아이가 제 몸뚱이만 한 소반을 들고 종종걸음을 치며 다가왔다. 내버려뒀다간 그대로 엎을 것만 같은 아슬아슬함에 표영이 얼른 소반을 받아들자 계집아이가 부루퉁하게 입을 내민다.

“아니, 이 꼬맹이가? 내가 소반을 받아줬으면 고맙습니다— 해야지 표정이 그게 뭐야?”

"손님이 제 일을 뺏어 가면 제가 혼이 난단 말이어요. 안 그래도 지난번에 크게 혼났는데."

제법 무섭게 눈을 부라렸는데도 따박따박 말대꾸를 하는 모양새를 보아하니, 평소에 그 입버릇 때문에 크게 경을 친 일이 자주 있었으리라 짐작이 간다. 표영은 계집아이의 덥수룩한 머리에 꿀밤을 하나 먹이고 대신 엽전 하나를 꺼내 내밀었다. 한데 이 계집아이가 엽전을 거절하지 뭔가. 표영은 그만 황당해졌다.

"야, 안 받아?"

"흥. 꿀밤 먹이고서 주는 돈은 안 받아요!"

"이 콩알만 한 게……. 그래, 그럼 이렇게 하자. 내가 몇 가지 물어볼 테니, 너는 거기에 대답을 해라. 그럼 내가 그 값으로 이 돈을 주마."

계집아이가 새침하게 고개를 끄덕인다. 표영은 무슨 아이가 이렇게 고집이 세느냐고 내심 혀를 찼지만, 겉으로는 더 없이 진지한 표정을 짓고 질문을 했다. 그래봤자 뭐 단서가 되겠느냐, 기대하지는 않았지만 말이다.

"혹시 이 주막에 웬 아씨 한 명과 그 딸이 지나간 일이 없었어? 옷은 양민들처럼 입었겠지만 그래도 티가 났을 텐데."

"옷은 양민들처럼 입었지만 숨길 수 없이 귀티가 나던 아씨 한 명과, 그분의 딸이라고 믿기에는 너무 컸던 따님과, 그 따님을 졸졸 쫓아다니던 종년으로 이뤄진 일행은 본 일이 있네요."

이거다. 둘이 아니라 셋이었던 거다. 그래도 이렇게까지 잘 찾아오다니, 자신은 역시 최고였다. 표영은 등골을 타고 흐르는 짜릿한 쾌감에 씩 미소를 지었다. 계집아이는 표영의 미소를 보자마자 냉큼 돈을 낚아채갔다. 그러곤 다시 슬금슬금 그의 눈치를 본다. 표영은 주머니에서 엽전을 한 닢 더 꺼내들었다.

"혹시 그 일행의 이름은 기억나?"

"아씨의 이름은 모르겠고, 따님의 이름은 소람이, 종년의 이름은 자양이였어요."

"좋아. 아주 유용한 정보였어. 이건 덤이다."

기분이 좋아진 표영이 주머니에서 엽전 한 닢을 더 꺼내 두 닢의 엽전을 쥐어주자, 계집아이는 치마 아래 매달아 놓은 주머니에 얼른 돈을 쑤셔 넣었다. 그 바람에 때 묻은 속바지가 훤히 드러났지만 개의치 않는 것 같다. 그러곤 큰 비밀을 말하는 것처럼 소곤소곤 말을 덧붙였다.

"그 소람이라는 분 덕에 제가 크게 혼이 나긴 했지만, 덕분에 돈을 버는 건 이번이 두 번째네요. 아저씨랑 똑같은 걸 물어본 사람들이 있었거든요."

"……뭐?"

"참 이상하죠. 그분들은 뭔가 죄를 짓고 도망 다니는 사람 같아 보이진 않았는데, 왜 관청에서 나왔다는 사람들이 수소문을 하고 다녔을까요?"

눈치 빠르게 돈을 낚아채갈 땐 언제고, 순진하게 고개를 갸웃대는 계집아이 앞에서 표영은 피가 서늘하게 식는 기분에 입을 다물었다. 늦으면 안 되는데, 어쩌면 이미 늦었을지도 모르겠다.

표영은 돼지 비린내가 나는 국밥을 씹는 둥 마는 둥 대충 훌훌 마셔 버리고 다시 길을 나섰다. 사람을 수소문하는 데에는 관가의 사람을 사칭하는 것이 가장 빠르니, 호접부인의 수하들이 초란 아씨의 뒤를 쫓고 있는 것이 틀림없었다.

여자 셋으로 이뤄진 일행은 무슨 걸음이 그리 빠른지, 표영이 밤잠을 설쳐가며 쫓았음에도 좀체 꼬리를 잡을 수가 없었다. 게다가 그들은 계집아이가 있던 주막 이후로는 상당히 신중해져서, 이름을 흘리고 다니는 일도 없고 일부러 때 묻은 변장을 한 탓에 그들의 특징을 기억하는 이도 찾기 힘들어졌던 것이다. 그렇다고 표영이 그들의 얼굴을 아는 것도 아니지 않은가.

결국 표영은 초란 아씨의 일행을 쫓는 것을 포기하고 대신 호접부인의 수하들을 쫓기 시작했다. 그들이 사람을 쫓느라 수소문을 하며 다니는 통에 여기저기 남은 흔적이 많기도 많아 그쪽이 그나마 수월하였다. 그래봤자 자신의 몸을 조심스럽게 숨기고 추적하고 있다는 느낌을 주지 않아야 한다는 걸 생각하면 한 톨 차이에 불과한 거였지만 말이다.

"아, 미치겠네."

강줄기를 따라 불어온 바람이 뺨을 후려치는 강나루에 서서, 표영은 신경질적으로 바닥을 걷어찼다. 호접부인의 수하들은 사람이 모여들고 번듯한 관청이 있는 강마을에 오자 사칭을 그만두고 사람들 사이로 스며들어 버렸고, 덕분에 표영은 그들의 흔적을 놓치고 말았다.

"하필 이런 강나루야. 왜."

초란 아씨 일행이든, 호접부인의 수하들이든 둘 다 배를 타긴 한 것 같다. 단지 배를 타고 위로 갔는지, 아래로 갔는지, 그냥 건너갔는지를 몰라서 그렇지. 공교롭게도 초란 아씨의 숙부의 집은 세 가지 방법 모두 길이 있었다.

그러나 표영의 걱정이 무색하게도, 초란 일행은 무사히 본래 목적했던 곳에 도착한 상태였다. 초란의 숙부는 갑작스레 찾아온 질녀의 방문에 무척 당황하면서도 따뜻한 방을 내어주었고, 그곳에서 초란 일행은 지친 몸을 편히 쉴 수 있었다.

크지 않은 손님방에는 가구가 별로 없었다. 작은 선반과 이불장이 전부인 단출한 방에서 초란이 꼼꼼하게 몸단장을 한다. 누군가 뒤를 밟는 느낌이 들어 변장을 하느라 일부러 때를 묻히고 지저분하게 다녔던 며칠이 무척 괴로웠던 탓이다.

몸에 배인 습관 때문에 일찍 일어나 앉아놓고 피로가 덜 풀려 꾸벅꾸벅 졸고 있던 소람이가 초란을 불렀다.

"어머니, 무슨 단장을 그리 하셔요? 꼭 어디 나갈 사람처럼."

깨끗하게 목욕하고 단정하게 머리를 빗은 것까지는 그렇다 하자. 하지만 옅게 바른 분이며 치마에 단 노리개며 어딜 봐도 외출가는 사람의 차림이다. 거울을 보며 꼼꼼하게 입술연지를 바르던 초란이 빙긋 미소를 지었다.

"부탁을 할 때는 단정하게 하고 가야지. 소람아, 잘 알아두렴. 여인네가 단장을 하는 것은 전장에 나갈 장수가 무기를 챙기는 것과 같은 것이란다."

"예?"

"너도 언젠가는 알 날이 오겠지."

초란은 커다란 눈을 소처럼 끔뻑이는 소람이를 내버려둔 채로 방을 나섰다. 그녀가 향한 곳은 숙부의 사랑방이었다. 격자문 앞에서 치마를 한 번 두들겨 펴고 크게 심호흡을 했다. 평범하게 창호지를 발라놓은 별 것 아닌 얇은 문이 고래등 같은 기와집 대문처럼 무겁게 느껴져 저절로 입이 마른다.

"숙부님."

"초란이 왔느냐. 들어오너라."

자양이를 시켜 미리 말을 전해둔 보람이 있어, 숙부는 그녀가 들어오기만을 기다리고 있었다. 학문을 하느라 초야에 박힌 숙부의 이름은 정재안. 그는 부근에서 제법 이름난 선비였는데, 함께 정담을 나누는 이들도 역시 글을 읽는 이들이라 그의 사랑방에서는 은은한 묵향이 났다.

정재안은 은행나무 서안과 대나무 연상을 앞에 두고 문방도 병풍을 뒤에 둘러 친 채로 초란을 기다리고 있었다. 서안 위에 펼쳐진 채로 놓인 책을 보니 초란이 오기 직전까지도 책을 읽고 있었던 모양이다.

오랜만에 보는 질녀에게 반가운 기색을 감추지 못하던 정재안이 초란의 큰절을 받고 함박웃음을 지었다. 묵향과 나무향만 나던 공간에 꽃향이 피어나니, 이 작은 사랑방에 이른 봄이 찾아온 것만 같은 기분이 들었다.

"그래, 참 오랜만이로구나. 네가 어찌 지냈는지는 형님께 들어 알고 있단다. 한데 이곳에는 네가 웬일이냐? 본가에도 잘 들어가지 않는다던 아이가 갑자기 이 숙부가 보고 싶어 귀한 걸음을 했을 리는 없고."

"그리 비꼬지 않으셔도 됩니다, 숙부님. 자주 찾아뵙지 못하여 송구합니다."

"알면 다행이구나. 그 정도 눈치는 아직 살아 있다는 소리니."

초란이 애써 미소를 지었다. 정재안은 그런 질녀를 향해 밉지 않게 눈을 흘기고 펼쳐두었던 책을 덮어 치웠다. 이른 아침부터 좋지 않은 소식을 접한 탓에 마음을 가라앉히려고 보고 있던 책이지만 영 효과가 없었다. 그는 천천히 목소리를 가다듬고 침착해 보이도록 애쓰며 입을 열었다.

"네가 머물고 있던 집에 불이 났다는 소식이 들어왔다. 집을 지키라고 두고 왔던 종들도 죄다 죽었다는데."

"……."

"초란아. 네가 험한 꼴을 하고 왔을 때 짐작은 했다. 그러니 그렇게 침착하게 있으려고 애쓰지 않아도 된다. 이 모자란 숙부가 무엇을 도와주랴?"

초란은 왈칵 흘러나오려는 눈물을 애써 참아 넘겼다. 그 눈물이 숙부의 따스한 제안 때문인지, 아니면 집에 남은 종들을 걱정하는 소람이에 대한 미안함 때문인지는 알 수 없지만 아마 두 가지 모두가 함께 작용했으리라. 그녀는 한참이나 목소리를 가다듬었다.

"잠시…… 숨어 있어야겠습니다, 숙부님."

"오냐. 그리고 그건 형님께도 비밀인 게지?"

"예."

"네 어릴 적이 생각나는구나. 그땐 둘이서 이것저것 장난도 많이 치고 그랬는데. 둘만의 비밀도 많았고. 한데 이젠 훤칠하니 다 큰 처녀가 되어가지고……."

다 큰 처녀일 적인 시절은 이미 지나갔습니다. 초란은 자신이 흘려보낸 10년을 훤히 알면서도 모르는 척해주는 숙부가 고마워 그저 웃을 수밖에 없었다.

❖

연해의 국경 수비군 진지는 난리가 났다. 아 물론 겉으로는 평온하고, 안에서만. 그건 최근 들어 습격이 뜸해져 가는 얄타족 때문이 아니라 금오에서 전해진 한 통의 편지 때문이었다. 연해 국경 수비군에 있는 수많은 장수들 가운데서도 이산을 콕 집어 초대하는 편지 말이다.

고슴도치의 가시 같은 턱수염을 빳빳하게 세운 장수가 분에 겨워 탁자를 쾅쾅 두드렸다. 낡은 탁자는 그의 주먹에 맞을 때마다 당장이라도 넘어질 것처럼 다리를 부들부들 떨었고, 이산은 혹여나 탁자가 망가질까 봐 자꾸 그 다리를 흘끔거렸다. 그 꼴을 보고 있던 다른 장수가 깊은 한숨을 내쉬었다.

"아니, 이 장군. 장군은 화도 나지 않는 게요?"

"그저 초대입니다."

"말이 되는 소리를! 명색이 동맹국의 군대이면서 우리 군사가 그토록 죽어나갈 때 뻔히 구경만 하던 사람들이외다. 그런 사람들이 왜 이제 와서 장군을 찾는지 그 속을 알게 뭐요?"

"저는 괜찮습니다."

틀에 박힌 대답에 갑갑해진 장수가 가슴을 쳤다. 이산은 어째 자신보다 더 화를 내고 있는 사람들을 앞에 두고 애매한 미소를 지었다. 자신이 본래 금오의 장군이었다는 사실마저 잊어버린 것처럼 대해주는 저 사람들에게 '실은 저 군의 군사가 내 벗입니다' 하고 말할 수는 없었으니까.

그는 탁자 위에 펼쳐진 종이를 흘끗 내려다보았다. 이름을 밝히지는 않았지만 10년 만에 보아도 한눈에 알아볼 수 있는 벗의 필체가 그저 반갑다. 게다가 어쩐지 가슴이 설레기도 했다. 금오를 떠난 지 12년이나 지났으니 설마하니 아는 얼굴이 있을까마는, 그래도 혹여나 낯익은 얼굴이 있을까 봐서.

그리고 마침내 초대에 응하기로 한 날 아침이 되었다. 금오군의 진영에 가는 이산은 전날 밤부터 미리 준비를 하며 즐거운 기색을 감추지 못하고 있는데, 정작 연해군의 장수와 부관들은 진지한 표정을 한 채 어미 닭을 따라다니는 병아리처럼 이산의 뒤를 졸졸 따라다녔다.

"장군, 다시 생각해 보시오. 호위병도 아니 된다니 말이 되는 소리를 해야지."

"꼭 가셔야겠습니까? 그럼 제발 저 좀 데리고 가주십시오."

"아니, 누가 들으면 제가 죽으러 가기라도 하는 줄 알겠습니다."

어이가 없어 핀잔을 주었음에도 굳어진 얼굴들은 좀처럼 펴지질 않는다. 이산은 계속 이어지는 간곡한 부탁들을 무시한 채로 말에 올랐다.

들판을 달려와 강줄기를 타고 넘어 찬 기운을 품은 바람이 기분 좋게 뺨을 두드렸다. 구름 한 점 없는 겨울 하늘은 눈이 시리도록 푸르렀고 느지막이 떠오른 해는 눈을 찌를 것처럼 날카로운 햇살을 뿌려댔다. 이산은 말 위에서 그 모든 걸 눈에 담았다. 좋은 날이다. 고맙다 못해 귀찮게 느껴지도록 간섭하려 드는 사람들만 아니라면.

"그리 걱정들을 하시다간 내일 하늘이 무너질지도 모릅니다."

"장군!"

지나친 걱정들을 상냥하게 비꼬아준 뒤, 이산은 재빨리 말을 달려 국경 수비군의 진지를 벗어났다. 하도 자주 말발굽에 짓밟혀 말라붙은 풀 쪼가리도 별로 없고 그만큼 사람도 없는 들판을 유유히 혼자 가로지르니 들판의 주인이 되기라도 한 것 같아 괜히 기분이 좋다.

숨도 제대로 쉬지 못하고 이산의 등짝을 쳐다보고 있는 연해군이 무색하게도, 이산은 콧노래까지 흥얼거리며 느긋하게 말을 몰았다. 분명 익숙한데 어쩐지 낯설게 느껴지는 군복을 입은 무리를 앞에 두니 저절로 흥이 났다.

이산이 금오군의 진영 안에 들어서자 미리 대기하고 있던 병사들이 시퍼런 창날을 하늘로 향한 채로 부동자세를 취했다. 그 군기가 자못 엄정하여 흥미가 동한 이산이 마중 나온 병사에게 이것저것 질문을 해댔지만, 병사는 어서 오시라는 환영의 말 이후로는 입을 꿰맨 것처럼 과묵했다.

이산은 질문을 죄다 무시당하고 새삼스러운 눈으로 말고삐를 쥔 병사의 정수리를 노려보았다. 분명 아무 말도 하지 말라는 명을 받아서 그대로 따른 것뿐이겠지만, 알면서도 왠지 성질이 난다.

"네 녀석의 입은 대바늘로 꿰매지기라도 한 것 같구나. 어찌 그리 말이 없느냐?"

"다 왔습니다. 들어가 보십시오."

병사는 이산에게서 말고삐를 받아 쥐고 휑하니 사라져 버렸다. 끝끝내 제 할 말만 하고 사라진 뒷모습에 이산은 한동안 혀를 찰 수밖에 없었다. 그리고 그는 눈앞에 놓인 천을 노려보기 시작했다.

막사의 문 역할을 하는 천은 조금 고급스러워 보이긴 해도 평범한 편이었고, 가볍게 들추기만 하면 바로 열릴 터였다. 한데 이상도 하지. 발은 얼어붙기라도 한 것처럼 땅에 달라붙어 떨어지질 않고 팔은 돌덩이라도 매달아 놓은 듯 무겁다. 얄팍한 천 쪼가리가 철 대문처럼 무거워 보인다.

'새삼 이제 와서……. 돌아가지 않겠다 전할 때는 언제고, 뭐가 무서워서.'

막사를 지키는 병사들이 호기심을 이기지 못하고 흘끔흘끔 쳐다보기 시작했을 때, 결국 이산은 눈을 질끈 감고 힘겹게 막사의 천을 젖혔다. 그가 한 걸음을 채 내딛기도 전에 우아한 차향기가 확 밀려들었다. 따뜻하게 데워진 공기가 차게 언 얼굴을 보드랍게 감싼다. 이산이 간질간질해지려는 뺨을 문질러 닦고 앞을 바라보자, 천천히 차를 우리고 있던 운제가 피식 미소를 짓는다.

"거기 서 있지 말고 와서 앉게나. 차가 식네. 평소에는 시간을 잘 지키더니, 오늘은 어째 조금 늦었군."

12년 만에 만나는 벗이었다. 하지만 운제의 태도는 바로 어제 만났던 사람을 다시 만나는 것처럼 여상스럽고 편안했다. 이산은 뭔가 이상하다고 생각하면서도 운제가 권하는 의자에 가 앉았다.

달그락. 운제가 내민 찻잔에는 옅은 연둣빛의 액체가 들어 있었다. 따뜻한 차를 한 모금 머금자 경직되어 있던 마음이 스르륵 풀린다. 이산은 그제야 오랜만에 보는 벗을 제대로 마주볼 수 있었다.

차를 우리는 데 정신을 팔고 있는 운제는 12년 전보다 나이가 들어 보였다. 얼굴엔 주름이 생겼고, 희기만 하던 얼굴은 조금 탔다. 잊고 살았던 세월이 굉장히 길었다는 게 확 실감이 난다. 이산은 자기도 모르게 피식 웃고 말았다.

"뭘 그리 웃나?"

"자네도 나이를 먹었군."

"흥, 매사 불공평한 것 천지인 이 세상에 공평한 것이 딱 한 가지 있는데, 그건 바로 시간이야. 누구에게나 똑같이 흘러가지. 한데 자네에겐 그 공평한 시간이 비껴간 것 같군."

운제가 입을 삐죽였다. 연해에서 보낸 시간이 편하고 좋았는지, 이산은 그가 기억하는 모습과 거의 변한 것이 없었다. 왠지 배신감이 들 지경이다.

"아무튼 자네가 얼굴을 봐야 할 사람이 더 있어."

"그게 누군가?"

"만나면 반가워할 사람이지. 마침 오는군."

이산은 등 뒤에서 느껴지는 인기척에 몸을 돌렸다가 뜻밖의 사람을 보고 눈을 크게 떴다. 장율이었다. 10년 만에 보는 얼굴이지만 한눈에 알아볼 수 있었다. 장율이 10년 전에 그랬던 것처럼 똑같이 허리를 굽혀 인사하고 빙긋 미소를 지었다.

"오랜만에 뵙습니다."

"자네가 이 군의 책임자인가……?"

"예. 그렇게 되었습니다. 이야기를 하자면 깁니다. 몇날 며칠

밤을 다 새워도 부족할 것이니, 나중에 기회가 닿는 대로 이야기해 드리지요."

장율은 이산의 입을 그렇게 막아놓고 대뜸 술병부터 꺼냈다. 그러곤 운제가 정성들여 차려놓은 찻잔들을 죄 밀어 치우고 술잔을 꺼내는 것이 아닌가. 운제가 뜨악한 표정을 지었지만 장율은 코웃음을 치며 술병의 마개를 열었다. 코를 자극하는 독한 내음이 순식간에 주변을 물들였다.

"장율, 자네……. 술은 못한다는 사람이 웬 술인가?"

"이 장군께서 술을 좋아하시니까요. 장군님, 제 잔을 받으시지요. 예전에는 물 잔을 가지고 술잔이라고 말하며 마셨지만, 이제는 진짜 술을 마셔보는 게 어떻습니까."

아무리 운제가 군사라지만 혼자서 자신을 부를 수 있을 리 없다고 생각하긴 했다. 하지만 장율이 군의 책임자라니……. 생각지도 못한 상황에 이산은 좀 더 이들에게 어울려 주기로 마음먹었다. 그런 생각에 전장에서는 술을 마시지 않는 것이 그의 철칙이었음에도 거절하지 않고 장율의 술을 받았다. 가볍게 냄새를 맡아보니 여간 독한 술이 아니었다.

"운제의 말을 들어보니 내가 못 보는 사이 장율 자네가 말술이 된 것은 아닌 것 같고. 이렇게 독한 술을 막 들이켜도 되는 건가?"

"정확히 말하자면, 저는 군사께서 권하시는 술이 영 입에 맞지 않았던 것뿐입니다. 술이 술 같아야지 한 모금 입에 머금을 때마다 꽃향기가 나고 과일 향기가 나고……. 저는 이런 화주가 가장 좋습니다."

"이런. 십 년이면 강산이 변한다더니 그보다 더한 변화를 겪은 사람이 여기 있군."

이후로는 평범한 대화가 이어졌다. 혼인은 했는지, 아이는 몇 살인지, 부모님은 잘 계신지……. 이산은 금오의 물가가 많이 올라서 살기가 팍팍해졌다며 투덜대는 운제를 보고 있다가 가만히 시간을 가늠했다. 이곳에 온 지 이미 상당한 시간이 흘렀다. 그런데 아직도 본론이 나오지 않다니.

"운제, 자네."

"왜 부르나? 그렇게 정색하니 무섭네."

"시간 끌기는 여기까지만 하게. 날 왜 불렀나? 같이 차나 한잔 하자고 부른 건 아닐 것인데. 내가 금오군을 건드리기라도 할까 봐서 부른 건가? 그런 거라면 걱정 말게. 그럴 생각도, 계획도 없으니."

화기애애하던 술자리에 갑자기 침묵이 흘렀다. 운제의 얼굴에서 웃음기가 사라졌다. 그는 찔끔찔끔 입에 대는 시늉만 하고 있던 술을 한 번에 들이켜고 오만상을 다 찌푸렸다. 그 얼굴은 어쩐지 갑자기 10년은 더 늙어버린 것처럼 보였다.

"하룻밤만 자고 가게."

난데없는 소리에 이산이 미간을 찌푸린다. 운제는 자신이 참 얼토당토않은 소리를 한다고 생각하면서도 같은 말을 반복했다. 하룻밤이면 되니, 딱 그 하룻밤만 자고 가게. 기분이 상한 이산이 술잔을 내려놓고 나갈 자세를 취했다. 마음이 급해진 운제가 반쯤 일어선 이산의 손목을 움켜쥐었다.

"여희가! ……여희가 이곳에 있어."

벼락을 맞은 것 같았다. 잊으려 애썼고 반쯤은 잊었던 이름이 왜 이런 곳에서 튀어나오는가. 이산은 힘겹게 운제의 손을 뿌리쳤다.

"연약한 아녀자를 이런 전장에 데려오다니, 운제 자네 너무하는군. 아무리 옛 정혼자라 하여도 날 돌려받는 데 그런 강수를 쓸 줄은 몰랐는데. 게다가 그 분은 경원왕 전하의 정비가 아니신가? 아무리 정치하는 이들이 무정하다 하나 제 피붙이에게는 그러지 말아야지. 여인네에게 큰 흠이 될 이야기가 아닌가."

"아니, 그게 아니야. 여희가 자네를 보고 싶어 스스로 온 걸세. 지금은 아마 속이 까맣게 타들어가고 있을 테니, 얼굴만이라도 봐주게나. 밝을 때에 드러내놓고 만나게 할 수는 없어서 하룻밤 자라 한 거니, 오해는 말게."

운제의 어조는 절박했다. 이산은 가만히 눈을 감고 여희를 떠올렸다. 까르륵 웃는 어여쁜 얼굴, 까맣게 반짝이는 머리카락, 사뿐사뿐 가벼운 발걸음, 우아하게 피어나는 미소와 단아한 자태. 이런, 여희의 얼굴로 시작한 여인이 어느새 초란이 되었다.

"……이보게 친구. 만약 그 제안이 단 3년만 빨랐더라도, 나는 뒤도 돌아보지 않고 자네의 말을 따랐을 거야. 그 후폭풍이 어떻든 상관하지도 않았을 것이고. 하지만 지금은 아닐세."

"자네가 내 충고를 따랐더라면…… 3년이 뭔가, 5년은 더 전에 금오로 돌아올 수 있었어."

이산의 눈가에 비웃음이 어렸다. 운제의 가슴이 철렁 내려앉았다. 그가 아는 이산은 저렇게 웃는 사람이 아니었다. 대놓고 바른 소리를 할지언정 누군가를 비웃고 깔보는 일은 없었는데.

이산은 운제가 제대로 말을 알아듣지 못하는 어린애라도 된 것인 양 상냥하게 말을 건넸다.

“금오에 내게 남은 게 뭐가 있기에 내가 순순히 돌아갈 거라고 여기나? 3년이든, 5년이든 상관없네. 금오는 내게 여전히 빈껍데기고 고통스러운 기억이야. 그럴 바엔 차라리 연해에 있겠어.”

그 여자 때문에? 초란이라는 여자? 하지만 그 여자는 죽었다는데! 운제는 당장이라도 그 말을 하려 했지만, 이상하게 입이 떨어지질 않았다. 어디 입만 그런가. 눈앞이 흐리고 몸이 무거워지는 게, 뭔가 이상하다고 생각했을 땐 이미 늦어 그는 그대로 탁자에 머리를 박고 말았다. 쿵! 그의 이마가 탁자에 부딪치는 소리가 크기도 하다.

운제가 갑자기 쓰러지자 놀란 이산이 그에게 손을 뻗었지만, 그 손은 장율에게 잡혀 멈추고 말았다. 장율이 이산이 벗어두었던 겉옷을 건네주며 빙긋 웃는다.

“이만 돌아가시죠. 가시는 길은 제가 배웅하겠습니다.”

“설마……?”

“군사는 머리가 좋은 사람입니다. 그가 예측하는 일은 거의 틀리는 법이 없지요. 한숨 자고 일어나면 분통이야 조금 터지겠지만, 가끔은 세상일이 원하는 대로만 흘러가지 않는다는 걸 느껴보는 것도 좋은 일입니다.”

군사의 술잔에 약을 바르고 약 냄새를 맡지 못하도록 일부러 독한 술을 챙겨온 것은 장율의 작품이었다. 그는 호접부인을 미끼로 쓰는 것도 내키지 않았고, 이산의 의사를 무시하고 억지로 붙들어 금오로 데려가는 것도 마음에 들지 않았다. 솔직히 말하자면, 모든 일이 거의 끝나가는 이 시점에 이산을 도로 데려오려 애쓰는 건 그저 호접부인과 운제의 욕심이라고밖에 보이지 않았던 것이다.

오래 전에 그랬던 것처럼 세심하게 이산의 옷차림을 손봐준 장율이 만족스럽게 눈을 휘었다. 그는 손수 막사의 문을 열고 이산에게 길을 열어주었다. 장율의 눈짓을 받은 병사가 눈치 빠르게 말 두 필을 가져다 대령했다. 두 사람은 각자 자신의 말에 훌쩍 올라탔다. 다각다각, 말발굽 소리가 울린다.

"마음 같아서는 돌아가시는 길 전부를 배웅하고 싶습니다만, 아무래도 그건 힘들겠지요."

"그렇겠지."

두 사람 사이에 바람이 분다. 한참을 망설이며 입을 떼지 못하던 이산이 조심스럽게 장율을 불렀다. 확인하고 싶은 것이 있었다.

"……그 일에 가담한 것은 오로지 나 때문인가?"

"풋! 절 추천하신 건 장군이시면서, 새삼 죄스러우십니까?"

"조금…… 그렇다네."

"그런 거라면 마음 쓰지 마십시오."

장율은 한쪽 입꼬리를 올리며 웃었다. 겨우 그런 이유만으로 역모에 가담할 수 있을 리 없다. 실패의 가능성도 대단히 높은 데다 자신뿐만 아니라 가문 전체의 목숨을 거는 일이 아닌가. 하지만 경원왕의 편으로 돌아선 가문은 절대 적은 수가 아니었다.

"지금 경원왕 전하의 편에 선 가문들은 미래를 보고 죽음을 각오한 도박을 한 겁니다."

"미래?"

"예. 지금의 황제폐하께 아무리 충성해 봤자, 돌아오는 건 장군님처럼 되는 것뿐이라는 걸 알았거든요."

이산은 자기도 모르게 고삐를 잡아당겼다. 뒤늦게 그의 정지를 알아챈 장율도 말을 멈췄다. 두 필의 말이 멈춰 서자 주변의 병사들이 아닌 척하면서도 흘끔흘끔 그들을 훔쳐본다.

"가문이 바스러지도록 충성하여도, 그저 완전히 굴복하지 않았다는 이유만으로 타국으로 보내진다는 것. 그 거취가 별거 아닌 내기거리의 대상으로 전락할 수도 있다는 것. 지금의 폐하께 신하와 신하의 가문은 그저 쓰다 버릴 장기짝에 불과하다는 것."

"……성공하겠군."

"예. 반드시 그래야지요. 그런 의미에서, 저는 장군님께서 호접부인과 만나지 않았으면 좋겠습니다. 호접부인의 흠은 경원왕 전하의 흠이 될 테니까요."

이산이 피식 웃었다. 매정하게 말하면서도 눈 안에 든 걱정을 채 지우지 못한 장율이 고마워서다. 그는 장율을 향해 손을 내밀었다. 잠시 망설이던 장율이 그 손을 맞잡아 온다.

"다시는 만나지 마세나."

"……건강하십시오."

적으로든 한편으로든 다시는 만나지 말자는 짧은 인사 안에는 이산의 진심과 결심이 모두 녹아 있었다. 장율은 그가 정말로 금으로 돌아오지 않을 작정이라는 사실을 깨달았다. 그는 속에서 올라오는 쓴물을 삼키고 품에서 작게 접은 편지를 꺼내 슬쩍 이산의 손에 쥐어주었다.

"홀로 보십시오."

"이게 무슨……?"

"초란이라는 분께 제가 사람을 붙여두었습니다."

이산의 등에 소름이 돋았다. 장율은 주변을 살피며 빠르게 말을 이었다. 여럿에게 알려져서 좋은 일은 아니었으니 얼른 전해야 했다.

"저도 아직 읽지 않은 보고서입니다. 장군, 장군께서 왜 그분을 홀로 두시는지 그 내막은 알 수 없으나, 그분이 장군께 정말로 소중한 사람이라면, 절대 눈에서 떼지 마십시오."

장율의 경고 이후, 이산은 정신을 빼놓은 것처럼 멍한 상태로 연해의 진지에 돌아왔다. 목을 길게 빼고 그의 귀환을 기다리던 연해의 장수들이 대체 무슨 일이 있었던 거냐며 그를 닦달했지만, 이산은 전에 없이 차가운 태도로 그들을 모두 물리치고 홀로 막사로 들어갔다.

귀찮은 겉옷은 대충 벗어 던져놓고, 덜덜 떨리는 손으로 서둘러 편지를 편다. 세필로 작게 쓴 글씨는 단정했고, 금오군에서 흔히 쓰는 암호로 작성되어 있었다. 이산은 가물가물한 기억을 더듬어 암호를 풀기 시작했다.

"……군. ……장군님."

누군가 그를 부른다. 이산은 고개도 들지 않고 나가라 소리를 치고 다시 종이쪽지에 집중했다. 하지만 그를 부르는 이는 끈질겼다. 가냘픈 새처럼 몇 번이고 그를 불러 기어코 이산의 주의를 자신에게로 돌리고야 만다. 화를 내려고 고개를 들었던 이산은 그만 말문이 막히고 말았다.

"이제야— 돌아봐 주시네요."

왜 맡지 못했을까, 의심스럽도록 짙은 백단향을 풍기는 여자. 계절에 맞지 않는 얇은 옷차림조차 그녀에게는 더없이 잘 어울린다. 여희가 전장의 병사들을 따라다니는 창부의 차림을 하고 조금의 부끄러움도 없이 미소 짓고 있었다.

'이건…… 꿈인가? 내가 꿈을 꾸고 있나?'

이산은 자신의 눈을 의심할 수밖에 없었다. 경원왕의 궁에 있어야 할 그녀가 왜 자신의 눈앞에 저런 차림을 하고 있는지 가늠을 할 수가 없다. 설마하니 운제가 했던 말이 진짜란 말인가. 아니 그게 진짜라도 여기에 있는 건 말이 안 되는데.

혼란에 빠진 이산을 보며, 여희가 쿡쿡 웃었다. 시간을 잊은 듯 예전 그대로인 이산의 얼굴을 보니 자신 역시 한참 예전으로 돌아간 것처럼 가슴이 설렜다. 그녀는 이산이 조금 전까지 들여다보고 있던 종이쪽지를 밀어 치우고 자연스럽게 그의 목에 팔을 둘렀다.

"나비가 꽃을 찾아왔는데, 반갑다 해주지 않으실 건가요?"

7장
봄은 끝났다

아주 조심스럽게 뺨에 입 맞추던 입술을 기억하고 있다. 언제나 부르터 있어 까칠하던 입술은 짧게 다가왔다가 금세 멀어져가면서도 불에 덴 듯 뜨거운 자국을 남기곤 했다. 그러곤 굳은살로 울퉁불퉁한 손이 가만히 제 손을 쥐어오는 것이다.

기억하는 것과 똑같이 뜨겁고 다정한 손이 자신을 끌어안았을 때, 여희는 하마터면 눈물을 흘릴 뻔했다. 이 다정한 품이, 내내 그리웠었다. 그러나 그녀가 이산의 뺨에 입 맞추려 하자 이산이 고개를 돌려 그녀를 피하는 것이 아닌가.

"산 오라버니……?"

발 디딘 바닥이 꺼지는 것 같은 불안감에 자기도 모르게 목소리가 떨려 나온다. 하지만 곧 따뜻한 손이 가만히 뺨에 닿아왔을 때, 여희는 그럼 그렇지 하고 환한 미소를 지었다. 내가 먼저 입

맞추는 게 싫으셨던 것이 틀림없다. 얌전히 기다리면, 다정하게 입 맞춰주실 거다. 이산이 여희의 턱을 붙잡아 쥐고 눈을 맞췄다. 그 얼굴에 어쩐지 쓴웃음이 어린 것 같다고 느껴지는 건, 여희의 착각일까?

"너는 여전하구나."

"오라버니……."

"여전히 예쁘고, 영리하고, 대담하고. 지금쯤이면 네 부재를 알아챈 이들이 엄청나게 당황하고 있겠지?"

"설마요. 저는 그렇게 허술하지 않아요."

여희가 도도하게 턱을 치켜들었다. 그녀는 자신이 가진 신분을 충분히 자각하고 있었다. 정확히 말하자면, 그 신분이 가지는 유리함에 대하여. 무려 왕의 정비가 방문자를 거절하는데 밀고 들어올 수 있는 사람은 몇 되지 않았고, 그중 하나에 속할 자신의 오라비는 알아도 입을 다물 사람이었다.

게다가 이미 이혼을 결심한 마당에 여희에게 두려운 것은 아무것도 없었다. 그래서 그녀는 대담한 기지를 발휘하여 창부의 옷을 가장하여 입고 연해의 진영에 숨어들어 온 것이다. 그녀가 아는 이산이라면, 마음을 준 사람을 연해에 두고도 자신을 보겠노라 금오군 진영에서 하룻밤 머물 사람이 아니기 때문에.

여희가 좀 더 안아달라는 듯 앙큼하게 몸을 붙여왔다. 이산은 그런 그녀의 어깨를 적당히 밀어내고 그녀의 옷차림을 자세히 살폈다. 훤히 드러난 목덜미며 팔이 거슬린다. 이 추운 날씨에, 이런 차림이라니. 그는 대강 던져두었던 겉옷을 집어 여희에게 내밀었다.

"쯧, 아무리 숨어들어 오는 거라도 차림이 그게 뭐냐."

"피이……."

여희는 입을 삐죽대면서도 이산이 챙겨주는 겉옷을 얌전히 받아 걸쳤다. 이산의 건장한 몸에도 크던 옷이라, 가느다란 여희가 걸쳐 입으니 이건 숫제 이불을 뒤집어쓰고 노는 아이 같다. 그걸 여희도 느꼈는지, 그녀는 커다란 옷을 걸친 채 제자리에서 빙글빙글 돌며 웃어 보였다.

"네 나이가 이제 서른은 족히 되었을 것인데, 하는 짓은 어째 아이와 같구나."

"그야 산 오라버니 앞이니 그렇지요. 전 오라버니 앞에만 서면 열여섯 소녀가 되는걸요."

나이를 잊은 듯 뽀얀 뺨에 발그레하게 복숭아물이 들었다. 정말 그랬다. 어쩜 이렇게 가슴이 뛰고 마음이 설레는지, 하루하루 손가락을 꼽아가며 출정나간 이산이 돌아오기를 기다리던 소녀 시절로 돌아간 것만 같다. 여희는 이산의 외투에 얼굴을 비비며 말갛게 웃었다.

"이미 지나간 시절을 생각해서 무얼 하랴. 오늘밤은 내가 자리를 비워줄 테니 예서 자고, 내일 날이 밝자마자 돌아가거라. 그나저나 내 단 한 번도 여자를 청한 일이 없거늘, 대뜸 너를 밀어 넣다니……. 나는 가서 한마디 해줘야겠다."

"오라버니!"

여희가 미련 없이 일어서는 이산의 옷자락을 급히 움켜쥔다. 이산은 조금 전까지 짓고 있던 상냥한 미소는 어디론가 사라져버린 것처럼 싸늘한 얼굴로 그 손을 떼어냈다. 그 손에는 단호함

말고는 남은 것이 없었다.

"네 꽃은 이제 내가 아니지 않느냐."

"아니에요…… 아니에요!"

"네가 아무리 입단속을 잘 하고 나왔더라도 때로는 민들레 홀씨보다 가벼운 것이 사람의 입이다. 혹여나 외간 남자를 이런 차림을 해가며 만났다는 게 드러나면 네게 큰 흠이 된다. 경원왕 전하께도 마찬가지지. 큰일을 앞둔 분이신데, 조강지처가 발목을 잡아서야 쓰겠느냐. 나는 이만 가보마."

이렇게 격의 없이 말을 나눈 것만으로도 충분히 경을 칠 일이노라, 이산은 싸늘한 말을 남기고 막사를 떴다. 그 뒷모습이 이루 말할 수 없이 매정하여, 여희는 차마 입도 떼지 못하고 멍하니 그의 외투만 움켜쥐고 있었다.

여희를 남겨두고 막사를 나온 이산은 자신의 막사에 여자를 밀어 넣은 다른 장수들에게 화를 내는 대신 병사들과 어울려 이야기를 나누다가 빈 막사를 찾아 들어갔다. 온기도 불도 없이 싸늘한 막사에 홀로 누워 있으려니 온갖 잡생각이 다 튀어나오는 것 같아서, 그는 아무것도 생각하지 않으려 한참을 애쓰다 간신히 잠이 들었다.

다음 날, 이산은 이른 새벽부터 저절로 눈이 떠졌다. 그는 몇 가지 볼일을 보고 늦은 아침이 다 되어서야 자신의 막사로 돌아갔다가 그만 한숨을 내쉬고 말았다. 자신의 외투로 몸을 감싼 여희가 막사의 침대에 웅크려 잠들어 있었던 것이다. 자리를 비운 사이 빨리 돌아가기를 바랐는데.

이산은 그녀의 잠든 얼굴을 가만히 내려다보았다. 자신이 기억하는 것보다 더 성숙하고 더 우아해진 이목구비는 여전히 뭇 사내들의 넋을 빼놓을 정도로 아름다웠다. 하지만 눈물 자국이 남은 얼굴로 잠들어 있는 걸 보고 있자니 안쓰러워 깨우지도 못하겠다.

그가 그렇게 여희의 얼굴을 보고 있은 지 얼마나 지났을까. 긴 속눈썹이 바르르 떨리고 팔랑팔랑 검은 나비가 날갯짓을 한다 싶더니 그녀가 눈을 떴다. 흑진주처럼 영롱한 눈동자가 이산을 담고 순식간에 물에 잠긴다.

"오라버니……."

"깼느냐. 그럼 이제 채비하여라. 그만 돌아가야지."

"안 가요!"

여희는 벌떡 몸을 일으키고 구석으로 물러났다. 이산의 외투가 구명줄이라도 되는 것처럼 꼭 붙든 채다. 돌아가기를 격렬하게 거부하는 그녀의 태도에 이산의 미간에 주름이 잡혔다.

"왕의 정비가 이런 곳에 그런 차림으로 있어선 안 되지. 다음에 만날 땐 제대로 된 옷을 입고, 제대로 된 장소에서, 제대로 격식을 차려서 봤으면 좋겠구나. 경원왕 전하께서도 자리를 비운 부인을 기다리고 계실 텐데, 어서 일어나라."

여희가 짧은 웃음을 터뜨렸다. 순하고 부드럽던 분위기가 한순간에 돌변하여 싸늘한 북풍이 분다. 놀라운 변모에 이산이 눈만 크게 뜨고 있는데, 그런 그를 향해 여희가 씹어뱉듯 말을 뱉었다.

"전하께서 저를 기다리실 리가 없지요. 결혼은 부인과 하고 사랑은 첩과 나누시는 분인데. 귀찮은 부인이 스스로 떨어져나가

주겠다, 흠을 만들어줄 테니 날 내쫓아라 하면 옳다구나 하실 분이세요."

"……사대부가의 결혼이라는 게 거의 대부분 그렇지 않더냐. 불평하지 말거라."

"네에. 불행한 결혼생활을 하는 게 어찌 저 하나뿐이겠어요. 수없이 많은 부인들이 그렇게 살고 있지요. 하지만 그래도 그 여자들은 남편이 자신을 철저히 외면하는 꼴은 겪지 않아요."

"……."

"오라버니, 전하께서는 제게 손가락 하나 대지 않으세요."

경원왕이 여희의 침소에 아주 들지 않는 것은 아니었다. 궁녀들이 수태 가능한 날짜를 적어 올리면 꼬박꼬박 그녀의 침소에 들기는 했다. 그녀의 옷자락 하나 건드리지 않고 그대로 잠만 자다 나가서 그렇지. 편히 잠든 경원왕을 옆에 두고 뜬 눈으로 밤을 새우는 건 정말 비참한 일이었다. 자신은 분명 젊고 아름다운데.

시간이 지나면 미운 정이라도 쌓일 줄 알았건만, 그런 밤이 쌓여가자 그나마 있던 미운 정도 다 떨어져 나갔다. 비록 바라는 일이었다고는 하나 그녀의 자존심은 큰 상처를 입었다.

이 사실이 부끄럽고 창피하여 다른 사람들에게는 한 번도 말하지 못했기에, 세상 사람들은 그녀가 불임이라고 생각했다. 정비의 특권으로 가장 많은 밤을 보내면서도 아이를 갖지 못하니 그럴 수밖에. 안쓰러워하는 타인의 시선을 받을 때마다 경원왕에 대한 미움과 이산에 대한 그리움은 눈덩이처럼 커져만 갔다.

그렇게 견디고 버텨 겨우 만난 사람이건만, 이산은 자신을 그저 밀어내려고만 한다. 여희의 목소리에 물기가 어렸다.

"첫날밤도 치르지 못한 내가 어떻게 전하의 부인이지요? 오라버니……. 나는…… 오라버니를…… 쭉 기다렸어요. 보고 싶었어요."

여희가 이산의 외투를 내려놓고 일어섰다. 그녀는 비틀대며 이산에게 다가와 그를 꽉 끌어안았다. 보고 싶었다, 매일 생각했었다. 그렇게 말하는 여희의 어깨는 한량없이 떨리고 있었다.

"이제야, 이제야 간신히 전하의 손에서 벗어날 수 있는 때가 왔어요. 지금이 아니면 벗어나지 못해요. 그러니 제발, 오라버니. 제 손을 잡아주세요."

이산은 그런 그녀를 차마 뿌리치지도, 그렇다고 안아주지도 못하고 가만히 서 있었다. 한때는 자신의 전부라고까지 생각했던 여자였다. 그런 그녀가 겪고 있는 불행에 목이 메어오긴 하지만, 거침없이 닿아오는 따뜻한 체온에 그가 떠올리는 건 여희가 아닌 초란이었다.

— 호접부인의 수하들이 남긴 것으로 보이는 흔적을 발견하였습니다. 초란 아씨 일행은 정체를 숨긴 채로 도주 중이며…….

간신히 기억을 되살려 해독해 낸 보고서에는 믿기 힘든 사실들만 적혀 있었다. 차마 물어보지는 못하였으나 호접부인이 여희라는 사실을 짐작하기란 어렵지 않았다. 안 그래도 장율이 한 번 입에 올렸던 이름이니까.

이산은 자꾸만 품에 파고드는 여희의 어깨를 잡아 그녀를 떼어냈다. 그리고 까만 눈을 마주하고 힘겹게 입을 뗐다.

"여희야."

"네……?"

"우리의 봄은 끝났다. 너는 이제 나비가 아니고, 나는 꽃이 아니야."

여희는 이제까지 단 한번도, 이산이 자신의 남자가 아니라고 생각해 본 일이 없었다. 초란? 그깟 게 다 무언가. 자신이 없는 사이 잠깐 달라붙었던 벌레가 아닌가. 꿈에도 생각하지 않았던 말에 그녀의 얼굴이 얼어붙었다. 혓바닥이 굳어버린 것처럼 말을 듣지 않았다.

"……하지만 오라버니. 나는 호접인걸요. 내가 바라는 꽃은 오라버니뿐이에요."

"네 이름이 호접인 건 나도 알고 있다. 단지 네가 내 나비가 아닌 것이지……."

"왜죠? 왜, 왜 오라버니의 마음이 변한 거죠?"

초란의 일 같은 건 전혀 모른다는 듯, 순진하게 물어오는 여희의 모습에 이산의 말문이 턱 막히고 말았다. 오로지 자신만을 기다려 왔다고 말하는 그녀에게 다른 여자가 있다고 말하기는 너무나 어려웠고, 온통 짐작뿐이던 보고서를 들이밀고 추궁을 할 수도 없었으니까.

여희는 답을 하지 못하는 이산의 품으로 파고들었다. 그의 단단한 가슴팍에 머리를 기대고 마음껏 그리운 체취를 들이마셨다. 그리고 옛 기억을 더듬었다.

"대보름날이었던가요? 달구경을 하겠노라 마을 처녀들과 함께 밤나들이를 나선 나를, 산 오라버니가 살짝 빼돌린 적이 있었죠."

크흠. 이산이 헛기침을 했다. 시선을 피하는 그의 얼굴을, 여희의 고운 손이 살짝 쓰다듬는다.

"돌아왔다는 소식도 듣지 못했던 터라 놀라기가 한량없었지만, 놀래주려 일부러 그랬다며 제게 비녀며 가락지를 안겨주셨지요. 그때 해주신 약속과 입맞춤을 기억하고 있답니다. 오라버니의 신부는 오로지 저뿐이라고 하셨잖아요?"

"혼례를 올린 건 내가 아니라 너다."

"……폐하의 명에 따른 혼례였어요."

찬물을 뒤집어쓴 기분에 여희의 얼굴에서 웃음이 바스러졌다. 그녀는 이산에게서 한 발짝 물러섰다. 소중하게 간직해 왔던 마음이 쓰레기가 되는 건 끔찍한 일이었다. 반짝반짝 빛나던 기억들이 순식간에 빛바래 색을 잃었다. 가만히 서 있는 것도 힘에 겨워 다리가 풀릴 것만 같다. 그런 그녀에게 이산이 대못을 박았다.

"네 사정이 어찌되었는지 나는 모르지. 다만 분명한 건, 너는 이미 다른 사람의 부인이라는 거다. 지금 내가 널 내 나비라고 부르며 붙들기를 바라는 건 네 욕심이 아니냐."

"전하께서는…… 제게 재가를 약속하셨어요."

"황제가 되겠노라 마음먹기 전의 일이었겠지. 형님을 폐하고 그 자리를 뺏는 일이야. 이미 태생부터 약점을 안을 수밖에 없는데 부인 단속 하나 하지 못한다는 약점을 하나 더 늘릴 수야 없지 않겠느냐. 헛된 꿈은 이제 그만 깨도록 해라."

"오라버니가 날 거절하는 건……. 그 이유가 전부는 아닐 테죠."

여희의 목소리는 너무 작았다. 그녀의 읊조림을 제대로 듣지 못한 이산이 미간을 찡그리며 되물었지만, 여희는 대답하지 않았다.

"다른 여자가 생겨 나를 거절하는 것이 아닌가요? 마음이 바뀐 건 오라버니이면서 다른 핑계 대지 말아요. 내 탓 따위 하지 말라고요!"

"여희야, 듣는 귀가 많다."

"들으라지요. 실컷 들으라고 하세요. 오라버니, 오라버니는 내가 새로 받은 이름이 호접이라는 말을 듣고도 아무런 생각이 들지 않으세요? 오라버니가 날 나비라고 불렀다는 걸 모르는 사람이 정릉 땅에 몇이나 된다고 전하께서는 내 이름을 호접이라고 지어주셨을까요. 호접이라는 이름을 달고 내가 어떻게 살았을지, 오라버니는 관심도 없고 알고 싶지도 않죠?"

여희가 울면서 웃었다. 그녀는 그때까지 소중하게 쥐고 있던 이산의 외투를 바닥에 내동댕이치고 힘껏 걷어찼다. 그게 이산에게 걷어차인 자신의 마음이라도 되는 것처럼.

"나는 그동안 충분히 힘들었어요. 이제는 벗어나고 싶다고요! 제발 그분의 손이 닿지 않는 곳에서 살고 싶어요. 내 손을 잡아줄 수 없다면, 내가 있고픈 곳에 있도록 내버려둬요. 이렇게라도 하지 않으면 버려질 수도 없을 것 같으니까."

"……네 마음대로 하거라. 하지만, 그 전에 연해에 들여보낸 네 수하들부터 도로 불러들이는 걸 잊지 말아야 할 거다. 그러지 않았다간 서신 대신 시신을 받게 될 테니까."

여희가 미간을 찌푸렸다. 이산은 그녀의 대답을 기다리지 않고 막사를 나왔다. 막사 밖에는 해가 머리 꼭대기에 올라서서 햇살을 뿌리고 있었다. 하늘은 청명하고, 햇살은 따뜻하고, 바람은 적다. 그의 마음과는 상관없이 기가 막히게 좋은 날씨였다.

그날 이후, 이산은 갑자기 바빠졌다. 장율의 당부가 마음에 걸렸던 그는 자신 없이도 얄타족의 습격에 대응할 수 있도록 대비하는 데 시간을 쏟았다. 최대한 빨리 이 전장에서 벗어나고 싶은 마음 때문이었다. 여희가 연해의 진영에 있어서 그런지 얄타족의 습격은 어쩌다 한 번인 데다 그것도 시늉만 하다 가는 수준이어서, 그의 작업은 생각보다 빨리 진행되고 있었다.

하지만 그도 통제할 수 없는 게 있었다. 그건 바로 발 없는 말, 소문이었다. 계집 보기를 돌 보듯 하던 이 장군이 웬 창부 하나를 그렇게 끼고돈다더라, 막사에 꽁꽁 숨겨두고 남들에게 보여주지도 않는다더라.

이산은 밤이 되어도 자신의 막사에 돌아가는 대신 빈 막사를 찾아 들어가 밤을 보낸 지가 오래지만 그놈의 소문은 도무지 가라앉을 생각을 하지 않고 자꾸 부풀어만 갔다. 어느새 소문은 이산이 그 창부와 미래를 약속했다더라 하는 데까지 이르러 있었다.

'도저히 안 되겠군.'

결국 이산은 가라앉지 않는 소문을 참지 못하고 자신의 막사 앞에 섰다. 그가 흘끔대는 시선을 애써 피하며 막사의 문을 열었을 때, 여희는 자신이 막사의 주인이라도 되는 양 느긋하게 탁자에 앉아 서신 몇 장을 열어보고 있었다. 그녀가 고개도 돌리지 않고 인사를 한다.

"정말 오랜만에 뵙네요, 오라버니. 요즘 아주 바쁘시다죠?"

"그래, 아주 바쁘구나."

"그 바쁘신 분이 웬일로 저를 찾아오셨는지 모르겠네요."

"여긴 본래 내 막사야."

"어머, 그랬지 참. 하도 오질 않으셔서 저 혼자서만 쓰고 있었더니 깜빡했지 뭐예요. 그나저나 새삼 이 못난 계집의 안부가 궁금하진 않으셨을 테고, 정말 무슨 일이시죠?"

진영 내에 도는 소문 때문에 왔다는 말을 듣자마자 여희가 깔깔 웃는다. 이산은 나름 심각하게 말을 했건만, 여희는 세상에 그처럼 우스운 이야기는 처음 듣는다는 것처럼 눈물까지 흘리며 웃었다. 그녀가 눈가에 맺힌 눈물을 훔쳐낸다.

"아, 잘 웃었어요. 오라버니가 다른 사람의 시선을 신경 쓴다는 게 이렇게까지 우스울 줄은 몰랐네요. 그 정도 눈치와 세심함이 이전에도 있었다면 얼마나 좋았을까. 신경 쓰지 마세요, 오라버니. 그 정도 흠은 있어야 내가 이혼을 당하지 않겠어요? 아, 그렇지. 내 정신 좀 봐. 오라버니가 걱정하는 건 내가 아니겠군요."

여희가 제 앞에 수북이 쌓인 서신 중 몇 장을 추려내 살랑살랑 흔들었다. 그리고 내용을 짐작하지 못한 이산을 위해 또박또박 읽기 시작했다.

"……장군의 활약상은 이 먼 곳 소양에까지 알려졌소이다. 조정의 여론이 장군에게 유리하게 흘러가고 있어 훗날 연해에 남는 건 아주 수월할 성싶으니 걱정 마시오. 다만 여기까지 들려오는 소문 중 아주 불쾌한 것도 있던데, 확인을 해보고 싶소이다. 장군, 그 난리가 끝나면 초란을 데려가겠다던 말이 정녕 진심이오?

한데 왜 장군에 대한 소문 속에 다른 여자가 있는지……. 이런, 오라버니. 아직 한참 남았는데."

"강여희!"

이산이 벌겋게 달아오른 얼굴을 하고 여희에게서 서신을 빼앗았다. 자신에게 온 서신이 왜 여희에게 가 있는지 알 수가 없는 노릇이었다. 여희는 서신을 빼앗기고도 피식 웃기만 할 뿐이었다.

"오라버니가 금오에 돌아오지 못한 이유를 알았네요. 초란이라는 여자 때문이군요?"

"너와는 상관없는 일이다. 그나저나 네가 왜 내게 온 서신을 읽고 있는 거냐."

"글쎄요? 저는 여기에 얌전히 있기만 한걸요. 내 얼굴을 한 번이라도 더 보겠다고 편지를 물어다 바친 장병들을 너무 탓하지는 마세요. 사내들의 슬픈 속성이니까. 물론 오라버니도 그들을 이해하실 거라고 믿어요. 같은 사내잖아요?"

"헛소리는 그쯤 해둬라. 네 수하들은 모두 불러들였느냐."

"있지도 않은 내 수하는 그만 좀 찾으세요. 그나저나 초란이라는 여자, 예쁜가요? 아 이런, 물론 오라버니 눈에는 예쁘겠지요. 괜한 걸 물었군요. 그 여자, 심지는 어떤가 모르겠네요. 이렇게 구체적인 소문에도 흔들리지 않아야 오라버니가 연해에 남는 보람이 있을 텐데."

"너 설마……. 그 소문, 네가 낸 것이냐?"

여희는 이산의 물음에 대꾸하는 대신 느긋하게 팔짱을 꼈다. 지금 그녀는 처음 입고 왔던 얇은 옷 대신 도톰한 천으로 만들어진 고급 옷을 입고 있었다. 거기에 따뜻한 목도리와 털모자를 더 하고 혹시나 발이 시리지 않도록 작은 난로까지 옆에 끼고 있었다.

이 모든 건 그녀를 이산의 여자로 착각한 사람들이 하나씩 챙겨준 것이었다. 여희는 그들의 선물을 하나도 거절하지 않고 모두 받았다. 그녀의 그런 행동이 소문을 부추긴다는 걸 전부 알면서도. 사정을 짐작한 이산의 눈썹이 가늘게 떨렸다.

"……내가 너를 잘못 알고 있었구나. 실망했다."

"실망? 산 오라버니가 내게 뭘 기대하고 있었기에 실망이라는 말을 입에 담죠?"

여희의 목소리에 날이 섰다. 그래, 실망은 기대하는 것이 있었을 때 비로소 느끼는 것이다. 여희가 이산에게 실망할지언정 이산이 여희에게 실망해서는 안 되는 것이다. 아무것도 기대하지 않았던 주제에, 자신의 생각과는 다르게 행동했다는 것만으로도 실망이라는 말을 입에 담다니.

"오라버니, 나는 지금 굉장히 참고 있어요. 오라버니의 얼굴을 보면 내가 힘들었던 일들이 죄다 생각이 나. 그 모든 게 오라버니 탓인 것만 같아 폭언을 퍼붓고 싶은 걸 겨우 참고 있다고요."

"네가 힘들었던 동안 나라고 편했겠느냐. 어찌 네 입장만 생각해! 하루아침에 정혼녀를 빼앗기고 타국으로 쫓겨나 있는 동안, 내 속이 얼마나 너덜너덜해졌는지 너는 짐작도 못 할 것이다!"

머리끝까지 열이 오른 이산이 여희의 어깨를 붙들고 흔들었다. 억센 손길에 정신없이 흔들리면서 여희도 화가 나기는 마찬가지다. 대번에 이산의 손을 쳐낸 그녀가 버럭 악을 썼다.

"그럼 계집을 안지 마셨어야죠. 그래서 일찍 금오로 돌아와 전하에게서 저를 받으셨어야죠!"

"네가 물건도 아닌데 뭘 받고 말고를 해! 이―!"

이미 지나가 버린 과거, 돌이킬 수 없는 시간을 탓해봐야 현재가 바뀌겠는가. 목구멍까지 올라온 폭언을 눌러 참으며 이산이 이를 악물었다. 이미 충분히 아슬아슬했다. 여기서 조금만 더 화가 나면 여희를 때릴 것만 같았다.

두 사람 사이에 거친 숨소리와 팽팽한 긴장감이 감도는 가운데, 조심스러운 목소리가 이산을 불렀다. 도저히 지금 부르고 싶지 않은데 어쩔 수 없이 부른다는 기색이 역력하다. 과연 이산의 반응은 전에 없이 신경질적이었다.

"왜 날 찾느냐!"

"금오군에서 전령이 왔습니다."

"꼭 내가 있어야 한다더냐?"

"예. 꼭 오셔야 한다고, 전령이 하도 고집을 부려서……."

말을 전하던 병사는 눈에 보이지 않아도 알 것 같은 이산의 분노에 말끝을 흐렸다. 두터운 천이 사이에 있건만, 저절로 몸을 움츠리게 만드는 기세가 새어나온다. 과연 거칠게 막사의 문을 젖히고 나온 이산이 병사를 서늘하게 노려보았을 때, 병사는 자기도 모르게 찔끔 오줌을 지렸다.

"네가 보고 들은 모든 걸 잊도록 해라. 이는 장군의 명령이니, 혹여 소문이 나면 가장 먼저 네 목을 칠 것이다."

"예."

걸음아 날 살려라, 줄행랑을 놓은 병사를 뒤로 하고 이산은 애써 마음을 가다듬었다. 금오군에서 온 전령이 자신을 찾는다면, 여희의 일 말고는 따로 짐작 가는 것이 없었다. 그는 한참을 노력하여 간신히 마음을 다잡고 금오의 전령이 기다리는 막사에 발을 디뎠다.

"이 장군이 이제야 오셨구려."

"장군, 이리 앉으시오."

분분히 환영의 말이 오가는 화기애애한 분위기의 탁자에는 따뜻한 김이 오르는 차가 놓여 있었다. 이산은 생각했던 것과는 전혀 다른 분위기에 얼떨떨해하며 자리에 앉았다. 그런 그에게도 전령이 가져온 것이라며 차가 한 잔 나왔다. 부드러운 향기가 코끝을 간질인다.

이산은 조심스럽게 차를 한 모금 머금고 전령을 바라보았다가 그만 가슴이 철렁 내려앉고 말았다. 시원스럽게 뻗은 눈썹과 강한 힘이 느껴지는 눈, 굳은 의지가 엿보이는 입술까지. 전령의 얼굴은 이산의 기억 속에 있는 금오의 황제와 지나치게 닮아 있었다.

'……내 착각이겠지.'

그는 슬그머니 몰려드는 가당찮은 생각을 털어버리고 차를 마셨다. 그러면서도 차마 전령에게서 시선을 떼지 못하고 흘끔흘끔, 그를 훔쳐보았다. 자꾸 쳐다보고 있으니 그제야 황제와 다른 사람이라는 것이 실감이 났다.

우선 그는 너무 젊었다. 이산이 마지막으로 황제를 본 것이 벌써 12년 전인데, 그때의 황제와 비슷한 얼굴이었으니까. 게다가 사람들과 자연스레 어울리며 화제를 이끌어내는 화술은, 황제의 고압적인 어투와는 전혀 딴판이었다. 대체 저 전령의 정체는 무엇이건데 황제와 그리 닮았을까, 이산은 궁금해졌다.

"……습니까? 이 장군님?"

"……예?"

이런, 생각에 빠져 미처 듣지 못했다. 화들짝 놀라는 이산을 두고 사람들이 와 웃는다. 이산이 슬쩍 주변을 확인해 보니 차가 싸늘하게 식은 것이, 벌써 시간이 꽤 지난 듯했다. 잠깐 고민했을 뿐이라고 생각했는데. 얼떨떨해하고 있는 그를 위해 전령이 앞에 한 말을 반복했다.

"장군님의 벗이 되시는 금오의 군사에게서 제가 따로 받은 언질이 있으니, 잠시 시간을 좀 내주시겠습니까?"

"나 혼자 들어야 하는 이야기입니까?"

"아무래도 사적인 이야기니까요. 처남 매부 될 뻔했던 사이에나 오갈 수 있는 그런 이야기? 아, 이래서 이런 말 심부름은 하고 싶지 않았는데. 장가도 못 든 노총각 놀리는 것도 아니고."

친근하게 투덜대는 전령을 두고 여기저기에서 웃음소리가 났다. 이산이 생각에 빠져 있는 짧은 사이, 전령은 사람들과 금세 상당한 친분을 쌓은 것 같았다. 자리에서 일어나는 전령을 향해 언젠가 다시 보자는 인사가 여기저기에서 흘러나온다.

사람 좋은 미소를 띠고 친근하게 답을 하던 전령은 돌아서자마자 어서 이산의 막사로 가자, 그를 재촉했다. 하지만 막사에는 여희가 있는데 그럴 수야 있겠나. 이산은 최근 들어 그가 자주 애용하는 빈 막사로 전령을 안내했다. 막사 안을 두리번거리던 전령이 피식 웃었다.

"여긴 장군의 막사가 아닌 것 같은데."

조금 전까지 친근하게 사람들과 어울리던 전령의 어투는 완전히 바뀌어 있었다. 타인에게 명령하는 것이 익숙한 사람 특유의 분위기가 그의 전신에서 배어나왔다. 이산의 등골에 소름이 돋았다. 제대로 숨도 쉬지 못하고 굳은 이산의 등을 전령이 툭툭 치며 눈웃음을 지었다.

"이미 짐작은 한 것 같았는데. 내 착각이었나?"

"아닙…… 니다. 정릉 이가의 26대 가주, 이산이 경원왕 전하를 뵙습니다."

"아주 못 쓸 친구는 아니군. 눈치코치 없이 꽉 막힌 사내일 줄 알았더니. 이만 일어나도 좋아. 난 이런 곳에서 극상의 예를 바라는 멍청이는 아니거든."

"어떻게 이런 곳에, 그런 신분으로……."

경원왕이 사뭇 다정하게 미소를 지었다. 하지만 그 웃음 안에 파르스름하니 빛나는 얼음장이 비치는 것 같아 이산은 제대로 숨을 쉴 수가 없었다.

"내 장식장을 벗어난 나비를 잡으러 왔네. 당연히 협조해 주겠지? 정릉 이가의 가주."

생각지도 못한 곳에서 생각지도 못한 사람을 만난 여희의 반응은 싸늘하기만 했다. 그녀는 경원왕을 아예 없는 사람 취급해 버렸던 것이다.

"전령이 꼭 보자고 했다더니, 이야기는 잘 듣고 오셨나요?"

"……."

"아무래도 얄타족이 물러갈 것 같다던데. 그럼 금오의 군사도 돌아갈 테고, 이곳도 곧 평화로워지겠군요. 아주 기대가 돼요."

방금 나온 이야기를 어떻게 벌써 알고 있는지, 이산은 도무지 짐작도 가지 않았다. 게다가 그는 아까부터 옆에서 가만히 서 있는 경원왕이 신경 쓰여 죽을 지경이었다. 제아무리 막사 안이 따뜻하다고는 하지만 이산의 등에 맺힌 땀은 더워서 맺힌 것이 아닐 것이다. 그는 슬금슬금 두 사람의 눈치를 보며 발을 뺐다. 소리 없는 신경전이 너무 날카로워 공기에 베일 것만 같았다.

경원왕이 그런 이산의 뒷덜미를 잡아채 의자에 앉혔다. 그리고 자신도 여희가 앉은 탁자의 맞은편에 자리를 잡고 앉는다. 그 와중에도 여희의 시선은 여전히 이산에게만 쏟아지고 있었다. 경원왕이 '크흠' 하고 헛기침을 했지만 역시 무시당했다.

"부인. 나 좀 보지 그러오?"

"생각해 보니 금오가 아니라 연해에서 사는 것도 괜찮을 것 같아요. 적당히 살 만한 곳을 좀 찾아주실래요? 아주 번화하진 않아도 너무 외지지도 않았으면 좋겠네요."

"이혼을 원하오?"

여희의 고개가 반사적으로 돌아간다. 그녀의 시선을 받은 경원왕이 히죽 웃고 어깨를 으쓱였다. 그 모습이 딱 스무 살 청년 같아 이산은 내심 놀랐다. 그리고 뒤늦게 말의 내용을 생각해 보고 두 번 놀랐다. 하지만 이산이 놀라거나 말거나, 경원왕의 시선은 오로지 여희에게만 닿아 있었다.

경원왕과 여희가 서로를 마주본다. 아주 오랜만의 일이었다. 두 사람의 시선은 언제나 엇갈리고 있었으니까. 경원왕은 제 안의 씁쓸함을 깊이 감추고 여희를 향해 웃었다.

"이제야 날 봐주는군. 부인이 원한다면 이혼해 주겠소. 언젠가 재가시켜 주겠다고 약속했던 건 나니까. 하지만 기억해 두는 게 좋을 거요. 난 재가시켜 주겠다고 했지 혼자가 되도록 내버려 두겠다고는 안 했어."

"일단 이혼을 해주셔야 재가할 남자를 찾지요."

"남자를 찾겠다니, 부인다운 발언이군. 과연 정릉의 나비는 앉을 꽃을 스스로 고른다는 건가?"

화를 낼 법한 발언이지만 여희는 그저 무표정한 채로 말이 없었다. 그저 가만히 경원왕을 바라볼 뿐. 경원왕이 도망가고 싶어 엉덩이를 빼고 있는 이산의 팔을 잡아당겼다.

"하지만 정릉의 나비가 원하는 꽃이야 뻔하지. 이 장군, 만약 생각이 있다면 저 나비를 받아가게. 장군에게라면 나도 기꺼이 넘겨줄 수 있거든."

이산의 얼굴이 붉게 달아올랐다. 사람의 인생을 손짓 한 번, 말 한 번으로 바꾸는 위치에 있는 이들은 사람의 마음까지도 그리 쉬이 움직이리라 여기는 것일까. 한 번은 속절없이 휘둘렸어도, 두 번은 그리되지 않으리라.

무례함도 잊고 경원왕의 손을 쳐낸 이산이 자리에서 벌떡 일어섰다. 그는 그대로 깍듯한 예를 취하더니 자리를 박차고 나가 버렸다. 그 무례함과 정중함의 간극에 경원왕은 어안이 벙벙해져 있다가 그만 껄껄 웃어버렸다. 참 재미있는 사내가 아닌가.

그는 한참을 웃다 여희의 눈가에 맺힌 눈물을 보고 찔끔해져 웃음을 멈췄다. 항상 위풍당당하게 화려한 날개를 펄럭이던 나비가 비에 젖어 처량해진 모습이 우습기도 하고 안쓰럽기도 했다. 하지만 그런 안쓰러움과는 별개로 두둥실 떠오르는 마음은 어쩔 수가 없었다.

"아무래도 부인의 재가는 틀린 것 같군. 이제 그만 포기하고 금오의 황후로 만족하는 건 어떻겠나?"

"……껍데기뿐인 왕의 정비에 이어 이제는 황후를 하라고요? 골치 아픈 일은 제게 다 떠넘기시고 전하께서 어여삐 여기는 분은 편안히 모시겠다는 거로군요."

경원왕이 억울하다는 표정을 짓는다. 여희는 흥하니 코웃음을 쳤지만, 경원왕은 경원왕대로 할 말이 많았다.

"아니, 부인. 껍데기뿐이라니. 껍데기뿐인 정비가 그리 권력을 휘둘렀나? 부인 손에 죽은 내 첩이 몇인데 그런 소릴 하나. 내 궁에 있는 궁인들의 절반은 부인의 추종자일세."

"죽일 만하니까 죽였고 그러니 전하께서도 눈감으셨던 것 아닙니까. 아이 없는 정비는 만만하니 죽여 버리고 그 자리를 차지해 보겠다는 심보를 가진 여자라면 차라리 빨리 죽는 게 전하께 도움이 되지요. 그리고 절반의 궁인이 저의 추종자라고요? 나머지 절반은 연화의 추종자죠. 전하께서 어여삐 여기는 진짜 부인 말입니다. 이참에 연화에게 제대로 된 이름과 자리를 주시죠. 연화는 출신도 좋고, 교양도 있고, 마음도 후덕하니 황후라면 아주 적당하겠네요."

으. 경원왕이 앓는 소리를 내며 이마를 짚었다. 연화는 꽤 오래전부터 그와 인연을 맺고 있는 여자였다. 정식으로 첩이 되지는 않았지만 아는 사람은 다 아는 경원왕의 여자. 하지만 그녀가 여희를 아주 좋아한다는 걸 아는 사람은 별로 없었다.

게다가 연화는 여희와 경원왕 사이에 얽힌 악연을 잘 알고 있는 사람 중 한 명이었다. 그렇기에 여희가 오라비인 운제를 만난다는 핑계로 궁을 비우자마자 득달같이 경원왕에게 달려와 어서 호접부인을 찾아오라 성화를 부려댔던 것이다.

"언제까지 저렇게 내버려 두실 거예요? 어서 데려오세요. 전하께서 수집한 나비 중 가장 예쁘고 화려한 데다 연약하기까지 하니 눈에 담는 것도 아까워 어쩔 줄을 모르고 있다는 걸 제가 모를 줄 아세요?"

"……오래전부터 약속되어 있던 일이야. 원하는 꽃을 찾아 날아가겠다면 어쩔 수 없지. 애초에 내 나비도 아니었잖은가."

"아, 정말 답답해서! 멀거니 보고만 있으면 나비가 전하의 것이 된답니까? 사랑해 주고, 귀애하며, 소중하게 대해주어야 전하의 것이 되지요! 이런 잔소리하는 것도 이젠 지칩니다. 황성에 입성하실 때 홀로 들어가실 생각이 아니라면 당장 다녀오시라니까요!"

"자네가 있잖나."

"저는 죽었다 깨어나도 황후는 못 합니다. 정비도 힘들어 거절하고 짐 싸서 도망간 게 접니다. 한데 황후요? 아이고~ 제가 목매달고 죽는 꼴을 그리 보고 싶으세요? 도망간 저를 잡아다 옆에 둘 정신은 있으셨으면서 호접부인은 왜 그리 방치하시는 거예요?"

"보통 첩과 부인은 사이가 안 좋다고 하던데, 두 사람은 참 이상하게 사이가 좋아."

"그야 저는 제 분수를 아니까요. 호접부인은 그걸 잘 알고 계시고요."

"어쨌거나 지금은 안 돼. 고작 여자 하나 때문에 중요한 일을 망칠 수는 없다. 시간이 촉박해."

"고작 여자 하나요? 호접부인이 만약 남자였다면 공신의 반열에 올랐을 겁니다, 전하. 도성의 소문을 좌지우지하며 전하의 일을 도운 것이 누구인가요? 폐하의 사자가 왔을 때 기지를 발휘해 서류를 치마 속에 숨긴 사람은 또 누구이고요? 이외에도 잔뜩 있지요. 다 나열해 볼까요?"

"집에만 박혀 있는 줄 알았더니."

"호접부인만은 못하여도 저라고 영 세상물정 모르기만 하지는 않답니다."

뽐내듯 가슴을 펴고 어깨를 으쓱이던 연화는 호접부인을 데려오지 않으면 다시는 경원왕의 얼굴을 보지 않겠다고 으름장을 놓았다. 그 속이 편하기만 하지는 않았으리란 걸 경원왕도 안다. 몸은 연화의 옆에 있어도 그의 마음 한쪽은 언제나 여희에게 가 있다는 걸, 가장 먼저 알아차린 사람도 바로 연화였다.

"그 연화가 자네를 목이 빠지게 기다리고 있어. 자신은 황후에는 전혀 관심도 없고 능력도 없으니 빨리 오라는군."

"연화의 장점은 제 분수를 아는 거였죠. 하지만 뭐든 시키면 의외로 잘하는 게 또 연화죠. 입으로는 못 한다, 못 한다 해도 시키면 잘할 겁니다. 재가 문제는 제가 알아서 할 터이니 전하께서는 이혼 서류에 도장만 찍어 주시고 어서 돌아가 보시지요. 한시가 아까운 때가 아닙니까."

"그렇게 내가 싫은가?"

여희는 뜻밖의 말에 이맛살을 찌푸렸다. 싫을 수밖에 없도록 쭉 행동했으면서 무슨 소리를 하는 건지 알 수가 없었다. 경원왕이 씁쓸한 미소를 지으며 여희의 손을 붙들었다. 따뜻한 체온에 놀란 여희가 어깨를 움찔거린다.

"자네와 혼인을 올릴 때, 나는 꽤 상심해 있었어. 내 정혼녀였던 연화가 나와는 혼인하기 싫다고 줄행랑을 쳤거든. 역시 방계 황족이란 어쩔 수가 없구나 하던 때에 자네와 혼인하게 된 거야."

여희는 손을 빼내려고 힘을 주었지만 역시 사내의 힘이라 뺄 수가 없었다. 손에 닿은 체온이 따뜻하다 못해 뜨거워서, 손부터 시작한 열이 후끈후끈하니 몸에 전달되는 것 같았다. 그녀는 슬그머니 발치에 있던 난로를 발로 멀리 밀어냈다.

"좋지는 않았지. 자네와 이산 장군의 사이는 유명했었고……. 아니나 다를까, 새신부의 얼굴이 퉁퉁 부어 말이 아니더군. 하도 울어서 눈은 벌겋고 혼례를 올리는 내내 쓰러질 것처럼 비틀대고. 게다가 구경꾼들 중 좋은 소리를 하는 사람이 하나도 없었으니. 이 사람은 내 것이 될 수 없겠구나, 언젠가는 놓아줘야 할 사람이구나 생각했다네."

경원왕이 가만히 여희를 바라보았다. 여희는 그 눈길을 피하지도 못하고 고양이에게 잡힌 쥐처럼 숨을 죽였다. 손에서부터 시작된 열기가 머리에까지 올랐는지 눈앞이 빙글빙글 돌고 머리가 어지러웠다. 이상하게 심장이 두방망이질을 해대서, 귓가가 시끄러웠다.

"한데 이상하지. 그 퉁퉁 부은 눈이 내 마음 한쪽을 훔쳐가 버렸는지, 아주 놓지를 못했어. 도망갔던 연화를 잡아와 내 곁에 두고도 여전했지. 이제와 사과하겠네. 내기와 상관없이 이 장군을 더 빨리 불러올 수도 있었지만, 내 욕심에 그러질 못했다네. 자네를…… 붙잡고 싶어서."

"……그럼 왜 절 그렇게 내버려 두셨지요? 그토록 비참하게, 대체 왜……. 만약……."

여희는 뒷말을 삼켰다. 만약 당신이 나를 사랑해 주었다면, 그래서 내가 당신에게 한 자락 마음을 주었다면. 그리고 만약 내가 당신의 아이를 가졌다면, 그랬다면. 내 자리와 목숨을 위협하던 첩들이 생겼을 리도 없고 내가 그네들의 피로 손을 더럽힐 일도 없었을 텐데. 지금의 나는 나비가 아니라 사갈 같은 여자라. 채 내뱉지 못한 원망을 듣기라도 한 듯, 경원왕이 여희의 손을 더 꼭 쥐었다.

"자네의 오라비와 약속을 했어."

"……저는 처음 듣는 이야기네요."

"언젠가 이산이 돌아왔을 때, 그에게 자네를 돌려주기로 했지. 떠나보내야 할 사람에게 너무 마음 주지 않으려 그랬다네. 그래봤자, 다 소용없는 일이었지만."

아, 운제 오라버니. 여희는 소리 없이 탄식했다. 어느 순간부터 자신에게 죄라도 지은 양 시선을 피하기 시작하더니 이것 때문이었나 싶었다. 자신에게 귀띔이라도 해줬다면 좋았을 걸 하는 원망이 불쑥 치솟았다가 곧 잠잠히 잠들었다. 누이를 위한 마음에 했던 약속이 이런 결과로 돌아올 줄 그가 알았겠는가.

쪽. 여희의 손을 들어 올린 경원왕이 그녀의 손등에 입을 맞췄다. 그의 입술 자국이 뜨거운 화인이 되어 남은 것처럼 후끈거린다. 안 그래도 슬슬 분홍빛이 되어 가던 여희의 얼굴이 순식간에 새빨개졌다.

"전하!"

"이미 명부에 올린 이상 호접이라는 이름은 어쩔 수 없어. 하지만 그거 아나? 이 장군뿐만 아니라 내 눈에도 자네는 나비로 보인다네. 달콤한 꿀을 준비하고 기다릴 테니, 내게 와주게."

가슴이 쿵쾅쿵쾅 뛰고 눈앞이 어지럽다. 얼굴에 열이 올랐다는 게 스스로도 느껴질 정도였다. 여희는 여전히 경원왕에게 손을 잡힌 채로 어쩔 줄을 몰라 하며 입술을 달싹였다.

"저, 저는 나비가 아니라 사갈 같은 여자……."

"군주의 옆에 있는 나비는 그 정도는 되어야지. 나한테는 그 정도가 딱 좋다네."

"저는…… 전하께서 붙여주신 수하들도 마음대로 쓰고……."

"그러라고 붙여준 수하일세. 어차피 자네는 반드시 나름의 이유가 있을 때에만 수하를 쓰지 않나. 그만한 분별력이 있기에 자네를 믿고 붙여둔 걸세."

여희는 고개를 푹 숙여 붉어진 얼굴을 감췄다. 그리고 초란을 데려오거나 그러지 못할 시 죽이라 명령했던 자신도 꽁꽁 숨겼다. 그 명령을 내린 이유는 자신의 질투 때문이 아니라 이산이라는 걸출한 장군을 금오로 불러들이기 위해서였던 거라고 스스로를 위로하면서. 그녀의 입술에서 한숨이 흘러나왔다.

"봄은…… 끝났군요."

"음? 무슨 소린가? 이제 한참 겨울인데. 겨울이 끝나면 다시 봄이 오는 건 세상의 이치야. 어찌 세상의 봄이 한 번일 수 있겠나."

여희는 웃었다. 웃을 수밖에 없었다. 경원왕의 꿀 발린 소리가 전부 진심이라고 해도, 그게 모두 진실은 아니라는 걸 스스로도 알고 있었다. 자신이 불임이라는 헛소문조차 정략적으로 이용해 먹었던 사람이다. 그런데도 불구하고…… 믿고 싶어지다니. 이 얼마나 허술하고 연약한 마음이란 말이냐.

무려 12년을 기다렸다. 기다리고 또 기다린 마음이 단단한 돌이 되어 가슴에 박혀 있는 줄로만 알았더니, 이산의 손짓 한 번, 거절 한 번에 형체만 남기고 산산이 부서져 버렸다. 그를 인정하기 싫어 조각난 파편을 가져다 붙이며 아직 아니라고, 아직은 괜찮다고 기를 썼다. 한데 경원왕이 가볍게 물을 뿌린 것만으로도 억지로 붙여둔 파편들이 다시 산산조각으로 흩어져 자취를 감추고 말았다.

이래서야, 봄은 오래전에 끝나 버렸다던 이산의 말을 부정할 수가 없지 않느냐.

복잡한 얼굴로 웃는 여희가 불안하여 경원왕은 좀처럼 그녀의 손을 놓아줄 수가 없었다. 이 손을 놓아버리면, 그녀는 순식간에 날아올라 다른 곳으로 가버릴 것만 같았다. 하지만 손을 빼내려 애쓰다 점점 눈꼬리가 올라가는 얼굴을 보고 있자니 또 가슴이 뜨끔하여, 그는 슬쩍 손에서 힘을 뺐다. 저릿한 손을 주무르던 여희가 톡 쏘아 붙인다.

"제가 사내의 힘을 어찌 이긴다고 그리 쥐시나요?"

"놓칠까 봐 그러지. 겨우 잡은 나비인데, 놓칠까 봐서."

"듣기 좋은 소리는 충분히 들었으니 이제 그만 되었습니다. 그리고 잡기는 뭘 잡았다고 그러세요? 돌아가기는 하겠지만, 이혼 서류에 도장은 받아낼 테니 그리 아세요."

생각지도 못했던 말에 경원왕이 입을 딱 벌렸다. 그의 당혹스러움이 눈앞에 훤히 보였지만, 여희는 흥하니 고개를 돌렸다. 자신의 봄이 이미 끝났다는 것은 깨달았다. 믿고 싶은 마음이 들기도 했다. 그렇다고 금오의 황후로 서고 싶은 마음은 눈곱만큼도 없었다. 애초에 경원왕을 따라가는 건 도피에 가까웠다. 이미 끝나 버린 인연인데도 자꾸만 마음을 뒤흔드는 이산에게서 멀어지고 싶은 도피.

"아니 왜 그러나? 황후로 모자라나? 으응?"

"제가 많이 모자랍니다, 전하. 아무튼 그 이야기는 돌아가서 하지요. 여기는 듣는 귀가 있을지도 모르니까."

"그냥 돌아갔다간 자네에게 그대로 차일 것 같은 건 내 착각이 아닌 것 같은데 말이지. 아무튼 지금은 입을 다물기로 하겠네. 그런데, 아까 새삼스레 내가 붙여준 수하 얘기를 꺼낸 건 왜 그랬나? 내 말 없이도 잘만 쓰던 사람이."

여희는 가만히 눈을 내리깔았다. 거짓말을 하는 게 두려운 건 아니었다. 속일 자신이 없는 것도 아니었다. 12년 동안 왕의 정비로 살면서 늘어난 건 어느새 몸에 익어버린 다도와, 거짓도 진실처럼 말하는 재주와, 사실을 왜곡하고 비트는 말재간뿐이었으니까. 몇 번이고 고르고 골라 꺼낸 말은 아주 그럴듯했다.

"이산 장군을 연해에 붙들고 있는 사람이 있더군요. 금오로 데려와야지요."

"흐음……. 겨우 사람 하나 때문에 이 장군이 선산도 사당도 다 놓고 연해에 머무른다는 건가?"

"……충분히 그럴 수 있는 사람입니다."

경원왕은 미간을 찌푸리고 고개를 갸웃거렸지만, 그런 그에게 자세한 이야기를 하고 싶은 마음은 없어 여희는 그저 입을 다물었다. 봄이 끝났다 하나 그 향기와 햇살은 아직도 가슴에 남아 그의 이름을 입에 올리기조차 어려운 걸 어찌하겠나. 초란에게 보낸 수하들에게 아직 보고를 받지는 못했지만 아마 둘 중 하나가 될 것이다. 그 여자가 죽었거나, 혹은 금오로 넘어오기로 했거나. 여희가 바라는 건 전자의 경우였다.

'금오에 오지 않았으면 좋겠어.'

내 봄이 끝났는데, 누구 좋으라고. 누구 좋으라고……. 여희는 찻물에 비치는 자신의 얼굴이 보기 싫어 눈을 감았다.

8장
곤란합니다

소람이는 긴 소매를 둥둥 걷고 물을 긷고 있었다. 두레박이 첨벙, 소리를 내며 우물물에 떨어졌다. 줄을 잡아당기는 소람이의 손이 빨갛게 부어 있었다. 집 부근에 있던 샘은 추운 날씨를 견디지 못하고 얼어버렸고, 덕분에 소람이는 우물까지 나와서 물을 길어야 했다.

"호오……."

꽁꽁 언 손을 싹싹 비비기도 하고 옷자락에 문질러도 보지만, 추운 날씨에 물기까지 묻은 손이 쉬이 마르겠는가. 물동이에 물을 채워놓자마자 수선을 떨며 추위를 잊으려 발을 동동 구르는 모습이 귀엽기도 하고 안쓰럽기도 하다. 소람이가 입을 삐죽 내밀었다.

"이게 다 너무 편하게 살아서 그래."

예전에는 이정도 쯤이야 별것 아니었는데. 조그맣게 투덜거려 보지만 한편 편안함을 맛본 몸은 그저 편하고 싶다고 아우성을 쳤다. 하지만 어쩌나, 일을 할 사람이 없는데. 본래 각종 잡일을 도맡아 하던 자양이는 지금 오랜만에 장을 보러 아랫마을에 내려가고 없었다. 그렇다고 평생 술 빚는 일 말고는 험한 일을 해본 적 없는 초란에게 시킬 수도 없는 노릇이었고.

지금 초란과 소람이는 초란의 숙부가 따로 마련해 준 작은 집에서 지내고 있었다. 정재안은 여자 단둘이 사는 것은 위험하다며 종으로는 자양이를 딸려 보내고 주변을 수소문하여 호위무사까지도 하나 붙여 주었다. 표영이라는 이름을 가진 무사는 꽤나 젊은 데다 준수하게 잘생긴 청년이었다. 장난기가 좀 많은 게 흠이었지만.

"끙……."

소람이가 물동이를 머리에 이고 위태롭게 길을 걷는다. 집이 있는 곳까지 가려면 일각은 족히 걸어야 했다. 어찌 생각하면 그리 먼 것도 아닌데 집 바로 옆에 있던 샘에서 물을 긷다가 이리 나오니 그저 길다는 생각밖에 안 든다. 물독을 채워두지 않고 장을 보러 간 자양이가 갑자기 미워지려는 순간이었다.

"어?"

묵직하게 머리를 누르고 있던 무게가 갑자기 사라졌다. 소람이는 놀라 뒤를 돌아보았다가 그만 더 놀라고 말았다. 장을 보러가는 자양이를 따라갔던 표영이 제가 머리 위에 얹고 있던 물동이를 가볍게 들고 있었던 것이다.

"왜 여기에 있으셔요? 자양이를 따라가셨던 게 아니어요?"

"요게. 들어줘서 고맙단 말이 먼저 나와야 되는 거 아니야?"

"누가 들어 달랬나요? 그나저나 자양이는요?"

"동무 걱정은 하지 말고 네 옷 걱정이나 좀 하지 그래. 나야 좋은 구경이긴 하지만."

표영의 눈길을 따라 가슴팍에 시선을 주었던 소람의 화들짝 놀라 가슴팍을 가렸다. 물동이에서 넘친 물이 옷자락을 적셔서, 가슴팍의 천이 속살을 훤히 내비치고 있었던 것이다. 벌겋게 익은 소람의 얼굴을 빤히 바라보던 표영이 괜히 휘파람을 분다.

"보지 말아요!"

"저절로 눈길이 가는 걸 어쩌라고."

"그 눈길도 좀 치워보라고요. 어쩜 그렇게 자꾸 흘끔대는 거여요? 괜히 그 나이까지 장가를 못 든 게 아니로군요?"

"이게? 야, 이건 사내라면 어쩔 수 없는 거거든? 탓하려면 옷을 그렇게 얇게 입고 나온 너를 탓해. 내가 분명 나가기 전에 옷 단단히 입으라고 잔소리를 엄청 했는데 꼴이 그게 뭐야?"

뭔가 기분이 엄청나게 나쁜데 딱히 반박을 할 수가 없다. 소람이는 말문이 막혀 으으으, 앓는 소리를 냈다. 그 모습이 또 귀엽게 느껴져 표영은 피식 웃고 말았다.

어느 길로 갔거나 숙부의 집으로 갔겠지 하는 생각에 꾸역꾸역 찾아간 정재안의 집에서는 마침 호위무사를 찾고 있었다. 주변에 알려지지 않도록 조용히 구하는 모습에 이거다 싶어 그는 냉큼 그 자리를 꿰차고 초란의 호위무사가 되었다.

덕택에 초란과 가까이에 있을 수 있게 된 건 참 만족스럽지만, 초란이 인적이 드문 곳에 자리를 잡은 탓에 표영의 신경은 나날이 날카로워져 가고 있었다. 그렇다고 사람이 많은 곳에 머물렀다면 그건 그것대로 신경에 거슬렸겠지만 말이다.

“그래도 말이어요, 내가 젖은 건 어쩔 수 없는 거여도 그쪽이 눈을 돌리는 건 어쩔 수 없는 게 아니잖아요? 왜 내 탓을 하는 거여요?”

“누가 전부 네 탓이래? 그냥 좋은 구경에는 눈길이 가는 건 사내의 본능이라는 거지. 앞장서. 따라갈 테니까.”

쉴 새 없이 종알대는 소람이의 등을 밀어 앞세우고, 표영은 느긋하게 그녀의 뒤를 따랐다. 살랑살랑 흔들리는 노란 치맛자락이 일찍 찾아온 봄꽃 같다. 그가 어깨에 올려둔 물동이에서 물이 출렁출렁 흔들렸다.

집집마다 물이 나는 산촌(散村)의 작은 마을은 집들이 옹기종기 모여 있지를 않고 다 떨어져 있었다. 그래서 그런지 마을에 하나 있는 공용 우물에서 물을 떠 돌아가는 길은 짐승의 기척도 하나 없이 그저 조용하였다.

사박사박, 마른 풀이 밟히는 소리가 나는 가운데 동장군이 부는 입김이 헐벗은 나뭇가지를 흔들었다. 고르지 못한 흙바닥에 얇게 깔려 있던 얼음이 소람이의 발에 밟혀 바스러졌다. 잔뜩 움츠러든 햇빛이 소람이의 어깨를 살짝 쓰다듬었다가 두꺼운 구름 너머로 숨어들었다.

“소람아, 잠깐만.”

늘 가볍기만 하던 남자가 진지하게 하는 말은 그 질감조차 달랐다. 소람이는 자신도 모르게 걸음을 딱 멈추고 뒤를 돌아보았다가 크게 숨을 들이켰다. 피 냄새를 풍기는 사내 여럿이 표영을 노려보며 서 있었다. 사람이 있다는 걸 눈치채지 못한 자신이 의아할 정도로 짜릿한 기운이 피부를 문질러댄다.

나무 인형처럼 빳빳해진 소람이를 등 뒤에 감추고, 표영은 오히려 느긋해졌다. 그는 어깨에 얹고 있던 물동이를 조심스럽게 한쪽에 내려놓고 길게 기지개를 켰다. 빙긋, 종종 소람이의 속을 뒤집는 웃음이 그의 얼굴에 떠올랐다.

"그렇게 여유를 줬는데 결국 못 덤비고 아예 모습을 드러내다니, 네놈들 삼류로군?"

사내들의 얼굴이 일그러졌다. 도무지 덤빌 틈을 보여주지 않고 내내 들러붙어 있던 게 누군데 그런 소릴 하다니. 어쨌거나 그를 초란의 곁에서 잠시나마 떼어낸 채 붙잡아 둘 수 있다면, 그걸로 족하다. 서로를 향해 눈짓을 한 사내들이 일제히 표영을 향해 덤벼들었다.

표영은 찔러오는 검을 능숙하게 피하고 한걸음 옆으로 검을 휘둘렀다. 과연 그 자리에 들어오던 다른 녀석의 어깻죽지에서 핏줄기가 솟아오른다. 너무 정석적인 차륜진이라, 표영은 그들의 검보다 속셈이 더 신경 쓰였다.

"왜 소람이를 노렸지?"

대답이 돌아올 리가 있나. 다리를 노리는 검을 춤추듯 뛰어 피하고 목덜미를 노리고 날아드는 검은 다른 놈을 방패로 삼는다. 옆구리를 노리던 사내의 뒷덜미를 우악스럽게 움켜쥐어 칼을 막으니 조용한 길에 피 냄새가 요란하게 퍼져 나갔다.

표영은 동료를 찌르고 당황한 놈의 목에 칼을 찔러 넣고 차륜진의 빈 공간을 공략하기 시작했다. 정확하게 맞물려 돌아가는 톱니바퀴처럼 돌아가던 차륜진이 삐걱거린다. 그 안에서 표영은 물 만난 물고기처럼 요란하게 날뛰고 있었다.

감히 말하건대, 사내들의 실력이 나쁜 것이 아니다. 그저 상대가 나빴던 거다. 표영은 장율이 고르고 골라 보낸 인재인 것이다.

칼과 칼이 부딪치는 소리는 요란했다. 소람이는 감히 움직일 생각도 하지 못하고 눈앞에서 살벌하게 오가는 검격을 바라보았다. 사내들의 움직임은 너무 빨라서, 그녀는 상황이 어떻게 되어 가는지조차 알 수가 없었다. 핏줄기를 뿜어내며 쓰러지는 몸뚱이는 너무 비현실적이라서 그게 사람이 아니라 사람 형상을 한 헝겊 인형처럼 보였다.

사람이, 이렇게나 쉬이 죽는 존재였다는 걸 내가 어떻게 잊고 있었을까. 이제는 다 잊었다고 생각했던 어린 시절의 기억이 순식간에 수면 위로 부상했다. 소람이는 벌벌 떨리는 다리를 끌어안은 채 집에서 자신을 기다리고 있을 초란을 떠올렸다. 샘이 얼었는데 물독의 물이 다 떨어졌으니 마을의 공용 우물에서 물을 떠오겠다는 자신을 향해 굉장히 미안해하는 얼굴을 했던 그녀.

"어머니……. 어머니는……."

모기 소리만치 작은 목소리였다. 하지만 그 목소리에 대장 격으로 보였던 사내가 잠깐 주의를 기울였다는 걸, 표영은 놓치지 않고 잡아냈다. 어쩐지, 이상하게 계속 소람이를 노린다 했더니 역시 자신을 끌어낼 미끼였던 거다. 그의 팔에 힘이 들어갔다.

그 뒤, 표영은 적당히 힘을 분배하고 있던 것을 죄다 집어치웠다. 저들이 자신을 미끼로 꾀어냈다는 걸 알아챈 이상 더 놀아줄 시간 따위는 없었다. 종전보다 한결 강력해진 검을 받아내는 이들의 얼굴에 당황이 어린다.

"뭘 그렇게 놀라? 미끼를 물어서 좋았다 싶었는데 아무래도 너무 월척이라 낚싯대가 끊어질 것 같기라도 해?"

"그래."

설마하니 대답할 줄은 몰랐다는 듯 눈을 치켜뜬 표영을 향해, 대장 격의 사내가 피식 웃음을 흘렸다. 일부러 시간을 끌기 위해 정석을 고집한 결과로 부하 몇을 잃었다. 상대의 실력이 예상 이상이었기에 벌어진 참사였지만, 이 정도면 충분히 목표를 완수했다고 할 만했다.

"다신 못 쓰게 될까 봐 걱정이 되는군. 월척도 좋지만 다음을 기약하는 편이 더 낫겠어."

"어? 야!"

표영이 당혹스러워하며 소리를 질렀지만 그들은 깔끔하게 그대로 떠나 버렸다. 싸우는 솜씨는 그저 그렇더니 기척 감추는 솜씨는 기가 막힌다. 표영은 쳇, 혀를 차고는 구석에 내려놓았던 물동이를 다시 집어 들었다. 그리고 소람이를 채근하기 시작했다. 허옇게 질려 있는 꼴이 불쌍하긴 하지만 급한 건 급한 거니까.

"빨리 가자, 빨리."

"네, 네네……. 그, 그런데……."

발이 안 떨어져요. 생략된 말은 듣지 않아도 알 수 있었다. 소람이는 좀처럼 말을 듣지 않는 다리를 애써 움직여 간신히 한 발을 떼었지만, 다음 순간 허리에서 힘이 빠져 그대로 주저앉아 버렸다. 쯧 하고 혀를 차는 소리에 소람이의 얼굴이 빨갛게 달아올랐다.

“안 되겠다. 불편해도 조금만 참아.”

“네? 네? 꺅!”

갑자기 세상이 낮아진다 싶더니 벌컥 뒤집혔다. 표영이 소람이를 쌀포대 들듯 들어 어깨에 얹은 것이다. 그러곤 소람이 정신을 차릴 여유도 주지 않고 성큼성큼 뛰기 시작했다. 소람이는 그의 어깨에서 정신없이 흔들리느라 혼이 다 빠질 지경이었다. 어깨에 배가 눌려 끅끅 소리를 내는 소람이에게 표영이 얄미운 소리를 해댄다.

“야, 누가 소리 내래. 소리 죽여.”

“내, 내고 싶어서 내는 거 아니…… 윽!”

“자꾸 말대꾸하면 두고 간다?”

급히 입을 틀어막은 소람이를 어깨에 얹은 채로 표영은 날듯이 뛰었다. 그러곤 집 부근의 수풀에 그녀와 물동이를 내려놓고 집 쪽을 향해 주의를 기울였다.

검은 옷을 입은 사내 몇이 작은 마당을 지키고 서 있었다. 그들이 자꾸 집 안을 향해 눈을 흘끗대는 걸 보니 아직은 무사하구나 싶어 안도감이 들면서도, 자리를 비운 자신이 한심하여 입이 마른다. 그는 옷 안쪽에 숨겨뒀던 작은 단도를 몇 자루 꺼내 들고 몸을 낮췄다.

소람이는 숨도 제대로 쉬지 못한 채 표영이 하는 양을 보고 있었다. 표영은 수풀 사이를 기어가는 뱀처럼 사내들에게 다가들어 소리 없이 그들의 목을 땄다. 짧은 단말마도 내지르지 못하고 죽은 자들은 쓰레기처럼 마당에 내버려졌다.

표영이 발소리를 죽이며 방문 근처로 다가간다. 그는 숨소리조차 죽이며 바짝 귀를 세웠다. 제발, 무사하기를. 초란이 죽으면 후일 장율에게 무슨 꼴을 당할지 생각도 하기 싫은 게 바로 그였다. 초란 특유의 낮고 단정한 목소리가 방문 틈으로 새어나왔다.

"금오라……."

"호접부인의 권유이십니다. 의, 식, 주 어느 것 하나 부족함 없이 챙겨드릴 것이고, 일신의 안전 역시 걱정하실 것 없으십니다."

아오, 저 거짓말쟁이 새끼들. 표영은 순간 상황도 잊고 소리 내어 욕할 뻔했다. 당장 초란을 살해하고 집에 불을 질러도 이상하지 않은 놈들이 왜 이제 와서 설득 따위를 하고 있는지는 모를 일이었지만, 그 내용이 하도 가당찮아 어이가 없었다.

이렇게 정중하고 권유하고 데려가서 곱게 모셔줄 거라면 왜 이전 집의 종들을 살해하고 집에 불을 질렀느냐 말이다. 저 입 발린 소리에 설마 초란이 넘어갈 리가 있겠느냐 싶지만, 만에 하나라는 것이 있어 표영은 잔뜩 긴장했다.

"가진 재주라고는 술 빚는 것뿐인 보잘것없는 이 계집을, 왜 왕의 정비께서 신경 쓰시는지 모르겠습니다."

"저는 자세한 내용은 모릅니다. 그저, 그리하라는 명을 받았을 뿐. 그러나 이 명령은 호접부인의 권유이면서 경원왕 전하의 뜻이기도 합니다. 전하의 이름으로 약속하시는 것이니, 그 진실성에 대해 의심하지는 마십시오."

표영은 그제야 이해했다. 저들이 왜 이렇게 안 어울리고 앞뒤 안 맞는 짓을 하고 있는지. 저들은 호접부인의 수하이면서 동시에 경원왕의 부하들이니, 경원왕이 뒤늦게 내린 명령을 무시하지 못해 이러고 있는 것이다. 아, 아랫놈들의 설움이란. 그래봤자 수틀리면 초란을 죽일 생각을 버리지 못해 자신을 떼어놓으려 애썼던 거겠지만 말이다.

"저는 조금 생각을 해보아야겠습니다. 기다리는 동안 한잔하고 계시지요. 제가 해마다, 철마다 빚는 술입니다. 부끄럽지만 맛에는 조금 자신이 있답니다."

이후 방 안에서는 별다른 말소리가 들리지 않았다. 대신 작은 한숨 소리와 기침 소리, 술병의 술이 찰랑거리는 소리가 났다. 그 다음에는 소반에 술잔을 내려놓는 소리가 달그락. 그리고…….

"쿨럭! 컥!"

사내의 격렬한 기침소리와 칼 뽑히는 소리를 들은 순간, 표영은 문을 걷어차고 방 안으로 들이닥쳤다. 입에서 쉴 새 없이 피를 토하던 사내가 초란을 찌르려던 검으로 표영의 검을 막았다. 그의 가슴팍은 붉은 피로 흥건하게 젖어 있었다.

사내는 제대로 몸을 가누지 못하면서도 표영의 검을 받아내며 그의 틈을 노렸지만 표영은 그리 만만한 이가 아니었다. 손속에 조금의 자비도 두지 않고 매섭게 검을 휘두른다. 저들의 뒤에 누가 있는지 이미 알게 된 이상, 표영이 자비를 베풀 이유는 눈곱만큼도 없었다.

사내는 점점 움직이는 것이 힘겨워졌다. 처음에는 표영의 틈을 노리기도 하고 슬쩍 초란 쪽으로 다가서려 기회를 엿보기도 했지만, 그의 발은 점점 무거워지고 그의 눈은 점점 흐릿해지고 있었다. 상대가 휘두르는 검이 하나가 아니라 둘로 보여 이상하다고 생각한 다음 순간, 그의 생은 그대로 끝났다.

표영은 사내의 가슴에 박아 넣은 검을 뽑으려다 흠칫 초란의 눈치를 보았다. 이미 충분히 피를 보긴 했지만, 이대로 검을 뽑으면 이 방은 온통 피투성이가 될 것이 뻔해서였다. 그 섬세한 배려에 초란이 피식 웃음을 지었다.

"눈치가 빠르십니다."

"가구에 묻은 피는 자양이를 시켜 닦아낸다 해도, 도배와 장판은 제가 해야 할 것 아닙니까, 아씨. 안 그래도 오늘 제법 돈값을 했는데 할 일을 늘리고 싶진 않습니다."

'돈 값'이라는 말에 초란의 눈길이 새삼스럽게 표영에게 가 닿았다. 요즘 들어 기분도 이상하고 낌새도 이상하니 몸조심하라며 신신당부하던 사람이었다. 이렇게 절묘한 순간에 목숨을 구명 받고 나니 평소의 가벼움은 다 거짓말 같아 새삼 놀라웠다.

초란은 고개를 끄덕이고 일어나 술상을 챙겨 들었다. 독이 발린 술잔과 피가 튄 안주를 그냥 둘 수는 없었으니까. 눈앞에서 살벌하게 휘둘러지던 검격을 보아서 그런가, 다리가 살짝 후들거렸다. 그런 그녀의 팔을 표영이 잡아끌어 도로 앉힌다.

"그냥 방에 계시는 게 좋겠습니다. 저들의 동료가 언제 나타날지 모르니."

"동료라니요?"

"소람이를 습격해서 저를 끌어낸 이들이 있습니다. 아, 그리 놀라지 마십시오. 소람이는 무사하니. 곧 들어오라 하겠습니다."

눈에 띄게 안심한 표정을 짓는 초란을 향해, 표영은 조금 전부터 궁금했던 것을 물었다. 이 독은 어디서 난 것이며, 무슨 이유로 대뜸 저 사내에게 독을 먹일 생각을 했는지. 그에 답하는 초란의 미소는 한없이 우아했다.

"권력자의 고명딸로 10년을 살았습니다. 비상용 독 하나 구비하지 않는 게 더 이상한 일이 아닙니까. 그리고 왜 독을 먹였느냐면……. 말이나 전하면 된다고 하며 막무가내로 방에 들어오는 이가 허리춤의 칼을 풀 생각을 않는다면, 목숨의 위협을 느끼지 않을 이가 몇이나 될까요."

그렇다고 대뜸 독살을 시도하다니, 이런 무서운 아씨를 보았나. 표영은 자기도 모르게 움찔 어깨를 떨었다. 여자란 다 열 가지 얼굴을 가지고 있는 여우라더니, 초란 아씨도 호접부인 못지않은 여자였다는 생각만 드는 것이다

그날 밤, 표영은 집 부근 수풀에 구덩이를 네 개나 파고 시체를 묻었다. 소람이를 습격했던 이들이 시체를 가져갈 것이라고 생각해 부근에 그냥 널어두었는데, 그들은 밤이 깊을 때까지 오지 않았던 것이다. 덕분에 표영은 예정에 없던 노동을 하고 완전히 지쳐 늘어져 버렸다.

흙 묻은 삽을 내던지고 마당에 덜렁 드러누운 채로 바라보는 하늘은 별이 빼곡했다. 여름이 아니라 은하수는 없어도 하얗게 빛나는 별 덕에 하늘이 어두워 보이지 않을 정도였다. 멍하니 금오와 연해의 하늘을 비교해 보고 있던 그의 귓가에 조심성 없는 걸음 소리가 들렸다. 표영의 입꼬리가 희미하게 올라간다.

"야, 무슨 계집애가 그렇게 쿵쿵대며 걷는 거야? 초란 아씨처럼 조신하게 걷진 못해도 자양이쯤은 되어야 할 거 아냐?"

"치. 못 배워먹어서 그런 걸 어째요. 아무리 애써도 안 되는 걸."

입을 한 뼘이나 내밀고 툴툴대던 소람이가 표영의 옆에 소반을 내려놓았다. 몸을 데울 따뜻한 술과 주전부리가 담긴 접시가 놓인 상이었다. 밤늦게까지 제대로 쉬지도 못하고 긴장을 풀지도 못하는 그가 안쓰러워 챙겨온 것이다.

표영은 냉큼 일어나 앉아 술잔에 술을 따랐다. 정종 특유의 부드러운 향기가 코끝을 간지럽혔다. 모락모락 김이 오르는 술은 조금도 걸리는 것 없이 목구멍을 타고 넘어가 몸을 따뜻하게 데웠다. 아 정말, 초란 아씨의 술 빚는 솜씨는 최고였다. 호위 무사된 입장으로 자주 얻어먹을 수가 없어서 아쉬울 뿐이지.

소람이는 희희낙락 또 술을 따르는 표영을 가만히 보고 있다가 제 무릎에 턱을 괴고 작게 웅얼거렸다. 아무리 작은 소리라도 제대로 듣지 못했을 리 없건만, 능글능글 미소 지은 표영이 '응?' 하고 되물음을 하니 소람이가 얼굴을 벌겋게 물들이고는 간신히 입을 뗀다.

"낮의 일, 고맙다고요……."

"뭐가 고마운데?"

"으으."

"뭐가 고마운지 말을 해줘야 알지."

"날 구해준 것도 고맙고, 어머니 지켜준 것도 고맙고……. 다 고마워요."

"말로만?"

"……지금 댁이 먹고 있는 그 안주, 내가 특별히 만든 거거든요?"

"오, 그래? 어쩐지, 맛있다 했지. 자양이가 상은 예쁘게 차려도 정작 음식 솜씨는 영 아니었는데 이렇게 맛있는 안주를 해놨을 리가 없지."

표영의 칭찬은 아주 담백했다. 뜻밖의 칭찬에 놀란 소람이가 입을 헤 벌리고 있자, 장난기가 동한 표영이 그 입에 작은 떡을 던져 넣었다. 소람이는 놀라 파드득 떨었으면서도 입안에 들어온 떡을 냠냠 씹어 삼켰다. 애써 만든 떡인데, 뱉을 수야 없지 않느냐고 스스로에게 변명을 하면서.

표영은 소람이의 입에 떡을 몇 개씩 넣어주면서 그녀가 먹는 것을 흐뭇하게 보았다. 귀엽게 보조개가 생기는 뺨이 우물우물 움직이는 걸 보기만 해도 어쩐지 배가 불렀다. 이상하게 술맛도 더 좋아진 것 같고.

"참, 그런데요. 자양이는 왜 이 시간까지 돌아오질 않는 걸까요? 큰일이 생긴 건 아닐까요?"

"내가 가버리면 짐은 누가 드느냐고 떽떽거리기에 장터에서 짐꾼을 부려서 오라고 했지. 여직 안 온 걸 보면 짐꾼을 못 구한 모양이야. 혹시 알아? 그 짐꾼하고 눈이라도 맞아서 배라도 맞추며 하룻밤을 보내느라 못 오는 걸지. 아야! 왜 때려! 쪼그만 게 손은 매워가지고!"

"맞을 소리를 하니까 맞지요!"

두 남녀가 옥신각신 말다툼을 하는 소리를 들으며, 초란은 방안에서 웃음을 참았다. 도무지 정체와 출신을 알 수 없는 표영이라는 자는 그저 의심스럽지만, 오늘의 일로 확실해진 게 있었다. 사람들이 자신을 이산의 약점으로 여기고 있다는 것 말이다. 심지어 이산이 잃은 그의 나비, 호접부인까지도 말이다.

'떠나온 지가 언제인데, 아직도…….'

10년의 세월 동안 그분의 마음 한 자락 훔치지 못한 어수룩한 계집에게 무얼 기대하기에 이리도 들러붙는 것일까. 초란은 좀처럼 이해할 수가 없었다. 이산이 연해에 남기로 작정하고 연해의 전장에 뛰어들었다는 사실 따위는, 도저히 짐작할 수 없었던 탓이다.

동장군이 맹위를 떨치는 계절, 나무는 이파리를 죄다 땅바닥에 떨궈놓고 맨살을 드러냈다. 장난꾸러기 같은 바람이 나뭇가지 사이를 뒤적이며 놀다가 길 가는 선비의 도포자락을 뒤집었다. 추운 날에 갑작스레 바람이 들이치니 놀란 이들이 저마다 제 옷자락을 움켜쥐고 종종걸음을 친다.

그런 이들 사이에 정 대감도 끼어 있었다. 평소 타고 다니던 평교자도 마다하고 제 발로 걷던 그는 속을 파고드는 바람이 몹시 못마땅하여 옷자락을 꽉 쥐고 있었다. 깊고 무거운 한숨이 그의 멱살을 움켜쥔다.

'이를 어쩐다…….'

아랫것들에게 근심 어린 얼굴 보이기가 싫어 일부러 관복도 벗고 두루마기 차림에 직접 걷겠노라 호령을 하고 나왔거늘, 그의 근심은 좀체 덜어질 생각을 않아 목이 바짝바짝 탔다. 초란이 머물던 집이 불에 탔더라는 전갈을 들은 이후로 좀체 가시지 않는 갈증이었다.

마을 사람들을 족쳐보니 죽지 않은 것은 확실한 것 같은데 좀체 그 행방을 알 수가 없다. 남쪽으로 갔다 하여 남쪽 지방의 절이란 절은 다 뒤져보았으나 흔적조차 찾을 수 없었고, 혹시 부근에 사는 숙부에게 갔을까 싶어 기별을 넣었으나 딸을 어찌 간수했느냐는 핀잔만 들었다. 그러니 그의 갈증이 가시질 않고 걸음이 천근만근인 것이 당연할 밖에.

혹여 조정의 욕심 많은 다른 대신들에게 이를 들킬까 저어되어 이리 틀어막고 저리 틀어막으며 입을 막는 것도 곧 한계가 올 것이다. 그러다 그 소식이 북쪽의 전장에 흘러들어가기라도 하면 그를 어쩌나. 상상만으로도 아찔해져 오니 정 대감의 한숨이 마를 날이 없었다.

그렇게 모인 한숨이 못을 이룰 지경이어도 걸음은 걸음이라, 그는 얼마 가지 않아 제 집 대문 앞에 도착했다. 위풍당당한 솟을대문은 바로 며칠 전까지 수없이 많은 이들이 드나들던 것이 무색하도록 썰렁하였다. 이곳 소양에까지 집을 지을 때만 해도 하도 찾는 이가 많아 집 문턱이 닳아 없어지겠노라 목수가 농을 하였는데. 초란에게 닥친 일이 알음알음 퍼져 나가기 시작한 지 얼마나 되었다고 벌써 발이 끊겼다.

"아이고, 대감마님! 오셨습니까요! 평교자는 어이하시고 이리 직접 걸으셨답니까? 날도 추운데 어여 드시지요."

문간채 양옆에서 기거하는 문지기가 꼬박꼬박 졸다 화들짝 놀라 튀어나와 정 대감을 반겼다. 유난히 부산스럽게 구는 것이 이상하여 미간을 찌푸리니, 문지기가 힐끔힐끔 안쪽을 훔쳐보며 목소리를 낮춘다.

"……그, 손님이 오셨습니다."

"내가 만나봐야 할 귀한 손님이라면 종이 알아서 달려와 고할 것을, 문지기인 자네가 미리 말을 건넬 정도로 귀한 손님인가?"

"그, 그게. 으음."

어지간한 벼슬아치에게는 눈썹 하나 까딱하지 않는 이가 왜 이러나 싶어 정 대감의 미간도 같이 찌푸려졌다. 문지기는 한참을 망설이다 '어휴, 이놈의 입!' 하고 제 입을 찰싹찰싹 때리더니 그냥 모른 척해 달라며 매달렸다. 그 꼴에 어이가 없어진 정 대감이었으나, 본디 입이 무거운 편인 그가 그렇게 푼수 같은 짓을 할 만한 손님이 대체 누구일까 궁금해지고 말았다.

방으로 돌아가 의관을 정제하기도 전에 종을 붙들고 '손님이 있다더니' 하고 운을 띄우자 종의 안색이 시퍼레진다. 주인이 묻는데도 제대로 답을 하지 못하고 사시나무 떨 듯 몸을 떠는 꼴이 기가 막혀 미간을 좁히니 종이 마당 한구석을 향해 손가락질을 했다. 그 손가락이 가리키는 곳에는 거적을 뒤집어쓴 무언가가 널브러져 있지 뭔가. 정 대감은 무심히 거적을 걷어 올렸다가 얼른 내려놓고 말았다. 낯익은 종이 길게 혀를 빼물고 죽어 있었다.

"이게 무슨 변고냐."

"소, 손님께서……."

"내 집에 찾아온 이가 내 종을 해하였단 말이냐?"

"예에, 그렇습니다요."

"그게 어찌 손님이란 말이냐. 설마하니 그 손님을 사랑방에 들이기라도 했다는 것이냐?"

종이 어찌할 바를 모르고 넙죽 엎드려 빌었다. '살려주십시오, 대감마님. 살려주십시오, 대감마님'. 정 대감의 흰 수염이 분에 겨워 파르르 떨린다. 이런, 이 쓸모없고 멍청한 것들 같으니. 해주의 종들이라면 제 시체로 대문을 막을지언정 칼 휘두르는 이를 집에 들이지 않았을 것인데, 소양의 종들은 그의 마음에 드는 것들이 하나도 없었다.

하여 성큼성큼 걷는 그의 걸음마다 분기가 뚝뚝 떨어졌다. 조금 전에 겨울바람이 춥다 옷을 여미고 걷던 사람의 걸음이 아니었다. 정 대감은 사랑방 문 앞에 서서 잠시 숨을 골랐다. 맨질맨질 닦아놓은 섬돌 위에 흙 묻은 가죽신이 한 켤레 놓여 있었다.

쿵! 정 대감은 일흔이 다 되어가는 나이가 무색하도록 힘차게 문을 열었다. 방 안에 가득 차 있던 피비린내가 와락 달려 나와 그를 덮는다. 희게 눈 내린 눈썹이 그를 기다리던 이를 알아보고 가늘게 떨렸다. 이곳에 있지 말았어야 할 사람, 저 멀리 북쪽의 전장에 있어야 할 사람이 찻상에는 손도 대지 않은 채 앉아 있었던 것이다.

"좀 오래 기다렸소, 정 대감. 일이 많아 바쁜가 보오?"

"……이 장군이 여기 왜 있소."

"내가 다리병신도 아닌데 세상천지 못 갈 곳이 어디에 있다고 그리 놀라오. 앉으시오. 들을 것도 많고 물을 것도 많으니."

살아온 세월로 치자면 정 대감의 절반밖에 되지 않을 이산이었으나, 정 대감은 홀린 듯 그가 권하는 대로 자리에 앉았다. 상석은 상석인데 어찌 이리 불편한 상석인지. 깔고 앉은 비단 방석에 고슴도치 가시라도 박힌 양 불편하였다.

"들을 것, 물을 것이 많아 내 집의 종을 죽였소이까? 이 장군의 손속이 험하여 종 해하기를 여름날 모기 잡듯 한다는 말을 내 일찍이 들었소만, 그 버릇 다 고쳤다 생각하여 마음을 좀 놓았더니 이렇게 내 뒤통수를 치시오? 얄타족과 싸우는 전장에 있으셔야 할 분이 왜 내 집에 불쑥 찾아와 애먼 종을 해하냔 말이오!"

흰 수염이 부르르 떨고 길게 늘어진 눈썹이 파르르 떤다. 성을 내는 정 대감의 기세가 꽤 대단하여, 이산은 피식 웃음이 났다. 기별도 전조도 없이 갑작스레 나타난 자신에게 크게 놀랐을 것인데 이리 태연히 타박을 하다니 과연 대담한 사람이다. 그러니 자신을 속일 생각을 했지. 이산은 식어빠진 찻물을 따라 정 대감에게 권했다.

"초란의 소식을 알려주시오."

"약조도 지키지 않는 사내, 심지어 사람 목숨을 파리 목숨처럼 여기는 사내에게 어찌 내 딸의 평생을 맡길까! 꼴도 보기 싫으니 썩 나가시오!"

"흐음. 과연 그 종에 그 주인이라. 똑같은 말을 하는 걸 들으니 제법 기분이 이상하군."

정 대감은 등에서 주르륵 흘러내리는 땀방울을 느끼며 애써 허리를 폈다. 식어빠진 찻물을 마시며 킬킬 웃는 이산은 아무리 봐도 멀쩡해 보이지 않았다. 장부답게 큼직하고 뚜렷한 이목구비에 서늘한 한기가 돌았다. 그는 그제야 이산이 허리춤의 칼을 풀지 않은 채로 앉아 있었다는 걸 깨달았다. 이산의 소맷자락이 붉게 물들어 있다는 것도. 그러고 보니, 문을 열자마자 풍기던 것은 차향이 아니라 피비린내였다. 그는 벌벌 떨리려는 다리를 꾹

누른 채 입을 열었다.

"옳은 말을 했다 하여 손을 쓰다니, 장군의 인성을 알 만하오. 아무리 전장에 있었다 하나 그리 쉬이 칼을 휘둘러서야 내가 안심하고 딸을 줄 수 있겠소? 장군과의 인연은 여기까지인 듯하니, 당장 나가시오."

"가르쳐 주지 않는 것이오?"

"몇 번을 말하게 하는 거요!"

벌컥 성을 내는 정 대감에게 이산이 갑자기 몸을 바짝 붙여왔다. 정 대감이 흠칫 놀라 몸을 뒤로 빼려는데, 이산이 그의 어깨를 꽉 움켜쥐고 낮은 목소리로 물었다. 그 목소리가 흡사 호랑이 울음소리 같고 계곡을 휘젓는 바람 소리 같아 저절로 속이 움츠러들었다.

"아는 것이 없어 가르쳐 줄 수 없는 것은 아니고?"

"이 장군!"

"내가 천하에 다시없을 맹탕이라 정 대감 손아귀에서 가만 놀아난 줄 아셨소? 설마 그럴 리가. 나는 그저 정 대감이 초란의 아비인지라, 딸을 아끼는 그 마음이 안타깝고 발길 한 번 없이 붙들고 있었던 지난 10년 세월이 미안하여 인사치레를 한 것이라오. 사람 하나 찾는 것이 무에 어려워서 내가 굳이 험한 전장엘 기어들어 갔을까! 그런데 이를 어쩌나. 대감께서는 날 사위라 불러놓고 정작 초란의 일에 대해서는 입도 벙긋하지 않으시니 내가 이를 어찌 받아들어야겠소?"

"세상의 어느 사위가 장인을 이리 겁박한단 말이오."

"조금 전까지는 날 두고 썩 꺼지라 하였으면서 말이 참 쉬이 바꿔는구려. 이보시오, 정 대감. 나도 들을 귀가 있고 볼 눈이 있소. 초란이 머물던 곳에 불이 났다는 소식이 내 귀에도 들려오는데 왜 대감이 보내는 서신에는 그 이야기가 없는지 어디 한번 변명을 해보오."

알고 왔구나, 알고 왔어. 정 대감의 귓가에서 쿵하고 돌이 떨어졌다. 알음알음 도성의 대신들 사이에서 소문이 돌고 있다는 건 알았으나 그게 설마하니 연해의 명줄을 쥔 이산에게까지 전해졌을 줄은 몰랐다. 소문을 막으려 들인 돈이 얼마고 흔적을 지우려 뿌린 재물이 얼마인데, 대체 누가 말을 흘렸을까.

계집 하나에 나라를 바꿔먹을 마음까지 먹었던 장수에게 그 계집이 죽었을지도 모른다, 소식이 들어갔으니 과연 그가 제정신이겠는가. 이산의 웃는 낯에 어린 광기를 왜 일찍 알아채지 못했는지 어이가 없었다. 정 대감은 바짝 마른 입에서 억지로 침을 내어 입술을 적셨다.

"초란이는 멀쩡하오. 누군지는 몰라도 그 아이를 해하려 하였으니 꽁꽁 숨기느라 죽었다 소문을 내고 숨겨둔 것을, 장군이 나를 믿지 못하고 이리 달려 나오니 내가 분하고 억울하여 말을 할 수가 없소."

"정말 그러하오?"

"나는 그 애 애비요! 당연하지 않소! 태어나자마자 어미를 잃은 아이가 안쓰러워 내가 어찌나 귀하게 키웠는지, 주변에서는 딸 얼굴이 닳겠다고 나를 놀렸소. 비단 옷감에 홍옥 노리개는 물론이요, 원하는 대로 다 해주려 내가……."

정 대감은 말끝을 흐렸다. 어느새 자신의 어깨를 놓아주고 맞은편으로 물러난 이산이 서늘하게 웃고 있었다. 분명 보기 좋은 웃음인데 어찌 이리 몸에 한기가 들까. 부르르 몸을 떨고 다시 말을 이어가려 하는데, 이산이 탁 소리 나게 찻잔을 내려놓았다.

"그리 아끼는 딸을 왜 내게 보냈소?"

"뭐요?"

"사실은 전부터 묻고 싶었다오. 내게 보내진 계집 중 열에 일곱은 목숨을 잃었고 나머지 셋은 불구가 되었다는 소문을 듣지 못했을 리 없고, 그게 그저 소문이 아니라 진짜라는 것도 알았을 터인데."

이산은 제대로 입을 떼지 못하는 정 대감을 가만히 바라보다 그만 일어섰다. 이만하면 되었다. 이만하면, 초란의 아비에 대한 예의는 다 치렀다. 더는 그에게 휘둘려 줄 생각 따위는 없었다.

지방의 그저 그런 관리 중 하나였던 정재화가 정 대감이 되기까지 초란의 역할은 절대적이었다. 금오의 장군을 붙들고 있는 유일한 사람을 딸로 둔 정재화는 거칠 것 없이 출세하였다.

수많은 사람들이 그의 집 문턱을 닳도록 드나들며 재물과 재화를 바쳤고, 정 대감은 그를 기꺼이 받았다. 그러면서도 능수능란하게 발을 들일 곳은 들이고 뺄 곳은 뺐던 걸 생각하면 그에게 정치에 대한 재능이 아주 없지는 않았던 것 같다. 게다가 그렇게 받은 재물과 권력을 제 고향, 해주에 아낌없이 뿌리며 인심을 얻었으니 연해의 어느 누가 그를 쳐낼 수 있었을까.

겉으로야 권력을 탐하는 것이 아니네, 어쩌다 들어온 것이니 내 고향에 돌려주는 것이네, 나는 내 자식들이 행복한 것 말고는 바라는 것이 없네……. 오랜 세월 스스로에게 주문처럼 들려주었던 말은 이제 스스로를 마비시켜 정 대감은 자신이 왜 초란을 이산에게 보냈는지조차 잊어버렸다. 그저 모든 것은 그 아이가, 초란이 원해서 그런 것이었다고, 자신은 초란을 정말로 시집보낸 것으로 생각했다고, 그렇게…… 스스로를 속여 버렸다.

이산의 말은 모두가 모른 척 눈을 감았던 정 대감의 검은 속을 후벼 판 것이나 다름없었다. 때때로, 세상에는 자기 자식이라도 미워할 수 있는 부모가 있었고, 정 대감은 그중 하나였다.

하지만 정 대감은 이산의 말을 부정했다. 가슴에 새기다 못해 이제 인이 박힌 것이 딸의 이름이다. 미움으로 새겼는지, 사랑으로 새겼는지 이제는 분간도 할 수 없지만, 떠올릴 때마다 숨이 막히도록 가슴이 아린데 이게 사랑과 연민이 아니면 대체 무엇이란 말이냐. 귀애하는 딸의 일생을 어느 누가 그리 쉽게 내버린단 말이냐……. 한때는 미워했다 하여도 천륜은 어쩔 수 없다 받아들인 것이 언제인데 그따위 말을 듣다니 속이 상한다.

"……내 딸이 원했으니까. 그리고 내 딸이니 괜찮으리라, 잘하리라 여긴 것도 죄요? 제 자식이 세상에서 제일 예쁘고 고와 보이는 건 모든 부모가 똑같은 것 아니오!"

"아하. 내 딸이라 잘하겠거니, 하여 잊을 만하면 찾아와 딸을 노리는 자객도 그냥 내버려 두셨소? 가끔 들여다보는 것만으로도 잘 지내겠거니 짐작하면서? 정 대감은 아들에게 감사의 절이라도 올리시는 게 좋겠소. 차디찬 아비에게 이용당하는 누이를 지키느라 동분서주하고 있던 건 그였으니."

아, 나는 이미 큰절을 올렸으니 꼬투리는 잡지 마시오. 말도 안 되는 소리 말라, 악을 쓰는 정 대감에게 비웃듯 꼬리말을 남긴 채, 이산은 사랑방을 나와 섬돌 위에 벗어두었던 가죽신을 꿰어 신었다. 표영이란 자가 올린 보고서를 따라 가다가 멈춘 소양이었다.

그는 초란의 소식 한 자락이라도 들을 수 있을까 싶어 찾아왔다가 초란의 오라비인 지운을 만나 많은 이야기를 들었다. 도무지 믿고 싶지 않으나 그동안 쌓인 의심과 자잘한 증거들이 모이니 믿지 않을 수도 없게 된 정 대감의 진실. 정 대감은 초란에게 쓸모가 생긴 뒤에야 그녀를 돌아보았다는 것, 그리고 지금은 자신을 이용하기 위해 초란이 무사하다는 거짓말도 불사할 의지가 있다는 것. 지운의 말을 듣고 울컥 솟아오른 화의 삼분지 일은 자신을 향한 것이고, 또 삼분지 일은 정 대감을 향한 것이었다. 그리고 나머지 삼분지 일은 초란의 몫이었다.

'말을 하지.'

말을 해봤자 정신줄 놓고 살았던 그가 새겨들었을 것 같지도 않건만, 이산은 애꿎은 초란을 원망하였다. 베갯머리송사라는 말도 있는데 초란은 그 많은 밤을 함께 보내면서도 왜 그리 입이 무거웠을까. 원망하고, 원망하고, 그리워하고, 그리워하다 종국엔 가슴에 뚫린 구멍이 너무 아파 눈을 감는다. 그래봤자 떠오르는 건 단 한사람의 얼굴뿐이지만.

정 대감의 고래등 같은 기와집을 뒤로한 채, 이산은 잠시 소양의 거리를 멍하니 바라보았다. 찬바람에 놀란 사람들이 분주히 발을 놀리는 소양은 국경에 감도는 전운과는 상관없이 그저 평온했다. 하긴, 제대로 된 소식조차 전해지지 않는 이곳에서 벌써부터 국경 분쟁의 여파를 걱정하는 사람이 있을 리가 있겠나. 있다

해도 '참 쓸데없이 걱정이 많은 사람이다' 하고 핀잔을 받을 터인데.

'이제 어디로 간다?'

이산은 지운에게 많은 이야기를 들었지만, 정작 초란의 행방에 대해서는 듣지 못했다. 그저 살아 있는 것은 확실하지만 아버님이 아시는 건 그 이외에는 아무것도 없다, 그러니 아버님이 하시는 말에 속지 말라는 당부를 들은 게 전부였다. 오히려 초란을 찾거든 오라비에게 연통 한 번 넣으라 전해달라고 부탁까지 받았다. 권력자의 아들로 살며 그리 대쪽 같은 성품을 가지기도 어려울 것인데……. 정 대감의 아들이 말석 한직을 전전하고 있다더니 그 이유를 알 법했다.

표영이라는 자는 쓸데없는 곳에 꼼꼼하고 철저한 성미여서, 자신이 생각하기에 확실한 것이 아니면 보고서에 적지 않았다. 따라서 이산이 알고 있는 것은 초란이 살아 있으며, 흉수를 피해 피신하였다는 것 정도였다. 잠시 고민하던 그는 휘적휘적 발걸음을 옮기기 시작했다. 초란이 어디로 갔든, 그녀가 살아 있기만 하다면 언젠가는 반드시 찾아내어 만날 것이었다.

하지만 아무리 연해가 작은 나라라지만 꽃 피는 때가 다르고 단풍 드는 시기가 다를 정도의 땅덩이는 되는 바, 그 위에 사는 사람들의 수가 적지는 않았다. 해변의 모래알처럼 많은 사람들 가운데서 무턱대고 원하는 사람 찾기가 어디 그리 쉽다더냐.

하여 이산은 나름 꾀를 내었다. 정 대감이 초란을 찾기 위해 사람을 풀지 않았을 리 없으니, 그들의 흔적을 따라 움직여 보기로 한 것이다. 이산이 가장 먼저 찾아간 곳은 초란의 집이 있던 작은 어촌마을이었다.

“탁주 한 사발 나왔소. 국밥은 아니 드시오?”

때 낀 엄지손가락에 묻은 탁주 몇 방울을 날름 핥아낸 주모가 낯선 사내에게 슬쩍 영업을 했다. 보기 드물게 풍채가 좋고 이목구비도 뚜렷한 게, 한번쯤 방으로 끌어들이고 싶을 만큼 괜찮은 남정네였다. 하지만 근래에 정 대감의 수하에게서 호되게 당한 것이 있어 아무래도 몸을 사리고 만다.

그런 주모의 속을 아는지 모르는지, 사내는 탁주를 시원하게 들이켰다. 위아래로 꿀렁이는 목울대가 참 보기 좋아 주모는 자기도 모르게 침을 꿀꺽 삼켰다. 한 사발이나 되는 술을 숨도 쉬지 않고 마신 사내가 입가에 묻은 술을 소맷부리로 문질러 닦고 슬쩍 입꼬리를 올린다. 주모는 숨길 수 없이 벌게진 얼굴에 연신 부채질을 하기 시작했는데, 사내는 빤히 알면서도 아무것도 모른 척 주모에게 말을 붙였다.

“이런 술을 빚는 솜씨라면 국밥도 맛있겠지. 뭐가 있소? 돼지머리 국밥?”

“돼지 뼈 푹푹 우려 낸 국물에 살살 녹는 살점 떼어 넣은 국밥은 저 윗동네에 가서 찾으시오. 이런 바닷가 마을 국밥이야 다 조개, 생선 넣어 만든 거지. 조개는 쫀득하고 생선은 보들보들한 게 돼지 국밥 부럽지 않게 해물 국밥도 맛있다오. 정 해물 국밥이 싫거들랑 가을에 잡은 양태 말린 것에 양념 발라 구운 것도 있고, 요런 계절에나 먹어볼 수 있는 굴도 있소이다. 아, 굴 모르시나? 굴? 생것으로 먹으면 바다가 입안에 가득 차는 그 허연 조갯살 말이외다. 생것을 못 먹으면 익혀 먹어도 좋다오. 그걸 넣어 끓인 국물 맛이 또 그렇게 기가 막히지!"

주모는 아예 사내 옆에 엉덩이를 붙이고 앉아 신나게 떠들어대기 시작했다. 뱃일 나갔다 돌아온 뱃놈들 몇몇이 신경질적으로 주모를 불러댔지만 주모가 눈을 부라리자 그만 혀를 차고 고개를 돌리는 것이, 이런 일이 하루 이틀 있었던 것은 아닌 모양이다. 주막에서 부리는 작은 계집아이가 주모 대신 뱃놈들의 시중을 들었다.

이산은 참을성 있게 주모의 수다를 받아주었다. 아무것도 모르는 척, 가끔 질문을 하는 것만으로도 주모는 나불나불 입을 놀렸다. 굴로 시작한 수다가 뱃일이 되고, 뱃일은 뱃놈이 되고, 뱃놈은 거친 사내놈들에 대한 욕설이 되었다. 우악스럽게 자신을 을러대던 놈들 이야기를 하는 주모의 얼굴이 붉다.

"호오, 그런 일이 있었소? 정 대감이란 사람, 몹쓸 사람이군."

"그렇다니까! 애먼 사람을 붙들고 정말이냐, 정말 남쪽으로 간다 했다는 게 맞느냐 몇 번을 확인하던지……. 안 그래도 이상한 놈들이 자꾸 아씨를 찾아 대서 내 안 가르쳐주려 했소만, 나중에는 주막에 불을 지르겠노라 협박까지 하지 뭐요. 정 대감인지 뭔지, 그런 놈에게서 초란 아씨 같은 사람이 나왔다는 게 참 신기했다오."

"초란 아씨라는 분이 아주 좋은 분이셨던 모양이오."

"그럼, 그럼. 얼굴도 고우신 분이 마음은 또 어찌나 비단결 같았는지. 수줍음이 많으셔서 마을에 잘 나다니지 않으시고 집에 콕 박혀 있으셨던 게 흠이었지만, 종년을 수양딸 삼아 그리 살뜰히 보살피는 게 어디 아무나 할 수 있는 일이오?"

"종년을 수양딸 삼다니?"

"아 글쎄, 소람이라고 재잘재잘 수다 잘 떨고 나돌아 다니기 좋아하는 계집종을 하나 데리고 계셨는데, 어느 날부터인가 그 계집종에게 고운 비단옷에 옥 노리개를 달아주며 예뻐하시더니 종국에는 수양딸 삼으셨지 뭐요. 그러곤 글을 가르친다, 그림을 가르친다, 수예를 가르친다……. 정말 딸 삼은 것처럼 종일 끼고 도셨다오."

주모는 그래봤자 출신은 어쩔 수 없는 것이니 아씨가 가르친 것 반절이나 배웠을런가 모르겠소, 하고 덧붙였지만 이산의 귀에는 전혀 들리지 않았다. 표영의 보고서 속에 있던 일행의 정체가 누구였는지 그제야 깨달은 까닭이다.

이산은 서두르는 기색을 들킬세라 은근슬쩍 엉덩이를 뺐다. 주모가 그런 그의 손목을 잡아채려 손을 뻗는데, 그 날래기가 전장에서 굴러먹은 병사들 칼 뽑는 솜씨 못지않다. 그래봤자 이산의 손목은 잡지 못하고 애먼 허공에 헛손질만 하였지만 말이다.

"아이고, 어딜 가오. 내 국밥 솜씨 맛보고 가야지!"

"주모 입담이 걸쭉해서 국밥을 안 먹어도 배가 부르오."

이산이 허리춤에서 엽전 몇 닢을 꺼내 주모의 손에 슬쩍 떨어뜨리니, 주모가 주변의 눈치를 보다 얼른 치마 속주머니에 다람쥐 겨울 식량 준비하듯 엽전을 챙겨 넣는다. 그러곤 얼른 술상을 치워내고 어서 가라, 턱짓을 하는 것이다. 그러더니 갑자기 목소리를 높여 소리를 치는데, 모르는 사람이 보면 주모가 이산을 꾀어내려다 안 되니 어깃장을 놓는 것이라 생각할 게다. 주모의 눈치도 비상하지만 얼씨구나 그에 맞춰주는 이산도 만만치 않은 사람이었다.

"흥, 그깟 탁주 한 사발 마시고 배부르다 하는 사내는 내가 사양이외다. 지금 당신 같은 사내에게 줄 방은 없으니, 저어기 산 중턱에 있는 다 탄 집에서 하룻밤 자고 오는 게 좋겠소. 혹시 아오? 그러면 그 녹두알만 한 배포가 콩알만큼은 커질지!"

"어허, 이 사람 보게나. 내 배포가 어때서? 주모 수다를 계속 듣고 있다간 내 배가 터질 지경이라 가겠다는데 끝끝내 말이 많군! 에에이, 주모에게서 방 하나 달라 사정할 바에는 차라리 폐가에서 하룻밤을 자고 말지."

목소리가 올라가자 술을 마시며 저들끼리 우렁우렁 떠들어대던 뱃놈들이 송아지 눈알 같은 눈을 뱅글뱅글 돌리며 두 남녀의 입씨름에 귀를 기울이는데, 잘하면 오늘 배를 맞추겠구나 싶게 척척 말을 주고받던 사람들이 갑자기 서로 죽일 듯 싸우지 뭔가. 세상에 제일 재미있는 구경이 불구경과 싸움 구경이라고, 소금기 묻은 귀가 개새끼처럼 쫑긋 선다.

"됐소, 됐어! 내 차라리 길바닥에 굴러 자고 말리다! 에이, 재수가 없으려니!"

"얘, 명지야! 소금 한 됫박 내오너라! 아주 마당이 허옇게 되도록 뿌려야겠다!"

저 엉덩이 가벼운 여편네 또 퇴짜 맞고 저 지랄인가? 정작 소금 한 됫박 가져다주면 아까워 뿌리지도 못할 거면서, 쯔쯔쯔. 누가 여인네들만 수다를 떤다고 했던가. 사내들의 입담도 그에 못지않아서, 뱃놈들은 소리 죽여 킬킬대며 주모의 과거사를 안주 삼아 술을 마셨다. 주모에게서 쫓겨나는 이산을 눈여겨보는 사람은 아무도 없었다.

이산은 눈치 빠른 주모 덕에 사람들의 시선을 피해 주막을 나올 수 있었다. 애초에 작은 마을이고 이런 겨울에는 오가는 사람이 더더욱 적은 외진 곳에서 외지인의 존재는 푸른 꽃밭에 핀 붉은 꽃처럼 도드라졌거늘, 고마운 일이었다.

그는 부지런히 발을 놀려 산을 탔고, 그날 해가 지기 전에 새카맣게 탄 집을 만날 수 있었다. 그리 크지 않은 집 서까래는 시커멓게 탔고, 마루는 흔적만 남아있었다. 그럭저럭 정리해 둔 마당에는 까만 발자국이 어지러이 찍혀 있는 것이, 사람 여럿이 다녀간 티가 났다. 아마도, 정 대감의 수하들이 단서라도 하나 찾을까 싶어 집을 뒤지다 찍은 발자국일 게다.

까맣고 검게 탄 집이 이산의 가슴에 얼룩을 만들었다. 초란이 눈치가 빠르고 행동력이 좋아 얼른 몸을 피했기에 망정이지, 혹여나 그대로 집에 남아 있었더라면 어찌 되었겠는가. 정말로 소중한 사람이라면 절대 곁에서 떨어지지 말라던 장율의 충고가 가슴에 사무쳤다. 또 잃을 뻔했다. 전에는 빼앗겼지만 이번엔 정말로 잃을 뻔했다. 서늘한 한기가 드는데 목에서는 땀이 나니 모를 일이다.

한참을 멍하니 그 집을 바라보다가, 이산은 문득 뒤를 돌아보았다. 해가 지고 있었다. 비록 집은 탔어도 그 집에서 바라보던 풍경은 그대로라, 푸른 바다가 붉은 해를 물고 벌겋게 변해가는 모습은 그야말로 장관이었다. 지는 해를 쫓아 달려온 까만 밤이 붉던 하늘을 차지하고 한껏 거드름을 피운다. 밤이 품은 달과 별이 어둔 산에 빛을 뿌렸다. 이산의 입에서 한숨이 흘러나왔다.

'너는 이런 풍경을 보고 있었구나.'

거세게 뺨을 두드리는 바닷바람에서는 비린내가 났고 말린 조개와 생선으로 만든 찬거리는 입에 맞지 않았다. 가끔 제대로 보관하지 못한 음식을 먹게 되는 날에는 여지없이 배탈이 났다. 이산은 바다도, 해물도 싫었다. 좋아하기는 어려워도 싫어하기는 참 쉬운 것이 사람이라. 하지만 이런 풍경을 매일같이 볼 수만 있다면. 그대와 함께 볼 수만 있다면. 그렇다면…… 좋아할 수 있을지도 모르겠다.

이산은 주모에게 장담했던 대로 그 폐가에서 하룻밤을 머물렀고, 북쪽을 향해 발걸음을 재촉했다. 주모가 들었고 말한 건 남쪽으로 간다 했다는 것뿐이라는데 정 대감이 초란을 찾지 못했으니, 남쪽은 아니리라. 아무리 정신을 놓고 살았다지만 긴 세월, 자신을 감쪽같이 속인 솜씨를 생각하면 초란은 분명 말로 한 것과는 다른 방향으로 갔을 터였다.

그렇게, 이산은 천천히 초란의 흔적을 쫓아가기 시작했다. 그건 결코 쉬운 일이 아니었다. 대부분의 흔적은 누군가 애써 지운 것처럼 뭉개져 있거나 사라지고 없었고, 가끔은 교란이라도 하려는 양 엉뚱한 곳을 가리키기도 했다. 덕분에 뜬금없는 곳으로 빠져 시간을 보내는 일이 왕왕 있었다. 그 사이에 야속한 시간은 멈출 줄 모르고 흘러, 동장군의 기세는 더욱 맹렬해졌고 사람들의 옷은 더욱 두꺼워졌다. 그래도 이산의 걸음에는 점점 속도가 붙었다. 뭉개진 흔적과 일부러 남긴 흔적 사이의 미묘한 차이를 슬슬 알아보기 시작한 탓이다. 표영이 자신을 따라오라는 듯 남겨놓은 흔적이 그를 부르고 있었다.

동글동글한 돌멩이 세 개가 옹기종기 모여 있는 걸 보며, 이산은 미간을 찌푸렸다. 이거 일부러 이런 건가? 그렇겠지? 설마하니 이렇게 비슷한 크기의 돌이 이렇게 예쁘게 놓여 있을 일은 없을 테니. 게다가 갈림길이고. 표영이라는 작자는 대체 어떻게 생겨먹은 작자이기에 표식을 이렇게 애매모호하게 남기는 건지 모르겠다. 만나기만 하면 뒤통수를 때려주리라.

위장을 하느라 평범한 선비처럼 갓을 쓰고 도포까지 챙겨 입은 이산이 휘적휘적 걷기 시작했다. 돌멩이가 가리키는 방향대로 왼쪽 길을 따라 걷는 걸음에 심술이 묻어 있었다. 한데 이를 어쩌나. 그 길의 끄트머리에 있는 건 초란이 머무는 산촌이 아니라 장이 서는 큰 마을이었다.

삼 일에 한 번씩 장이 서는 마을은 부근의 물자가 모두 모여드는 큰 마을이었다. 당연히 사람도 많고 집도 많고 뭐든 많아 복작복작 정신이 없다. 이산은 한 걸음 내디딜 때마다 어깨를 부딪치는 사람들에게 질려 작은 골목 입구에 서서 한숨을 내쉬었다. 이런 소란스러움이라니, 생각도 하지 못했다. 이 틈바구니에서 어떻게 또 흔적을 잡을까 싶어 그의 얼굴에 그늘이 졌다.

잘 잡히지도 않는 흔적을 좇아 길바닥을 헤매던 이산은 몰랐겠지만, 앞으로 보름만 더 있으면 설이었다. 명절이라는 말이다. 장사치들이 겨우내 창고에 넣어 보관하고 있던 온갖 물건들이 슬금슬금 풀려나오기 시작할 때였고, 추운 날씨만큼 차갑게 얼어붙은 인심에 고생하던 사당패들이 신이 나는 무렵이었다. 다가올 춘궁기가 걱정이 되어도 이때만은 후해지는 인심이었다.

이런 소란의 한복판을 들어온 것이니, 이산이 걸을 때마다 어깨를 부딪치는 게 무에 이상하랴. 그가 무인의 복장을 하고 다녔다면 또 모르되, 어설피 갓을 쓰고 도포를 챙겨 입은 꼴이 촌에서 갓 올라온 얼뜨기 서생 같아 사람들은 두려움 없이 그를 스쳐 지나갔다. 거 저 키 큰 서생 도포자락 끄트머리가 시커먼데 좀 빨아 입지, 중얼대면서.

이산은 느릿한 걸음으로 장을 돌아다녔다. 고운 비단 몇 필 만져보다 주인에게 한소리 듣기도 하고, 군밤 장수에게 잘 익은 군밤 한 알 얻어먹기도 했다. 그러곤 길을 잃기라도 한 것처럼 같은 골목을 빙글빙글 돌았다. 이산이 나비를 닮은 빗을 파는 방물장수 앞을 네 번쯤 지나쳤을 때, 흐트러진 기척이 그의 감각에 걸려들었다. 희미한 미소가 그의 입가에 떠올랐다가 곧 사라졌다.

'다른 자들이야.'

정 대감이 보낸 꼬리들이 죽을 둥 살 둥 자신의 뒤를 좇고 있는 건 진즉에 알고 있었지만, 그는 그냥 내버려 두었다. 뒤늦게 돌아본 딸이라지만 정 대감은 초란의 아비였고 아비가 딸을 찾겠다는 것에 훼방을 놓을 수야 없었으니까. 한데 지금 느낀 기척은 낯선 느낌이 들었다.

이산은 뒤를 돌아보았다. 까만 머리통, 바글바글한 좁은 길, 정 대감의 수하를 찾으려 풀었던 기감에 잡힌 낯선 기척은 어딘지 익숙하면서도 기분이 나빴다. 낯선 이가 자신의 머리부터 발끝까지 샅샅이 살펴보고 있다는 것이 확연하였다. 한데 곧 사라져 느껴지지 않으니 이산의 미간이 확 일그러진다.

"호접부인의 수하로 짐작되는 이들이 초란 아씨를 쫓고 있는 것으로 보이며……."

"있지도 않은 내 수하는 그만 좀 찾으세요."

"내가 그리 물렁한 사내로 보이는가? 부인이 따로 수하를 만들어 부리는 걸 묵인할 만큼?"

상반된 증언, 뒤섞인 이야기들. 이산은 거센 강물에 떠내려가는 나뭇잎 배라도 된 기분이었다. 그 와중에 잡힌 이 낯선 기척은 그를 더욱 혼란스럽게 했다. 하지만 그건 동시에 일종의 희망이 되어주었다. 자신이 제대로 찾아가고 있다는 묘한 확신이 들게 해주었던 것이다.

어쩌면, 곧 만나게 될 수 있을지도 모른다. 이산의 가슴이 희망으로 부풀었다. 그는 어쩐지 콧노래를 부르고 싶은 것을 참으며 흥겨운 걸음으로 주막을 찾았다. 아랫장, 윗장 지나 중앙장을 찾아온 장돌뱅이들과 설에 쓸 물건을 장만하러 나온 촌놈들, 크게 한판 놀고 허기진 속을 달래러 찾아온 사당패가 뒤섞여 주막은 난리가 나 있었다. 주모가 올려 묶은 머리가 풀린 것도 모르고 쟁반을 나르고 있었으니, 무슨 말이 더 필요할까.

그 북적북적한 모습에 잠시 질려 있던 이산은 혀를 끌끌 차고 돌아섰다. 평상에 들어앉아 뜨끈한 국물 한 사발 하고 싶은 마음이 없는 건 아니었지만, 저 개미떼처럼 와글와글한 사람들 사이에 파고들 자신은 없었다. 그런데, 그렇게 돌아선 그의 등에 누군가 머리를 쿵 하고 들이박는 게 아닌가.

"아이코야!"

돌아서서 살펴보니 계집아이라기엔 나이가 좀 많고, 딱 시집가기 좋을 때로 보이는 처녀아이가 제 코를 붙들고 눈물을 찔끔대고 있었다. 그러다 이산과 눈이 마주치자 앙칼지게 소리를 지른다.

"이 복잡한 데서 앞을 막아서고 있으면 어쩌자는 거예요! 사람이 나오는데 좀 피할 것이지!"

"앞을 잘 보고 다녀야 할 건 너지. 내 등 뒤에 눈이라도 달아서 널 피해야겠느냐?"

"누가 그렇대요? 하여간 남정네들이란, 말을 곧이곧대로만 듣는다니까!"

그럼 곧이곧대로 듣지, 비뚤게 들으랴? 이산이 어리둥절해진 사이, 처녀아이는 부딪친 서슬에 떨어뜨린 약첩을 주섬주섬 줍기 시작했다. 왠지 도와줘야 할 것만 같아 이산도 함께 약첩을 줍는데, 이 난리통에서도 어찌나 향이 강한지 코가 막힐 것만 같은 게 여간 독한 약이 아닌 듯싶었다.

"아유, 다 시커매졌네. 아무튼 도와줘서 고마워요. 자, 이건 사례금이에요."

처녀는 이산의 손에 동전 몇 푼을 떨어뜨리곤 도도하게 턱을 치켜들었다. 어서 고맙다 인사라도 하라는 식이다. 차림새로 보나 장신구로 보나 아무리 잘 봐주어도 여염집 딸 이상은 되지 못할 것이 분명한데, 누굴 흉내라도 내는 겐지 제 신분에 걸맞지 않은 행동을 한다. 그를 이상하게 여긴 이산이 동전을 만지작거리기만 할 뿐 인사를 할 기색을 보이지 않자, 처녀는 그게 못내 마음에 들지 않는지 발을 쿵쿵 굴러가며 눈을 샐쭉하니 떴다.

"길을 막아서 약첩을 떨어뜨리게 한 걸 없던 일로 해주고, 도와준 데에 대한 값으로 돈까지 줬는데 인사가 없다니 참 경우 없는 사람이네요. 갓 쓰고 도포 입은 선비들은 그런 예의에 아주 민감하다더니, 다 헛말이었나 보지요? 하긴, 때가 꼬질꼬질한 소맷자락 보았을 때부터 짐작했어야 하는 건데. 아, 저리 비켜요! 난 바쁘다고요!"

저 혼자 있는 성질 없는 성질 다 부린 처녀가 휑하니 주막을 빠져나간다. 그 처녀의 그런 행태는 하루 이틀의 일이 아닌지, 바로 옆에 놓인 평상에서 탁주를 하던 사내가 은근슬쩍 처녀의 흉을 보며 이산을 위로하지 뭔가. 동전을 쥐고 가만히 처녀를 바라보던 이산이 처녀에게 한눈에 반하기라도 했다고 생각한 모양이었다.

"아이고, 형씨. 너무 상심 마오. 저년이 얼굴은 쓸 만한데 성질머리가 못돼먹어서 자주 저런다오. 고맙다고 하면 사내놈이 쉬이 고맙다 소리를 한다고 지랄할 년이니 그냥 그러려니 하시오. 아, 혹시 자리가 없어 나가는 길이었소? 이리, 이리 오오."

아 궁뎅이 좀 비켜봐, 이놈아! 이 육시럴 놈이 얌전히 술이나 처먹지 왜 자꾸 밀어내고 지럴이여! 저기 저 형씨가 자리가 없으시대잖어! 아 그려?

얼큰하게 술이 오른 벌건 얼굴들이 한쪽으로 엉덩이를 치운다. 차마 거절할 수가 없어 이산은 그들이 만들어준 자리에 가 앉았다. 그가 자리에 앉자마자 부리나케 달려온 주모는 시키지도 않은 탁주를 새 사발 가득히 따라주고 가버렸다. 거절할 틈도 없었다. 과연 대단한 장사 솜씨다.

그렇게 이산을 끌어다 제 옆에 앉힐 만큼 오지랖 넓은 사내의 이름은 오형주라고 했다. 그 넓디넓은 오지랖만큼이나 발도 넓어 이 부근에 모르는 일이 없다며 제 자랑을 하던 그는, 무슨 대단한 비밀이라도 가르쳐 주는 양 목소리를 낮췄다.

"아까 그 계집은 자양이라는 년이라오. 요번 북쪽에서 일어난 난리 때문에 아래로 내려왔다는데, 제 할아비가 고향에서는 제법 괜찮은 자리에 있었다며 저리 거드름을 피운다오. 그래봤자 그 말을 믿는 사람은 별로 없지만, 다들 그냥 그러려니 해준다오. 여간 시끄러운 계집이어야지."

"그럼 저 약첩은 그 할아비의 것인가?"

"에이, 왜 사람들이 저년의 말을 못 믿는지 아오? 그 할아비란 작자는 예전에 죽어 나자빠졌다 하는데 다른 식구들은 이 마을에 코빼기도 비추질 않아서 그런 거거든. 죽은 사람이 어찌 약을 먹겠소?"

"그도 그렇군. 그래도 집에 아픈 사람이 있으니 약첩을 사가는 거 아니겠소. 아직 한참 어린 처자가 병간호를 하려면 힘들겠어."

"야아, 형씨는 참 마음도 곱소. 저게 정말 약인지 나는 참 의심스러운데."

오형주가 눈을 가늘게 떴다.

"저게 정말 약첩이면 이런 주막이 아니라 약방에서 챙겨가야지. 말로는 약방의 심부름꾼이 가져다주는 거라는데 저는 발이 없소, 뭐가 없소? 그리고 딱히 내다파는 것도 없는 년이 어디서 자꾸 돈이 나서 비싼 약을 저리 장날마다 사가는지는 아무도 아는 사람이 없다오. 혹시 아오? 꼬박꼬박 챙겨 집에 가져가는 저 약이 약이 아니라 독일지?"

이산은 어이가 없어 그만 웃어버렸다. 그 시원한 웃음에 같이 기분이 좋아진 오형주도 히죽 미소를 지었다. 하긴, 그도 진심으로 한 말은 아니었다. 그저 이상하다고 가끔 생각했던 것이 무심결에 입 밖으로 튀어나왔을 뿐.

"형씨 웃는 얼굴이 아주 보기 좋소. 그래, 그렇게 사내답게 잘생긴 얼굴인데 좀 펴고 사시오. 그럼 여자가 줄줄이 따라붙을 거니."

"나는 딱 한 명이면 족하다오."

"이런 순진한 사내를 보았나. 무릇 사내라 함은, 삼처사첩을 거느리는 꿈 정도는 꿔줘야 하는 것 아니겠소? 첫째 부인은 현숙하고, 둘째 부인은 요리에 재주가 있고, 셋째 부인은 애교가 있었으면 좋겠군. 그리고 첫째 첩은 춤을 잘 추고 둘째 첩은 노래를 잘하고……."

오형주가 입에서 침을 튀겨가며 열변을 토하기 시작했다. 그래, 축첩이 당연한 시대다. 이름 있는 사대부일수록 둘째부인 두는 것을 별스럽지 않게 여기는 풍조에서 오형주가 그런 꿈을 꾸는 거야 뭐라 나무랄 수 없는 일이었건만, 이산은 묘하게 입맛이 썼다. 자신은 단 한 명을 품고 그리는 것도 이리 힘든데, 부인 여럿을 두는 사람들은 대체 어떤 사람들이려나. 그 경원왕 정도는 되는 배포를 가진 자들인가. 새삼 초란을 생각한 이산의 어깨가 저절로 내려앉는다.

"이보게, 엉덩이 좀 치워보이."

꼬장꼬장한 성질머리가 얼굴에 그려진 듯한 장년의 사내가 이산의 어깨를 두드렸다. 안 그래도 좁아터진 평상에 사람이 한 명 더 들어오려 하니 여기저기에서 원망의 소리가 터져 나오건만, 그는 꿋꿋하게 엉덩이를 들이밀었다. 얼큰하게 술이 오른 오형주가 낄낄 웃으며 제 몫의 술을 권했다. 사내는 오형주가 준 술을 기꺼이 받아 마시고 입가에 묻은 술을 슥 훔쳐내더니 젓가락을 상다리를 두드리며 주의를 끌어 모았다. 그러곤 우렁우렁하게 큰 목소리로 말을 시작하는 것이다. 사람들의 시선이 죄다 그에게로 몰려들었다.

"삼처사첩? 그거 참 좋지. 밤마다 다른 여자의 살 냄새를 맡으며 자는 건 모든 사내들의 꿈 아닌가. 한데 이보게들, 생각 좀 해보게. 하나 있는 마누라 바가지도 견디기 힘든데 그 바가지 긁는 사람이 일곱이나 되면 어찌 견딜 겐가?"

"아이고, 그 꼴을 당하느니 차라리 총각으로 늙어 죽어야지! 몽달귀신이 되어도 그보단 편할걸세!"

와하하하—. 누군가의 엄살에 여기저기에서 웃음이 터졌다. 사내가 히죽 웃고 말을 이었다.

"자아, 내 지금부터 내 말을 좀 들어봄세. 그러니 삼처사첩을 하려면 저기 높으신 님네들처럼 돈도 좀 있고 지위도 좀 있고 그래야 한단 말이지. 그래야 어디 가서 눈먼 동전이라도 주워오너라 하는 바가지는 안 긁히는 법이거든. 그렇다고 그 님네들이 바가지를 안 긁히느냐? 그건 또 아니란 말씀이야! 여인네들의 투기란 아주 무서워서, 때로는 저어기 조정의 정치하시는 양반들보다 더 독하기 마련이거든. 내가 아주 재미있는 이야기를 아는데, 좀 들어볼 텐가?"

그는 이야기꾼이었다. 주모가 은근슬쩍 그의 앞에 놓아둔 작은 바구니에 다투어 동전이 쏟아지고, 사내는 청산유수로 말을 시작했다.

이 사람들아, 저기 대국 금오에서 황제가 바뀌었다는 소식을 아는가? 전 황제로 말할 것 같으면, 강력한 경쟁자였던 제 형을 제치고 황위에 올라 무소불위의 권력을 휘두르던 왕 중의 왕이었다네. 그런 사람을 거꾸러뜨린 새 황제는 바로 전 황제의 육촌동생이라는군! 본디 경원왕이라고 불리던 그에게는 아내가 둘 있는데, 하나는 금오의 장군에게서 빼앗아온 나비요, 하나는 도망가는 것을 붙들어 꺾은 연꽃이라. 이 둘의 이야기를 하려는데……. 이런, 목이 마르는군. 술 한 잔들 사시게나. 껄껄껄!

어허, 시원타. 아, 주모 솜씨가 좋구먼. 허긴, 그러니 이 목 좋은 곳에서 이리 장사를 하고 있겠지. 자, 목도 축였으니 마저 이야기함세.

본래 부부란 것은 요렇게, 요렇게 발을 묶고 함께 길을 걷는 동반자 같은 것인데, 둘 있는 부인을 전부 빼앗거나 꺾어와 제 것 삼은 사내니 그야말로 천성이 약탈자라. 한데 그 벌이라도 받는 것인지, 첫째부인 되는 나비에게서 아이를 못 보지 않았겠소. 그렇다고 둘째부인 되는 연꽃에게서 아이를 보았느냐? 그것도 아니란 말씀이오. 스쳐가는 인연에게서만 줄줄이 애가 태어나니 거참 귀신이 곡할 노릇이라.

본디 부인의 위치란 것이 집안 식구 잘 다스리고 내조 잘하면 그만이긴 한데 아이를 못 낳으면 그게 또 문제가 되지 않겠소?

하물며 저 높은 곳에 있는 사람인데. 근데 아이를 못 낳는다, 구박하고 훌쩍 내보내기에는 이 두 부인이 워낙에 재주가 좋아 내조를 좀 잘했어야지. 내 한번 읊어보리다.

첫째부인 나비는 이미 시집오기 전에도 이름난 미녀이더니 나이 서른이 다 된 지금도 금오에서 손꼽히는 재녀요 미녀라. 눈웃음 한 번이면 마음 흔들리지 않는 사내가 없고 꾀꼬리 같은 웃음소리 한 번이면 넘어가지 않는 사내가 없다더군. 가히 경국지색이라 할 만한 그 미모에 알아주는 재녀이기까지 하니 그 내조가 어마어마했다지!

금오의 수도에서 흐르는 온갖 소문 중 나비의 귀를 피한 것이 없고 나비의 손을 거쳐 가지 않은 게 없으니……. 그 손길이 어디까지 뻗쳤느냐? 아래로는 수도 대로에서 나뒹굴며 빌어먹는 거지새끼 입담부터 시작하여 위로는 황제폐하 아침 산책길에 들여다보는 상소문 올릴 관리까지 다아 그 부인 손아귀에 있었다오. 하니 전 황제는 그 부인이 보여주는 것만 보고 들려주는 것만 듣고 있었던 게지. 그러니 이보게들, 한낱 여인네라 무시하지 마오. 혹시 아는가? 자네 밤일 부실하다는 소문이 동네에 자자한데 본인만 모르고 있을지. 낄낄낄!

그럼 둘째부인 연꽃은 무얼 했느냐? 아까 저 오형주란 놈이 첫째부인은 현숙했으면 좋겠다, 하고 주절거리던데 딱 그렇게 현숙한 여자가 바로 그 둘째부인 연꽃이요. 첫째부인 나비가 사방을 돌아다니며 시선을 끌어 모아 내조를 하는 동안 경원왕의 첩들이 오죽 나댔는지, 사람들 사이에서 수군수군 소문이 퍼질 정도였다오.

연꽃은 첩들이 뒤에서 독을 쓰네, 뭐하네 이러는 꼴을 내내 가만히 보고만 있다가 그 첩들을 한손에 휘어잡고 고스란히 나비에게 가져다 바쳤으니, 나비가 그 목을 슬렁슬렁 썰어다 저잣거리에 내돌리고 제 바로 아랫자리에 연꽃을 앉혀두었다오. 경원왕이 그리 계집을 휘두르고 다녀도 집안은 조용했던 것이 다 연꽃의 공이지.

무섭다고? 아이고, 이 사람아. 저 윗님들네 사정은 우리 같은 민초랑은 다르다는 걸 모르는가? 나비가 또 보는 눈은 있어서, 연꽃은 나비 자리에는 눈곱만큼도 탐을 내지 않고 제자리에서 할 일을 했으니— 경원왕의 곳간은 나날이 불어가고 종의 수도 나날이 늘어갔다오. 그야말로 재산을 늘리는 데 탁월한 역할을 했지. 연꽃은 재산을 불리고, 나비는 그걸 감추고. 캬, 대단한 부인네들 아니오.

이 재주 있는 두 여자가 한 서방을 두고 사이가 안 좋으냐? 아니거든. 어찌 보면 서방 되는 경원왕보다 더 사이가 좋아 누가 보면 친동기간이라고 해도 믿을 정도였다니 거 참, 경원왕 참 복 터진 사람이요. 한데 하늘은 공평하여서, 경원왕에게 그리 복을 주면 안 되겠다 싶었나 보오. 아, 아이가 없는 게 박복한 거 아니냐고? 아니, 아니지. 남편도 젊고 부인들도 젊으니 아이야 언젠가는 생길 거 아니겠소. 문제는 이거라오.

절치부심 칼을 갈아온 경원왕이 육촌형님을 거꾸러뜨리고 지고한 자리에 올랐을 때, 그의 곁에 서서 황후의 관을 쓸 사람이 없었던 거라오! 부인이 둘이나 되고 사이도 좋았다며 왜인지 궁금하오? 허허, 이를 어쩌나. 내가 좀 졸린데. 산 넘고 물 건너 몇

날 며칠을 걸었더니 다리도 아프고 피곤한데 술 한 잔 들어가니 배가 불러 그런지 한숨 자야 쓰겠소. 아, 시끄럽소. 정 이 뒷이야기가 궁금하거들랑, 하룻밤 푹 자고 내일 봅시다.

안 그래도 복잡하던 주막은 입담 좋은 이야기꾼이 나타나면서 더욱 복잡해졌다. 자양이는 그 소란스러움을 뒤로하고 발을 재게 놀렸다. 이번 장에 산 물건들은 죄다 미리 짐꾼에게 맡겨 보낸 지가 오래였으니, 이제 품에 안은 약만 잘 감춰 가지고 가기만 하면 되는 일이었다.

약.

품에 안고 있던 약에 생각이 미친 자양이는 인적 드문 골목에 숨어들어 약을 확인했다. 어찌나 호되게 내팽개쳐졌었는지, 허연 봉지는 시커멓게 때가 타 있었다. 혹시나 떨어뜨렸을까, 터지진 않았을까 확인하는 손길이 조급하기도 하다. 하나, 둘, 셋……. 모두 무사하다는 걸 확인하자 저절로 안도의 한숨이 흘러나왔다.

'혹시나 이게 터지기라도 했다면……. 어유.'

무서운 생각을 했다는 듯, 몸을 부르르 떠는 그녀다. 자양이는 다시금 약을 잘 갈무리했다. 자신을 양민으로 만들어 줄 약이었다. 약을 챙겨 사뿐사뿐 걷는 걸음에서 즐거움이 묻어났다. 그 걸음은 마을을 벗어나 휑하게 마른 들을 지나 산길로 접어들면서 서서히 느려지다가 어느 공터에 이르자 완전히 멈췄다. 빨래라도 널어 말릴 수 있을 것처럼 널찍한 바위가 있는 공터였다. 한데 이게 무슨 조화인지, 분명 먼저 온 짐꾼이 그 위에 올려뒀을 물건들이 하나도 보이질 않았다. 자양이의 안색이 희게 질렸다.

'이럴 리가 없는데?'

박 씨는 벌써 몇 번이나 짐을 맡겼던 짐꾼이었다. 대대로 그 마을에 살았어도 농사지어 먹고 사는 땅은 손바닥만 하여 입에 풀칠하기 힘든 사내였고, 그럼에도 나이 들고 아픈 부모님을 부양하느라 뼛골이 빠지도록 일하는 사내였다. 그 효심이 깊고 성실하다 마을 내에서도 칭찬이 자자한 사람이라, 자양이도 믿고 그에게 짐을 맡기곤 했던 것이다. 한데 이리 짐이 감쪽같이 사라지고 없으니 그야말로 한 길 사람 속은 모른다던 말이 꼭 맞는다.

쿵쿵쿵. 심장 뛰는 소리가 이리 컸던가 싶게 귓가에 소리가 울리고 숨이 턱턱 막혀왔다. 눈앞이 어지러워 갑자기 현기증이 났다. 자양이가 모시는 초란 아씨는 무섭고 엄한 주인이라, 종이 개인적인 볼일을 보느라 짐꾼을 따로 올려 보냈다가 짐을 몽땅 잃어버린 걸 알면 절대 종을 가만둘 사람이 아니었다.

한겨울 칼바람보다 매서울 매질은 어찌 견딜 것이며, 듣는 것만으로도 눈물이 찔끔 나올 독설은 어찌 참아내야 하나. 게다가 착한 척 다정한 척 주변을 맴돌며 부아를 돋울 소람이는 어찌 견디고.

자양이는 발을 동동 굴렀지만, 그런다고 없는 짐이 다시 돌아오는 것은 아니었다. 지금 당장 다시 내려갔다가 올라오기에는 시간이 너무 늦었기도 하고 말이다. 일전에 하룻밤 자고 올라왔다가 어찌나 호되게 혼이 났는지, 자양이는 감히 다시 내려갈 엄두도 내지 못했다.

'변명을 해야 해, 변명을…….'

희어졌다 붉어졌다 얼굴색을 휙휙 바꿔가며 고민하던 자양이는 제 안에 감춰뒀던 약봉지를 꺼내 꽉 움켜쥐었다. 가진 것이라고는 이것뿐이니, 이것으로라도 상황을 면피해 볼 요량이었다. 단단히 마음먹고 길을 걷는 그녀의 뒤로 긴 그림자가 늘어져 흐늘거렸다.

저녁때가 다 되어서야 도착한 자양이를, 소람이는 그야말로 버선발로 뛰어나가 맞이했다. 소람이의 얼굴에 어린 초조함이 어찌나 짙던지, 자양이는 소람이가 입을 열기도 전에 그 입에서 나올 말을 다 들은 기분이었다.

"어찌 이리 늦었어! 어머니께서……!"

"알아, 알아. 화 많이 나셨겠지?"

"알면서 이리 늦음 어째! 빨리 들어가 봐. 응? 일단 내가 너에게 부탁한 것이 있어 늦는 거라고 해두었으니, 그리 대답하구."

소람이는 제 치마주머니에서 산새가 그려진 빗을 하나 꺼내 막무가내로 자양이의 손에 쥐어주었다. 내가 새 빗을 부탁하여 네가 늦었다고 해, 응? 알았지? 자양이는 대답 대신 입술을 깨물었다. ……네가 뭔데, 네가 뭔데 나를 이리 감싸나. 어차피 나와 같은 종년이었던 주제에 어쩌다 아씨의 눈에 들어 수양딸이 되었다고 배려해 주는 척 사람을 비참하게…….

"왔으면 빨리 고하지 않고 뭐하느냐!"

벼락같은 노성에 자양이의 어깨가 놀라 튀어 올랐다. 자양이는 소람이가 쥐어주었던 빗도 내던지고 급히 마루로 뛰어올라 문 앞에 꿇어 엎드렸다. 대충 둘러맨 낡은 댕기가 애처롭게 흔들렸다.

"아씨, 늦어서 송구합니다."

"알면 다행이구나. 내 너에게 할 말이 있으니, 들어오너라."

매번 문 밖에서 차게 내치시던 분이, 웬일로 안에 들어오라 하실까. 자양이는 잠시 망설이다가 초란의 방문을 열었다. 그리고 한 발을 내딛는데, 아 그 발 내딛는 기분이 어째 호랑이 굴속으로 발을 밀어 넣는 것 같아 심장이 죄어오더라. 그래도 종년 신분에 주인의 말을 거역할 수 없어 들어가자마자 납죽 엎드리니, 정수리에 닿는 시선이 따갑기만 하다.

"자양이 너, 짐꾼을 썼더구나."

"예, 아씨. 짐이 많아 소녀가 지고 오기엔 너무 무겁기에……."

"그야 그럴 수 있지. 내 그것 가지고 나무랄 만큼 못난 주인은 아니란다. 한데, 그 짐꾼을 따로 올려 보낸 건 대체 무슨 연유인지, 내 들어야겠구나."

자양이의 가슴이 덜컥 내려앉았다. 내가 짐꾼을 따로 보낸 걸 어찌 아셨을까. 설마하니, 그 입 가볍고 성질 못된 호위무사란 놈이 짐꾼을 보기라도 했던 걸까. 작은 머리통에서 생각 굴러가는 소리가 요란하여 초란의 미간이 저절로 찌푸려지고 만다.

"표영이 지키는 이 하나 없는 짐을 죄다 가지고 올라왔다! 어이 된 일인지 내 묻지 않더냐!"

과연 자양이의 짐작대로 그녀가 올려 보낸 짐을 표영이 먼저 발견한 것이 맞았다. 그리고 자양이를 기다리지 않고 자신이 죄다 집으로 들어 날랐던 것이다. 망할 인간 같으니라고. 자양이는 내일 그에게 퍼줄 밥에 돌을 왕창 넣기로 결심했다. 먹다가 이나 깨져보라지.

자양이는 손에 꼭 쥐고 있던 약첩을 초란에게 내밀었다. 생각지도 못한 약첩의 등장에 초란이 고개를 갸웃거린다.

"다른 게 아니오라……. 요새 들어 아씨께서 자주 머리도 아프시고 기침도 하시고 그러시니 소녀가 걱정이 되어 의원에게 들렀다 왔습니다. 뒤늦게 생각이 난 것이라 박 씨에게는 그 바위 위에 물건을 올려놓으라고 해두고 부리나케 다녀왔는데, 의원이 말만 듣고 약을 짓기는 어렵다며 이리 캐묻고 저리 캐물으며 너무 꾸물거려서 이리 늦었지 뭡니까요."

"……약값이 비쌌을 것인데."

"아씨께서 주시는 돈이면 충분합니다."

당장이라도 회초리질을 할 기세였던 초란의 얼굴이 누그러졌다. 힐끔힐끔 초란의 눈치를 살피던 자양이는 남몰래 안도의 한숨을 내쉬었다. 오는 내내 생각해뒀던 거짓말이 입에 기름이라도 바른 양 술술 나오는 것이, 자신에게 이런 재주가 있었나 싶어 스스로가 대견할 지경이었다.

"다음부터는 이런 것 사올 필요 없느니라. 그러니 짐꾼을 따로 보내지도 말며, 쓸데없는 데에 돈을 쓰지도 말아라. 알겠느냐?"

"예, 아씨."

"이만 나가도 좋다. 벌써 저녁때가 되었으니, 속히 상을 차려 올리어라."

자양이는 머리를 몇 번이나 꾸벅대며 방에서 나왔다. 탁, 문을 닫자마자 등에 고였던 땀이 주르륵 흐르는 것이 느껴졌다. 아, 무사히 넘겼구나. 자양이는 말갛게 웃다 말고 문득 약첩에 시선을 주며 인상을 썼다. 겉으로야 이렇게 멀쩡한 약첩으로 보이지만은, 이걸로 정말 탕약을 만들 수 있을지는 그녀도 몰랐다. 그들이 자신에게 가르쳐 준 방식은 탕약이 아니었던 것이다.

약첩을 들고 고민에 빠진 자양이를 어찌 보았는지, 안절부절못하고 있던 소람이가 냉큼 달려와 자양이의 손을 붙들고 호들갑을 떨었다. 종아리는 멀쩡한지, 등은 괜찮은지, 자꾸만 확인하려 하는 것이야 동무를 위한 마음에서 우러난 것이겠지만, 그건 자양이에게 그리 달가운 관심이 아니었다. 소람이가 탁, 소리 나게 내쳐진 손을 부끄러워하며 등 뒤로 감춘다.

"넌 내가 맞지 않고 나온 게 그리 신기하니?"

"미, 미안……. 난 그저 기쁜 마음에……. 그런데, 그 약첩은 또 무어야?"

"아씨께 드릴 기침약이야."

"아, 어머니 기침이 좀처럼 멎질 않으시지……. 그런데 약탕기는 있고? 이거 꽤 본격적으로 달여야 하는 약 같은데."

자양이가 혀라도 깨문 듯한 얼굴을 하는 걸 보고, 소람이는 피식 웃고 말았다. 이제는 아득하게 느껴지는 그날의 습격 이후, 표영은 소람이와 초란의 발을 꽁꽁 묶어두었다. 자신은 하나고 지켜야 할 사람은 둘이니, 멀리 가지 말라는 것이다. 덕분에 자양이 홀로 장을 보러 다니니, 가끔은 이런 실수도 하는 것이겠지. 소람이는 자양이의 손에서 약첩을 빼앗아 들었다. 보기보다 무거운 약첩에서는 코가 마비될 것처럼 진한 향내가 났다.

"이건 한동안 보관만 해야겠다."

"뭘, 다음 장에서 사오면 돼. 내일 모레면 또 장 서잖아."

"표영이 그러는데, 당분간 나가지 말래."

자양이의 미간이 일그러졌다. 그, 뺀질뺀질한 주제에 이상한 곳에서 꼬장꼬장한 사내가 그리 당부했다면 당분간 장에 가는 일은 포기해야 한다. 그렇다고 저 약첩이 사실은 진짜 약첩이 아니라서 약탕기가 필요 없다고 이실직고를 할 수도 없는 노릇 아니냐. 자양이는 까맣게 타는 속을 억지웃음으로 감추고 손을 내밀었다.

"어쨌건 내놔. 네가 그걸 들고 가서 뭘 어찌할 수 있는 것도 아닌데 뭘 그리 들고 있어? 무겁게."

"아니, 그건 알지만. 어머니 약이니까 약탕기가 생기면 내가 달여 드릴래. 그때까지 보관만 하는 거라면 나도 잘할 수 있어. 그나저나 얼른 상 차리러 가봐야지 않아? 도와줄까?"

자양이가 선뜩한 눈으로 소람이를 바라보니, 흡사 새끼 잃은 여우가 제 새끼 잡아먹은 살쾡이를 노려보는 눈이라. 소람이는 어쩐지 등골이 오싹한 기분이 들어 슬그머니 뒷걸음질을 쳤다.

"……싫으면 말구……."

"……비켜. 네 말대로 빨리 저녁상을 차려야 하니까."

허겁지겁 비켜준 소람이의 곁을 지나는 자양이의 뒷모습에서 찬바람이 분다. 자양이는 그대로 부엌에 처박혀 바지런히 음식을 했다. 꼭두새벽부터 일어나 장에 다녀오느라 온몸이 물먹은 솜처럼 피곤했지만 쉴 수는 없는 일이었다.

미리 불려두었던 쌀을 가마솥에 넣고 물을 가늠해 밥을 짓는 동안 말린 시래기를 불려 넣고 된장을 풀어 국을 끓이고, 결 고운 황태포를 한입 크기로 찢어 쌀뜨물에 보드랍게 불린 뒤 매콤하게 무쳤다. 장에서 사온 고소한 두부를 기름에 지져 올리고 슬슬 익어서 퐁퐁 기포를 터뜨리는 동치미를 한 사발 떠내는데, 투명한 동치미 국물에 물이 톡, 떨어진다.

"……비라도 오나."

날은 어두워졌어도 하늘에는 구름 한 점 없는데 그게 설마 비이겠느냐. 입으로야 비라도 오느냐, 말하여도 그게 비가 아니라는 건 자양이가 더 잘 알았다. 제 눈에서 쏟아지는 눈물을 어찌 모를까. 가슴 위에 돌이라도 올려놓은 양 속이 갑갑하고 터뜨리지 못한 화가 부글부글 끓어오른다. 자양이는 가슴에 맺힌 화를 기어이 입 밖에 내고 말았다.

"나쁜 년. 못된 년. 저만 착한 줄 아는 죽일 년……. 나는 이렇게 힘든데, 너는……."

일전에 바쁜 자양이를 돕겠다며 소람이가 몰래 반찬 몇 가지를 해 올린 날, 자양이는 초란에게 종아리에 피가 맺히도록 맞았다. 어느 종년이 감히 제 할 일을 주인에게 미루느냐며 매질하는 초란은 무서웠고 맞는 자신을 감싸지 않고 슬금슬금 초란의 눈치만 보다가 슬쩍 다가와 미안하다 말하던 소람이는 죽이고 싶도록 미웠다. 저녁 상차림에 손을 거들었다간 자신이 초란에게 맞을 걸 뻔히 알면서 돕겠다 말을 꺼내는, 그래서 자신의 입으로 거절하게 만드는 그 착한 척이 소름끼치도록 싫었다.

'지는 편하겠지. 나는 도와주려고 했는데 자양이가 거절했으니까, 어쩌고저쩌고. 빌어먹을 년, 뒷감당은 다 나한테 미뤄 버릴 거면서.'

입으로는 욕을 하고 속으로는 원망을 퍼부으면서, 자양이는 손을 빠르게 움직였다. 어느새 상 세 개가 뚝딱 완성되었다. 초란, 소람, 표영에게 내갈 상이었다. 자양이는 제 솜씨에 걸맞게 예쁘고 정갈하게 차려진 상을 가만히 바라보다가 찬장 구석에 숨겨 두었던 작은 단지를 꺼내들었다.

그건 양념을 담아 두었다고 생각하기엔 컸고, 찬을 담아 두었다고 생각하기엔 작았다. 자양이가 뚜껑을 열고 누렇게 변색된 종이마저 벗겨내자 짙은 약 냄새가 훅 하니 퍼져 나왔다. 그건 소람이가 빼앗아간 약첩에서 나던 냄새와 아주 비슷한 냄새였다.

오형주는 자양이를 두고 딱히 내다파는 것도 없는 년이 어디서 자꾸 돈이 나서 비싼 약을 저리 장날마다 사가는지는 아무도 아는 사람이 없다며 혀를 찼었다. 그의 말처럼, 자양이가 약을 받아오는 건 이번이 처음이 아니었다. 다만 약의 존재가 알려진 것이 처음일 뿐이지.

자양이는 잠시 망설였다. 길 잃은 아이가 갈림길을 앞에 두고 어쩔 줄 몰라 하는 것처럼, 그렇게. 그러나 그 망설임도 잠깐. 그녀는 아주 조심스럽게 약을 떠냈다. 마치 상처에 바르는 고약처럼 까맣고 진득한 약을 손톱만큼 떠내어 초란에게 올리는 상에 놓인 간장 종지에 떼어 넣었다. 그리고 조심스럽게 살살 풀어냈다. 작은 단지는 다시 뚜껑이 덮인 채로 찬장에 돌아갔다. 단지를 숨겨두는 자양이의 얼굴에 허연 서리가 끼어 있었다.

자양이가 차려낸 세 개의 상 중 두 개는 초란의 방으로 들어갔고, 표영 몫의 상은 조각보에 덮인 채 부엌 구석에 놓였다. 사냥해 오는 짐승도 없으면서 매번 피비린내를 묻히고 돌아오는 호위무사는 오늘도 늦을 모양이었다.

소람이는 국을 떠먹다 말고 힐끔힐끔 초란을 쳐다보았다. 초란은 단정하게 앉아 숟가락질을 하고 있었는데, 그 고운 자태와는 상관없이 어딘가 위태롭게 느껴져 눈을 뗄 수가 없었다. 그녀의 안색은 핏기 없이 허옇게만 보였고 가느다란 목에는 푸른 핏줄이 도드라졌다. 부쩍 마른 손에서 굵지도 않은 손마디가 제 존재감을 과시하고 있었다.

소람이의 시선을 느낀 초란이 슬쩍 고개를 돌리자, 소람이는 냉큼 고개를 숙이고 아무것도 보지 않은 척 시침을 떼었다. 그래봤자 초란의 눈을 속일 수는 없어서, 초란의 말라붙은 입가에 잔웃음이 비집고 흘러나왔다.

"내가 먹는 걸 본다고 네 배가 부르는 것도 아닐 텐데, 뭘 그리 열심히 보는 게냐?"

"……어머니 너무 마르셔서 걱정이 되어 그러지요……."

"쓸데없는 걱정이야. 고뿔이 심하게 들어 식욕이 당기질 않으니 그런 걸. 너나 자양이나 내 걱정이 대단하니 내 고뿔도 금방 낫겠구나."

"어디 저나 자양이만 걱정한답니까. 표영도 걱정이 대단하던걸요. 그러니 어머니, 숟가락 놓지 말고 더 드셔요. 자양이가 어머니 좋아하시는 두부를 지져 내왔는데 그리 남기시면 제가 토라질 거여요."

"남기면 큰일 나겠구나. 소람이가 토라지면 표영이 힘들 터이니, 내 그이를 위해서라도 다 먹어야겠다."

"예에? 제가 토라지는 거랑 표영이 힘든 거랑 무슨 상관이 있다고 그러셔요?"

소람이는 짐짓 목소리를 높이며 항의를 했지만, 벌써 벌겋게 열이 오른 얼굴은 감출 수가 없어 초란의 놀림거리가 되고 말았다. 표영이 자리를 비우면 안달복달하며 그를 기다리다가, 그가 피비린내를 묻히고 돌아오면 부리나케 달려가 어디 다친 곳은 없는지 확인하니 소람이의 마음이 어디에 가 있는지는 너무나 뻔한 것이었다. 표영, 그 눈치 빠른 사내가 소람이의 마음을 영 알아채지 못하는 것이 우스워 초란은 두 사람이 아옹다옹하는 걸 보는 재미로 하루하루를 넘기고 있었다.

"내 심부름으로 멀리까지 갔다가 기껏 돌아왔더니 네가 토라져 있으면, 그치가 얼마나 서운하겠니."

"예? 심부름이요? 멀리 보내셨어요? 어디로요? 언제쯤 돌아오나요?"

"두부가 맛있구나. 아, 간장이 맛있는 겐가……. 자양이의 음식 솜씨가 아주 일취월장하는 게, 앞으로가 기대가 돼."

모른 척 영 딴소리를 하는 초란이 미워 소람이가 눈을 흘긴다. 초란은 유연하게 그 시선을 받아넘기고 킬킬 웃었다. 기름에 지진 두부를 간장에 찍어 먹으면서, 초란은 표영을 생각했다.

출신이 의심스럽다 하나 실력만은 확실한 그 사내는 활달하고 웃음이 많은 사람이었다. 그 덕분에 넘긴 위기가 몇인지 이제는 새삼 손가락을 꼽고 싶지도 않았다. 그런 그가 아주 진지하게 사람이 더 필요하다고, 이제는 본가에 연락을 취해봐야 하지 않겠느냐고 말해온 것이 바로 어제의 일이었다.

"아씨, 언제까지 이리 사실 겁니까? 계속 여기 숨어 틀어박혀 있으면 뭐 상황이 좋아진답니까? 이제라도 아씨 아버님께

연통을 넣고 보호를 요청하시지요. 저들의 요청을 공식적으로 표면화하면 저놈들도 지금처럼 대놓고 덤비지는 못할 것 아닙니까. 이제는 소람이 몰래 옷에서 피 빼는 것도 지겹습니다."

갈수록 잦아지는 표영의 외출과 짙어지는 피비린내에 초란도 위기감을 느끼고 있던 차였다. 하지만 그녀가 위기감을 느끼면서도 본가에 연락을 하는 것을 주저하는 것은, 스스로도 확신하지 못하는 답 때문일 것이다. '필요와 애정 사이에서 아버님은 무엇을 선택할 것인가'라는 오래된 질문 말이다.

필요가 있어 애정을 주었다 하여도 그 애정이 시간이 흘러 진짜 애정이 되었으니 자신을 감춰주셨으리라, 감히 짐작은 해보지만……. 금오에서 자신을 원한다는 걸 알았을 때에도 아버님은 애정을 선택하실 것인가.

나란히 놓인 접시 중에서 필요를 고르신다면 차라리 혀를 깨물고 죽고 싶어질 것이고, 애정을 고르신다면 못난 딸년 때문에 까맣게 타셨을 속이 죄스러워 감히 고개를 들 수도 없게 될 것이다.

이러지도 저러지도 못하고 갈팡질팡하기가 벌써 여러 날이었다. 그러다 큰 결심을 하고 그를 숙부의 집으로 심부름 보낸 것이 바로 오늘 저녁. 표영이 짐꾼 박 씨에게서 짐을 빼앗듯 들고 올라온 이후의 일이었다. 표영이 이르기를, 짐꾼 박 씨는 자양이를 양민으로 알고 있더라고 했다. 이런, 되바라진 년 같으니. 평생을 귀족으로 살았던 초란의 자존심이 그녀의 등을 떠밀어 단숨에 결정을 하도록 만들었다. 갑자기 입맛이 뚝 떨어지는 기분이 들어 초란은 숟가락을 내려놓았다.

"소람아."

"예? 왜 그리 정색을 하고 부르셔요? 앗, 어머니. 숟가락 놓지 마셔요! 다 드셔야지요!"

"내 밥 먹는 것 알아서 할 테니 잔소리는 그쯤하고. 너, 자양이와 너무 허물없이 지내지 말거라. 네 동무인 것은 알겠으나, 이제 신분의 차이가 있다는 것도 생각해야지."

"갑자기 왜 그러셔요……."

"같은 처지였던 종년이 하루아침에 주인님이 되었는데 자양이의 속이 그저 편하기만 하겠느냐. 그 애는 종년으로 태어나 자랐고, 앞으로도 그리 살다 죽을 것인데 네가 동무라고 아무리 말해보았자 그게 진정으로 받아들여지겠느냐. 네가 아무리 허물없이 다가가려 애쓴들, 자양이에게 그게 가 닿지는 않을 것이야. 괜히 자양이 마음에 상처 내지도 말고, 그 애 허파에 바람 들게 하지도 말아라."

소람이의 맑은 눈에 물이 고였다. 밥상머리에서 울면 재수가 없다 타박하니 끅끅 눌러 참는 모양새가 그저 안쓰럽다. 초란은 저절로 뻗어나가려는 손을 단속하고 터지는 한숨을 밥과 함께 씹어 삼켰다. 조금 전까지 고소하다고 생각했던 두부가 소태처럼 쓰게 느껴져, 초란은 기어이 상을 물리고 말았다.

제아무리 큰 마을의 제법 큰 주막이라 한들 명절이 코앞이라 온갖 장사치와 재주꾼들이 몰려드니, 작은 방마다 켜켜이 쌓인 몸뚱이들로 몸살을 앓는 건 어쩔 수 없었다. 이야기꾼 염 씨는 싸구려 방 한쪽 구석을 차지하고 드러누워 단잠을 자고 있었다. 어찌나 단잠인지, 옆에 누운 생선장수 옷에서 나는 고약한 비린내도 모르고 잘 정도로 달았다. 음냐음냐, 입맛까지 다시며 자는 그의 옆구리를 누군가가 툭툭 건드렸다.

잠에 빠진 사람이라는 것이 아주 둔감하기도 하지만 또 그만큼 민감하기도 하니, 옆 사람이 풍기는 고린내며 코골이는 전혀 모르고 자던 염 씨는 누군가가 옆구리를 건드리는 것에 미간을 홱 찌푸리며 돌아누웠다. 그래봤자 소용없었지만 말이다. 염 씨를 건드리던 누군가는 그의 반대쪽 옆구리도 툭툭 건드렸던 것이다.

처음에는 짜증스러워도 참을 만했던 건드림은 갈수록 강도가 높아져서, 좀체 무시하고 잘 수 없을 지경에까지 이르렀다. 염 씨는 꿋꿋하게 모른 체하고 자는 척을 하다가 그대로 다시 잘까, 아니면 벌떡 일어나 쌍욕을 해줄까, 고민하기 시작했다. 그냥 자기에는 너무 신경에 거슬리고, 일어나 쌍욕을 해주기에는 눈꺼풀이 너무 무거운지라.

그 어려운 선택의 가운데에서 염 씨가 치열하게 갈등하고 있는 걸 알았는지, 그를 건드리던 자가 친절하게 선택지 하나를 없애주었다. 염 씨의 목덜미에 서늘한 기운이 풀풀 나는 칼을 들이대고 '깨어난 것 다 알고 있으니, 당장 일어나지 않으면 바로 찌르겠노라' 하고 나지막하니 속삭였던 것이다. 염 씨는 벌떡 일어났다.

달빛이 어렴풋하게 비치는 어둔 방 안에서 시커멓게만 보이는 덩치 큰 사내가 그를 향해 턱짓을 했다.

"조용히 따라 나오너라."

자면서도 단단히 끌어안고 있던 보퉁이를 소중하게 끌어안은 채, 염 씨는 허둥지둥 그를 따라 방을 나왔다. 설까지 보름이 남았으니, 정월대보름까지는 한 달이 남았다. 하니 오늘은 올해의 마지막 보름이렷다. 눈이 휘둥그레질 만큼 밝은 달빛이 마당에 선 사내의 머리꼭지 위로 쏟아졌다.

말 타고 검 휘두르는 사람답게 큰 체격, 사내답게 뚜렷한 이목구비. 그는 바로 이산이었다. 이야기꾼 염 씨는 이산이 늦은 오후 저가 하는 이야기를 유심히 듣던 서생이라는 걸 단박에 알아챘다. 하지만 그때와는 다르게 그가 풍기는 기운이 전혀 서생답지 않아 가슴이 병아리 똥구멍만큼이나 졸아붙었다. 아이고, 잘하면 나 오늘 여기서 나자빠져 죽겠구나.

"짐은 그게 다인 게냐?"

"예, 예, 나리. 소인이야 입을 놀리는 걸 업으로 삼는 자이니 뭐 짐이 많이 필요나 있겠습니까요. 그저 갈아 신을 미투리에 속옷 몇 장이면 충분하니……."

"입 다물고 따라와라."

염 씨의 말을 툭 잘라먹은 이산이 앞장서 길을 걸었다. 혹 돌아다니는 사람이 있나 확인하는 순시꾼들이 두런두런 말을 나누는 소리가 들려올 때마다 이산은 교묘하게 발을 놀려 그들을 피해 길을 걸었다. 염 씨는 그런 그의 뒤를 졸졸 따르면서 그의 신묘한 솜씨가 신기하여 혀를 내두르고 있었다. 그렇게 얼마나 걸었을까, 이산이 걸음을 멈춘 곳은 마을 외곽에 있는 다 쓰러져 가는 사당이었다. 마을을 지키던 당골 할미가 후계자 없이 죽고 몸주를 찾지 못한 귀신이 깃들어 있다 하여 누구도 얼씬도 하지 않는, 인적 드문 곳이었다.

평평하고 넓적한 돌에 이산이 엉덩이를 걸치고 앉아 옆자리를 두드렸다. 앉으라는 뜻이었지만, 염 씨는 목이 떨어지도록 고개를 저었다. 그러곤 발발 손을 떨며 얼른 일어나라, 재촉을 하는 것이다. 자다가 목에 칼이 들어왔어도 떨지 않던 이가 갑자기 저러니 어이가 없어 이산은 고개를 갸웃거릴 수밖에 없었다.

"왜 그러나?"

"거기, 거기 앉으시면 신령님이 노하십니다. 앉을 곳이 필요하시면……."

염 씨는 보물처럼 안고 있던 봇짐을 급히 풀어 깨끗한 옷 한 벌을 꺼냈다. 그러곤 한 치의 망설임도 없이 이산의 발치에 넓게 펼쳐 깔며 앉기를 권하는 것이다. 굿도, 무당도 믿지 않는 이산은 그저 어이가 없었지만 염 씨에게는 중요한 문제였기에, 그는 이산이 가진 칼에 대한 두려움도 잊고 어서 옷 위에 앉으시라 재촉을 할 뿐이었다. 결국 이산은 순순히 자리를 옮겨 앉아 본론을 끄집어냈다.

"내 너를 부른 이유는, 낮에 네가 떠들던 말의 뒷이야기를 좀 더 들어야겠다 싶어서다."

"……설마설마 했는데, 설마 겨우 그런 것 때문에 자는 사람 목에 칼을 들이미셨다는 겝니까?"

"네 혓바닥 놀림에 따라 겨우 그것이 될 수도 있고, 아닐 수도 있지. 자, 어서 말해보아라. 왜 만인지상의 자리에 오르신 황제께 후가 없는 거지?"

"그야, 나비라 일컬어지는 호접부인께서 후 되기를 거부하셨으니 그렇지요. 호접부인은 자신은 폐황의 명으로 혼인을 하였던 몸이니 후의 자리에 오르기는 부적합하다며 사가에 틀어박히셨고, 그 이야기를 전해들은 연화부인은 자신은 후의 자리에는 한참 못 미치는 사람이라 못 한다고 버티고 계시다 하더이다. 하지만 이건 표면적인 이유에 불과하옵고, 사실은 호접부인께서 사라지셨다는 소문이 짜하게 돌고 있습지요."

"사라졌다?"

"예. 말이 폐황의 명으로 혼인을 했다는 것이지, 그간 해온 내조는 물론이고 그 오라비 되는 강 군사의 공을 따진다면 그분의 자격이 모자랄 일이 있었겠습니까요? 그저 연기가 꺼지듯 갑자기 행방을 감추신 통에 다들 그걸 가리려 그리 핑계를 댔다 하는 게지요."

나불나불 잘도 입을 놀리는 염 씨를 보고 있던 이산이 피식 미소를 지었다. 그는 자리에서 일어나 툭툭 옷을 털고 허리를 바로 세웠다. 그리고 번개같이 칼을 뽑아 염 씨의 목에 겨누니, 달빛에 닿은 칼이 파르스름하게 울었다. 놀라 엎드린 염 씨의 손이 벌벌 떨리고 있었다.

"네 정체를 대라."

"예? 소, 소인의 성은 염 씨이옵고, 이름은 옥인이라 하며, 추, 출신은……."

"누가 그런 것이 궁금하다더냐. 네가 누굴 위해 일하는지를 대란 말이다."

한낱 떠돌이 이야기꾼이 황가의 뒷이야기를 안다고? 심지어 만인지상의 부인들이 했던 내조가 뭔지를? 개가 웃을 일이었다. 소문을 퍼뜨려 이용해먹는 자들이 가장 먼저 접촉하는 게 바로 염 씨와 같은 이야기꾼이다. 이산은 그가 어떤 식으로든 누군가와 연결이 되어 있고, 반드시 목적이 있을 것임을 짐작했다.

한편 염 씨는 손발이 차게 식고 눈앞이 빙글빙글 도는 게, 이대로 숨이 꼴딱 넘어갈 것 같은 심정이었다. 눈앞의 사내에게서 풍기는 기세가 어찌나 살벌한지 이대로 멱이 따일 것만 같았다. 하지만 함부로 입을 놀렸다간 당장은 무사하여도 돌아가는 길의 목숨을 장담할 수 없다. 망설이는 그의 목덜미에 이산의 칼이 닿아 붉은 선을 그려냈다. 염 씨는 에라 모르겠다 하고 눈을 질끈 감았다.

"그, 그게……. 소인이 명을 받은 것은 맞사오나 딱히 누군가를 위해 일하는 것은 아니옵고…… 아이쿠야!"

달달 떨며 입을 열었던 염 씨가 이산에게 밀쳐져 나동그라졌다. 아니 기껏 물어놓고 대답을 하려니 왜 이러실까, 화를 내려던 염 씨는 조금 전까지 자신이 있던 자리에 꽂힌 화살을 보고 찔끔 오줌을 지렸다.

이산은 염 씨를 밀쳐 내고 감각을 곤두세웠다. 꾸준히 자신의 감각을 속이면서도 순간순간 참지 못하고 드러내던 기척들이 염 씨의 주변에서 유독 자주 느껴지곤 했었다. 염 씨를 추궁하면 자극받은 놈들이 튀어나오리라 짐작은 했지만, 이렇게 노골적으로 죽여 버리겠다는 심사를 드러낼 줄은 몰랐다.

오랜만에 꺼내든 긴 칼을 꼬나 쥐고 사방을 경계하는데, 유독 달 밝은 밤이라 사방이 훤한데 화살을 날린 인영은 코빼기도 비치질 않았다. 앙상한 나뭇가지를 훑고 온 바람이 이산의 도포자락을 흔들고 지나갔다. 그 바람 안에 담긴 바싹 마른 낙엽 냄새, 숨죽인 산새의 기척, 그리고 억지로 눌러 참은 낮은 호흡……. 이산이 미리 쥐고 있던 엽전 몇 개를 매섭게 내던졌다. 차가운 밤 공기를 가르고 날아간 엽전에 맞은 누군가가 '컥' 소리를 냈다.

"나오너라!"

이산의 호통에도 소름끼치는 정적은 깨지지 않았다. 깨지기 직전의 물독에 넘치도록 담아둔 물처럼, 잔뜩 금이 간 얄팍한 얼음장 밑으로 보이는 짙푸른 연못물처럼, 활짝 피어나 곧 떨어져 버릴 동백꽃송이처럼…… 아슬아슬한 긴장감.

시커먼 옷으로 몸을 감싼 인영이 긴장감을 견디지 못하고 이산에게 뛰어들었다. 재를 발라 빛을 감춘 칼이 이산의 목을 노리고 날아들었다가 허공을 갈랐다. 카앙! 검은 칼과 푸른 칼이 맞부딪치기를 몇 번, 누구의 것인지 모를 혈향이 겨울밤에 퍼져 나갔다.

'곧…….'

이산은 상대가 흐트러졌음을 알았다. 그는 인영이 휘청이며 드러난 왼쪽 어깨를 노리고 칼을 내찔렀다. 질긴 피륙을 뚫고 들어간 칼이 단단한 뼈를 부수며 틀어박힌 다음 순간, 그는 칼을 놓고 뒤로 훌쩍 뛰어 물러나야 했다. 어깨에 칼이 박힌 남자가 오히려 그를 이용해 이산의 옆구리를 노려서다. 남자의 어깨가 순식간에 젖어들고, 조금 전과는 비교도 되지 않는 짙은 피비린내가 주변을 물들이기 시작했다. 이산은 저렇게 희생을 감수하고 덤비는 자들을 싫어했다. 그는 있는 힘껏 한쪽 입꼬리를 올렸다.

"살을 주고 뼈를 취하려 했나? 이런, 안타까워 어쩌지. 그대는 살로 모자라 뼈를 잃고도 내 핏방울 하나 건지지 못했군."

상대는 말이 없었다. 이산은 조금 질릴 지경이었다. 간단히 나눈 몇 번의 겨룸만으로도 그가 자신보다 훨씬 아래라는 것쯤은 금세 알 수 있었다. 그저 살려서 잡아야겠다는 생각에 손속에 여유를 두어 여기까지 온 것 뿐. 그걸 저자도 모를 리 없건만, 포기하지 않고 덤비는 끈질김은 지독했다.

"네가 이리 몰리는데 네 동료는 무얼 하는지 모르겠구나. 화살 한 대 쯤은 날아올 각오를 했는데 어찌 이리 잠잠한 게냐?"

"……핏방울은 못 건져도 이 장군의 손에서 칼은 빼앗았지 않소."

"답이 늦구나. 나는 네가 벙어리인 줄 알았다."

"벙어리나 다름없는 인생이긴 하오이다."

남자는 이산을 장군이라고 불렀다. 비록 그가 지금 칼을 쥐고 자유자재로 휘두르니 서생이라고 보기에는 무리가 있다 해도 차림만은 도포자락 걸친 서생인데 말이다. 이산의 얼굴과 신분을 정확히 알고 있다는 얘기였다. 이산은 마른 입술을 핥고 침을 삼켰다. 꼭, 생포해야겠다는 마음이 조금 전과는 비교할 수도 없이 커져 있었다.

바짝 몸을 낮춘 이산의 전신에서, 아까와는 다른 기세가 풍겼다. 마음가짐 자체가 변한 데다 그의 손에는 칼이 없고 상대의 손에는 칼이 있으니 자연히 그리된 것이다. 두 사람은 한동안 서로를 바라보다 누가 먼저랄 것도 없이 맞부딪쳤다. 숨죽이고 누워있던 마른풀이 두 사람의 발에 짓밟혀 사방팔방으로 흩어졌다.

'아이고, 나 죽네……. 이게 다 저 서생인지 칼잡인지 모를 치가 제단에 엉덩이를 붙여서 그래.'

그렇게 두 사람이 험하게 싸우는 동안, 염 씨는 부들부들 떨리는 다리로는 도저히 걸을 수 없어 네 발로 설설 기며 도망을 치는 중이었다. 본디 훌륭한 이야기꾼이라면 이런 광경을 돈 주고서라도 놓쳐선 안 되는 것이지만은, 그가 그렇게 제 본분에 충실한 자였다면 애초에 돈을 받고 입을 놀리지도 않았을 것이다.

다행히 저 두 사람은 서로 싸우느라 자신을 신경 쓸 정신 같은 건 없어보였고, 달이 밝아 앞을 보는 데에도 문제가 없었다. 물론 아무리 밝아봤자 달이라 나무 그늘 쪽으로 들어가자 영 뵈는 게 없어 손으로 더듬으며 기어야 했지만 말이다. '컥' 하는 신음 소리가 몇 번이나 들리고 피비린내는 더욱 짙어지는데, 걸어서도 늦을 길을 기어서 가려니 평소보다 배는 늦어지는 것 같아 염 씨의 등에 땀이 맺혔다.

"내가 여길 벗어나면 이쪽에다가는 오줌도 안 쌀 테다."

그는 불안함을 이기지 못하고 무심결에 입 밖으로 속마음을 뱉었다가 놀라 제 입을 틀어막았다. 그리고 웅크려 주저앉은 채 사방을 살피는데, 제발 아무도 제 말을 못 들었기를 바라는 그의 바람은 곧 깨지고 말았다. 시커먼 옷에 시커먼 신발을 신은 무표정한 사내가 개새끼 턱이라도 걷어차는 양 그의 턱을 걷어찼던 것이다.

"컥!"

어찌나 아픈지 턱이 떨어져나가는 줄 알았다. 염 씨는 차라리 이대로 기절해 버렸으면 좋겠다고 생각했지만, 강렬한 아픔은 강력한 각성제이기도 한 법이라 그는 턱을 쥐고 데굴데굴 구를 뿐이었다. 눈물이 고여 흐려진 시야로 그는 이상한 광경을 보았다. 자신을 마저 걷어차려고 발을 들었던 사내가 갑자기 실 끊어진 꼭두각시 인형처럼 허물어지는 광경이었다.

뜨끈하고 비릿한 액체가 머리 위로 쏟아졌다. 염 씨는 갑작스럽게 피를 뒤집어쓰고 그대로 굳어버렸다. 그런 그를 가만히 내려다보던 사내, 표영이 히죽 미소를 지었다. 그 나름대로는 안심을 시키려 한 행동이었지만 조금 전에 사람을 죽인 자가 자신을 보고 미소를 짓는데 그걸 보는 사람의 마음은 어떻겠는가. 염 씨는 그대로 기절해 버렸다.

'쳇, 기껏 구해줬더니.'

표영은 축 늘어진 염 씨를 대강 구석으로 밀어놓고 눈앞의 싸움을 숨죽이고 지켜보았다. 초란 아씨가 간신히 마음을 먹자마자 열일 제쳐두고 뛰어나오긴 했지만, 자신이 부러 남긴 흔적이 미끼인 줄도 모르고 이곳까지 도달한 어리석은 물고기들을 그냥 방치하고 갈 생각은 없었다. 오늘 밤을 다 새서라도 전부 도륙하고 갈랬는데 이런 광경을 보게 되다니. 표영은 미간을 찌푸렸다. 척 봐도 수상하게 보이는 시커먼 옷 입은 자들이야 멍청한 물고기 중 하나겠지만, 저 서생처럼 도포자락 입은 자의 정체는 도무지 짐작이 가지 않았다. 게다가 보아하니 물고기보다 실력이 월등한 것 같다.

표영은 고민에 빠졌다. 저기 나무 위에 숨어서 화살을 쏠 틈을 재고 있는 자를 먼저 처리할 것이냐, 아니면 그냥 두고 보며 정체를 파악할 것이냐. 그는 슬슬 수염이 올라오는 까칠한 턱을 만지작거리다 말고 땅바닥에 침을 탁, 뱉었다.

'뭐, 물고기끼리 내분이라도 일어난 거라면 더 좋지. 수틀리면 다 죽이면 되고.'

표영은 가벼운 발놀림만으로도 순식간에 나무 위에 올라갔고, 이산을 노리는 데에 온 정신을 팔고 있던 남자는 그 활 재주를 제대로 써보기도 전에 그에게 목에 꺾여 죽었다. 축 늘어진 시신을 조심스럽게 나뭇가지에 걸쳐놓은 채, 표영은 아래쪽에서 벌어지는 싸움을 구경하기 시작했다. 과연 사수가 자리 잡고 있던 곳답게 구경하기에 정말 좋은 자리였다.

본디 남자와 이산의 실력은 절대 비등하지 않았다. 이산이 고양이가 생쥐 가지고 놀듯 가지고 놀며 생포를 생각할 정도의 격차였으니 말해 무엇하랴. 한데 남자는 어깨에 이산의 칼을 박고 나서는 아픈 것도 두려운 것도 모두 잊었는지 결사적으로 덤볐고, 이산은 생포를 하긴 해야겠는데 손에 무기가 없으니 검술에 비하면 상대적으로 떨어지는 박투술로 칼 든 남자를 제압해야 해서 고생을 하고 있었다. 간단히 말하자면, 서로 수준이 비슷해져 아주 볼 만한 상태라는 것이다. 표영의 얼굴에 흥미진진하다는 표정이 떠올랐다.

이산은 아주 고전을 면치 못하고 있었다. 칼 든 자, 그것도 제 목숨을 도외시하고 덤비는 자를 맨손으로 제압하려니 고생이 이만저만이 아니다. 잠깐 삐끗하기라도 했다간 그대로 황천길을 걷게 될 것이 틀림없었다. 그의 도포자락은 벌써 너덜너덜해진 지 오래였고 몸 이곳저곳에 생긴 자상에서 피가 지속적으로 흘러나오는 바람에 순간순간 머리가 아찔해져 왔다. 상대 역시 자신만치 지친 데다 더한 부상을 입었다는 것이 불행 중 다행이랄까.

그러다 간신히 기회가 왔다. 목을 노리고 날아드는 새카만 날붙이를 몸을 돌려 피한 이산이 남자의 어깨에 박혀 있던 자신의 칼자루를 움켜쥔 것이다. 마구잡이로 뽑았다가 혹여 남자가 죽기라도 할까 봐 조심하고 있었는데, 싸움이 길어지자 머리가 텅 비어버렸다. 이산은 있는 힘껏 칼을 잡아 뽑았다.

창백한 달빛 아래에서 붉은 피가 검은 먹물처럼 주변에 흩뿌려졌다. 남자는 왼쪽 어깨가 통째로 뜯겨 나가다시피 했고, 밀려드는 고통을 이기지 못하고 결국 무릎을 꿇었다. 거칠게 몰아쉬는 숨소리가 심상치 않다.

이산은 남자에게서 칼을 빼앗았다. 칼은 이제까지 악착같이 쥐고 있었던 것이 무색하게도 쉬이 굴러 떨어졌다. 피가 솟구치는 어깨를 대충 손으로 눌러 막고 억지로 턱을 움켜쥐어 시선을 맞췄다. 한계까지 체력을 소모한 남자는 벌써부터 죽어가고 있었다. 흐릿해져가는 눈동자에는 이산이 담겨 있지 않았다.

"너! 누구의 수하냐! 무슨 목적으로 금오 황실의 뒷소문을 뿌리고 다닌 게야!"

"……으."

"나는 어찌 알고 있었느냐. 정신 차려! 답을 해라!"

남자는 무어라 달싹였지만, 그건 소리가 되어 나오지 못했다. 이산은 이를 악물었다. 그토록 생포하려고 노력했건만, 잠깐의 실수로 꼬리를 잃었다. 이야기꾼 따위에게서 쓸 만한 단서가 나올 거라는 계산은 아예 하지도 않고 있는 그였다. 줄곧 따라오던 흔적들도 이 마을에 이르러서는 완전히 끊겨 버려 매우 곤란하던 참이었는데 이제는 또 어디서 단서를 얻을까……. 아차. 사수가 있었지.

이산은 뒤늦게 사수의 존재를 생각해 냈다. 겨울밤의 차가운 공기에 빠르게 식어가는 시신을 내던지고 급히 짐작하였던 위치를 확인하였을 때, 그가 본 것은 나뭇가지에 젖은 빨래처럼 걸려 있는 시신이었다. 자신이 눈치채지 못한 사이 누군가가 자신을 보고 있었다는 걸 깨닫자 이산의 낯에서 핏기가 빠졌다. 긴장으로 신경이 곤두선 그를 비웃기라도 하듯, 표영은 느긋하게 그의 앞으로 걸어 나왔다.

"네 정체를 밝혀."

"정체라……. 저야 흔해빠진 낚시꾼이지요. 눈앞에서 흔들리는 미끼에 홀딱 넘어오는 물고기를 죄다 건져내는 것이 제 일이니. 자, 내 소개가 끝났으니 이제 당신 차례겠지요. 서생인지 칼잡인지 모를 당신이야말로 정체가 뭡니까?"

두 사람은 아직 서로를 몰랐다. 이산은 흔한 초상화 한 장 제대로 남긴 것이 없었으니 표영이 이산의 얼굴을 모르는 것은 당연했고, 표영의 보고서에 그의 용모파기가 들어 있었을 리 없으니 이산이 표영을 모르는 것 역시 당연했다. 하여 두 사람은 서로를 향해 단단히 경계심을 발휘하고 있었다.

이산은 아무리 자신이 싸움 중이었다 해도 사람이 하나 죽어 나는데 그걸 전혀 몰랐다니, 저 놈 제법 하는 놈인 것 같다고 생각했다. 격렬한 싸움을 막 마친 터라 붙으면 어떨지 모르겠는데, 절대 쉽지는 않을 것 같았다. 하지만 저놈은 뭔가 아는 놈 같으니, 이번에도 역시 생포를 목적으로 해야겠지. 칼자루를 움켜쥔 손에 힘이 들어갔다.

표영은 표영 나름대로 고민이 많았다. 자신이 뿌린 미끼에 달려든 물고기들을 처리한 걸 보면 한패는 아니란 소린데, 자신의 정체는 어찌 알았느냐며 남자를 닦달하던 것을 생각하면 의외로 유명인일지도 모르는 일이었다. 실수로라도 다치게 했다간 나중에 된통 뒤집어쓸지도 모른다.

흘러가던 구름이 둥근 달을 가렸다. 훤한 빛이 살짝 가려지고 어둠이 뿌려지는 순간, 두 사람은 누가 먼저랄 것도 없이 서로에게 달려들었다. 이산은 칼을 칼집에 넣은 채로 몽둥이 휘두르듯 휘둘렀고, 표영은 그를 날쌔게 피해가며 맨손으로 이산에게 덤볐다. 그래, 다행히 둘 다 최소한의 이성은 남아 있었던 것이다. 짧은 사이 수번의 부딪침이 있었고, 구름에 가렸던 달이 다시 고개를 내밀었을 때 두 사람은 서로의 자리를 바꾼 채로 서 있었다.

표영의 주먹에 입술이 터진 이산이 미간을 찌푸리며 피 섞인 침을 뱉었다. 스치듯 맞았는데도 입술이 터져 버리다니, 젊은 친구답게 힘이 좋았다. 게다가 박투술의 수준은 자신보다 더 높은 것 같았다. 한데 동작이 묘하게 낯이 익어 떨리는 몸으로도 쉬이 막을 수 있었다. 그래, 마치…… 장율, 그를 보는 것만 같은 자였다.

표영은 표영 나름대로 혀를 내두르는 중이었다. 분명 조금 전까지 격렬하게 싸우는 걸 보고 덤볐는데도 이 정도라니, 그가 멀쩡할 때 싸움이 붙었다면 무사히 넘어갈 수 없었을지도 모른다. 게다가 자신이 가는 길을 먼저 알고 있기라도 한 듯 빠르게 반응하니 짜증이 난다. 휘두르는 칼에 실린 힘이 어찌나 대단한지, 그를 막아내는 팔이 가늘게 떨리고 있었다. 표영의 미간이 좁아졌다.

"당신, 누굽니까?"

"그러는 낚시꾼이야말로 먼저 얘길 해보지 그래."

"남의 물고기를 먼저 다 쓸어가 놓고 자기 정체도 밝히지 않다니, 너무한 거 아닙니까. 내가 그럴 듯하게 미끼를 뿌리느라 얼마나 고생했는데."

"……설마 물고기라는 게, 저놈들을 말하는 건가?"

이산은 바닥에 널브러진 시신을 가리켰고, 표영은 입술을 삐죽 내민 채로 고개를 끄덕였다. 전후사정을 단숨에 파악한 이산이 환한 미소를 지었다. 그는 그때까지도 매섭게 표영의 빈틈을 노리고 있던 칼을 단숨에 허리춤에 다시 차고 너덜너덜한 도포자락으로 가렸다. 그의 갑작스런 무장해제에 놀란 것은 표영이었다. 박투술은 자신에게 미치지 못하는 것이 틀림없는데 갑자기 저리 칼을 집어넣다니.

이산은 표영을 보며 히죽 웃었다. 솔직한 마음 같아선 당장에라도 미친놈처럼 웃으며 뛰고 싶었지만, 표영이 초란의 바로 곁을 지키는 사람이라는 걸 새삼 생각하고서야 간신히 자제할 수 있었다. 가슴이 금방이라도 터질 것처럼 부풀어 올랐다.

"난 자네를 찾고 있었어. 이런 곳에서 이렇게 만나다니, 조금 어색하긴 하지만 그대가 뿌린 미끼를 쫓아왔으니 이렇게 만나는 게 당연한 걸지도 모르지."

"……."

"내 이름은 이산일세. 자네 이름은 표영이지?"

표영은 제 앞으로 불쑥 내밀어진 손을 멍하니 바라보았다가, 다시 이산의 얼굴을 바라보았다가를 반복했다. 그도 그럴 것이, 정릉의 이씨 가문이 배출한 수많은 장군들 가운데에서도 마지막 장군이라 불리는 이산은 어린 시절 표영의 우상이었던 것이다. 흔한 초상화 한 장 제대로 남긴 것이 없어 어린 마음에 어찌나 안타까워했었는지. 이 장군이 연해의 국경지대에서 발을 뺐다는 소식을 듣고 어쩌면 얼굴을 볼 수 있을지도 모른다, 가슴이 설레기는 했지만 이렇게 만나게 될 줄이야. 멍하니 넋을 빼고 있는 그가 답답했던지, 이산이 덥석 표영의 손을 붙들었다.

"자네가 초란을 지키고 있다고 알고 있네. 아, 정보의 출처는 장율이니 걱정 말게나. 이거라면 내가 이산이라는 증명이 되겠나? 자네가 장율에게 올렸던 보고서를 그대로 가지고 왔다네. 참, 초란은 무사한가?"

"……그렇기는 합니다만."

어쩐지 잔뜩 들뜬 아이처럼 뺨을 붉히는 이산을 보며 표영은 그만 인상을 쓰고 말았다. 자신이 알기로 이 장군과 자신의 나이 차이는 족히 열 살은 더 되는 것이었는데, 모르는 사람이라면 그와 자신을 동갑내기이거나 또래로 볼 것이 틀림없었다. 내가 노안인 거냐, 아니면 저 사람이 동안인 거냐. 게다가 상당히 잘생겼다. 아, 기분 나빠.

그런 표영의 심정을 알 길 없는 이산은 여전히 붉은 얼굴로 초란이 머무는 장소에 대해 물었다. 물론, 호위무사 된 입장에서 표영이 할 수 있는 말은 뻔했다.

"가르쳐 드리기 곤란합니다."

"음? 왜 그러나? 이 보고서로는 신분 증명이 안 된다는 건가? 이거 자네가 직접 쓴 것 아닌가?"

"제 필적은 맞습니다만 그게 당신의 신분을 증명하지는 않고, 호위무사가 호위대상의 거취를 덥석 알려줄 수 없는 것은 당연하지 않습니까. 게다가 저는 지금 중요한 심부름 중이란 말입니다."

"그런가……. 하긴, 호위무사로 있는 자네가 그리 깐깐하다면 내가 더 안심이 되지. 요는 내가 정말 이산인지 확신을 못 하겠다는 게지? 어허, 이를 무슨 수로 증명한다……."

턱을 괴고 갑작스런 궁리에 빠져든 이산을 향해, 표영은 반쯤은 충동적으로 제안했다.

"제가 갈 길이 급하니 일단 함께 가시는 것은 어떻습니까. 그곳에 함께 가면 신분 증명은 자연히 할 수 있게 될 겁니다."

"……어, 혹시 초란의 본가에 가는 겐가? 내가 정 대감 속을 한바탕 휘젓고 와서 그건 좀 내키지가 않는데……."

"거긴 아닙니다. 아무튼 갈 겁니까, 말 겁니까?"

"가지, 가세."

어디가 마음에 들지 않는지 표영은 부루퉁하게 입을 내밀고 있었지만, 이산은 그런 그의 표정은 의도적으로 모른 척하고 기꺼이 그의 뒤를 따라 걸음을 옮겼다. 아닌 밤중에 홍두깨라고, 잘 자다가 끌려나와 험한 꼴을 겪은 염 씨는 강제로 깨워져 시체를 묻는 무서운 경험까지 하고 나서야 발아 나 살려라, 도망을 갈 수 있었다. 오늘 밤의 일은 절대 입 밖에 내지 않겠다는 약속을 받아냈지만, 글쎄. 이야기꾼의 입을 어디까지 믿을 수 있을지는 하늘만이 알 일이었다.

9장
인연

표영이 이산을 데리고 간 곳은 바로 정재안의 집이었다. 초란의 숙부이면서 명망 있는 선비이기도 한 그는 오래전 이산을 만난 적이 있었고, 그 안면으로 이산의 신분을 바로 확인해 주었다. 마지막으로 얼굴 본 지 10년이나 지났는데 어째 장군은 변한 것이 없다며 정재안이 요란하게 감탄할 때, 괜히 기분이 상한 표영이 입을 삐죽 내밀었지만 눈치챈 사람은 없었다.

"하하! 그래서, 형님 속을 그리 뒤집고 나오셨단 말씀이오?"

"……어쩌다보니."

"하하하하!"

정재안은 정 대감의 속을 된통 뒤집어놓고 나온 장본인이 이산이라는 걸 알고 상당히 기분이 좋은 듯했다. 따뜻한 차를 술처럼 들이켜며 낄낄대기 바쁘다. 조카딸을 물건 취급하는 형님에게 감정이 좋았던 건 아니었던 탓이다. 하긴, 그러니 제 생존을 아비에게까지 감춰 달라는 초란의 무리한 요구를 수용했던 것이고.

한참을 웃던 그가 눈가에 맺힌 눈물을 닦아내고 짐짓 진지한 표정을 지었다.

"안 그래도 형님에게서 연통이 왔었소. 혹시 이 장군이 전선에서 빠진 걸 알고 있었느냐며, 확인을 했었지. 형님의 눈과 귀를 피해간 소식이 있다는 게 믿어지지 않는 모양이었소. 형님의 영향력이 떨어졌다기 보다는 장군의 솜씨가 좋았던 거겠지만. 흐흐, 아무튼 속이 뒤집어지게 놀랐을 생각하니 즐겁구료."

"……못된 동생이로군."

"본래 형제란 이런 것 아니겠소. 그리고 그 형님은 반성이라는 걸 좀 해봐야 하거든. 장군에게서 그리 당하고도 자신의 손발이 혹 잘려 나갔을까를 먼저 확인한 걸 보면 아직 먼 것 같긴 하지만."

정재안은 체통도 잊고 낄낄대며 웃었지만, 초란에게 금오의 끄나풀들이 계속 접근한다는 말을 들었을 때는 그러지 못했다. 한참동안 찻잔을 만지작거리던 그가 이산과 눈을 맞췄다.

"저잣거리에 이상한 소문이 돌고 있소. 후가 되지 않겠다며 황제를 떠난 나비는, 사실 옛 꽃을 잊지 못해 그를 찾아 떠난 것이라고. 내 생각에 그 옛 꽃이란 바로 장군을 이름인데, 아니오?"

"……아마 맞을 거요. 하지만 내가 아는 전하…… 아니, 폐하는 그걸 용납할 분이 아니시오."

"소문이 진짜라면 그렇겠지만 말이오. 내 생각에, 초란에게 가해지는 위협과 그 소문이 뜻하는 바는 하나요. 바로 장군에게 경고하는 것이지. 속히 금오로 돌아오지 않으면 재미없게 될 거다, 뭐 이런 거지. 하여간, 높은 것들이란."

투덜거리면서도 정재안은 이산에게 금오로 가라는 말은 하지 않았다. 그렇다고 초란을 위해 호위무사를 더 구해주겠다는 말도 하지 않았다. 대신 그는 이산이 직접 초란을 데리고 정 대감에게 갈 것을 요구했다.

"질기고 질긴 것이 사람 인연이고, 거스를 수 없는 게 천륜이외다. 인연과 천륜의 가운데에 서 있는 그 아이를 꺼낼 수 있는 사람은 내 보기에 장군 하나뿐이니, 장군이 책임지는 게 옳은 것 같소."

"알겠소."

정재안의 반승낙을 등에 업고 어딘지 풀이 죽은 표영과 함께 초란에게로 가는 길 내내 이산은 가슴이 뛰었다. 의미 없이 흘러가던 풍경들이 갑자기 입체감을 가지고 그에게 다가와 끊임없이 속삭였다. 저 나무에 꽃이 피면 초란과 보러 오고 싶다, 저 바위는 평평하고 볕이 잘 드니 같이 소풍을 와서 자리 깔면 좋겠구나, 뭐 이렇게 말이다.

갈수록 들떠가던 이산의 발걸음은 초란의 집 부근까지 와서는 오히려 점점 더뎌지기 시작했다. '조금만 더 가면 됩니다' 하고 표영이 그를 재촉했지만 발이 좀체 떨어지지 않는 걸 어찌하나. 부스럭부스럭 마른 풀이 저들끼리 부딪치는 소리가 천둥처럼 크고, 발길에 차이는 작은 돌부리가 바위라도 된 양 크게 느껴진다.

"이보게, 표영."

"말씀하시지요."

"……초란이 날 반길까? 나 때문에 험한 꼴도 많이 겪었다던데, 나는 꼴도 보기 싫다고 하면 어쩌지……."

표영은 어처구니가 없어 할 말을 잃었다. 정재안의 앞에서는 당연히 초란을 데려갈 것이다, 호언장담을 해놓고 이 무슨 약한 소리인지. 표영은 짜증스럽게 뒷머리를 북북 긁었다. 이날 이때껏 계집 손목 한 번 제대로 못 잡아본 자신에게 무슨 말을 바라는 건지 알 수가 없었다. 그래서 그는 그냥 되는 대로 내뱉었다.

"뭐 진심이라는 건 반드시 통한다고들 하지 않습니까. 장군께서 여기까지 찾아오셨는데 아씨도 충분히 아시겠지요."

"그럴까……."

사랑에 빠진 사람은 보통 호랑이보다 용맹하지만, 때로는 토끼보다 겁쟁이가 되는 순간이 있다. 지금 이산은 후자의 경우였다. 표영이 온갖 입에 발린 말을 하며 그의 등을 떠미는 통에 간신히 한 발 한 발 떼고는 있지만, 사람이 다닌 흔적이 역력한 길을 걷고 지금은 텅 빈 채마밭을 지나는 동안 이산의 심장은 콩알만큼이나 졸아붙었다.

표영은 그런 이산을 보는 게 참 신기했다. 어린 시절 그가 들었던 이야기 속의 이산은 그야말로 세상에 대적할 자 없는 용맹한 장수였고 무인이었으며 대쪽같이 꼿꼿한 금오의 신하였다. 어린 마음에 언젠가 한 번을 꼭 만나서 얼굴을 보고 싶다고, 그리 생각했었다. 만나서 뭘 하고 싶은지도 모르면서, 그냥 꼭 보고 싶다고. 그런데 이렇게 만난 그는 자신이 생각했던 것보다 훨씬 평범한 사내였다. 나이를 믿을 수 없게 만드는 동안에—젠장— 어딜 가도 눈에 띌 미남—제기랄—이긴 해도, 연모하는 사람과의 만남을 앞두고 설레는 표정을 감추지 못하는 그런 사내 말이다.

심술궂게 걸음을 늦추던 표영이 발길에 거치적거리는 돌멩이를 하나 걷어찼다. 발길에 채인 돌멩이는 데굴데굴 굴러서 길 구석에 처박혔다. 마치, 지금 표영의 마음처럼.

"……장군님."

"왜 부르는가?"

"초란 아씨를 만나도, 금오로는 안 돌아가실 겁니까?"

"궁금한가?"

당연히 궁금하지 그럼. 표영은 입을 삐죽였다. 이 심란한 마음을 두고 뭐라고 표현해야 할까. 그저 머리를 텅 비우고 초란을 지키는 일에 집중할 때는 괜찮았지만, 이산이 금오로 가지 않을 거라는 걸 알고 나자 이상하게 마음에 균열이 생긴 것만 같았다. 자신은 무엇을 위해 누구를 지키고 있었던 것인가. 차마 꺼내지 못한 불평이 입안에서 뱅글뱅글 맴돌았다.

그런 표영의 심사를 모를 이산이 아니다. 그는 입을 삐죽대는 표영의 내심이 너무 훤히 보여 씁쓸한 미소를 지으며 그의 어깨를 두드렸다.

"본래, 사냥이 끝나면 사냥개는 잡아먹히는 법이야. 나도 살 궁리를 해야지 않겠나?"

"……장군께서는 사냥에 참여하지도 않으셨지 않습니까. 그리고 그분께서는 그리 쉬이 수하를 버리는 분이 아니십니다."

"그렇겠지. 그러니 더더욱 내가 돌아가서는 안 되는 것이고. 본래 부리던 사냥개를 죄다 물어죽일 수도 있는 사냥개가 갑자기 나타난다면, 그를 반가워할 주인이 어디 있겠나. 있던 사냥개도 잡아먹을까 말까 고민할 판에 말이지.”

“그럴 일은……!”

“없다고 장담할 수 있나? 정말로?”

“하지만 소문이…….”

“그게 그분의 진의라고 확신하나? 나는 아니라고 보네. 정재안이라 했던가? 그치는 그리 생각하는 모양이지만, 돌아가 봤자 내게 돌아오는 건 평생에 걸친 유배, 혹은 무덤 자리뿐일걸세.”

걸음을 멈춰 버린 표영을 뒤에 남겨두고 이산은 거침없이 걸음을 옮기기 시작했다. 땅에 발목을 잡힌 양 늘어지던 발에 날개라도 단 것 같은 걸음이었다. 앙상한 나뭇가지 너머로 보이기 시작한 작은 집, 눈발이 하얗게 내려앉은 지붕이 어서 오라 손짓하는 것만 같았다.

한 걸음. 살풋 들린 처마 끝에 달린 풍경이 바람에 흔들렸다.

두 걸음. 마당에서 비질을 하던 자양이가 낯선 사내의 등장에 눈을 동그랗게 떴다.

세 걸음. 작은 소반에 물그릇을 얹어 내가던 소람이가 상을 놓쳤다. 마른 흙바닥에 하얀 물그릇이 나뒹굴었다.

네 걸음. 심상치 않은 기척에 초란이 방문을 열었다가 그대로 얼어붙었다.

두 사람의 눈이 마주쳤다. 길고 긴 시간을 지나, 멀고 먼 길을 지나, 두 사람은 겨우 서로를 만났다. 입 밖으로 내지 못한 말과 가슴에 감춘 속내와 차마 들여다보지도 못하는 상처는 커다란 걸림돌이 되어 놓여 있었지만, 어쨌거나 둘은 만났다.

이산은 문고리를 쥐고 있는 초란의 손에 가장 먼저 시선이 갔다. 자신에게 담뱃대를 권하고 술을 따라주던 손은 형편없이 말라 손마디가 툭 튀어나와 있었다. 희고 곱던 목은 파르스름하게 핏줄이 비쳤고 금방이라도 부러질 듯 가늘었다. 봄 햇살을 받아 윤이 나던 목련 꽃잎의 광택은 어디로 가고 곧 떨어지려 하는 나팔꽃처럼 가녀리기만 했다.

하고 싶었던 말은 밤을 새워도 모자랐고, 쏟아부어 주려던 원망은 호수도 메울 수 있을 지경이었는데…… 그것들은 다 어디로 사라졌는지 입이 떨어지질 않는다. 당장에라도 뛰어가 저 마른 어깨를 끌어안고 싶은데 누군가 손발을 꽁꽁 묶어버린 것처럼 움직일 수가 없었다.

초란 역시 입이 떨어지지 않는 건 마찬가지였다. 자신의 눈에 비치는 저 사람이, 그 사람이 맞는지 확신을 할 수가 없었다. 지독한 그리움에 하루하루가 고통스럽던 시기는 이미 지났는데. 당장이라도 제 목을 찔러 버리고 싶도록 타들어가는 갈증은 이미 잊었다고 생각했는데. 내가 헛것을 보는 모양이다. 고뿔이 심하게 들어 요 며칠 심하게 아프더니 조만간 정신을 놓을 모양이야.

초란이 떨리는 손으로 문고리를 밀었다. 제 눈에 보이는 걸 지워 버리려는 듯 급히 닫히는 문에 이산은 정신이 번쩍 들었다. 그는 망부석처럼 서 있던 조금 전이 거짓말인 양 달려가 문 사이에 손을 집어넣었다. 쿵! 뼈 부딪치는 소리가 나고 그의 입에서 억눌린 신음이 새어 나왔다.

"윽!"

그 순간 초란의 머릿속은 하얗게 비어버렸다. 그녀는 문고리를 쥔 채 잠시 멍하니 있다가 더한 힘으로 문을 밀어대기 시작했다. 문틈에 이산의 손이 끼어 있다는 사실은 안중에도 없었다. 어서 문을 닫고 저 헛것에서 벗어나야 한다는 생각만이 그녀의 머릿속을 꽉 채우고 있었다.

"장군님! 손! 손을!"

그제야 정신을 차린 소람이가 기겁을 하며 뛰어와 이산의 팔에 매달렸다. 그의 손은 벌써 벌겋게 변해 있었고, 짓이겨진 살갗에서는 피가 배어나왔다. 문이 뼈를 짓누르는 고통이 상당할 터인데 도무지 문을 밀 생각을 않고 버티기만 하는 이산이 갑갑한지 소람이가 문을 밀어대기 시작했다. 어떻게든 이산의 손을 빼려는 것이다. 하지만 그 비쩍 마른 사람이 내는 힘이 어찌나 세던지, 소람이가 온 힘을 다해 문을 밀어도 방문은 꿈쩍도 하지 않았다. 용을 쓰던 소람이가 문을 쾅쾅 두드리며 소리를 질렀다.

"어머니! 장군님 손이 끼었어요! 어머니!"

소람이의 말이 들리기는 했는지, 아주 약간의 틈이 생겼다. 소람이는 어서 손을 빼라며 이산의 팔을 잡아당겨 기어이 손을 빼냈다. 밝은 햇살 아래 본 손은 꼴이 엉망이었고, 그를 확인한 소람이의 낯은 하얗게 질리고 말았다.

"자양아! 자양아! 약 좀 가져와 봐!"

소람이의 말이 떨어지기 무섭게 자양이가 약을 대령했다. 어디 약뿐이랴. 상처를 소독할 독주와 손에 감을 천까지 준비하여 내미는 것이, 과연 눈치 비상한 자양이답다. 그런 자양이를 칭찬할 생각도 못 하고, 소람이는 그저 이산의 손을 살피는 일에 정신을 쏟았다. 멧돼지나 노루처럼 큰 짐승을 사냥해 올 때에도 멀쩡하던 손이 이리 상한 것을 보는 건 처음이었다. 쿵쾅쿵쾅 가슴이 뛰어 손이 달달 떨렸다. 서툴게 술을 붓고 상처를 닦았다. 그리고 고약한 냄새가 나는 약을 떠서 손등에 덕지덕지 펴바르는데, 소람이가 하는 대로 마냥 내버려두던 이산이 옅은 웃음소리를 흘렸다.

"상처가 그렇게까지 크지는 않단다."

"아……! 예, 예."

언제 내가 이렇게 많이 발랐지. 손등 전체가 시커멓게 덮일 정도로 발린 고약을 본 소람이가 뜨악한 표정으로 서둘러 약을 덜어내고 어설프게 천을 감기 시작했다. 소람이는 행여나 상처가 덧날까 걱정하며 몇 번이나 천을 감았다. 마침내 그녀가 만족하여 손을 놓았을 때, 이산의 손은 뚱뚱해질 대로 뚱뚱해져 있었다.

"이래서야 젓가락질도 못 하겠구나."

"제가 찬을 올려 드릴 테니 장군님은 숟가락질만 하셔요."

"그래야 할지도 모르겠어……."

소람이는 꿈을 꾸는 것 같았다. 다시는 보지 못할 거라고 생각했던 분이 이렇게 찾아와 눈앞에 있다는 걸 믿을 수가 없었다. 몇 달 만에 만난 이산은 이전보다 조금 더 야위었고 피부는 시커멓게 그을려 있었다. 하지만 그가 가지고 있는 특유의 분위기는 조금도 변한 것이 없어서 서생의 차림을 하고 있어도 단숨에 알아볼 수 있었다. 당장 어제도 만났던 것처럼 다정하게 말을 걸어주고 머리를 쓰다듬어 주는 이 상황이 그야말로 꿈만 같다. 소람이의 눈이 저절로 활처럼 휘고 입꼬리가 올라간다.

"못 본 사이 많이 자랐구나. 처녀가 다 되었어."

"저는 진즉에 다 컸는걸요. 어머니께서 제게 혼인을 하는 게 어떠냐 권하셨을 때 냉큼 나섰던 남정네들을 줄 세우면 이 집 마당을 한 바퀴는 두를 수 있을 텐데요. 그걸 몰랐던 건 장군님뿐이셔요."

"어쩌겠느냐. 내 눈에는 여전히 얼굴에 먼지 묻히고 돌아다니는 어린아이인걸."

"피이……. 그때가 언제인데 아직도 그러셔요."

다정한 손길, 다정한 말대꾸. 관심이라곤 쥐뿔도 없는 것처럼 말하고 행동해도 잠깐 멈춰 돌아보면 어느새 곁에 서서 등을 두드려 주던 사람. 어린 시절에는 세상의 모든 근심을 다 끌어안은 것처럼 끙끙대는 게 불쌍했고, 조금 자라서는 그의 웃음에 가슴이 뛰었더란다. 아무도 몰래 마음을 주었다가 조용히 거두었던 자신의 첫정. 소람이는 가만히 자신의 가슴에 손을 올렸다. 놀라 펄떡대던 심장이 지금은 규칙적으로 뛰고 있었다.

"표영과 함께 오셨어요?"

"그랬지. 저 뒤에 오는구나. 보고 싶었느냐?"

잠잠해졌던 심장이 다시 요란해진다. 소람이의 얼굴이 홍시처럼 붉어지는 광경을, 이산은 꽤 재미있게 보고 있었다. 언제인지 기억나지 않는 예전에, 누군가 자신에게 말했었다. 사람에게는 감출 수 없는 것이 세 가지가 있는데, 그건 바로 가난과 기침과 사랑이라고. 쪼끄맣던 계집아이가 어느새 과년한 처녀가 되어 사랑을 하는구나 생각하니 지나간 세월이 야속하고 야속하다. 이산은 벌떡 일어나려는 소람이의 손을 붙들어 앉히고 눈을 맞췄다.

"초란이…… 많이 말랐더구나."

"고뿔이 심하셔서 그래요."

"고뿔?"

"예. 지난 가을밤에 걸리신 고뿔인데, 나을 만하면 도지고 나을 만하면 도지는 통에 기침도 잦으시고 밤에 잠도 잘 설치셔요. 식욕도 많이 떨어지셔서 삼시세끼 따뜻한 밥 지어 올려도 통 드시질 못하니 어머니께서 바짝바짝 마르실 수밖에요."

"의원에게는 보이지 않았느냐?"

"……도무지 의원에게 갈 상황이 못 되어서……. 그래도, 자양이가 의원에게 어머니 증상을 자세히 말하고 받아온 약이 있어요. 지금은 약탕기가 없어서 못 달여 드렸지만, 이제 표영도 왔겠다 장에 가서 얼른 약탕기를 사다가 달여 드릴 거여요. 그럼 어머니도 금방 나으실 거여요!"

활짝 웃는 웃음이 미안하여, 누군가 송곳으로 구멍이라도 뚫는 듯 가슴이 아파 이산은 슬그머니 시선을 피했다. 도무지 의원에게 갈 상황이 못 되었다는 말이 무슨 뜻인지는 이미 표영에게 들었다. 우리에 가둬둔 짐승을 감시하는 것처럼 집 주변을 맴도는 수상한 자들 때문에 초란이 의원에게 가지 못했다는 소리렷다. 모두 다 자신과 얽혀 있기에 벌어진 일이었다.

새삼 밀려드는 고통과 죄책감에 이산이 미간을 찌푸렸다. 그 사이 그의 손에서 힘이 빠졌는지, 소람이는 냉큼 그의 손을 벗어나 표영을 맞으러 달려 나갔다. 내내 심술궂은 표정을 하고 있던 표영이 소람이의 마중을 받고 슬쩍 미소를 짓는다. 반갑게 인사를 나누는 듯하더니 곧 왁왁 대고 싸우기 시작한 두 사람은 이산의 존재는 이미 잊어버린 것만 같았다.

이산은 좁은 마루에 엉덩이를 붙이고 앉았다. 그의 마음만큼이나 차가운 바람이 옷자락을 들치고 게걸스레 온기를 핥아간다. 이산은 몸을 웅크렸다. 자신이 느끼는 추위가 무엇에서 비롯한 건지 알 수가 없어서였다.

"……초란. 내가 멋대로 찾아와서 화가 났나?"

얄팍한 창호문 너머에서는 말이 없었다. 기척이라도 느껴볼까 귀를 세웠지만 영 쓸데없는 것들의 기척만 죄다 잡히고 정작 잡고 싶은 사람의 기척은 잡히질 않았다. 때때로 마음이 몸을 이기는 경우가 있다더니, 이게 딱 그 짝이었다. 또 버려질까, 혹시 또 날 거부하는 건 아닐까 하는 두려움이 그에게서 초란의 기척을 가리는 것이다.

"보고 싶어서 왔는데……. 얼굴쯤은 보여줬으면 좋겠구나. 어찌나 꼭꼭 잘 숨었는지, 널 찾기가 참 힘들었단다."

나직한 속삭임, 하지만 천둥처럼 크게 들리는 임의 목소리. 초란은 귀를 틀어막고 무릎에 고개를 박았다. 이건 꿈일 거야, 그분이 오셨을 리 없어. 내가 너무 아파서, 헛것을 보는 것이 틀림없다……. 성마른 손가락이 윤기를 잃은 퍼석한 머리카락을 엉망으로 헝클었다.

"미련하고 어리석은 사내라 정이 떨어졌나? 심지어 찾아오는 것도 이리 늦었으니……. 한데 미안해서 어쩌지. 나는 나밖에 모르는 이기적인 사내라, 네가 지난 10년 간 힘들었을 것 뻔히 알면서도 옆에 찰싹 붙어서 떨어지지 않으려고 이리 온 것인데."

문 안쪽에서 기침 소리가 들렸다. 그러고 보니 고뿔이 좀체 낫지 않고 있다고 했다. 이산의 얼굴에 걱정이 스몄다.

"아프면 의원에게 보여야지……. 그러다 큰일 나면 어쩌려고."

이산의 잔소리에, 초란은 살짝 뿔딱지가 났다. 자신이 그렇게 해대던 잔소리는 죄다 귓등으로만 들었던 사람이 제 지난날은 생각도 않고 자신을 나무라다니. 혼란스럽던 마음 가운데서 괘씸하다는 생각이 툭 튀어나왔다.

"제가 그리 말릴 때에도 종일 술병만 옆에 끼고 사시던 분이 말을 퍽이나 잘 하십니다."

"오, 이제야 말을 걸어주는군. 잔소리를 좀 더 해야겠어."

"이! ……말을 해봐야 무슨 소용이 있다고, 내가……. 멍청하게……."

"……."

"돌아가세요. 금오에서 장군님을 찾고 있지 않습니까. 십 년의 세월이 흘러도 잊지 못하던 모국이고 본국인데 저 같은 계집에게 마음 쓸 여유가 어디 있다고 오셨는지, 저는 모르겠습니다. 이리 찾아오시는 것 그 자체가 제게 위협이 된다는 걸, 아직도 모르십니까?"

"금오보다 네가 더 중하다는 걸 뒤늦게 알았다는 걸로는 변명이 되지 않겠나?"

"진정 그리 생각하신다면, 당장 일어나 금오로 가세요. 그리고 제대로 된 부인을 맞으시고, 아이도…… 낳으세요. 저 같은 것일랑 깨끗하게 잊어버리시고 그리 사시면, 그때서야 제가 진정 자유로워질 수 있을 테니까."

초란의 말이 창이 되어 이산의 가슴을 찔렀다. 그는 문득 가슴에 손을 올렸다가 아무것도 묻어나오지 않는다는 걸 깨닫고 헛웃음을 흘렸다. 이렇게나 아픈데 몸은 멀쩡하다니, 참 우스운 일이었다. 입을 열고 말하기가 이렇게나 힘든 일인 줄은 미처 몰랐다.

"……만나면 반기리라 여겼다. 내가 비록 어리석어 널 그리 떠나보냈어도, 내가 널 그리워하듯 너도 날 그리워할 거라고 그리 여겼지. 어리석은…… 생각이었구나……."

"……제가 아니라 나비를 그리셨겠지요."

"눈길 주는 곳마다 네가 있어 참 힘들었다. 툇마루에서는 네가 장죽을 물고 있고, 우물가에서는 네가 물을 마시고 있고, 욕탕에서는 목욕을 하고 있고, 밥상머리 앞에서는 빰 벌겋게 물들인 채로 심통을 부리고 있으니……. 나비는 떠올릴 여지도 없었다."

"……돌아가세요."

"그게 네 진심이 아닌 것 다 안다. 그게 진정이었다면 소람이 고것이 날 반겼겠느냐. 당장 싸리 빗자루 들고 달려와서 내게 휘둘렀을 것이다. 때때로 그 녀석은 너보다 널 더 잘 알고, 나보다 나를 더 잘 아는 것 같더구나."

어디 댈 핑계가 없어서 소람이를 대나. 초란은 어이가 없어서 할 말을 잃었다. 그가 주절대는 못 믿을 말 중에서도 어이없기로 가장 수위에 꼽힐 말이고 핑계였다. 초란은 벌떡 일어섰다. 이산과 함께하는 시간 동안 많이 차분해지기는 했어도 본디 그녀는 성격이 급하고 생각보다 몸이 앞서는 사람이었다. 그렇지 않았다면 어찌 그의 품에 제 발로 걸어 들어갔겠나.

쿵! 벌컥 열린 문에 이산의 안색이 훤해진다. 그는 조금 전까지 초란이 그를 나무랐던 것도 잊고 문가에 선 그녀를 냉큼 끌어안았다. 품에 안긴 가느다란 몸이 바르작바르작, 떨어져 있는 동안 마르기는 했어도 그 향기만은 여전하여, 이산은 먹은 것 없이 배가 부른 기분이었다.

그런 그의 품에 안겨 있던 초란이 있는 힘껏 이산을 밀어내 봤지만, 한창 아파 골골대던 병자가 아무리 힘을 써봐야 무소용이라. 얼굴을 빨갛게 물들인 ―절대 부끄러워서는 아니었지만, 이산은 그게 부끄러워서 그런 거라고 멋대로 생각했다― 초란이 소람이를 소리쳐 불렀다.

“소람아! 소람아!”

“예, 아씨!”

한데 달려온 것은 소람이가 아니라 자양이라. 냉큼 엎드려 고개를 조아린 자양이에게 버거운 명이 떨어졌다.

“당장 가서 싸리 빗자루 하나 가져오너라!”

“예?”

“말이 통하지 않으시는 분이니, 내 직접 나서지 않고는 안 되겠구나!”

만약 소람이가 이 말을 들었다면 흥하고 코웃음을 치고 냅다 도망을 쳤을 것이다. 그도 그럴 것이, 이산은 초란을 안고 세상을 다 가진 얼굴을 하고 있었고 그에게 안긴 초란은 벌겋게 물들인 낯빛을 하고 있으니 누가 봐도 사랑싸움이었던 탓이다.

‘소람이가 입이 닳도록 말하던 장군님인가…….’

자양이는 흘끔흘끔 이산을 살피며 망설였다. 발에 쇳덩이라도 단 것처럼 움찔대는 꼴에 초란이 악을 쓴다.

"어서 가져오래도!"

놀란 자양이가 꽁지에 불붙은 닭처럼 튀어나갔다. 겨우 만족한 초란이 어떻게든 이산을 떼어놓으려 그의 등을 퍽퍽 때렸지만, 전장을 달리는 장수가 가냘픈 아녀자의 손길에 꿈쩍이나 하겠느냐. 먼저 지쳐 나가떨어진 건 당연히 초란이었다. 이산은 웃음기 어린 목소리로 초란을 달랬다.

"다 때렸느냐? 더 때려도 된단다."

"자양이가 빗자루를 가져오면 내 그걸 들고 휘두를 테니, 그때에도 그리 웃으실지 두고 보지요."

야멸찬 대꾸에 이산은 피식피식 웃었다. 그토록 그리던 목련이었고 그의 꽃이었다. 꽃가지 하나 꺾어 안고 있는 이 순간이 어찌 반갑고 좋지 않으랴. 꽃이 제법 험한 말을 하며 자신을 밀어내어도, 이산은 그 꽃을 놓칠 생각이 전혀 없었다.

"……그 계집은 자양이라는 년이라오. 요번 북쪽에서 일어난 난리 때문에 아래로 내려왔다는데, 제 할아비가 고향에서는 제법 괜찮은 자리에 있었다며 저리 거드름을 피운다오."

이산의 얼굴이 굳었다. 그저 흘려들은 말이건만. 요 아랫마을에서 들었던 말이 갑자기 떠오르는 건, 초란이 부리는 종의 이름과 자신이 만난 그 맹랑한 처녀의 이름이 같아서일 것이다.

"저 아이의 이름이 자양이인가?"

"그렇지요."

"종인가, 아니면 양민인 아이를 돈을 주고 부리는 겐가?"

"별걸 다 물으십니다. 자양이는 종년입니다. 왜요, 새삼스레 저 아이에게 연민이라도 솟으셨습니까? 저 애보다 더 어렸던 소람이는 잘만 부리셨던 분께서?"

"자양이가 의원에게 어머니 증상을 자세히 말하고 받아온 약이 있어요."

"저게 정말 약첩이면 이런 주막이 아니라 약방에서 챙겨가야지. 딱히 내다파는 것도 없는 년이 어디서 자꾸 돈이 나서 비싼 약을 저리 장날마다 사가는지는 아무도 아는 사람이 없다오."

이산은 자신의 품에 안긴 초란을 더욱 꽉 끌어안았다. 고뿔에 걸려 앓느라 말랐다고 생각하기에는 지나치게 말랐다는 생각이 이제야 든다. 등골을 따라 한기가 내달리고 팔뚝에 소름이 돋았다.

'설마……. 아닐 것이다. 그저 이름만 같은 것이겠지.'

하지만 옛말에도 그러지 않던가. 설마가 사람 잡는다고. 이산의 눈치를 보며 싸리 빗자루를 내미는 자양이의 얼굴은 그가 기억하는 처녀와 한 치도 다르지 않았다.

이산은 자양이를 한눈에 알아보았으나, 자양이는 그를 알아보지 못했다. 그도 그럴 것이, 장터에 있던 때의 그와 지금의 그는 기세부터 달랐으니 단숨에 알아보는 것이 더 이상한 일이렷다. 하여 이산은 시치미를 뚝 떼고 자양이를 내려다보았다. 물론 싸리 빗자루를 한쪽으로 밀어내는 것도 잊지 않았다.

"너, 다른 여자 형제가 있느냐."

난데없는 물음에 눈을 데굴데굴 굴리기만 하던 자양이가 초란의 눈치를 힐끗 보았는데, 그녀는 이산에게서 벗어나려고 애는 쓰고 있었지만 별 성과는 없어 보였다. 하긴 그리 말라 힘도 없는 사람이 무슨 재주로 이산을 밀어내겠는가.

'저 장군이라는 자가 왜 내게 이런 것을 묻는지는 모르나…….'

자양이는 눈치가 빨랐다. 그녀는 손에서 흥건하게 묻어나오는 땀을 얼른 치맛자락에 문질러 닦고 표정이 보이지 않도록 고개를 숙였다. 잔뜩 겁먹어 기어들어가는 목소리가 몹시 애처로웠다.

"자, 잘…… 모릅니다."

"모르다니?"

"소녀는…… 아주 어릴 때에 전 주인에게로 팔려갔고…… 그 뒤로는 부모의 소식은 따로 듣지 못했습니다. 하여 기억도 가물가물하고, 여동생이 태어났는지 아닌지도 잘 모릅니다……. 제 손위형제도 마찬가지라 기억에 없고요……."

생사여탈권은 물론이요 일생의 팔자가 주인의 손에 쥐어진 것이 바로 종의 신세라지만, 태어난 자식을 제대로 기르지도 못하고 빼앗겨 팔려가는 걸 눈 뜨고 보아야 했을 자양이의 부모는 억장이 무너졌으리라. 아무리 종이라지만 어린 자식을 빼앗아 파는 것은 주변의 손가락질을 받을 만한 일이건대 서슴없이 행한 것을 보면 그 주인이라는 자의 무도함이 대단했을 터였다. 이산은 살짝 솟아오르려던 안쓰러움을 꾹 눌러 담았다.

"전 주인이라 하는 걸 보니 처음부터 초란에게 팔려온 것은 아닌가 보구나. 팔려간 곳이 어디냐?"

자양이는 다시 초란의 눈치를 보았다. 그녀는 이제 벗어나기를 포기하고 대신 팔짱을 낀 채 이산이 하는 양을 지켜보고 있었다. 자양이는 다시 고개를 아래로 처박았다.

"저 남쪽 지방에 있는 작은 해안마을의 약방으로, 그곳에서 일을 도왔습니다……."

더는 묻지 않기를. 자양이는 마주잡은 손이 주체할 수 없이 떨리는 걸 간신히 억눌렀다. 약방에서 잔심부름을 하고 손님 대접을 전담하는 것도 모자라 뱃놈들의 잠자리 상대를 해주었다는 말은 하고 싶지 않았다. 지금 자신의 뒤에는 소람이와 표영이 서 있었던 것이다.

초란은 그 동네 약방이라고 하기에도 민망한 그곳에서 자양이가 무슨 일을 하던 종인지는 이미 알고 있었기에, 이산이 더 이상 묻지 않기를 바랐다. 물론 그런 사정을 알 리 없는 이산이 그런 섬세한 배려를 할 리가 있겠나. 단지 그는 약방이라는 말이 마음에 걸릴 뿐이었다.

"약방이라……. 보고 듣고 어깨너머로 배운 것이 제법 되겠구나."

"……."

"네가 거기서 무슨 일을 했는……."

"거기까지만 하세요. 내 종을 심문이라도 하실 셈입니까? 자양아, 빗자루 이리 내놓아라."

이산의 말을 냉큼 잘라먹은 초란이 자양이에게서 빗자루를 받아들었다. 그리고 매섭게 휘두를 자세를 취하니, 지레 놀란 이산이 그녀를 놓아주었다. 말로만 그러는 줄 알았지, 정말 빗자루를 휘두를 거라고는 생각도 못했던 탓이다.

"아니, 진짜 휘두르려고 그러나?"

"그럼 휘두르려고 들었지 마당이라도 쓸려고 들었겠습니까?"

힘없는 여인네가 빗자루를 암만 휘둘러 봐야 이산에게 그게 위협이 되겠느냐. 하지만 이산은 그녀가 밀어내는 대로 밀려 기어이 마루에서 내려서야 했다. 한층 높아진 눈높이에서 초란이 빗자루를 이산에게 겨눈 채로 선언했다. 그야말로 장군이 부하에게 명하는 추상같은 기세 그대로라. 말라 도드라진 광대뼈 위로 까만 눈이 형형하게 빛난다.

"장군님의 목련은 이미 졌습니다. 본디 봄 한때 잠깐 피고 말았어야 할 꽃이 오래도록 피어 있었던 탓에 장군께서 좀 착각을 하셨던 모양이지마는, 이제는 지고 없으니 그리 아세요. 제가 할 말은 이것뿐이니, 이제 다시는 얼굴 볼 일도, 말 섞을 일도 없기를 바랍니다."

그리고 빗자루를 마당에 홱 내던지고 방으로 들어가 버리는데, 작달막한 등에서 어찌나 찬바람이 부는지 한겨울 눈바람도 그보단 못할 것이다. 이산은 닫힌 문 앞에서 망연히 서 있다가 표영이 옆구리를 툭 건드리는 바람에 정신을 차렸다.

"……이제 어쩌실 겁니까?"

"글쎄……."

만나면 반기리라 여겼노라고, 호기롭게 말했지만 사실은 그게 아니었다는 걸, 이산 스스로도 잘 알고 있었다. 너무 늦게 찾아왔다며 거절당할 것을 두려워하였던 것이 바로 조금 전인데 벌써 잊었을까. 하지만 그 두려움이 현실이 되자 생각했던 것보다 가슴이 아파 견디기가 힘들었다. 가슴에 구멍이 뚫린 것처럼 찬바람이 분다.

"저 얄팍한 창호지 문이…… 얄타족의 검보다 무섭군."

짤막한 감상에 표영이 숨죽인 웃음을 터뜨렸다. 이산이 자꾸 흘러나오려는 한숨을 애써 삼키고 있는데, 그의 눈치를 보던 소람이가 슬금슬금 다가와 말을 걸었다.

"저어, 어머니께서는…… 장군님을 많이 그리워하셨어요. 그만큼 잊으려고도 애쓰셨고요……."

"그래."

"마음이 상하였던 시간이 길어 저리 날을 세우시지만은, 조금 지나면 곧 사르르 풀리실 거여요."

정말 그렇다면 참으로 좋겠지만은……. 이산은 쓴웃음을 베어 물고 소람이의 머리를 쓰다듬었다. 어린아이를 칭찬하는 것 같은 손짓에 소람이가 뿌루퉁 뺨을 부풀렸다. 자신은 이제 다 커서 곧 시집을 가도 될 나이인데, 그의 눈에는 아직도 얼굴에 먼지 묻히고 다니는 꼬맹이인가 싶어서였다.

그리고 그런 두 사람을 보던 표영은 자기도 모르게 미간을 찌푸렸다. 객관적으로 보면 아무것도 아닌, 그저 칭찬하는 손짓일 뿐인데 왜 이렇게 눈에 거슬리는지 알 수가 없었다. 게다가 두 사람이 도란도란 정답게 말을 나누는 걸 보니 싫은 마음이 뭉글뭉글 올라오는 것이, 스스로는 도무지 알 수 없는 이상한 일이었다.

결국 참지 못한 그가 둘의 대화에 끼어들려는 순간이었다. 초란이 날카로운 목소리로 표영을 찾아 불렀다. 어서 들어와 심부름한 결과물을 내놓으라는 것이다. 표영은 갈팡질팡 발걸음을 제대로 떼지 못하다 한숨을 푹 쉬고 돌아섰다. 어쩐지 어깨가 축 처진 그의 뒷모습을, 이산이 눈여겨보고 있었다.

표영은 조심스럽게 문을 열고 초란의 방으로 들어갔다. 화가 잔뜩 나서 예민해진 여자만큼 골치 아프고 위험한 상대는 없다는 걸 익히 알고 있어서였다. 소리 없이 문을 닫는 손길이 더 없이 신중하였다.

"앉게."

표영은 초란의 앞에 앉기 전에 슬쩍 방을 둘러보았다. 초란은 엄격히 내외를 따지지는 않아도 외부인인 자신을 꽤나 경계하는 편이었고, 따라서 방에 그를 먼저 들이는 일은 지금이 처음이었다. 뭐, 습격을 당했던 날은 비상상황이었으니 예외로 하자.

"빨리 안 앉고 뭐하나? 망부석처럼 서 있는 게 좋다면 말리지는 않겠네만."

"하하, 설마 그럴 리가요."

초란의 핀잔에 표영은 냉큼 자리에 앉았다. 그리고 그녀가 궁금해하는 것들 전부를 답변했다. 이산을 만난 날의 일이며, 거리의 풍문을 비롯해 정재안의 전갈까지도. 이산과 함께 돌아오라는 말을 전하자 초란이 미간을 확 찌푸린다.

"엮이기 싫다는 말을 꼭 해둘 걸 그랬어."

"그게 마음대로 됩니까. 아무튼 아씨께서 돌아오시기 전에는 지원이고 뭐고 없다고 하니 제발 마음을 돌려주시는 게 좋겠습니다. 저 혼자서는 진짜 힘들거든요."

나가보라 허락도 하지 않았는데 표영은 자리를 떴고, 초란은 텅 빈 앞자리를 노려보며 입술을 깨물었다. 속에서 홧홧하게 불이 나는 것이, 손에서 놓아버렸던 담배가 다시 그리워질 지경이었다.

내가 그토록 봐달라 사정했을 때에는 눈길조차 주지 않았으면서. 굳고 굳었던 마음이 닳다 못해 바스러져 모래가 되어 결국 포기하고 떠난 뒤에 이리 찾아와 봤자 모래가 다시 바위가 될 리 없건만. 뒤늦게 찾아와 모래를 쓸어 담는 그가 미울 뿐이었다.

"콜록, 콜록!"

갑작스레 시작된 기침은 초란의 속을 한바탕 뒤집어엎고 나서야 간신히 멈추었다. 목이 부어 따끔거리는 것이, 모래라도 한 사발 들이켠 것처럼 아팠고, 잦은 기침에 심장이 쿵쿵대니 가슴이 지끈거리며 아팠다. 초란은 자양이를 불러 물을 가져오라고 할까 하다가 그냥 자리를 펴고 누웠다. 소리쳐 부르는 것조차 버겁게 느껴질 정도로 몸이 노곤하였다.

'생각을…… 생각을 해야 하는데.'

아무리 되뇌어도 머리에 안개라도 낀 듯이 돌아가질 않으니 다 소용이 없다. 초란은 끙끙 신음소리를 내다 그대로 잠이 들고 말았다.

"콜록 콜록 콜록!"

초란의 기침 소리가 얇은 창호지 문을 뚫고 새어나왔다. 이산은 그 소리에 머리라도 얻어맞은 것처럼 정신이 번쩍 들었다. 흐려졌던 정신이 확 깨이는 기분이었다. 자칫하면, 제대로 얼굴을 마주보고 이야기를 나누기도 전에 그녀를 잃을지도 모른다는 공포가 그를 엄습했다.

이산은 되도 않는 위로를 연신 나열하는 소람이를 내려다보았다. 그러고 보면 소람이도 자양이가 사온 약에 대해 알고 있는 것 같았다. 그저 고뿔에 좋은 약이라고만 알고 달여 드릴 거라고 했던 걸 보면……. 이산의 형형한 시선을 받은 소람이가 움찔 몸을 굳혔다.

"소람아, 내가 몇 가지만 물으마. 저 고뿔은 대체 언제부터 앓은 것이냐? 약을 쓴 지는 얼마나 됐고?"

"으음…… 고뿔 앓으신 지는 한참 되었는데 자양이가 약을 사온 것은 이번이 처음이여요."

"약을 쓴 적이 없다고?"

그럴 리가 없는데, 하는 내심이 그의 얼굴에 고스란히 드러난다. 소람이는 그만 어리둥절해지고 말았다. 고뿔은 가을 겨울이면 흔히 앓는 작은 병이고, 보통 따뜻한 모과차나 유자차를 마시면서 넘기는 것이 보통이었다. 자양이가 약을 사온 것이 그래서 특이한 것이고. 그런데 이산은 이전부터 약을 쓴 것이 틀림없다는 표정을 하고 있으니, 소람이로서는 그의 의중을 짐작하기가 참 힘들었다.

"약탕기가 없어서 아직 못 달였다면 약첩이 그대로 있겠구나. 좀 가져오너라."

"그건 왜 찾으시는 거여요?"

"내가 좀 알아볼 것이 있어서 그러느니라."

"싫습니다. 어머니 드실 약은 제가 달여 드릴 거여요. 장군님이 왜 그 약을 찾으시는지 제대로 설명도 못 하시면서 저더러 내놓으라 하시면 아니 되시지요!"

단호한 거절에 놀란 것은 이산이었다. 이산은 몇 번이고 소람이를 다그쳤지만, 소람이는 소람이대로 고집을 부리며 완강하게 거절하니, 대화에 진척이 있을 리가 없다. 다람쥐 쳇바퀴 돌듯 지루하게 흘러가는 대화를 듣고만 있던 표영이 결국 둘 사이에 끼어들었다.

"소람아, 두 분이 잘 되시면 이분이 네 아버님이 될 수도 있잖냐. 미리 효도하는 셈 치고 좀 내드리지 그래?"

"흥! 그렇게 생각하는 사람이 내가 장군님과 말 좀 나눴다고 꼬투리를 잡아요?"

"뭐, 뭐?"

"아까 화냈잖아요. 내가 장군님 손 좀 잡은 거 가지고 처녀가 남정네 손을 덥석덥석 잡는다며 투덜대면서. 장군님이 내 아버님이 될 수도 있는 분이라고, 당신이 정말 그렇게 생각했으면 내게 화를 냈겠어요? '어이구, 소람이 벌써부터 효도하네?' 하고 놀렸겠죠!"

다다다 쏘아붙이고 팔짱까지 낀 채로 흥하니 고개를 돌려 버리니, 표영은 괜히 끼어들었다가 본전도 못 찾은 꼴이 되었다. 그래도 포기하질 못해 몇 번 더 소람이에게 말을 건넸다가 여지없이 반박을 당하고 물러나니, 만약 두 사람이 연애라도 한다면 보나마나 표영은 소람에게 꽉 잡혀 살 것이 뻔해 보인다. 결국 이산이 다시 나섰다.

"소람아, 내가 꼭 알아봐야 하는 게 있어 이러는 것이다. 제 주인을 위한 약이니 자양이가 어련히 잘 해왔겠지만, 내가 가서 확인하면 또 다르지 않겠느냐. 돌려줄 때는 약탕기도 가져오마. 약을 달이는 일은 네게 맡길 테니 걱정 말고."

"싫은데……."

소람이의 얼굴이 울상이 된다. 하지만 이렇게까지 요구하는데 더 이상 버티는 것도 힘든 일이라. 손가락을 한참이나 꼼지락 꼼지락, 망설이던 소람이는 결국 약을 가지러 방 안으로 들어갔다. 그리고 옷장 안쪽 가장 깊숙한 곳을 뒤져 약첩을 꺼내 나오는데, 마침 방 앞을 지나던 자양이와 딱 마주치고 말았다.

"약탕기도 아직 없는데 약첩은 뭐하러 꺼냈어?"

"장군님이 꼭 보셔야 한다셔서."

"그놈의 장군님……. 아씨께서 저리 싫어하시는데 넌 그분을 그리 졸졸 따라다닐 마음이 드니?"

소람이는 주춤대다 와락 도망가 버렸고, 자양이는 그 꼴을 보며 혀를 끌끌 차고 돌아섰다가, 다시 홱 뒤를 돌아보았다. 자신에게 이상한 질문을 잔뜩 던지던 그 사내는 장군이라면서 서생의 옷을 입고 있었고, 어딘지 낯이 익었다.

'그래……. 그 사람이야.'

자양이의 얼굴에 땀이 솟았다. 저번에 약을 가지고 나오다가 부딪쳤던 서생과 이산이 매우 닮았음을 그제야 깨달은 까닭이다. 유독 큰 키와 사내다운 얼굴이 그렇게나 닮았는데 왜 이제야 안 건지 스스로가 한심스러울 지경이었다. 어쩌면 의심받고 있을지도 모른다는 생각이 들었다.

자양이는 뜀박질을 하고 싶은 걸 애써 억누르며 부엌으로 걸음을 옮겼다. 한 걸음 한 걸음 사뿐사뿐 걷는 걸음은 표영이 종답지 않게 차분하고 예쁘다 칭찬하던 그대로라, 그녀의 가슴 안에서 폭풍이 몰아치고 있음을 눈치챈 사람은 아무도 없었다.

이제는 거의 바닥을 드러내는 작은 단지를 꺼내 든 채, 자양이는 잠시 고민에 잠겼다. 의심받고 있을지도 모른다는 생각이 든 이상, 서둘러 처리하는 것이 옳을 것이나 그 방도가 쉽게 떠오르지 않아서였다. 물에 씻어버리자니 이 짙은 향기가 여기저기 죄다 퍼져 나갈 것인데 소람이가 왜 약을 버리느냐 물으면 답할 말이 없고, 땅에 묻자니 때가 때인지라 꽁꽁 얼어붙은 땅을 아무도 모르게 팔 수도 없었다.

입술이 하얗게 되도록 고민하던 자양이가 단지를 끌어안고 부엌 밖으로 걸음을 옮겼다. 여전히 태연해 보이도록 애쓰며 그녀가 간 곳은 집 뒤에 있는 장독대였다. 크지 않은 살림이어도 음식을 하는 이상 장독은 필수라, 빛깔 고운 장독들이 옹기종기 모여 있었다. 자양이가 장독들 사이에 있는 작은 틈새를 골라 단지를 놓아두니, 본래 거기에 있었던 것처럼 자연스러웠다.

한편 이산과 표영은 약첩을 들고 아랫마을에 와 있었다. 대뜸 마을에서 가장 큰 약방으로 안내하려는 표영을 잡아 말린 이산이 먼저 찾아갈 사람이 있다 하니, 그게 바로 오형주란 사내였다. 오지랖도 넓고 발도 넓다 제 자랑을 하며 이산에게 자양이의 수상한 약첩 이야기를 해준 그 사내 말이다. 오지랖이 넓다던 그 말이 맞는지, 이산이 오형주라 이름을 꺼내니 표영도 아는 눈치였다.

"아 그 참견하기 좋아하는 사내 말입니까? 하긴 이 일 저 일 안 끼는 곳이 없는 사내니 궁금한 것 물어보기에 좋은 사내기는 하죠……."

말은 그렇게 하면서도 영 만나기 싫어하는 게, 표영을 가지고도 이것저것 캐물으려 무던히 애를 썼나 싶다. 이산은 그런 표영의 옆구리를 찔러가며 결국 오형주의 집을 찾았다. 때가 때인지라 집 마당에서 새끼를 꼬고 있던 그가 이산을 보고 반색을 한다.

"아이쿠, 형씨. 웬일이요? 나랑 같이 한잔하러 오셨소? 한데 그때랑은 다르게 좀 사내다워 보이는 게 뭔 일 있었나 보오?"

"뭣 좀 물어보러 왔소이다. 오지랖도 넓고 발도 넓어 아는 것도 많다 하니, 내 묻는 말에 대답도 잘 해주시겠지."

"맨입으로?"

말이 떨어지기가 무섭게 이산이 술 한 병을 내던졌다. 깨져도 상관없다는 식으로 던진 병이라 몸을 날려 받아내야 했으면서도 오형주는 딱히 불만이 없어 보였다. 마개부터 뽑고 코를 킁킁대더니 누런 이를 드러내며 씩 웃는다.

"역시, 내 눈은 틀림이 없다니까. 돈 따위는 나중에 여편네에게 빼앗길 테니 다 소용 없고 술이 최고인 걸 어찌 알고 이렇게 내 마음에 꼭 드는 선물을 챙겨왔는지. 뭐가 궁금하오? 내 아는 건 다 가르쳐 주리다."

"이 약첩에 대해 솔직하게 말해줄 의원이 필요하오."

오형주가 냉큼 술 한 모금하고 이산이 내민 약첩을 살펴보니, 바로 자양이가 챙겨가던 그 약첩이라. 그 강렬한 향이며 의심스러운 행동거지가 그의 호기심을 부추겼기에 유독 눈여겨보았던 터라 한눈에 알아볼 수 있었다. 그는 짐짓 턱을 괴며 고민하는 척을 했다.

"으흠, 이게 뭔지는 나도 잘 모르겠으나……. 솔직히 말해줄 의원이라 하는 걸 보니 뭔가 특별한 약인 모양이외다. 물론 실력도 있어야 할 것이고……. 어디보자, 이 마을이 부근에서 찾기 힘든 큰 마을이라 의원이 있는 의방만 해도 벌써 세 개나 되고 그저 처방 받아 약만 파는 약방만 하여도 대엿 개는 될 것인즉……. 이 마을에서 가장 큰 의방인 대영 의방에 가면 실력도 있고 솔직하기도 한 의원이 있으니 거기로 가면 될 게요."

"대영 의방?"

"그렇소이다. 거기 의원이 아주 솔직하다 못해 대쪽 같은 사람이라, 가끔 병자들에게 돌도 맞고 그런다오. 그런데…… 나라면 거기 안 가겠소."

오형주가 이산이 들고 있는 약첩을 가리키며 히죽 웃었다. 그게 뭔지 다 알고 있다는 웃음이었다.

"마을 남서쪽을 흐르는 개울을 지나 왼쪽으로 난 오솔길을 따라 조금 걸으면 조금 허름한 오두막이 나오는데, 거기가 바로 환 영감탱이의 의방이라오. 사람들 보라고 걸어놓은 깃대도 없고 뭣도 없지만 그 실력만은 알음알음 소문이 나서, 아는 사람들은 다 거기로 가지."

"실력은 그 대영 의방도 좋다고 하니…… 꼭 거길 추천하는 이유가 있을 것 같은데?"

"그렇소이다. 본래 그 영감탱이가 의방에서 살다시피 하는 양

반인데, 요즘 들어 자꾸 집으로 돌아가거든. 말로는 먼 곳에 사는 손자가 놀러 와서 얼굴 보러 간다 하는데, 손자를 데려왔을 아들 내외가 영 얼굴을 비추지 않는 게 하 수상해서 그렇다오. 본래 효심이 지극하여 아버지 힘드시니 도와야 한다며 올 때마다 의방에서 약재 손질을 돕는 아들이었는데 말이오. 의심스럽지 않소?"

표영은 조금 감탄했다. 대단한 어림짐작이고 머리 회전이었다. 만약 그가 좋은 집안에 귀한 신분으로 태어나 교육을 잘 받았더라면, 지금처럼 그저 오지랖 넓다 타박이나 듣는 농사꾼이 아니라 뛰어난 재사가 되었을지도 모른다.

이산 역시 표영과 같은 생각을 했다. 하지만 그가 금오로 돌아갈 작정인 것도 아니고, 연해에서 환영받는 입장인 것도 아니니 사람이 아깝다 한들 뭐 어쩌겠는가. 그는 대신 주머니에서 엽전 꾸러미를 꺼내 던졌고, 오형주는 난데없는 큰돈에 눈을 커다랗게 떴다.

"정보료니 받으시오."

"이, 이런 큰돈을……. 아 도로 가져가시오. 갑작스런 돈은 재앙을 부르는 걸 내 모를 줄 아오?"

"충분히 제값을 치른 돈이니 걱정 말고 받아도 좋소. 정 걱정스럽다면, 내 반은 가져가고 나머지 반은 모든 일이 끝난 뒤에 다시 치르도록 하겠소."

기겁을 하는 오형주에게서 절반의 돈을 회수한 이산이 홱 몸을 돌렸다. 더 잡지도 못하도록 돌아나가는 그의 뒤에서 오형주만 안절부절못하고 있을 뿐이었다.

표영은 이산을 놓칠세라 부리나케 따라 걸었다. 자신이 남긴 흔적을 따라 이 마을에까지 왔을 때도 생각했지만, 이산은 꽤나 방향감각이 좋고 길을 잘 찾는 사내였다. 표영의 안내 없이도 순식간에 마을을 가로질러 오형주가 말했던 개울가에 도달한 것이다.

"아니, 이쪽에 개울이 있으리란 건 어떻게 아신 겁니까?"

"훈련을 덜했나 보군. 산세와 마을 생김새를 바탕으로 미루어 생각하면 당연한 일이 아닌가."

당연하기는 개뿔이. 그런 훈련 내용은 들어본 적도 본 적도 없습니다만? 표영은 입 밖으로 나갈 뻔한 투덜거림을 주워 삼키고 대신 이제껏 궁금했던 것을 물었다.

"자양이가 사온 약이 독이라고 생각하시는 겁니까?"

"자양이가 약첩을 사다 나른 지가 벌써 꽤 됐다 하더군."

"……저는 본 적 없는데."

"그러니 이상한 게지. 자네도 모르고, 소람이도 모르고. 한데 자양이는 꾸준히 약을 샀고 초란은 이상하리만치 마르지 않았나. 의심하는 게 당연하지."

졸졸 흐르는 개울 위로 얇게 얼은 얼음엔 채 녹지 않은 눈이 쌓여 있었다. 이산은 대충 주변을 둘러보다 징검다리를 발견하고 톡톡 뛰어 건넜다. 긴 도포자락 안에 숨겨두었던 칼이 슥 드러났다가 다시 숨어들었다.

"초란 아씨는 처음 뵈었을 때도 꽤 마르신 분이었는데 말입니다. 게다가 만성적인 두통, 불면증, 고뿔 때문에 잦아진 기침……. 이런 것들이 있어서 더 마르신 걸 착각하시는 것 아닙니까?"

"자네는 자주 보아 몰랐겠지만, 몇 달 만에 얼굴 본 나는 훤히 알겠네. 저렇게 단시간에 마르는 건 절대 정상이 아니야. 죽을병에 걸린 것도 아닌데 고뿔로 사람이 그리 마른다고? 하! 개가 웃을 소릴세."

이런저런 이야기를 하는 사이 두 사람은 의방에 도착했다. 오형주가 했던 말대로 사람을 끄는 깃대도 하나 세워놓지 않았지만 그 안에서 흘러나오는 짙은 약재 향기에 '아, 이곳이 의방이구나' 하고 알게 된 것이다. 작은 오두막집이 온통 약재에 잠기기라도 한 것처럼 향이 짙었다.

마당에 발 디디는 소리를 듣기라도 했는지, 머리에 허옇게 눈이 내린 의원이 방문을 벌컥 열고 얼굴을 내밀었다. 눈 밑이 푹 꺼지고 시커멓게 변해 있는 꼴이 어디 아프기라도 한 건가 저절로 걱정이 될 얼굴이었다.

"오늘 진료 안 보오!"

"진료도 안 볼 거면서 의방 문은 왜 여셨소? 그냥 몇 가지 물어나 봅시다."

"그냥 물어나 볼 거면 저어기 마을에 있는 큰 의방에 가면 되지 굳이 진료 안 보겠다는 사람한테 그러는 게요? 이 동네에 널린 게 의방이니 그리 가시오."

"실력이 좋다고 입소문이 자자하기에 일부러 찾아왔으니 좀 봐주시오."

표영이 간곡히 사정하니 의원이 입을 삐죽대면서 들어오라 손짓을 했다. 이산과 표영이 그 안으로 들어갔는데, 천장 가득히 약재 담은 봉지가 매달리고 벽면 한곳을 전부 약재장이 차지하니 그 위용이 아주 대단하였다. 약재 향기가 너무 짙어 숨이 막힐 지경이었다.

이산은 의원의 앞에 자신이 챙겨온 약첩을 꺼내놓았다. 그 약첩은 이 향 짙은 공간 안에서도 제 존재감을 뚜렷이 드러내는 향을 피워내고 있었다.

"이 약이 무슨 약인지 좀 알고 싶소."

"아주 향이 짙은 약이로구먼……."

의원은 약첩을 풀어 킁킁 냄새를 맡기도 하고 약재를 하나하나 헤아리며 살피기도 했다. 그러기를 한참, 갑자기 그의 얼굴이 딱딱하게 굳어버렸다. 의원은 서둘러 약첩을 다시 싸고 이산에게 쥐어주었다. 그러고는 얼른 나가라 하는 것이다. 하지만 그리 수상하게 행동을 하는데 이산이 나가겠느냐.

"무슨 약인지 알려주기 전에는 절대 가지 않겠소."

"나는 입이 찢어져도 가르쳐 주기 싫으니 그럼 하루든 이틀이든 매양 그렇게 있으시오. 아니면 그냥 다른 의방에 가시든가."

은근히 살기까지 피워 올렸는데도 의원이 꿋꿋하게 버티니, 이산은 그저 난감할 따름이었다. 이산과 표영이 의원을 어르고 달래고 종국에는 의방을 불살라 버리겠다 협박까지 하였으나 무소용이라. 결국 둘은 답을 얻지 못하고 의방을 나와야만 했다. 물론 그대로 포기할 사람들은 아니었던지라, 오두막 지붕에는 졸지에 사람 열매가 둘이나 달렸다.

오형주가 말했던 대로, 의원은 충분히 수상했고 이상했다. 그의 의방에는 사람이 거의 들지 않았는데, 의원은 어쩌다 찾아오는 손님을 죄다 거절하며 돌려보내 버렸다. 게다가 은근히 누군가를 기다리기라도 하는지 얼굴을 가린 여자는 얼굴을 확인한 뒤에 가라고 한 적도 있었다. 결국 해가 질 때까지 의원에 방에 발을 디딘 사람은 아무도 없었다.

날이 어둑해지기 시작하자 의원이 나와 집에 갈 채비를 했다. 문을 꼭 걸어 잠그고 여기저기 문단속을 꼼꼼히 하고는 마당에 떨어진 낙엽까지 말끔하게 쓸어낸 뒤에야 두툼한 두루마기를 꼭 여미고 종종걸음을 친다.

의원의 집은 의방에서 조금 떨어진 곳에 있었는데, 마을에서도 멀다 싶은 곳에 외따로 떨어진 작은 집이었다. 그래도 제법 번듯하고 작은 별채까지 딸려 있어 모르는 사람이 본다면 의원이 아니라 어디 양반님네가 사시는 집이냐고 물었을 것이다.

"할아버지!"

의원이 집에 발을 들이자마자 마당에서 혼자 팽이를 치고 있던 아이가 달려와 의원의 품에 안겼다. 의원은 종일 혼자 노느라 심심했다며 어리광을 부리는 아이에게 주전부리 몇 가지를 꺼내 주어 달래다가 끼니 전에 주전부리를 줬다며 부인에게 타박을 들었다. 그는 소박한 저녁 식사를 하고 자기 싫다 떼를 쓰는 아이에게 옛날이야기를 해주며 토닥토닥 재운 뒤에야 부인이 기다리는 안방으로 돌아왔다.

이부자리를 깔아놓고 기다리던 부인은 의원이 들어오자마자 그의 건강 걱정을 했다. 영감 안색이 자꾸 나빠지는 것 같소, 명색이 의원이라는 사람이 제 건강도 못 챙기고 다니는 것은 아니오, 내가 싸준 도시락도 잘 자시는 것 같지가 않은데 아예 내가 의방으로 우리 강아지 데리고 가는 것은 어떻겠소?

잔소리가 싫은 건지 부인이 의방에 오는 것이 싫어서 그런 건지 의원은 귀를 막는 시늉을 하며 돌아누웠고, 그런 그의 등을 부인이 찰싹 때렸다.

"그놈의 돌아눕는 버릇은 어째 40년이 지나도 고치질 못하시오? 가만 보자, 내가 첫째를 가졌을 때 영감이 뭐라 했소? 행여나 죽지 말고 아프지 말고 잘만 낳아주면 내가 할 수 있는 것은 다 해주겠다고…… 아이쿠머니나!"

의원이 늘 듣던 지겨운 말에 귀를 더욱 틀어막았다가 부인의 비명에 놀라 돌아보니, 난데없이 나타난 사내들이 부인의 목에 시퍼런 칼을 들이 밀고 있지 뭔가. 미우나 고우나 평생을 함께한 부인이라 의원의 몸도 파들파들 떨렸다. 그런 그에게 한 사내가 다가와 약첩을 툭 떨어뜨리니, 그제야 그들이 낮에 의방을 찾아와 약첩에 대해 물었던 자들임을 알아챘노라.

"이 무슨 무도한 짓이오?"

"이 정도는 해야 답을 해줄 것 같아서 말이외다."

겁에 질려 달달 떠는 부인을 보던 의원이 결국 약첩을 주워들었다. 하지만 그걸 펴지는 않고 한숨만 푹푹 쉬다 이산에게 부인을 보내달라, 부탁을 하는 것이다. 이산의 눈짓을 받은 표영이 부인을 밖으로 끌어내려는데, 겁먹고 떨기만 하던 부인이 갑자기 고집을 부리며 가지 않겠다고 우기기 시작했다.

"저 영감탱이가 뭔 일에 끼어들어 이런 봉변을 당하는지는 모르겠으나, 부부는 한 몸이니 나도 좀 알아야겠소. 날 내보내려거든, 차라리 당장 내 목을 치시오."

그러곤 온몸으로 표영에게 저항하며 드러눕는데, 그 반항이 어찌나 거센지 다치지 않게 제압하려 애쓰던 표영의 얼굴에 짜증이 서릴 정도였다. 의원은 부인이 무사히 나가기 전에는 입을 열지 않겠다고 하고, 그 부인은 자신이 없는 자리에서 일이 진행되는 꼴은 못 보겠다 하니, 그야말로 꼭 닮은 부부였다. 노부부의 고집을 보고 있던 이산이 표영을 불렀다.

"부인의 고집이 쇠심줄이니 그냥 두도록 해. 어차피 부인만으로는 부족한 듯싶었으니……. 데려와."

방문이 빠금히 열리고 아이가 잠든 별채가 쇠해가는 달빛에 어렴풋이 드러나니, 이산이 데려오라는 사람이 누구인지 깨달은 의원의 안색이 창백해졌다. 이산은 거기에 더해 아이가 벗어놓은 신발을 보란 듯이 반으로 잘라 노부부에게 반쪽씩 던져주었다.

"한 밤에 들이닥쳐 칼을 겨누는 것도 모자라 아이로 날 협박할 셈이오?"

"하고 싶은 말은 그게 다요?"

"……."

"아직 남았다면 마저 하시오. 손자를 데려오는 건 그 다음에 할 테니."

그럴 힘이 어디에 있었는지, 힘없이 늘어져 있던 부인이 벼락같이 표영에게 덤벼들었다가 뒷목을 맞고 바로 기절해 버렸다. 축 늘어진 부인의 목에 이산은 가만히 칼을 겨누었다. 시퍼렇게 날이 선 칼이 달빛을 받아 번쩍번쩍 빛나고 있었다.

"그 약첩에 든 게 무슨 약인지는 모르나 좋은 것은 아닐 테지. 그 약을 먹었을지도 모를 그 사람을 생각하면, 나는 더한 짓도 할 수 있소. 날 무도하다 탓하려거든, 알고도 말하지 않은 그대의 지나치게 무거운 입을 먼저 탓해야 할 거요."

잔혹한 말을 하면서도 이산의 얼굴은 조금의 변화도 없었다. 결국 의원의 입에서 긴 한숨이 흘러나왔다.

"다…… 말하리다. 그러니, 손자와 아내는 내버려 두시오."

지난 가을이었다. 추수를 끝내고 한껏 배가 불러 사람들의 얼굴에 윤기가 반질반질하고 인심은 어느 때보다도 후하던 때. 환 영감은 아들 내외가 손자를 데리고 찾아오기를 기다리고 있었다. 하지만 대체 무슨 일이 있는지, 올 때가 지났는데도 오지를 않아 걱정이 쌓여가고 있을 무렵이었다. 새빨간 노을을 피에 물든 망토처럼 두른 사내들이 그의 의방을 찾아왔다.

검은 옷을 입은 그들이 걷는 걸음마다 피안개가 피어오르는 것만 같아 저절로 거부감이 들었다. 환 영감은 오늘은 환자를 받지 않는다며 물리칠 핑계를 대려다 그만 입을 다물었다. 그들 중 하나가 잠든 손자를 업고 있었기 때문이었다.

"그 아이는……."

"아이의 부모에게 부탁받았소. 환 영감이 맞소? 의원이라는?"

"……어찌된 일인지 궁금한 게 많긴 하지만……. 일단 들어오시오."

환 영감은 마침 누워 있는 병자가 없어 비어 있던 방에 손자를 눕혀놓고 애써 마음을 가다듬었다. 아들 내외에게 무슨 일이 생겼는지는 모르지만 이렇게 위험해 보이는 자들에게 손자를 맡겼을 정도라면 보통 일은 아닐 것이다. 그렇게 마음을 다잡았다. 약재 향기로 가득 채워진 작은 방, 늘 앉던 자리에 앉은 환 영감의 등을 타고 땀이 흘렀다.

"내 아들 내외에게 무슨 일이 생긴 게요? 자세히 말해보시오."

"별일 아니외다."

"어린 자식을 따로 보낸 부모에게 생긴 일이 어찌 별일이 아니오!"

"의원께서 협조만 잘 해준다면, 그들은 무사히 집으로 돌아갈 게요."

쿵, 환 영감의 가슴에서 돌이 떨어지는 소리가 났다. 펄떡펄떡, 제멋대로 뛰기 시작한 심장이 어찌나 밉던지. 가슴을 부여잡고 숨을 몰아쉬는 환 영감을 앞에 두고, 우두머리로 보이는 사내가 종이쪽지를 내밀었다. 평범한 약방문처럼 보였다.

"사흘 뒤에 오겠소. 약은 그때 받아가도록 하지."

환 영감은 부들부들 떨리는 손으로 종이를 폈다. 그건 생각했던 대로 약방문이 맞았다. 다만 그걸 정말로 약이라고 부를 수 있을 때의 얘기지만 말이다. 평생을 의원으로 살아온 환 영감은 순간 상황도 잊고 불같이 화를 냈다.

"이게 어찌 약이란 말이오. 이대로 약을 지으면 오한과 발열은 물론이고 두통과 불면증도 따라올 수 있소이다. 그러면서도 조금씩 기력을 갉아먹을 것이니, 사람을 말려 죽일 셈이오? 아, 물론 이 약을 먹고 죽지는 않겠지! 하지만 산 사람을 산송장으로 만드는 일이 어찌 독이 아니고 살인이 아니란 말이오. 세상에 어느 의원이 이런 약을 만드는 데 동의하겠소? 거절이외다! 나는 이런 약 못 만드오!"

"하지만 만들어야 할 거요."

우두머리 사내가 옷자락에 손을 넣는가 싶더니 피 묻은 비녀를 꺼내 내밀었다. 매화가 새겨진 작은 은비녀는 며느리가 항상 꽂고 다니던 것이었다. 환 영감은 그만 눈앞이 아찔해졌다.

"증거를 인멸하고 다른 의원을 찾아가는 수고를 들이지 않게 해주시오."

"……일을 마치면, 내 아들 내외는 무사히 돌려보내 주는 거요?"

"우리의 주인께서는 헛말을 하는 분이 아니외다."

환 영감은 그날부터 밤낮없이 약을 짓기 시작했다. 약에는 희귀한 약재들이 많이 들어갔다. 어째서 약방문만 주면 군말 없이 약을 지어줄 약방이 아니라 의방엘 왔는가 궁금했던 것이 훅 풀리는 기분이었다. 다양한 약재를 갖추고 있는 자신의 의방이 아니라면 만들 엄두도 내지 못했을 약이었다. 게다가 일반 약처럼 탕약을 만들어 먹게 하는 약이 아닌지라 손도 많이 가고 정성도 많이 들었다.

차마 다른 병자들의 약을 끓이는 솥에서는 만들지 못해 새로 구입한 작은 솥에서 부글부글 끓는 약을 보고 있노라면, 그 앞에 앉아 부채질을 하고 있는 자신이 한심하고 또 한심해 속이 끓었다. 소식을 알 수 없는 아들 내외에 대한 걱정, 갑작스레 혼자 떨어진 손자에 대한 안쓰러움, 궁금한 게 많을 텐데 군말 없이 손자를 맡아준 아내에 대한 고마움, 무엇보다 무럭무럭 피어오르는 죄책감이 태산 같은 무게로 환 영감의 어깨를 짓눌렀다.

사내들은 사나흘에 한 번씩 찾아와 약을 받아갔다. 그들에게 약을 건넬 때마다 어찌나 숨이 막히는지……. 하루가 지날 때마다 목숨줄이 닳아 없어지는 압박감에 환 영감의 얼굴에 진 그늘은 자꾸 짙어져갔다. 그래서였을 것이다. 환 영감은 소용없는 줄 알면서도 검은 옷의 사내를 붙들고 아들의 목숨을 애걸했던 것이다.

"이만하면 되지 않았소. 이제 그만 아들을 돌려주시오. 내 아들…… 멀쩡히 살아는 있소?"

움켜쥔 옷자락은 차디찼다. 사내는 환 영감을 흘끗 내려다보더니 누군가를 향해 시선을 주었다. 그와 함께 시선을 준 환 영감의 눈에 비친 건 검은 비단으로 몸을 감싼 여인이었다. 흰 턱만 살짝 보일 정도로 얼굴을 가린 여인은 가볍게 고개를 가로저었고, 사내는 그대로 환 영감을 뿌리치고 사라졌다. 그리고 사내는 사나흘 뒤에 찾아와 환 영감에게 손가락 하나를 전해주었다. 환 영감은 금세 알아보았다. 그건, 아들의 손가락이었다.

"내가 그 녀석의 손가락을 자른 거나 마찬가지지."

길게 기른 수염을 쓰다듬는 환 영감의 손이 부르르 떨렸다. 아들의 손가락을 받아본 순간을 되짚은 것이리라, 표영은 그리 짐작했다. 나이든 의원의 주름진 눈가에 드리운 그늘이 더욱 짙어졌다. 자식을 걱정하는 부모의 모습이 표영의 양심을 콕콕 찌르기 시작했건만, 이산은 환 영감의 애처로운 모습에도 전혀 영향을 받지 않은 듯했다. 부인에게 겨누고 있던 검을 의원의 턱 밑에 들이미는 게 아닌가.

"그래서, 결국은 아무것도 모른다는 게로군."

"……."

"그럼 좀 더 현명하게 처신할 수도 있었을 텐데. 예를 들면…… 우리가 약을 봐달라 했을 때 아예 모른 척을 한다든가."

"내가 거절을 하고 수상한 행동을 해야 날 쫓아올 것 아니오."

칼을 쥔 이산의 손등에 핏줄이 불거지고, 의원의 턱 아래에서 붉은 피가 한 줄기 흘러내렸다. 환 영감은 입술을 깨물며 이산을 노려보았으나, 그의 눈에는 조금의 자비도 보이지 않았다. 환 영감은 꿀꺽, 핏물 섞인 침을 삼켰다.

'이 노인네가…… 실수를 했는지도 모르겠군.'

"……장군님. 밖에……."

뒤늦게 부인을 한쪽으로 밀어내던 표영이 갑작스레 이산을 불렀다. 최대한 소리를 죽인 부름이었다. 이산은 뒤를 돌아보지는 않았으나, 표영이 왜 자신을 불렀는지는 이미 알고 있었다. 마른 땅에 스며드는 물처럼 소리를 죽인 기척들이 의원의 집을 향해 다가오고 있었던 것이다.

'감히…… 나를 이용하려 들었나.'

이산은 당장이라도 환 영감의 목을 치고 싶은 충동을 가까스로 억눌렀다. 그러나 그 기세마저 흩지는 못하여서, 환 영감은 어린 손자에게 들려주던 전설 속의 마귀가 제 눈앞에 서 있는 것 같아 오줌을 지릴 지경이었다. 게다가 그 마귀는 지금 잔뜩 화가 나 있지 않던가.

"……영감. 이건 내 생각이지만 말이오……. 저들은 영감의 입을 아예 틀어막고 싶어 하는 것 같소. 그건 영감이 내게 말하지 않은 무언가가 있다는 것 아니겠소? 모두 말하겠다 했던 건 영감이었던 것 같은데."

"독을…… 먹일 땐 뒷일을 생각해야 하는 법이 아니오. 해독제를 만들 방법을 아오. 아직은…… 아직은 괜찮을 게요. 조금만 더 늦었다면 다 소용없었겠지만, 지금이라면 괜찮소. 마지막 약을 먹이지 않고 가져왔으니."

"하니, 집 지키는 개 노릇을 하라?"

"이왕이면 내 아들 내외도 구해주시면 고맙겠소."

저 할아범이 돌았나. 표영은 차마 꺼내지 못한 내심을 긴장과 함께 꿀꺽 삼켰다. 긴장과 불안에 진 영감이 미쳤을지도 모른다는 생각을 하니 아주 약간 미안해지려고 한다. 하지만 표영의 마음과는 상관없이 이산은 그저 싸늘한 표정을 짓고 있을 뿐이었다. 그렇게 이산과 환 영감의 대치가 길어지자 표영은 점점 초조해졌다. 밖에서 느껴지는 기척이 자꾸 머릿수를 늘려나가고 있었다. 그를 알아채지 못할 이산이 아닌데, 그는 그저 환 영감의 목에 칼을 들이민 채로 요지부동이었다.

"내가 무얼 믿고 개 노릇을 해줘야 하는지 모르겠군. 배경은 밖에 있는 놈들을 추궁하면 될 일이고, 약은 다행히 아직 늦지 않았다 하니 다른 의원을 찾아가면 될 일을. 좀 더 매력적인 안을 제시해 보는 게 어떻겠소."

"이전에 만들어 보냈던 약과, 지금 당신이 가져온 약은 서로 다른 약이라오. 이 약만 보고 해독약을 만들어낼 수 있는 의원은 없소이다. 애써 노력하여 만들어낸다 하더라도 장애가 남겠지."

"장애?"

"평생 목소리를 잃게 될 거요."

"빌어먹을 영감탱이……."

이산의 입에서 나온 욕지거리에 환 영감이 히죽 웃었다. 그가 자신을 보호해 줄 것이라는 걸 확신한 까닭이다. 이산은 잇새로 '쯧' 하고 혀를 차고는 환 영감에 목덜미에 겨누고 있던 칼을 거뒀다. 그가 홱 돌아서서 방 밖으로 나가자 표영이 환 영감에게 얼굴을 들이밀었다. 가슴을 쓸어내리던 환 영감이 놀라 눈을 크게 떴다.

"의원 영감님."

"왜, 왜 그러나……?"

"해독제가 있다는 말, 진담이셔야 할 겁니다. 만약 거짓말이라면, 과연 제가 저분의 화를 가라앉힐 수 있을지 의심스럽거든요."

"진담일세."

환 영감의 단호한 대답에 표영이 만족스러운 미소를 짓고 몸을 일으켰다. 그는 환 영감을 방구석으로 밀어내고 문을 닫았다. 뒤를 돌아보니 마당 한가운데에 선 이산이 시퍼런 살기를 줄줄 흘리고 있었다. 그 모습이 어찌나 무섭고 위험해 보이는지, 온통 집을 에워싼 수상한 기척들조차 모습을 드러낼 엄두를 내지 못하고 있었다. 표영의 입에서 한숨이 푹 새어나왔다.

"꿈에 나올까 무섭다니까……."

"즐기고 있으면서 그런 말 하지 마라."

"예에? 그런 무서운 말씀을 하시다니."

천부당만부당하다는 듯 표영이 고개를 저었지만, 이산은 픽, 바람 빠지는 소리를 낼 뿐이었다. 그도 그럴 것이, 표영은 아닌 척 애쓰고 있었지만 자꾸 올라가는 입꼬리를 감추지 못하고 있었던 것이다. 마음먹고 날뛸 생각을 하니 무척 즐거운 모양이었다.

"하여간……."

검은 그림자들이 속속 모습을 드러냈다. 그들은 대화도 뭣도 필요 없다고 생각한 모양이었다. 뭐, 그건 이산과 표영도 마찬가지였지만. 달빛도 비추지 않도록 새카맣게 재를 칠한 칼들이 두 사람을 향해 달려들었다.

캉! 칼과 칼이 부딪쳤다. 체중을 실어 온 힘으로 내리친 칼을 받아낸 이산의 발이 뒤로 쭉 미끄러지면서 싹싹 쓸어둔 마당에는 깊은 발자국이 생겼다.

'큭! 너무 오래 쉬었나…….'

이산은 생각보다 묵직하게 느껴지는 무게에 혀를 찼다. 그러고 보면 그가 전장을 휘젓고 다닌 지가 벌써 10년도 더 전의 일이었다. 표영은 이산을 두고 정면으로 덤비고 싶지 않은 실력자라고 평했건만, 이산은 10년의 세월 동안 녹슬어 버린 몸을 새삼 실감하고 있었다. 하지만 그건 그의 감상일 뿐, 그 속내를 입 밖으로 냈다간 다들 어이없어할 것이다.

이산이 가볍게 팔을 휘두를 때마다 핏줄기가 솟구쳤다. 검은 옷의 사내들은 불에 뛰어드는 나방처럼 달려들었다가 그대로 불타 사라졌다. 이산과 등을 맞대고 싸우던 표영이 다 죽이면 어디서 배후를 캘 거냐며 구시렁거렸지만, 이산은 지금 실컷 화풀이를 하는 중이었으니. 그의 타박이 들릴 리가 있을까. 쿵! 가슴을 꿰뚫린 사내가 나무토막처럼 맥없이 쓰러졌고, 이산이 칼을 비틀어 빼내자 뜨거운 피가 훅 솟구쳤다. 이산에게 등을 보이고 싸우던 표영이 뜨끈한 피를 뒤집어쓰고는 기겁을 했다.

"아 정말! 피 다 튀었네!"

"빨래하면 되는 걸 가지고."

"그런 걸 아시는 장군님께서는 왜 피하신 겁니까!"

"일부러 빨랫감을 늘릴 필요는 없지 않나."

"말이나 못하면 밉지나 않지……. 한둘은 살려두셔야 하는 거, 잊으신 건 아니겠죠?"

"아……. 그랬지."

이산이 그제야 깨달은 것처럼 고개를 주억거리는 통에 속이 터지는 건 표영뿐이었다. 표영은 혀를 끌끌 차고 주변을 살폈다. 그를 경계하느라 태반의 사내들은 이산에게 집중해서 달려들었고, 그들 대부분은 차가운 시신이 되어 흙바닥에 나뒹굴고 있었다. 표영은 조금 전에 기절시킨 사내가 꿈틀거리는 걸 보고 그의 뒤통수를 검집으로 후려쳐 다시 기절시켜 발치에서 밀어냈다. 이산의 주변에는 시신이, 표영의 주변에는 기절한 사내들 천지였다. 이렇게나 처리했는데도 수상한 기척들은 물러날 기미가 보이지 않았다.

"안 되는 줄 알고 물러날 때가 됐다 싶은데……. 이상하게 끈질깁니다."

"영감탱이가 말했잖나, 마지막 약이라고. 토사구팽 모르나?"

"으아……."

"밤이…… 아주 길겠세. 각오해야 할 거야."

표영은 땅이 꺼져라 한숨을 쉬었다. 흘끗 올려다본 하늘에는 부른 배가 꺼져가는 달이 중천에 걸려 있었다. 안 그래도 동장군이 위세를 떨치며 밤을 잡아 늘리는 계절인데 이렇게나 꾸역꾸역 몰려드는 적을 밤새 상대하라니……. 산 속의 작은 집에서 불안에 떨고 있을 소람이가 못내 마음에 걸렸다. 어쩌면 오늘도 간식을 준비해 두고 기다리고 있을지도 모르는데, 먹기는 글렀다. 표영은 자기도 모르게 입을 삐쭉 내밀고 투덜거렸다.

그 시각, 초란은 꿈을 꾸고 있었다. 그녀는 새카만 어둠 속에 잠겨 죽은 듯이 웅크린 채 어둠과 정적을 견디는 중이었다. 이게 꿈이라는 것은 안다. 하지만 한 치 앞도 보이지 않는 어둠은 그저 두렵기만 했고, 그녀는 한 발짝도 떼지 못하고 숨을 죽였다.

한걸음도 나가지 못하고 무릎을 끌어안고 웅크린 자신이 한심하여 눈물이 나지만, 도무지 발이 떼어지질 않는 걸 어찌할까. 이렇게 오도 가도 못하고 웅크리고 있는 자신의 모습이 지금 제가 처한 상황과 꼭 닮아 보여 헛웃음이 난다. 잊으려 애썼으나 잊지 못했고, 차라리 미워하려 했으나 그러지 못했다. 그러다 그 사람이 눈앞에 나타났을 땐…….

“장군님의 목련은 이미 졌습니다. 이제 다시는 얼굴 볼 일도, 말 섞을 일도 없기를 바랍니다.”

그렇게 매몰차게 돌아섰으면 그걸로 끝이어야 하는데 그러지도 못했다. 쌩하니 문을 닫아놓고 밖에서 들리는 소리를 하나라도 놓칠세라 귀를 기울이다 이리 잠들어 버렸으니, 이 얼마나 멍청한 계집인지. 어리석고 어리석은 미련, 세월이 이렇게나 흘렀는데도 한 점도 흐려지질 않는 연정, 도무지 마음대로 되지 않는 마음에 대한 미움……. 꽉 깨문 잇새로 억누른 흐느낌이 새어나왔다.

"흐, 흐으, 흐으윽……."

도톰하게 솜을 넣어 누빈 치마가 눈물로 흥건하게 젖어들었다. 웅크린 채로 얼마나 그렇게 울었을까. 온몸의 수분을 다 쏟아낼 것처럼 숨죽여 울던 그녀의 앞에 작은 빛이 나타났다. 그 빛은 따뜻하고, 밝고, 조그마했다. 그리고 꿈속에서조차 제 안으로 처박혀 움직일 엄두도 내지 못하는 초란을 깨우려는 듯 그녀의 머리맡에서 팔락팔락 제 몸을 흔들었다.

초란은 자신을 차갑게 감싸고 있던 어둠이 옅어졌다는 걸 알았다. 고개를 들어야 하나 말아야 하나 고민스러웠지만, 감은 눈으로도 느낄 수 있는 빛과 따스하게 느껴지는 온기를 외면할 수가 없었다. 그녀는 살그머니 눈을 떴다.

"새? ……아니. 아니야. 나비…… 인가?"

작은 날개가 파닥파닥 날갯짓을 했다. 초란은 무심결에 손을 올렸고, 빛은 그녀의 손가락에 차분히 내려앉아 지친 날개를 접었다. 빛이 뿜어내는 온기는 삽시간에 초란을 녹여냈다. 그녀는 그 온기를 느끼고서야 그제야 자신이 얼음덩이처럼 차가웠다는 걸 알았다. 그리고 아주 작은 온기에도 스르르 녹아버릴 만큼 온기를 원하고 있었다는 것도.

초란과 눈이 마주친 빛이 깜빡깜빡 흔들렸다. 마치 그녀의 시선을 부끄러워하기라도 하는 것 같은 모양새였다. 초란은 그걸 가만히 보고 있다가, 혹여나 날아갈세라 다른 손을 들어 얼른 덮어버렸다. 손안에 갇힌 꼴이 된 빛이 놀라 날개를 파닥이는 게 작은 진동으로 전해졌다. 맞댄 손 틈에서 어슴푸레 비치는 빛이 어둠 속에서 이리저리 흔들렸다.

초란은 빛을 풀어주지 않은 채로 몸을 일으켜 섰다. 그러자 그녀의 발아래에서 찰박, 물소리가 났다. 그녀는 그 소리를 듣고서야 자신이 물 위에 서 있었다는 걸 알았다. 손 안에 갇힌 빛은 점점 그 광도가 강해지고 있었고, 덕분에 그녀는 바닥이 보이지 않는 검은 물 위에 서 있는 자신을 또렷하게 비춰볼 수 있었다.

발을 가볍게 두드리자 동그란 원이 일파만파 퍼지며 흔들렸다. 처음에는 큰 일렁임이었던 파문은 멀리멀리 번져 나가며 점차 작아졌고 종국에는 아무 일도 없었다는 듯 잠잠해졌다. 빛의 조각을 받아 반짝이는 수면은 새카맣고 검어 그 속을 알 수 없었고, 조금만 정신을 흐트러뜨리면 그대로 자신을 삼켜 버릴 것처럼 깊어보였다.

초란은 잠시 망설였다. 손안에 있는 빛만 있다면, 자신이 딛고 있는 물이 아무리 깊고 깊어도 빠지지 않고 걸을 수 있을 것 같다는 근거 없는 생각이 들어서였다. 하지만 이를 어이할까, 사랑에 흔들리는 여인은 그 누구보다 어리석고 여인의 질투는 그 무엇보다 짙은 것을.

초란은 동그랗게 말아 쥐고 있던 손에 힘을 주었다. 갇혀 있던 빛이 놀라 손안에서 몸부림쳤지만 그녀는 조금도 개의치 않았다. 보드랍고 따뜻하던 온기는 견디기 힘들 정도의 뜨거움이 되어 손바닥을 태웠고 살이 익는 고약한 냄새가 코끝을 찔렀지만, 초란은 기어이 빛을 압살(壓殺)하는 데 성공했다.

빛이 사라지자 어둠은 더욱 짙어졌고 추위는 더욱 강렬해졌다. 초란은 지독한 고통을 하소연하는 손바닥을 외면한 채 입술을 깨물었다. 어차피 다 꿈이었다. 이 고통도, 추위도, 뼛속까지 스며드는 짙은 외로움까지도. 그러게 왜 너는 나비의 모습을 하고 나타나서 내 손으로 널 죽이게 만드니. ……나비로 나타난 네가 잘못한 것이다.

발이 축축해졌다. 물기가 올라오는 것이다. 아니면, 그녀가 빠지고 있는 건지도 모른다. 초란은 피할 생각도 하지 않고 젖어드는 옷자락을 망연히 내려다보았다. 이러다 물에 빠져 죽을지도 모른다는 위기감이 들지 않는 것은 아니었으나, 어차피 꿈이라는 생각이 그녀의 손발을 붙들고 놓아주질 않았다. 게다가 어디로 가야 뭍이 나오는지도 모르는데 움직여 봐야 뭐하느냐는 무기력감도 한몫을 하고 있었다.

초란이 가만히 서 있는 사이에도 물은 점점 수위를 높여갔다. 종아리, 허벅지, 허리…… 마침내 가슴까지 물이 차올랐을 때에도 그녀는 움직이지 않았다. 그때였다. 압살당해 사라진 줄로만 알았던 빛이 산산조각난 제 몸을 끌어 모으기 시작했다. 초란의 몸에 가루처럼 들러붙어 알게 모르게 숨죽이고 있던 시간이 끝난 것이다. 초란은 다시 한 번 잡아 죽이려 손을 뻗었지만 물에 잠긴 몸은 젖은 솜처럼 무거웠다.

그 사이에 빛은 점차 제 형태를 갖춰갔다. 작지만 힘 있는 날개, 짧고 통통한 부리, 앙증맞은 머리와 자그마한 발톱이 달린 발……. 그건 초란이 생각했던 나비가 아니라 새의 형태를 하고 있었다. 새가 파드득 날갯짓을 하자 새의 깃 사이사이에서 빛이 배어나왔다. 딱새처럼 조그마한 덩치에 통통한 가슴털이 깜찍했다. 새는 작은 머리통을 귀엽게 갸웃대다가 이제는 목까지 물에 잠긴 초란을 발견하고 가만히 시선을 고정했다. 그리고 초란을 향해 물었다.

「도와주려고 했는데. 왜 그랬어?」

"……."

「응? 왜 그랬어?」

"……나비였잖아. 날…… 속였어!"

초란은 늪처럼 몸을 끌어당기는 물에 잠긴 채로 소리 질렀다. 속이 부글부글 끓어올랐다. 처음부터 네가 새의 모습으로 날 찾아왔다면, 내가 널 지울 일도 없었을 것이고 무기력하게 물에 잠길 일도 없었을 것이다. 그러니, 전부 너 때문이다. 네가 날 속였기 때문에. 다 네 탓인 거야. 밖으로 나온 적 없던 울분이, 아무도 모르게 문드러져 가던 속내가 꿈이라는 공간을 만나자 거침없이 터져 나온다.

「난 나비였던 적 없어.」

"거짓말! 내 눈으로 봤어!"

「내가 나비이기를, 네가 바랐던 거지.」

"그럴 리 없어. 난 나비라면 진저리가 나. 지긋지긋하고 끔찍해. 날개를 팔랑거리며 날아다니는 것만 봐도 끔찍해! 나비 모양 장신구도 싫고 자수도 싫을 지경인데! 내가 왜!"

「하지만 바랐잖아.」

"그럴 리 없다니까! 내가 있는 곳이 아무리 끔찍해도, 나비가 날 구하러 오는 건 싫어!"

「나비가 되고 싶어 했잖아.」

"나는……!"

저 깊은 물속, 보이지 않는 곳에서부터 손을 뻗은 무언가가 초란의 발목을 잡아채고는 홱 잡아당겼다. 말을 하려 벌렸던 입에 차가운 물이 와락 밀려들었다. 급히 입을 다물었지만 코로 물이 들어오며 미간이 화끈거렸고, 귀가 물에 잠기자 안 그래도 조용하던 세상이 침묵 속에 잠기고 대신 터질 듯한 심장고동 소리만 머리를 울렸다. 그저 꿈이라고 하기에는 너무나 생생한 감각에 자기도 모르게 팔다리를 버둥거리게 된다. 수면 너머에서 새가 뿜어내는 빛이 수십 개로 쪼개져 꽃처럼 방울졌다.

초란은 기를 쓰고 팔을 휘젓고 발을 굴렀지만 발목을 잡아당기는 손길은 악착같아서, 도무지 떨쳐낼 수가 없었다. 콰르르르르……. 그녀의 코와 입에서 공기방울이 쏟아졌다. 생명이 흩어졌다. 견디지 못하고 숨을 토하자 가슴을 짓누르는 고통은 더욱 심해졌다. 저절로 벌어진 입을 타고 물이 흘러들었다. 눈앞이 흐려지기 시작했다. 화사해 보이도록 노란 천을 덧댄 긴 소맷자락이 수면 위에서 이리저리 춤을 춘다.

「잡아.」

희고 마른 손이 내밀어졌다. 궁지에 몰린 초란은 그 손의 주인이 누구일까 생각할 여력이 없었다. 물에 빠진 자에게 내밀어진 동아줄 같은 손이니, 결사적으로 붙든다. 흰 손은 마른 외형에서는 생각도 할 수 없는 힘으로 초란을 끌어올렸다. 잡힌 손목이 아프다고 생각한 다음 순간, 그녀는 물 위에 내동댕이쳐진 채로 나뒹굴었다.

"쿨럭! 컥! 쿨럭쿨럭!"

물에서 벗어난 폐는 게걸스럽게 공기를 탐했고 그녀는 한참이나 기침을 해야 했다. 간신히 호흡이 안정되고 나자 그제야 정신이 든다. 소맷자락을 내려 보니 흰 팔뚝에는 손 모양의 멍이 들어 있었다. 이건 누구의 손이었을까. 고개를 들어 눈앞의 존재를 확인한 초란의 눈이 커다랗게 뜨였다. 나는 분명 이곳에 있는데, 또 다른 내가 자신을 내려다보고 있었다. 빨갛게 칠한 입술이 생긋 미소를 지었다.

「그래도 죽고 싶지는 않은 모양이야. 물이 들어오는데도 매가리 없이 늘어져 있기에 아주 포기한 줄 알았는데. 다행이지 뭐야.」

"너……."

「아직도 모르겠어? 나는 너야. 너는 나고.」

"그런……."

「그리고 '쟤'도 너지. 물론, 나이기도 하지만…… 쟨 널 더 좋아하는 거 같네.」

'나'의 손가락을 따라 뒤를 돌아보니, 아직까지도 악착같이 발목을 붙들고 있는 손이 보였다. 초란은 그제야 자신의 발목이 끊어질 것처럼 아프다는 걸 알았다. 그리고 자신의 발목을 쥐고 있는 손의 주인 역시 자신과 꼭 닮은 얼굴을 하고 있다는 것도. 비쩍 말라 광대뼈가 고스란히 드러난 여자가 이를 드러내며 초란의 발목을 다시 잡아당겼다. 그녀는 기겁을 하고 물러섰지만, 저 끔찍한 꼴의 여자가 자신과 꼭 닮았다는 걸 부정할 수는 없었다. 생리적인 거부감과 혐오감이 등을 타고 내달렸다.

「이제 알았어?」

하지만 가장 끔찍한 깨달음은, 아까부터 대화하던 새의 목소리와 '나'의 목소리가 같다는 것이었다. 나는 지금, 어디에서, 누구와 대화를 하고 있는 걸까. 초란의 눈이 흐려졌다. '나'는 그런 초란의 뺨을 가볍게 쓰다듬으며 속삭였다.

「그만 돌아가. 그리고 깨어나서도…… 조금 전처럼 발버둥 쳐. 알겠니? 꼭 그래야 해. 약속이야.」

난 그따위 약속 한 적 없어. 초란은 눈앞이 새까매지는 걸 느끼며 그대로 정신을 잃었다. 아무것도 느껴지지 않는 어둠 속에서 얼마나 헤매었을까……. 그녀가 정신을 차린 건 온몸을 잠식한 추위 때문이었다. 무의식적으로 이불을 찾았으나, 이불은 멀리 도망가 있는 게 아니라 그녀의 몸 위에 얌전히 덮여 있었다. 심지어 깔아둔 이불마저 도톰하고 두꺼운 데다 방바닥은 손바닥이 화끈거릴 정도로 뜨겁기까지 했다. 한데 이렇게나 춥다니, 대체 무슨 일일까.

초란은 가슴께에 덮여 있던 이불을 목까지 끌어당겼다. 뜨거운 방바닥에 누워 두꺼운 이불을 덮었으나 한겨울 찬바람 부는 마당 한가운데에 서 있는 것처럼 떨리는 몸은 그저 춥다고 아우성을 쳤다. 그 와중에도 땀은 비 오듯 쏟아지니 정신을 차릴 수가 없다. 땀에 흠뻑 젖은 옷자락이 팔다리를 무겁게 휘감았다. 꿈속에서 물에 빠진 이유를 알 것도 같다.

'이상한…… 꿈이었어.'

꿈이라는 것이 본디 허황된 것이고 믿을 수 없는 것이긴 하나, 이렇게까지 괴상한 꿈을 꾸면 곱씹을 수밖에 없게 된다. 얼굴은 희게, 입술은 붉게 칠하고 단장하고 있던 '나'와 말라비틀어져 흉한 꼴을 하고 있던 '나'. 그리고 그 사이에서 오도 가도 못하고 있던 '나'. 그 셋 모두 자신이라는 걸 인정하기까지는 오랜 시간이 필요하지 않았고 딱히 부정하고 싶지도 않았다. 하지만 충격적인 것은 나비의 흉내를 내고 있던 자신이 가장 멀쩡해 보였다는 사실이었다.

아아, 그래. 정말 그렇구나. 나비가 싫고 그분의 사랑을 받는 호접부인이 밉고 싫으면서도 그녀의 그림자만이라도 닮기를 원한 것이 바로 나로구나. 이렇게 아닌 척 돌아누워 있어도 결국 가장 원하는 건 그것이었어.

열에 부르튼 입술이 삐뚜름한 호선을 그렸다. 목이 껄끄럽고 아파 신음 소리 하나 내기 힘들 지경이어도 크게 소리 내어 웃고 싶었다. 그렇게 스스로의 어리석음을 비웃고 질척한 미련에서 벗어나 새가 되어 훨훨 날아가고 싶건만, 마른 입술은 터져 피가 흘렀고 퉁퉁 부은 목에서는 끔찍한 쇳소리만 새어나올 뿐이었다.

"……아니 된다니까요!"

문 밖에서 큰소리가 났다. 소람이의 목소리였다. 초란은 애써 고개를 돌렸다. 달빛에 하얗게 빛나는 창호지 문은 딴 세상으로 통하는 것처럼 보였다. 그만큼 멀게 보였다는 소리다. 문을 열고 무슨 일이냐, 묻고 싶었지만 머리는 어지럽고 몸은 추운데 살갗은 데일 듯 뜨거워 두툼한 이불을 젖히는 것마저 힘들었다. 머리가 몽롱해지는가 싶은 다음 순간, 초란은 다시 정신을 잃었다.

이런 초란의 사정을 알 리 없는 소람이는 표영을 앞에 두고 화를 억누르려 애를 쓰고 있었다. 보관하고 있던 약을 어르고 달래 빼앗듯이 가져가고는 며칠째 집에 들어오질 않더니, 장군님은 어디다 두고 갑작스레 혼자—엄밀히 말하면 혼자는 아니었다. 그의 등에는 웬 어린아이가 하나 업혀 있었던 것이다— 돌아와 초란을 데려가겠다는 상황이 도대체 이해가 가지 않아서였다.

'노심초사 걱정하며 기다리던 사람 마음은 생각도 않고.'

소람이는 소매를 둥둥 걷고 찬물이 가득 담긴 대야를 야무지게 든 채 고집스레 고개를 저었다.

"어머니께서 일어나지 못하신 지 벌써 며칠째여요. 당신이 구해놓은 의원이 어떤 사람인지는 모르겠지만, 병세가 심한 병자를 오라 가라 하는 의원은 믿을 수가 없어요. 어차피 자양이가 의원을 모시러 갔으니 기다리면 될 일이고요!"

'자양이가……?'

표영은 이를 악물었다. 어쩌면 이미 늦었을지도 모른다. 자양이가 정말로 의원을 부르러 갔으리라고 생각할 수 없어서였다. 그렇다면 이렇게 입씨름을 하고 있을 시간이 없었다. 아주 잠깐, 소람이에게 모든 사실을 고백할까 고민했던 그는 곧 머리를 흔들어 쓸데없는 생각을 떨쳐 버렸다. 차라리 모르는 게 나을 수도 있었다. 뭣보다 자양이는 소람이의 유일하다시피 한 동무였으니까 말이다.

"내가 의원을 업고 뛰어와서, 의원이 아씨를 진맥하고 약방문을 써주면, 내가 또 뛰어 내려가서 필요한 약재 구해다가 약을 지어야 한다고? 너, 그 사이에 아씨께서 큰일 날 수도 있다는 생각은 안 들어?"

표영의 반박에 소람이 입술을 꽉 깨물었다. 핏줄이 도드라진 손에서 찬물 담긴 대야가 자유를 얻었다. 촤악! 졸지에 물세례를 받은 표영의 목을 타고 물방울이 흘러내렸다. 그의 등에 업혀 있던 아이가 자라처럼 길게 빼고 있던 머리를 잽싸게 집어넣었다. 소람이는 파랗게 얼어붙은 아이의 손에서 애써 시선을 뗐다.

"……겨우 고뿔일 뿐이어요. 재수 없는 소리 하지 말아요. 게다가 이 아이는 또 뭐여요?"

"인질. 야, 내려와. 달라붙지 말고 좀. 내려오라니까? 씨……. 소람아, 이거 다 너 때문이다. 너한테 겁먹어서 애가 안 내려오려고 하잖아. 그러게 왜 소리를 지르고 물을 뿌리고 난리야?"

"소리 지르게 하는데 누군데 그러는 거여요! 그리고, 말을 하려면 바른 말을 해야지, 애가 이러는 게 왜 나 때문이어요? 인질이라고 하니까 애가 안 내려오려는 거지요! 얘! 너 내려와서 내 말에 대답 좀 해보아. 너 뭐하는 애니?"

소람이의 다그침에 머뭇머뭇 내려온 아이는, 기어들어가는 목소리로 자신을 인질이라고 소개했다. 소람이의 턱이 땅에 닿을 듯 떨어진 건 당연한 수순이었다. 표영은 놀라 굳은 소람이의 손에서 대야를 빼앗아 버리고 대신 아이를 밀어 넣었다. 조막만한 아이가 소람의 품에 쏙 안긴다.

"영리한 애야. 제 처지를 잘 아는 아이니 데리고 있기 힘들지도 않을 거고. 아무튼, 부탁해?"

"이, 이, 이게 무슨! 무슨 짓거리여요!"

기겁을 한 소람이는 비명을 질렀지만, 초란의 방을 향해 뛰어가는 표영을 붙잡으러 가지는 못했다. 아이가 소람의 품을 파고들며 꽉 끌어안아 뛰기를 방해했기 때문이었다. 잘 봐주어야 열 살 남짓, 작달막한 녀석이 붙들고 늘어지는 힘이 어찌나 세던지, 한걸음 떼기가 어려울 지경이었다. 급한 마음에 아이의 등을 두드리고 어깨를 밀어냈지만 꿈쩍을 않는다. 소람이의 비명에 울음이 섞였다.

"놔! 잡지 마아!"

"아 씨, 이러다 미움 받는 거 아닌가 몰라."

표영은 소람이의 비명을 들은 척 만 척하며 초란을 들쳐 업었다. 추위를 느끼기라도 했는지 이불을 둘둘 감고 있었지만 막상 등으로 느껴지는 체온은 믿을 수 없을 만치 뜨거웠다. 억지로 목에 두른 팔이 힘없이 덜렁거렸다. 표영의 등에서 늘어져 있는 초란을 발견한 소람이는 자기도 모르게 숨을 멈췄다. 그녀가 마치 죽은 것처럼 보였기 때문이었다.

"넌 여기에 있으면서 이 애를 잘 돌보고 있도록 해. 아마 자양이는 돌아오지 않을 테지만…… 돌아온다면 어디 못 가게 잘 붙들고 있어. 이렇게 추운데 밖에 나돌아 다니지 말고, 네 몸도 좀 챙기고! 알겠어?"

대답은 필요하지 않았다. 표영은 얼어붙은 소람이를 내버려두고 산길을 달리기 시작했다. 등 뒤에 두고 온 소람이의 시선이 떨어진 낙엽 위에 쌓인 눈보다 더 질기게 그의 발을 붙들었지만, 걸음을 옮길 때마다 힘없이 흔들리는 팔이 그를 채찍질하는 것만 같아 멈출 수가 없었다. 그의 등에 업힌 여자는 소람이의 유일한 보호자나 마찬가지였으니까.

길고 긴 칼부림이 있었던 밤으로부터 벌써 이틀이나 지나 있었다. 환 영감을 죽이러 왔던―지금 생각하면 정말 그럴 의도였는지조차 의심스럽지만― 사내들은 날이 밝자마자 흔적도 남기지 않고 도망쳤고, 기껏 생포했던 놈들은 동료들의 손에 죽거나 자진

했다.

이산은 불길한 예감에 아침 햇살이 충분히 길어지자마자 환 영감의 뒷덜미를 끌고 그의 의방까지 달려갔지만, 의방은 밤새 불타 흔적만 남아 있었다. 불 탄 의방을 앞에 둔 이산의 등에서 읽히는 분노가 어찌나 무섭던지.

결국 표영은 환 영감의 수족이 되어 그가 요구하는 약재를 구하러 마을 곳곳을 동분서주해야 했고, 어느 정도 약재가 갖추어진 다음엔 환 영감의 손자를 인질로 잡아 그에게 약을 만들 것을 강제해야 했다. 그것만 해도 양심이 콕콕 찔릴 지경이었는데, 약의 제조가 막바지에 이르자 이산은 환 영감의 손자와 초란을 맞바꿀 것을 명령했다. 약을 먹고 초란이 정말로 회복되기 전에는 손자를 돌려주지 않겠다는 것이다.

'누가 한때 혼약자 아니었다 그럴까 봐 그러나, 아주 방식이 똑같다니까.'

초란을 업고 산길을 달려 내려오는 표영의 입에서 흰 김이 훅 솟구쳤다. 밤새 싸웠던 것도 모자라 잠 한숨 자지 못하고 뛰어다니다보니 슬슬 체력이 달리는 것이다. 잠깐 자세를 흐트러뜨리자마자 초란이 그의 등에서 스르륵 미끄러졌다. 의식 없는 사람을 운반하는 건 이래서 힘든 일이었다.

"죽겠네, 죽겠어. 그래도 데려오지 않아서 다행이려나……."

표영은 초란을 다시 들쳐 업는 대신 대충 낙엽을 쓸어 모아 둔덕을 만들고 그녀를 그 위에 조심스럽게 내려놓았다. 그리고 찌뿌듯한 허리를 돌려 몸을 풀었다. 슬금슬금 포위망을 좁혀오는 기척들 때문이었다.

만약 그 혼자라면 이 하잘것없는 포위망 따위는 금세 돌파하고 내려갈 수 있겠지만, 아무래도 의식 없는 사람을 업고 무사히 지키면서 내려가는 것은 무리였다. 차라리 체력이 남아 있을 때 상대의 수를 최대한 줄여두는 게 좋았다. 과연, 그가 멈추자마자 기분 나쁜 기척들이 여기저기에서 느껴지기 시작한다.

"내가 그동안 너무 편하게 살았나 봐. 좀 부지런히 움직일걸. 이젠 별 같잖은 것들이 다 날 우습게 보네."

정말로 그를 우습게 보았다면 이렇게 초란을 데리고 내려오는 길을 습격하는 소극적인 방법을 택하지 않고 아예 초란의 집에서 그를 덮쳤을 것이다. 초란의 집 주변에는 표영이 설치해 둔 함정이 빽빽한 데다 이전에 철저히 당한 기억이 하도 많아 몸을 사렸던 사내들은 어이가 없어 얼굴을 가린 복면 아래에서 실소를 흘렸다.

표영은 사내들이 진을 짜도록 내버려두지 않았다. 몸에서 뜨끈한 김이 오르는 자신과, 추위 속에서 기다리느라 몸이 굳은 사내들. 뭐든 빠른 게 좋은 법이었다. 채 녹지 못한 눈과 그 위에 엷게 깔린 추위 가운데에서 뜨거운 김이 솟는 피가 흐르기 시작했다. 긴 밤에 이어 긴 낮의 시작이었다.

"늦는군."

올 때가 지났는데. 이산은 지붕에 내려앉은 노을 볕을 바라보며 중얼거렸다. 빛 아래에 드리워진 어둑어둑한 그림자처럼 그의 마음에도 불안이 스며들고 있었다. 표영을 믿지 못하는 것은 아니나, 수하의 목숨을 미끼로 던지고 의방을 불태워 버리는 짓을 태연히 하는 자가 혼자 떨어진 그를 내버려 둘 것 같지 않아서였다. 그리고 그의 위험은 곧 초란과 소람이의 위험이었다.

"따라갈 걸 그랬어."

"하! 나랑 마누라는 어쩌라고 따라간다 소리를 하오?"

마당 한구석에서 약을 달이며 부채질을 하던 환 영감이었다. 나이가 들어 가는귀가 먹었노라 온갖 심술을 부리며 표영을 인내심의 끄트머리까지 보게 했던 영감이, 이산의 작은 혼잣말에 냉큼 화를 낸다. 이산은 모른 척 고개를 돌렸다.

"그러게 같이 가자고 하지 않았소. 표영이 준비해 둔 것도 많고 안전하니, 몸을 숨기기에도 적합하다고 그리 말했거늘."

"약재 문제 때문에라도 안 된다고 하지 않았소이까. 상태를 봐가며 약을 쓸 것인즉, 내 의방이 무사하였다면 모를까 그것도 아니니……."

기세 좋던 목소리가 풀이 죽었다. 평생에 걸쳐 모은 약재가 전부 타고 병자를 받던 의방은 잿더미가 되었다. 아무렇지 않은 척, 목숨이라도 건진 게 어디냐며 껄껄 웃긴 하였다만 그게 어디 그의 진심이었으랴. 이산의 칼을 턱 밑에 대고도 꼿꼿하던 어깨가 형편없이 쪼그라들어 있었다.

"일이 마무리되면, 새 의방을 열어주겠소."

"당연히 그래야지!"

"하지만 독을 만들어 넘긴 책임은 져야 할 거요."

"……아들 내외만 돌아온다면야 내가 뭔들 못하겠소이까. 게다가 손자도 잡혀 있는데……. 열심히 할 테니 걱정 마오."

조금 전보다 더 쪼그라든 어깨를 보며, 이산은 잠시 자신의 언어 생활을 되짚었다. 분명 맞는 말을 한 것 같은데 어째 역효과가 났다. 두 사람 사이에서 어색한 공기가 흘렀다. 돌이라도 들어앉은 듯 갑갑한 마음에 이산의 입에서 연신 한숨이 흘러나왔다. 그의 눈치를 보던 환 영감이 슬그머니 말을 건다.

"저 흉한 놈들이 죄다 죽어서 갑갑하시겠소. 혹 짐작 가는 곳도 없으시오?"

"……왜 없겠소."

"하면 당장 쫓아가서 다리몽둥이를 뚝 분질러 주셔야 하는 것 아니오? 이리 가만 내버려둔 채 화를 억누를 성격은 아니신 것 같소만."

이산은 무심결에 쓴웃음을 지었다. 정말 환 영감의 말대로 그럴 수만 있다면 얼마나 좋을까. 죽은 자들의 소매엔 검은 실로 놓인 나비 자수가 있었다. 황금빛 용을 덮어버린 나비 자수를 보자마자 알았다. 이들의 주인은 호접부인, 강여희라는 것을. 대체 너는 얼마나 변한 것이냐. 우리의 봄이 끝났음을, 인정하였다고 생각했는데 그렇지도 않았던 거냐. 아무리 생각해도 답은 나오지 않고 가슴을 태우는 고통은 커져만 간다.

하늘을 죄다 불태울 것처럼 붉던 노을이 서서히 자취를 감추고, 땅거미가 슬금슬금 발을 들이밀기 시작했다. 이산은 자기도 모르게 몇 번이고 마당을 빙빙 돌았다. 입이 바짝 마르고 가슴이 답답했다. 쾅! 며칠 전 싸움에서 한쪽이 떨어져 대롱대롱 한 짝만 매달려 있던 대문이 요란한 소리를 내며 열렸고, 이산과 환 영감의 시선을 받은 표영이 피에 절은 솜방망이 같은 꼴을 한 채 씩 웃었다. 그의 등에는 여전히 정신을 차리지 못한 초란이 업혀 있었다. 환 영감이 냉큼 달려와 초란을 미리 마련해 둔 자리에 눕히고 둘을 방에서 내쫓았다.

표영은 초란을 내려놓자마자 온갖 엄살을 부려대며 투정을 했다. 팔다리를 빙빙 돌려대며 이곳저곳 안 아픈 곳이 없다고 성화를 부린다.

"이야아— 이번엔 진짜 죽는 줄 알았습니다. 이런 일을 시키다니, 돌아가면 꼭 휴가를 받아내야겠습니다."

"……고생했네."

"뭘요. 본래 칼 든 개새끼가 하는 일이라는 게 다 이런 일 아닙니까."

말 속에 뼈가 있다더니, 표영의 말 속에는 아주 굵고 튼튼한 정강이뼈가 있는 모양이다. 이산은 어색한 웃음으로 답하고 표영의 몰골을 다시금 살펴보았다. 여기저기 찢어지고 베인 상처가 한둘이 아닌 데다 아직 출혈이 멈추지 않은 상처도 있는 모양인지 그의 발아래에서 피가 고이고 있었다. 이산의 미간이 확 찌푸려졌다.

"환자가 내 앞에도 있었군. 미처 알아채지 못해 미안하네. 당장 자네도 치료를……."

"별거 아닙니다. 어차피 겉가죽만 조금 베인 것을요."

"아니, 그래도 그렇지. 피가 이렇게 나는데!"

"소람이가 그러는데, 자양이가 의원을 부르러 갔답니다."

억지로라도 끌고 가겠다며, 막무가내로 표영을 떠밀던 이산이 몸을 딱 멈췄다. 표영은 주머니에서 너덜너덜한 천조각을 꺼내 내밀었다. 피에 절어 있긴 했지만 모양은 쉬이 알아볼 수 있었는데, 그 천조각에는 역시 황금용을 덮은 나비 자수가 놓여 있었다.

"생포를 했다면 좋았을 텐데 그 정도의 여유를 부리지는 못했습니다."

"……지체할 시간 같은 건 없다는 소리로군."

"예, 그러니 어서 저와 함께 가서……."

"자네는 움직이지 않아도 돼. 여기까지만으로도 충분하니, 나머진 내가 알아서 함세."

"예? 윽!"

이산에게 뒷목을 맞은 표영의 신형이 그대로 허물어졌다. 이산은 그를 챙겨 안으며 혀를 찼다. 멀쩡할 때라면 맞지도 않았을 수도를 고스란히 맞고 기절까지 한 걸 보니 본인이 말한 것보다 상태가 나쁜 것이 틀림없었다. 장율, 그놈은 수하를 대체 어떻게 교육시킨 건지. 그 장율을 교육시킨 건 본인이라는 사실은 새까맣게 잊은 중얼거림이었다.

"의원 영감! 이놈도 좀 부탁하겠네."

"곧 갈 테니 대충 옆방에 던져두시오. 대충 보았지만 겉가죽만 베인 것이니, 금방 털고 일어날 거라오."

"고맙군."

겨울의 해는 짧다. 노을이 지는가 싶더니 땅거미가 내려앉고 금세 어두컴컴해졌다. 두꺼운 구름 속에 숨어 슬쩍 얼굴을 비추는 달은 그 빛이 연약하기 그지없었다. 이산은 표영을 옮기느라 피투성이 된 손을 대충 옷자락에 문질러 닦았다. 마음 같아서는 목욕이라도 해서 피 냄새를 지우고 싶었지만 그럴 만한 시간은 없었다. 지체하다간, 꼬리를 놓치게 될 테니까. 표영의 뒤를 따라온 것으로 짐작되는 기척이 멀어지고 있었다. 이산은 그 뒤를 느긋하게 밟기 시작했다. 겨울의 밤은 길었다.

어째 달을 가리는 구름이 점점 짙어진다 싶더니 기어이 눈발을 뿌리기 시작했다. 이산은 내심 쾌재를 불렀다. 상대는 흔적을 거의 남기지 않아 기척만으로 따라가야 했는데, 덕분에 들킬 듯 말 듯 아슬아슬한 수준에 이르렀던 적이 몇 번 있어서였다. 이제 상대는 눈 위에 발자국을 새기며 가야 할 것이고, 이산은 좀 더 안전하게 그를 쫓을 수 있게 될 것이다. 물론 너무 늦는다면 그 발자국마저 눈에 묻혀 사라져 버리겠지만, 이산은 그리 허술한 추적자가 아니었다.

사내는 이산의 존재를 눈치채지 못했으면서도 추적을 경계하는 마음쯤은 있는 모양이었다. 이산을 꼬리에 단 채 마을을 몇 바퀴나 돌고 개울을 세 번이나 건넜다. 들키지 않도록 조심스레 그의 뒤를 따르면서, 이산은 뭔가 이상하다는 느낌을 받았다. 사내는 어쨌거나 마을 안에서만 돌고 있었고, 목적지가 있다는 기색은 전혀 보이지 않았다. 게다가 그 와중에도 눈발은 점점 거세져 소리와 흔적을 죄다 집어삼키고 있었다.

'예감이 좋지 않아.'

정말, 좋지 않다. 이산은 은밀히 행동하기를 포기했다. 한순간에 거리를 좁혀 들어가 사내의 뒷덜미를 낚아챘다. 갑작스레 뒷덜미를 잡힌 사내가 기절할 것처럼 놀라 팔다리를 바르작거렸다. 어쩐지 벌레처럼 느껴지는 사내의 목덜미를 우악스럽게 그러잡아

민가의 벽에 밀어붙였다. 쌓이기 시작한 눈이 처마 끝에서 우수수 쏟아져 내려 이산의 등에 무늬를 그렸다.

"네 임무가 뭐냐."

"……."

"날 유인했나? 말해."

"……."

"설마……."

단검을 꺼내 사내의 손을 벽에 찍어 고정했다. 사내는 한순간에 밀려든 격통을 소리 질러 해소하기보다는 입술을 깨물어 참는 걸 택했다. 이에 씹힌 입술에서 피가 흘러 턱을 타고 떨어졌다. 이산은 자유로워진 손으로 사내의 턱관절에 손가락을 넣어 강제로 입을 벌렸다. 살펴보려 하였으나 달빛이 없어 어렵다. 결국 이산은 사내의 입에 손가락을 넣어야 했다. 자꾸 손가락을 깨물려 드는 사내의 몸에 칼자국을 몇 개나 더 내가며 확인한 바, 그는 혓바닥이 잘린 벙어리였다.

"벙어리나 다름없는 인생이긴 하오이다."

"그놈이 특별한 거였어. 젠장, 괜히 죽였군."

뒤늦은 후회였다. 이럴 줄 알았으면 살려둘 걸 그랬어. 이산은 허리춤에 매어뒀던 검을 뽑아 사내를 겨누었다. 허벅지에 와 닿는 차가운 금속의 감촉에 사내의 몸이 흠칫 굳는다.

"손가락으로 가리키기만 해도 된다. 말하지 않아도 되고, 글로 쓰지 않아도 돼. 네 주인은 어디에 있나?"

"어……으……."

"다리 하나쯤 못 쓰게 되는 건 감수하겠다는 거군. 좋아, 다음엔 발가락을 자르도록 하지. 네 주인은 어디에 있나?"

"으우……."

사내는 끈질기게 반항했고, 그때마다 이산은 덤덤하게 사내의 사지를 망가뜨렸다. 가장 먼저 허벅지의 근육이 망가졌다. 그 다음엔 발가락이 잘렸고, 그 다음에는 무릎이 부서졌다. 힘줄이 붙은 뼛조각이 쌓여가는 눈 위에 내버려졌다. 사내는 끔찍한 고통을 소리 없이 견뎠다. 혀가 잘렸다고는 해도 비명 정도는 지를 법도 한데도. 그저, 조용히, 입술만을 짓씹으면서. 고문을 하는 이산이 더 질릴 고집이었다.

이산은 사내의 소맷자락을 손으로 가볍게 훑었다. 역시 자수가 손에 걸렸는데, 감촉으로 짐작하건데 나비는 없고 용뿐이었다. 용. 황제의 상징. 어쩐지 침이 마르는 기분에 자기도 모르게 입술을 핥게 된다. 그의 목소리가 은밀해졌다.

"과연 황제의 아래에서 일하는 자들은 뭐가 달라도 다른데. 이렇게까지 했는데도 비명을 지르지 않고 버티다니. 그건 황제의 수족이 연해의 민가 옆에서 비명 소리를 내면 곤란하기 때문인가?"

이산의 빈정거림에 사내가 격렬하게 반응했다. 제대로 쓰지 못하는 하반신은 잊기라도 한 듯이 팔을 휘두른다. 흉흉한 기세로 휘두르는 주먹을 잡아 세우고 주인의 위치를 다시 물었지만, 돌아온 것은 핏물 섞인 침뿐이었다. 침을 닦아내는 이산의 얼굴에 자조 섞인 미소가 떠올랐다.

"미안하지 않은 건 아닌데…… 내가 좀 간절해서. 턱짓이라도 해준다면, 편하게 죽여주마."

"으……."

펑펑 쏟아지는 눈이 피에 녹아드느라 차마 쌓이지를 못한다. 백정이 소, 돼지의 뼈와 고기를 발라내듯 그리하였음에도 성과는 없었다. 결국 이산은 몸 이곳저곳에 구멍이 났으면서도 기를 쓰고 달려드는 사내의 목을 깔끔하게 갈라 죽이고 대강 눈에 파묻었다. 그래봐야 내일 아침이면 발견될 것이고 난리가 나겠지만 그거야 그가 오늘밤의 일을 무사히 마쳤을 때의 일이었다. 만약 실패한다면 실종되는 건 이산, 그가 될 것이고 이자의 시신은 감쪽같이 사라질 테니까.

대강 뒤처리를 하고 나자 갑자기 허탈감이 밀려왔다. 나름 기대하고 있던 꼬리였는데 이렇게 허무하게 놓쳐 버리다니. 이산은 무심결에 가슴께를 더듬었다. 초란이 주었던 담뱃대가 그 안에 있었다. 한 대 피우고 싶긴 하지만, 담배도 없고 불도 없다. 게다가 피웠다간 연기 속에 나타날 초란의 형상이 두렵기도 하고.

사박. 사박사박.

멀지 않은 곳에서 눈 밟는 소리가 났다. 아주 조심스러우면서도, 어딘지 초조함이 묻어나는 발걸음 소리였다. 이런 밤, 눈까지 내리는 한겨울 밤에 누가 외출을 했을까. 그는 슬쩍 골목길 너머를 내다보았다. 쏟아지는 눈발이 싫은지 두꺼운 천으로 머리를 둘러쓴 처녀가 치맛자락을 움켜쥐고 종종걸음을 치고 있었다. 선이 고운 어깨가 어쩐지 낯이 익었다. 고개만 갸웃대다 돌아서는 그의 귓가로 처녀의 중얼거림이 흘러들었다. 그 음성이 그의 발걸음을 홱 잡아당겼다. 그가 알고 있는 목소리였던 것이다.

"아유, 추워……. 왜 하필 이럴 때 눈이 내리고 난리람."

자양이는 자꾸 곱아드는 손가락에 입김을 불고 발을 동동 굴렀지만, 한번 떨어진 체온은 좀체 올라갈 생각을 하지 않았다. 소람이가 챙겨준 천은 두껍고 따뜻했지만 눈을 하도 많이 맞아서 그런지 이젠 그냥 차갑고 축축하게만 느껴졌다. 망할 놈의 눈 같으니라고.

'빨리 가야 해. 너무 늦었어.'

이전에 받아온 약을 다 먹이지 못해 소량 남아 있었던 데다가 마지막에 받아온 약은 꺼내보지도 못했거늘, 그냥 잠이 든 줄 알았던 초란이 깨어나지 못한 지가 벌써 이틀째였다. 해서 의원을 불러오겠다는 핑계를 대고 서둘러 산을 내려온 터였다. 하지만 이렇게나 눈이 쏟아지니 걸음이 하염없이 느려져, 점심때쯤 출발했던 것이 벌써 밤이 되었다.

추위에 몸은 굳고 눈을 헤치느라 다리는 후들거려도, 그녀는 그저 기분이 좋았다. 맡은 일을 충실히 해냈으니 약속된 보상이 돌아올 터였다. 양민의 신분패와 먼 곳으로 떠나 살기에 충분한 돈. 상상만으로도 기분이 좋아져 절로 웃음이 났다. 선이 가는 얼굴에 미소가 피니 한 송이 꽃처럼 곱다. 자신의 뒤를 밟는 사람이 있을 거라곤, 심지어 그게 이산일 거라곤 상상도 하지 못한 채.

그녀가 걸음을 멈춘 곳은 마을 외곽에 있는 버려진 집 앞이었다. 말이 버려진 집이지, 한때는 이 부근에서 헛기침 좀 하던 높으신 양반네가 살던 집이라 넓기도 넓고 건물도 번듯했다. 그저 전 주인이던 양반네가 전후 처리 과정에서 책임 추궁을 견디다 못해 일가가 자살을 하는 바람에 귀신이 나온다는 소문이 퍼져 사람들이 기피하는 장소가 되어 인적을 찾을 수 없는 장소가 되었을 뿐이었다.

그 집 대문 앞에 서서 자양이는 뛰는 가슴을 억누르고 애써 심호흡을 했다. 그리고 문을 정해진 방식대로 두드리니, 굳게 닫혀 있던 문이 삐걱 열린다. 기척을 숨긴 채 보고 있던 이산마저 놀랄 정도로 조용한 움직임이었다.

이산이 놀랐거나 말거나, 자양이는 벌써 두 번째로 와보는 곳이었다. 물론 그렇다고 소리도 없고 기척도 없어 사람이 아닌 것처럼 돌아다니는 사내들이 무섭지 않은 것은 아니었지만 말이다. 안내하는 사람은 없으나 어디로 가야 하는지는 잘 알고 있었기에, 자양이는 침 한 번 꿀꺽 삼키고 문턱을 넘었다.

눈이 소복하게 쌓인 널찍한 마당 곳곳에 나뭇가지 앙상한 나무 몇 그루가 길쭉한 몸을 기울여 서서 낯선 방문자를 지켜보았다. 자양이는 보이는 사람 없는데 느껴지는 기이한 시선들을 애써 참아내고 사랑방 앞에 섰다. 창호지를 바른 문이 방 안의 불 때문에 노랗게 빛났고, 자양이는 목소리를 높여 왔음을 알렸다. 노랗게 빛나는 문과는 전혀 다른, 바깥에 내리는 눈발만큼이나 서늘한 목소리가 흘러나온다.

"모두 끝냈느냐."

"예."

"확인은 하였고?"

"쓰러져 일어나지 못한 지 이틀이 지났습니다."

"확인한 건 아니라는 얘기로구나. 너는 신중한 아이로 알고 있었는데."

"그, 그것이……."

마지막 약을 빼앗겨 먹이지 못했으니 들키기 전에 얼른 상만 받고 도망가려고요. 이만 해도 충분하지 않습니까? 자양이는 자기도 모르게 튀어나올 뻔한 말을 눌러 삼키고 허리를 숙였다.

"함께 있는 소람이가 하도 조바심을 내며 들러붙어 있어 가까이 가기도 어려울 정도여서 그렇습니다. 옷을 갈아입히고 땀을 닦고 물을 먹이는 일까지 전부 손수 하고 있어 저는 끼어들 틈도 없습니다."

"……그래? 그럼…… 제대로 마무리하지도 못했겠구나."

"예?"

"내 명을 내려둘 테니, 오늘은 여기서 자고 가거라."

"……예! 예에! 감사합니다, 아씨!"

어쩔 줄 몰라 하며 연신 허리를 숙이던 자양이는 역시 허깨비처럼 나타난 사내의 안내를 받아 작은 방에 들어갔다. 이전에 이 집에 기거하던 종이 쓰던 방이었는지 성인 남자가 한 명 드러누우면 꼭 맞을 것처럼 작은 방인 데다 냉골이기까지 했지만, 자양이에게는 비단금침 깔린 넓은 방보다 좋았다. 눈에 젖어 축축한 천을 둘둘 말아 한쪽 구석에 밀어 넣고 온통 젖어 발에 달라붙는 버선을 간신히 벗자마자, 그녀는 그대로 잠에 빠져 버렸다.

한편, 이산은 자양이가 대문 안으로 들어가는 걸 보면서도 차마 따라갈 엄두를 내지 못하고 있었다. 그조차 기척을 느끼지 못했을 정도로 은신을 잘하고 있는 인물들이 있다는 걸 알았는데 어찌 혼자 들어갈 수 있겠나. 대신 그는 주변에 있던 민가의 담장 아래에 숨어 고민을 시작했다. 깊은 밤, 꾸벅꾸벅 졸던 닭들이 낯선 이의 등장에 요란스럽게 날개를 퍼덕였다.

'저 집에 있는 게 여희일까, 아니면 경원왕일까……. 가늠을 못 하겠군. 어쩌면 둘 다일 수도 있고.'

그저 마음에 걸리는 건 사내들의 소맷자락에 놓인 자수였다. 황제를 상징하는 용과, 용을 덮어버린 나비. 표영을 습격한 나비와 그를 쫓아와 관찰만 하다 사라진 용. 그 둘은 함께 행동하는 것일까, 아니면 용이 나비를 감시라도 하는 것일까. 이왕이면 후자이길 바란다. 경원왕과 여희 사이에 돌이킬 수 없는 금이 생겨 서로에 대한 신뢰가 완전히 깨져 있기를. 불과 몇 달 전에 둘이 함께 금오로 돌아가는 것을 본 주제에 이런 생각을 하는 자신이 어이가 없지만, 그럼에도 불구하고 바란다.

'……갈수록 수준이 떨어지는군.'

스스로를 자조하지만 역시 변하는 것은 없다. 분명 한때는 마음을 다해 사랑했고 여희를 잃었을 때엔 세상이 온통 회색이었는데, 그 마음은 어디로 사라졌는지 보이지 않고 자신의 눈은 다른 사람만을 그리며 여희의 불행을 바란다. 사람의 마음이란 이토록 간사한 데다 무르기 짝이 없는 것이었다.

이산은 눈을 피하려 몸을 웅크렸다. 하늘이 그를 돕는지, 눈발이 거세지고 있었다. 그가 움직이기 시작한 건 자정을 넘겨 새벽이 다 되어서였다. 시간을 가늠할 달도 별도 눈을 흩뿌리는 구름에 가려 보이지 않았지만 몸에 새겨진 습관이 지금은 새벽이라고 가르쳐 주었다. 귀신처럼 기척이 없던 자들도 결국 사람이라, 눈이 쌓여가고 추위가 길어지자 몸을 털어내는 기척이 여기저기에서 느껴지니 딱 지금이 잠입할 때다.

머리에 눈을 가득 얹은 상록수가 길게 드리운 가지 아래에서 이산이 휙 몸을 날렸다. 사람 머리만큼이나 높은 담장이건만 손을 한번 짚은 것만으로 단숨에 올라선다. 나무 그늘 아래에서 몸에 쌓인 눈을 털던 사내는 신음 소리 한번 내지 못하고 절명했다. 그는 조심스럽게 그 시체를 나무에 기대어놓고 아래를 내려다보곤 그만 미간을 찌푸리고 말았다. 지나치게 마당이 넓고 건물들이 떨어져 있어 들키지 않고 이동하는 게 매우 어려워 보이는 구조였다.

하지만 이번에도 폭설이 그의 지원자가 되어주었다. 쏟아지는 눈이 가릴 것 없는 마당을 가로지르는 그를 감춰준 것이다.

사랑방 앞에 서서 주변을 감시하던 사내는 잠깐 한눈을 판 대가로 목 잘린 시체가 되어 벽에 걸렸다. 이산은 그 시체가 언뜻 보면 멀쩡히 서 있는 것처럼 보이도록 손을 보는 정성까지 들이고 나서야 사랑방 앞에 섰다.

노랗게 빛나는 문은 무척 따뜻해 보였다. 안쪽에서 불빛이 흔들리는지, 물결 이는 연못의 표면처럼 빛이 일렁거렸다. 그 탓에 닫힌 문새로 짙은 백단향이 새어나오는 것만 같은 착각이 일기까지 했다. 지극히 평화로운 광경…….

그는 문을 여는 것만으로 그 평화를 깨뜨렸다. 피와 눈에 젖은 발자국이 무례하게도 평화의 영역을 침범하였으나, 방의 주인, 여희는 그에 대해 전혀 뭐라 할 생각이 없어 보였다. 연해의 좌식

책상 대신 금오식의 높은 의자에 앉아 있던 그녀가 말 없는 손짓으로 맞은편의 자리를 권한다. 이산은 방 주인의 호의에 답하는 대신 그녀가 보고 있던 책을 거칠게 덮었다. 옻칠을 하지 않은 소박한 탁자에 피로 물든 손자국이 생겼다.

"네 짓이냐?"

"무엇이요? 이리 갑자기 찾아와 그리 물으시니, 저는 참 할 말이 없습니다. 이 피는 또 뭔가요. 흉하기도 하셔라."

"오냐. 네 그리 발뺌을 하니, 내 길게 말해주마. 환 영감을 겁박하여 그에게서 독을 받아낸 것이 네 짓이냐."

"아하, 진작 그리 말씀하시지. 예, 제가 그랬답니다."

생긋 미소까지 지으며 하는 대답에 속에서 불길이 일었다. 훅 끼쳐오는 열을 꿀꺽 삼킨 이산이 나직이 이를 갈았다. 여희는 그런 그가 무섭지도 않은지 턱까지 괴며 여유를 부리는 중이었다. 차려입은 옷은 고급 비단이었고 화려한 장신구를 꽂은 머리카락에서는 윤기가 흘렀다. 어딜 보나 여유롭고 호화스럽다.

"……이유는 묻지 않으마. 그저 환 영감의 아들 내외를 내어주고 조용히 떠난다면 전부 없던 일로 하겠다. 누가 찾아와 물어도 나는 그저 모른다고 하마."

"이미 피를 그리 많이 보셔놓고서 뭘 새삼스럽게 그리 자애로운 척을 하시나요, 오라버니. 내가 오라버니를 여기까지 끌어들이려고 얼마나 고생을 했는데 이리 나오시면 서운하지요. 어차피 독을 먹일 거면 단번에 죽여 버릴 수도 있었을 것을, 왜 이렇게 번거로운 방법을 썼다고 생각하세요? 그 계집은 살아서 금오로 갈 거예요. 오라버니도 당연히 따라오실 거지요?"

"너……."

"그 멍청한 계집이 처음부터 말을 잘 들었다면 좋았을 텐데. 가자 손 내밀 때 냉큼 잡았다면 이렇게 피를 볼 일이 있었을까요."

피 묻은 손이 여희의 옷자락을 움켜쥐었고, 그녀는 억센 힘에 끌려 강제로 일으켜졌다. 이산이 여희의 바로 눈앞에서 끓는 화를 삭이려 애를 쓰고 있었다.

여희는 희미하게 웃었다. 머리끝까지 화가 나서도 세 번 이상 생각하고 행동하는 신중함을 사랑했었다. 쉬이 내주는 품은 아니나 일단 품에 안은 것은 언제나 진심으로 대하는 것을 알고 있었기에 더더욱 놓기 힘들었다. 하나 그 품에서 행복하던 것은 다 옛이야기. 그 안에 담긴 건 이제 자신이 아니었다. 그녀는 이산의 손을 가볍게 쥐었다.

"이제 그만 금오로 돌아갈 때가 왔어요. 연해에 남겠다 계속 고집을 부리시면, 오라버니와 인연이 있는 사람들의 목숨을 장담할 수 없답니다. 어차피 오라버니께 가장 중요한 건 그 계집 하나겠지만 말이죠."

"쓸모없는 개는 솥에 삶겨지는 법이고, 지금은 딱 개 삶을 물을 끓이는 때지. 난 스스로 솥에 들어갈 생각은 추호도 없어. 그리고 날 금오로 데려가고 싶었다면 처음부터 날 찾아왔어야지! 왜 애꿎은 사람을 끌어들이는 건데!"

"애꿎은 사람이라니요. 그래도 명색이 오라버니의 발목을 잡고 있는 계집인데. 그 계집이 들으면 서운하겠어요. 뭐…… 그러라고 아직까지 살려둔 거긴 하지만……. 악!"

억지로 의자에 눌러 앉혀진 여희가 고통에 짧은 비명을 질렀다. 힘으로 내리꽂듯 앉혀진 터라 딱딱한 의자에 부딪친 꼬리뼈에서부터 엄청난 통증이 밀려온 것이다. 자기도 모르게 눈을 감고 아픔을 삭이던 여희는, 목덜미에 닿아오는 싸늘한 감촉을 느끼고 눈을 떴다. 이산이 그녀의 목에 칼을 겨누고 있었다.

"고맙구나. 덕분에 초조함이 좀 가셨어. 내내 머리에 안개가 낀 것 같았는데, 지금은 아주 깨끗해."

"……."

"네가 반란에 세운 공이 어떤 거였는지, 이야기꾼들이 떠들고 다니더구나. 누가 감히 황실 내부의 이야기를 흘리고 다녔을까 궁금했는데, 이제야 알겠어. 경원왕 전하…… 아니, 이젠 황제폐하라고 해야 할까. 그분께 보내는 완곡한 거절이었군."

"황후의 자리는 다른 사람의 것이에요."

"그래. 넙죽 황후 자리를 승낙하기엔 운제의 공이 너무 크지. 게다가 폐하의 수하이기를 포기하고 네게 충성을 맹세한 녀석들이 있는 걸 보니 너 자신도 폐하께 경계 받고 있었을 테고. 이런 상황에서 황후에 올랐다간 돌아오는 건 가문의 몰살과 허울뿐인 황후 자리였을 테니, 차라리 거절하겠다는 것은 이해해. 네 수하들을 쓰레기처럼 소모한 것도 그런 맥락에서 이루어진 일이었겠지. 의심받지 않으려면 어떻게든 숫자를 줄여야 했을 테니까."

"……정릉의 이 장군, 금오의 칼…… 허명은 아니었군요."

"하지만 네 자유에 내가 끼어 있을 이유는 잘 모르겠구나. 네 거취가 노출될 위험마저 감수하며 날 끌어들인 이유는 뭐지? 날 팔아넘기면 널 놓아주겠다고 폐하께서 약속이라도 하셨던 게냐?"

어쩌면, 이산은 바라고 있었는지도 모른다. 봄은 끝났다고 자기 입으로 얘기한 주제에 여희가 어쩔 수 없었다고 말해주기를 말이다. 정말 필요해서 그랬노라고, 그래도 초란을 죽이려고 든 것은 아니니 괜찮지 않느냐고 변명하기를.

그런 그의 속내가 손에 잡힐 듯 보여 여희의 입가가 비틀어졌다. 그녀는 10여 년의 세월을 기다리며 견뎠으나 버려졌다. 일방적으로 봄이 끝났음을 통보받았다. 경원왕은 그녀에게 새로운 봄이 되어주겠노라 약속했지만…… 믿을 수 없었다. 믿고 싶었지만 그럴 수 없었다.

논공행상을 논하기도 전에 조용히 숙청되던 공신들! 그 잔혹한 손속에서 자신과 운제의 미래를 보았을 때, 그녀는 자신에게 더 이상의 봄은 없다는 걸 다시금 인정해야 했다. 사갈 같은 여자를 원하는 남자라면, 그 역시 그만한 괴물이 아니고 무엇이겠는가. 그리고 그와 함께 있다간 자신 역시 괴물이 될 것이다. 그러니 이용할 수 있는 것은 전부 이용해야 했다. 자신도 괴물이 되기 전에.

'십 년…… 아니, 십이 년인가. 그 세월이 길기도 하더이다. 닮고 싶지 않았으나 결국 나 역시 똑같은 사람이 되어 있으니. 하나 어쩌겠어요, 이게 나인걸.'

시퍼런 칼날을 목에 드리운 채로 여희는 웃었다. 세월이 비껴간 듯 아름다운 이목구비가 황홀한 미소를 띄운다. 그건 어쩐지 연약하다 못해 바스라질 것처럼 아련하였으나 독사의 이빨처럼 위험스러워 보이기도 했다.

"……약속 같은 건 없었어요. 어차피 어떤 약속을 해주시든 믿을 수 없는 분이기도 하고……. 하지만 오라버니도 알고 있잖아요? 오라버니의 거취에는 내 가문의 안위를 보장할 만한 힘이 있다는 걸. 정릉의 이 장군, 금오의 칼, 황제의 발톱…… 정말 벗어날 수 있다고 믿었어요? 그 무게에서?"

"……내가 너를 잘못 보았는지도 모르겠구나. 이런 아이가…… 아니었는데."

"내내 씌어 있던 콩깍지가 이제 벗겨진 것뿐이에요. 난 전부터 이런 여자였는걸요. 자아, 오라버니. 이제 칼을 치우세요. 그 계집이 정말로 중요하거든 말이에요. 이번에야말로 나와 함께 금오로 돌아가요."

"의원은 내가 확보해 놓았다. 표영, 그놈도 벌써 깨어났을 것이고. 뭣보다, 내가 보기에 넌 딱히 금오의 사람들에게 거취를 가르쳐 주고 온 것 같지가 않아서 말이다. 여기서 네가 죽어나간다 해도 내게 혐의를 둘 것 같진 않구나."

"어머, 무서워라……. 그보다 오라버니. 그에게 아무것도 해줄 수 없는 입장이시면서 신뢰가 대단하시네요. 나라면, 그러지 않을 텐데. 소중한 것을 남에게 맡기면 안 되죠."

"표영을…… 알고 있나?"

여희는 대답하지 않았지만 미소는 아름다웠다. 장식 비녀를 곳곳에 꽂아 화려하게 치장한 머리카락이 찰랑 흔들렸다. 그녀가 눈을 감은 채로 고개를 뒤로 젖혔다. 주름 하나 없는 뽀얀 목이 고스란히 드러난다. 목에 닿아 있는 칼은 전혀 신경 쓰지 않는 태도였다.

"내가 어떻게 그 계집의 거취를 알았을까요?"

이산은 이를 악물었다. 속아 넘어가선 안 된다…… 다 나를 떠보려고 하는 짓이다, 몇 번이고 되뇐다. 긴장 끝에 삼킨 침에 독이라도 섞인 양 목이 아프고 어지러웠다. 발 디딘 땅이 늪으로 변한 듯 서 있기가 힘들었다.

그때 방을 밝히는 초롱불이 요란스레 춤을 추었다. 누군가의 옷자락이 일으킨 바람에 흔들리는 것처럼, 방을 채우고 있던 빛이 술렁거렸다. 이산의 눈빛이 차분하게 가라앉았다.

"……환 영감의 아들 내외를 내놔. 그럼 모두 없던 일로 하겠다."

"쓸데없는 소리 하기는……. 환 영감은 아들 내외가 오지 않으면 해독약을 내놓지 않을 것이고, 나는 오라버니가 금오로 함께 가주기 전에는 그 부부를 내놓을 생각이 없어요. 그 계집이 건강히 살길 바라시지요? 그럼 오라버니가 나와 함께 금오로 가면 되겠군요. 이렇게 간단한 일을 왜 자꾸 어렵게 만드실까."

"……그럼 정말 쉬운 방법을 선택해 줄까, 여희야?"

여희를 부르는 이산의 목소리에 살기가 어렸다. 여희는 비단으로 감싼 팔뚝에 오소소 돋은 소름에 놀라 눈을 떴다. 곱게 빗어 늘어뜨렸던 머리채 한쪽이 귀 아래에서 툭 잘려 떨어졌다. 무심결에 잘린 머리카락을 확인하는 그녀를 향해, 이산이 히죽 웃음을 지었다.

"초란이 먹었어야 할 마지막 약은 내가 가지고 있단다. 너와, 널 따르는 자들을 죄 죽이고 이 집안을 샅샅이 뒤져 아들 내외를 찾아낼 정도의 시간은 있단 소리야. 혹여나 추궁이 들어오거든, 이렇게 답하면 돼. '조금 닮은 것만으로 감히 금오의 황후를 참칭

하는 죄인이 있어 내 직접 처벌하였노라'고. 네 말대로 나는 정릉의 이 장군, 금오의 검이지 않더냐. 어차피 너는 네 집에 처박혀 있는 걸로 되어 있는 바, 의심만으로 나를 처벌할 수는 없으니!"

이미 실컷 피를 먹었던 검이 공기를 찢어발겼다. 여희는 반사적으로 몸을 뒤로 뺐지만 그래 봐야 그의 범위 안이었다. 눈앞이 하얗게 변하고, 자신을 향해 휘둘러지는 칼의 궤적이 이상할 정도로 또렷하게 보였다. 초롱불의 빛을 품은 칼이 마치 방 안에 뜬 반달 같았다.

죽는다.

그녀는 확실하게 다가오는 죽음의 예감에 질끈 눈을 감았건만, 기대했던 고통은 없었다. 대신 귀가 멍해지더니 축축한 피가 귓속에서부터 나와 목을 타고 흘러내렸다. 목을 더듬거려 피 묻은 손을 확인한 그녀는 그제야 아무 소리도 들리지 않는다는 것을 깨달았다. 그리고 코앞에 다가온 이산의 칼을 다른 사람이 막고 있다는 사실도. 자신의 앞을 막은 자를 확인한 순간, 눈앞이 새카맣게 변하는 것처럼 아찔해졌다.

'나는 결국…….'

이산은 도중에 막힌 제 검을 물끄러미 바라보다, 그 주인의 얼굴을 확인하곤 피식 미소를 지었다. 다시는 만나지 말자 하였건만 이렇게 또 만날 줄이야. 심지어 묘하게 반갑기까지 하다.

"역시. 자네일 줄 알았어. 이렇게 코앞에서 나를 속일 정도로 기척을 잘 감추는 사람은 자네뿐이지. 장율, 반갑네."

"다시는 안 보자 하시더니, 막상 얼굴 보니 반가우십니까?"

장율은 하하 웃고 있는 이산을 향해 토라진 소녀처럼 톡 쏘아

붙이더니 이내 여희에게 관심을 돌렸다. 그녀는 두 사람의 칼이 부딪치는 충격에 귀가 들리지 않는 자신의 상태보다도 갑작스레 나타난 장율의 모습에 더 놀란 것 같아 보였다. 장율은 씁쓰름한 고소를 숨기지 못한 채 그녀를 기절시켰다. 가느다란 몸이 금세 허물어진다.

장율의 입에서 한숨이 흘러나왔다. 그녀가 깨어난 뒤 자신이 처음부터 황제의 손아귀 안에서 놀고 있었다는 걸 깨닫는다면 그 충격은 배가될 것이다. 용 위에 나비를 수놓고 그녀를 따르겠노라 맹세한 이들조차 결국은 전부 황제의 수하였으니. 이제껏 그러하였듯 앞으로도 모르기를 바랐거늘, 검을 휘두르는 이산의 기세가 너무 흉흉하여 그만 표면으로 나서고 말았다. 답답한 마음은 뾰족한 책망이 되어 이산을 향했다.

"제가 있는 줄 알고 계셨으면, 적당히 장단 좀 맞춰주시지 그러셨습니까."

"진즉 알았으면 그랬겠지."

"……설마 모르고 그냥 찔러보신 겝니까."

"뭐, 누군가는 있겠거니 했다네. 소매에 용 문양을 새기고 다니는 놈이 표영의 주변을 살피고 다니는 걸 봤거든. 당연히 여희의 주변에도 있으려니 했지. 한데 여희 목에 칼을 들이대도 나오질 않기에 내가 잘못 안 줄 알았는데……. 이런, 자네가 나타났지 뭔가. 하하하."

소리 내어 웃으면서도 칼을 넣지 않는다. 장율은 그런 이산을 가만히 바라보다 이내 한숨과 함께 고개를 돌려 버렸다. 그는 수하로 보이는 검은 옷의 사내를 불러 이불을 가져오게 시키곤 여희를 그 위에 눕혔다. 마치 여동생을 챙기듯 세심한 손길이었다.

장율은 혀를 차며 이산을 탓했다. 물론 그러면서도 그 역시 칼 겨누기를 마다하지 않아, 초롱불 켜진 사랑방에서 마주선 두 사내가 칼끝을 서로에게 겨누고 얼굴에 미소를 띠운 채 노려보는 묘한 광경이 연출되었다.

"성격 참 나빠지셨습니다……. 아무튼, 황후마마 존함을 막 부르는 건 이제 그만둬 주십시오. 사정 다 알고 있는 저도 들을 때마다 가슴이 덜컥덜컥하는데, 다른 이가 듣는다면 장군님 목이 무사할 수 있을지 장담할 수 없습니다."

"황후의 자리는 다른 사람의 것이라고 호언장담을 하더니, 뭐야. 결국 후는 여희가 되는 거로군."

"제가 붙어 있는 시점에서 이미 다 짐작하셨으면서 뭘 그리 확인까지 하려 드십니까."

"그래, 확인해야 할 게 있었지. 자네가 붙어 있는데 초란이 왜 그 모양이 된 겐가? 왜 막지 않았나?"

초롱불이 흔들렸다. 방을 채운 노란 빛이 물결처럼 일렁거렸다. 온통 검은 옷으로 몸을 감싼 장율의 얼굴에 진 그늘이 이리저리 흔들렸다. 이산은 장율이 몹시 낯설어 보인다고 생각했다. 전장에서 동고동락하며 그를 훤히 알고 있다고 여겼는데, 지금의 그는 전혀 다른 사람처럼 보여 도무지 그 속을 짐작할 수가 없었다.

"정릉의 이 장군, 금오의 칼, 황제의 발톱…… 그리 쉬이 놓을 수 있는 이름이 아니잖습니까. 장군께서는 금오로 돌아오는 것이 옳습니다."

"그게 정말 장율 자네의 생각인지 모르겠군. 내가 아는 장 부관은 허명에 휘둘리는 사람이 아니었는데……. 내 하나만 묻겠네. 내가 금오로 돌아가는 것이 옳다는 건, 나를 위함인가 아니면 여희를 위함인가. 그도 아니라면, 그저 금오를 위하는 마음에서 나오는 말인가."

"……그야 당연히 금오를 위하는 마음이지요."

"이전에는 아니었잖나. 초란에게 표영을 붙여주기도 하였으면서."

"그때는 장군님의 영향력이 이렇게까지 크게 미칠 줄 몰랐던 것뿐입니다. 장군님이 금오에 계셨다면, 아무리 황제폐하의 묵인이 있었다 한들 황후마마께서 이렇게 극단적인 일을 벌이실 수 있었겠습니까? 기껏해야 집에 좀 틀어박혀 계시다가 끌려나오셨을 겁니다."

"이런, 그건 부정하지 못하겠군."

"그리고…… 장군께서는 잊고 계신 모양인데, 표영의 직속상관은 접니다. 장군의 명령보다는 제 명령이 우선이지요. 심지어 지금 장군께서는 금오를 떠나 연해에 정착할 의사를 내비치셨지 않습니까. 이제까지는 그녀석이 뭘 하든 가만히 내버려 두었습니다만, 이런 상황에 제가 그분을 해하라 명을 내린다면 표영이 어떤 선택을 할 것 같습니까?"

이산의 얼굴이 왈칵 일그러졌다. 그는 그때까지도 장율을 향해 겨누고 있던 칼을 거두고 돌아섰다. 문을 벌컥 열어젖히고 밖을 내다보니 어느새 눈이 그쳐 있었다. 세상이 온통 희었다.

"나는 이제껏 엎드려 살았어. 소중한 걸 빼앗기고도 입을 다

물었고."

온통 흰 세상에 검은 옷 입은 사내들이 꾸물꾸물 기어 나온다. 이산은 눈에는 보이나 기척은 느껴지지 않는 자들이 있다는 것이 믿어지지 않아 이를 악물었다. 이제 생각해 보면 제게 잡힌 그놈은 몹시 약한 놈이 아니었나 싶었다.

"도망쳐 숨죽이고 있으면 다들 날 잊을 거라고 생각했지. 어차피 조정의 대신들이란 바로 제 눈앞에 있는 적에만 정신이 팔린 개새끼들이니, 멀리 도망간 사냥개 따위는 신경 쓰지 않을 거라고. 한데 아직도 나를 잊지 않고 이리 눈독을 들인다니…… 금오에 인재가 없긴 없는 모양이야. 아니면 폐하께서 황위에 오르시며 흘린 피가 생각 이상이었는지도 모르겠고."

"……."

"내 짧은 식견으로 보건대, 황후마마께 필요한 건 내 이름값이고 황제폐하께 필요한 건 언젠가 솥에 삶길 걸 알고도 충실한 사냥개인 것 같군. 숨는 게 능사는 아니라는 걸 새삼 깨달았으니, 내 알량한 이름값이라도 잘 써먹어야겠지."

장율은 자기도 모르게 숨을 삼켰다. 문밖을 내다보는 이산이 갑자기 서너 배는 더 커진 것처럼 느껴지는 바람에. 물론 그가 귀신도 아니고 엄연한 사람일진대 덩치가 그리 훅 커지는 것이 말이 되겠느냐마는, 지금 그가 발산하는 존재감은 이전에는 본 적 없던 것이었다. 무언가 큰 힘을 가진 손이 있어 어깨를 찍어 누르고 무릎을 두드리며 엎드리라 종용하는 것만 같은 위압감이 느껴진다. 그래, 굳이 비교하자면 경원왕 전하를 처음 뵈었을 때와 비슷하였다.

문밖을 내다보던 이산이 장율을 향해 고개를 돌렸다. 피가 말라붙어 굳은 머리칼은 길게 기른 보람도 없이 엉망이고, 옷 곳곳에도 피가 튀어 좋은 꼴은 아니었지만, 웃음기 없는 얼굴에 어린 각오가 오싹할 정도로 느껴진다.

"황제폐하께 전해주게. 솥에 넣기 전에 열 번은 고민해야 할 개가 되어드릴 테니, 초란은 내버려 두시라고."

"그게 무슨……."

"내 처지가 어떻든, 무가들은 정릉의 이 장군이 정당한 직위를 가지고 황제께 봉직한다는 것만으로도 만족할 걸세. 물론 내 손발이 되어주는 것도 꺼려하지 않을 테고, 나는 황제폐하께 충성하는 개가 될 테니 그 무가들은 결국 폐하의 수족이 되지 않겠나. 폐하께서는 영민한 분이시니, 분명 기뻐하시겠지. 황후마마는 빨리 모시고 돌아가게나. 빨리 후의 자리에 공식적으로 올라야 쓸데없는 소문이 가라앉을 걸세. 아 참, 저 검은 놈들, 자네 명령은 듣겠지?"

"예……."

"그럼 잡혀온 사람들을 집으로 돌려보내 주도록 조치해 주게. 한 서넛만 내게 붙여주면 더 좋고. 내 잠시만 쓰고 곧 돌려줌세."

"그리하지요."

"사람의 인연이란, 정말이지 알 수가 없는 게 세상이니…… 언젠가 또 보세."

어쩐지 돌이킬 수 없는 큰 죄를 지은 것만 같다. 장율은 휘적휘적 마당을 가로지르는 이산을 부르지도, 잡지도 못하고 그저 그의 등을 멍하니 바라보았다. 그의 속에서 일어난 마음의 갈등이 어떠하였던 간에, 장율은 이산과 약속한 바를 충실히 지켰다. 환 영감은 그 새벽이 밝아 동이 트기 전에 아들 내외를 만나볼 수 있었던 것이다.

10장.
하늘의 그물은 성긴 것 같아도 새는 곳이 없다

표영은 등에 초란을 업고도 귀신같은 발놀림으로 사라졌다. 소람이는 아이를 안은 채 그 뒷모습을 눈으로 좇다 입술을 깨물었다. 어디서 뭘 하다 왔는지 피비린내가 진동하는 꼴을 하고 와서는 자기 할 말만 하고 가버리다니, 걱정하며 기다린 자신이 바보가 된 기분이었다.

그녀는 괜히 눈물이 나려는 눈을 문질러 닦고 아이를 살폈다. 어쩐지 우울한 낯을 하고 있는 아이는 순하고 귀엽게 생긴 남자아이였다. 혹여나 소람이가 자신을 밀어낼까 두려워하며 치맛자락을 꼭 쥔 손이 가늘게 떨리고 있었다. 그 모습이 마치 오래전 어머니에게 거두어지던 무렵의 자신을 보는 것만 같아 말문이 막혔다.

'영악한 사람 같으니.'

"밥은 먹었니?"

"아니요……."

"따라와. 이렇게 추운데 밥도 안 먹이고 애를 끌고 다니다니, 하여간 못 말린다니까."

아이는 소람이가 이끄는 대로 순순히 따라와 방에 들어가 밥도 잘 먹어놓고도 좀처럼 말을 하려고 들지 않았다. 그저 방구석에 쪼그리고 앉아 숨을 죽이고 있으려 애쓰기만 한다. 푹 수그린 고개가 그저 낯익어 도저히 외면할 수가 없다.

소람이는 지그시 입술을 깨물었다. 저럴 땐 그냥 내버려 두는 게 제일이었다. 그녀는 아무 관심 없는 척 고개를 돌리고 수틀을 찾아 손에 쥐었다. 봄을 기다리며 놓고 있던 목련이었는데 갑자기 이런저런 일이 생기며 거의 놓고 있었던 것이었다.

'정말이지, 사람 걱정시키는 건 최고라니까. 말도 없이 사라졌다가 갑자기 나타나더니 아이나 맡기고 가고……. 장군님이 계시니 어머니는 걱정이 안 되는데 그 인간은…….'

한 장, 한 장 옅은 노란빛을 띈 꽃잎이 제 형태를 갖추어가는 동안 소람이는 제 안에서 올라오는 미움, 걱정, 서운함을 차곡차곡 갈무리했다. 자칫하다간 별 상관도 없는 아이에게 자신의 속내를 다 까발려 버릴 것만 같았다.

"너 이름이 뭐니?"

"……."

"말하기 싫으면 안 해도 돼. 어차피 여기 너랑 나밖에 없어서 헷갈릴 일도 없으니까. 그래도 저녁은 먹어야겠지? 먹기 싫어도 다 먹어. 남기면 혼난다."

가만히 내버려 두는 것이 가장 좋을 것이라던 소람이의 예상은 적중했다. 아이의 경계심은 시간과 함께 차근차근 옅어져 갔다. 경계심이 흐려지자 가만히 박혀 있는 것도 지겨워졌는지 슬금슬금 다가와 소람이가 놓는 수를 구경하기도 하고 꼬박꼬박 졸기도 했다.

그러다 눈이 펑펑 쏟아지는 긴긴 밤이 지나고 새벽녘이 되었을 즈음, 소람이는 간신히 아이의 자기소개를 들을 수 있었다. 아이의 이름은 영태, 아랫마을에 사는 환 영감의 손자이며 초란의 치료를 위해 이산이 잡아둔 인질이라고 했다. 말투는 의젓하였으나 자기소개를 하는 얼굴이 어찌나 우울하던지, 소람이는 괜히 영태를 울리기라도 할까 봐 안절부절못하다 몰래 숨겨두었던 곶감까지 꺼내주고 말았다.

"전부 저 때문이에요……. 할아버지도, 엄마랑 아빠도 다……."

영태는 곶감을 손에 쥐고 한참 만지작거리기만 하며 먹을 생각을 안 하더니, 조그마한 목소리로 중얼거렸다. 혹여나 한 마디라도 놓칠세라 소람이가 숨을 죽인다.

"그때도…… 저 때문에 엄마랑 아빠 반항도 못 하시고 끌려가셨고요……. 이번에도 할아버지한테 도움이 되기는커녕 이렇게 발목만 잡고요……. 할아버지가 이 집 아저씨는 꼭 약속을 지킬 거라고, 부모님도 무사히 돌아오게 해주실 거라고 했지만 그걸 어떻게 믿어요……. 아, 그래도 누나는 참 착하네요. 밥도 챙겨주고, 울지 말라고 곶감도 주고, 이렇게 얘기도 들어주고요."

"착하기는 뭘. 그거 먹고 울지 말라고 준 거니까 그런 줄 알어. 그런데 엄마 아빠가 끌려가셨다니, 그게 무슨 말이야? 너 때문이라니? 너희 부모님도 누군가한테 잡혀가신 거야?"

"그게…… 그 검은 옷 입은 아저씨들이……흐, 흐흑……."

아, 잘못 건드렸다. 울먹울먹하기 시작한 영태를 보는 순간, 소람이는 방정맞은 제 입을 찰싹 때려주고 싶은 충동에 휩싸였다.

"얘, 우, 울지 말고. 응? 곶감 더 먹을래? 아휴, 너희 할아버지 힘드시겠다. 아들 내외랑 손자가 다 인질…… 어라."

소람이는 말을 하다말고 뭔가 이상함을 느끼고 입을 다물었다. 치료를 잘 하기 위해 영태가 인질로 와 있는데, 영태의 부모도 인질이란다. 영태의 부모는 왜? 누구에게? 그리고 영태보다 먼저 끌려간 이유는? 아니, 그보다 치료를 잘 하는 데에 왜 인질씩이나 필요한 걸까?

영태가 갑작스레 조용해진 소람이의 눈치를 본다. 소람이는 그런 영태를 안심시켜주는 대신 뒷마당을 향해 뛰쳐나가 장독대 앞에 서서 숨을 골랐다. 그리 많이 뛴 것도 아닌데 심장이 터질 것처럼 두근거렸다.

'분명히 봤어. 구분할 수 있어…….'

장독들은 크기를 막론하고 죄다 흰 솜이불을 뒤집어쓴 것처럼 눈에 푹 파묻혀 있었는데, 소람이는 장독의 아래쪽 부분, 그러니까 눈이 쌓이지 않은 움푹한 곳에 일일이 손을 넣어보며 뭔가를 찾기 시작했다. 솜을 넣어 누빈 치마가 금세 젖고 발은 새빨갛게 얼어붙었지만 소람이는 추운지도 모르고 장독을 살폈다.

"누나!"

뒤늦게 정신을 차리고 달려 나온 영태가 소람이에게 신발을 내밀었다. 하지만 소람이는 신발은 본 체 만 체하며 장독에만 정신을 쏟으니, 영태가 안절부절못하며 발을 동동 굴렀다.

"조용히 해! 방해되니까!"

"누나아……. 이런 날씨에 그러고 있으면 큰일 나요!"

울며 불러도 소람이가 돌아볼 기미를 보이지 않자, 영태는 싸리 빗자루를 집어와 눈을 쓸어내기 시작했다. 그러곤 방에서 화로를 가져와 동그랗게 드러난 바닥에 내려놓곤 몸으로 바람을 막아 불을 지켰다.

그런 정성을 아는지 모르는지, 소람이는 장독을 확인하는 데에 여념이 없다. 다행히도 소람이는 원하던 것을 곧 찾아내었고, 빨갛게 얼은 손으로 작은 단지를 끄집어냈다. 그건 바로 자양이가 장독대에 몰래 넣어두었던 약단지였다. 뚜껑을 열고 코를 킁킁대던 소람이가 영태에 코앞에 약단지를 들이밀었다.

"너, 이게 무슨 약인지 아니?"

"……음, 모르겠어요. 하지만 맡아본 적은 있는 냄새예요. 언제지, 그게……?"

고개를 갸웃거리는 영태의 모습에, 소람이의 가슴이 쿵 내려앉았다. 아니기를 바랐던 마음과 역시 그랬다는 실망감이 한데 뒤섞여 머릿속이 진창이 된다. 단지를 끌어안은 손에 핏줄이 섰다.

"……일단, 들어가자. 이대로 있다간 영태 너도 고뿔에 걸릴 거야. 아, '너도'가 아니려나……."

"고뿔에 걸린 사람이 있었어요?"

"화로를 챙겨왔구나. 고마워. 몰랐네. 챙겨가야겠다."

영태는 제가 하는 말은 전혀 듣지 않고 억지로 소매를 잡아끄는 소람이에게 잡혀 그대로 방으로 들어가야 했다. 손톱을 물어뜯는 것도 모자라 다리를 달달 떨고 있는 소람이는 어딘지 모르게 굉장히 불안해 보여 왜 그러느냐 물어보기도 겁이 난다. 하지만 소람이가 안고 있는 단지 속의 약은 영태에게도 신경 쓰이는 것이었기에, 영태는 그녀가 진정하기를 조용히 기다렸다.

소람이가 진정하기까지는 상당한 시간이 걸렸다. 빨갛게 타오르던 화로의 숯이 기세를 잃고 희미해지고 한기를 느낀 영태가 이불에 돌돌 말린 번데기 모습을 하고 있을 즈음이 되어서야 품에 안고 있던 약단지를 내려놓았으니 말이다. 소람이가 버석하게 마른 눈으로 영태를 돌아본다.

"……춥니?"

"에…… 아뇨, 그냥 조금 썰렁해서요."

"화로에 불이 다 꺼졌네……. 부엌에 가면 숯이 있을 거야. 잠깐만 기다리고 있어."

아, 기회를 놓쳤다. 말을 꺼낼 적절한 순간을 놓친 영태의 얼굴에 그늘이 드리워진다. 한데 숯을 꺼내오겠다며 방문을 연 소람이가 석상처럼 굳어 움직이질 않는 게 아니냐. 영태는 그를 의아하게 여기고 슬쩍 고개를 빼 문 밖을 내다보았는데…… 이런 맙소사. 눈에 묻힌 마당에 웬 사람이 하나 쓰러져 있지 뭔가.

영태는 소람이를 밀쳐내고 부리나케 마당으로 뛰어 내려가 사람을 안아들고 숨을 확인했다. 몸은 얼음장처럼 차가웠지만 다행히 숨은 쉬고 있었다. 눈이 엉겨 붙은 댕기머리가 죽은 사람의 팔뚝처럼 늘어졌다.

"누나! 이 누나 살아있어요!"

"……."

"……누나?"

영태는 끙끙대며 쓰러진 사람을 등에 둘러업었다. 한데 그런 그를 바라보는 소람이의 얼굴은 전에 없이 차갑고 스산하여 감히 방에 데리고 들어갈 엄두가 나질 않는다. 젖을 대로 젖은 치맛자락이 영태를 휘어 감고 축축 늘어졌다. 영태가 초조함에 발을 구른다.

"이대로 두면 이 누나 죽어요……!"

"……미우나 고우나 내 동무인데, 얼어 죽게 놔둘 수야 없지. 데리고 들어오렴."

영태가 부리나케 방으로 들어와 수건을 챙긴다 몸을 닦아준다 요란을 떠는 동안, 소람이는 예정대로 부엌으로 나가 아궁이에서 아직 불이 남은 나무토막 몇 개를 꺼내 챙겼다. 그러고 나니 불이 좀 약한 것 같아 아궁이에 장작 몇 개를 집어넣기도 했다. 새빨간 불티가 화악 피어났다가 금세 사그라진다.

"아마 자양이는 돌아오지 않을 테지만…… 돌아온다면 어디 못 가게 잘 붙들고 있어."

영태를 맡기며 표영이 했던 말이 새삼 떠올라, 소람이는 이를 악물었다. 피가 거꾸로 솟을 것처럼 화가 났다. 누구에게 화가 나는지는 잘 모르겠지만, 그중엔 자신도 포함되어 있다는 것만은 분명했다. 자양이의 옷을 꺼내다 맡은 약 냄새는 그녀를 더욱 비참하게 만들었다. 이에 짓눌린 입술이 찢겼는지 찝찔한 피 맛이 난다.

"……영태야. 잠깐만 나가 있을래? 아무래도 옷을 갈아입혀야 할 것 같아."

"아, 네. 저…… 누나. ……음. 아니에요."

뭔가 할 말이 있는 것처럼 머뭇대던 영태는 후다닥 방을 나가버렸고, 소람이는 쓰러진 자양이와 단둘이 남았다. 자양이는 소람이가 젖은 채 달라붙은 치마며 윗도리를 벗겨내고 몸에 묻은 물기를 닦아낸 뒤 새 옷까지 입히는 동안 한 번도 깨지 않았다. 노랗게 타오르는 초롱불이 빚어낸 그림자가 고운 이목구비에서 그저 일렁거린다. 눈을 감고 누워 있는 자양이의 얼굴은 그저 곱고 평온하여서.

"……깨어나면, 전부 아니라고 해줄래."

내 짐작 같은 건 전부 틀렸다고, 그저 내가 과민한 것뿐이라고, 그렇게 말해줄래. 몇 번이고 속삭이던 소람이의 뺨을 타고 눈물이 흘렀다. 부리나케 눈물을 닦던 소람이가 갑자기 하, 웃었다. 이 지경까지 와서도 자양이를 믿고 싶은 제가 우스워 웃다가, 뭐든지 다 제 잘못 같아 비참하고 초란에게 미안하여 울었다. 길고 긴 밤이었다.

눈꺼풀이 천근만근 무겁다. 자양이는 애써 눈꺼풀을 밀어 올리고 몸을 일으키려 하였으나, 팔다리에 힘이 들어가질 않는다는 걸 알았다. 몸이 물 먹은 솜처럼 노곤한 데다 정신없이 두드려 맞은 것처럼 아프기도 했다. 애써 눈을 굴려보니 자신이 누운 곳이 몹시 낯이 익었다. 단출한 가구 몇 점과 벽에 걸린 옷가지로 미루어보아 표영의 방이 틀림없었다.

"깨어났니?"

"……소람이? 내가…… 왜 여기……콜록!"

그깟 말 몇 마디 했다고 목이 찢어지도록 아팠다. 자양이는 간신히 고개만 돌린 채 연신 기침을 했다. 생리적으로 고인 눈물 때문에 소람이의 얼굴이 온통 일그러져 잘 보이지 않았다. 게다가 창호지 바른 문을 뚫고 들어온 아침 햇살이 소람이의 등에서 후광처럼 빛나 자기도 모르게 눈을 찡그리게 된다. 소람이가 자양이의 이마에 손을 얹고 열을 쟀다.

"고뿔에 걸린 것 같아. 너, 어젯밤에 눈 더미에 처박혀 있는 걸 꺼내온 거라서."

"……그래?"

자양이는 잠깐 입을 다물고 어젯밤의 기억을 더듬었다. 하인의 방에서 잠에 빠져 있던 자신은 새벽녘에 시커먼 옷을 입은 사내에게 잡혀 납치당하다시피 끌려나왔다. 반항을 좀 했던 것 같은데 제 몸부림 따위는 우습다는 듯이 제압당했었다. 어디로 가는 건지 몰라 불안해하다가 혼절했는데 기껏 던져놓은 곳이 제 발로 나온 집이라니.

'이용당한 건가…….'

그럼 그렇지. 나처럼 천한 년에게 돈도 주고 신분도 주어 양민이 되게 해준다니, 그게 어디 가당키나 한 말이던가. 소람이를 보고 그만 제 허파에 바람이 든 것이 틀림없었다. 죽여서 입을 막은 것이 아닌 것만 하여도 감사해야 한다는 건 알지만 가슴에 구멍이 뻥 뚫린 것처럼 허전하다.

그렇게 자양이가 씁쓸함을 곱씹고 있는데, 소람이가 갑자기 그녀를 일으켜 앉혔다. 무겁게 울리는 동통에 자양이가 이를 악문다.

"아파……!"

"그래도 잠깐만 앉아봐. 약 먹어야지."

"약? 집에 무슨 약이 있어서……?"

"네가 사온 약이 있잖아."

"그건…… 네가 가져갔잖아. 장군님 드린다고……."

"그거 말구."

소람이가 약단지를 꺼내들었다. 단지 뚜껑을 열자 짙은 약냄새가 확 피어오른다. 자양이의 얼굴이 희게 변한 것을 알았는지 몰랐는지, 소람이는 약단지에 집중하고 있었다. 숟가락으로 약을 푹 떠서 사발에 담긴 따뜻한 물에 풀어내니, 사발 속의 물이 순식간에 시커멓게 변했다. 소람이가 웃는 낯으로 약사발을 자양이에게 들이밀었다.

"자, 마셔."

"그, 그게 무슨 약인지 알고 날더러 먹으라고 그러는 거야!"

"무슨 약이긴. 네가 어머니 고뿔 때문에 사온 약이잖아."

"아니야! 난 그런 약 사온 적 없어. 어디서 먹는 법도 이상한 약을 가져와서 먹이려드는 거야?"

"네가 장독대에 뒀던 거잖아. 집에 아픈 사람이라곤 어머니뿐이었는데, 그럼 그게 고뿔약이 아니고 뭐니?"

"헛소리하지 마. 난 저런 거 장독대에 둔 적 없어. 혹시 네가 몰래 사다놓고 잊어버린 거 아니야?"

"누명 씌우지 마. 장독대 관리는 네 몫이잖아. 그래, 내가 둔 건 아니지만 내가 뒀던 거라고 치자. 자양이 너는 내가 장독대에 얼씬하는 것도 싫어하는 데다 음식 준비를 하겠다며 매일 장독대를 드나들면서 이런 약단지가 장독대에 있는 걸 몰랐다고? 그게 말이 돼?"

"그, 그럴 수도 있지! 나라고 그 많은 장독들을 하나하나 어떻게 다 기억하겠어!"

"……그렇구나. 자양이 너는 다 기억을 못 하는구나. 그런데 어떡하지, 난 다 기억하는데. 너도 알지? 장독 위에 눈이 내리면 이렇게…… 불룩한 배 아래쪽에는 눈이 쌓이지 않는 거. 그런데 내가 그저께 장독대를 봤을 때, 이 단지가 쌓인 눈 위에 놓여 있더라고. 그건 없던 단지가 새로 생겼다는 말이잖아. 그런데 마침 그날이 어머니께서 쓰러진 날이야. 내가 어떻게 의심하지 않을 수 있겠어?"

"이런 미친년을 봤나……. 너 지금 내가 아씨께 독이라도 먹였다는 거야?"

"난 그런 말 한 적 없어. 할 생각도 없고. 내가 바라는 건, 그냥 네가 약을 먹고 빨리 낫는 거야."

"꺼져, 이년아!"

떨그렁! 자양이가 내저은 손에 맞은 약사발이 소람이의 손을 벗어나 방바닥에 나뒹굴었고 시커먼 약은 피처럼 바닥을 흘렀다. 자양이는 욱신거리는 팔을 움켜쥐고 신음하였지만, 소람이는 그런 자양이를 간호할 생각도, 나뒹구는 약사발을 간수할 생각도 없는 듯 무표정한 얼굴로 가만히 앉아 있을 뿐이었다.

항상 웃고 다녀 강아지 같은 눈이 반달로 접혀 있던 얼굴에서 웃음기가 사라지니 아주 다른 사람처럼 보여, 자양이는 제 앞에 앉은 이가 정말 소람이가 맞는가 하고 의심할 지경이었다. 소람이는 자양이가 저를 의심스럽게 보든 말든 그저 한숨만 몇 번 내쉬곤 자리에서 일어나 섰다.

"……이젠, 나도 몰라."

"뭐? 얘! 소람아!"

자양이가 부르든 말든 소람이는 문을 열고 방 밖으로 나갔다. 문을 닫자마자 다리에 힘이 풀려 풀썩, 주저앉고 말았다. 소리 내어 통곡이라도 하고 싶은데 목소리가 나오지 않았다.

이산은 마당 한쪽에 서서 나뭇가지에 쌓인 눈을 보다 문 닫는 소리에 고개를 돌리곤 씁쓸하게 웃었다. 소람이가 금방이라도 울음을 터뜨릴 것 같은 얼굴을 하고 있었던 탓이다. 우는 줄 알고 손을 들어 머리를 쓰다듬어 주었으나, 소람이는 우는 대신 꺽꺽 소리만 내며 숨을 삼켰다.

"네 탓이 아니니 그리 탓하지 말아라."

"우는 거 아니어요. 그저……."

죄스러워서요……. 하나부터 열까지, 전부 다. 다 죄스러워서요……. 차마 입 밖으로 내지조차 못한 속마음을 누가 알랴. 하나 가슴을 치도록 자신이 원망스러운 와중에도 머리를 쓰다듬어 주는 손길은 그리워했던 그대로라, 소람이는 앞으로 벌어질 일에 눈을 감기로 했다. 알고서 그런 것은 아닐 것이다, 매달리며 자비를 호소하는 건 한 번으로 족했다.

"자업자득이다. 뿌린 대로 거두는 것이 세상 이치니……."
"……예."
이산이 방에 들어가고 조금 뒤, 자양이는 그의 손에 뒷덜미가 잡힌 채로 끌려나왔다. 바락바락 소리를 지르며 반항을 해보지만 아무 소용이 없어서, 그녀는 방바닥에 나뒹굴던 약사발처럼 내던져졌다. 영태가 아침 일찍 표영의 손에 끌려 집으로 돌아가기 전에 눈을 깨끗하게 쓸어놓아 젖지는 않았지만, 딱딱하게 언 땅이 어찌나 아팠는지 자양이는 눈물을 찔끔 흘리고 말았다. 이산이 그런 자양이의 턱을 걷어차니 웅크려 있던 그녀가 뒤로 벌렁 넘어간다.
"아야야야야야! 왜 갑자기 사람을 걷어차고 그러십니까! 제가 아무리 종이어도 그렇지, 이리 사람을 막 때리시면 안 됩니다! 게다가 나리께서는 제 주인도 아니시잖습니까!"
"사람이라……. 자양아, 네가 사람이더냐?"
"예에? 그럼 제가 사람이지 짐승입니까?"
"글쎄, 난 모르겠구나. 집에서 기르는 개도 잘 먹이고 돌봐주면 그 은혜를 아는데, 너는 은혜를 원수로 갚았지 않더냐."
"무슨 말씀이신가요! 억울합니다!"
"으흠. 그래, 억울하구나. 하면 한 가지만 물어보마. 너는 어제 낮에 의원을 부르겠다며 나갔다지? 그런데 왜 새벽녘에 혼절한 채로 마당에 내던져져 있었느냐?"
자양이는 그건 뭣하러 물으시냐 대꾸하려다 입을 다물었다. 이산의 옷자락에 묻어 있는 피를 본 탓이다. 한번 깨닫고 나니 자애로운 목소리 안에 숨겨진 살기가 그제야 느껴져, 안 그래도 추위와 아픔에 달달 떨리던 몸이 더 심하게 떨리기 시작했고 등에서는 땀이 퐁퐁 솟아났다. 그러고 보면 소람이 고것도 자신을 의심하였지 않던가. 자양이는 그때까지 빳빳하게 들고 있던 고개를 냉큼 땅바닥에 처박고 우는 소리를 시작했다.

"이년이 의원을 찾아 산을 내려가는데, 길이 얼어 미끄러워 늦은 데다 눈이 내리기 시작하니 더더욱 발이 느려진 바, 간신히 마을에 내려갔을 땐 밤이 다 되어서였습니다. 눈앞이 보이지 않을 정도로 눈이 쏟아지는 와중에도 의원을 찾아갔으나 시간이 시간인지라 가는 곳마다 죄다 문전박대를 당했지요."

"그래서?"

"어쩔 수 없이 하룻밤을 보내고 내일 아침이 되면 다시 와야겠구나 생각하고 잘 곳을 찾아가는데 웬 괴한이 나타나 저를 끌고 가지 뭔가요! 반항을 해보았으나 연약한 여자의 몸이라 속수무책으로 끌려가 방에 가둬졌는데, 새벽녘에 깜빡 잠이 든 저를 끌고 나와 어디 사느냐 묻더니 여기다 던져놓고 그냥 가더이다. 그때 제가 반항하느라 힘이 달리고 날도 추워 소람이를 부르지도 못하고 혼절하였습니다."

"오호, 그것 참 무서운 일이었겠구나. 험한 일을 당한 것은 아니고?"

"예."

자양이는 자꾸 흐르는 식은땀을 닦아낼 생각도 하지 못하고 엎드린 채 침을 삼켰다. 심장 뛰는 소리가 어찌나 큰지 귓가가 먹먹했다. 그런 그녀의 눈앞에 가죽신이 다가와 멈춰 섰다. 온통 피가 묻어 본래 색이 어떠했을지 짐작도 가지 않는 가죽신에서 고약한 피비린내가 풀풀 풍긴다. 그녀는 이를 악물고 속에서 올라오는 토기를 삼켰다.

"한데 이를 어쩌지."

억센 손이 그녀의 턱을 붙잡고 억지로 고개를 들어 올려 눈을 맞췄다. 이산의 눈에는 아무것도 들어 있지 않았다. 동정도, 분노도, 경멸도, 아무것도. 불길한 예감에 자양이의 얼굴에서 핏기가 가셨다.

"어젯밤, 네가 마을에 내려왔을 때부터 내 널 보고 있었다. 네가 스스로 그 집에 들어가는 것도 보았지."

"……예?"

"새벽에 널 이리 데리고 왔다는 사내도, 내가 시켜서 그리한 것이다."

자양이의 눈앞이 까맣게 물들었다. 턱을 붙들고 있던 손은 금세 떨어져 나갔지만, 그녀는 그걸 눈치채지도 못하고 고개를 들고 있었다. 그러다 이산이 한 발짝 물러서자 그 발을 붙들고 매달렸다. 치맛자락에 흙이 묻었다.

"나리, 나리께서 무얼 보고 들으셨는지는 모르나, 제가 하고 싶어 한 일은 아니었습니다. 저는 그저 겁박을…… 예, 겁박을 받아 그리한 것입니다. 그렇게 하지 않으면 가만 두지 않겠다고 절 겁박하였기에, 이 모자란 년이 그게 무서워 그리하였습니다……."

"겁을 먹었다……. 그래서 주는 대로 받아 초란에게 먹였느냐."

"예, 예. 저 같은 종년이 뭘 알았겠습니까. 그저 앞날은 생각지도 못하고 하라니까 했지만 아씨께서 쓰러지시니 너무 무서워 무슨 일인지 알아보고자 뛰어 내려간 것입니다."

"네년이 말을 참 잘하는구나."

커다란 손이 자양이의 어깨를 툭툭 두드렸다. 그녀는 일말의 희망을 가지고 고개를 들었다가 그만 그대로 굳고 말았다. 아무것도 담겨 있지 않던 이산의 얼굴에 싸늘한 조롱과 비웃음이 들어 있었다. 뺨을 쓸어내는 손에서 피비린내가 났다.

"모르는 사람이 들었다면 그대로 속아 넘어갔을 것이다."

"나, 나리……."

"네년이 약속받았던 것들에 대해서는 왜 말하지 않느냐. 양민의 신분패와 토지, 돈에 대해서도 말했어야지. 그리고 네가 먹이는 약이 무슨 약인지도 다 알고 있었다는 것도 이실직고했으면 좋았을 것이다. 좀 더 많이 먹이면 빨리 끝나서 좋지 않으냐고 투덜거렸다는 것도 내 알고 있느니라."

"……전부 ……알고 계셨습니까……."

"그래."

흰 이가 창백한 입술을 깨물었다. 조금 전까지 짓고 있던, 순수하고 선한 얼굴은 어디로 갔는지 사라지고 안쪽에서부터 올라온 독기가 그 자리를 차지했다. 독기 어린 시선을 받은 소람이가 어깨를 움찔댔다. 소람이는 시선에 눌려 자기도 모르게 뒷걸음질을 쳤고 그녀의 옷자락을 잡아채려던 자양이는 바닥에 다시 한 번 나뒹굴었다. 바닥에 쓸린 손바닥에서 피가 송골송골 배어나왔다. 목에 핏줄마저 세우고 악을 쓴다.

"너 때문이야!"

이산이 자양이의 뒷덜미를 잡아끌어 내동댕이쳤다. 길게 땋아 늘어뜨렸던 머리카락이 산발이 되어 흩어진다. 그가 허공에 대고 손짓을 하자 검은 옷을 입은 사내 여럿이 소리 없이 나타나 자양이의 양팔을 잡아 올렸다. 자양이는 발을 마구 구르며 저항했지만 사내 여럿의 힘을 당할 수는 없었다.

"너 때문에 내가 헛꿈을 꾼 거야! 네년만 아니었으면, 내가, 내가 이렇게 주제넘은 짓을 하지는 않았을 거라고!"

"……그게 왜 나 때문인데."

"같은 나이, 같은 출신인데! 너는 비단옷에 고운 노리개 달고 아씨 소리 듣고 살고, 나는 천한 종년이라 손발이 부르트도록 일하면서 허리 한 번 못 펴고 살지! 너랑 내가 다른 게 대체 뭐라서! 내가 너보다 못한 게 대체 뭐라서! 아이고, 나처럼 불쌍한 년이 세상에 또 있을까!"

"웃기는 소리 하지 마!"

소람이의 얼굴에 빨갛게 열이 올랐다. 부끄러움을 무릅쓰고 이산에게 자양이에게 기회를 줄 것을 애원할 때, 그녀의 속내가 이럴 거라고는 정말 짐작도 하지 못했다. 나동그라진 채 악을 쓰던 자양이에게, 소람이가 와락 달려들어 멱살을 잡았다. 한데 속에서 끓는 말이 너무 많아 오히려 아무 말도 나오지 않는다. 말없이 씩씩대는 소람이를 앞에 두고 자양이가 한쪽 입꼬리를 삐죽이 올렸다.

"뭐가 웃긴데? 응? 맞는 말을 들었는데 왜 웃겨? 야 이년아, 네가 했어야 할 일을 내가 하고 있으니 그게 그렇게 좋든? 사람 피 말리게 뒤에서 지켜보기나 하고 말이야! 동무 같은 소리 하고 있네! 넌 아씨보다 더 나쁜 년이야!"

"어머니가…… 어머니가 왜 나와!"

"어머, 너 정말 멍청하구나? 예전 집에 찾아왔던 사내들, 기억 안 나? 그때 내가 그 사람들 수상하다고 말도 해줬잖아. 분명 그 집에 남아 있던 종들 중 무사한 사람은 아무도 없을걸! 멍청한 나도 알았는데 아씨께서 모르셨을 리 있겠어? 이 머리 빈 계집애야! 넌 그냥 이용당하는 거야! 가족놀이! 시집도 못 간 아씨가 딸을 원한다니, 웃기지도 않아서! 근데 그 둘이 꼭 닮아서 쌍으로 사람을 바보로 만들지! 아하하하하!"

자양이는 이전 집의 일을 꺼내 소람이의 양심을 좀 찔러보려고 했던 모양이지만, 그건 오히려 역효과를 불렀다. 소람이의 눈에서 불같은 기세가 흘러나오고 자양이의 멱살을 휘어잡은 손에선 핏줄이 섰다. 조금 전보다 더 화가 난 모양새다.

"그래서 그게 뭐? 가족놀이가 어때서? 부러워? 너도 그 가족놀이에 끼고 싶었는데 안 끼워줘서? 우리 어머니께서는 참 현명도 하시지! 너 같은 애를 딸로 들이지 않으셨으니까! 그리고 너, 이전 집 얘기는 하지도 마! 짐작하고 있었으면서, 경고 한마디 없이 도망쳐 나와 따라온 너는 뭐 깨끗한 줄 알아? 이 나쁜 년아!"

짝! 자양이의 뺨이 휙 돌아갔다. 소람이는 자양이의 뺨을 후려갈기고도 분이 덜 풀렸는지 숫제 주먹까지 쥐고 자양이를 때리려 들었다. 물론 당하기만 할 자양이는 아니어서, 두 여자는 서로 손을 맞잡고 힘겨루기를 하는 모양새가 되었다.

"아씨가 없으면 아무것도 아닌 년이!"

"끼고 싶으면 처음부터 그렇게 말하지 그랬어!"

"이것 참……."

이산은 한숨을 푹푹 내쉬다 허공에 손짓을 했다. 그 손짓에 맞춰 검은 옷을 입은 사내 둘이 휙 튀어나와 소람이와 자양이를 떼어놓았다. 그는 서로를 향해 악담을 퍼붓던 둘이 힘이 빠져 헉헉댈 무렵이 되어서야 그 사이에 끼어들었다. 그의 그림자에 덮인 자양이가 이를 악물고 있었다.

"적당히 할 것이지, 고집스럽기는. 자양이 너는 네 주인에게 해를 입힌 죄가 명백하니 혀를 자르고 홍등가에 팔 것이다. 변명은 필요 없다. 지금 네가 내게 보여준 모습만으로도 충분하니까."

"그게 무슨! 설마 다 본 게 아니었…… 으읍! 읍읍읍!"

"팔다리를 자르지 않는 것만으로도 감사히 여기도록 해라."

자양이는 뒤늦게 자신이 유도심문에 걸린 것을 깨닫고 몸부림을 쳤지만 다 소용 없는 일. 자양이는 사내들에게 입을 틀어 막힌 채 산 아래로 끌려 내려갔다.

이제 그녀는 약방에서 뱃놈들의 잠자리 상대를 하던 때보다 더 아래쪽으로 굴러내려 갈 것이다. 그건 자양이 본인도 알고 있는 사실이었기에 그녀의 반항과 비명은 더욱 처절했지만 시간을 돌릴 수는 없듯이 그녀의 앞날 역시 돌이킬 수 없을 것이다.

소람이는 못 박힌 듯 제자리에 선 채로 자양이의 뒷모습을 보고 있었다. 자양이에게 지나치게 친근하게 굴지 말라, 헛바람 넣지 말라 늘상 주의를 주던 초란의 말이 무슨 뜻인지 이제야 알 것 같았다. 때때로 호의로 한 일이 악의가 되어 사람을 상처 입히는 일이 있다는 걸. 그늘진 얼굴을 보다 못한 이산이 소람이의 어깨를 두드렸다.

"신경 쓰지 마라."

"……예?"

"저것이 저리 된 것이 어찌 전부 네 탓이기만 하겠느냐. 제 안의 욕심을 이기지 못해 그런 것이지. 그리고 저런 것에 쓸 신경이 있거든, 초란에게나 정성을 쏟도록 해라."

"아……! 하지만 장군님도 뵙기 싫다고 하셨다면서요. 저는 당연히……."

"나는 몰라도 너는 딸이지 않느냐. 당연히 가봐야지."

소람이는 제대로 말도 못 하고 어물대다 이산의 손에 잡혀 산 아래로 끌려 내려갔다. 마을 사람들과의 접촉을 극도로 자제하고 있었던 초란 덕분에 소람이 역시 마을에 내려온 것은 처음이었다. 하지만 새해를 앞두고 들떠 있는 분위기를 즐길 만큼 마음이 여유롭지는 못하여서, 시끌벅적한 장터를 지나면서도 소람이의 얼굴은 우울하기만 했다.

"소람아."

"……예?"

"무슨 생각을 그리 하느냐. 이것 좀 받아라."

"어…… 저 먹으라고 주시는 거여요?"

이산이 내민 것은 흰 떡을 구워 꿀을 발라 파는 군것질거리였다. 이런 주전부리는 술을 마실 때 안주로 먹는 것 외에는 전혀 먹지 않는 사람이, 단 것을 좋아하는 소람이를 위해 산 것이다. 떡을 받아드는 소람이의 뺨이 붉었다. 그녀는 쑥스러움을 감추려 냉큼 떡을 입에 넣고 아무렇지 않은 척 주변을 둘러보았다. 주변 상인들의 얼굴이 다들 밝고 활기차서, 그 즐거움이 자신에게까지 전해지는 기분이었다.

“빨리 일어나셨으면 좋겠어요……. 같이 장도 보고, 구경도 하고…… 그럴 수 있게.”

“그리될 게다.”

“아, 그런데요……. 장군님, 저어…….”

“오냐. 아까 네가 자양이 멱살 잡고 때리면서 욕까지 했다는 얘기는 내가 비밀로 해주마. 특히 표영에게는 절대 들어가지 않아야겠지?”

“아, 저…… 으으…… 네. 감사합니다.”

감사 인사를 하는 소람이의 얼굴은 이제 숫제 붉은 칠을 한 가면처럼 보일 지경이었다. 이산은 그런 소람이를 보며 쿡쿡 웃기를 멈추지 않아, 소람이는 가는 내내 입이 방정이라며 입을 찰싹찰싹 때려 민망함을 감춰야만 했다.

마침내 두 사람이 환 영감의 집에 도착하자, 먼저 와 있던 영태가 소람이의 품으로 와락 달려들었다. 요란한 환영 인사를 하는 영태의 얼굴에서 반짝반짝 빛이 났다. 표영에게 끌려 내려오면서 내내 걱정을 멈추지 못하고 있었던 탓이다. 표영은 소람이는 네 생각보다 명석하고 강단이 있으니 걱정하지 말라고 계속 말했지만, 영태의 눈에 비친 소람이는 한없이 마음이 여리고 착한 누나였던 것이다.

“누나! 걱정했어요! 일은 잘 끝났어요?”

“으응……. 영태도 잘 있었어?”

“저야 잘 있었죠. 이왕이면 누나랑 같이 있다가 오고 싶었는데, 저 시커먼 아저씨가 굳이 내려가야 한다고 박박 우기는 바람에 먼저 내려와서 너무너무 아쉬웠어요."

한쪽에서 느긋하게 떡을 씹던 표영의 손에서 떡이 툭 떨어졌다. 순식간에 다가온 그가 영태의 뒷덜미를 잡아 떼어내고는 잔소리를 시작한다.

"얌마, 이유가 있으니까 그랬지. 이게 사정 다 듣고도 모른 척 칭얼거리네? 그리고 사내자식이 어디 다 큰 처녀에게 덥석덥석 안겨, 안기기를! 처녀 앞길 막을 일 있냐!"

"내가 책임지면 되잖아요!"

"책이이임? 야, 너 지금 책임이라고 했냐? 으응?"

이산은 느긋하게 표영과 영태의 입씨름을 구경했고, 안절부절못하던 소람이는 환 영감에게 끌려 초란의 수발을 들러 갔다.

새벽나절에는 깨어 멀쩡히 눈도 뜨고 말도 했다던 초란은 지금은 그저 잠만 자고 있었다. 자면서도 워낙 땀을 흘리는지라 연신 몸을 닦아주어야 했는데, 워낙에 고령인 의원의 아내가 전부 수발들기에는 벅찼던지라 소람의 몫으로 돌아온 것이다.

가장 질 좋은 종이처럼 매끈하고 뽀얀 피부, 약간 얇은 듯하여도 우아한 곡선을 그리는 눈썹, 버선코처럼 날렵하게 뻗은 코와 핏기를 잃은 입술은 병색이 완연한 모습 그대로 아름다웠다. 소람이는 동그란 이마에 맺힌 땀을 닦으며 입술을 깨물었다. 이 얼굴이 얼마나 우아하게 미소 짓는지, 사색에 잠긴 얼굴이 얼마나 아름다운지 잘 알고 있다. 그 미소를 다시 볼 수 있기를 간절히 바랄 뿐이었다.

"어머니……. 며칠만 더 지나면 새해가 밝아요. 사람들은 벌써부터 음식을 준비하고 옷을 지어 입느라 들썩들썩해요. 시장엔 사람이 많아서 북적북적하고요. 저는 그렇게나 많은 사람들이 모여 있는 건 처음 봤어요. 해가 밝는 날이 오면, 저랑 같이 장 보러 가요…….”

조곤조곤 속삭이는 목소리는 그저 간절하였다. 하지만 초란은 흰 얼굴 그대로 잠들어 있었고, 그건 다음 날도, 그 다음 날도 마찬가지였다. 환 영감은 침을 놓고 약을 억지로 흘려 넣으며 초란을 깨우려고 애를 쓰다가, 결국엔 포기하고 향을 지어 피웠다. 그녀가 누운 방 안은 독특하고 기이한 향기로 가득 찼고, 누구도 그 안에 함부로 들어갈 수 없게 되었다.

그 피 말리는 시간 동안, 이산의 얼굴은 나날이 어두워져 갔다. 곧 일어나겠지, 내일이면 일어나겠지 하던 희망은 점점 바스러져 강가의 모래알처럼 흩어져 갔다. 감추려 애써도 시간과 함께 짙어지는 그림자는 다른 사람들의 숨통을 졸랐고, 표영을 비롯한 사람들은 각자 자신의 방법으로 탈출을 시도했다.

표영은 환 영감의 아들 내외와 함께 불타 버린 의방을 짓는 데에 몰두했다. 불타 버린 잔해에서 그나마 쓸 만한 물건들을 골라내고 자재를 나르며 땀을 흘리다 보면 하루가 훌쩍 지나갔던 것이다.

환 영감을 도와 종일 약을 달이던 영태도 얼마 못 가 제 부모님을 돕겠다며 그리로 내뺐고, 소람이 역시 음식을 해다 나르느라 의방에 붙어 있게 되고 말았다. 그러다 보니 어느새 이산과 환 영감을 제외한 나머지 사람들 전부가 의방에 붙어 있는 꼴이 되고 말았지 뭔가.

하늘은 파랗고 바람은 드세고 햇살은 발랄한 날의 오후, 이른 아침부터 계속된 노동에 지쳐 있던 사람들은 둥그렇게 모여 앉아 소람이가 가져온 새참을 먹고 있었다. 나름 넉넉히 담는다고 담아온 음식은 순식간에 동이 났고, 배불러 나가떨어진 사람들 사이에서 표영만 끝까지 남아 꿀에 절인 호두를 우물댔다.

"야, 이거 맛있다."

"너무 달아서 별로일 줄 알았는데. 잘 드시네요?"

"뭐…… 좋아하는 편은 아니지만, 이렇게 힘쓰는 일 할 때는 종종 당기더라고. 영태야, 너도 먹을래?"

구석에서 부모님 눈치를 보느라 침만 흘리던 영태가 냉큼 다가와 호두를 받아든다. 평소에는 먹어볼 엄두도 내지 못하는 귀한 간식을 양껏 입에 넣고 씹느라 뺨이 오동통하게 부풀어 오른 게 꽤 귀여워 소람이의 얼굴에 미소가 흘렀다.

"얘, 영태야……. 네 부모님은 아직도 내가 불편하시대?"

"귀한 아씨께서 음식까지 직접 해다 주시니 좀 부담스럽대요. 그…… 마님께서 차도가 없으신 것도 죄송하고요."

"……괜찮아. 곧 털고 일어나실 거야. 그리고 아씨라고 좀 부르지 말아달라고 전해줄래? 이름을 부르는 것으로 충분해."

아씨라는 호칭이 부담스러웠던 소람이가 곤란해하는 표정을 지었지만, 그녀가 양녀라는 사정을 모르는 영태는 그저 고개를 갸웃대다 알았노라 끄덕였다. 하지만 이런 대화가 어디 이번뿐이었으랴. 그들 부부는 이산의 일행을 매우 부담스러워했고, 그건 소람이도 예외는 아니었다. 그제도 그랬고 어제도 그랬듯이, 소람이는 내일도 아씨라고 불릴 게 뻔했기에 표영은 피식 웃고 말았다.

신분이 달라졌음을 분명히 알고 그에 맞춰 처신을 하면서도, 어디까지나 겸손함을 잃지 않고 부지런하다. 함께한 시간은 길지 않으나 순한 얼굴 안에 숨겨진 고집과 서툰 배려는 종종 그를 놀라게 했다. 물론, 어디까지나 좋은 쪽으로. 그리고 그 놀라움은 앞으로 좀 더 오래 함께하고 싶다는 욕심이 되어 자꾸만 제 몸집을 키워나간다.

'임무가 끝나 금오로 돌아가게 되면…… 다신 못 보겠지.'

새삼 깨달은 사실에 표영의 얼굴이 어두워졌다. 금오로 돌아가면, 가문에서는 아마 적당한 가문의 적당한 아가씨를 붙여주며 혼사를 치를 것을 요구할 것이고, 곧 아이를 낳을 것을 강요할 것이고……. 제 옆에 설 누군가를 상상한 순간, 표영은 손에 들고 있던 호두를 떨어뜨릴 뻔했다. 제 옆에 선 여자는 소람이의 얼굴을 하고 있었던 것이다.

'젠장. 난 금오 사람이고 소람이는 연해 사람인데……. 정신이 빠졌군, 빠졌어.'

표영은 먹던 간식을 서둘러 마저 삼키곤 엉덩이를 털고 일어섰다. 제몫으로 남아 있던 간식을 영태에게 주어 은근슬쩍 밀어내곤 말을 걸어 소람이의 주의를 돌렸다.

"장군님이 계신데 널 어떻게 이름으로 부르겠냐. 이제 그만 포기하지 그래?"

"하지만……!"

저는 아씨의 양녀잖아요. 친딸도 아닌 데다 정작 장군님이랑은 아무 사이도 아닌데 그런 말을 들을 수는 없어요. 듣지 않아도 뒷말을 알 것 같은 기분이 들어, 표영은 소람이의 말을 막고 서둘러 자리를 정리했다. 괜히 부산을 떨며 그릇을 쌓더니 순식간에 보따리를 만들어 소람이에게 떠안긴다.

"자자, 얼른 내려가. 해 금방 떨어진다. 아, 데려다줄까?"

"예?"

"어허, 데려다준다고 할 때 얼씨구나 좋다 하고 냉큼 따라나서야지. 얼른 일어나, 얼른."

소람이는 표영에게 떠밀려 일어나 금방 자리를 떠야 했다. 아쉬움에 소람이의 뺨이 통통하게 부풀었다. 영태는 그렇다 쳐도 환 영감의 아들 내외가 너무 불편해하는 것이 눈에 보여 이전에도 오래 있다 가지는 못했지만 이렇게까지 빨리 돌아가는 일은 없었던 것이다. 괜히 볼멘소리를 해보았지만 표영은 지켜준대도 난리라며 오히려 타박을 줄 뿐이었다.

"누가 지켜달라고 조르기라도 하였어요? 어차피 위험할 것도 없는 길인데 괜히 생색내지 마셔요."

"아~ 그렇지. 위험할 것도 없는 길이긴 하지. 내가 그저께에는 배고파서 튀어나온 멧돼지를 잡았고 어제는 썩은 나무뿌리를 싹 쳐내긴 했지만, 사실 그런 건 우리 소람이에게는 하나도 위험하지 않았을 거야, 그렇지?"

"으……."

유들유들한 타박에 소람이가 앓는 소리를 낸다. 표영이 낄낄 웃으며 소람이를 놀려댔지만, 그의 말이 다 사실이니 소람이가 어디 대꾸할 말이 있겠나. 그저 당하는 게지. 햇살이 따뜻한 오후여도 채 녹지 않고 얼어붙어 있는 길을 걸으며 표영이 혀를 찼다.

"길 어지간히 엉망이네. 이거 어제보다 더한데……. 오다가 미끄러지거나 하진 않았어?"

"괜찮았어요. 제가 산에서 산 세월이 몇 년인데요. 이 정도 길쯤은 우스워…… 꺅!"

자신만만한 말이 채 끝나기도 전에 쭉 미끄러졌다. 소람이는 호되게 엉덩방아를 찧고 눈가에 눈물을 그렁댔다. 표영에게 손을 잡혀 간신히 몸을 일으켰지만, 허리가 반으로 부러진 것처럼 아팠다. 한 걸음 내디딜 때마다 앓는 소리를 내니 표영이 미간을 찌푸렸다.

"겨울 산 위험한 거 몰라? 내가 안 쫓아왔으면 어쩔 뻔했어?"

소람이의 얼굴에 확 열이 올랐다. 저 미운 주둥아리를 콱 비틀어주고 싶다는 생각이 모락모락 피어올랐다. 게다가 잡혀 있는 손이 왜 이리 뜨겁게 느껴지는지, 부담스럽기까지 하다. 하지만 지금 표영이 손을 놓기라도 하면 그대로 주저앉을 것만 같아 한 걸음 걸을 때마다 자기도 모르게 손에 힘이 들어갔다. 그게 통증 때문인지, 아니면 긴장 때문인지는 소람이 자신도 모르는 일이었다.

"적당히 잡아. 손가락 부러지겠네. 누가 망아지 같은 계집애 아니랄까 봐 힘도 좋아."

"아, 그럼 놓으시면 되잖아요!"

사람이 지나치게 화가 나면 아픈 것도 잊는다더니. 소람이는 꽥 소리를 지르곤 성큼성큼 앞서 걷기 시작했다. 갑작스런 행동에 놀란 표영이 허둥지둥 그 뒤를 쫓아가 어깨를 잡아챘지만, 잔뜩 화난 소람이에게 홱 밀쳐지고 말았다.

"안 그래도 힘든데! 사람 놀리기나 하고! 빈정거리고!"
"야아, 걱정돼서 그랬지. 걱정돼서."
"그럼 그냥 걱정된다고 하셔요! 이런 식으로 나오시면 하나도 와 닿지 않는걸요!"
눈에 눈물을 그렁하게 단 채 토라져 팩 고개를 돌린 소람이에게 표영이 바짝 다가섰다. 금방이라도 코가 닿을 듯 가까워진 얼굴에 놀란 소람이가 뒷걸음질을 쳤지만, 표영은 놓치지 않겠다는 듯 집요하게 따라붙었다. 두 사람의 숨이 하얗게 섞여들었다.
그 와중에 소람이의 몸에서 풍기는 체향이 향긋하게 표영을 물들였다. 코끝에 닿는 향기를 인지한 순간, 표영의 머리는 새하얗게 표백되어 버렸다. 뒷일을 생각하기도 전에 입이 먼저 움직인 것이다.
"그래? 그럼 이렇게 말하면 돼? 해 질 무렵에 혼자 보내기엔 걱정이 되니 꼭 나와 동행하도록 하고, 길이 미끄러우니 내 손 놓치지 말고 꼭 잡고 다니라고?"
"……장난, 하지 말아요……!"
"장난 아닌데. 의원 영감님 집에 처음 왔던 날…… 장군님과 밤새도록 칼춤을 추면서 내가 무얼 생각했는지 알아?"
"……."
"내가 여기 잡혀 있는 동안에 네가 다치면 큰일이라는 생각을 했지. 머릿속에 웬 돌멩이가 하나 들어가 있는 것처럼 덜그럭덜그럭 소리가 났어. ……소람아. 너, 나랑 갈래?"
소람이의 얼굴이 확 붉어졌다. 조금 전에 열이 올라 붉어졌던 것과는 완전히 다른 이유에서다. 표영은 귀까지 빨갛게 물들인 소람이의 어깨를 붙들고 눈가에 그렁하게 맺힌 눈물을 닦아냈다. 그리고 이번에는 억지로 손을 잡아끄는 대신 손을 내밀었다.

"잡아줄게."

크고 남자다운 손이었다. 아무래도 검을 쓰는 사람이라 손 여기저기에 굳은살이 박여 있고 요새는 익숙하지도 않은 궂은일을 하느라 곳곳이 까져 있었지만, 여자 손 하나쯤은 든든하게 붙들 수 있을 것 같은 손이었다.

'이 손을 잡아도 될까.'

눈발을 실은 겨울바람이 치마를 흔들고 지나간다. 온갖 상념이 바람에 실려 밀려왔다. 천한 출신, 부족한 교양, 서로 다른 고향, 아직 확신할 수 없는 마음, 그리고 도저히 혼자 놔둘 수 없는 어머니……. 멀어졌던 현실이 파도처럼 다시 돌아와 소람이를 적셨다. 치맛자락을 움켜쥔 손에서 땀이 났다.

"나, 나는……."

"역시, 나는 평생을 맡기기엔 좀 믿음직스럽지 못한 남자인가? 그래도 나, 내 식구는 잘 건사할 자신 있는데……."

표영이 내밀었던 손을 거두고 머리를 긁적인다. 소람이는 어쩐지 쑥스러워하는 것 같은 그를 보며 꿀꺽, 침을 삼켰다. 미운 소리를 입에 달고 다니긴 하지만 입에 발린 말은 하지 않아 언제나 진심인 남자였다. 살짝 까무잡잡한 얼굴은 이목구비가 단정하여 충분히 미남이라고 할 만했다. 입을 다물고 뭔가에 집중하고 있을 때는 자기도 모르게 홀린 듯 쳐다보고 있을 때가 부지기수였다. 잡아주겠다는 말을 듣자마자 쿵쿵 뛰는 심장과 벌겋게 열 오른 얼굴이 아마도 자신의 진심일 것이다. 그러니 지금 이 순간 말해야 했다. 지금을 놓치면 다음에는 절대로 말하지 못할 테니까.

"그런 게 아니어요. 약을 가져갈 때도, 어머니를 모시고 갈 때도, 영태를 맡길 때도…… 내게 아무런 말도 해주지 않았잖아요. 그 전에도 마찬가지였어요. 사냥을 하고 왔다며 피 냄새를 풍기며 돌아오면서도 빈손이었던 날이 대체 얼마나 많았죠? 표영이 잡았던 게 짐승이 아니라 사람이었을 거라는 거, 나도 짐작하고 있었어요. 말해주길 기다렸지만 끝끝내 말하지 않았죠. 앞으로도 그러지 않을 거라는 보장이 어디 있어요?"

"그건…… 널 생각해서……."

"표영의 손을 잡으면 난 계속 그렇게 있어야 하는 건가요? 왜 그러는지, 뭘 하는지, 아무것도 모르는 장님이 되어 속만 까맣게 태우면서 기다리면 되는 거여요? 그리고 표영은 내게 그러겠죠! 널 위한 거니까 가만히 있으면 된다고! 그게 뭐야! 난 어린애가 아니어요!"

표영은 입이 열 개라도 할 말이 없다는 게 바로 이런 거구나 하고 실감했다. 기껏 닦은 보람도 없이 흐르는 눈물을 닦아주고 싶은데 자신은 자격이 없다. 소람이가 원하는 것 중 무엇 하나 해주지 못할 게 틀림없을 테니까. 그럼에도 움찔대는 손을 주체할 수가 없어 억지로 뒷짐을 졌다.

"……미안. 난 아마도…… 계속 그럴 거야. 난 칼 쓰는 개새끼라 위에서 하라면 하라는 대로 할 수밖에 없거든. 네가 그게 괴롭다면 어쩔 수 없는 거고…… 그래서 싫다고 하면 받아들여야 하는 거고. ……안 그래도 내가 너무 성급했지. 하하……."

"……."

"그래도, 널 어린애로 보지는 않았어. 그랬으면 이렇게…… 손을 내밀지도 않았을 거야."

표영은 짐짓 아무렇지도 않은 척, 쾌활한 미소를 지었다. 소람이는 그런 그의 얼굴이 마음에 들지 않아 입을 벙긋대다 그대로 다물어 버렸다. 표영은 떨어지지 않는 발을 떼어 소람이의 앞에 섰다.

"잘 따라와. 아까처럼 넘어지지 않게 조심하고."

"네."

표영의 뒤를 종종걸음으로 따르며 소람이는 입술을 깨물었다. 변명보다 순순한 사과가 오히려 더 밉다. 다음에는 그러지 않을 거라며 약속을 해주었다면 좋았을 텐데. 물론 거짓말을 하지 않는 남자니 그런 빈말을 할 수 없었으리라고 짐작하지만 그래서 더 괴로운 것이다.

괜히 입술을 잘근잘근 씹고 있던 그녀의 눈앞에 개울이 나타났다. 마을 외곽에 다다랐음을 알려주는 개울이었다. 건너다니는 사람이 적어 번듯한 다리 대신 징검돌만 몇 개 놓인 개울엔 아래가 훤히 보이는 투명한 얼음이 햇살을 반사하고 있었다. 그 풍경이 몹시 위험해 보였는지, 먼저 개울가에 다다른 표영이 잔소리를 시작했다. 어린애로 보지 않는다고 해놓고 또 그새 어린애 취급이다. 소람이의 입이 오리주둥이 부럽지 않게 튀어나왔다.

"요 며칠 따듯하다 했더니 벌써 이만큼 녹았네. 돌 미끄러우니까 조심해서 건너. 야, 조심조심 가라니까? 왜 그렇게 뛰어다녀? 이 겨울에 물에 빠지고 싶어?"

“올 때도 이렇게 왔는걸요. 말이 씨가 된다는데 왜 그렇게 재수 없는 소리를 자꾸 하고 그러셔요? 제가 풍덩 빠졌으면 좋겠어요?”

“누가 그렇대? 그냥 조심하란거지. 하여간 한 마디를 안 져요. ……아까는 얼굴이 사과처럼 되가지고 엄청 귀엽더니, 이젠 또 멀쩡하네.”

“그게 무슨…… 윽! 으으…….”

얇게 살얼음이 낀 징검돌을 건너던 소람이의 발이 미끄러졌다. 아차 싶은 순간 돌에서 떨어져 얼음 위로 내팽개쳐졌다. 소람이는 조금 전까지는 꼭 쥐고 있던 보따리를 끌어안은 채로 화끈거리는 손바닥을 확인했다. 돌에 찢겼는지 길게 벌어진 상처에서 피가 송골송골 배어나온다. 생각할 겨를도 없이 상처를 핥아 피를 닦고 있는데, 긴 그림자가 그녀를 덮고 쩌렁쩌렁 고함을 질렀다.

“내가 조심하라고 했지!”

“……치이.”

그러게 말을 걸지 말지 그랬느냐고 대꾸를 하고 싶은데 실수를 한 건 자신이니 할 말이 없다. 소람이는 입을 삐죽대며 일어서려다 그대로 다시 주저앉았다. 다리에 힘이 들어가질 않아서였다. 소람이는 멍청한 얼굴로 제 다리를 한 번 두드려 보고 다시 일어섰다가 고꾸라졌다. 손을 짚은 얼음에 시뻘건 핏자국이 찍혔다. 힘없이 주저앉는 모습에 놀란 표영이 손을 뻗었다.

“왜 이래? 다리 괜찮아?”

“괜찮은데…… 아프지도 않은데……. 왜 이러죠?”

소람이는 너무 놀란 탓인지 오히려 멍해져 있었다. 표영은 소람이를 억지로 일으켜 세우고 등에 업었다. 소람이는 업히기 싫다며 기겁을 하긴 했지만 그대로 앉아 있다간 얼음이 깨져 물에 빠져 죽을지도 모른다고 협박을 하자 곧 고분고분해졌다.

"으이구……. 끼니는 잘 챙겨먹고 있는 거야? 왜 이렇게 가벼워? 살집이 없으니까 픽픽 미끄러지고 깨지는 거 아니야. 초란 아씨만 챙기지 말고 너도 좀 챙겨 먹어."

"……나, 다리 못 쓰게 되는 걸까요?"

"말이 씨가 된다며 타박하던 게 누구였더라? 재수 없는 소리 하지 마. 어디 그냥 조금 상한 거겠지. 영감님이 어련히 잘 고쳐주시려고."

"흐, 흐읍, 훌쩍……."

소람이는 말을 하는 대신 등 뒤에서 훌쩍훌쩍 눈물 삼키는 소리를 냈다. 표영은 그 소리를 들으며 천천히 발을 놀렸다. 누가 봤다면 여인네 업고 유람이라도 다니느냐 할 법한 작태였으나, 표영은 나름대로 대꾸할 거리가 있었다.

'젠장, 혼인 거절당한 것도 창피한데 내가 왜 이러고 있는지 모르겠네. 내가 돌았지. 하여간 이놈의 성격은 고쳐지질 않는다니까……. 설사 승낙을 받았다고 해도 문제인데 말이야.'

기회다, 싶은 순간 생각보다 몸이 먼저 나가 버렸다. 생각에 앞서 나불댄 주둥이를 확 꼬집어주고 싶지만 이미 엎질러진 물이고 깨진 항아리라. 웬일인지 등에 업힌 소람이도 별다른 타박을 하지 않아, 표영은 느긋하고 싶을 만큼 느긋하게 환 영감의 집으로 돌아갈 수 있었다.

마루에 앉아 담배를 태우던 환 영감이 소람이를 보고 눈을 휘둥그렇게 떴다. 그는 어떻게 된 일이냐 표영을 타박했지만 표영으로서도 아는 게 없어 할 말이 없었다. 소람이 역시 자신이 왜 서질 못하는지 대답을 못하는지라, 환 영감은 땅이 꺼져라 한숨만 내쉴 수밖에 없었다.

"병자가 둘이 됐구먼, 으응. 이리 데려오게나. 뭘 또 업으려 들어? 그냥 들어. 이렇게, 이렇게……. 그렇지, 잘하는군."

"저어…… 영감님. 이 자세는 좀……."

"병자가 뭘 그런 데 신경을 쓰고 그래? 내려놓기에도 그게 딱 좋아. 들어주면 들어주는 대로 고맙다고 할 것이지 딴소리 하면 못써."

표영에게 덜렁 들어 안긴 소람이의 얼굴이 벌겋다. 업혀 있는 것도 충분히 부끄러웠지만, 그래도 그건 시선을 피할 수나 있었지. 이 자세는 표영에게 얼굴 표정이 고스란히 드러내는 자세라 부끄럽기가 이루 말할 수가 없었다.

품 안에서 이리저리 뒤척대는 소람이를 보던 표영이 씩 미소를 지었다. 얼굴을 붉게 물들인 채 부끄러워 뒤척이는 모습이 귀엽다. 아까 거절당한 것은 잠깐 잊자, 지금은 이렇게 귀엽게 내 품에 안겨 있으니까! 그의 숨결이 소람이의 귓가에 닿았다.

"……이대로 금오까지 들고 가버릴까?"

"……!"

"거기서 냉큼 혼인을 올려 버리면 내 것이 될 텐데."

"이 인간이!"

펄쩍 뛰어오를 만치 놀란 소람이가 그에게서 벗어나려 팔다리를 버둥거리기 시작했다. 표영은 그걸 받아주는 척하면서 그녀를 더 꽉 끌어안았는데, 부드럽게 닿아오는 몸이 그렇게 좋을 수가 없어 저절로 입이 헤벌쭉 벌어졌다. 물론 소람이는 그에게 안겨 있었던 탓에 그의 표정을 고스란히 보고 말았고, 그녀의 발버둥은 더 격렬해졌다.

"내려놓으라니까요!"

"어, 다 왔어."

표영은 소람이가 화를 내든 말든, 환 영감이 앞장서 깔아준 이부자리까지 가서야 그녀를 놓아주었다. 소람이는 간신히 바닥에 엉덩이를 대기 무섭게 표영의 뺨을 향해 손을 휘둘렀지만, 손에 실린 힘이 무색하게 표영은 가뿐히 피해냈다. 그것도 모자라 훌쩍 일어서서는 손까지 흔들며 씩 웃는 게 아닌가.

"치료 잘 받고 있어. 종종 보러 올 테니까."

아, 그 모습이 어찌나 얄밉던지. 소람이는 자기도 모르게 벌떡 일어나 표영의 옷자락을 움켜쥐었다. 아무리 노리고 때려봤자 죄다 피해 버리니, 붙들고 박치기라도 해야 속이 시원할 거 같았다. 한데 시도를 해보기도 전에 꽉 끌어 안겨 그의 가슴에 머리를 묻고 말았다. 허리에 감긴 팔이 놀랍도록 뜨겁고 단단했다. 놀라 쿵쿵대는 심장 소리 가운데로 표영의 목소리가 파고들었다.

"다리, 멀쩡해졌네. 다행이다."

소람이는 표영을 잡고 있던 손으로 귀를 막았다. 심장 소리가 너무 커서 귀가 멀 것 같아서였지만, 귀를 막으니 그 소리는 더욱 커져 몸 전체가 두근두근 뛰는 것만 같았다. 표영은 그런 소람이를 끌어안고 놔주질 않았고, 이부자리를 펴느라 먼저 방에 들어와 있던 환 영감은 자신의 존재는 완전히 잊은 것 같은 두 사람을 보며 눈을 게슴츠레 떴다.

'내 저럴 줄 알았지. 젊은 것들이란…….'

"나는 바빠서 먼저 나가겠네. 이부자리 펴놨으니 알아서들 하고 나오게나. 내일 아침에 나와도 내 이해함세."

환 영감은 그렇게 두 사람에게 폭탄을 던져놓고 방을 나와 버렸다. 그리고 밖에서 문고리를 걸어 잠근 것은 환 영감 나름의 배려였지만, 안에 갇혀 비명을 지른 두 사람이 과연 좋아했을지는 미지수였다. 환 영감 본인은 분명 좋아했을 거라고 주장하겠지만 말이다.

담배를 다시 태워 물고 대청마루에 걸터앉아 있으려니, 세상만사 다아― 잘될 것 같은 기분이 든다. 앞마당에선 약 달이는 냄새가 마를 날이 없고 뒷마당엔 푹푹 파묻힌 시체들이 썩어가고 있을 테지만, 어쩐지 묘할 정도로 낙천적이 되는 것이다. 이게 담배의 힘이라면 평생 끊지 못할 것이 틀림없었다. 환 영감의 입에서 흰 연기가 퐁, 퐁, 퐁, 나오다가 흩어져 사라졌다.

새해의 시작인 설까지 남은 날은 딱 이틀. 마을에서 좀 떨어진 곳에 있는 환 영감의 집에서도 느껴질 만큼 사람들이 들썩이고 있었다. 그 소란에 참여할 생각은 없지만 그냥 넘어가기는 또 아쉬운 일이라, 환 영감은 지푸라기를 찾아 이리저리 꿰기 시작했다. 한해의 액운을 막아준다는 소쿠리를 만들 생각이었다.

그렇게 머리를 비우고 한참 동안 집중하고 있는데, 새끼줄 위로 긴 그림자가 드리워지는 게 아닌가. 귀신이라도 된 양 기척도 소리도 없이 다가온 그림자에 놀란 환 영감이 기겁을 하였으나,

정작 그 원인 제공자인 남자, 장율은 빙긋 웃기만 했다.

"대문을 고치셔야겠습니다, 영감님. 어째 반쪽밖에 없어 그냥 들어오게 됐습니다."

"그게 어찌 대문 잘못이야! 사람 놀라게 이렇게나 조용히 들어온 사람이 잘못이지! 남의 집에 이렇게 함부로 들어와도 되는가? 으응? 젊은 사람이 말이야, 못 배운 것도 아녀 보이는데!"

"하하……. 그렇습니까."

"당연한 소리를! 아무튼 무슨 일인가? 못 보던 얼굴인데……. 올해 지신밟기패의 우두머리인가? 우리 집에 미리 인사하러 왔나 본데, 난 거기 참여 안 한다네. 작년 우두머리에게 물으면 알 테니 괜한 수고 말고 이만 가게나."

환 영감은 휘휘 손을 내젓고 다시 소쿠리 짜기에 집중했다. 장율은 그런 환 영감을 흥미로운 눈으로 지켜보다가, 슬쩍 몸을 굽혔다. 한껏 낮춘 목소리가 음험하기 짝이 없다.

"제 수하들이 이 집 뒷마당에 묻혀 있다고 하던데."

"응? 뭐가 묻혀 있다고? 우리 집 뒷마당엔 여편네가 장독 몇 개 묻어달라고 해서 지난 가을 쌔빠지게 고생한 거 말곤 없는데."

"조만간 찾으러 오겠습니다. 한밤의 방문이 되겠지만 지나치게 놀라지 마시라고 미리 알려드리는 것이니, 감사히 여기셔도 좋습니다."

그제야 장율의 말을 제대로 이해한 환 영감이 번쩍 고개를 들었지만, 눈앞에 있던 사내는 허깨비처럼 사라지고 없어 놀란 가슴에 서늘한 바람이 불었다. 약초를 사다 달라 심부름을 보낸 이산은 물론이고 방에 가둬둔 표영이 그렇게 아쉬울 수가 없다.

'염병, 재수가 없으려니…….'

환 영감은 소쿠리 만들던 손에 속도를 더했다. 한 백 개쯤은 만들어 뿌려야 액땜이 될 것 같았다.

표영과 소람이는 결국 문을 부수고 탈출했다. 환 영감은 문값 어쩌냐고 구시렁대다 소람이가 빼액 지르는 소리에 그냥 입을 다물었다. 그리고 그날 저녁, 환 영감의 부인이 친정에 간 사이 식사 담당을 하고 있던 소람이는 환 영감의 밥을 절반만 펐고 표영은 제 몫의 밥을 덜어 환 영감에게 넘겼다가 소람이에게 주걱으로 뒤통수를 맞았다. 이산은 도대체 사정을 알 수 없었지만 싱글벙글 웃고 있는 표영을 보고 그저 좋은 게 좋은 거지 하고 넘겼더란다.

한 해의 시작인 설, 그날은 아침부터 소란스러웠다. 아침 차례를 지내고 성묘까지 다녀온 사람들은 동네 곳곳을 돌며 인사를 하느라 분주했고, 아낙네들은 모자란 세찬과 세주를 장만하느라 정신이 없었다. 그 와중에 아이들은 연신 몰려다니며 연을 날린다, 구슬치기를 한다, 법석을 떠니 온 마을이 들썩들썩 정신이 없다.

그 소란 속에서도 환 영감의 집은 그저 차분했다. 소람이가 장에 나가 온갖 먹을거리를 싸들고 온 덕분에 상차림은 풍성했지만, 환 영감이 부인을 비롯해 아들 내외와 영태까지 죄다 부인의 친정에 보내 버린 덕분에 남겨진 사람들이 몇 없었던 탓이었다.

언제 들이닥칠지 모르는 한밤의 방문을 기다리느라 환 영감은 없던 복통이 생길 지경이었다.

"영감님, 적당히 좀 하쇼. 어련히 알아서 지켜드릴까."

"이놈아, 네가 내 입장 되어봐라. 그게 되나."

종일 안달복달하던 환 영감은 며칠 새에 눈 밑이 또 꺼멓게 죽어버렸다. 보다 못한 표영이 툭툭 말을 던졌지만 돌아오는 대답은 항상 비슷하니, 환 영감의 불안감은 물에 떨어진 물감처럼 천천히 주변을 물들여가고 있었다.

하지만 그날 밤, 환 영감의 기다림은 드디어 끝이 났다. 그들은 주변의 소란스러움과는 전혀 다른 세상에서 온 것처럼 조용히 찾아들었다. 눈치채지 못한 사이 스며들어 마침내 온통 물건을 못 쓰게 만드는 물처럼, 조용하게.

검은 옷을 입은 사내들과, 그들의 호위를 받으며 들어온 검은 옷의 여자. 그들은 주인의 허락을 구하지도 않고 들어온 무례한 침입자였으나, 본래 제집인 곳에 들어온 것처럼 오만하였다.

소람이가 차려온 술상에서 술잔을 기울이던 이산이 표영을 불렀고, 그들의 선두에 선 장율을 알아본 표영의 안색이 새하얘졌다. 전신을 검은 옷으로 감싸고 있었으나 상관을 알아보지 못할 리가 없다. 장율 역시 그런 그를 알아, 손짓으로 표영을 부르니 표영은 홀린 것처럼 다가가 그의 앞에 무릎을 꿇었다.

"그동안 수고하였다."

인사말을 올리기도 전에 건네진 치하의 말은 그 자체가 족쇄가 되어 표영을 옭아맸다. 이 순간부터 자신은 초란의 일에서 완전히 배제되었다는 걸 느낀 탓이다. 검은 옷자락이 제 옆을 스쳐가는 동안에도 표영은 꼼짝도 하지 못했고, 이산은 그런 그를 바라보며 연신 술을 들이켰다.

장율은 이산에게 슬쩍 목례를 하고 사내들을 이끌고 뒷마당으로 휘적휘적 사라졌다. 환 영감은 그들이 뭔 짓을 할지 모른다며 따라갔다가 기껏 묻어놓았던 시체들을 죄다 파내는 걸 보고 속을 와르르 게워내고 말았다. 날이 추워 채 썩지 못한 시체들이 허연 살갗을 드러내는 꼴은 꿈에 나올까 무서운 광경이었다.

"미친놈들! 기껏 파묻은 걸 왜 끄집어내고 지랄이여! 달이 그믐이라 천만다행이지……. 으응? 저 둘은 왜 저러고 있대?"

환 영감의 시선은 이산이 앉아 있던 마루에 가 있었다. 조금 전까지만 해도 혼자 앉아 있던 이산에게 술상대가 생겨 있었다. 면사로 얼굴을 가린 검은 옷의 여자는 이산이 잔을 비울 때마다 지체하지 않고 새 술을 따랐다. 저리 마시면 소람이가 잔소리를 할 텐데, 하고 생각하던 환 영감은 잔소리를 해줄 소람이가 아까부터 보이지 않는다는 걸 깨달았다. 아까 술상을 차릴 때부터 병든 닭처럼 꾸벅꾸벅 졸더니 벌써 잠자리에 든 것이다.

이산은 말갛게 노란빛이 나는 술을 노려보았다. 그 안에 달을 담아 마시면 좋을 텐데, 설인 오늘은 달이 뜨지 않는 그믐이었다. 그는 달 대신 비치는 붉은 입술을 지워 버리기라도 하고 싶은 듯했다. 술병에 담긴 술이 점점 줄어 소리가 가벼워진다.

"……돌아가고도 남았을 시간인데."

"누구 덕분에 귀가 상해서 말이지요. 소리만 안 들리면 다행인데 제대로 서기도 힘들어서 요양을 좀 했습니다. 사람의 일이란 것이, 참 우스워요. 뭐, 그래도 원하던 것은 얻었으니 다행이지만 말이에요."

"뭔 수단을 썼던 간에 얻어서 기쁘겠구나."

여희는 입술을 일그러뜨리며 웃었다. 경원왕은 그의 본모습을 단번에 드러내면 자신이 무서워 도망갈 줄을 알고 있었다. 그리고 그 공포 어린 마음을 교묘하게 이용하여 손을 더럽히지 않고 이산을 얻어냈다. 저를 돌보는 장율을 본 순간 그를 깨닫고 어찌나 비참했던지. 하나 도망을 나오고도 그가 두려워 초란을 죽이지 못한 건 여희, 자신이었다. 이러니 자신의 처지란 아무리 나아져봤자 경원왕의 장기말인 것이다.

그녀는 이산이 마시던 술잔을 낚아채 대신 훌쩍 마셨다. 그리고 이산더러 어서 술을 따르라 종용하니, 그는 어이없다는 표정을 하고도 술을 따라주었다. 술이 자꾸자꾸 들어가고 면사 아래 드러난 입술은 더욱 붉어진다.

"……후— 오라버니, 오라버니도 알지요?"

"뭘 말이냐."

"내가 정말로 얻은 건 아무것도 없다는 것."

"진짜 주인이 누가 되었든 겉으로는 네가 이룬 성과다."

"무르시기는."

"그거야 네 생각이고."

금오의 황후가 될 여자와 금오 황제의 수족이 될 남자는 기묘한 술자리를 지속했다. 누군가 사정을 아는 사람이 본다면 큰일 날 광경이다. 하나 지금 여희는 연해에 있는 게 아니라 금오에 있는 것으로 되어 있으니 두려워할 것이 무에 있으랴. 이산이 여희의 잔에 술을 따랐다.

"여긴 왜 왔지? 그래봤자 다 시체 아니냐."

"걱정 마세요. 표식만 떼어내고 다시 묻어놓을 테니. 날 밝기 전에 떠날 거예요. 한데 오라버니, 나랑 이렇게 술 마시고 있어도 돼요?"

"안 되지. 너에게 존대를 들어도 안 되고, 내가 반말을 해도 안 되고. 하지만 뭐 어떻겠느냐. 오늘은 달 없는 그믐이고 지금은 해 없는 밤인데."

"하하하! 초란이었던가요, 그 계집 이름이? 이 꼴을 보면 무척 화를 내겠지요. 그래요, 내가 그 계집 얼굴을 좀 볼 수 있을까요?"

면사 너머의 얼굴을 꿰뚫어볼 듯 강렬한 시선이 여희에게 가 닿았다. 이산이 그때까지 들고 있던 술병을 내려놓았다.

"네가 산송장으로 만들려 했던 여자다. 내게 무척 소중한 사람이기도 하고. 한데 널 만나게 해줄 성싶으냐? 게다가 초란은 아직 휴식이 필요해."

"휴식이라니, 왜죠? 지금쯤이면 몸이 거의 회복됐을 텐데……. 마음의 상처가 그리 크다던가요? 하지만 마음의 상처를 운운할 만큼 연약한 계집이라는 생각은 안 들었는데……. 이상하네요. 흐음……."

이산의 미간에 주름이 패였다. 그가 뭐라 입을 떼기도 전에, 환 영감이 여희에게 달려들어 옷자락을 움켜쥐었다. 차마 멱살을 잡지 않은 것이 다행일 정도로 환 영감은 흥분한 상태였다. 주름진 손이 보기 애처로울 정도로 떨리고 있었다.

"다, 당신이, 당신이 내 아들 손가락을 자르라 한 사람이오?"

"음……? 아하, 당신이 그 반항적이고 당돌한 사내의 아비 되는 사람인가? 얌전히 있으면 곱게 돌려보내 주겠다 약속했거늘, 감히 내게 달려들어 날 인질로 잡으려고 시도했었지. 손목을 자르려던 걸 말려 손가락으로 끝낸 거니 감사하도록 해."

"그, 그런……."

환 영감은 구원을 청하듯 이산을 바라보았다. 그 밤에 찾아온 수많은 사내들을 당신도 알지 않소. 어찌 곱게 돌려보내 주겠다던 말을 믿을 수 있었겠소. 환 영감에 눈에 담긴 애원을 보고도 이산은 묵묵히 술을 따를 뿐, 여희를 나무랄 기색을 전혀 보이지 않았다.

'결국 다른 신분, 다른 세상에 사는 사람이라는 것인가…….'

신분이 낮은 자신은 어찌해볼 도리도, 억울함을 호소할 주제도 되지 못하는. 환 영감의 속이 무너져 내렸다. 옷자락을 쥐고 있던 손에서 힘이 빠졌다. 환 영감은 무릎을 꿇고 엎드려 고개를 조아렸다.

"……그리 대단하신 분께서 조제하길 명하신 약이니, 해독약도 알고 계시겠지요. 초란 아씨의 몸이 거의 회복되었을 것이라 짐작하셨으나, 이 늙은 영감의 솜씨가 형편없어 아씨는 아직 눈도 뜨지 못하셨습니다. 가르침을 주시지요."

"흐응……. 주제를 아는 영감이로군. 그래, 난 제 분수를 아는 사람을 좋아하지. 물론 세상만사에는 다 대가가 있다는 것쯤은 알겠지? 가르침을 원한다면 내가 그 계집을 만나야 한다고, 이 벽창호 같은 오라비를 좀 설득해 주겠나?"

"어째서 만나셔야 합니까?"

"꾀병을 부리던 계집이 벌떡 일어나게 하려면 나만 한 원수가 가는 것보다 더 좋은 처방이 없거든."

그럼, 꾀병이지. 꾀병이고말고. 여희는 달 없는 술을 홀짝 마시고 차가운 미소를 지었다. 그녀는 이산이 자신과 초란을 만나게 해줄 거라고 철석같이 믿고 있는 듯했으나, 꾀병이라는 말까지 들은 이상 이산이 그녀의 말을 들어줄 리가 있겠나. 여희의 손에서 술잔을 빼앗은 이산이 코웃음을 쳤다.

"꾀병이라고? 그렇다면 더더욱 널 만나게 해줄 이유는 없지. 의원 영감, 그만 엎드리고 일어나시오. 꾀병이라는데 뭐 배울 게 있겠소?"

"나는 의원이외다. 의원인 내가 꾀병조차 구분하지 못한다고 말씀하시는 겝니까?"

환 영감의 수염이 바르르 떨렸다. 그게 억울함 때문인지, 분노 때문인지, 상처 받은 자존심 때문인지 알 수 없으나 그가 느끼는 울분만은 짐작할 만한 것이었다. 이산은 환 영감을 억지로 일으켜 세우며 귓속말을 했다.

"꾀병이 아니래도 둘을 만나게 해줄 수는 없소. 영감이라면, 자신에게 독을 먹인 상대를 만나고 싶겠소?"

"아씨는 이미 독을 먹인 의원에게 치료를 받고 계시지 않습니까."

"……영감에겐 말할 수 없는 사정이 있다고 생각해 주게. 둘은 만나지 않는 게 좋아. 내 이렇게 부탁하지."

환 영감은 이산과 여희를 번갈아 가며 바라보았다. 두 사람 사이에 무슨 사정이 있었는지는 알 수 없으나 지금은 물러나는 게 좋을 것 같다는 느낌은 있었다. 하여 환 영감은 무겁게 고개를 끄덕였다. 그런 두 사내를 지켜보고 있던 여희가 피식 미소를 지었다.

"이런. 귀하디귀한 임이시라 내겐 얼굴 보여주는 것도 아니 된다 하시는 건가요, 오라버니?"

"그래."

"아이고, 서러워라. 내가 갑작스레 혼인을 한다 할 적에는 이유가 궁금하다 소리 한 번 내지 않으시고, 혼례식에 얼굴 한 번 내밀지도 않고 그냥 가신 분이 이렇게 나오시니 참 우습기도 하거니와 부럽기도 하네요."

여희의 말에 담긴 뼈가 아프다. 과거에 저지른 실수는 지독한 꼬리가 되어 이산의 뒤를 따라다녔다. 그는 억지로 꼬리를 외면했고 여희는 그의 등을 비웃었다. 달 없는 밤, 마당에 피워놓은 불이 날름날름 장작을 핥고 있었다.

장율은 파낸 시체의 소맷자락에서 표식을 모두 떼어내고 도로 파묻어 깨끗하게 뒷마당을 정리한 후 여희를 데리고 환 영감의 집을 떠났다. 그는 가는 와중에 표영에게 곧 돌아올 것을 명할 테니 준비하라 일렀고 표영은 그러겠노라 답했다.

검은 밤에 녹아들 듯 사라지는 인영들의 뒷모습을 보는 표영의 얼굴은 심란하기 그지없었다. 이산은 말없이 그의 어깨를 두드려주는 대신 초란이 누운 방을 찾아가 그 문에 등을 기대어 앉았다.

"달이 없어 별이 더 밝구나. 하지만 별은 술잔에 담기질 않으니 아쉬울 따름이야. ……초란아. 여희가 말하기를, 네가 꾀병을 부리고 있다고 하던데……. 나는 그게 참말이었으면 좋겠다. 설사 내 얼굴이 보기 싫어 일부러 일어나지 않고 있는 거라도, 여희의 말이 거짓이라는 것보다는 훨씬 좋겠어."

찬바람이 이산의 얼굴을 쓰다듬고 옷자락을 헤집다가 멀리 달아났다. 이 바람이 내 숨도 앗아가면 좋을 텐데. 이산은 문득 드는 생각에 헛웃음을 웃었다. 자신이 언제부터 이렇게 약해져 있었는지 짐작도 되지 않았다.

"……널 처음 보았을 때, 목련 같은 계집이라고 생각했었다. 화려하게 치장하고 짙은 향기를 둘렀지만 어쩐지 목련처럼 단아하고 우아하게 느껴졌었지. 그래서 내 너를 목련이라 불렀다. 나를 위해 피어난 목련이라고. 네가 날 떠나고 나서야 알았다. 내가 그 목련에 파묻혀 지낸 지 너무 오래되어 향기마저 잊고 있었다는 걸. 하여 그 향기를 쫓아 예까지 왔건만, 목련이 내 꼴도 보기 싫다 하니 나는 어찌해야 할지 모르겠구나."

이산은 가만히 귀를 기울였다. 잠들어 누워 있는 사람에게서는 날 수 없는 기척이 들려왔다. 환 영감의 눈을 어찌 속이고 있었는지는 알 수 없지만 이렇게 바깥에 사람이 있을 때에는 그처럼 철저함을 유지하지는 못하는 것이다.

이렇게나 귀를 기울이고 있으면 금세 알게 되는 걸, 그동안 제 잘못과 무심함을 인정하기 싫어 고개를 돌리고 있었다. 온몸에서 힘이 쭉 빠지고 서글픈 마음이 들건만, 그 와중에도 그녀가 무사하다는 사실이 자신에게 한자락 기쁨을 선물하니 이 얼마나 어리석은 사내란 말이냐. 그는 한숨을 내쉬고 몸을 일으켰다. 형편없이 구겨진 옷을 잡아 털고 적막한 문을 향해 돌아섰다.

"이왕이면 얼굴을 보고 얘기하고 싶었다만……. 어쨌거나 내 인내심은 충분하니, 꾀병을 부리고 싶거든 실컷 부려보려무나."

휘적휘적 걸어 사라지는 이산의 등 뒤로 별빛이 쏟아졌다. 초란의 방에서는 여전히 아무런 소리도 나지 않았다.

설 전날인 섣달그믐이 되면, 연해의 사람들은 새해를 맞을 준비를 하며 밤을 새웠다. 밤을 새지 않고 잠이 들면 해가 가는 게 아쉬운 귀신이 찾아와 눈썹을 죄다 뽑아간다는 믿음이 있었던 것이다. 그런 이유로 날밤을 꼴딱 새워놓고 설 내내 부산스럽게 돌아다니고 먹고 움직이다 보면, 설 밤에는 귀신이 업어가도 모를 정도로 깊게 잠들곤 했다.

소람이의 오지랖으로 섣달그믐밤에 날밤을 새운 건 이산도 마찬가지였다. 그런 주제에 심란한 마음을 가누지 못하고 술을 들이켰으니 어찌 견딜까. 그는 초란의 방에 다녀오자마자 방에 쓰러져 잠이 들었다.

표영은 평온한 숨소리를 들으며 이산의 방 앞에 주저앉았다. 그 역시 지난밤을 고스란히 새운 건 마찬가지라 눈이 벌겋게 충혈되어 있었지만, 졸린 눈을 비비며 어떻게든 깨어 있으려고 노력하는 중이었다.

'더 있어야 오시는 건가…….'

그 이유인즉슨, 기다려야 하는 사람이 있기 때문이다. 표영은 반쯤 감긴 눈으로 대문을 노려보았다. 한쪽이 날아간 채로 수리되지 않은 대문이 밤바람에 덜렁덜렁 흔들렸다. 표영이 입이 찢어져라 하품을 했다.

기척 없는 그림자가 대문가에 아른거렸다. 발소리를 죽인 두 사람이 대문턱을 넘었다. 표영은 졸던 것도 잊고 벌떡 일어났다. 장율을 앞세운 여희가 면사 아래로 웃음을 보낸다. 그녀가 무릎 꿇은 표영의 어깨를 두드렸다. 두꺼운 옷을 뚫고 차가운 체온이 전해졌다.

"그는 잠들었나?"

"예. 살기가 없는 이상 깨어나지 않을 것입니다."

"그래. 기다리고 있도록."

여희는 한 점 망설임 없이 걸어 초란의 문 앞에 섰다. 불 없이 꺼먼 방문은 누구의 침입도 허락하지 않겠다는 듯 고집스러웠지만, 여희는 상관하지 않고 문고리를 잡아당겼다. 문은 잠겨 있지 않았고, 금세 제 속살을 드러냈다.

방 안 가득 들어차 있던 향연이 자유를 찾아 빠져나간다. 여희는 연기가 충분히 빠지기를 기다렸다가 들어가 방문을 닫았다. 그녀가 미리 준비해 가져온 등을 켜니 벽에 비친 그림자가 너울너울 춤을 추었다.

여희는 아무런 말도 하지 않았다. 그저 초란의 머리맡에 앉아 눈 감은 얼굴을 감상했을 뿐. 그 시선을 받는 시간이 길어지면 질수록, 초란의 이마에 땀이 맺혔다. 여희가 근처에 놓여 있던 수건으로 상냥하게 이마의 땀을 닦아주며 속삭였다.

"너, 나와 몹시 닮았구나."

여희가 뿜어낸 입김이 초란의 얼굴에 가 닿았다. 긴 속눈썹이 살랑 흔들렸다.

"고집스러운 면까지도 꼭 닮았어."

여희가 긴 손가락으로 초란의 뺨을 꾹 눌렀다. 보드라운 살갗은 따뜻했다. 여희는 그 온도를 가늠해 보고 피식 웃었다. 체온이 뜨겁지 않다는 건, 독이 다 빠져나갔다는 얘기였다. 역시 꾀병일 줄 알았다.

"이미 깨어난 지 오래라는 거 알고 있단다. 그만 고집 부리고 일어나련? 내 얼굴이 보고 싶지 않더냐? 호접부인의 얼굴이 매우 궁금할 터인데?"

초란의 눈꺼풀이 파르르 떨리는가 싶더니, 까만 눈동자가 깜빡, 모습을 드러냈다. 두 사람의 눈이 마주쳤다. 여희는 초란이 몸을 일으키는 것까지는 돕지 않았다. 힘겹게 허리를 세운 초란이 여희의 얼굴을 향해 시선을 고정했다.

몸에 꼭 끼도록 만들어진 금오의 복식을 입은 몸은 선이 날씬하니 아름다웠고 작은 등불에 의지하여 보더라도 이목구비는 충분히 또렷했다. 피부는 소의 젖처럼 뽀얗고 입술은 붉었으며 새까만 머리카락은 비단으로 만든 관처럼 그녀를 장식했다. 세월에도 시들지 않은 미모에 권력자로서 오랜 세월을 보내며 자연스레 쌓인 관록과 위엄이 둘러지니, 그야말로 꽃의 여왕, 모란 같은 여자였다.

"……호접부인이라니, 참 안 어울리는 이름입니다. 화중지왕, 모란의 이름은 받으셔야 할 분인데."

"아아. 산 오라버니의 양심과 미련을 이용하려 붙여주신 이름이라 그런 게지. 오라버니는 항상 나를 두고 나비라고 불렀거든. 그보다, 내 얘기보다 네 얘기를 해보자. 감당하기 힘든 것을 가지고 있다면, 마땅히 내놓는 게 신상에 이로웠을 것인데……. 놓지 못해 잡은 주제에 이렇게 누워 있는 건 무슨 심사에서 그러는 게냐?"

"……무슨 말씀을 하시는 겐지 잘 모르겠습니다. 이년은 이 손에 무언이든 잡아본 일도 없고 가져본 일도 없어 내놓을 것도 없었을 뿐입니다."

여희의 입가에서 웃음기가 사라졌다. 서늘한 시선을 받은 초란이 자기도 모르게 어깨를 움츠렸다가, 애써 다시 폈다. 자신은 거리낄 것 없이 당당하다는 그 태도가 몹시 아니꼬워 여희의 심사가 조금 뒤틀렸다.

"그래. 그럼, 산 오라버니의 거취에 대해서도 관심이 없겠군?"

"……당연한 걸 물으십니다."

"오냐. 내 그대로 오라버니께 전할 테니, 무슨 일이 있더라도 그 말 절대로 번복하지 말거라."

여희가 치맛자락을 정리하며 일어날 준비를 했다. 초란은 어쩐지 기가 막힌 심정이 되었다. 그리 싫다 할 때는 억지로라도 데려가겠다며 자꾸 사람을 보낼 때는 언제고, 이렇게 말 한마디로 물러서는가. 그냥 보냈다간 억울함에 가슴을 치게 될 것이다. 초란이 여희의 옷자락을 붙들었다.

"이렇게 물어나실 거면서 왜 제게 약을 먹이신 겁니까!"

여희가 치맛자락을 붙든 초란의 손을 탁 쳐냈다. 길게 뺀은 눈꼬리가 둥그렇게 휘었다.

"그야 그때와 지금은 사정이 다르니 그렇지. 이제 그는 황명을 거역할 수 없게 되었으니, 명을 내리면 그만이거든."

"황명……? 분명 그때 연해에 남겠다고……."

"정릉의 이 장군은 금오로 돌아와 황제의 개가 되기로 약속하였단다."

여희의 손가락이 초란의 가슴을 쿡 찔렀다. 바짝 얼굴을 들이민 그녀가 더없이 만족스럽게 미소 지었다. 그 미소는 뱀처럼 차갑고 꽃처럼 화사했다.

"바로 너 때문에."

"……."

"하니 이제 와서 내가 너에게 연연할 이유가 있겠느냐. 그 스스로 목에 목줄을 채웠으니 나는 당기기만 하면 되는 걸."

초란이 눈썹을 곤두세웠다. 말은 없어도 입술을 꾹 깨문 얼굴은 분명 화를 참는 모습이었다. 분명 제멋대로 스스로를 팔아넘긴 이산을 향해 화를 내고 있으리라. 여희는 그녀의 속을 짐작하고 내심 고소를 머금었다. 그녀는 역시 자신과 몹시 닮아 있었다. 이렇게까지 닮은 여자를 고른 그가 밉고 원망스러우나 이미 자신의 손을 떠난 사람이다.

'이 정도면 충분하겠지.'

여희는 이번에야말로 자리에서 일어섰다. 아직도 얼굴 보기 괴로운 옛 연인이 사랑하는 여자, 그것도 자신과 지나치게 닮은 여자를 바라보는 건 그녀 자신에게도 몹시 괴로운 일이었다. 하지만 여희는 이 여자의 얼굴을 아주 오랫동안, 자주 보게 될 것이라는 예감을 받았다.

"아직도 네 손에 그를 가져본 일이 없다고 할 테냐? 버티는 것도 적당히 해야 예뻐 보이는 법이다."

"……어째서 그런 말씀을 하십니까. 제가 그분의 옆에 있는 걸

원치 않으셨지 않습니까."

"물론 지금도 원치 않아. 하지만 네가 이 장군의 곁에 있으면 나보다 더 심기 불편해할 사람이 있고, 난 그 사람의 일그러진 얼굴이 몹시 보고 싶거든."

"그게 무슨 말씀이십니까?"

"이 장군의 옆자리를 이용하려는 사람이 많다는 얘기다. 그게 누구인지는 네가 금오로 오게 되면 자연히 알게 될 것이고……. 아무튼 나는 이제 가마. 조만간 다시 보자꾸나."

혼란에 빠진 초란을 내버려 둔 채, 여희는 느긋하게 방을 나섰다. 차가운 공기가 시원하게 뺨을 어루만졌다. 초조하게 기다리고 있던 장율이 건네는 겉옷을 받아들어 어깨에 두르니 따뜻한 온기가 등을 감쌌다.

문득 올려다본 하늘엔 무수한 별들이 쏟아질 것처럼 총총히 빛났다. 세상에 사람은 저 별만치 많은데, 왜 그 사람이 아니면 안 될 것 같은지. 내 사람이 아니라는 걸 알게 되었어도 미련은 치덕치덕 남아 자신을 괴롭혔다.

"서두르셔야 합니다."

"알고 있다."

여희가 장율을 따라 대문을 나서는데, 갑작스레 환 영감이 튀어나와 그녀의 앞을 막아섰다. 주름진 눈가에 진 그늘이 선명하다. 장율이 급히 여희의 앞을 지켰으나, 환 영감은 그가 자신을 막든 말든 상관 않고 여희에게 작은 보따리를 내밀었다. 보따리를 쳐 낸 장율의 표정이 사나워진다.

"이게 뭐하는 짓이지?"

"……송구합니다. 귀하신 분이 왔다 가시는데 아무것도 드릴 것이 없어 약재 몇 가지를 챙겼습니다. 향로에 넣어서 피우고 주무시면 숙면에 도움이 되실 것입니다. 사실 챙기기는 진즉 챙겼으나 어찌 전해야 하나 고민하던 차에 이리 오신 걸 알고 주책없는 노인네가 나서고 말았습니다."

"주책없는 짓이라는 걸 알고 있다면 저리 치우도록. 정 드리고 싶거든 표영에게……."

"장율, 그만. 받아두게."

갑작스레 말이 끊긴 장율이 놀라 여희를 돌아보았다. 누가 주는 것이든 몇 단계에 걸친 세심한 검사가 아니면 쉽게 받지 않던 그녀가 이렇게 나오는 일은, 그가 아는 한 처음이었다. 딱딱하게 굳은 장율을 향해 여희가 다시 한 번 턱짓을 했다. 그는 별 수 없이 환 영감이 내미는 보따리를 받았다.

이후로 여희의 발걸음을 막는 이들은 없었다. 그녀는 수행원들이 기다리던 곳으로 돌아가 바로 말에 올랐고, 그대로 금오로 돌아가는 여정을 시작했다. 황후의 자리에 올라 일파만파 번지기 시작한 소문을 잠재우며 영향력을 다지려면 한시가 급했다.

그러다 생긴 잠깐의 휴식 시간, 여희는 나무에 기대 선 채 새벽하늘을 멍하니 바라보았다. 푸르게 밝아지는 하늘은 너 없이도 세상은 잘만 굴러간다며 자신을 비웃는 것 같았다. 괜한 설움에 고이는 눈물을 서둘러 훔쳐냈다.

장율은 괜히 허공에 고정하고 있었던 시선을 돌려 여희를 바라보았다. 다 녹지 않고 약간 남아 있던 눈이 그녀의 안색을 퍼렇게 물들여 얼굴 전체가 멍이라도 든 것처럼 보였다. 그는 충동적으로 물었다.

"노인의 보따리를 왜 받아주신 것입니까?"

"녹이라도 슬까 무서운 입이더니, 철로 만들어진 건 아니었구나. 날 원수로 삼은 이가 준 물건이니 믿을 수 있어 받았다. 세상에서 가장 무서운 이는 웃음 속에 칼을 품은 사람이지, 날 미워하는 사람이 아니다. 날 미워하는 사람은 그가 무얼 해도 믿을 수 있지. 그가 하는 일 전부가 내 안위를 해하려는 것일 테니까."

"하면, 그 계집을 보러 가신 연유는 무엇입니까?"

"……이 나를 걷어찼으면 행복하기라도 해야지 않겠느냐. 황명에 따라 억지 혼인하는 꼴은 보고 싶지 않아서 그랬지. 나와 몹시 닮은 계집이니, 원하던 게 제 손에 쥐어진 걸 알게 되면 놓지는 못할 게야."

"그를 어찌 확신하십니까?"

"입장을 바꿔놓았을 때 내가 했을 일을, 그 계집이 고스란히 하고 있거든. 분명 이번에도 그럴 것이다."

"황제폐하께서 몹시 진노하실지도 모릅니다."

무뚝뚝하지만 상냥한 충고였다. 여희는 새삼스러운 눈으로 장율을 바라보았다. 자신이 그의 보호 아래에서 무단이탈을 한 까닭에 제 곁으로 좌천된 이가 이렇게 조용한 걱정을 해주다니, 상상도 해보지 못한 일이었다. 어쩌면 그만큼 자신이 불쌍하게 보였는지도 모르겠다.

"내 청춘 값이라 하면 황제께서도 하실 말씀이 없으실 테니 자네가 걱정할 일은 없다. 그리고 황제께서도 마음대로 안 되는 일이 하나쯤은 있어야 내가 즐겁지 않겠느냐. ……이런, 말이 많았구나. 그만 쉬고 가자. 너무 늦으면 곤란하게 될 것이다."

서서히 밝아져 가는 햇살이 여희의 등을 비췄다. 장율은 도대체 이해할 수 없는 여심(女心)에 자기도 모르게 혀를 차고 말았다.

초란은 새벽 내내 잠들지 못하고 깨어 있은 채로 여희의 말을 곱씹었다. 정말로 그 손에 이산을 쥐어본 일이 없느냐고 묻던 말이 생생히 남아 그녀를 괴롭혔다. 그리고 그가 결국 황제의 개가 되기로 하였다는 말 역시. 그 모든 게…… 자신 때문이라고.

결국 발목을 잡고 말았다는 서글픈 자괴감과 동시에 저열한 기쁨이 속 깊은 곳에서부터 솟아올랐다. 그 곧은 사내가 흔들린 모든 이유가 자신 때문이라니, 이 얼마나 짜릿한 일인가. 애초에 쥔 적 없다고 생각했던 애정이 알고 보니 또렷한 형태를 띠고 손안에 잡혀 있었다는 걸 깨달은 순간, 있는지도 몰랐던 욕심이 와르르 끓어올라 넘칠 것처럼 요동쳤다.

너무나 오랫동안 간절히 바라왔었다. 그 사내가 온전한 제 것이 되어 자신만 바라봐 주기를. 기다리고 기다리다 지쳐 나는 안 되는 거였구나 하고 포기했는데, 사실은 자신이 알아채지 못했을 뿐이지 이미 제 것이었단다. 완전히 버렸다고 생각했는데 차마 그러지 못한 마음이 초란을 향해 속살거렸다.

널 사랑한다던 말이 진짜였다고 하잖아. 대용품이 아니었다지 않아. 당장 가서 손을 잡아. 사실은 아직도 연모하고 있노라고, 행복하게 해달라고 해.

'하지만 그 말을 어떻게 믿고?'

한번 무너져 버린 믿음은 도대체 다시 쌓을 수 있을지 의심스럽기만 하다. 돌아보지 않는 등을 보며 지쳐가던 기억이 이리도 생생한데. 과연 자신이 손을 내밀 수 있을지 스스로도 자신할 수 없었다.

차라리 듣지 못한 걸로 해버릴까, 그러면 편하지 않을까 싶은 유혹이 머리를 치켜들었다. 뜨거운 방바닥이 바닥없는 늪이 되어 그녀를 잡아끌었다. 하지만 이대로 모든 걸 놓아버리면, 정말 아무것도 아니게 되고 만다.

무엇보다도, 자신 때문에 스스로 목줄을 맨 그를 이대로 내버려 둘 수는 없는 노릇이었다. 한 번도 모자라 두 번씩이나 그의 족쇄가 될 수는 없었다. 당장 취소하게 만들 참이었다. 취소할 수 없다면, 화라도 낼 테다.

초란은 무겁게 가라앉는 몸을 억지로 일으켜 섰다. 그녀는 홀린 것처럼 문을 열고 발을 내디뎠다. 차가운 나무의 감촉이 발을 따라 전해졌다. 갑작스런 한기에 놀란 몸이 부르르 떨었다.

어설피 드러난 햇살에 드러난 마당은 적막하고 고요했다. 지난가을에 남겨뒀던 감을 쪼아 먹으러 왔던 까치 몇 마리가 고개를 갸웃거리다 후드득 날아갔다.

하도 오랜만에 걷는 것이라 그런지 다리에 힘이 잘 들어가질 않는다. 초란은 몇 번이나 휘청거리며 이산의 방을 찾았다. 곧 낯익은 가죽신이 그녀의 눈에 들어왔다. 이전에 그녀가 사다주었던 신발이었다. 장군님께서 그 신을 그대로 신고 오셨어요, 조잘대던 소람이의 목소리가 귓가에 들리는 것만 같았다.

방문 앞에 서서 숨을 골랐다. 방을 나올 때까지는 분명 머리가 꽉 차도록 뭔가 생각이 많았던 것 같은데, 막상 문을 앞에 두니 머리가 텅 비어버렸다. 차가운 문고리를 움켜쥐고 나서야 자신이 벗은 거나 다름없는 내의 차림으로 남자의 방문을 열려 하고 있다는 사실을 깨달았다.

하지만 그게 뭐 어떻단 말인가. 초란은 불현듯 찾아온 망설임을 씹어 삼키고 문고리를 당겼다. 방에 갇혀 있던 온기가 그녀의 뺨을 어루만지고 멀리 사라졌다. 온기가 머물던 자리에, 그녀가 그토록 그리워했던 그가 있었다.

11장
목련이 진 자리에는

이산은 기척을 느끼고 부스스 눈을 떴다가 초란이 벗은 거나 다름없는 차림으로—내의 차림이라니!— 서 있는 걸 보고 기함했다. 그는 왜 그녀가 자신의 방문을 열었는지 생각할 틈도 없이 달려들어 초란을 낚아채고 문을 닫았다. 쿵!

"이런 날씨에 이런 차림을 하고 나다니면 어떡하느냐! 안 그래도 약해진 몸에 감기라도 걸리면 어찌하려고!"

"……어째 놀라지를 않으십니다?"

"충분히 놀랐다! 이렇게 이른 시간부터 대체 웬일로 찾아온 게냐. 아니, 온 건 기쁘다만 옷 꼴이 그게 뭐냐. 설마 네 방에 옷이 없기라도 했던 게냐? 소람이가 이것저것 사다 날랐을 텐데 좀 챙겨 입지 그랬느냐."

이산은 초란을 이불에 둘둘 싸매놓고는 허둥지둥 제 옷장을 뒤졌다. 초란에게 뭔가 꺼내 입힐 생각이었지만 좀체 마땅한 것이 보이지 않아 자꾸 마음만 급해진다. 초란이 그런 그의 옷자락을 잡아당겼다. 이산은 무심결에 고개를 돌렸다가 그만 눈을 가리고 말았다. 손가락 사이로 드러난 귀가 벌겋다.

"이불이라도 좀 제대로 덮고 있거라……. 내가 눈 둘 곳이 없구나."

"제가 멀쩡히 일어나 있는 것보다 이 옷차림에 더 놀라셨다는 겝니까?"

"……흠, 흠흠. 그 차림을 보고도 안 놀라면 사내가 아니다."

이산이 어색하게 헛기침을 했다. 초란의 얼굴이 일그러졌다. 내키지 않아 하는 소람이까지 끌어들여 그동안 꽤나 잘 속여왔다고 생각했는데 대체 어디에서 들켰던 걸까. 곰곰이 생각하는 와중에 여희의 얼굴이 떠올랐다. 아무도 모르게 새벽을 틈타 자신을 찾아올 만큼 대담하고 무서울 것 없는 여자가 이산에게 들리지 않았을 리가 있겠는가. 초란이 눈을 가늘게 떴다.

"호접부인께서 왔다 가셨습니까? 제가 꾀병을 부린다고 하시더이까?"

"……그래, 왔다 갔었다. 꾀병 얘기도 했었고. 널 만나게 해달라기에 안 된다고 했는데 네가 굳이 그 이름을 꺼내는 걸 보니 기어이 널 찾아갔었던 모양이구나."

초란의 눈썹이 곤두섰다. 그러니까, 이 사람은 호접부인이 내가 꾀병이라고 말한 걸 믿었기에 이렇게 침착한 것이고, 나는 호접부인이 운을 띄운 이야기에 머리끝까지 화가 나서 병자를 가장하던 것도 때려치우고 이리 달려온 것이고. 이런, 이런. 꼭두각시 줄에 매달린 인형이 된 기분이었다.

심상찮은 기색을 눈치챈 이산이 초란을 냅다 끌어안았다. 내버려 두었다간 그대로 문을 박차고 나가 버릴 것 같은 기세라, 어떻게든 잡아둬야겠다는 생각에 한 짓이었다. 한데 막상 품에 끌어안으니 백단향도 꽃향기도 아닌 약향이 나서 속이 쓰렸다. 벗어나려 애쓰는 작은 몸짓을 무시한 채, 이산은 초란의 목덜미에 얼굴을 묻었다.

"성질이 그리 급해서 그동안 어찌 참았느냐. 변명할 시간 정도는 좀 주어라."

"……해보시지요."

"나는…… 한없이 못난 사내라서, 네가 꾀병이라는 말이 믿고 싶었다. 네가 아파 못 일어난다는 말보다는 내가 싫어 낫지 않은 척한다는 게 견디기 쉬웠던 게지. 어허, 움직이지 말거라. 변명을 하게 해주겠다던 게 누구였느냐."

"……."

"그 말을 듣고 네 방문 옆에 기대앉아 신세타령을 했는데……. 못 들었다니 다행이구나. 지금 생각하면 조금 민망해서…… 흠흠. 아무튼 그때 네 기척을 들었다. 깨어 있는 게 아니라면 날 수 없는 기척이었지. 산책을 하는 듯 방을 걷는 소리가 났거든. 소람이는 내 술상을 봐주자마자 잠이 들었으니 남은 건 너 하나뿐 아니냐. 그래서 네가 꾀병을 부리고 있다는 걸 알았다."

이번엔 초란의 얼굴이 벌겋게 달아올랐다. 그때 그녀는 방 안에서 걷기 운동을 하는 중이었다. 밖에 나가지 않을 거면 움직이기라도 많이 하라며 소람이가 잔소리를 해대서 시작한 일이었다.

사뿐사뿐 조심히 걸었다고 생각했는데 그걸 죄다 들었다니, 민망하기 그지없었다.

이산은 조금 더 따뜻하게 달아오른 초란의 체온을 즐기며 팔에 좀 더 힘을 주었다. 그녀가 제 품에 얌전히 안겨 있다는 걸 믿을 수가 없었다. 분명 이렇게 안고 있는데도 확인을 하고 싶어진다. 초란이 뱉는 숨이 그의 목덜미를 간지럽혔다.

"……지난 새벽, 호접부인께서 절 찾아오셨습니다."

"역시……. 좀 더 철저히 막았어야 하는데. 날 밝기 전에 떠난다던 말을 믿는 게 아니었다. 내가 부족하여 네가 마음 쓰게 해서 미안하구나."

"그분이 아니셨으면 저 여기 안 왔습니다."

"크흠."

"그분이 그러더이다. 당신께서 금오의 황제폐하께 충성을 맹세하셨다고. 스스로 목에 목줄을 채웠으니 자신은 그 줄을 당기기만 하면 된다고 말이지요. 그리고 그 모든 게…… 저 때문이라고 하셨습니다. 맞습니까?"

"그래."

너무 쉽게 튀어나온 대답에 초란은 부아가 났다. 정치에 대해 잘 알고 있는 건 아니었지만, 이번 황위 교체가 그에게 큰 기회가 되었다는 사실은 알았다. 금오에서도 이름난 무가의 주인인 그가 연해로 오겠다는 결심을 하고 실행할 수 있을 정도의 흔들림이었다는 얘기니까. 괜히 호접부인이 자신을 어찌해 보려 시도한 게 아니란 게다. 어쩌면 그는 황제에게 휘둘리지 않을 정도의 세력을 갖출 수 있었을지도 몰랐다. 이제는 그저 다 지나가 버린 기회일 뿐이지만. 마른 주먹이 이산의 어깨를 때렸다.

"그리 쉽게 말씀하실 게 아닙니다!"

"그럼 어쩌겠느냐. 내게 네 안위보다 중한 것이 없는데."

초란이 눈을 커다랗게 떴다. 귓가에 울리는 이산의 말이 그토록 감미로울 수가 없었다.

내게는 그 무엇보다 네가 중하다.

그래, 이 말이 듣고 싶었던 것이다. 껍데기로는 그를 위하는 척했지만 결국 제 속내는 그거였다. ……속이 역겨워 구역질이 난다. 입은 어찌 틀어막았으나 눈물이 고이는 것까지는 막을 수 없었다. 멋모르는 이산이 그녀의 등을 토닥거렸다.

"이왕이면 연해에 남고 싶었다. 네 고향이기도 하고, 정 대감과 약속한 것도 있고……. 하지만, 연해는 금오에 비하면 약소국이 아니냐. 내가 연해에 남는다면 상상 이상의 압력이 들어올 거란 걸 알았느니……. 언젠가 나는 결국 금오에 끌려가게 되겠지. 어차피 이르나 늦으나 가게 될 거라면 내가 원하는 것 하나쯤은 지켜야겠다고 생각했을 뿐이다."

"……제가 죽어도 장군님은 싫다고 하면 어찌하시려고, 그런 조건을…… 다셨습니까……."

"잊었느냐? 너 벌써 나 한 번 거절했었다."

장난스런 어조로 말한 이산이 초란의 턱을 붙잡고 눈을 마주쳤다. 눈물 고인 눈가에 입 맞추고 다정하게 속삭였다.

"이런 말을 하면 네가 싫어할지도 모르겠구나. 하지만 말이다, 난 너를 놓을 생각이 전혀 없단다. 이렇게 내 품에 있는데도 다시 확인하고 싶을 만큼 아쉬운데, 어떻게 놓을까. 하물며 이런 차림으로 내게 왔으니…… 도망칠 생각은 말거라."

"……저는, 목련입니다……."

"그래. 그 향기에 취해서 내가 이렇게 정신을 놓아버릴 만큼, 향긋하고 진한 목련이지. 네가 가끔 바르고 오던 백단향보다는 훨씬 잘 어울리는 꽃이 아니냐."

꽉 주먹을 쥔 초란의 손에 힘이 들어갔다. 목련은 필 때는 하얗고 예쁘게 피지만 질 때는 보기 싫도록 누렇게 매달리는 꽃이라. 얼굴 한 번 보지 못하고 피로 쏟아낸 아이가 새삼 떠올라 숨이 막혔다.

"……예, 잘 어울리지요. 지저분하게 떨어져 밟히는 꽃잎도 그렇고, 열매 맺지 못하는 쓸모없음도 그렇고. 저는 매번 장군님 발목을 잡기만 하네요."

이산은 그만 이맛살을 찌푸렸다. 아까 눈썹을 곤두세우며 화를 내던 기세는 다 어디로 갔는지 기운 없이 푹 가라앉은 모습이 마음에 들지 않는다. 부서질 듯 웃는 얼굴은 예쁘다기보다 그저 안타까웠다.

"세상에 지지 않는 꽃이 어디 있느냐. 동백꽃 떨어지는 모습이 그리 아름답다 다들 칭송하여도, 내 눈에는 목 떨어지는 모습 같아 섬뜩하기만 하더구나. 그에 비하면 목련 떨어지는 거야 귀엽기만 하지. 그리고 목련이 왜 열매를 맺지 못해? 목련도 열매 맺는다."

"예?"

"어디 사람이 먹는 과실만 열매라더냐. 세상의 꽃들은 다 열매를 맺는다. 목련이 지고 나면 그 자리에 동그란 열매들이 다닥다닥 붙어 길쭉하게 매달리지. 본 적 없느냐? 시간이 지나면 벌겋게 익어 바닥으로 떨어지기도 하는데. 하긴, 새들이 하도 좋아하는 열매니 못 볼 수도 있었겠구나."

쿵! 커다란 돌이 머리를 후려친 기분이었다. 초란은 그동안 이루 말할 수 없이 무거운 돌이 얹혀 있는 것처럼 갑갑하던 속이 뻥 뚫리는 걸 느꼈다.

목련도 열매를 맺는다. 목련도 당연히 사랑할 수 있다고, 충분히 사랑받을 만한 꽃이라고. 별것 아닌 말이 이토록 감사하게 느껴질 줄이야. 손발을 묶고 있던 족쇄가 한순간에 풀려 나간다. 이산의 말은 계속 이어졌다.

"그리고 말은 바로 해야지. 어찌 네가 내 발목을 잡았다고 그러느냐? 곱고 예쁜 나이의 네가, 혼례도 올리지 못한 채 내게 잡혀 있던 시간이 10년이다. 그리고 앞으로도 절대 다른 사람에게 가지 못하도록 붙들고 있을 생각이니 발목을 잡는 건 네가 아니라 나지."

사람의 마음이란, 이토록 간사하다. 이산의 말 몇 마디에 오래도록 그녀를 붙들고 있던 죄책감은 순식간에 옅어져 버렸다. 감히 탐내서는 안 될 것을 탐내었다고 자조하던 마음이 금세 기지개를 켜고 이 사람을 가져도 되느냐고 욕심을 냈다.

초란의 얼굴은 더 붉어질 수도 없을 만큼 붉어졌다. 이산이 그녀의 동그란 어깨를 쥐고 끌어당겼다. 코가 맞닿을 듯 얼굴이 가까워지고, 그의 얼굴 역시 초란만큼 붉어졌다.

"……연모한다. 연모하고 있어. 너무 뒤늦게 깨달아 죄스러우나, 그것마저 덮어버릴 만큼 널 연모한다. 나 때문에 네가 다칠까 봐 염려스럽고 혹여 지키지 못할까 두려우나, 그럼에도 널 놓지 못할 만큼 연모한다. ……네가 무슨 말을 하든 이 손을 놓지는 못할 것이니, 거절은 하지 말아라."

한번 터뜨린 마음은 백 마디 말로도 모자란 것이나, 연모한다는 속삭임 외에는 도대체 나오는 말이 없었다. 부족한 언변이 이리 원망스러울 데가 또 있을까.

하나 초란에게는 그걸로 충분했다. 그녀는 잡혀 있기만 하던 팔을 뻗어 이산의 목을 끌어안았다. 내내 억눌려 있던 마음이 단숨에 꽃을 피우고 향기를 터뜨렸다.

"……저도 ……연모합니다. 아주 오랫동안…… 그러했습니다."

두 사람은 서로를 끌어안은 채 말을 잊었다. 마침내 서로에게 닿은 손이 너무나 감격적이라 감히 놓을 엄두도 나지 않는다. 그저 따뜻하게 닿아오는 체온과 숨결을 느끼며 뿌듯하게 차오르는 행복감에 취할 뿐이었다.

커다랗고 거친 손이 초란의 뺨을 쓰다듬었다. 마주친 시선이 너무 뜨거워 초란은 눈을 감아버렸다. 곧 자연스럽게 입술이 맞닿았다. 입맞춤은 무척이나 길었다. 서로의 숨결이 꿀처럼 달아 온몸이 천천히 녹아들었다. 귓가에 닿는 숨소리, 피부에 닿아오는 체온, 그 무엇도 놓치기 싫어 애가 닳았다.

누가 먼저랄 것도 없이 옷깃에 손이 닿았다. 어차피 둘 다 겉옷 없이 내의 차림이었던지라 손짓 몇 번만으로 금세 반라가 된다. 길게 드러난 목덜미에 이산이 입술을 묻었다. 짙은 약향 안쪽에서 초란의 체향이 은근하게 묻어났다.

"……꽃향기가 나는구나."

"……설마요. 약냄새가 나겠지요."

"아니, 정말이야."

이산이 고집을 부렸다. 초란은 가슴팍을 더듬는 이산의 머리를 끌어안고 그의 정수리에 입을 맞추며 내심 소람이에게 감사했다. 소람이가 매일같이 물수건으로 자신의 온몸을 닦아주는 수고를 마다하지 않아준 덕에 지금 이렇게 마음이 편한 것이다. 만약 소람이가 해준 수고가 아니었다면 이산이 옷깃을 잡아 벌리자마자 씻지 못한 몸이 부끄러워 도망을 쳤을 터였다.

그녀가 쓸데없는 생각을 하는 와중에도 살갗에 닿는 입술은 지독히 뜨거워 화인이라도 찍히는 기분이 들었다. 민감해진 몸은 이산이 주는 자극을 기쁘게 받아들였고 그때마다 안쪽 깊은 곳에서부터 열이 올라 몸이 더웠다. 점점 머리가 몽롱해져 앉아 있는 것도 힘들어져 간다.

초란의 몸이 점점 뒤로 기울었다. 이산이 그녀의 어깨 아래까지 흘러내린 상의를 완전히 벗기려 시도하는 순간, 문 밖에서 요란한 뜀박질 소리가 들려오더니 방문이 벌컥 열렸다. 갑작스레 쳐들어온 찬바람에 기겁을 한 초란이 황급히 몸을 일으켰다.

"장군님! 큰일 났어요! 어머니께서 방에 안 계세…… 어라."

"흠, 흠흠!"

이산은 얼른 이불을 초란에게 뒤집어 씌웠지만 옷깃 벌어진 제 상의는 수습하지 못했다. 대신 열심히 헛기침을 하며 민망함을 감추려 애썼지만 그게 어디 마음대로 되는가.

뒤늦게 방 안의 상황을 파악한 소람이의 얼굴이 붉게 물들었다. 식사를 챙기러 갔다가 초란의 방이 빈 것을 보고 놀라 뛰어

왔는데 이런 상황을 마주치다니, 쥐구멍이 있다면 머리라도 들이밀고 싶을 지경이었다. 한데 민망스런 와중에도 자꾸 올라가는 입꼬리를 주체할 수가 없어, 소람이의 표정은 웃는 것도 아니고 부끄러워하는 것도 아닌 요상한 표정이 되었다. 게다가 그 얼굴 그대로 꾸벅 인사를 하지 뭔가.

"송구하였습니다. 하던 것 마저 하세요."

문이 닫혔다. 콩콩 뛰는 발걸음 소리가 점점 멀어진다. 소람이는 하던 것 마저 하라며 갔지만, 이미 흥이 깨졌는데 그게 되겠느냐. 두 사람은 벌건 얼굴을 한 채 서로를 외면했다. 초란이 주섬주섬 옷을 추어올렸다. 어색한 공기가 방 안을 가득 채운 와중에 이산이 입을 뗐다.

"네 몸이 좀 더 회복되거든, 정 대감에게 가도록 하자."

"……아버님께요?"

"영 안 보고 살 수는 없는 노릇 아니냐. 정식으로 혼례를 올리려면 장인어른의 허락이 필요하기도 하고. 지난번에 내가 속을 득득 긁고 나오는 바람에 허락 안 해줄 수도 있겠다만……. 어차피 널 내게 시집보낸 것이라 생각했다 한 적도 있으니 아주 싫다는 소리는 못 할 게다."

"혼례를…… 올리시려고요?"

"그래야 네가 내 것이라는 실감이 날 것 같아서 그런다. 왜, 싫으냐?"

그럴 리가. 초란은 급히 고개를 저었다. 혼례라는 말을 들으니 갑자기 마음이 두둥실 떠올랐다. 금사 은사로 수놓은 붉은 혼례복을 입고 화려하게 장식된 머리 장식을 쓰고……. 살 부대끼며 산 것이 벌써 10년이고 몸 섞은 일도 벌써 예전 일이건만 이렇게 마음이 설레다니.

이산은 자꾸 올라가려는 초란의 입꼬리를 모른 척하며 제 겉옷을 꺼내 그녀에게 둘러주었다. 짙은 감색 옷자락이 초란의 야윈 몸을 꼼꼼히 둘러맨다. 매듭을 짓는 그의 얼굴은 전에 없이 진지했다.

"혼례는 연해에서 올려도 살림은 금오에서 해야 할 것이다. 그건 어쩔 수가 없어. 이전에 했던 약속을 깨는 꼴이 되는 거라 아마 정 대감이 입에 거품을 물고 반대할 것 같긴 하다만……."

"뭘 그리 걱정하십니까. 그건 제가 막지요."

초란이 빙긋 웃었다. 이산은 우려의 말을 한마디 하려다가 그냥 입을 다물었다. 자칫하면 부녀간에 전쟁이 발발할 것 같은데, 거기에 잘못 끼었다가는 말발굽에 밟힌 항아리 꼴이 될 것 같았다. 부녀가 무사히 화해하기를 바랐던 정재안에게는 미안한 일이었지만, 이산은 제 보신을 우선으로 하기로 했다.

매듭이 잘 묶였나 확인하던 초란이 입을 열었다.

"자양이는 어디다 파셨습니까?"

"음. 다 알고 있었느냐?"

"그럼 몰랐겠습니까. 소람이가 옆에 붙어 얼마나 열심히 조잘대는데요. 아무리 절 생각해서 그러셨다 한들, 본래 주인은 저였는데 너무하셨습니다. 소람이가 약단지까지 들고 와서 보여주지 않았다면 분명 장군님을 원망하였을 겁니다."

"하하……. 그러지 않아 다행이구나."

이산은 턱을 긁적거리며 잠시 생각에 잠겼다. 자초지종을 모두 알게 되었다면서 초란이 자양이를 찾는 이유는 대충 짐작이 갔다. 금오에서 살게 될 것이 분명해진 이상 여희에게 내밀 협박거리로 쓸 생각인 것이다. 자양이는 죄인이기도 했지만 동시에 증인이기도 했으니까 말이다. 하지만 여희가 그런 것 하나 예상하지 못했을까에 대해서는 회의적이 될 수밖에 없었다.

"주인에게 독을 먹인 종을 원하는 곳이 없어서 홍등가에 팔아넘겼다만……. 아마 죽은 지 오래일 것이다. 화근을 남겨둘 사람이 아니니."

"……."

"그보다, 소람이는 어찌할 것이냐. 소람이에게 물어보니 성(姓)에 대해 따로 들은 일은 없다 하던데. 수양딸이라지만 제대로 거둔 것은 아닌 게지? 그럼 내가 정식으로 수양딸 삼아 이 씨 성을 주어도 상관없다는 걸로 알겠다."

"……원하시는 대로 하세요. 저는 이만 가보겠습니다."

이산이 소람이에게 정식으로 성을 주겠다는 말은, 초란에게 충격이 되어 돌아왔다. 그건 딸이라고 여기며 예뻐하기는 하였지만, 정말로 성을 주겠다는 생각은 해보지 않았기 때문일 것이다.

소람이가 자양이에게 필요 이상으로 마음을 준 것도, 자양이가 소람이를 정도 이상으로 질투하여 끔찍한 일을 저지른 것도, 자신이 소람이를 제대로 가르치지 않은 탓일 수도 있었다. 호칭을 바꾸고 교양을 가르쳤지만, 신분에 따른 태도 변화에 대해서는 그저 주의만 주고 끝낸 자신이었다. 그때는 그게 맞다고 생각했지만 어쩌면 아닐 수도 있지 않나. 좀 더 잘 가르칠걸, 더 주의할걸……. 후회는 언제나 늦고 아쉽다.

초란은 서둘러 이산의 방을 빠져나왔다. 새삼 깨달은 사실에 가슴이 저렸다. 그녀는 대충 신을 꿰어 신고—소람이가 가져다 놓은 것일 게다— 소람이를 찾았다. 소람이는 마당 구석에서 표영과 속닥속닥 이야기를 나누다 초란이 나온 걸 보고 부리나케 뛰어와 매달렸다. 별이라도 박은 것처럼 눈이 반짝이는 얼굴에는 웃음이 만연했다.

"왜 이리 일찍 나오신 거여요? 좀 더 있다가 나오셔도 되는데. 두 분이 화해하신 걸 보니 제가 다 기뻐서 주체를 못 하겠지 뭐여요. 아예 아침 식사도 두 분이 따로 드시는 게 어떠셔요?"

"소람아."

"네?"

"미안하구나. 누구에게도 얕잡아 보이지 않도록, 내가 잘 가르쳤어야 하는데."

갑작스런 사과에 놀란 소람이가 큰 눈을 데굴데굴 굴렸다. 초란이 왜 자신에게 미안하다고 하는지 전혀 모르겠다는 얼굴이었다. 초란은 그런 소람이를 꼭 끌어안았다. 처음에는 필요하여 데리고 왔고, 두 번째에는 질투가 나서 데리고 왔다. 해치지 않기 위해 딸로 삼았으나 온전히 애정을 주지는 못하였다. 그럼에도 불구하고 이렇게 맑게 웃어주니, 그저 고맙기만 하다. 힘든 시간을 보내는 동안 자신이 정신을 놓지 않고 버틴 공의 구 할은 소람이의 몫이었다.

"소람아……. 장군님께서…… 널 정식으로 수양딸 삼겠다고 하셨단다. 이제 이소람이 되는 거야."

"어……. 저는 어머니 딸인데요?"

"그야 넌 내 딸이지. 하지만 내가 정씨 성을 주지는 못하였잖느냐. 그리고…… 이건 너에게만 말해주는 건데, 곧 혼례식을 올릴 거란다. 그럼 네가 이소람이 되어도 여전히 내 딸이라는 사실은 변함이 없지 않겠니."

혼례라는 말에 소람이가 눈을 휘둥그렇게 떴다. 그러곤 조금 전 민망한 상황을 보았던 때보다 더 이상한 얼굴을 하고 히죽히죽 웃기 시작했다. 결국 초란은 얼굴이 시뻘게진 채로 옷을 챙겨 입어야 한다는 핑계를 대고 방으로 도망치고 말았다.

제자리에서 폴짝폴짝 뛰며 좋아하는 소람이를 보던 표영이 미간을 찌푸렸다. 자신은 이렇게나 심란한데 물색없이 좋아하는 꼴을 보니 심사가 뒤틀리는 게다.

"좋냐?"

"그럼 좋지 안 좋아요? 어머니와 장군님이 드디어 혼인하신다는데. 게다가 장군님께서 절 정식으로 수양딸 삼아주신다지 않아요. 이소람이라니, 세상에!"

"끄응……. 그래, 좋기도 하겠다. 한데 그럼 나와 한 약속은 어찌 되는 건데? 초란 아씨께서 깨어나시면 나랑 혼인 약속했다고 말씀 드린다면서."

"아. 그랬죠. ……어쩌죠?"

소람이가 끙끙대며 고민을 시작했다. 표영은 그만 이마를 짚고 말았다. 이소람이라니, 말도 안 된다. 자신이 생각했던 계획에 소람이가 이소람이 되는 경우의 수는 없었다. 잘해봐야 이산의 인정을 받는 정도라고 생각했는데. 이 장군의 수양딸과 혼인하겠다는 말을 꺼내면 본가의 형님이 어떤 반응을 보일지 생각만 해도 아찔했다.

"아, 난 복잡한 건 딱 질색인데……."

"복잡할 게 뭐가 있겠느냐."

"장군님!"

뒤에서 나타난 이산을 발견한 소람이가 신이 나서 그의 품으로 뛰어들었다. 정말로 어머니와 혼인하시는 거여요? 저는 장군님의 딸이 되는 거고요? 조잘조잘 떠드는 소리가 새 지저귀는 소리처럼 귀엽다. 저를 속인 거야 괘씸하지만 소람이에게 무슨 힘이 있었겠나. 이산은 소람이의 등을 두드리며 떼어놓고는 어서 초란을 챙기러 가봐야지 않느냐고 달랬다. 그제야 초란의 부실한 옷장을 생각해 낸 소람이가 토끼처럼 깡충깡충 뛰어 사라졌다. 겨우 표영과 둘이 남은 이산이 빙긋 미소를 지었다.

"그래, 혼인 약속을 했다고?"

"예. 아직 초란 아씨께 알리기 전인데……. 이제 장군님께 허락을 받아야 하는 겁니까?"

"아아, 뭐……. 자네 정도라면 소람이 짝으로 나쁘지 않지. 소람이도 자넬 좋아하니, 둘이 마음만 맞는다면 혼인하는 게 뭐 대수겠나. 하지만 자네 가문은 그렇게 생각하지 않겠지? 특히 자네 형님은."

표영이 벌레 씹은 얼굴을 했다. 이산은 표영이 위험한 국외 임무를 받았다는 사실에서 이미 그가 장남이 아니라는 걸 짐작한 상태였다. 후계자 자리에서 밀려나 있던 차남이 정릉의 이 장군의 딸과 혼인을 한다? 비록 수양딸이라 하나 무려 이산의 딸이다. 장남의 위치를 넘보는 것 아니냐는 질타를 피할 수 있을 리 없다. 하나 그 모든 걸 짐작한 와중에도 소람이를 포기할 생각은 하지 않는 모습에서 이산은 표영에게 가산점을 주었다. 10점 만점에 2점 정도? 이산이 폭탄 같은 제안을 건넸다.

"정릉의 이 장군은 아직 아들이 없어. 데릴사위는 어떤가?"

"……수양딸에 데릴사위라니. 장군님 가문에서 반대가 극심하지 않겠습니까?"

"반대할 원로 따위는 없네. 다 죽은 지 오래라서. 알잖나, 이름값만 남은 가문이라는 것."

"……."

"한 가지 더 고려할 요소를 알려주겠네. 방금 환 영감을 닦달해 들은 말인데……. 초란의 몸으로 임신은 이제 무리일 거라고 하더군. 아이와 어미를 동시에 죽이고 싶은 게 아니라면 꿈도 꾸지 말라고. 내 데릴사위로 온다면 다음 가주는 자네일세. 쓸데없는 짐일 수도 있지만, 그래도 괜찮다면 내가 적극적으로 추진해 주지."

"신중하게…… 생각해서 말씀드리겠습니다."

"좋은 대답을 기다리도록 하지. 하지만, 자네가 안 된다면 난 다른 사윗감을 물색할 거야."

표영이 와락 얼굴을 일그러뜨렸다. 이게 무슨 외통수에 가까운 협박이란 말인가. 결국 데릴사위가 싫다면 소람이를 포기하라는 말과 다름없는 소리였다. 궁지에 몰린 그가 반항을 시도했다.

"그렇게 구한 놈이 누구든, 그놈은 장군님 가문의 데릴사위를 노리고 온 놈일 겁니다. 소람이가 그런 야심만만한 놈을 잘 다룰 수 있겠습니까? 온갖 감언이설로 꾀어낼 것이 뻔한데!"

"초란이 잘 가르칠 텐데 뭘 걱정하나. 아까 보니 아주 제대로 마음먹은 것 같던데……. 자네도 각오 단단히 해야 할걸세. 아무것도 모르는 아이를 감언이설로 꾀어낸 건 자네도 마찬가지 아닌가, 하하."

이산은 벙긋벙긋 웃는 얼굴로 표영의 속을 뒤집어 놓고는 훌쩍 자리를 떴다. 혼자 남은 표영은 발을 구르며 분해했지만 딱히 뾰족한 수가 있었겠나. 결국 그는 그날로부터 채 닷새가 지나기도 전에 이산과 초란에게 큰절을 올리고 혼인 허락을 받아낸 뒤 바로 금오에 있는 본가를 향해 떠났다. 시체가 되어 굴러 나올지도 모른다며 대단히 우울한 표정을 짓긴 하였지만, 그의 끈질긴 성정을 볼 때 분명 허락을 받아낼 것이라 이산은 믿어 의심치 않았다.

문제는 표영이 아니라 이산, 그 자신이었다. 지난번에 만났을 때 오죽 정 대감의 속을 긁어놨어야지 말이다. 이제와 그때의 일을 후회하는 건 아니었지만, 아무래도 초란의 아비인 사람이라 신경이 쓰이긴 했던 것이다. 그는 뒤늦게 지운에게 사람을 보내 초란을 찾았음을 알리고 슬쩍 정 대감의 심사도 떠보았는데, 별로 희망적인 소식이 들려오진 않았다. 이를 갈며 이산과 초란을 찾아다니는 아버지를 막기가 이제는 힘에 부치니 빨리 돌아오라던가.

하지만 초란의 몸이 완전히 회복되려면 아직도 시간이 필요했다. 소람이의 성화에 못 이겨 조금씩 운동을 하고 도끼눈을 뜬 환 영감이 주는 약을 받아먹으며 나아지고는 있었지만, 그녀는 여전히 툭 치면 부러질 것처럼 가늘었고 손에 쥐기가 겁날 만큼 가냘팠다. 정 대감과의 기싸움은 물론이고 금오까지의 긴 여정을 견딜 수 있을까 걱정을 금할 수가 없었다.

걱정하는 와중에도 시간은 야금야금 흘러갔다. 지신밟기패가 환 영감의 집 앞에서 들어오려고 야단을 떨다가 영감의 빗자루질에 호되게 쫓겨난 날 밤, 초란은 하루하루 한숨만 늘어가는 이산을 불러 제 앞에 앉혔다. 그녀가 직접 부엌에서 봐온 술상이 이산의 앞에 놓이고 향긋한 술 내음이 두 사람만 앉은 방 안을 가득 채웠다. 아주 오래전에 그랬던 것처럼 초란이 이산에게 술을 권했다.

"받으시지요."

"웬 술인가?"

"이전에는 종일 술을 끼고 사시던 분께서 요즈음엔 한숨을 끼고 사시니, 제가 다 갑갑하여 차려보았습니다. 혼자 지내는 와중에도 종종 술을 빚었으니 솜씨가 녹슬지는 않았을 겁니다. 한 잔 받아보시지요."

말갛게 노란빛 도는 술이 작은 잔 안에서 찰랑거렸다. 이산은 조심스럽게 술을 머금었다. 혀에 착 감기며 희롱하던 술은 금세 목구멍 안쪽으로 넘어가 버렸고, 대신 꽃향기인지 과실향기인지 알 수 없는 달고 부드러운 향이 입안을 가득 채웠다. 넘어갈 땐 부드럽게 넘어간 술이 속에서 화끈하게 불을 붙이며 몸을 데웠다. 정말 좋은 술이었다. 이산은 감탄 어린 표정을 숨기지 않고 초란을 칭찬했다.

"솜씨는 여전하군. 네 술 빚는 솜씨는 정말 천하제일이야. 어딜 가도 이런 술을 맛보기란 어렵겠지."

초란의 입가에 희미한 미소가 어렸다. 한때 정말로 듣고 싶어

했었던 칭찬이었다. 그녀는 이산에게 안주를 집어주고 술을 한 잔 더 따랐다.

"이제는 솔직하게 좋다는 말씀도 하시는군요."

"속으로 백 번쯤 말해봐야 입 밖으로 내지 않으면 무소용이라는 걸 깨달았거든. 언제나 네 솜씨는 최고라고 생각했었다. 네가 오는 보름이 되면 내 목이 길게 늘어났던 걸 아는지 모르겠구나."

"후후……. 그것 참 기분 좋은 말씀이시네요. 하면 장군님. 이왕 솔직해지기로 하신 것, 제 물음에도 솔직히 답을 해주시겠지요?"

"물론이다."

"왜 저와 본가에 가지 않으시는 게지요? 이제 아버님을 뵈어야지요. 약식으로라도 혼례를 올리고 금오에 가려면 시간이 촉박하지 않습니까. 이리 미루시는 이유가 대체 무엇입니까. 혹시…… 제가 이제 아이를 갖기 힘들어졌다는 걸 알아서 그러시는 겐가요."

쿵. 이산은 제 가슴에 돌이 떨어지는 소리를 들은 것만 같았다. 목련은 열매 맺지 못하는 쓸모없는 꽃이라며 슬퍼하던 초란이었으니, 자신이 아이를 갖지 못하게 되었다는 사실이 무척이나 큰 충격이었을 것이다. 환 영감의 입단속을 좀 더 철저히 했어야 하는데, 후회가 치밀어 올랐다. 그는 술상을 밀어치우고 초란을 와락 끌어안았다. 살이 올랐다지만 아직도 뼈마디가 만져지는 가냘픈 몸에 속이 쓰렸다.

"왜 살이 안 오르나 했더니……. 그런 생각을 하고 있었던 게냐. 나는 그저, 네 건강이 걱정이 되어 그랬을 뿐이다. 혹여나 무리하다가 아프면 어쩌나, 심력이 닳아 쓰러지면 어쩌나……."

"저는 그리 약하지 않습니다. 장군님 곁에서 10년을 버텼는데요."

"안다, 알아. 하나 어쩌겠느냐. 네 일이라면 나는 그저 토끼보다 겁 많은 사내가 되는걸. 아이에 대해서는 생각하지 말거라. 아들이라면 가문을 잇고, 딸이라면 널 닮아 어여쁘겠지만 어쩔 수 없는 일 아니냐. 나는 널 다시 잃을지도 모른다는 사실이 더 두려우니."

"하면, 서둘러 아버님께 가기로 결정하신 겁니다."

"……오냐. 나는 네 치마폭에서 놀아나기로 했으니, 네 마음껏 휘두르려무나."

"호호…… 말씀은."

초란은 열심히 눈을 깜빡였다. 하지만 그런 노력도 소용이 없어 눈앞은 금세 흐려지고 말았다. 그녀는 늘어져 있던 손으로 이산의 등을 감싸 안았다. 가능하다면, 아이를 낳아주고 싶었다. 소람이를 수양딸로 들이고 표영을 데릴사위로 들이는 모험을 하지 않을 수 있도록. 그럴 수 없다면 차라리 놓아 주어야 한다는 걸 알지만, 자신 역시 어쩔 수 없이 이기적인 사람이라 도저히 내밀어진 손을 내칠 수가 없었다. 홍등가에 사람을 풀어 찾아보았으나 팔려간 그날 도망쳐 사라져 찾을 수 없었던 자양이에 대한 미움이 새삼 솟아 이가 갈렸다.

당장 다음 날부터 초란은 행장을 꾸렸다. 그리고 이산을 비롯한 일행이 환 영감의 집을 떠나는 날, 환 영감은 간신히 고친 대문가에 소금을 한 됫박이나 뿌렸다.

정 대감은 소양에 있는 것이 아니라 해주에 내려가 있었다. 그는 몇 달 만에 보는 딸의 큰절을 받자마자 바짝 마른 손을 끌어당겨 잡고 어루만지며 차마 말을 잇지 못했다. 그동안의 마음고생을 말해주듯 푹 꺼진 눈두덩이 고통과 놀람을 숨기지 못하고 부르르 떨린다.

"내 딸……. 이렇게나 말라서……."

"……아버님."

"이…… 못된 것아. 이 아비 속을 썩이다 못해 바짝바짝 말려 죽이려고 그랬느냐. 왜 소식을 안 해! 왜! 내가 널 얼마나 찾았는지 아느냐?"

"소녀가 잘못하였습니다. 용서하세요."

"그래. 아비가, 자식을 용서하지 못할 이유가 무어 있겠느냐. 네가 뭔 일을 하든 난 네 편인데."

정 대감이 필요와 애정 사이에 무엇을 고를지에 대해 꾸준한 의심을 가지고 있던 초란은 간신히 의심을 접었다. 설사 아버님이 필요를 고르는 순간이 올지라도, 그 이면에 애정이 깔려 있음을 믿기로 한 것이다. 그녀는 그제야 정 대감이 많이 늙었음을 새삼 깨달았다. 어린 시절 그녀를 향해 싸늘한 눈초리를 주던, 산처럼 크고 무섭던 아버지는 이제 어깨가 꼬부라든 노인이 되어 있었다. 비록 목소리는 아직도 우렁우렁하고 등도 꼿꼿하였지만 숨길 수 없는 세월이 그의 머리와 수염에 허옇게 서리가 되어 앉아 있었다.

"……많이 늙으셨네요, 아버님."

"네가 자란 만큼 늙었지, 그럼. 세월을 비껴갈 수 있는 사람이 세상에 어디 있겠느냐. 그래, 저 이 장군 같은 사람만 빼고. 세월이 10년도 더 지났는데 어찌 그리 똑같은지, 원……."

정 대감의 툴툴거림에 초란은 그만 웃을 수밖에 없었다. 시간이 지나도 변하지 않는 얼굴을 보며 세월을 잊었다가도, 거울에 비친 제 얼굴에 새겨진 시간을 보고 우울해졌던 일이 어디 하루 이틀이었느냔 말이다. 어쨌거나 미소가 깃드니 마른 얼굴에도 빛이 난다.

엷게 웃는 초란을 가만히 바라보던 정 대감은 그만 쓴웃음을 지었다. 그는 초란이 행방을 감추고 사라진 걸 끝끝내 숨기지 못했다. 그 와중에 이산이 전장에서 빠져나왔고, 정 대감과 다툼을 했다는 게 알려지면서 조정에서의 그의 영향력은 상당히 추락했다. 소양에 발붙이고 있지 못하고 해주로 내려와야 했을 만큼 말이다. 자신의 것이 아닌 남의 이름을 빌려 쌓은 권력은 이토록 쉬이 무너지는 것이다. 그는 꼭대기에서 내려와서야, 자신이 아득바득 지키려 했던 자리가 허술한 사상누각이었음을 알았다.

하나 그렇다고 그가 권력자로 사는 동안 만사가 마냥 녹록하였던 것은 아니다. 정 대감은 이산이 초란과 함께 찾아와 자신에게 말없이 묵례하는 걸 본 순간 대강의 사정을 짐작해 냈다. 원하는 걸 잃을까 두려워 눈이 뒤집혀 날뛰던 맹수가 얌전해졌다면 그 이유가 무엇이겠는가. 지난날의 언사가 괘씸하지 않은 건 아니었지만 그게 자신에게 약이 되었음을 부정할 만큼 정 대감이 꽉 막힌 사람은 아니었다.

그는 초란의 손을 꼭 쥔 채 눈을 마주보았다. 죽은 어미와 지나치게 닮아 꺼려했던 딸은 어느새 훌쩍 자라 품에서 떠난 지 이미 오래였다. 놓아주어야 한다는 걸 알면서도 이제야 간신히 돌아본 딸이 안타까워 눈에 밟힌다.

"그래, 새삼 혼인 허락이라도 받으러 온 거겠지? 얼마든지 하려무나. 한데 혼인을 하거들랑 살림은 어디서 차리느냐? 해주? 소양? 이왕이면 가까이 지낼 수 있는 해주가 좋겠는데."

"금오에서 차릴 겁니다, 아버님."

"……모처럼 내가 윗사람이 될 수 있는가, 기대했더니 다 틀렸구나. 오냐, 알았다. 시간이 급하겠지? 혼례는 약식으로 치르도록 하자."

정 대감이 오만상을 다 찌푸렸다. 금오에서 살림을 차릴 거라는 초란의 말은, 이산이 연해에 정착하지 않을 것임을 의미했다. 그리고 그건 이산이 연해에 머무를 것을 전제로 했던 정 대감의 사전작업이 모두 물거품이 되었다는 말이었고, 정 대감이 벼르고 있던 심술들을 모두 놓아야 한다는 소리기도 했다. 귀한 딸을 기어이 데려가려 하니, 눈물이 쏙 빠지도록 힘들게 해줄 생각이었는데 다 글렀다. 하지만 정 대감은 혀를 끌끌 차면서도 별 사족을 붙이지 않은 채 두 사람의 혼인을 허락해 주었고, 혼례 준비를 서둘렀다.

정 대감의 딸이 혼례를 치른다는 소식에 해주의 백성들은 마치 제 일처럼 기뻐하며 협조를 아끼지 않았다. 겨우 며칠 만에 혼례복과 혼수품이 준비되었고, 일 없이 주막에서 빈둥대던 놀이패들은 신이 나서 정 대감의 집을 찾아왔다. 누이에게 줄 선물을 사러 장에 나갔던 지운은 장의 상인들에게 선물을 한 아름 받아

안고 돌아왔다. 그야말로 해주 전체가 들썩들썩 신이 나 있었다.

그리고 마침내 혼례일이 밝았다. 바로 전날까지 구름이 끼어 사람들에게 걱정을 사던 하늘은 눈이 시리도록 파랗게 빛났고, 놀이패들의 풍악소리는 사람들의 흥을 돋웠다. 초례청을 차린 넓은 마당 안에 다 들어오지 못한 사람들이 높다란 담 너머로 길게 목을 뺐다. 와글와글 모여든 검은 머리 위로 즐거운 기운이 퐁퐁 솟아난다. 지단길을 밟고 나타난 신랑신부를 본 사람들의 입이 귀에 걸렸다.

"하이고, 곱네. 고와."

"근데 신부가 너무 마른 거 아녀? 저래서야 아이를 낳을 수 있겠어?"

"예끼, 이 사람이. 재수 없는 소리 하고 있어. 감나무집 며느리는 아씨보다 더 말랐어도 애는 셋이나 낳았던 거 몰러?"

"누가 모른다고 그랬나? 그냥 그렇다는 거지. 아, 근데 신랑이 참 잘생겼구먼~."

"그러게~ 훤칠하니, 몸도 좋아 보이고 힘도 잘 쓰게 생겼어. 듣자하니 금오의 장군님이라면서? 아씨와는 혼례 없이 허락만 받고 지내다가 금오에 돌아가기 전에 제대로 식을 치러야겠다고 하셨다는데…… 마음 씀씀이도 좋으시지!"

"이 여편네가. 나 들으라고 하는 소리여?"

"그려! 이제 알았어?"

"시끄러워, 이 사람들아! 조용히 좀 혀!"

금사 은사로 수놓은 붉은 혼례복을 입은 초란은 뺨마저 붉게 상기되어 안 그래도 곱고 단정한 얼굴이 더욱 고왔고, 푸른 예복을 입고 맞은편에 선 이산은 안 그래도 장대한 체구가 더욱 커보여 뭇 여자들의 가슴을 설레게 했다. 한데 부부서약을 한 뒤 맞절하고 술을 나눠 마시는 동안에도 두 사람의 눈은 서로를 향해 고정되어 떨어질 줄을 모르니, 눈치챈 사람들마다 웃음을 참느라 혼이 났다. 그리고 길고 긴 낭독 끝에 두 사람이 부부가 되었음을 선포하고, 이산과 초란이 정 대감을 향해 일 배, 금오를 향해 일 배를 함으로써 식이 끝났다.

식이 끝나자마자 나타난 정 대감의 종들을 본 구경꾼들의 눈이 반짝반짝 빛나기 시작했다. 종들의 손에 통통하게 살찐 닭이 들려 있었던 것이다. 이제 막 부부가 된 신랑신부를 앞에 나란히 세워둔 채, 종들과 구경꾼들이 입을 모아 외쳤다.

"아들딸 열둘 낳아 천년만년 잘 사시오!"

푸드드드득! 종들이 내던진 닭이 허공을 날았다. 식이 진행되는 내내 구석에 쪼그리고 앉아 있던 놀이패가 뛰어나와 악기를 두드리니, 구경꾼들도 와 뛰어나와 도망 다니는 닭을 잡고 어깨춤을 추며 놀기 시작했다. 얼마 지나지 않아 귀하게 기른 소와 돼지를 잡아 차린 잔칫상이 먹음직스런 냄새를 풍기며 사람들 사이로 들어섰다. 색색이 물들인 종잇조각들이 허공에 흩날렸다. 참으로, 좋은 날이었다.

말을 타고서도 사람들이 저마다 잊지 않고 건네는 덕담에 일일이 답례 인사를 하던 이산은, 간신히 마당을 빠져나와 한숨 돌리자마자 초란이 탄 가마를 붙들어 세웠다. 의아해진 초란이 가마에 달린 작은 창문을 열고 얼굴을 내밀었다. 겨울의 노란 햇살이 초란의 콧등에서 반짝반짝 춤을 춘다.

"장군님? 갑자기 왜 멈추셨어요?"

"음, 진작 말했어야 하는데 까먹은 게 있어서 그렇소, 부인. 아무래도 혼례 준비를 하면서 서로 바빠 한동안 얼굴도 보지 못했지 않소."

'부인'이라는 말에 초란의 얼굴이 붉게 물들었다. 훌쩍 말에서 내린 이산이 가마의 창문을 향해 몸을 낮췄다. 두 사람의 눈이 마주쳤다.

"나와 평생을 함께할 결심을 해줘서 고맙소. 오늘 부인은 내가 봤던 날들 중 어느 때보다도 아름답소이다. 그리고 이왕이면 낭군님이라고 불러주시겠소?"

"……네, 낭군님."

얼굴을 붉힌 채 간신히 대답한 초란이 냉큼 창문을 닫았다. 두 사람의 닭살행각을 지켜본 가마꾼들이 우우, 야유를 보내는 가운데 이산은 여유롭게 손까지 흔들며 다시 말에 올랐다. 갈 길은 멀었고 시간은 촉박하였으나 마음만은 어느 때보다도 평안하였다.

이 겨울이 끝나면 봄이 올 것이고 봄이 끝나면 여름이 올 것이다. 여름이 끝나 가을이 왔다가 다시 겨울이 온다 해도, 다시 봄이 올 것을 알고 있기에 이산은 두렵지 않았다. 그의 앞을 기다리는 고난이 어떤 것이라 하여도, 그의 곁에 머무른 목련은 해마다 봄이 되면 잊지 않고 꽃을 피워줄 것이니까 말이다.

종장

정릉의 백성들은 이산의 귀환을 열렬히 환영했다. 연해에서야 잊혀가는 이름이라지만, 정릉에서야 그럴 리 있었겠나. 오래도록 기다려왔던 이가의 주인이 혼례까지 올리고 돌아온다는 소식에 정릉은 온통 들썩들썩, 난리가 났다. 이미 지났던 설이 다시 찾아온 것처럼 사람들이 들떠 있는 가운데 시전의 상인들이 소곤소곤 말을 나눈다.

"장군님께서 혼례를 올리셨다면서?"

"그렇다던데. 연해에서는 유명한 집안의 아가씨래."

"그럼 웬만한 것들 가지고는 성에 차지 않겠군?"

"아닐 수도 있지. 데리고 있던 여종을 양녀로 삼았다는데 그런 걸 보면 의외로 소박할지도 몰라."

"흐음……."

상인들은 머리를 맞대고 혼례 선물을 고민 중이었다. 이산에게는 뭘 주든 소용없다는 걸 이미 알고 있었기에, 그들의 공략 대상은 바로 초란이었다. 새로 오시는 마님께 잘 보이고 싶다는 욕망이 그들을 한자리에 불러 모은 것이다.

한 가지씩 챙겨온 선물들을 모아 꺼내니, 그야말로 시전에서 가장 좋다 손꼽히던 것들을 죄다 모아놓은 꼴이 되었다. 색 고운 연지, 새가 앉은 화려한 비녀, 무늬 고운 비단, 향긋한 향낭, 귀한 유리를 박아 넣은 빗, 반지르르 윤기가 흐르는 모피……. 서로 자신의 물건이 더 좋다 우기던 꼴을 가만히 보고 있던 한 사내가 대표로 나섰다.

"다 좋소. 다 좋은 물건이니, 그냥 다 올립시다. 그냥 시전 상인들이 드리는 혼례 선물이라고만 하고, 이름자는 써넣지 않으면 되는 거 아니오."

"이름을 안 넣으면 무슨 의미가 있다고!"

"아니, 난 찬성일세. 그 이름자 넣었다가 돌려받는 것보다는 낫지. 장군님 성정 모르는가? 그분이 고른 여자니 마님이라고 뭐 다를 게 있을까 싶네."

"나도 찬성이야."

"나도."

여기저기에서 동의의 말이 나오니 싫다 하던 이도 어쩔 수가 없다. 그는 영 내키지 않는 표정을 지었지만 결국 시전 상인들이 올리는 혼례 선물에 자신의 물건도 같이 넣을 수밖에 없었다. 따로 올렸다간 바로 돌려받을 것이 틀림없었으니까.

그렇게 상인들이 고심하여 올린 물건들은 고스란히 초란의 손에 들어갔다. 매일같이 좋고 화려한 물건들이 들어오니 방에 누워 쉬는 것조차 사치스러워 하루하루가 고되었다. 그 와중에 이름자 없는 선물이 자신에게 올라오니 이를 어쩔까 고민이 많더라. 그녀의 고민을 들은 이산은 자신에게 선물을 보내지 않은 약삭빠름이 괘씸하기도 했지만, 이름자를 빼놓은 앙큼한 술수가 귀여워 웃을 수밖에 없었다.

"부인, 걱정 말고 받으시오. 시전의 상인들이 바친 거라고 명시는 되어 있어도 따로 이름자를 적지는 않았잖소. 나중에 이 장군가에 바친 선물을 파는 집이라고 광고할 생각은 없다는 거니 그저 고맙게 받으면 될 게요."

"그래도, 이건 뇌물이지 않습니까."

"뇌물이라 생각하면 뇌물이지만, 선물이라 생각하면 또 선물이 아니겠소."

물에 물 탄 듯, 술에 술 탄 듯 어물쩍 넘어가려는 이산을 바라보는 초란의 눈길이 곱지 않다. 초란은 나직이 한숨을 쉬고 몇 가지 물건을 챙겼다. 온갖 귀한 것들을 많이 보아왔던 그녀의 눈에도 특별히 좋아 보이는 몇 가지가 있었던 것이다. 그것들만 골라 따로 싸두기를 명하니, 그녀의 심사를 짐작한 이산이 입을 삐죽이 내밀었다.

"황후께 바치려고 그러시오? 황후궁엔 이미 충분히 좋은 것들이 많을 것인데, 왜."

"본래 위험은 혼자 지는 게 아닙니다."

그러니 황후에게도 바쳐서 위험부담을 덜겠다는 말이다. 이산은 생각도 해보지 못했던 방식에 턱을 긁적거렸다. 초란이 빙긋 미소 지으며 이산의 뺨을 쿡 찔렀다. 그는 너무 곧고 휘어질 줄을 모르는 사내라, 이런 종류의 술수와 모략에 대해서는 일부러라도 생각하지 않으려는 경향이 있었다. 그나마 나아졌다는 게 아까 그 애매한 발언 정도가 전부인 것이다.

이산 또한 그 사실을 알고 있었기에, 자신의 부족한 부분을 채워주려는 초란이 그저 고맙기만 했다. 뺨을 찌르는 손가락을 잡아 입을 맞춘 그가 초란의 뺨에도 입술을 붙였다. 갑작스런 입맞춤을 받은 초란의 얼굴이 붉어졌다.

"음, 나는 혼인을 참 잘한 것 같아."

"……."

"그저 좋아서 얻은 부인인데 이렇게 날 든든히 받쳐주니, 세상에 두려운 것이 없군."

이산을 따라 초란이 금오에 왔을 때, 두 사람은 황궁에 불려가 황제 내외를 알현했다. 그때 초란은 여희가 말했던, 자신의 존재를 불쾌하게 여길 사람이 바로 황제라는 걸 바로 알아차렸다. 그리고 자신이 줄을 댈 상대는 황후 하나뿐이라는 것도. 알현이 끝난 뒤 자신을 따로 불러낸 황후는 찬 서리 맞은 칼처럼 서늘하였더란다.

"여인이라고 복수할 줄 모르는 것도 아닌데, 사내들은 참 이상하지요."

"그 말씀은 제게도 해당되는 것입니까?"

"원하는 대로 하세요. 하지만 그대도 금방 알게 될 거예요. 날 적으로 두는 것보다는 아군으로 두는 게 훨씬 낫다는 걸."

황후의 호언장담 그대로였다. 황제가 자신을 불편하게 여기는 한, 황후는 자신을 도와줄 터였다. 아마도 이 선물들도 무척 기쁘게 받아주리라.

초란은 이산의 손을 잡아 목 뒤에 두르고 그를 꼭 끌어안았다. 단단하게 자신을 안아주는 팔을 느끼고 격렬하게 뛰는 심장 박동을 듣고 있노라면, 초란 역시 이산 못지않게 세상에 무서운 것이 없어지곤 했다.

"……낭군님."

"음? 왜 부르시오?"

"전 뭐든 할 수 있습니다. 낭군님을 지킬 수만 있다면……. 어쩌면 낭군께서 싫어하시는 일도 할지 모릅니다. 무척 화를 내실지도 몰라요. 그래도……."

"그만."

이산이 점점 감정이 격해지는 초란의 말을 끊었다. 옹이 박힌 손이 초란의 가냘픈 등을 쓰다듬었다. 아직 살이 덜 오른 등은 도대체 언제가 되어야 예전처럼 돌아올지 가늠이 되지 않아 가슴이 아팠다. 길게 늘어뜨렸던 머리카락은 혼례를 치르며 죄다 틀어 올려 이제는 손가락에 감을 수 없었지만, 그 향기만은 더욱 진해졌다. 가늘게 떠는 어깨를 떼어내 눈을 맞췄다.

"어떤 순간이 와도, 나는 부인을 믿을 거요. 지금 잡은 손을 놓을 일은 없을 테니, 안심해도 좋소. 그러니 부인께서 날 놓지만 않아주면 된다오."

"……나무에 못 박혀 피는 목련이 가긴 어딜 간다 그리 말씀하십니까."

"어허, 내 부인을 찾느라 연해를 얼마나 뒤졌는지 알면 그런 말 못 하실 거요. 내 손에 쥔 목련은 특별한 것이다 보니, 나 몰래 도망이라도 갈까 봐 내가 어찌나 조마조마한지 부인은 모를 거라오."

초란이 까르륵 웃었다. 이산은 마주 웃고 그녀를 와락 끌어당겨 다시 품에 안았다. 꺾어 품은 꽃가지에서 보드라운 향기가 났다. 초란이 그를 위해 무엇이든 할 수 있다고 했던 딱 그만큼의 결심만큼, 이산 역시 그녀를 위해 뭐든 할 수 있었다. 이제 막 황위에 오른 황제의 심기를 거스르는 것 따위는 별것도 아니었다.

그래, 정말 별것 아니었다. 황제가 초란을 위해 보내준 의원을 거절하고 환 영감을 다시 부르는 것 정도야 시작일 뿐이었다. 다시는 이전처럼 허망하게 잃지 않기 위해, 휘둘리지 않기 위해 세력을 쌓는 것도 마다하지 않을 것이다. 표영을 초석으로 한 타 무가들과의 교류 역시 계획하고 있었다. 여희가 초란에게 진 빚 역시 철저히 이용해 줄 생각이었다. 정릉의 이 장군은 다시는 소중한 사람을 잃지 않겠다고 결심했고, 그를 위해 뭐든지 할 각오가 되어 있었다.

외전1

술잔에 담긴 달

하늘은 파랗고 들은 노랗다. 거칠 것 없는 들판을 달리는 바람은 알알이 익은 알곡을 훑고 먼 바다를 찾아 떠났다. 말이 살찌고 이민족의 약탈이 시작되는 계절, 가을이었다.

이산은 이민족의 침입을 대비하느라 초란을 혼자 남겨두고 출정을 했고, 초란은 다시금 기다림의 시간을 맞았다. 하지만 그 기다림조차 달콤하게 느껴지는 건, 그가 반드시 돌아와 자신을 안아줄 것을 알기 때문일 것이다.

게다가 초란은 요즈음 온종일 바빠서, 이산을 생각할 여유가 없었다. 곳간을 채우고 비우고 분배하는 일 모두가 이 장군가의 안주인인 그녀의 몫이었는데, 바로 얼마 전에 추수가 있었던 터다. 이산과 혼인하고 처음 겪는 큰일이니, 장부를 보고 또 보는 것도 모자라 아예 외울 지경이 되었어도 마음이 불안했다.

뒷산의 가을 단풍은 계집아이의 입술보다 빨갛고 집 부근 개울가의 갈대가 솜털보다 더 보드랍게 흩날리건만, 초란은 대문 밖을 나설 엄두도 내지 못하고 쉼 없이 들어오는 물품들을 살피느라 정신이 없었다. 좁지 않은 마당이 온통 난리법석이었다.

"마님! 홍가에서 쌀 쉰다섯 섬을 보냈습니다!"

"마님! 백가에서는 사과가 스무 궤짝이 왔어요!"

마님, 마님, 마님……. 여기저기에서 끊임없이 초란을 불러대는 통에, 그녀는 혼이 쏙 빠질 지경이었다. 여기저기 뛰어다니며 물목을 대조하는 일은 아랫것들을 시켜도 좋으련만, 전부 직접 하겠다고 고집을 부린 지난날의 자신이 미웠다.

"여리야! 백가에서 사과 스무 궤짝 말고 배는 안 왔더냐? 혹여 돈으로 보냈을 수도 있으니 백가의 하인을 불러 묻도록 하고, 삼우는 일꾼을 부려 저 쌀들을 곳간으로 옮겨 두어라. 만수 너는 소람이에게 가서 소작인들에게서 세곡이 잘 걷히고 있는지 확인하고…… 으응? 이게 무어냐?"

한창 지시를 내리느라 정신을 빼놓고 있던 초란에게 다가온 종이 웬 두툼한 봉투를 내밀었다. 종이봉투의 앞면을 확인한 초란의 얼굴이 확 밝아졌다. 그녀의 오라비, 지운이 보낸 편지였던 것이다. 그 자리에서 겉봉을 뜯어내자 낯익고 그리운 서체가 그녀를 반겼다.

— ……먼 타지에서 어찌 지내는지 궁금하여 이리 편지를 보낸다. 몸은 건강한 것이냐? 살은 좀 올랐느냐? 이 장군가의 사람들은 모두 네게 잘해주느냐? 백 가지 물음을 묻고 천 가지 답을 들은들 내

걱정이 줄기야 하겠느냐만, 그래도 묻지 않을 수가 없구나.

다정한 안부 인사로 시작된 편지를 들뜬 얼굴로 읽어 내려가던 초란이 '엑' 하고 이상한 소리를 냈다. 그도 그럴 것이, 편지 말미에는 지운이 금오의 황제께로 가는 사절단의 수행원으로 뽑혔으며, 아마도 정릉을 지나갈 것 같다는 글이 쓰여 있지 뭔가. 꼼꼼한 성품의 지운답게 그는 대략적인 날짜까지 적어서 보냈는데, 아무래도 그게 오늘 같았던 것이다.

"얘, 여리야. 이번 달 보름이 언제인지 아느냐?"

"닷새 앞인데요, 마님."

"이런, 세상에. 이 편지가 대체 왜 이제야 도착한 게야!"

불같이 화를 내보지만 이미 지난 일. 예정대로라면 지운은 오늘 오후 늦게 정릉에 도착할 것이고, 자신의 얼굴을 보러 시간을 내어 이 장군가에 들를 터였다. 초란의 마음은 지금까지와는 비교도 될 수 없을 만치 급해지고 말았다.

"명지야! 너는 당장 지금부터 손님 맞을 준비를 해두어라. 그리고 우석이는 서둘러 소람이를 불러오너라. 아주 급한 일이니, 당장 오라고 해."

각종 물건들로 어지럽혀진 마당을 급히 청소하고, 허기진 채 방문할 손님을 위해 음식을 새로 준비했다. 의관을 깨끗하게 정제한 채 시간이 가길 기다리는 초란의 마음은 기대와 걱정과 설렘이 뒤섞여 엉망진창이었다.

그리고 시간이 흘렀다. 한데 이게 웬일이냐. 늦은 오후면 도착한다던 사절단은 소식이 없고 초란의 마음만 까맣게 타들어갔다. 혹여 오다가 무슨 사고라도 난 것은 아닐까, 다치기라도 한 것은 아닐까. 곱게 차려입은 빨간 치맛자락을 움켜쥔 채, 초란은 마당을 몇 바퀴나 돌았다. 보다 못한 소람이가 한마디 참견을 하려 할 때쯤, 헐레벌떡 뛰어온 종이 초란에게 새로운 편지를 전했다.

— ……사정이 생겨 아무래도 들르지는 못할 것 같다. 기다리고 있었을 네 마음이 아쉽고 안타깝지만 어쩔 수 없어 미안하구나…….

초란의 얼굴이 실망으로 물들었다. 뱅글뱅글 돌기를 그만두고 마루에 걸터앉은 등에 힘이 없다. 슬그머니 다가와 편지를 훔쳐본 소람이가 '쯧' 하고 혀를 찼다.

"어머니, 그럼 외숙께서는 여기 못 오신다는 거여요?"

"……그래. 아무래도 그렇게 되신 것 같구나."

"그래도 정릉을 통과하는 건 맞으시지요?"

"그야 그렇겠지."

얘가 무슨 말을 하려나, 싶어 어리둥절해진 초란을 향해 소람이가 방긋 웃었다. 그러곤 부근에 있던 종을 불러 미리 준비해 두었음직한 보퉁이를 하나 내밀었다. 초란은 얼결에 보퉁이를 받고서도 아직 사태를 파악하지 못해 고개만 갸웃거렸다. 소람이가 답답하다는 듯 가슴을 치고는 초란을 일으켜 세웠다.

"그럼 여기서 뭘 하시는 거여요? 얼굴만이라도 봤으면 싶으셨잖아요. 얼른 사절단이 지날 만한 길목에 가셔서 기다리셔야지요!"

"으, 응?"

"그 보퉁이 안에 어머니께서 빚은 술이랑, 제가 만든 요깃거리랑, 뭐 그런 것들 넣어두었으니 외숙께 꼭 전해주시고요! 집안일은 걱정하지 마셔요, 제가 다 해둘게요. 아, 얼른 가보셔요! 늦어요!"

"어어……? 얘, 소람아? 나만 가니? 너는?"

뭐라 대답을 들을 새도 없이 초란은 소람이에게 등이 떠밀려 집을 나왔다. 쿵. 그녀의 뒤에서 대문이 닫혔다. 초란은 어버버하는 사이 제 손에 들린 보퉁이와 등을 보며 황당함을 감출 수 없었다. 세상에, 종도 하나 딸려주지 않고 짐을 들고 가게 만들다니. 게다가 아직 해도 지지 않은 시간에 등까지 쥐어주다니 말이다.

'그래……. 이왕 나온 것, 오라버니 얼굴은 봐야겠지.'

내쫓다시피 자신을 내보낸 소람이와, 그 소람이를 따라 자신의 등을 밀어대던 종들이 괘씸하지 않은 건 아니었지만, 혼쭐을 내주는 건 조금 미뤄둬도 좋으리라. 초란은 보퉁이를 꼭 끌어안은 채 걷기 시작했다.

정릉의 거리는 온통 가을로 물들어 있었다. 노랗고 붉은 나뭇잎이 바람에 손을 흔들었다. 새파란 하늘을 날아가는 새가 초란의 머리에 잠시 그림자를 드리웠다가 훅 멀어져 갔다. 청량한 바람이 그녀의 치맛자락을 뒤집으려다 실패하고 냅다 도망을 쳤다. 땅에 떨어져 있던 낙엽들이 도망가는 바람의 꼬랑지를 쫓아 달렸다.

초란은 자기도 모르게 코를 킁킁거렸다. 달착지근한 과일 냄새, 온화한 국화 향기, 낙엽을 태우는 고소한 냄새……. 그동안 너무 바빠 찾아온 것도 모르고 있었던 가을이 이렇게나 짙었다. 초조함에 응어리져 있던 마음이 서서히 풀려 나간다. 굳게 다물려 있던 입매도 마음과 함께 풀려 나가 부드러운 미소를 그렸다.

"……이래서야 야단을 칠 수가 없잖아?"

괜히 투덜거려 보지만 그냥 투덜거림일 뿐이다. 초란은 유유자적 산책을 즐기며 길을 걸었다. 그녀의 목적지는 정릉에 들어오는 이들이라면 반드시 지나야 하는 길목에 있는 작은 다리였다. 그곳에서 기다리고 있으면 지운을 만날 수 있을 게 틀림없었다.

여름에는 유쾌한 소리를 내며 흘러가던 시냇물은 유량이 줄어 수줍은 소녀처럼 조용했다. 머리를 풀어헤친 버드나무는 지나는 바람에도 한들한들 춤을 추었고, 하얗게 피어오른 갈대들은 바람이 불 때마다 서로의 몸을 비벼 바스락바스락 소리를 냈다.

초란은 다리 입구에 버티고 선 아름드리 버드나무에 등을 기대고 섰다. 이곳에 서 있으면 저 너머에서부터 오는 사람들을 죄다 볼 수 있었다. 그녀는 가만히 서서 사람들을 구경했다.

얼마 전 추수가 끝났으니, 명절인 가배가 머지않은 때였다. 연해의 큰 명절이 설이라면, 금오의 큰 명절은 가배라 했던가.

멀리 떠나 살면서도 가배만큼은 고향에서 가족과 보내고 싶은 사람들, 가배를 맞아 벌어질 놀이판에 벌써부터 어깨가 들썩거리는 광대들, 가배에 한몫 단단히 잡을 생각에 얼굴이 붉어진 장사꾼들, 맛있는 명절 음식 먹을 생각에 신이 난 꼬맹이들……. 수많은 사람들이 다리를 오가며 정릉을 들락거렸다. 생기 넘치는 광경이었다.

왜인지 모를 뿌듯함에 저절로 초란의 어깨가 으쓱해졌다. 내 낭군이 나고 자란 고향이 이렇게나 멋진 곳이라고, 내 낭군은 이 고향을 지키는 사람이라고, 소리라도 지르고 싶은 기분이었다. 오라버니를 만나면 입이 닳도록 자랑을 해야겠노라, 초란이 즐거운 상상을 하고 있을 때였다.

"아씨!"

검댕이 묻은 얼굴에서 개구쟁이 티가 폴폴 나는 사내아이가 초란을 불렀다. 아씨라고 불리기엔 조금 나이가 많은데 싶긴 했지만 역시 그렇게 불리는 건 기분 좋은 일이었다. 초란은 따뜻하게 달아오른 뺨을 문질렀다. 어쩐지 낯이 간지러웠다.

"아이야, 날 불렀니? 한데 이를 어쩌지, 난 이미 혼례를 올렸는데. 아씨라고 부르면 안 돼. 마님이라고 부르렴. 아니면, 아주머니라고 불러도 좋아."

"……! 하지만, 하지만……!"

아이는 눈을 커다랗게 뜬 채 발을 동동 굴렀다. 개구쟁이가 안고 있기엔 좀 안 어울린다 싶은 커다란 국화들이 노란 꽃잎에서 향기를 폴폴 흘렸다.

"우리 누나보다 예쁜데 어떻게 아씨가 아니에요? 말도 안 돼!"

"풉!"

미처 삼키지 못한 웃음이 튀어나와 버렸다. 초란은 얼른 표정을 바꾸고 웃지 않은 척했지만 이미 늦었다. 사내아이는 잔뜩 상처 받은 표정으로 품에 안고 있던 국화를 내밀었다. 초란의 얼굴이 당혹으로 얼룩졌다.

"음…… 혹시나 해서 묻는 건데, 이거 네가 주는 거니?"

"아니요. 심부름이에요. 엄청 잘생긴 형이 버드나무 아래 서 있는 예쁜 누나한테 가져다주라고 했어요."

"음……."

이걸 받아야 돼, 말아야 돼? 초란의 마음에 갈등의 꽃이 피었다. 누군지도 모를 사람이 보낸 꽃을 받을 수는 없다는 이성과, 그래도 기분 좋은 일이지 않느냐는 감성이 줄다리기를 시작했다. 아슬아슬한 마음의 균형에 사내아이가 손을 보탰다.

"빨리 받으세요. 받은 거 확인하고 와야 심부름값을 준다고 했단 말이에요."

"얘, 그래도 누군지도 모르는데……."

"에이, 몰라! 받은 거예요! 그런 거예요!"

초란은 제게 국화를 떠안기고 와다다 뛰어 도망가는 아이의 등을 망연히 바라보다 국화에 코를 파묻었다. 품에 안긴 국화는 향긋했다. 누가 보냈는지 알 수 없어 조금 찜찜하긴 하지만 가을에 파묻힌 것만 같아 기분이 좋다.

"빰이 붉소."

"……낭군 ……님."

초란의 가슴에 쿵, 돌이 떨어졌다. 지금 여기에 있을 리 없는 사람이 그녀의 눈앞에서 빙글빙글 웃고 있었다. 반가움이 와락 밀려들어왔다가 썰물처럼 빠져 도망갔다. 조금 전까지만 해도 가을의 결정체처럼 향긋하던 국화가 천근같은 무게가 되어 초란의 손에서 미끄러졌다.

"이크. 부인만은 못하여도 그래도 계절을 맞아 어여쁜 꽃인데, 땅에 떨어지면 아깝잖소. 한 철 피고 마는 꽃인데, 가여이 여겨

주어야지."

국화가 땅바닥에 닿기도 전에 솜씨 좋게 잡아 올린 이산이 꽃다발을 다시 초란의 품에 안겼다.

한데 국화를 다시 안은 초란의 입이 부루퉁하게 튀어나오지 뭐냐. 멀리 출정 갔던 이가 상처 없이 이렇게 무사히 돌아와 매우 기쁘고, 자신이 낯선 이에게서 꽃을 받았다는 사실에 화를 내진 않는 것 같은 것도 안심이지만, 질투하는 기색도 없는 건 어쩐지 조금 서운하게 느껴지니 이를 어쩔까.

"어찌 소식 한 장도 안 하시고 이리 밤손님처럼 오신 겁니까? 제가 마음 졸이며 기다린 시간이 얼만데 편지 한 통 아니 주시더니!"

"그야 놀래주려 그런 게 당연하지 않소이까."

"일은 어찌하고 오셨습니까? 출정이 끝나고도 마무리하셔야 할 일이 잔뜩 있으시지 않으십니까?"

"그건 표영이 알아서 할 게요. 데릴사위라 무시하는 것들에게 본때를 보여주겠다며 의욕만만이기에, 그럼 서류 처리에도 재주를 발휘해 보라고 하고 나왔지. 그나저나 나는 오매불망 그리워하던 부인을 만나 매우 기쁜데, 부인은 내가 반갑지 않소?"

초란의 얼굴이 확 붉어졌다. 이렇게 직접적으로 부딪쳐오는 애정표현은 정말 오랜만이었고, 당연히 면역도 없었다. 고개가 아래로 떨어지는 걸 막을 길이 없다.

부끄러워 꼼질대는 초란을 흐뭇하게 바라보던 이산이 초란을 확 안아들어 팔 위에 올렸다. 갑작스레 눈높이가 확 올라간 초란이 기겁을 하고 내려달라 이산의 어깨를 때렸지만, 그가 걷기 시작하자 그것마저 그만두고 그의 목을 끌어안을 수밖에 없었다.

"이렇게 사람이 많은 곳에서!"

"하하, 뭐 어떻소. 내 내자인데."

"……무, 무겁진 않으십니까?"

"아아, 깃털보다 더 가볍소. 내가 뭘 어찌해야 부인의 살이 오를까? 으응?"

한 팔에 성인 여자를 얹고도 가볍게 걷는 이산에게 주변의 시선이 죄다 몰려들었다. 그러곤 오호, 과연 이 장군 어쩌고 속닥대며 슬그머니 고개를 돌리니, 초란은 부끄럽다 못해 당장이라도 얼굴이 녹아내릴 것 같은 기분이었다. 그녀가 국화로 얼굴을 가리고 한탄했다.

"아아, 이제 밖에 나오기는 글렀습니다……."

"어허, 그럼 안 되는데. 그 꼬맹이의 누나보다 예쁜 부인이니, 여기저기 자랑을 해야 하는데 말이오."

"어, 어, 그건……."

이산은 당황하여 움찔대는 초란을 들어 말안장 위에 태웠다. 가을의 햇살이 그녀의 등 뒤에 올라앉아 하얗게 빛나는 후광이 되었다. 그 모습이 눈이 부셔 견딜 수 없다는 듯, 이산이 눈을 가늘게 뜨고 웃었다.

"그 개구쟁이가 보는 눈은 있는데, 말은 잘못 전했소."

"네?"

"나는 버드나무 아래 있는 여자에게 꽃을 가져다주라고 한 적 없소. 그저, 저 다리 부근에서 가장 예쁜 여자에게 가져다주라고 했을 뿐이지."

초란은 얼굴이 붉어지다 못해 이젠 터질 것 같았다. 그러니까, 지금 그녀의 손에 들린 국화 꽃다발이 사실은 이산이 보낸 거란 소리였다. 이렇게 되니 낯선 사람에게 꽃을 받고 설렜던 자신이 더 부끄럽지 않은가.

"마, 말씀을 하시지 그러셨습니까……. 저는……."

"다른 남자가 보낸 줄 아셨소?"

그걸 굳이 말로 물어봐야 아는 걸까. 초란은 대답하기 힘든 질문을 하는 이산이 원망스러워 고개를 팩 돌렸다.

그런 속내를 훤히 들여다본 이산이 하하 웃고 훌쩍 말안장에 올라탔다. 갑자기 늘어난 무게가 불만스러운 말이 가볍게 발을 굴렀고, 초란은 꺅 비명을 지르며 이산에게 달라붙었다. 그 통에 입을 삐죽대던 게 쏙 들어가고 말았다. 이산이 초란을 확 끌어당겨 안고 정수리에 입을 맞췄다.

"괜찮소, 부인. 설령 어느 사내가 부인을 연모하여 귀한 선물을 산처럼 퍼붓는다 한들, 눈 돌리지 않을 사람이란 걸 내가 잘 알고 있으니. 부인의 마음은 내 것이잖소?"

초란의 마음이 제 것이라고 확신하는 자신만만한 발언을 해놓고, 이산이 슬쩍 그녀의 눈치를 본다. 그 모습이 몹시 귀여워 초란의 입에서 명랑한 웃음소리가 터졌다. 이산은 그만 눈에 띄게 풀이 죽었다.

"……아니오?"

"맞습니다. 제 마음은 낭군님 것이지요. 하지만 낭군님, 소첩은 낭군님만큼 마음이 넓지 못하니 다른 여자에게서 선물을 받아오는 일은 하지 마시지요. 그때 제가 무슨 짓을 할지, 저도 짐작하지 못한답니다."

"걱정 마시오, 부인. 사실은 나도 아까 살짝 질투가 났거든. 꽃을 보고 좋아하는 부인의 얼굴이 어찌나 예쁘던지, 내가 보낸 꽃이었지만 도로 뺏어오고 싶었다오."

듣기만 해도 민망해지는 말을 어쩜 그리 당당하게 하는지, 초란은 눈앞의 사내가 제 낭군이 맞나 의심스러울 지경이었다. 한 손으로는 초란을 안고 남은 한 손으로만 고삐를 쥐고 말을 몰던 이산이 초란의 뺨에 입을 맞췄다. 백주대낮 길거리, 그것도 남들의 눈에 훤히 보이는 말 위에서 받은 입맞춤에 초란은 아주 목까지 벌겋게 익어버렸다.

"소람이에게 듣기로, 부인께서 종일 일만 하느라 밖에 통 나가질 않는다 하던데."

"집에만 있었던 건 아닙니다……."

"아아. 하지만 놀러 나간 적도 없잖소. 부인, 오늘 날씨도 좋은데 우리 소풍 갑시다."

달콤한 제안이었다. 초란은 하마터면 두 번 생각지도 않고 고개를 끄덕일 뻔했다. 하지만 언제 넘어갔는지 모를 보퉁이가 이산의 손에 들려 있는 걸 본 순간, 자신이 누굴 기다리고 있었는지가 생각나 버렸지 뭔가. 어쩌면 지운이 벌써 지나가 버렸을지도 모른다는 생각이 들자 그녀의 얼굴은 핏기 하나 없이 창백해졌다.

"안 됩니다. 돌아가야 해요. 지운 오라버니께서 정릉을 지나되 들르진 않을 거라 하셨으니, 가시는 길목에라도 서 있다가 배웅해야지요."

"아아……. 처남이라면 내일 아침은 되어야 도착할게요. 그리고 족히 사흘은 머물다 갈 것이니 걱정 마시오."

"예?"

이산이 어리둥절해하는 초란의 눈앞에서 제 손에 들린 보퉁이를 흔들어 보였다. 술 흔들리는 소리가 찰랑찰랑 나고 소람이가 해둔 주전부리가 맛있는 냄새를 풍겼다.

"설마……."

"어디 처남뿐일까? 소람이도 한통속이라오."

"세상에!"

초란은 그제야 자신이 속아서 나온 것임을 깨달았다. 집에서 종일 장부와 씨름하고 있는 자신을 안타까이 여긴 소람이가 여기저기에 편지를 써서 오늘의 일을 꾸민 것이리라. 아직도 글을 완전히 익히지 못해 끙끙대는 아이가 온갖 고생을 하며 편지를 썼을 생각을 하니 웃음이 터진다. 초란은 그제야 몸의 긴장을 풀고 이산의 가슴에 마음 편히 등을 기댔다. 널따란 가슴이 든든하고 따뜻하였다.

"하면 낭군님. 소첩은 그저 낭군님께 오늘 하루 편안히 의지하면 되는 것입니까?"

"기대하셔도 좋소."

이산의 목소리는 그저 자신만만했다. 정릉은 그의 고향, 어린 시절부터 지금까지 골목 구석구석 안 돌아다녀 본 곳이 없는 고장이었다.

"부인, 이 계절에는 정릉 앞을 흐르는 개울가의 갈대들이 아름답다오. 하지만 부인께서는 아까 버드나무 아래에서 실컷 구경을 하셨을 테니, 나와는 조금 더 멀리 갑시다."

이렇게 말을 꺼낸 이산이 초란을 데려간 곳은 개울과 개울이 만나는 지점이었다. 넓게 펼쳐진 습지엔 하얗게 핀 갈대가 가득하고, 게으르게 흘러가는 개울물이 햇살에 반짝이는 곳. 가끔 커다란 물고기가 펄떡 뛰어올라 잔잔한 수면에 파문을 그렸고, 그때마다 한쪽 다리를 든 채 얌전히 서 있던 목 긴 새들이 머리를 흔들었다.

사아아아아아…….

갈대들이 서로의 몸을 부대끼며 가을을 연주했다. 바람마저 금빛으로 반짝이는 것 같은 광경이었다.

초란은 이산이 말릴 틈도 없이 말에서 뛰어내려 갈대밭 사이를 헤치고 걸어 들어갔다. 마른 풀 냄새, 축축한 흙냄새, 물의 비린내, 청량한 바람 내음이 뒤섞여 그녀를 흔들고 쓰다듬고 온통 희롱하다 멀리 사라졌다.

뒤늦게 말을 매어두고 다가온 이산이 경치에 취한 초란을 뒤에서 끌어안아 품에 가두었다. 따뜻하고 가느다란 몸이 두근두근 맥동하고 있었다. 초란은 가을의 바람에, 이산은 살아 있음을 알리는 숨소리와 심장 소리에 취해 그들은 한동안 석상이라도 된 듯이 가만히 서 있었다.

그러다 먼저 정신을 차린 건 이산이었다. 빼먹지 않고 챙겨온 보퉁이에서 풍기는 음식 냄새가 그의 허기진 배를 자극했던 것이다. 요란한 배꼽시계 소리를 바로 등 뒤에서 들은 초란이 웃음을 터뜨렸고, 두 사람은 갈대를 헤치고 앉아 보퉁이를 풀었다. 그저 주전부리 몇 가지 넣었다더니, 아주 진수성찬이 펼쳐진다. 초란의 눈이 휘둥그렇게 커졌다.

"어머나……. 소람이가 아주 작정을 한 것 같습니다."

"등까지 챙겨준 걸 보면 저녁까지 해결하라는 거겠지 않겠소. 아 그보다 부인, 언제까지 그렇게 술병을 들고만 계실 게요. 어서 한 잔 주시오."

"아이처럼 보채지 마시고 조금 기다리시지요. 설마 소첩이 혼자 마실까 저어되어 그러십니까?"

이산이 안달을 내자 초란이 그런 그를 향해 밉지 않게 눈을 흘긴다. 그러면서도 그가 든 잔에 착실하게 술을 따르니, 가을 들녘만큼이나 노랗고 황금빛 도는 술이 작은 잔 가득히 차올라 다디단 술 내음을 풍겼다.

이산은 술을 한 모금 머금고 혀로 굴리다 꿀꺽 삼켰다. 코에 닿는 향은 단 술 내음인데, 입에 남는 향은 흐드러지게 핀 꽃향이다. 식도를 따라 내려가며 제 존재감을 과시한 술이 화끈하게 몸을 덥혔다. 내내 목마르던 갈증이 이제야 해갈된 듯 만족감이 들었다. 그를 알아본 초란이 희미한 미소를 지었다. 일찍이 유모가 천하제일이라 평했던 술 빚는 솜씨는 그녀의 자랑이었다.

"독한 술입니다. 안주와 함께 드시지요."

"걱정 마시오. 이보다 더 독한 화주 한 동이를 마셔도 취하지 않는 사람이 바로 나이니. 아, 부인도 한잔하시오. 독하니까 조금만 드리리다."

조금만 준다더니, 이산이 따른 술은 초란의 잔을 가득히 채우고도 모자라 금방이라도 넘칠 것처럼 찰랑거렸다.

"벌써 취하셨습니까?"

"아니란 걸 알면서 뭘 묻소?"

초란이 김빠진 소리를 내며 웃었다. 두 사람은 그렇게 갈대밭 가운데에 마주앉아 잔을 나눴다. 바람이 갈대를 스치고 지나가면 그 소리가 좋아 한 잔, 새 그림자가 지나가면 자유로운 날개를 부러워하며 한 잔, 갈대밭을 물들이는 황금빛 햇살이 좋아 또 한 잔.

서로를 바라보며 도란도란 나누는 이야기들은 대단한 것이 없었다. 가을이 되니 단풍이 예쁘다든가, 하늘이 새파랗게 빛나는 게 마치 황궁에만 있다던 귀한 청자기 같다든가, 소람이는 아직도 글이 늘지 않아 큰일이라든가.

별것 아닌 이야기를 하며 웃음을 나누는 일이 어찌나 즐거운지, 초란도 이산도 시간 가는 줄을 모르고 잔을 나눴다. 그러다 문득 정신을 차렸을 때엔 이미 해가 지는 저녁 시간이었다. 새빨갛게 타오르는 해가 하얗게 핀 갈대를 붉게 물들이고 남은 황금빛을 허공에 마저 흩뿌렸다.

초란은 강렬하다 못해 무섭기까지 한 노을을 멍하니 바라보다 문득 고개를 돌렸다. 이산이 눈을 반쯤 감은 채 술잔에 담긴 해를 감상하고 있었다. 그 모습이 몹시 보기 좋아, 그녀는 다분히 충동적으로 입을 뗐다.

"소첩이 처음으로 낭군님을 뵈었을 때…… 사내들 향내, 계집들 분내 사이에서 홀로 꼿꼿이 앉아 술을 드시는 모습이 어찌나 멋져 보였던지. 술에 달을 담아 마신다는 풍류 따위, 사내들의 우스운 말놀음이라고 생각했었던 걸 바로 반성하였습니다."

이산은 술잔에 담긴 해를 한입에 털어 넣고 초란을 제 품으로 끌어당겼다. 반항 없이 순순히 안겨오는 몸에서는 한없이 부드러운 꽃향기가 났다. 초란이 옛 일, 그것도 처음 만났을 무렵의 이야기를 꺼낸 것은 이번이 처음이었다.

"으음……. 그 무렵의 나는 그저 멍청하고 어리석기만 한 사내라, 부인에게 상처만 주었던 것 말고는 기억나는 게 없으니 그저 미안하오."

초란이 어깨를 흔들며 웃었다. 삐져나온 귀밑머리가 바람에 흩날렸다.

"설마 그럴 리가 있겠습니까. 돌아오는 것 하나 없이 저 혼자 좋아하기만 하였다면, 처녀의 첫 연정 같은 게 10년이나 갔을 리 없지요. 나를 아껴주지 않으신다, 서운해하며 훌쩍 떠나 버렸던 소첩이 할 말은 아니지만은, 지금 생각해 보면 분명히 받은 게 있었습니다."

이산은 초란의 말을 이해하지 못하고 눈만 껌뻑거렸다. 자신이 그때 해준 거라곤 정말 아무것도 없었는데, 이름조차 물어본 일 없는 못난 사내였는데 대체 무얼 주었다는 건지.

초란은 그런 이산의 속내를 훤히 들여다보곤 쓴웃음을 지었다. 이렇게 맑은 물처럼 속내가 잘 보이는 사람인데 그때는 왜 그렇게 갈피를 잡지 못하고 헤매기만 했을까. 아마도 그게 첫사랑이라 그런 거였겠지.

"낭군님께 '목련아' 하고 불리는 건 꽤나 즐거운 일이었습니다. 항상 소첩을 볼 때마다 계절을 잊고 핀 꽃을 보는 듯 그리 보아주셨으니, 어쩐지 낯이 간지러워 웃음을 참기가 어려웠습니다."

"……."

“혹여 산을 타다가 사고라도 당할까 염려하시어 새벽마다 길을 정돈하고 주변 짐승을 죄다 사냥하셨다는 걸 압니다. 소첩이 올라가는 날이면 이른 아침부터 마루에 앉아 기다리셨다는 것도 알고요.”

“……그런 건 또 어디서 들으셨소…….”

괜히 헛기침을 하며 고개를 돌리는 이산의 귀가 붉다. 초란은 모른 척 그의 어깨에 머리를 기댔다.

“소첩이 미욱하여 마음을 제대로 전하지 못하고 떠났다가 흉한 일을 겪고, 멀리 돌아서야 낭군께서 내미신 손을 잡았지만…… 이제와 생각하면 그 시간들이 그저 아프기만 한 것은 아니었습니다. 그것 또한, 사랑이었던 게지요.”

이산은 아무 말도 할 수 없었다. 그가 할 수 있었던 거라곤 그저 제게 기댄 초란을 단단히 끌어안는 것 정도였다. 향긋한 살 냄새, 천둥처럼 울리는 맥박 소리……. 꿈이라도 꾸는 듯 어지러웠다.

그는 슬쩍 고개를 들어 하늘을 확인했다. 세상을 태울 것처럼 붉던 해가 이제 거의 모습을 감추고, 동쪽 하늘 저편에서 둥그런 달이 제 모습을 드러내고 있었다. 가배가 머지않은 때라 제법 통통하게 배가 찬 달이었다. 이산은 초란의 이마에 입술을 눌러 찍고 그녀와 눈을 맞췄다.

“부인. 그거 아시오? 사실 내가 술잔에 담는 달은 사랑하는 사람의 입술이라오.”

“예?”

이산은 술잔을 들어 올려 그 안에 달을 담았다. 그리고 서서히 술을 넘기는데, 그의 시선이 초란의 입술에서 떨어질 줄을 모르니, 그제야 그의 말이 뜻하는 바를 안 초란의 얼굴이 잘 익은 홍시처럼 붉어져 버렸다.

조금씩 나눠 마셔야 하는 독한 술을 한 번에 다 마셔 버린 이산이 잔을 내려놓으며 씩 웃었다. 어스름 내려앉은 갈대가 그의 등 뒤에서 손을 흔들었다. 심장이 쿵쾅대는 소리가 어찌나 크던지, 초란은 귀에 들리는 것이 없어 이산의 말을 놓치고 말았다.

"……만 못하구료."

"예? 예? 뭐라고 하셨습니까?"

"전장에서는 이리 마시면 그걸로 충분하더니, 진짜를 앞에 두니 아무래도 부족하다 하였소."

미처 피할 틈도 없이 커다란 손이 다가와 초란의 뺨을 감싸 쥐었다. 앗 하는 순간 이산의 얼굴이 가까워졌고, 초란은 그만 눈을 감았다. 곧 뜨겁기까지 한 입술이 그녀의 얼굴 곳곳에 내려앉았다.

이마에, 뺨에, 감은 눈꺼풀에, 그리고 도톰하게 부풀어 오른 입술에. 숨결이 뒤엉켰다. 머릿속이 텅 비도록 서로의 체온에 매달려 입술을 탐했다. 해가 지고 싸늘해진 바람이 헝클어진 머리칼을 헤집고 지나가는 것도, 창백한 달빛이 어깨에 내려앉아 하얗게 부서지는 것도 상관치 않았다.

술기운이 남은 입술은 그저 마주대고 있는 것만으로도 취하도록 달았는데, 숨결이 섞이고 타액이 오가니 세상의 어느 진미와도 비할 수가 없다. 서로의 뺨을 쓰다듬고 목을 그러안던 손이 등을 더듬어 내려가 허리에 닿고 나서야 더 가까이 붙지 못함을 아쉬워하며 입술을 뗐다.

달이 부린 농간일까, 아니면 술이 부린 마술일까. 몇 겹이나 겹쳐 입은 옷가지 위로도 뜨겁게 달아오른 서로의 체온이 손에 잡힐 듯 느껴지니, 저절로 숨이 가쁘고 머리에 열이 오르지 뭐냐. 누가 먼저랄 것도 없이 서로의 목에 코를 박고 달게만 느껴지는 체향을 들이마셨다.

하지만 둘 중 누구도 감히 옷을 벗길 생각은 하지 못했는데, 그도 그럴 것이 이곳은 사방이 훤히 트인 야외가 아니냔 말이다. 이미 해는 지고 하늘엔 둥근 달뿐이어도, 어른 머리까지 자란 키 큰 갈대가 주변을 온통 둘러싸고 있는 데다 인기척이라곤 전혀 느껴지지 않는대도 야외는 야외다.

이산은 문득 아쉬워졌다. 이 갈대밭은 정말로 아름답고 근사해서 초란이 좋아할 거라는 생각에 온 곳이었지만, 막상 와보니 정말 경치 구경하고 술 마시는 것 외에는 할 수 있는 게 없었다.

마음 같아서는 당장이라도 거추장스럽기만 한 옷가지를 죄다 벗겨내고 달빛 아래에서 하얗게 빛날 몸을 안고 싶지만, 이런 야외에서 옷을 벗기려 시도했다가는 호되게 따귀를 맞고 며칠 동안 말도 붙이지 못하게 할 것이 틀림없으렷다.

'다른 곳으로 갈걸.'

이제 와서 후회해 봤자 아무 소용없지만, 그 정도 후회쯤이야 할 수 있지 않겠나. 이산은 다음번 소풍 장소는 사방이 막혀 있고 사람이 잘 다니지 않는 곳으로 정하기로 마음먹었다. 당장 떠오르는 장소는 없지만 표영을 추궁하면 어디든 나올 터였다.

이산은 가느다란 몸을 두 팔로 단단히 가둬 안은 채 가냘픈 등과 날씬한 허리를 쓰다듬으며 어린아이 투정부리듯 말을 꺼냈다.

"이런 말을 하면 싫어할지도 모르겠소만……. 부인에게서는 정말로 목련 향이 나오."

"후후, 농도 잘 하십니다. 사람이 꽃도 아닌데 설마 그럴 리가 있겠습니까."

"아니, 진짜로 그런 향이 나오. 처음 부인을 보았던 날에도 그랬소. 사람이 아니라 목련꽃이 한 송이 앉아 있는 것 같다고, 그리 생각했었지."

"하여, 꽃을 꺾어 가지셨습니까?"

"나무 째로 파내어 내 집으로 가져왔지. 알면서 뭘 물으시오?"

놀리지 말라는 핀잔에 오히려 어깨를 펴고 자랑하듯 빼기니 당해낼 수가 없다. 초란의 웃음소리가 갈대를 흔들었다. 갈대밭 사이에 숨어 저녁 식사 거리를 잡던 오리들이 푸드덕 날아 밤하늘을 가로질렀다.

한참을 웃던 초란이 다시 잔을 들어 이산을 재촉했다. 어서 따르라는 것이다. 한데 본래대로라면 사랑하는 마음을 담아 넘치도록 따라주었을 그가 망설이지 뭔가. 이유는 간단했다. 진수성찬으로 차려져 있던 안주가 거의 비어 있었던 탓이다. 노랗게 타오르는 등불 곁의 접시들이 죄다 바닥을 드러내고 있었다.

그가 머뭇대는 이유를 뻔히 알면서도 초란은 다시금 잔을 재촉했다. 술이 올라 그러는지 열이 올라 그러는지 알 수 없는 붉은 입술로 어서 술을 달라 조르니, 이산은 결국 견디지 못한 초란의 잔 가득히 술을 따라줄 수밖에 없었다.

한데 그렇게 졸라 잔을 받은 초란이 바로 술잔을 가져다 대는 대신 빙긋 웃으며 이산을 지그시 바라보기만 하는 게다. 집요하기까지 한 시선에 어리둥절해진 이산은 왜 자신을 그리 보느냐, 물으려다 말고 그만 헛웃음을 흘리고 말았다.

초란이 조금 전의 그를 꼭 같이 흉내 내며 술잔에 달을 담은 것이다. 그러곤 은근한 눈길로 이산의 입술을 바라보며 술을 마시지 뭐냐.

그 한 잔이 초란의 마지막 주량을 가름하는 선이었던 듯, 그녀의 얼굴은 금세 붉어졌다. 조금 전까지만 해도 멀끔하니 희었는데 말이다. 그렇게 붉어진 얼굴, 붉어진 입술로 불리는 '낭군님'이란 말이 야릇하여 이산의 얼굴도 덩달아 붉어져 버렸다.

"부인……. 취하셨소?"

"예. 취하였습니다."

배시시 웃으며 그리 말한 초란이 성큼 다가와 이산의 목을 답삭 끌어안고 매달렸다. 부드러운 가슴이 이산에 가슴팍에 눌려 제 모양을 잃고 뭉그러졌다. 비록 말랐다 하나 제철 맞은 과일처럼 달콤하고 물기 많은 몸이란 걸 익히 아는 이산은 크게 당황하여 엉덩이를 뒤로 빼려 하였으나, 초란이 그와 눈을 맞추고 방긋 미소 짓자 그나마 남아 있던 자제심이 홀라당 날아가 버리고 말았다.

"나중에 날 탓하시면 아니 되오."

"어머, 낭군님. 소첩은 지금 몹시 취하여 낭군께서 무슨 말씀을 하시는지 전혀 모르겠습니다."

"……이런 영악한 사람 같으니."

다시 입술이 맞물렸다. 조금 전 망설였던 이유조차 깡그리 잊은 듯 격렬한 입맞춤이었다. 입술을 핥아 열고 가지런한 치열을 훑었다. 숨겨진 샘에서 달콤한 꿀을 퍼올려 양껏 마시고 내뱉는 숨마저 아깝다는 듯 죄다 삼켰다.

감은 눈 안쪽으로 쏟아지는 쾌감과 애정에 젖어 서로가 구명줄이라도 되듯이 끌어안고 숨을 나누는 이런 날이 오리라고, 감히 상상이나 해보았던가. 가을밤의 서늘한 공기가 시원하게 느껴질 정도로 뜨겁게 서로를 사랑하는 밤이 오리라고는?

살짝 소름이 돋은 목덜미에 입술을 지분대는 이산의 머리를 끌어안으면서, 초란은 오래지도 않은 예전에 잃은 아이를 떠올렸다. 남아였는지, 여아였는지도 알 수 없이 너무 이른 때에 그녀에게서 떠나간 아이. 이제는 불가능한 일이라는 걸 알면서도, 초란은 간절히 소망했다.

다시 한 번 내게 오렴. 이번엔 꼭, 넘치도록 사랑해 줄게.

초란의 집중력이 흐트러진 걸 알아챈 이산이 그녀의 목덜미에 잇자국을 남기며 으르렁댔다. 자기만 보라는 것이다. 초란은 와락 웃음을 터뜨리곤 그의 목을 꼭 끌어안은 채로 그가 주는 쾌락에 몸을 맡겼다.

"하아……."

비할 바 없는 쾌감에 젖어 올려다본 하늘엔 수줍어 옅은 구름으로 얼굴을 가린 달이 두둥실 떠 있었다. 초란은 문득 손을 뻗어 술잔을 쥐는 모양을 만들었다. 그리고 그 안에 달을 담아 홀짝. 이산이 그녀의 앙가슴에 순흔을 만들다 말고 물었다.

"어디에 그리 정신이 팔린 게요?"

"아아. 달이 몹시 예뻐 한잔하였습니다."

"실없기는……."

이산은 초란의 그런 행동이 어이가 없었다. 술잔에 달을 담아 마시는 걸 두고 우스운 말놀음이라 하였다더니, 이렇게나 빨리 배우는가. 그는 달을 볼 정신이 있거든 자신을 보라 채근하며 초란을 몰아붙였다.

가배를 코앞에 둔, 아주 약간 모자라게 차오른 달이 그 밤의 초란에게 선물을 주었다는 걸 두 사람이 알게 된 것은 그로부터 몇 번이나 되는 보름이 지나간 뒤의 일이었다.

외전 2
오늘도 평화롭습니다

햇살이 뜨겁다. 허옇게 이글대는 태양이 땅에 발붙이고 사는 모든 것들을 죄다 불태워 없애기로 작정이라도 한 것인 양, 올해의 여름은 뜨겁기 그지없었다. 시원한 건 매미 우는 소리뿐, 사람도 짐승도 물에 삶긴 나물처럼 늘어지는 와중에도 한창 자랄 나이의 아이들은 제멋대로 온 산야를 뛰어다니며 놀았다. 종일 개울가에서 물장구를 치는 아이들을 보는 사람들마다 그 끝없는 체력에 혀를 내둘렀다.

한데, 한 무리의 사내아이들이 엎치락뒤치락하며 물장난을 치는 와중에 유독 겉도는 아이가 한 명 있었다. 그 아이는 까맣게 반짝이는 눈동자가 총명해 보이는 소년이었는데, 소년은 나무 그늘 아래에 기대앉아 제 동무들이 노는 꼴을 구경하는 중이었다. 편을 갈라 물을 튀기는 동무들에게 가끔 이래라 저래라 훈수를 두면서도 절대 끼려고 들지를 않는다.

“야아, 그렇게 하면 안 되지! 아오, 답답하기는!”

“그럼 용화 네가 와서 해보든가! 말로는 뭔들 못하냐?”

“난 지금 못 들어간다니까 그러네. 나 지금 물에 들어갔다간 영감님한테 맞아 죽어.”

용화가 울상을 지으며 훌렁 웃통을 들어 보였다. 나이답지 않게 단단하게 근육이 들어찬 옆구리에 자리 잡은 자상이 흉물스럽게 드러난다. 보기만 해도 아픈 상처에 소년들이 얼굴을 찡그렸다.

“어째 이번엔 좀 심하다?”

“우리 아버지 성질 알잖아. 저번에 시킨 수련 제대로 안 했다가 호되게 당했어. 기껏해야 목검으로 두드려 팰 줄 알았더니 진검을 쥐고 오실 줄 누가 알았겠냐.”

“하여간……. 너도 어지간하다. 매번 그렇게 쥐어터지면서 어떻게 매번 도망을 다녀? 나 같으면 맞기 싫어서라도 그냥 하라는 대로 하겠다, 야.”

“어허. 사나이가 말이야, 하고 싶은 게 있으면 포기하지 않고 해야 하는 거라고! 이 내가 수련 따위에 굴복할 것 같냐!”

말 같지도 않은 소리를 참 당당하게도 한다. 저렇게 당당하게 말해놓고 하는 일의 대부분이 그저 노는 것에 해당한다는 사실을 잘 알고 있던 소년들은 그만 고개를 저었다. 용화 저 녀석은 같이 놀 때는 좋은데 뒷감당이 잘 안 돼서 큰일인 녀석이었다. 지금도 봐라. 용화의 뒤에 머리끝까지 화가 난 것이 틀림없는 용주가 눈을 치켜뜨고 서 있는 꼴을. 소년들은 용화에게 용주의 존재를 알려주는 대신 아무것도 못 본 척 다시 물놀이를 시작했다.

동무들이 갑자기 자신을 외면하자 이상해진 용화는, 뒤를 돌아보았다가 그만 빳빳하게 굳어버렸다. 어색하게 미소를 짓고 손을 흔들었지만 용주에게 그런 건 통하지가 않는다. 용화와 동갑이라기에는 믿을 수 없을 만치 작은 손이 용화의 귀를 잡고 쭉쭉 늘리기 시작했다.

"악! 악! 아파! 숙부님! 아파!"

"이럴 때만 숙부님이지, 조카님! 잠시 자리를 비운 사이에 또 수련을 빼먹다니, 이번엔 옆구리가 아니라 손발이 날아갈지도 모른다던 경고는 귓등으로 들은 게지!"

용주는 용화의 변명은 들을 생각도 않고 그를 질질 끌고 돌아섰다. 같은 나이의 소년이지만 둘의 체격 차이는 몇 살 터울이 있는 형제라고 해도 좋을 만치 상당한 것이라, 또래보다 더 큰 용화가 또래보다 작은 용주에게 끌려가는 모습은 몹시 우스운 꼴이었다. 하지만 이런 일이 어찌나 자주 있었는지, 둘을 보는 사람들마다 조심스레 웃음을 참으면서도 못 본 척 고개를 돌린다. 그 중 잘 익은 복숭아를 팔던 상인이 용주를 불러 세우곤 발그레한 복숭아를 한 알 내밀었다.

"도련님! 올해 복숭아가 참 맛있습니다요. 마님께 가져다 드리시지요."

"성의는 고마우나, 내 지금 돈이 없다네. 나중에 따로 사람을 보내도록 하지."

바늘 끄트머리도 들어가지 않을 단호함에 상인이 머쓱한 표정을 지으며 물러섰다. 어쩐지 민망해진 용화가 용주의 옆구리를 쿡 찔렀다가 팔꿈치로 명치를 맞고 헉 소리를 냈다. 되로 주고 말로 받은 꼴이었다.

"야아……. 싫으면 그냥 싫다고 하지 왜 명치를 때리냐……."

"그러게 함부로 물건을 받으면 안 된다는 거 아는 녀석이 왜 옆구리를 찔러? 정릉의 이 장군가에서는 공짜로 주는 복숭아를 좋아한다더라, 뭐 이런 소문이라도 났으면 좋겠어?"

"누가 그렇대? 뭐 비싼 것도 아니고 복숭아 한 알 받는 게 뭐 어떻다고 정색을 하고 그래? 조금만 유연해지면 되는 걸 가지고 그렇게 꼬장꼬장하게 굴지 말라고. 누가 뭐라고 하면 이 장군가의 보호에 감사한 상인이 주는 성의 표시라 거절하지 못했다고 하면 되잖아."

"그래서 그 유연하신 사고를 발휘해서 수련을 빠진 거야?"

지은 죄가 있는 용화가 더 말을 잇지 못하고 딴청을 부린다. 용주는 그런 용화를 끌고 집으로 돌아갔다. 마당에서 분주하게 고추를 널어 말리던 종들이 여기저기에서 킥킥대다가 용주에게 불벼락을 맞았고 용화는 연무장에 내던져졌다. 그리고 용주는 읽던 책마저 들고 나와 연무장 부근에 자리를 잡았다. 책은 보는 둥 마는 둥하면서도 용화가 수련하는 모습을 보는 눈은 누구보다 날카롭다.

환 영감은 탕약을 나르는 중이었다. 정성들여 달인 탕약을 한 방울이라도 흘릴세라 조심조심 걷고 있건만, 종 여럿이 쫓아와서 연무장에 가보라 옆구리를 찔러대니 견딜 재간이 없다. 해서 주름진 입을 삐죽 내민 채 연무장에 당도해 보니, 두 도련님 중 한 명은 정신없이 수련 중이고 한 명은 서책을 펴놓은 채 정신을 빼놓고 있지 뭔가. 자신을 이리로 보낸 종들의 내심이 짐작되어 환 영감은 그만 피식 웃어버렸다.

"도련님, 게서 뭐하시는 겁니까?"

"뭘 하기는. 조카님 감시하는 중이오. 영감이야말로 이런 대낮부터 탕약을 달인 게요? 어머니 상태가 또 안 좋아지기라도 하신 겐가?"

"그럴 리가요. 초란 마님은 아주 멀쩡하십니다. 다만 아시다시피 이 장군님 성화가 오죽 심해야지요. 미리미리 보신을 해야 한다며 이 늙은이를 들들 볶고 계신 것뿐입니다."

"그렇다면 다행이고……."

안도의 한숨을 내쉰 용주의 눈초리가 누그러들었다. 환 영감은 그때까지도 소중하게 들고 있던 탕약을 내려놓고 용주의 등을 토닥토닥 두드렸다.

용주는 아이를 가질 수 없을 거라던 초란이 기적적으로 가지고 목숨을 걸어 낳은 아이였다. 환 영감은 초란더러 목숨이 아깝거든 지우는 게 어떠냐고 진지하게 충고했었는데, 초란은 주변의 만류를 깡그리 무시하며 낳겠다고 고집을 부렸다. 결국 그녀는 용주를 낳은 대가로 몸이 무척이나 쇠약해졌고 해마다 여름, 겨울이 되면 골골대며 드러눕기 일쑤였지만, 용주를 낳은 걸 후회하지는 않는다고 말하곤 했다. 그저 자신이 아파 용주에게 건강하고 좋은 몸을 물려주지 못했다는 사실이 가슴 아프다고.

그리고 용화는 표영과 혼인한 소람이가 낳은 아이였다. 표영은 결국 이산의 데릴사위가 되어 가문의 후계자가 되었다. 수양딸에 데릴사위라, 주변에서 온갖 말이 다 떠도는 와중에도 이산은 그저 밀어붙여 기어이 일을 성사시켰다. 그러던 중에 소람이가 낳은 아이가 하필 남아인 데다가 용주와 동갑이다. 심지어 용화는 용주는 가지지 못한 건강한 몸을 타고났으니, 벌써부터 형제처럼 자라는 두 아이의 미래를 두고 말들이 많았다.

용주는 용화의 건강한 몸과 넘치는 재능을 부러워하고, 용화는 용주가 가졌어야 할 자리를 제 아비가 뺏은 것만 같다며 자꾸 어긋나려 한다. 환 영감 자신은 초란의 건강을 위해 연해에서 불려왔건만, 용주와 용화 두 아이는 자신을 할아버지처럼 따르며 서로 제 편을 들어주길 원하니 난처하기 짝이 없는 것이다.

"흠, 흠. 용주 도련님. 용화 도련님이 그리 생각 없는 사람은 아닙니다. 내심 속에 감춘 것들을 좀 들여다봐 주시지요."

"누가 그걸 몰라서 이러는 줄 아오? 저 단순한 놈이 생각하는 거야 뻔하지. 보나마나 제 일신의 무예가 출중해지면 내게 미안한 일이 생길지도 모른다, 뭐 이런 생각을 하고 있겠지. 후계구도에 대해서 걱정을 하는 모양인데, 개뿔이 우스울 고민이야."

용주의 등을 두드리던 손이 멈칫 굳었다.

"어차피 아버님께서는 후계자 선정에 대한 모든 권한을 매형에게 넘기셨는데 말이지. 그리고 매형은 정릉의 이 장군가를 지긋지긋하게 여기는 사람이고. 누님이 아니셨으면 여기 붙어 있을 사람이 아니야. 그런 매형이 용화 녀석에게 가주 자리를 주겠나? 가진 건 없는 주제에 매인 건 많은 이 장군가의 가주 자리를? 저 녀석은 쓸데없는 고민을 할 시간에 수련을 더 해서 제 몸을 지켜야 해. 가주는 안 되어도 전장엔 불려나갈 수 있으니까."

환 영감은 용주 몰래 혀를 내둘렀다. 용주는 몸이 약한 대신 머리가 아주 비상했는데, 외할아버지인 정 대감에게 배웠는지 아니면 그를 예뻐하는 금오의 강운제에게 배웠는지 어른들의 사정을 속속들이 꿰고 앞날을 예측하는 데 능했다. 앞으로 어떻게 성장할지, 아주 기대가 되는 재목이었다.

'그래봤자 아직 애지만서도…….'

사람의 마음은 열 길 물속보다도 알기 어렵다던 옛말이 괜히 있겠는가. 표영이 지금이야 이가의 가주 자리를 지긋지긋하게 여긴다지만 그의 자식의 일이 되면 또 달라질 수도 있었다.

환 영감은 연해에 두고 온 자식들과 부인을 생각했다. 이산이 다시 차려준 의방을 고스란히 물려주고 왔으니 먹고 사는 데엔 지장이 없겠지만, 혹시나 제가 당했던 일처럼 또 누군가에게 이용당할까 걱정이 되었다. 좀 더 그럴듯한 지위가 있다면 좋을 텐데 싶은 바람이 드는 건 어쩔 수 없다. 자식을 생각하는 이 마음이 표영이라고 다를까. 게다가 용화의 이름자를 용주와 비슷하게 지어준 이산을 생각하면 표영의 마음은 뒤숭숭하기 이를 데 없을 것이다.

용주는 옆에 앉은 환 영감의 존재를 벌써 잊은 듯, 서책에 집중하고 있었다. 초란을 닮아 단정한 옆선이 곱디 고와, 훗날 여자 여럿 울릴 일이 벌써부터 걱정이 된다. 환 영감은 슬그머니 용주의 곁에서 일어났다. 탕약이 식기 전에 어서 초란에게 가져다 주어야 이산의 불호령을 듣지 않을 수 있을 거였다.

"아이구, 허리야……. 이 늙은이를 이렇게 부려먹다니."

환 영감이 뻑적지근한 허리를 두드리며 투덜대는데, 대문을 지키던 종이 난처한 얼굴로 손짓을 했다. 뭔 일인가 싶어 가보니 낯익은 궁인이 집 안에 들어오지 못하고 오도카니 서 있지 뭔가.

"아이고, 영감님. 잘 오셨어요. 이분이 이…… 패를 보여주셨는데, 이거 황후전 소속 궁인들이 가지고 다니는 패 맞지요? 한데 이름을 물어도 대답을 안 하시니 어째야 할지를 모르겠지 뭐에요."

"아아. 너 이번에 새로 들어온 종이라서 모르는구나. 이분 얼굴 잘 기억해 둬라. 자주 오시거든. 황후전 소속 궁인이신데, 혀가 잘려 말을 못 하신단다."

"예?"

장애가 있는 자는 궁에서 일할 수 없다. 배운 것 없이 무식하여도 그건 알고 있었던 종이 눈을 크게 떴지만, 환 영감은 종의 호기심을 풀어주는 대신 궁인에게 손짓을 해 들어오라 알렸다. 종종걸음을 치는 궁인을 꼬리 달 듯 단 채, 환 영감은 초란과 소람이가 머무는 안채로 걸음을 옮겼다. 보는 눈 없는 구석에 오자, 환 영감이 슬그머니 궁인에게 말을 걸었다.

"요새는 어찌 지내시오?"

"……."

"황후마마께서 어련히 알아서 잘해주시겠지만, 그래도 궁금하긴 합디다. 몸은 편하시오? 마음은? 얼마 전에 큰 공을 세운 권 장군께서 궁에 들렀다 가셨다는데, 역시 이번에도 궁인께서 모시셨는지?"

궁인의 눈이 일그러졌다. 빨갛게 연지 바른 입술을 깨무는 하얀 이가 반쯤 부러져 있는 걸 확인한 환 영감이 히죽 웃었다. 권 장군은 잠자리에서 손속이 거칠기로 아주 유명한 사람이었다.

아마 모르긴 몰라도 겹겹이 껴입은 옷 안쪽으로는 차마 보기도 힘든 멍 자국이 가득하리라.

"하긴, 확인하라 보내신 거니 그리하셨겠지요."

기분이 좋아진 환 영감이 휘파람을 불기 시작했다. 말 못 하는 궁인의 정체는 바로 자양이였다. 여희는 초란이 임신했다는 소식을 알려왔을 때, 자신이 온 연해를 은밀히 뒤져 찾아낸 자양이를 선물로 내주었다. 그리고 뜻밖의 선물에 매우 즐거워하던 초란은 사흘 밤낮을 고민하다가 자양이를 도로 여희에게 바쳤다. 면천까지 시켜가면서, 잘 쓰시라는 부탁과 함께. 물론 여희는 여인도 복수할 줄 안다던 말을 했던 사람답게 초란의 복수를 기꺼이 대행해 주었다.

여희에게 바쳐진 자양이는 겉으로야 멀쩡하게 대우받는 궁인이었지만, 속으로는 여러 남자들에게 돌려지는 물건처럼 취급되고 있었다. 게다가 그렇게 한 번씩 누군가의 밤 시중을 들었을 때마다 여희는 그녀를 이산의 집에 보내어 그 비참한 처지를 곱씹게 만들어주기까지 했다. 잔인한 처사였으나 자양이를 아는 누구도 너무 과한 처분이라 간언하지 않았다.

이산과 초란은 여전히 사이가 좋았다. 용주가 감히 두 사람 사이에 끼는 것도 어렵다고 불평할 만큼. 표영과 소람이도 마찬가지였다. 금실 좋은 두 부부는 자양이가 올 때마다 차갑게 웃으며 좋은 음식을 대접했고, 그때마다 자양이는 음식에 차마 손도 대지 못하고 식탁에 앉아 있다 그대로 돌아가곤 했다.

허리가 아프다 불평하던 것이 언제냐였는 듯, 환 영감은 다시 경쾌하게 발을 놀렸다. 그러다 갑자기 생각난 것처럼 무릎을 탁,

친다.

"아 참, 내 정신 좀 보게나. 오늘이 뭔 날인지도 까먹었구먼."

"……."

"오늘은 소람 아씨께서 정식으로 이가에 입적된 날이라오. 벌써 몇 해나 지난 일인데도 매년 오늘이 되면 마님께서 직접 담근 술을 꺼내주시니, 아마 오늘 저녁상에서는 술도 한잔하실 수 있을 거외다. 마님의 술은 황제폐하께서도 칭찬하신 좋은 술이니, 기대하셔도 좋소."

꾹 참고 있던 자양이의 눈에서 눈물이 툭 떨어졌다. 환 영감은 더더욱 기분이 좋아졌다. 이산은 때때로 다시는 봄이 오지 않을까 두려워하였지만, 환 영감 생각에 그가 가진 목련에는 특별한 힘이 있었다. 바로 계절을 붙들어 매는 힘 말이다. 초란이 있는 한 이산은 언제까지나 봄에, 소람이 있는 한 표영은 언제까지나 여름에 머물 수 있을 것이다. 그를 아무리 부러워하고 후회해 봤자 자양이가 낄 몫은 쌀 한 톨만큼도 없었다.

환 영감은 진심으로 웃었다. 초란은 마음에 안 드는 점을 찾기가 힘든 사람이었으나, 황후까지 끌어들여 이용한 이 집요한 보복만큼 더 마음에 드는 건 없었다. 몸이 다치고 아픈 건 결국 한 순간에 불과하지 않던가 말이다.

"날씨가 아주 좋소이다—."

세상이 끝장이라도 나려나 싶게 뜨거운 햇살이 머리 꼭대기에서 이글거리는 통에 땀이 턱을 타고 뚝뚝 떨어졌다. 하지만 여름이란 본래 이런 것이다. 주인집의 두 부부는 사이가 좋고 아이들은 장래가 기대될 만큼 잘 크고 있다. 그리고 오늘 저녁에 나올 술은 아주 향기로울 터였다. 참, 좋은 날이었다. 환 영감의 주름진 눈가에 웃음이 방울방울 매달렸다.

정릉의 이 장군가는 오늘도 평화로웠다.

외전 3
봄날의 외출

연해의 봄은 금오보다 빨랐다. 금오는 아직 찬바람이 부는 계절이건만, 연해에는 벌써 햇살은 좋고 바람은 살랑살랑하고 꽃들은 여기저기에서 제 자랑을 하는 봄이 왔다. 툭툭 터지는 꽃망울이 계집아이들의 마음을 괜히 부풀려 하늘로 띄워 올린다.

혼인하여 아이를 낳았다지만 초란과 소람이 역시 여자이긴 매한가지라, 두 사람은 아침 일찍 일어나 밖에 나갈 준비를 했다. 정말 오랜만에 연해에서 맞는 봄이었기에 이 봄날을 그냥 보내기가 너무 아쉬웠던 것이다.

"어머니! 이렇게 하고 가요!"

"얘는……."

소람이가 연신 싱글싱글 웃으며 초란의 팔짱을 꼈다. 초란은 나이도 먹을 만큼 먹었으면서 이게 뭐하는 짓이냐고 타박을 주긴 했어도 영 싫은 눈치는 아니었다. 그녀는 별 영양가 없는 타박을 더 하는 대신, 소람이의 옷깃을 단단히 여미고 겉옷을 하나 더 꺼내 동그란 어깨에 둘렀다. 지나치게 쌓이는 옷자락에 소람이의 입이 뚱하니 튀어나왔다.

"어머니, 너무 과해요. 이렇게까지는 필요 없는걸요. 그래, 이 정도면 됐지요?"

"그건 너무 얇지 않니. 해가 좋아 보여도 바람은 아직 찬데, 임부는 몸을 따뜻하게 해야지."

초란의 시선이 둥그렇게 부푼 소람이의 배에 가 닿았다. 그랬다. 지금 소람이는 만삭의 임부였던 것이다. 보는 사람들마다 마음이 흐뭇해지는 커다란 배는 모양도 예쁘게 잡혀, 다들 둘째는 분명 딸일 거라고 말들이 많았다. 들어오는 선물들도 죄다 계집아이의 것이다. 소람이가 자신의 배를 끌어안고 방긋 웃었다.

"에이, 그래도 이 정도면 충분해요. 정 마음에 걸리시거들랑, 따르는 계집종더러 겉옷 하나쯤 가지고 오라고 하지요 뭐."

"오냐, 그래. 내가 졌다."

사이좋은 모녀는 봄날의 외출에 나섰다. 마음만은 저어기 파랗게 빛나던 바닷가에까지 가 닿았으나 소람이의 몸이 무거워 멀리 나가지는 못했고, 기껏해야 시전에서 물건을 구경하고 맛난 주전부리를 사먹는 정도였지만 그것만으로도 소람이의 얼굴에 화색이 돌았다.

방물장수 앞에서 떠나지를 못하고 이 빗, 저 빗 신중하게 고르는 소람이의 눈이 제법 매섭다. 장군가에 따로 찾아오는 방물장수가 챙겨오는 물건들이 더 좋고 더 고우련만, 직접 나와 고르는 건 또 다른 맛이 있는 게다. 초란은 방물장수에게서 바늘 한줌을 산 다음엔 옆에 있는 포목점에서 신중하게 천을 고르는 중이었다.

"이게 새로 들어온 천이라고?"

"예, 마님. 눈으로만 보지 마시고, 직접 손으로 쓸어보십시오. 아주 부드럽고 포근하지요? 솔직히 아이 기저귀로 쓰기엔 지나치게 좋은 천이고, 배냇저고리나 이부자리 만들기에 딱 좋습니다요."

"……음."

"이게 마음에 안 드시면, 요건 어떠십니까? 작은 마님 배를 보니 암만 봐도 여아인데, 미리미리 고운 꼬까옷 하나쯤 만들어 두시는 것 좋습지요. 이 천이 색도 곱고 감촉도 좋고 좋습니다."

한참을 망설이던 초란이 색 고운 천 몇 가지를 주문했다. 기저귀 할 천이야 이미 집에 많으니, 아기에게 입힐 만한 고운 옷을 미리 몇 벌 지어두려는 것이다. 초란이 대금을 치르는 사이 기어이 빗을 산 소람이가 다가와 또 팔짱을 꼈다. 자길 두고 어딜 가셨느냐며 입을 삐죽 내미는 꼴이 열대여섯 먹은 아이 같다.

"소람아, 네 나이가 몇인데……."

"하지만 저는 어머니를 꼭 붙들고 시전 구경, 사람 구경하고 싶었단 말이어요. 어머니께서 예전에 누워 계실 때, 제가 얼마나 이렇게 둘이 외출하고 싶었는지 아셔요?"

"그동안 같이 다닌 건 외출이 아니었나 보구나. 게다가 몇 년이나 지난 일을 왜 꺼내고 그러니?"

"그만큼 큰일이었다는 게지요. 그리고 그거야 금오에서의 외출이고 여긴 연해잖아요. 그러니 저는 지금 몇 년을 묵힌 소원풀이 중이랍니다. 하니 어머니께서 이해하세요."

밉지 않은 투정에 초란의 입가가 풀어졌다. 둘째는 연해에서 낳고 싶다는 소람이의 소원 덕에 몇 년 만에 찾아온 친정이었다. 오랜만에 마시는 연해의 공기, 그리웠던 음식, 보고팠던 풍경 모두 남다르게 느껴지는 건 초란 역시 마찬가지였던 것이다. 용주를 낳은 후 몸이 약해진 초란을 여행 보내기를 꺼려하던 이산이 큰맘을 먹은 것도 다 소람이의 공이었다. 덕분에 오랜만에 딸의 얼굴을 본 정 대감 역시 소람이에게 큰 점수를 주었고 말이다.

"오냐, 내 이해하마. 하면, 너도 날 이해해 줘야겠지? 금오에 돌아가면 같이 황궁에도 좀 다니고 하자꾸나. 언제까지 이 어미 혼자 그 호랑이굴을 드나들게 만들 셈이니?"

"으음……. 하지만 어머니. 전 거길 가면 분명 큰 무례를 저지르고 말 거여요. 황후마마의 고운 얼굴을 보면 손톱으로 확 그어버릴지도 모르거든요."

해사한 낯으로 무서운 말을 한다. 잠시 말을 잊은 초란을 향해 소람이가 방긋 웃었다. 초란은 자신이 당한 일들은 죄다 잊은 양 황후와 친밀하게 지내며 인맥을 쌓고 이런저런 일들을 도모하기도 하는 모양이었지만, 소람이는 황후가 저질렀던 일들을 좀체 잊을 수가 없었다. 비참한 낯을 하고 집에 찾아오는 자양이를 볼 때마다 속이 시원하면서도 그 뒤에 서 있을 황후가 미워 이가 갈렸다.

물론 황후에게도 사정이 있었다는 건 안다. 가문의 안위를 위해서는 그녀와 협력해야 한다는 것도 안다. 하지만 아는 것과 이해하는 것은 별개이듯이, 황후를 향한 미움을 접으라는 건 소람이에겐 좀 무리였다. 이런 소람이의 마음을 짐작한 초란이 빙긋 웃고 소람이를 끌어당겼다.

"소람아, 너는 내가 참 배알도 없고 당한 것도 모르는 바보 같아 보이지?"

"아녀요! 그리 생각한 일 없어요. 어쩔 수 없으니 그리하신다는 거, 저도 알고 있는걸요."

"흐음……."

초란이 빙글빙글 웃었다. 괜히 초조해진 소람이가 안달복달하며 초란의 팔을 잡고 흔들다가 초란이 반응을 해주지 않으니 눈물을 흘릴 것 같은 표정을 지었다. 그게 다 만든 표정인 걸 알면서도, 초란은 못 이기는 척 귀엣말을 했다.

"잘 생각해 보렴. 황후마마와 나를 두고 따지자면, 신분은 그분이 더 높을지 몰라도 사랑의 승자는 바로 나 아니겠니? 승자라면 아량을 베풀 줄도 알아야지."

"……세상에."

뻐기듯 가슴을 내밀고 에헴, 헛기침까지 하는 초란의 얼굴이 그저 의기양양하다. 소람이는 그만 웃음을 터뜨리고 말았다. 초란의 말이 맞았다. 그녀는 사랑의 승자이니, 패자에게 아량을 베풀고 있다 여기면 그만이었다. 금세 기분이 좋아진 소람이가 초란의 팔짱을 야무지게 끼고 목소리를 높였다.

"그렇지요, 어머니 말씀이 옳아요. 한데요……. 뱃속의 아이가 딸일까요, 아들일까요? 저는 아무래도 딸 같아요."

"왜 그러니?"

"지난밤에 복숭아 꿈을 꾸었거든요. 냇가를 산책하고 있는데, 웬 커다란 복숭아가 물에 둥둥 떠내려 오는 거여요. 색이 하도 곱고 예뻐 얼른 건져냈는데, 글쎄 복숭아가 쩍 갈라지더니 예쁜 여아가 나와 제게 안겼지 뭐예요? 딸이 맞겠지요? 딸이었음 좋겠는데!"

아이를 가질 때에도 없던 태몽을 이제야 꾸었다니 놀랍기는 하지만 그 말을 듣고 보니 기대가 되는 건 초란도 마찬가지였다. 용화를 보았을 때의 감동이 새삼 되살아나 초란의 창백한 뺨이 붉게 물들었다.

"정말 그럴지도 모르겠구나. 금오에서 목이 길게 늘어나고 있을 남자들에게도 알려야겠어. 표영, 그 사람이 좋아하겠구나."

"안 그래도 얼마 전에 보내온 편지에 생각해 봤다던 아이 이름을 죽 적어 보냈는데, 글쎄 죄다 여아 이름이지 뭐여요. 소화, 영화, 주화, 세화……. 으이구. 남아 이름이라고는 규화 딱 하나밖에 없더라고요."

"성별에 관계없이 돌림자 사용을 허락받았으니 마음이 복잡해서 그랬던 게지. 머리는 용주의 몫이고 칼은 용화의 몫이라는 게 그의 지론이었잖니. 돌림자는 달라도 일부러 이름을 비슷하게 지었는데 남아가 태어나면 복잡하다 그러는 거겠지. 그리고 평소에도 딸 타령을 오죽했지 않니? 집안에 시커먼 사내놈들뿐이라 답답하다 하는 게 입버릇이었으니."

"으음. 복숭아 꿈까지 꾸었는데 남아면 큰일인데요. 애, 너 꼭 여아로 태어나야 한다? 알겠지?"

소람이가 진지한 표정으로 제 배에 대고 말하는 모습이 귀여워 초란이 웃음을 터뜨렸다. 그때 향긋한 꽃향기를 실은 바람이 두 여자를 휘감고 돌다 훌쩍 멀어졌다. 초란은 향기를 좇아 눈을 돌렸다가 새하얗게 핀 목련을 달고 있는 나무를 발견하고 걸음을 멈췄다. 이미 찬 겨울은 다 지나간 지 오래이건만, 구름처럼 피어난 목련 덕분에 나무는 눈을 뒤집어 쓴 듯 희었다. 초란의 시선을 따라 고개를 돌렸던 소람이가 감탄사를 뱉었다.

"어머니……. 저 나무 굉장하네요. 정말 향긋하고 아름다워요."

"그래."

"오래오래 보고 기억해둬야겠어요. 금오에 가서도 잊지 않도록."

두 사람은 향기에 취한 듯 그 자리에 오랫동안 서서 꽃을 감상했다. 봄날의 외출, 그 끄트머리에서 만난 목련은 그저 희고, 향긋하고, 아름다웠다.

그리고 앞날을 살짝 얘기해 보자면, 소람이는 그해 초여름 여아를 낳았다. 표영은 여아라는 소식을 듣자마자 신이 나서 깨방정을 떨다가 환 영감에게 눈총을 받았고, 이산에게 데릴사위 들여도 되느냐고 물었다가 벌써부터 시집보낼 걱정을 한다며 타박을 들었다.

〈끝〉